Herz aus SCHATTEN

LAURA KNEIDL

Herz aus SCHATTEN

CARLSEN

Außerdem von Laura Kneidl im Carlsen Verlag lieferbar:

Water & Air
Light & Darkness
Elemente der Schattenwelt, Band 1: Blood & Gold
Elemente der Schattenwelt, Band 2: Soul & Bronze
Elemente der Schattenwelt, Band 3: Magic & Platina

FSC
www.fsc.org
MIX
Papier aus verantwortungsvollen Quellen
FSC® C083411

Originalausgabe
Veröffentlicht im Carlsen Verlag
April 2018

Dieses Werk wurde vermittelt durch die AVA international GmbH Autoren- und Verlagsagentur, München. www.ava-international.de
Lektorat: Rebecca Wiltsch
Umschlagbild: shutterstock.com © bikeriderlondon / Holly Kuchera / Magenta10 / Angelinna
Umschlaggestaltung: formlabor
Corporate Design Taschenbuch: bell étage
Herstellung: Karen Kollmetz
Satz: Pinkuin Satz und Datentechnik, Berlin
Gesetzt aus der Adobe Jenson
Druck und Bindung: CPI books GmbH, Leck
ISBN 978-3-551-31692-9

In Gedenken an Chester Bennington, der sich, wenige Tage bevor ich dieses Buch beendet habe, das Leben genommen hat. Und der mich und viele andere mit seiner Stimme und seinen Songs durch die Dunkelheit geleitet hat.

Soundtrack

Linkin Park – Crawling

Royal Blood – Blood Hands

The Silent Comedy – Bartholomew

Hozier – Arsonist's Lullabye

Dorothy – Gun In My Hand

Johnny Cash – God's Gonna Cut You Down

Woodkid – Run Boy Run

Royal Blood – Little Monster

Black Mountain – Don't Run Our Hearts Around

Ruelle – Game Of Survival

Shinedown – Cry For Help

Florence + The Machine – Delilah

The Pretty Reckless – Heaven Knows

Highly Suspect – My Name Is Human

Goodbye June – Oh No

Hozier – In The Woods Somewhere

Casper – Lang Lebe Der Tod

All them Witches – When God Comes Back

Jack White – Lazaretto

IZII feat. The Powder Room – Birds

Blues Saraceno – Evil Ways (Justice Mix)

Bryce Fox – Horns

Molly Kate Kestner – Good Die Young

Welshly Arms – Need You Tonight

Linkin Park – One More Light

Teil eins Gefangen in der Dunkelheit

1. Kapitel

Ich schmeckte Blut. Mit einem stummen Fluch nahm ich die Hand von meinem Mund und betrachtete den Nagel, den ich bis zum Fleisch abgekaut hatte. Eine Blutperle bildete sich auf meiner Haut, ehe sie als Rinnsal meinen Daumen hinablief.

»Verdammt«, murmelte ich und sah mich hinter der Ladentheke nach etwas um, mit dem ich die Blutung stoppen konnte. In einer Schublade unter der Kasse fand ich einen ausgefransten Stofffetzen. Ich wickelte ihn um die Wunde und ballte meine Hand zur Faust, den Daumen eingeklemmt. Eigentlich kaute ich nicht an den Nägeln, aber in letzter Zeit konnte ich mir nicht anders helfen. Ich musste etwas tun. Irgendetwas, um mit dieser Unruhe in mir klarzukommen. Außerdem hatte der pochende Schmerz in meinem Finger auch etwas Gutes an sich. Er erinnerte mich daran, dass ich am Leben war.

Mal sehen, wie lange noch, flüsterte eine Stimme in meinem Hinterkopf und mein Blick zuckte nervös zu der Wanduhr, die über dem Eingang des Krám hing, seit Frída den Laden vor gut zehn Jahren eröffnet hatte. Die Sonne würde in einer Stunde untergehen und ebenso wie das Tageslicht schwand allmählich auch meine Hoffnung. Doch was hatte ich erwartet? Hatte ich ernsthaft geglaubt, jemand würde mich von der Pflicht befreien, die mir in die Wiege gelegt worden war? Ich war als Bändigerin geboren worden und würde als Bändigerin sterben. Wenn ich nicht aufpasste, vielleicht schon heute oder morgen, wenn ich Glück hatte, erst in dreißig oder vierzig Jahren. Aber eines war auf jeden Fall gewiss: dass die wenigsten Bändiger ein langes und erfülltes Leben führten. Dafür sorgten die Monster, die jenseits der Stadtmauer von Praha lauerten.

Ich atmete tief ein, bis die Luft in meiner Lunge spannte, verdrängte all meine Sorgen und Ängste, die mit der heutigen Nacht zusammenhingen, und beschloss mich auf das Hier und Jetzt zu konzentrieren. Ich konnte ohnehin nichts mehr an meiner Situation ändern.

Auf der Suche nach Ablenkung sah ich mich im Krám um. Der Laden meiner Stiefmutter war mit den Jahren ein zweites Zuhause für mich geworden. Die niedrige Decke und die steinernen Wände waren mir ebenso vertraut wie die unzähligen Regale, die mit den Überresten von Monstern bestückt waren. Flaschen gefüllt mit schwarzem Blut reihten sich auf den Brettern aneinander, daneben standen Körbe mit Hufen von Knochenträgern und Stacheln von Blutgängern. Traumfänger, die aus den Federn von Dunkelwebern geflochten waren und als Talismane verkauft wurden, baumelten von der Decke und wogten sanft im Wind, der sich durch die Ritzen im Mauerwerk drückte. Und nirgendwo lag auch nur ein einziges Staubkorn, dafür hatte ich in den vergangenen Stunden gesorgt. Alles stand in Reih und Glied am richtigen Platz. Ich hatte sogar die verblassten Etiketten der *Hovno*-Dosen nachgezeichnet, die seit jeher im hintersten Teil des Ladens lagerten. Angeblich besaßen sie eine heilende Wirkung und verlangsamten den Alterungsprozess, aber ehrlich gesagt sah ich mit vierzig lieber aus wie siebzig, bevor ich mir Schattenläufer-Exkremente ins Gesicht schmierte.

Das verträumte Klimpern des Windspiels, das neben der Eingangstür angebracht war, erklang und ein Windstoß wehte mir das blonde Haar ins Gesicht. »Ahoj, Kayla«, sagte Marek zur Begrüßung und kam durch den Laden auf mich zugeschlendert. Seine Wangen waren gerötet von der Arbeit in der Waffenschmiede, die zum Laden gehörte und von meiner Mutter geführt wurde. Schweißperlen glänzten auf seiner Stirn und liefen ihm vereinzelt das Gesicht hinab, über den Hals, bis in den Kragen seines Hemdes, das von Ruß und Asche verschmiert war.

»Harter Tag?« Ich löste den Stofffetzen, den ich noch immer um meinen Daumen gewickelt hatte, von meinem Finger und warf ihn Marek zu. Die aufgekaute Stelle an meinem Nagel hatte inzwischen aufgehört zu bluten.

Geschickt fing Marek das Tuch auf. Dabei blitzten die silbernen Ringe an seinen Fingern im Schein der Lampe auf. Er betrachtete den roten Fleck auf dem Stoff skeptisch, bevor er seine Finger daran abwischte. »Du bist unverbesserlich«, erklärte er, ohne auf meine Frage zu antworten.

»Ich bin nervös.«

»Dafür gibt es keinen Grund.«

Ich wedelte mit der Hand vielsagend in Richtung des Regals mit den Zähnen und Klauen. »Du machst dir also keine Sorgen darum, dass mir irgendein Monster heute Nacht das Fleisch von den Knochen nagen könnte?«, fragte ich nur halb im Scherz, denn der Gedanke an die Kreaturen ließ mich erschaudern. Mir wurde einmal mehr bewusst, dass ich schon bald das erste Mal in meinem Leben die Sicherheit der Stadt verlassen würde, um eines dieser Monster für mich zu beanspruchen. Ginge es nach mir, würde ich mich diesen Monstern auf hundert Fuß nicht nähern, doch dank den Genen, die mir mein Vater vererbt hatte, blieb mir nichts Anderes übrig, als die Bändigerin zu werden, die ich nicht sein wollte.

»Nein«, versicherte mir Marek mit fester Stimme und einem Lächeln. Noch vor zwei Jahren war dieses schüchtern und unbeholfen gewesen, aber mittlerweile wirkte es selbstsicher und entschlossen. Es war nichts mehr von dem dürren Jungen mit den zotteligen Haaren aus dem Waisenhaus zu erkennen, den meine Mutter und Frída bei sich aufgenommen hatten. Heute überragte mich Marek um einen halben Kopf, hatte Muskeln von der harten Arbeit in der Waffenschmiede, und das Braun seiner Haare war nur noch zu erkennen, wenn er sich den Schädel nicht gerade frisch rasiert hatte. »Jakub und Benedict werden nicht zulassen, dass dir etwas zustößt.«

Aber bei Miloš haben sie es zugelassen. Ich sprach meinen Gedanken nicht aus. Wir hatten diese Diskussion schon in Hunderten von Varianten geführt und kamen immer nur zu der Einigung, uns nicht einig zu sein.

Marek war mutig.

Ich nicht.

Er wollte etwas in dieser Stadt verändern.

Ich nicht.

Er hatte Vertrauen in meine Fähigkeiten.

Ich nicht.

Egal, wie oft er mir das sagte, ich schaffte es nicht, das Selbstbewusstsein heraufzubeschwören, das scheinbar all die anderen Bändiger verspürten. Sie freuten sich auf heute Nacht und machten sich keine Sorgen darum, was passieren könnte, würden sie die Kontrolle über ihr zukünftiges Monster verlieren. Ich hingegen konnte an nichts anderes denken. Und noch mehr als meinen eigenen Tod fürchtete ich, Unschuldige zu verletzen, wenn ich nicht stark genug war, um das Ungeheuer in Schach zu halten, das ich in die Stadt bringen würde.

»Was machst du eigentlich hier? Brauchst du was?«, fragte ich Marek, um das Thema zu wechseln.

»Darf ich meine beste Freundin etwa nicht besuchen?«

»Nein«, antwortete ich plump, aber mein Tonfall war neckisch.

»Pah! Ich hoffe, ein Blutgänger frisst dich auf.«

»Dir ist schon klar, dass du dann hier aushelfen musst?« Er hasste es, im Krám zu arbeiten. Man konnte nichts tun, außer auf Kundschaft zu warten oder zu putzen.

Er verzog das Gesicht zu einer Grimasse. »Okay, dann vielleicht doch nicht.«

»Dachte ich mir doch.« Ich grinste ihn an. »Aber jetzt sag schon, brauchst du etwas?«

Marek schüttelte den Kopf, wobei die zahlreichen Ringe in seinen Ohren gegeneinanderstießen und leise klirrten. »Ich wollte dir für heute Nacht nur viel Erfolg wünschen«, erklärte er und trat noch etwas näher an die Theke heran. Er roch nach Rauch und Metall. »Mach dir nicht so viele Gedanken, bleib locker und vertrau deinem Instinkt.«

Ein Geräusch, das irgendwo zwischen einem Lachen und Schnauben lag, entfuhr meinen Lippen. Mich von meinen Instinkten führen zu lassen, war das Letzte, was ich wollte. Die Monster ließen sich von ihrer animalischen Seite treiben, da wollte zumindest ich bei Verstand bleiben. »Ich verzichte.«

»Wenn du meinst. Aber wenn du nicht aufhörst, dir ständig über alles den Kopf zu zerbrechen, wirst du noch frühzeitig runzelig werden.« Er streckte seinen Zeigefinger in mein Gesicht und berührte damit die Falte zwischen meinen Augenbrauen, die es sich dort in den letzten Monaten gemütlich gemacht hatte.

»Lass das.« Ich schlug seine Hand weg.

Marek seufzte. »Ich will damit nur sagen: Was auch immer heute passiert, du schaffst das. Du bist dazu geboren worden, eine Bändigerin zu sein. Es liegt dir im Blut. Denk an all das, was du in Zukunft leisten kannst! Es wird Zeit, dass jemand wie du das System aufmischt, damit die Dinge in dieser Stadt endlich mal wieder anders laufen.«

Die Hoffnung, die in Mareks Worten mitschwang, sollte mich ermutigen. Stattdessen fühlte ich mich wie ein Vogel mit gebrochenen Flügeln – unfähig das zu tun, wofür ich geboren war, sosehr ich es auch versuchte. Der Bruch war da. Unheilbar. Meine Knochen von der Erinnerung an Miloš zertrümmert.

Das erneute Klimpern des Windspiels rettete mich davor, Marek eine Antwort geben zu müssen. Ich erwartete meine Mutter, da sie die Schmiede für heute geschlossen hatte. Stattdessen entdeckte ich Alexandr, ein Bändiger aus meinem Jahrgang und mein einziger Freund an der Akademie. »Ahoj, ihr zwei«, rief Alexandr heiter und lauter, als es in unserem kleinen Krám nötig gewesen wäre.

»Hey.« Ich lächelte ihn an. »Du bist aber früh dran.«

»Ich habe es zu Hause nicht länger ausgehalten. Du kennst meine Eltern, sie hassen alles, was mit den Bändigern zu tun hat. Tage wie heute führen ihnen nur vor Augen, dass meine Mutter damals Scheiße gebaut hat«, sagte Alexandr betont gleichgültig und blieb neben dem Regal mit den Blutflaschen stehen. »Und bei dir?«

»Dasselbe wie immer. Rumstehen. Auf Kundschaft warten. Regale putzen.«

»Also ein ruhiger Tag.«

»Das kannst du laut sagen. Heute Morgen waren ein paar Leute da, um Traumfänger zu kaufen, aber das wars auch schon.« Meistens genoss ich es, alleine im Krám zu sein. Ich konnte meinen Gedanken nachhängen und Ideen für die Waffen meiner Mutter austüfteln, aber heute wäre ich ausnahmsweise dankbar für etwas Ablenkung gewesen.

»Und wie läuft es in der Schmiede?«, fragte Alexandr an Marek gewandt. Er lief von den Blutflaschen weiter zu den Dosen mit den zermahlenen Knochen und schüttelte eine davon. Das weiße Pulver hätte man genauso gut für normales Mehl halten können.

»Ich kann mich nicht beklagen.«

»Woran arbeitest du gerade?«, fragte Alexandr leichthin und stellte die Dose zurück, als hätte er sich nur nach dem Wetter erkundigt – dabei wusste er genau, dass es Marek und mir nicht erlaubt war, über unfertige Erfindungen zu sprechen. Unsere Mutter lebte immer in der Angst, jemand könnte ihre Ideen klauen oder die Entwicklung neuer Waffen vereiteln.

»Darüber darf ich nicht reden«, sagte Marek.

»Ach, komm schon. Nur ein Tipp«, flehte er und trat neben Marek an die Theke. Im Vergleich zu ihm wirkte Alexandr noch schmächtiger als ohnehin schon. Sein Körper erinnerte an einen kahlen, getrockneten Ast – lang und dürr. Sein braunes Haar trug er schulterlang, aber die meiste Zeit zu einem Knoten gebunden, und die vollen Lippen gepaart mit seinen sanften Gesichtszügen ließen ihn jünger als siebzehn erscheinen. »Bitte.«

Mareks Blick wanderte zu mir. Jedes Mal, wenn die beiden sich trafen, stellte Alexandr ihm diese Frage. Ob aus reiner Neugierde oder nur, um ihn zu nerven, war inzwischen schwer zu sagen; vermutlich eine Mischung aus beidem. Marek stieß ein Seufzen aus. »Okay, einen Hinweis geb ich dir. Aber du darfst mit niemandem darüber sprechen«, sagte er und klang ernst.

Alexandrs Gesicht hellte sich auf. »Versprochen.«

Marek beugte sich ganz dicht an sein Ohr. »Wir arbeiten an Waffen.« Er legte eine Kunstpause ein. »Um Monster zu töten.«

Erwartungsvoll sah Alexandr ihn an und wartete darauf, dass Marek weitersprach. Für einige Sekunden behielt dieser eine völlig ausdruckslose Miene bei, bis schließlich ein Lächeln in seinen Mundwinkeln zu zucken begann. Da dämmerte es Alexandr, dass Marek ihn an der Nase herumführte und ihm nicht wirklich etwas verraten würde. Er wich zurück und verpasste Marek einen Stoß gegen die Schulter. »Du bist so ein Idiot.«

Er lachte. »Komm schon, hast du wirklich gedacht, ich würde dir etwas erzählen? Zuzana würde mich umbringen, wenn ich euch Bändigern irgendetwas stecke.«

Alexandr stieß ein Schnauben aus und verschränkte die Arme vor der Brust. »Kayla ist eine Bändigerin und sie weiß es.« Er sah mich an und etwas wie Verunsicherung blitzte in seinen Augen auf. »Oder?«

Ja. Ich schüttelte den Kopf, denn ich wollte nicht über das reden, was in der Waffenschmiede vor sich ging. Mein schlechtes Gewissen war so schon groß genug. Unruhig sah ich auf die Wanduhr. »Glaubst du, Frída wird böse, wenn wir heute früher schließen?«, fragte ich Marek. Eigentlich sollt der Krám noch eine halbe Stunde geöffnet sein, aber nun war Alexandr schon da. Und ich vermutete, dass ohnehin keine Kundschaft mehr kommen würde. Die meisten Einwohner Prahas verbarrikadierten sich kurz vor Sonnenuntergang bereits in ihren Häusern und die Bändiger waren dabei, sich auf die Nacht vorzubereiten.

»Bestimmt nicht. Aber wenn du willst, kann ich die Stellung halten.«

Überrascht schossen meine Augenbrauen in die Höhe. »Das würdest du für mich tun?«

Er lächelte. »Ausnahmsweise.«

»Danke.« Ich wollte ihn schon umarmen, doch der Anblick seines verschwitzten Hemdes ließ mich innehalten. »Gebt mir fünf Minuten, um mich umzuziehen«, sagte ich, drehte mich um und verschwand hinter dem Vorhang, der hinter der Ladentheke gespannt war. Auf der anderen Seite lag versteckte eine Treppe, die in den ersten Stock und die Wohnung von Frída und meiner Mutter führte. Sie war gemütlich eingerichtet, mit vielen Kerzen und Fellen, aber es lagen natürlich auch einige Skurrilitäten aus dem Krám und der Waffenschmiede herum.

Ich lief in das Zimmer, das Frída und meine Mutter für mich hergerichtet hatten. Obwohl ich seit Jahren in der Akademie lebte, genoss ich es hin und wieder, in die familiäre Umgebung zurückzukehren. Am Morgen hatte ich mir meine Livrej auf dem Bett bereitgelegt. Ich zog meine Klamotten aus und schlüpfte in die schwarze Uniform der Bändiger. Sie war einfach geschnitten, mit einem hohen Kragen und einer Reihe silberner Knöpfe, die schräg über die Brust verliefen. An der Hose war ein silberner Gürtel mit Schlaufen befestigt, um Waffen daran anzubringen.

Ich strich den Stoff glatt und betrachtete mich im Spiegel, der im Kleiderschrank eingelassen war. Obwohl ich die Livrej schon zu einigen offiziellen Anlässen getragen hatte, kam ich mir darin wie verkleidet vor. Ich fragte mich, ob man mir dieses Gefühl anmerkte. Vermutlich nicht, denn Benedict konnte ich mir ohne seine Livrej kaum mehr vorstellen, und ich war ihm wie aus dem Gesicht geschnitten, mit meinem spitzen Kinn, der schmalen Nase und den rabenschwarzen Augen, die mich und alle anderen Bändiger kennzeichneten.

Mehrere Minuten starrte ich mein Spiegelbild an, ohne wirklich etwas zu sehen, unfähig mich zu bewegen. Meine Füße waren wie angewurzelt. Sobald ich die Treppe hinunterlief und mit Alexandr den Krám verließ, gab es für mich kein Zurück mehr. Wir würden quer durch die Stadt laufen, bis zu der Mauer, hinein in die Dunkelheit und zu den Monstern, die meinen Bruder getötet hatten.

2. KAPITEL

Praha war eine Geisterstadt – die Straßen von der Bedrohung der hereinbrechenden Nacht leer gefegt. Seit ich denken konnte, war es den Nicht-Bändigern untersagt, nach Sonnenuntergang im Freien zu sein, da die Nacht den Monstern gehörte. Zwar wurde die Stadt von der Mauer geschützt, die ringsherum errichtet worden war, aber sie bot keinen vollständigen Schutz, vor allem nicht vor den Dunkelwebern. Diese waren vielleicht kleiner als die anderen Monster, aber davon durfte man sich nicht täuschen lassen. Sie waren alles andere als harmlos mit ihren spitzen Schnäbeln, den scharfen Krallen und den knochigen Flügeln, mit denen sie die Mauer mühelos überwinden konnten.

Immer wieder war Praha in den vergangenen Jahren von ganzen Schwärmen aus Dunkelwebern angegriffen worden und es war vor allem der Ausgangssperre zu verdanken, dass es dabei nur wenige Tote in der Zivilbevölkerung gegeben hatte – bei Bändigern sah das anders aus.

Ich legte den Kopf in den Nacken und betrachtete den Himmel, der sich im Schein der untergehenden Sonne langsam verfärbte. Keine Dunkelweber waren am Horizont zu sehen, nur Krähen, die auf der Suche nach einem Versteck für die Nacht träge über die Stadt kreisten. Die Tiere waren nicht dumm. Im Gegensatz zu uns.

Mir wurde bewusst, dass ich hinter Alexandr zurückgefallen war, und ich beschleunigte meine Schritte. Der Kies knirschte unter meinen Stiefeln und ich wünschte, ich könnte einfach in einer der schmalen Gassen untertauchen, bis die Nacht vorüber war.

»Welches Monster hättest du am liebsten?«, fragte Alexandr. Er zog das Band aus seinen Haaren, um seinen Zopf neu zu binden, da sich einige Strähnen im pfeifenden Wind gelöst hatten.

Keines. Ich biss mir auf die Unterlippe. Mit Marek über meine Zweifel zu reden war eine Sache, er war kein Bändiger. Alexandr wollte ich meine Sorgen aber lieber nicht anvertrauen. Auch wenn ich vermutete, dass er meine Einstellung aufgrund meiner schlechten Leistungen in der Akademie bereits ahnte.

Auf mein Schweigen hin zog Alexandr erwartungsvoll die Augenbrauen nach oben. Die wenigsten Bändiger zögerten bei einer Frage wie dieser. Seit Jahren lernten wir alles über die Monster und ihre Eigenarten, da war es nur natürlich, eine Vorliebe zu entwickeln. Aber wir konnten nicht einfach zwischen Schattenläufern, Knochenträgern, Blutgängern und Dunkelwebern wählen wie zwischen den Hemden in unserem Kleiderschrank. Denn entgegen dem Glauben vieler Bändiger waren Monster keine gefühllosen Wesen – sie hatten Persönlichkeit und Charakter, und nicht jedes Monster passt zu jedem Bändiger.

Es war wie mit den Menschen, denen wir in unserem Leben begegneten. Manche von ihnen waren dazu bestimmt, für immer zu bleiben, andere sollten nur flüchtige Bekanntschaften sein. Bei ihnen sprang der Funke einfach nicht über, und niemand konnte mit Gewissheit sagen, warum das so war. Meine letzte Hoffnung, heute ohne ein Monster davonzukommen, bestand darin, dass sie für mich alle nur flüchtige Bekanntschaften waren, die nicht zu mir passten. Aber so viel Glück würde ich vermutlich nicht haben. Außerdem würde es die Sache nur aufschieben, nicht verhindern.

»Ich glaube, mir wäre ein Dunkelweber am liebsten«, log ich schließlich, zumal die Wahrscheinlichkeit, einen solchen zu bekommen, ziemlich groß war, denn Dunkelweber waren die am häufigsten verbreiteten Monster. Einige von ihnen besaßen die Fähigkeit, Illusionen zu erschaffen und Menschen Dinge sehen zu lassen, die nicht wirklich da waren. Selbst ich musste zugeben, dass dies eine außergewöhnlich spannende Gabe war.

»Und was wäre dir am liebsten?«, fragte ich Alexandr, bevor er irgendwie auf meine Antwort reagieren konnte.

Ein feines Grinsen erschien auf seinen Lippen. »Ein Irrlicht.«

Ich stieß ein Schnauben aus.

»Was denn? Es ist nicht unmöglich.«

»Behauptest du.«

»Es gibt sie«, sagte Alexandr eindringlich und schlug den Weg in die Hauptstraße ein, die das Tor im Westen der Stadt mit dem Stützpunkt im Osten verband. »Sie sind vielleicht selten, aber es gibt sie. Erst gestern hat einer der Holzfäller erzählt, dass er eines von ihnen zwischen den Bäumen gesehen hat.«

»Diese Männer erzählen viel, wenn der Tag lang ist.«

»Du glaubst, er lügt?«

»Ich sage nur, dass es im Wald dunkel ist und man nicht immer alles klar erkennen kann.«

»Aber du würdest nicht an ihm zweifeln, wenn er behaupten würde, einen Schattenläufer gesehen zu haben, oder?«

»Nein, aber anders als bei einem Irrlicht wissen wir zumindest, wie ein Schattenläufer aussieht.« Denn Tatsache war, dass es keine handfesten Beweise für die Existenz der Irrlichter gab. Noch nie hatte sich ein Bändiger an eine dieser Kreaturen gebunden. Einige Leute behaupteten sogar, die Irrlichter wären nur ein Mythos. Für sie waren sie Illusionen, die von Dunkelwebern erzeugte wurden. Alexandr glaubte jedoch fest an sie. Ich hingegen wusste nicht, was ich denken sollte, aber ich hoffte, dass die Irrlichter wirklich nur Illusionen waren. Denn noch beängstigender als der Gedanke an die Monster selbst war die Vorstellung, dass es dort draußen noch eine weitere Kreatur gab, über die wir nichts wussten und deren Schwachstellen wir nicht kannten.

»Es gibt für alles ein erstes Mal«, beharrte Alexandr.

»Trotzdem denke ich nicht, dass ein Irrlicht dein Monster wird.«

Ein herausforderndes Funkeln trat in seine Augen. »Wollen wir wetten?«

»Du scheinst dir deiner Sache ja ziemlich sicher zu sein.«

»Wenn schon niemand an mich glaubt, dann muss ich zumindest selbst an mich glauben.« Alexandrs Aussage klang souverän, allerdings konnte er den Schmerz nicht gänzlich aus seiner Stimme halten. Denn während man von mir Großes erwartete wie bei meinem Vater und meinem Bruder Jakub, trauten die meisten Alexandr wenig zu. Schließlich war er nicht nur ein Bastard, sondern auch zierlicher als die meisten männlichen Bändiger.

»Worum wollen wir wetten?«, fragte ich.

Er dachte einen Augenblick nach. »Drei Gutscheine fürs Käfigausmisten. Einzulösen jederzeit und ohne Beschwerde.«

»Einverstanden. Wenn du ein Irrlicht bekommst, putze ich dreimal deinen Käfig, aber solltest du ein anderes Monster bekommen, musst du dreimal das Gehege für mich sauber machen.«

Alexandr schürzte die Lippen und zögerte.

»Bist du dir deiner Sache etwa doch nicht so sicher?«, stichelte ich.

Ein entschlossener Ausdruck trat auf sein Gesicht, kurz bevor er mitten auf der Straße stehen blieb. »Abgemacht.« Er streckte mir seine Hand entgegen. »Ich kann es kaum erwarten, mit anzusehen, wie du den Mist meines Irrlichts vom Boden schrubbst.«

»Als ob. Kauf dir besser schon einmal gute Stiefel für später, wenn du im Dreck versinkst.«

Wir schlugen ein und machten uns wieder auf den Weg.

Die Häuser am Rande der Stadt waren heruntergekommen und standen meist leer. Bei Angriffen der Monster waren sie stets das erste Ziel und wurden zerstört. Ziegel waren von Dunkelwebern vom Dach geworfen worden. Knochenträger hatten Löcher ins Mauerwerk gerammt und Blutgänger Türen aufgestemmt. Niemand, der sich etwas Besseres leisten konnte, würde hier freiwillig wohnen. Wir ließen die Gebäude hinter uns und erreichten den Vorplatz des Westtores: eine hundert Meter breite, aus Stein gepflasterte Fläche, die sich ringsherum um die Stadt zog und von zahlreichen Lampen und Scheinwerfern ausgeleuchtet war. Dahinter lagen die Mauer und mehrere Quadratmeter abgeholzte Bäume, ehe der Wald begann.

Vor dem Tor, das von zwei Wachtürmen flankiert wurde, hatten sich bereits zahlreiche Bändiger versammelt. Die erfahrenen untern ihnen, die uns zu unserem Schutz in den Wald begleiten würden, erkannte ich auf den ersten Blick. Nicht nur wegen der Monster, die ihnen zur Seite standen, sondern vor allem, weil sie ruhig und in sich gekehrt waren. Sie sammelten Kraft und Konzentration für eine möglicherweise tödliche Mission – meine Kommilitonen hingegen waren laute Trottel.

In Gruppen aus drei bis fünf Leuten hatten sie sich zusammengefunden. Ich konnte im Stimmengewirr nicht ausmachen, worüber sie alle redeten, aber das war nicht schwer zu erahnen, denn natürlich ging es darum, was uns nun bevorstand. Gewohnheitsgemäß blieben Alexandr und ich etwas abseits stehen, aber blieben dennoch nah genug an den anderen, damit deutlich wurde, dass wir dazugehörten; als wären unsere Livrejs nicht Hinweis genug.

Ich betrachtete die anderen Bändiger in der Hoffnung, nur ein einziges Gesicht zu entdecken, in dem sich meine eigene Panik widerspiegelte – erfolglos. Konnte es wirklich sein, dass ich die

Einzige war, die sich vor heute Nacht fürchtete? Wir alle hatten bereits Familienmitglieder, Freunde und Bekannte an die Monster verloren. Hier ging es nicht nur um Geld, Ruhm und Ansehen. Die Bedrohung aus den Wäldern war real. Erkannten die anderen das tatsächlich nicht oder war ich nur der größte Feigling, der je auf dieser Erde gelebt hatte?

Ich wollte mich gerade abwenden, als mein Bruder meinen Blick einfing. Jakub nickte mir über die Distanz zu und schenkte mir ein Lächeln, das ich jedoch nur schwach erwiderte. Er war sechzehn Jahre älter als ich und würde die heutige Mission gemeinsam mit unserem Vater anführen. Ihn konnte ich nirgendwo ausmachen, was aber nicht bedeutete, dass Jakub alleine war. An seiner Seite stand sein Monster, ein Knochenträger.

Diese Kreaturen erinnerten an einen Hirsch. Ihr Geweih war aus Gebein geformt und schwarze Augen blickten hinter einem skelettartigen Schädel hervor. Sie waren hochgewachsen und ausgesprochen dürr. Es wirkte, als stünden diese Bestien stets am Rande des Verhungerns, aber dem war nicht so, auch wenn jeder einzelne Knochen zu erkennen war. Zudem lagen ihre Rippenbogen frei und dort, wo eigentlich ihre Organe – Lunge, Herz, Leber – sitzen sollten, formte nur ein schwarzer Knoten ihr Inneres, in dem sich langsam etwas regte wie Würmer in einem Apfel, die versuchten sich ihren Weg nach außen zu fressen.

Ein Schauder lief mir über den Rücken. Ich verabscheute diesen Anblick und wandte mich von Jakub ab. Unruhig trat ich dabei von einem Fuß auf den anderen und hoffte inständig, dass sich kein Knochenträger an mich binden würde.

»Bestimmt geht es bald los«, sagte Alexandr, als wäre das etwas Gutes. Anscheinend verwechselte er meine Nervosität mit Vorfreude.

Ich nickte dennoch und sah gen Himmel. Es würde tatsächlich

nicht mehr lange dauern. Von der Sonne war nur noch ein Schimmer am Horizont zu sehen und die hereinbrechende Dunkelheit war bereits von Sternen gefleckt. Die Wolken hatten sich verzogen und der Vollmond wartete darauf, die ganze Stadt in seinem silbernen Licht erstrahlen zu lassen. Mir stellten sich dabei die Nackenhaare auf und ich fragte mich, ob ich mich von nun an immer so fühlen würde, als stünde ich an einem Abgrund.

»Ich will meinen Abschluss innerhalb eines Jahres machen«, hörte ich auf einmal Ambrož hinter mir sagen. Seine Stimme war voller Überzeugung. Unbewusst suchte mein Blick nach ihm und wie nicht anders erwartet, stand er in einer Gruppe mit seinen Anhängern – Danica, Bruno und Ruza – beisammen.

Danica stieß ein Schnauben aus. »Fünfhundert Punkte in einem Jahr? Das ist unmöglich.«

»Jakub hat es in dreizehn Monaten geschafft«, erwiderte Ambrož. Er fuhr sich mit der Hand durch das dunkelblonde Haar und sah dabei zu meinem Bruder. Ehrfurcht und Anerkennung spiegelten sich in seinen schwarzen Augen wider, aber auch noch etwas anderes: Ehrgeiz. »Ich muss nur noch etwas schneller sein.«

Ruza schnaubte. »Du glaubst, du bist besser als Jakub Novák?«

Ein selbstsicheres Lächeln trat auf Ambrožs Lippen. »Ich glaube es nicht. Ich weiß es.«

»Schwachsinn«, murmelte ich, anscheinend eine Spur zu laut, denn plötzlich stand ich im Mittelpunkt der Aufmerksamkeit und vier erzürnte Augenpaare waren auf mich gerichtet.

Ambrož funkelte mich wütend an. »Was hast du gesagt?«

Ich betrachtete ihn und es brauchte kein Genie, um zu erkennen, dass er mir körperlich überlegen war. Er überragte meine eins siebenundsechzig um gut zwanzig Zentimeter und trotz der Livrej waren die Muskeln, die er sich in den letzten Jahren im Kampf-

und Waffentraining erarbeitet hatte, nicht zu übersehen. Zugegeben, ich war dank des strengen Lehrplans der Akademie alles andere als schwach, aber gegen jemanden wie ihn hatte ich keine Chance. Vermutlich wäre es klüger gewesen, sich zu entschuldigen, aber ich hatte keine Angst vor Ambrož. Er besaß weder Klauen noch Reißzähne. Er konnte sich nicht durch den Schatten an mich heranschleichen oder sich aus der Höhe auf mich herabstürzen. Was hatte ich also zu befürchten?

»Du hast mich schon verstanden«, erklärte ich und verschränkte die Arme vor der Brust.

Ambrož trat einen Schritt auf mich zu. »Nein, das habe ich nicht. Wiederhole es.«

»Vielleicht solltest du dein Gehör untersuchen lassen«, kam Alexandr mir zu Hilfe. Er trat neben mich, das Kinn erhoben.

»Halt dich da raus, Bastard.« Ambrož sprach das letzte Wort mit einem Ekel in der Stimme aus, der sonst für die Hovno-Dosen in unserem Krám reserviert war.

Alexandr ballte die Hände zu Fäusten. Es wäre nicht das erste Mal, dass er mit Ambrož aneinandergeriet. Doch er würde diese Schlägerei bereuen, noch mehr als sonst, wenn er deswegen von der heutigen Nacht ausgeschlossen werden würde.

Das durfte ich nicht zulassen. Ich trat zwischen sie. »Du hast deine Bändiger-Zulassung mit fünfzehn Punkten weniger bestanden als Jakub zu seiner Zeit. Warum solltest du jetzt besser sein als er?«

»Weil ich meine Punkte ehrlich verdient habe.«

Ich runzelte die Stirn. »Und Jakub nicht?«

»Natürlich nicht«. Ambrož verdrehte die Augen. »Oder glaubst du, es war Zufall, dass ausgerechnet er die Tabelle angeführt hat? Euer Vater hat ihm die Punkte damals zugesteckt. Genauso wie er sie dir jetzt zusteckt.«

Ich presste die Lippen aufeinander und wusste, ich sollte widersprechen. Ich sollte Benedict verteidigen, aber das konnte ich nicht. Wir alle, die hier standen, wussten, dass er recht hatte. Ich hatte in den letzten drei Jahren alles darangesetzt, möglichst schlecht an der Akademie abzuschneiden. In der Hoffnung, ein paar zusätzliche Jahre ohne Monster zu gewinnen oder gar exmatrikuliert zu werden. Aber Benedict hatte weder das Eine noch das Andere zugelassen. Egal wie schlecht ich mich angestellt hatte, er hatte immer einen Weg gefunden, mir Punkte zuzuschieben, denn schließlich war ich eine Novák und Nováks gehörten zur Bändiger-Elite. Sie fielen nicht durch Klausuren.

»Sie streitet es nicht einmal ab.« Ambrož lachte und ich hätte ihm das selbstgefällige Grinsen am liebsten aus dem Gesicht geschlagen. Vielleicht war das meine Chance, der heutigen Nacht zu entkommen. Doch bevor ich mich entscheiden konnte, erklang eine vertraute Stimme neben mir.

»Was ist hier los?«, fragte Jakub. Ich wandte mich meinem Bruder zu. Er stand nur wenige Schritte von Ambrož und mir entfernt, sein Knochenträger war ihm direkt auf den Fersen. Die Kreatur überragte selbst Ambrož um mehrere Zentimeter, und das ohne sein Geweih.

»Nichts ist los«, log ich.

»Von dort drüben sah es so aus, als würdet ihr streiten.«

Ambrož schüttelte den Kopf. »Selbstverständlich nicht.«

Misstrauisch glitt Jakubs Blick von Ambrož und mir zu Danica, Bruno und Ruza und schließlich zu Alexandr. Er glaubte uns kein Wort, dennoch nickte er. »Das freut mich zu hören, denn wir können uns keine Ablenkung erlauben, wenn wir gleich da rausgehen. Denkt immer daran, die Monster sind eure Feinde und niemand sonst.«

»Natürlich«, erwiderte Ambrož gehorsam. Jede Unterstellung des Betrugs war vergessen.

Jakub ließ seinen Blick ein letztes Mal über unsere Gruppe gleiten, ehe er sich mit seinem Knochenträger wieder auf den Weg nach vorne zum Tor machte. Dort war inzwischen Unruhe ausgebrochen. Das konnte nur eines bedeuten: Es ging los. Die Gespräche um uns herum verstummten. Aufregung und Vorfreude wichen Ungeduld, und diese Ungeduld sprang auf die anwesenden Monster über. Fieberhaft scharrten sie mit ihren Klauen und Hufen, als könnten sie es kaum erwarten, in den dunklen Wald zurückzukehren.

»Okovy, aufgepasst!«, bellte die tiefe Stimme meines Vaters. Der große Benedict Novák hatte sich auf die Treppenstufen von einem der Wachtürme gestellt und alle Aufmerksamkeit war auf ihn gerichtet. Selbst die Monster schienen ihm zu lauschen. Im grellen Licht der Scheinwerfer wirkte sein blondes Haar beinahe weiß und ließ ihn älter als dreiundfünfzig Jahre erscheinen. Der geisterhafte Effekt wurde von der schwarzen Livrej noch verstärkt, die anders als meine Uniform nicht mit silbernen, sondern mit goldenen Knöpfen ausgestattet war. Ein Zeichen dafür, dass Benedict die Akademie vor Jahren erfolgreich abgeschlossen hatte. Auch sein Gürtel war golden und über seiner Schulter trug er einen Köcher mit Pfeilen und die dazugehörige Armbrust. Er trug diese Waffe nur für den Notfall. Eigentlich brauchte er sie nicht, denn er hatte einen Blutgänger, der für ihn kämpfte.

Die hochgewachsene Kreatur stand gekrümmt neben Benedict. Von allen Monstern waren es die Blutgänger, die den Menschen am meisten ähnelten. Sie glichen uns in Größe und Statur und gingen aufrecht auf zwei Beinen. Ihre Haut war blutrot. Sie besaßen keine Geschlechtsteile und hatten keine Haare auf dem Kopf, aber so etwas Ähnliches wie ein Gesicht, nur dass ihnen der Mund fehlte und anstelle einer Nase hatten sie nur eine leichte Erhebung ohne Löcher. Sie rochen und aßen mit ihren Händen und den Stacheln an ihren Fingern, die Blut wittern und aufsaugen konnten. Durch diese konnten sie ihre Opfer auch mit einem Gift infizieren, das Lähmungserscheinungen hervorrief und sie so zu leichter Beute machte.

»Heute ist ein besonderer Tag«, sagte Benedict. »Es ist der Tag, an dem aus zwanzig Novizen Bändiger werden. In den vergangenen drei Jahren haben die Mitglieder der Akademie alles darangesetzt, euch auf diesen Tag vorzubereiten. Wir haben euch viel gelehrt und euch an eure Grenzen getrieben, nicht nur körperlich im Kampf- und Waffentraining, sondern auch im Geiste, damit ihr euch dem stellen könnt, was euch heute Nacht erwartet. Denn die Stärke eurer Muskeln ist nutzlos, wenn euer Verstand nicht dazu in der Lage ist, der Dunkelheit standzuhalten. Gemeinsam mit uns werdet ihr nun erstmals die Wälder betreten, in denen die Monster hausen. Doch ihr seid Bändiger. Und wir Bändiger lassen uns nicht von der Finsternis einschüchtern. Wir wehren uns gegen diese Kreaturen und machen sie uns mit unserem Willen zu eigen, bis sie zu Sklaven unseres Verstandes werden.«

Worte des Zuspruches und der Begeisterung erklangen aus den Reihen der Zuhörer. Alexandr hatte sich zwei Finger in den Mund geschoben und stieß einen scharfen Pfiff aus, der mich zusammenzucken ließ und noch Sekunden in meinen Ohren nachhallte. Ich hingegen stand völlig regungslos inmitten der Gruppe. Dennoch fand mich Benedicts Blick mit einer Zielsicherheit, als hätte ich eine Leuchtrakete abgefeuert. Er zog die Brauen zusammen und trotz der Distanz zwischen uns konnte ich eine Aufforderung in seinen Augen erkennen.

Ich ballte die Hände zu Fäusten und zwang mich dazu, nicht wegzusehen. Er wartete nur darauf, dass ich ebenfalls klatschte. Ich verspürte jedoch keinen Triumph, sondern nur ein nagendes Gefühl, das direkt in meinem Herzen saß.

Der Jubel der anderen Bändiger verklang und Benedict blieb keine andere Wahl, als sich von mir abzuwenden. Mir entfuhr ein erleichtertes Seufzen, ohne dass die Anspannung meinen Körper verließ.

»Wir alle wissen, wie die Sache heute ablaufen wird«, erklärte Benedict weiter und ließ seinen Blick über die Männer und Frauen gleiten, die mit ihren Kreaturen vor ihm standen. »Es geht einzig und alleine darum, die Monster für unsere Anwärter zu finden. Bleibt dicht beisammen. Keine Ausflüge. Keine Fehltritte, denn heute wird kein rotes Blut vergossen.«

»Und morgen wird kein rotes Blut vergossen«, riefen die anderen Bändiger. Ihre Freude darüber, uns in ihrem Kreis willkommen heißen zu dürfen, wich einer stählernen Entschlossenheit, die fester stand als die Mauer vor uns.

Meine Knie begannen zu zittern und mit wild schlagendem Herzen beobachtete ich, wie zwei Bändiger nach den Kurbeln griffen, welche den Mechanismus des Tors in Bewegung setzten. Die Zahnräder begannen sich zu drehen. Ich hielt den Atem an. Alexandr spannte sich neben mir an, als Millimeter für Millimeter die Pforte vor uns aufgeschoben wurde. Nur langsam gab sie den Blick auf den Wald frei. Hinter einem Feld abgeholzter Stämme reihten sich dürre Bäume aneinander. Ihr Blattwerk wurde vom Mond und von dem Licht der Laternen beschienen, ehe es sich in der Finsternis verlor und ein Teil der Dunkelheit wurde.

3. KAPITEL

Der Wald war anders als in meiner Vorstellung. Ich hatte einen lauten Ort erwartet, der erfüllt war vom angstvollen Quieken der Wildtiere, von den Schreien der Dunkelweber und dem Knurren der Schattenläufer. Doch zwischen den Bäumen war es still. Einzig das Pfeifen des Windes und das Knirschen der trockenen Blätter unter unseren Stiefeln waren zu hören. Niemand sagte ein Wort.

Die Bändiger hatten uns Laternen gegeben, die uns den Weg zum Chrám, dem Tempel der Bändiger, leuchten sollten. Ich lief neben Alexandr. Jakub und sein Knochenträger waren an unserer Seite. Das Monster ging neben meinem Bruder wie ein Schoßhund. Sein Geweih streifte niedrig hängende Äste und gelegentlich blitzte seine Zunge hervor, um Blätter zu verspeisen. Ebenso wie die Dunkelweber ernährten sich Knochenträger nicht ausschließlich von Fleisch und Blut, aber das machte ihre Anwesenheit keineswegs erträglicher.

Ich schloss die Finger fester um den Griff meiner Laterne. Wir liefen erst seit wenigen Minuten durch den Wald, dennoch war um uns herum nur noch Dunkelheit. Von der Stadt, die ich siebzehn Jahre lang nicht verlassen hatte, war nichts mehr zu erkennen. Sollte ich die anderen verlieren, wusste ich nicht, ob ich alleine den Weg zurückfinden würde.

Es knackte unter meinen Füßen und als ich nach unten sah, entdeckte ich einen morschen Knochen. Dreckig und angenagt, aber eindeutig ein Knochen. Angewidert verzog ich die Lippen. Bestimmt war es der Knochen eines Tieres.

Aber ist er dafür nicht zu groß?, fragte eine leise Stimme in meinem Hinterkopf.

Im nächsten Moment war das Brechen von Holz zu hören, und bevor ich begreifen konnte, was das bedeutete, sprang ein wilder Blutgänger von einem der Bäume herunter. Er landete inmitten unserer Kolonne. Einem meiner Kommilitonen entfuhr ein schriller Schrei. Ein zweiter Blutgänger trat aus der Finsternis hervor, gefolgt von einem dritten, vierten und fünften.

Sie kesselten uns ein.

Scheiße.

Die Stille wich einem Gewirr aus Befehlen. Wir hatten für einen solchen Fall trainiert, aber ich konnte mich beim besten Willen nicht mehr daran erinnern, was ich tun sollte. Ich war wie erstarrt. Unfähig mich zu bewegen, konnte ich nur dabei zusehen, wie die Bändiger die Blutgänger mit ihren Kreaturen attackierten.

Jakubs Knochenträger rammte eines der Monster mit seinem Geweih gegen einen Baum und durchbohrte dessen Magen mit den spitzen Enden. Ohne einen Mund war es dem Blutgänger unmöglich, einen Schrei auszustoßen, aber sein Schmerz war nicht zu übersehen. Seine Muskeln verkrampften sich und schwarzes Blut sickerte hervor. Hilflos ruderte er mit den Armen und versuchte die Stacheln an seinen Händen in den Körper des Knochenträgers zu treiben. Es gelang ihm nicht und seine Bewegungen wurden immer verzweifelter.

Eine Hand packte mich am Oberarm. Ich schrie auf und wirbelte herum, in der Erwartung, ein Blutgänger hätte mich zu fassen bekommen. Doch es war kein Monster, das mich festhielt, sondern die neue Professorin. Es dauerte einen Augenblick, bis ich mich an ihren Namen erinnerte: Tereza Leharová.

»Komm«, sagte sie und zerrte mich hinter sich her, zu meinen Kommilitonen. Eng aneinandergedrängt standen sie beisammen. Umzingelt von den Bändigern der Akademie. Über unseren Köpfen flogen die gebändigten Dunkelweber, um uns vor möglichen Angriffen zu schützen. Tereza schubste mich in den Kreis und ich taumelte gegen Julek. Sein braunes Haar war vom Angstschweiß feucht und aus irgendeinem Grund beruhigte mich seine Furcht. Offenbar war ich doch nicht die Einzige, welche die Bedrohung durch die Monster erkannte.

Ich hielt erneut nach Jakub und Benedict Ausschau und entdeckte die beiden nur wenige Schritte von Jakubs Knochenträger entfernt, dessen Geweih noch immer im Körper des Blutgängers steckte. Regungslos stand Jakub da. Sein Blick vollkommen leer, denn er sah nicht länger durch seine Augen, sondern durch die seines Knochenträgers. Er war in seinen Geist eingedrungen und zwang ihm seinen Willen auf. Beschützt wurde er von unserem Vater, der gemeinsam mit seiner Kreatur darauf aufpasste, dass kein weiteres Monster Jakub in seinem verletzlichen Zustand angriff.

Die anderen Bändiger, die nicht dazu abgestellt waren, uns Novizen zu beschützen, hatten sich ebenfalls in Paaren und Gruppen zusammengeschlossen und versuchten die Blutgänger von uns fernzuhalten. Dabei waren nicht alle so erfolgreich wie Jakub. Ein Dunkelweber lag verwundet auf dem Boden. Sein Bändiger kniete über ihm, bemüht die Wunde zu schließen. Die Luft war erfüllt von dem Gestank des schwarzen Blutes – schweflig und sauer, wie ranzige Butter.

Ich schluckte schwer und konzentrierte mich darauf, durch den Mund zu atmen.

»Glaubst du, es gibt noch mehr von ihnen?«, fragte Julek.

»Nein«, antwortete ich, obwohl ich mir dessen nicht sicher sein konnte. Allerdings lag einer der Blutgänger inzwischen reglos auf der Erde und würden noch weitere Bestien dort draußen auf uns lauern, hätten sie vermutlich bereits angegriffen.

Ich wandte meine Aufmerksamkeit wieder meiner Familie zu. Benedict hatte seine Armbrust hervorgezogen und zielte damit auf den Kopf des Blutgängers. Zischend löste sich ein Pfeil aus der Verankerung und bohrte sich in den Schädel der Kreatur.

Einen Menschen hätte dieser Treffer getötet.

Ein Monster nicht.

Der Blutgänger hielt inne, bemühte sich nicht länger, seinen Stachel in den Körper von Jakubs Knochenträgers zu treiben, sondern griff stattdessen nach dem Pfeil in seiner Stirn. Er zog ihn heraus und augenblicklich begann sich die Wunde zu schließen, denn das war das Problem mit diesen Kreaturen. Sie waren immun gegen alle herkömmlichen Waffen.

Es brauchte ein Monster, um ein Monster zu töten.

Der Dunkelweber eines anderen Bändigers nutzte jedoch diesen Moment der Ablenkung. Er stürzte sich auf den Blutgänger und schlug seine Fänge in dessen Gesicht. Es war ein Kampf, der nur wenige Sekunden dauerte, und schließlich erschlaffte der Körper des Blutgängers.

Jakubs Knochenträger schüttelte seinen Schädel ein letztes Mal, ehe er sein Geweih zurückzog. Das leblose Monster sackte in sich zusammen und ein Ruck fuhr durch den Körper meines Bruders, als dieser sein Bewusstsein wiedererlangte. Er taumelte einen Schritt zurück. Benedict fing ihn auf und sagte etwas, das ich aus der Ferne unmöglich hätte verstehen können.

Der Dunkelweber, der den beiden geholfen hatte, flatterte zurück zu seiner Bändigerin: Tereza.

Nun, da zwei der fünf Blutgänger gefallen waren, konnte mit den übrigen drei kurzer Prozess gemacht werden, und nachdem sichergestellt war, dass kein Bändiger schwer verletzt war, führten wir den Weg zum Chrám fort.

»Geht es euch gut?«, fragte Jakub. Er lief wieder an meiner Seite und bedachte Alexandr und mich mit einem besorgten Blick.

»Sollten wir dich das nicht fragen?« Meine Stimme klang belegt.

»Ach, das wird schon wieder.« Jakub lächelte, aber sein Lächeln konnte nicht darüber hinwegtäuschen, dass er noch ziemlich mitgenommen aussah. Das blonde Haar, das er für gewöhnlich immer sorgfältig gekämmt trug, war zerzaust und seine Haut wirkte noch blasser als sonst. Sich mit einem Monster zu verbinden, so wie er und einige andere Bändiger es im Kampf gegen die Blutgänger getan hatten, war nicht ohne.

Es gab zwei Arten des Bändigens, den *Přestat* und das *Hýbat*. Der Přestat war die einfachere Form und beschrieb den Zustand, wenn ein Bändiger mit seinem Monster verbunden war, um seine wilde Natur zu zähmen. Dieser Zustand sollte vierundzwanzig Stunden am Tag, sieben Tage die Woche anhalten, damit ein Monster nicht seinen niederen Instinkten folgte und willkürlich Menschen angriff. Im Přestat war der Bändiger ganz er selbst und in seinem eigenen Kopf.

Im Hýbat hingegen tauchte der Bändiger in den Verstand seines Monsters ein und gab sich selbst der Dunkelheit hin. Denn im Hýbat wurden nicht länger nur deren Instinkte unterdrückt, sondern den Kreaturen wurde der Wille des Bändigers aufgedrängt, damit sie an der Seite der Menschen kämpften. Diese Form des Bändigen kostete mehr Kraft und Kontrolle als der Přestat und je stärker und erfahrener ein Bändiger war, umso länger konnte er im Zustand des Hýbat ausharren. Einige Mitglieder der Akademie, wie Benedict und Jakub, konnten sehr viel Zeit in den Köpfen ihrer Monster verbringen, dennoch war es ein Kraftakt, der nicht zu unterschätzen war.

»Brauchst du was zu essen?« Alexandr griff in seine Hosentasche und zog ein paar Mandeln hervor.

Jakub schüttelte den Kopf. »Nein, danke. Es geht schon.«

»Dann eben nicht.« Er zuckte mit den Schultern und ich fragte mich, wie er in einem Moment wie diesem nur ans Essen denken konnte. Mein Magen war ein nervöser Knoten, und während wir anderen mit wachsamen Blicken durch den Wald schlichen, knabberte Alexandr die Nüsse, als wäre er eben nicht von einer Horde Monster angegriffen worden.

In meinem Kopf war der Chrám ein heiliger Ort. Ein Licht im Dunkel des Waldes, dazu geschaffen, uns Bändigern Zuflucht zu gewähren, während wir einen Teil unserer Seele der Finsternis hingaben. In Wirklichkeit war der Tempel ein baufälliges Gebäude. Es hatte nichts mehr mit dem prachtvollen Bauwerk gemein, das ich von dem Gemälde aus dem Eingangsbereich der Akademie kannte. Die vor langer Zeit aus hellem Stein gebauten Mauern waren ergraut und von Wind und Kälte gezeichnet. Risse zogen sich über die Fassaden wie die Falten durch das Gesicht einer alten Frau. Statuen, die früher den Eingang bewacht haben mussten, lagen zerschlagen auf der nassen Erde. Dort, wo einst ein massives Tor das Innere geschützt hatte, klaffte inzwischen ein Loch, Laub und Dreck bedeckten den Boden und vor meinen Füßen lag eine tote Ratte.

Ich machte einen großen Schritt über den Kadaver und ließ meinen Blick durch den Chrám schweifen, der nichts weiter war als ein leer geräumtes Zimmer – nur zehnmal größer, damit alle Bändiger und ihre Monster Platz darin fanden. Einzig und allein eine im Boden eingelassene Platte aus getrübtem Gold ließ erahnen, dass dies hier ein besonderer Ort war. Darin eingraviert war die Zahl 1412 – das Jahr, in dem der erste Bändiger sich ein Monster zu eigen gemacht hatte; das lag bereits ein halbes Jahrtausend zurück.

»Irgendwie habe ich mehr erwartet«, flüsterte Alexandr neben mir.

Ich nickte und verschränkte die Arme vor der Brust. Es war gut eine Stunde vergangen, seit wir die Stadt verlassen hatten, und inzwischen hatte die Luft sich merklich abgekühlt. Der kalte Wind prickelte auf meiner vor Nervosität feuchten Haut und ich bereute es, meinen Mantel nicht mitgenommen zu haben, aber keiner der Bändiger hatte einen dabei. Sie alle stellten ihre Livrej zur Schau und ich wollte nicht die eine sein, die es nicht tat.

»Okovy, bringt euch in Stellung!«, brüllte Benedict. Er liebte es, das alte Wort für Bändiger zu benutzen. Jakub, Tereza und drei andere Professoren delegierten uns an die hintere Wand des Raumes.

Mir rauschte das Blut in den Ohren. Passierte das hier wirklich? Ich hatte diesen Moment so oft in meinen Albträumen gesehen, dass er mir nun unwirklich erschien. Ich war nicht ich selbst, sondern steckte in dem Körper einer Fremden. Wie betäubt blieb mir nichts anders übrig, als mit anzusehen, wie die letzten Vorbereitungen getroffen wurden. Die Bändiger entzündeten weitere Lampen, bis der komplette Chrám ausgeleuchtet war.

Zwischen uns und dem Eingang des Tempels positionierten sich die anderen Bändiger mit ihren Monstern, nur die goldene Fläche in der Mitte blieb frei. Es wurde wieder still und die Anspannung, die uns verfolgte, seit wir Praha verlassen hatten, legte sich über uns wie ein eiserner Vorhang. Schwer und drückend lastete er auf unseren Schultern.

Benedict trat aus den Reihen der Bändiger hervor. Auch an ihm war der Kampf mit den Blutgängern nicht spurlos vorübergezogen. Er wirkte bei Weitem nicht so erschöpft wie Jakub, aber seine Uniform saß nicht mehr so glatt wie zuvor und ein Fleck dunklen Blutes klebte an seinem Hals. »Nun ist er da. Einer der wichtigsten Momente eures Lebens«, erklärte er. Der leere Raum fing seine Worte auf und warf sie als Echo zurück. »Viele von euch werden im Laufe ihres Lebens noch öfter hierherkommen. Nicht nur, um Novizen zu schützen, wie wir es heute tun, sondern auch um sich ein weiteres Mal mit einem Monster zu verbinden. Nur wenige von euch werden das Privileg haben, bis zum Schluss an der Seite einer einzigen Kreatur zu kämpfen. Und möglicherweise läuft diese Kreatur heute Nacht durch diese Pforte. Ihr werdet ihre Dunkelheit sehen und ein Teil von ihr werden, so wie sie ein Teil von euch wird.«

Vereinzelt klatschten ein paar meiner Kommilitonen, aber die anderen Bändiger blieben ruhig und der verhaltene Beifall verklang.

»Gibt es Freiwillige, die bereit sind, den Anfang zu machen?«, fragte Benedict. Das Kinn stolz erhoben betrachtete er uns – seine Schützlinge – und schließlich blieb sein Blick an mir hängen. Natürlich erwartete er, dass ich mich meldete, denn ich war eine Novák. Aber das konnte er vergessen.

Ich hatte nur eine ungefähre Ahnung davon, was uns erwartete. Jakub und die anderen Professoren hatten versucht uns zu erklären, was nun passieren würde und wie es sich anfühlen würde, sich an ein Monster zu binden. Gemeinsam mit ihnen hatten wir all die Jahre für diesen Moment trainiert. Doch die Theorie zu kennen, bedeutete nicht, die Praxis zu beherrschen, und ich wollte nicht das Versuchskaninchen für eine Sache sein, an der ich ohnehin nicht teilhaben wollte.

»Ich mach es!«, rief Ambrož mit fester Stimme und trat aus unseren Reihen hervor. Ich war ihm noch nie dankbarer für seine Arroganz gewesen als in diesem Moment.

Benedict wandte sich ihm zu und ich atmete erleichtert auf. »Komm zu mir.«

»Gerne«, sagte Ambrož und murmelte etwas von: »Ich will ja nicht, dass irgendwelche Loser mir mein Monster wegschnappen«, als er an uns vorbeilief.

Alexandr stieß ein Knurren aus und ich wusste, dass er es spätestens in dieser Sekunde bereute, sich nicht zuerst gemeldet zu haben. »Wehe, dieses Arschloch bekommt mein Irrlicht.«

»Ganz sicher nicht«, bestärkte ich ihn und richtete meine Aufmerksamkeit wieder auf Ambrož. Er war auf die goldene Platte vor Benedict getreten und nahm einen Kelch entgegen. Darin war eine Kräutermischung, die uns etwas beruhigen sollte. Damit würde es uns leichter fallen, das Stadium der Konzentration zu erreichen, das wir für die Beschwörung eines Monsters brauchten.

Ambrož gab Benedict den Kelch zurück und setzte sich mit überkreuzten Beinen auf die goldene Platte. Er hatte uns den Rücken zugewandt, sein Blick war auf den Durchgang in den Wald gerichtet. Seine Schultern hoben und senkten sich, als er tief einatmete – und dann wurde es vollkommen ruhig im Chrám. Alle hielten die Luft an und selbst die Monster schienen andächtig zu schweigen.

Die älteren Bändiger hatten uns bereits davor gewarnt, dass dies eine lange Nacht werden könnte. Denn um das richtige Monster zu finden, musste sich der Geist eines Bändigers auf die Suche nach einer Finsternis begeben, die seine eigene ergänzte. Und hatte er sie erst einmal gefunden, musste er sie bezwingen. Das war keine Angelegenheit von ein paar Minuten.

Doch ich hatte nicht erwartet, wie nervenaufreibend das Warten sein würde. Die Sekunden krochen dahin wie Schnecken im Sommer über die trockenen Straßen Prahas – zäh und schleimig. Immer wieder sah ich von Ambrož zu den Wäldern, in der Erwartung, endlich das Monster zu erblicken, das seinen Ruf erwidert hatte. Nichts regte sich.

»Seht ihr etwas?«, fragte ein Mädchen hinter mir. Ich glaubte, es war Jolana.

»Nein«, antwortete ein Junge. »Wie lange warten wir jetzt schon?«

»Dreißig Minuten«, erwiderte Šimon mit seiner unverkennbar rauen Stimme.

»Vielleicht funktioniert es nicht«, flüsterte Alexandr neben mir mit einem selbstgefälligen Grinsen. Ich verpasste ihn einen mahnenden Schubs mit der Schulter. Ambrož war vielleicht ein Arschloch, aber auch ein begnadeter Bändiger. Praha brauchte gute Bändiger, zumindest bis die Waffen in der Schmiede meiner Mutter ausgereift waren; was hoffentlich bald der Fall sein würde.

»Da!«, rief jemand aus den hinteren Reihen.

Alle Köpfe drehten sich wieder in Richtung des Eingangs und tatsächlich regte sich etwas in der Finsternis. Die Bändiger spannten sich an und machten sich bereit für einen Angriff, sollte dieses Monster nicht von Ambrož herbeigerufen worden sein. Zuerst war nur das Rascheln des Laubs und das Knacken von Zweigen zu hören, dann trat eine Kreatur aus der Dunkelheit – und ein Raunen ging durch die Menge.

»Will der mich verarschen?«, fragte Alexandr. Niemand antwortete ihm. Gebannt starrten wir alle auf das Monster, das zwischen den Bäumen hervorgetreten war. Es war kein Irrlicht, aber das nächstbeste: ein Schattenläufer. Es gab nicht viele von ihnen, dementsprechend ungewöhnlich war es für einen Bändiger, einen Schattenläufer zu finden.

Geschmeidig näherte sich die Kreatur, die aus reiner Dunkelheit zu bestehen schien, dem Chrám. Ihr Fell war von einem reinen Schwarz und kein Funken Licht reflektierte auf ihrer Gestalt, die der einer überdimensionalen Waldkatze ähnelte. Während Dunkelweber, Knochenträger und Blutgänger stets gleich aussahen, unterschieden sich Schattenläufer in ihrer Erscheinung. Fest stand, dass sie stets Tieren glichen, und manch einer behauptete, sie stammten von den erzürnten Geistern des Waldes ab. Doch eines hatten alle Schattenläufer gemein: Sie besaßen Krallen, um klaffende Wunden zu schlagen, und Zähne, die Knochen brechen konnten.

Alle Augenpaare waren auf das Monster gerichtet, das nun den Chrám betrat. Für einen Moment war meine Angst vergessen. Argwöhnisch pirschte es sich an Ambrož an. Dabei warf sein Körper im Licht keinen Schatten, denn er war der Schatten selbst. Die Schritte der Katze wurden langsamer und selbst aus der Ferne erkannte ich den inneren Kampf in den schwarzen Augen der Kreatur – sie versuchte sich gegen Ambrožs Kontrolle zu wehren, doch es war zwecklos. Bereits wenige Sekunden später lag die Schattenkatze Ambrož zu Füßen wie ein reumütiger Hund seinem Besitzer.

Ambrož erwachte. Die Anspannung wich aus seinen Schultern. Er senkte den Kopf und betrachtete den Schattenläufer. Selbst ohne sein Gesicht zu sehen, war mir klar, dass sich beim Anblick der seltenen Kreatur ein Lächeln auf seinen Lippen ausbreitete.

Benedict, Jakub und die anderen Professoren gingen auf Ambrož zu. Sie schüttelten ihm die Hand und richteten ein paar Worte an ihn. Vermutlich gratulierten sie ihm zu seinem Schattenläufer, als hätte er einen Einfluss darauf gehabt. Nachdem alle Höflichkeitsfloskeln ausgetauscht waren, wurde die goldene Fläche geräumt und Ambrož durfte sich gemeinsam mit seiner Schattenkatze zu den anderen Bändigern stellen.

»Wer möchte als Nächstes?«, fragte nun Jakub. Mehrere Hände schossen in die Höhe. Meine war nicht darunter, und ohne hinzusehen, konnte ich Benedicts stechenden Blick spüren. Jakub betrachtete die Auswahl der Freiwilligen und deutete schließlich auf Alexandr.

»Ha!« Er straffte die Schultern und zog eine Grimasse in Richtung von Ambrožs Freunden, die sich ebenfalls gemeldet hatten. Manchmal suchte Alexandr den Ärger wie Motten das Licht.

Ich lächelte ihn an. »Viel Glück mit dem Irrlicht.«

Alexandr salutierte vor mir, bevor er zu meinem Bruder marschierte. Die beiden wechselten ein paar Worte miteinander, ehe Jakub Alexandr den aufgefüllten Kelch übergab. Er trank einen Schluck der Kräutermischung, setzte sich auf die goldene Fläche und das Warten begann von vorne.

4. KAPITEL

Alexandr rief kein Irrlicht herbei. Dennoch konnte er stolz auf sich sein. Noch nie hatte ein Bändiger sein Monster schneller bezwungen. Er hatte sich kaum auf die Platte gesetzt, da raschelte es bereits im Dickicht. Die anderen Bändiger waren in Angriffsstellung gegangen. Sie hielten es für unmöglich, dass die Kreatur, die hinter den Bäumen hervortrat, schon zu Alexandr gehörte. Dennoch lief der Knochenträger geradewegs auf ihn zu. Sein Geweih hoch erhoben, blieb er neben der goldenen Platte stehen und scharrte mit seinen spitz zulaufenden Hufen über das rissige Gestein.

Alexandr erwachte aus der Trance und kein Bedauern spiegelte sich in seinem Gesicht, als er den Knochenträger entdeckte. Er grinste die Kreatur voller Stolz an und wurde von unseren Professoren mit anerkennenden Worten überschüttet. Das Lob, das er einheimste, missfiel Ambrož. Er durchbohrte Alexandr mit giftigen Blicken, als sich dieser mit seinem Knochenträger schließlich neben ihn und seinen Schattenläufer stellte.

Anschließend wurde die Zeremonie fortgeführt. Alexandr und Ambrož hatten die Messlatte wirklich hoch gesetzt und ich konnte spüren, wie sich eine neue Art der Nervosität unter meinen Mitschülern ausbreitete. Dennoch fanden sich immer weitere Anwärter, die sich freiwillig meldeten. Die Stunden vergingen und es wurde auf meiner Seite des Chrám immer leerer, während sich weitere Blutgänger, Dunkelweber und Knochenträger im Tempel einfanden.

Den anderen Bändigern waren Pflicht und Tradition vielleicht wichtiger als ihr Leben, aber meine Prioritäten lagen anders – und mir lief die Zeit davon. Wie bei einer Sanduhr kam ich Korn für Korn meinem Schicksal näher. Meine Livrej war inzwischen durchgeschwitzt und meine Lunge verkrampfte sich. Ich bekam kaum noch Luft.

»Kayla.«

Ich war erschöpft. Erschöpft vom Stehen. Erschöpft vom Ruhigsein. Erschöpft vom Warten und Sorgenmachen. Ich wollte nur noch nach Hause. Raus aus diesem Wald. Weg von all den Monstern. Rein in ein Leben, das nicht von der Dunkelheit bestimmt wurde.

»Kayla.«

In den Ohren hörte ich das Pulsieren meines eigenen Herzens und es schien ein Wort zu flüstern: Nein.

Nein.

Nein.

Nein.

Ich war noch nicht bereit.

»Kayla!«

Erschrocken blickte ich auf. In Gedanken versunken hatte ich eine ganze Weile auf den Boden gestarrt. Erwartungsvoll sah mich Benedict an. Das Funkeln in seinen Augen verriet mir, dass er mit meinem Verhalten alles andere als zufrieden war.

»Kayla, du bist an der Reihe.«

Ich sah mich um und stellte fest, dass ich die letzte verbleibende Novizin ohne Monster war. Ein Teil von mir wusste, dass meine Angst übertrieben war. Hunderte von Bändigern hatten ihre Monster überlebt. Jakub und Benedict kämpften seit Jahren ohne große Verletzungen an der Seite ihrer Kreatur. Ich könnte wie sie sein. Stark. Mutig. Furchtlos. Der andere Teil von mir konnte hingegen nicht aufhören an Miloš zu denken. Er war auch stark, mutig und furchtlos gewesen und wohin hatte es ihn gebracht? Ins Grab.

»Komm schon.« Benedict winkte mich zu sich heran. »Kayla, jetzt mach es nicht so spannend.« Er lachte und ein Außenstehender hätte dieses Lachen möglicherweise für ein ehrliches gehalten. Ich wusste es besser. Siebzehn Jahre lang hatte ich gelernt, die Spitzen in Benedicts Stimme zu erkennen, die mir gefährlich werden konnten. Nicht gefährlicher als ein Monster, dennoch setzten sich meine Füße in Bewegung und ich näherte mich der goldenen Platte.

Jakub war neben Benedict getreten. Die beiden sahen sich mit ihren blonden Haaren und schwarzen Augen so ähnlich, dass es fast schon unheimlich war. Jakub überreichte mir den Kelch, bis zum Rand gefüllt mit der Kräutermischung. Ich blickte in die trübe Flüssigkeit. Was würde wohl passieren, wenn ich sie nicht trank und einfach Nein sagte? Wenn ich hier stehen blieb und gar nichts tat? Zwar könnten sie mich in die Knie zwingen, aber nicht dazu, meinen Geist für die Dunkelheit zu öffnen. Doch sosehr ich mich auch vor den Monstern fürchtete, war ich tatsächlich bereit, dieses Stigma zu tragen? Wollte ich wirklich die Bändigerin sein, die ihrer Pflicht nicht nachkam? Meine Mutter, Marek und Frída würden mich für diese Entscheidung nicht verurteilen. Aber was war mit all den anderen? Benedict, Jakub und den Einwohnern Prahas, die den Monstern hilflos gegenüberstanden. Würden sie mich verstehen?

»Kayla.« Mein Name aus Jakubs Mund ließ mich aufsehen und mir war klar, dass mir meine Unsicherheit ins Gesicht geschrieben war. Ich rechnete damit, dass er mir sagen würde, ich solle mich zusammenreißen, meiner Bestimmung folgen und nicht so ein Feigling sein. Er überraschte mich jedoch mit ganz anderen Worten: »Ich kann deine Zweifel nachvollziehen.«

»Wirklich?«

Er nickte. »Miloš war auch mein Bruder und seit seinem Tod ist kaum ein Tag vergangen, an dem ich mich nicht gefragt habe, ob ich dieses Leben überhaupt noch will.« Jakubs Stimme war ein Flüstern, das nur Benedict und ich hören konnten. »Er war ein begnadeter Bändiger und niemand hat damit gerechnet, dass ausgerechnet er die Kontrolle über seinen Dunkelweber verliert. Wenn ihm so etwas passieren kann, warum nicht auch mir?«

Ein Kloß bildete sich in meinem Hals und ich schluckte schwer. Jakub brachte es auf den Punkt. All sein Talent hatte Miloš nicht gerettet, und ich besaß nur einen Funken davon.

»Nun könnte ich meinen Knochenträger töten lassen, um von ihm frei zu sein. Ich könnte in Frídas Krám aushelfen oder in Mutters Waffenschmiede arbeiten. Nur würde das nichts ändern. Die Monster gäbe es noch immer – aber einen Bändiger weniger«, fuhr Jakub fort. »Du kannst deine Pflicht vernachlässigen und den Kopf einziehen, aus Angst davor, dich selbst oder jemand anderen zu verletzen. Aber weißt du, was? Wenn du nichts unternimmst, machst du dich genauso schuldig. Denk an all die Leute, die du retten kannst, wenn du erst einmal eine Bändigerin bist. Stell dir ihre Gesichter vor und sag ihnen, dass du sie nicht beschützen wirst. Dass du es nicht einmal versuchen wirst, aus Angst, du könntest auch nur einen von ihnen verfehlen. Denn das ist es, was dich wirklich zurückhält: die Angst, zu scheitern.«

Tränen brannten in meinen Augen. Ich konnte nicht glauben, was ich da eben gehört hatte. In meiner Vorstellung war Jakubs Mut all die Jahre unantastbar gewesen und nun zu erfahren, dass auch er Zweifel verspürte, rückte alles in eine vollkommen neue Perspektive.

Auf mich hatte es immer den Anschein gehabt, er wäre sich seiner Aufgabe und seiner Fähigkeiten absolut sicher, während ich die letzten Tage, Wochen und Monate geglaubt hatte, ich wäre mit meinen Sorgen und Ängsten alleine. Aber das stimmte nicht. Jakub fühlte wie ich, und wenn Jakub wie ich fühlte, dann ging es anderen Bändigern sicherlich auch so. Und diese Bändiger standen nicht hier und zweifelten. Sie taten, was getan werden musste, und ich konnte nicht abstreiten, dass Jakub auch mit seiner letzten Vermutung recht behielt.

Mich nicht an ein Monster zu binden, schützte mich in erster Linie vor meiner eigenen Unsicherheit, und nicht die Menschen vor den Monstern. Doch meine Sorge, dass mein Versagen jemanden umbringen könnte, war gerechtfertigt. Milošs Scheitern war Beweis genug. Keine Bändigerin zu werden, bedeutete allerdings auch, den Leuten keinen Schutz zu bieten. Natürlich könnte ich weiterhin meinen Beitrag in der Waffenschmiede meiner Mutter leisten, aber das war nicht dasselbe. Jeder konnte versuchen Waffen gegen die Monster zu entwickeln, aber nicht jeder konnte ein Bändiger werden.

Ich stieß ein Seufzen aus und wischte mir über die feuchten Wangen. Hoffentlich hatte niemand meine Tränen gesehen. »Ich hasse es, wenn du recht hast.«

Jakub schmunzelte. »Ich weiß.«

Ich verdrehte die Augen und sah wieder auf den Kelch in meiner Hand. War ich wirklich bereit, mich an ein Monster zu binden? Die Antwort war eindeutig: Nein. Dennoch würde ich es tun. Ich war es Miloš, Jakub und den Einwohnern Prahas schuldig, es zumindest zu versuchen. Ich holte tief Luft, setzte den Kelch an meinen Lippen und nahm einen Schluck.

»Trink ihn aus«, befahl Benedict mit einer Handbewegung. Er hatte unser Gespräch schweigend verfolgt und man sollte meinen, er hätte etwas zum Tod seines Sohnes oder zur Angst seiner Tochter zu sagen, aber dem war nicht so. Ich hatte nicht die Nerven, ihn darauf aufmerksam zu machen, geschweige denn ihm vorzuhalten, dass keiner der anderen Bändiger den Kelch hatte leeren müssen. Stattdessen hob ich ihn noch einmal an meine Lippen und trank das widerliche Gesöff aus.

Ich gab Jakub den Kelch zurück.

Er lächelte mich an. »Viel Erfolg.«

Ich nickte ihm zu und mit flatternden Nerven setzte ich mich auf die goldene Platte, die Beine überkreuzt. Ein letztes Mal blickte ich durch das Tor in den Wald, der geradezu friedlich vor uns lag, ehe ich meine Augen schloss und meinen Geist für die Dunkelheit öffnete.

Ich war blind. Umgeben von einer vollkommenen Dunkelheit.

Hallo?

Niemand antwortete mir, nicht einmal mein Echo. Wo war ich? Mein Herzschlag beschleunigte sich und ich drehte mich um die eigene Achse. Ich ließ meinen Blick schweifen, aber er kam nirgendwo an. Hier war einfach nichts. Gar nichts. Selbst eine Nacht mit geschlossenen Augen war wie ein Tag in der Sonne im Vergleich zu dieser Finsternis.

Hallo?

Immer noch Stille. Verzweiflung wuchs in mir und mir wurde schwindelig. Kein Wunder, ohne jegliche Orientierung. Ich sah nichts. Ich roch nichts. Ich hörte nichts. Was war das hier nur für ein Ort? Ich versuchte mich daran zu erinnern, wo ich zuletzt gewesen und wie ich hierhergekommen war, aber meine Gedanken waren getrübt. Ich schloss die Augen, was die Dunkelheit irgendwie erträglicher machte, und begann zu zählen. Eins. Zwei. Drei. Einatmen. Vier. Fünf. Sechs. Ausatmen. Sieben. Acht. Neun. Einatmen …

Nach einer Weile hatte sich mein Herzschlag wieder beruhigt, auch wenn das ungute Gefühl in meiner Magengrube blieb.

Was würde jetzt mit mir geschehen? Letztlich blieben mir nur zwei Möglichkeiten. Ich konnte hier stehen bleiben und verzweifeln, oder ich konnte versuchen einen Weg aus der Dunkelheit zu finden. Ich sah mich in alle Richtungen um. Es gab keine Anhaltspunkte und keine Wegweiser, also lief ich einfach los. Wackelig auf den Beinen setzte ich einen Fuß vor den anderen, unsicher, ob ich mich überhaupt von der Stelle bewegte – das war schwer zu sagen ohne Himmel über und ohne Erde unter mir.

Hallo?

Nichts.

Hallo?

Nichts.

Hallo?

Nichts.

Ungeduld stieg in mir auf. Ich hatte keine Ahnung, wie lange ich hier nun schon herumirrte. Waren es Sekunden? Minuten? Stunden? Oder schon eine Ewigkeit? Ich beschleunigte meine Schritte und rannte schließlich. Irgendwo musste ich einfach ankommen!

Meine Lunge spannte und ein Brennen zog sich von meinem Magen durch meinen Hals bis in meinen Mund. Ich konnte Galle auf meiner Zunge schmecken, dennoch blieb ich nicht stehen, denn das würde bedeuten aufzugeben. Also rannte ich immer weiter und weiter und weiter, tiefer in die Schwärze hinein, bis ich auf einmal den vertrauten Geruch von Schwefel wahrnahm. Beinahe hätte ich angefangen zu weinen. Endlich war da mehr als nichts!

Ich blieb stehen und blickte mich um. Es war so dunkel wie zuvor und doch war alles anders: Ich war nicht mehr allein. Ich konnte es vielleicht nicht sehen, aber ich konnte es spüren. Die Anwesenheit eines Monsters. Seine Blicke auf meiner Haut. Sein warmer Atem in meinem Nacken. Mein Verstand sagte mir, ich sollte mich fürchten, aber ich war einfach nur froh, nicht mehr alleine zu sein.

Hallo?

Als Antwort erhielt ich ein Knurren. Woher kam es? Suchend sah ich mich um. Schließlich entdeckte ich ihn: einen Schatten. Ein Fleck inmitten der Dunkelheit, der eigentlich nicht existieren sollte. Dennoch war er hier und ich war erleichtert ihn gefunden zu haben, denn das bedeutete, es gab hier Licht.

Vorsichtig ging ich auf den Schatten zu. Ich wagte es nicht zu blinzeln, aus Angst, ihn aus den Augen zu verlieren. Mein Herz pochte mit jedem Schritt schneller und schließlich war ich ihm nahe genug, um ihn zu berühren. Zaghaft streckte ich meine Hand aus und meine zitternden Finger berührten weiches Fell. Meine Knie drohten schon vor Erleichterung unter mir nachzugeben, als plötzlich eine Klaue aus dem Schatten griff und mich packte.

Ich stieß einen Schrei aus und versuchte noch zurückzuweichen. Doch es war bereits zu spät. Der Schatten hielt mich fest. Ich biss die Zähne zusammen und stemmte mich mit aller Kraft gegen seinen eisernen Griff.

Lass mich los!

Schweiß trat mir auf die Stirn, je länger ich versuchte meine Hand der Klaue zu entreißen, doch ich hatte keine Chance. In meinem Handgelenk begann es zu pochen und ich glaubte, das Knacken meiner Knochen zu hören. Verzweifelt blickte ich mich nach einer Waffe um. Es gab keine. Wieso auch? Ich war in vollkommener Leere und auf einmal musste ich mich fragen, wieso ich überhaupt kämpfte. Was sollte das bringen? Hier gab es nur mich und den Schatten. Verbündete, gefangen in der Dunkelheit. Mich loszureißen hieß nur, wieder alleine zu sein.

Und da alles besser war als nichts, wehrte ich mich nicht länger. Meine Muskeln erschlafften und der Schatten zerrte ein letztes

Mal an meinem Arm. Ein Ruck durchfuhr meinen Körper und ich fiel. Gegen den Schatten und in ihn hinein. Der Sturz riss mich in die Tiefe – und in ein Licht. Geblendet kniff ich die Augen zusammen und bereitete mich auf den Aufprall vor, als ich es plötzlich hörte: das Pfeifen des Windes, das Rauschen der Blätter und das Murmeln von Stimmen.

Blinzelnd öffnete ich die Lider und erkannte, dass ich wieder im Chrám war. Unter mir der Boden und über mir das Dach. Vor mir der Wald, der im Licht der aufgehenden Sonne erstrahlte, und neben mir ein Schattenläufer.

5. KAPITEL

Die Dunkelheit hatte sich verändert – war unvollkommen. Denn die Schwärze, die über ihm lag wie Nebel an einem feuchten Morgen über dem Waldboden, hatte einen Riss bekommen.

Licht flutete seine Finsternis.

Blendete ihn.

Er wollte seine Augen vor ihr verschließen, aber er konnte dem Drang, hinzusehen, nicht widerstehen. Er zog an seinem Verstand und zwang ihn dazu, die Helligkeit wahrzunehmen, die sie in seinem Kopf gepflanzt hatte.

Er wusste nicht, woher sie kam oder was sie von ihm wollte. Aber nun waren sie gemeinsam in der Dunkelheit gefangen.

6. KAPITEL

Auf dem Weg zurück starrte ich das Monster oder genau genommen den Schatten*wolf*, der neben mir herlief, immer noch an. Sein pechschwarzes Fell verschluckte das Licht der aufgehenden Sonne, nur seine dunklen Augen reflektierten es. Er war größer als Ambrožs Schattenkatze und reichte mir bis zur Taille. Seine dunklen Krallen sanken bei jedem Schritt in die feuchte Erde ein und hinterließen einen handgroßen Abdruck.

Es fiel mir schwer, mir vorzustellen, dass diese Kreatur der Schatten in der Dunkelheit gewesen war. Doch ich konnte seine Finsternis noch immer in meinem Kopf spüren. Sie glich dem nagenden Gefühl der Ungewissheit, wenn man das Haus verließ und anschließend daran zweifelte, ob man das Feuer im Kamin wirklich gelöscht hatte. Man versuchte den Gedanken zu verdrängen, denn bisher hatte man die Flammen *immer* gelöscht. Dennoch konnte man nicht aufhören darüber zu grübeln und den Rest des Tages begleitete einen dieses Unwohlsein, das erst wieder aufhörte, wenn man am Abend nach Hause kam und die eigenen vier Wände nicht niedergebrannt waren. Nur würde dieses Gefühl für mich nie wieder aufhören.

»Du musst mir unbedingt alles über Knochenträger erzählen, was du weißt«, hörte ich Alexandr ein paar Schritte vor mir zu Jakub sagen. Links und rechts von ihnen waren jeweils ihre Monster, wobei Alexandrs Knochenträger ein etwas größeres Geweih besaß.

»Alles, was du über die Knochenträger wissen musst, erfährst du in der Akademie.«

»Aber es gibt doch sicherlich auch Geheimtipps«, beharrte Alexandr, der ein endloses Reservat an Energie zu besitzen schien. Während Jakub und die anderen Bändiger mit dunklen Ringen unter den Augen und blasser Haut so müde aussahen, wie ich mich fühlte, lag in seinem Gang noch immer ein lebendiger Schwung.

»Nein, so etwas gibt es nicht«, antwortete Jakub.

»Du lügst.«

»Und du bist übereifrig. Lern erst einmal, was die Akademie zu lehren hat.«

»Ha! *Erst einmal*, das bedeutet, es gibt Geheimtipps.«

»Hör auf mir die Worte im Mund herumzudrehen«, sagte Jakub und in diesem Moment bewunderte ich ihn für die Geduld, die er für Alexandr übrig hatte. Ein anderer Bändiger hätte ihm längst gesagt, er solle sich verziehen. Ich war Jakub jedoch dankbar dafür, dass er Alexandr einen Moment beschäftigt hielt und mir Zeit blieb, meine Gedanken zu sortieren. Immerhin hatte er seinen Knochenträger bereits vor Stunden gebändigt, ich meinen Schattenwolf erst vor wenigen Minuten.

»Okay.« Alexandr nickte und wurde ruhiger. »Ich kann warten.«

»Gut.« Jakub rollte mit den Augen und sah über seiner Schulter zu mir. Sein Blick glitt von mir zu dem Schattenwolf und allein für den Stolz, der darin lag, hatte es sich gelohnt, eine Bändigerin zu werden. Nichts von dem, was Jakub bisher gesagt oder getan hatte, gab mir das Gefühl, er wäre mit meiner Leistung unzufrieden, obwohl ich länger als alle anderen Bändiger gebraucht hatte, um ein Monster an mich zu binden.

Der Rückweg nach Praha verlief ruhig. Hier und dort war das alarmierende Knacken von Zweigen zu hören, aber ein weiterer Angriff blieb aus. Vermutlich schüchterte die Größe unserer Gruppe die Monster ein und zudem graute der Morgen. Die meisten Kreaturen waren nachtaktiv, dennoch kam es gelegentlich zu Angriffen bei Tag. Man musste immer auf der Hut sein.

Eine Woge der Erleichterung erfasste mich, als ich durch das Dickicht hindurch endlich wieder die vertrauten Mauern der Stadt erblickte. Jakub gesellte sich zu den anderen Professoren, um das weitere Vorgehen zu besprechen. Alexandr ließ sich zu mir zurückfallen und legte mir einen Arm um die Schulter. »Wie fühlt sich meine Lieblingsbändigerin?«

»Müde«, antwortete ich und betrachtete den Schattenwolf, in dem sich meine Erschöpfung widerspiegelte. Was nicht verwunderlich war, schließlich waren wir nun miteinander verbunden. Er hielt seinen Kopf gesenkt und seine Schritte waren träge. Doch ich gab mich nicht der Illusion hin, dass es von nun an immer so einfach sein würde. Wir waren beide ausgelaugt von dem Kampf in der Dunkelheit. Sobald er wieder bei Kräften war, würde er anfangen sich gegen mich zu wehren.

»Wie kannst du müde sein? Das alles ist so aufregend!«, sagte Alexandr. Seit wir den Chrám verlassen hatten, schien jeder seiner Sätze mit einem Ausrufezeichen zu enden.

»Es wird von heute an die nächsten fünfzig Jahre aufregend sein.« *Falls wir so lange leben.*

»Du bist eine Spielverderberin, Kayla.«

»Bin ich nicht.«

»Doch, meine Liebe, das bist du.« Vielsagend nickte Alexandr in die Richtung meines Monsters. »Du hast ihn sich noch nicht einmal durch den Schatten bewegen lassen.«

»Sollte ich das tun?« Ich betrachtete den Schattenwolf, der mit seinen flauschigen Ohren zugegebenermaßen ganz hübsch anzusehen war. Zumindest für ein Monster und besonders im Vergleich zu einem Knochenträger. Immerhin musste ich ihm nicht beim Verdauen zusehen.

»Klar! Ich hätte das sofort gemacht. Ambrož hat es auch schon ausprobiert.«

Ich rollte mit den Augen. »Na, wenn Ambrož das schon ausprobiert hat.«

»Komm schon«, drängte Alexandr und sah mich mit großen Augen an.

»Ich weiß nicht.« Ich hatte mich kaum mit dem Gedanken abgefunden, dass dieser Schattenwolf von nun an ein Teil von mir sein würde. Er und das drängende Gefühl in meinem Kopf. Und da sollte ich bereits versuchen ihn zu kontrollieren?

»Jetzt mach schon.«

Ich seufzte. Wieso konnte ich ihm nur nichts abschlagen? *Weil er neben Marek dein einziger Freund ist und er alles für dich tun würde, wenn du ihn nur darum bittest?* »Okay, ich versuchs. Aber ich verspreche nichts.«

Alexandr zog den Arm von meiner Schulter und klatschte begeistert in die Hände, was natürlich die Aufmerksamkeit der anderen Bändiger auf uns zog. Wie schön. Publikum. Wo ich doch keine Ahnung hatte, was ich hier eigentlich tat. Ich atmete tief ein, die kühle Morgenluft prickelte in meiner Nase, und blickte zur Kreatur neben mir. Aus dem Unterricht in der Akademie wusste ich, dass der Zustand des Přestat ausreichte, um den Schattenwolf durch den Schatten gleiten zu lassen, da dies ein natürliches Verhalten war. Dennoch hatte ich nur eine vage Vorstellung davon, wie genau es funktionierte.

Ich konzentrierte mich auf die Dunkelheit in meinem Kopf. Sie war die Verbindung zwischen mir und dem Schattenwolf. *Gleite durch den Schatten. Gleite durch den Schatten. Gleite durch den Schatten.* Ich wiederholte die Worte, aber nichts geschah. Es war wie mit einem eingeschlafenen Bein. Ein Kribbeln ließ mich spüren, dass es noch da war, aber es zu bewegen fiel mir schwer. Genauso war es mit dem Schattenwolf; nur schlimmer. Er hob seinen Kopf und starrte mich mit seinen dunklen Augen an, die zu sagen schienen ›Was willst du von mir?‹.

Gleite durch den Schatten.

Nichts.

Ich stieß ein frustriertes Seufzen aus.

»Versuch mal den Befehl auszusprechen«, sagte Alexandr.

»Das funktioniert doch nicht.« Einige Bändiger gaben ihre Anweisungen mündlich, nicht weil die Monster darauf hörten, sondern weil es ihnen half, sich besser darauf zu konzentrieren. Aber was hatte ich schon zu verlieren? »Gleite durch den Schatten.«

Der Schattenwolf blinzelte und wandte seinen Blick von mir ab, als würde ich ihn langweilen.

»Eindringlicher!«, rief irgendein Bändiger, der vor uns lief.

»Gleite durch den Schatten«, wiederholte ich lauter.

»Noch eindringlicher!«

Hielten die mich hier zum Narren? Ich stieß ein Knurren aus, das genauso gut aus der Kehle meines Monsters hätte stammen können. »Gleite durch den Schatten!« Frustration schwang in meiner Stimme mit und ich war kurz davor, diesen lächerlichen Versuch aufzugeben, als das Fell des Schattenwolfes sich aufzulösen begann. Rauchartig züngelte seine Gestalt durch die Luft, bevor sie in sich zusammenfiel und zu Nebel wurde. Dieser waberte über den Boden und versank darin wie Wasser in der Erde. Der Schattenwolf war spurlos verschwunden. Mein Puls beschleunigte sich und ich blickte mich unruhig um, obwohl ich wusste, dass das Monster noch da war. Ich konnte seine Dunkelheit noch immer spüren.

»Dort drüben«, sagte Alexandr und deutete auf einen vor uns

liegenden Baum. Zwischen zwei morschen Wurzeln stieg schwarzer Dunst auf, der sich innerhalb eines Herzschlages wieder zu der Kreatur verdichtete. Aus diesem Grund waren Schattenläufer so gefährlich. Sie konnten überall und ständig aus dem Nichts angreifen, solange es nur einen Schatten gab.

Obwohl ich es nicht wollte, verspürte ich einen Funken Stolz darüber, dass ich den Wolf dazu gebracht hatte, dieses Kunststück zu vollführen.

Er blieb an dem Baum stehen, bis Alexandr und ich daran vorbeiliefen, und folgte mir dann gehorsam. Wir verließen das Dickicht des Waldes und liefen über die abgeholzte Fläche zum Tor der Stadtmauer. Es war inzwischen heller Morgen und die Sichel des Mondes war nur noch blass inmitten des Blaus zu erkennen. Das Tor zur Stadt wurde für uns geöffnet. Ich hatte nicht geahnt, wie gut sich ein Wiedersehen mit den schäbigen Häusern am Stadtrand anfühlen konnte.

Gemeinsam mit den anderen Bändigern wartete ich auf dem Vorplatz, während sich Benedict bei den Wachen erkundigte, ob es Zwischenfälle gegeben hatte. Als Direktor der Akademie war er gleichzeitig für die Koordination der Bändiger verantwortlich. Anscheinend war es über Nacht ruhig in Praha geblieben und wir marschierten umgehend zur Akademie.

Für gewöhnlich waren die Straßen um diese Zeit bereits von Leben erfüllt. Der Duft von frisch gebackenem Brot lag in der Luft, Händler sortierten neue Ware ein, alle versuchten pünktlich zur Arbeit zu kommen und Kinder trödelten auf dem Weg in die Schule. Heute waren die Straßen wie ausgestorben. Sie alle hatten mit unserer Ankunft gerechnet und fürchteten sich vor den neuen Monstern, die an so unerfahrene Bändiger gebunden waren. Die Wahrscheinlichkeit, dass einer von uns innerhalb der ersten Woche die Kontrolle über sein Monster verlor, war ebenso hoch wie die, dass einer von uns innerhalb des ersten Semesters sterben würde. Denn jedes Jahr gab es diesen einen Bändiger, der sich hoffnungslos überschätzte und dafür mit seinem Leben bezahlte.

Doch so groß die Angst der Leute war, so groß war auch ihre Neugierde. Hinter vorgezogenen Vorhängen konnte ich ihre Blicke auf meiner Haut spüren und mehr als einmal entdeckte ich platt gedrückte Kindernasen an den Fensterscheiben, ihre Gesichter voller Staunen und voller Furcht.

»Ich fühle mich wie ein Verbrecher auf dem Weg zur eigenen Hinrichtung«, murmelte ich und sah zu einem der Häuser auf, von denen aus wir beobachtet wurden. Als die Leute hinter dem Glas meinen Blick bemerkten, zogen sie eilig den Vorhang zu.

»Das vergeht«, sagte Alexandr und legte seine Hand auf die Flanke seines Knochenträgers.

Ich hoffte es. Ebenso sehr wie ich hoffte, all diese Leute nicht zu enttäuschen. Ihre Angst sollte sich meinetwegen nicht bestätigen.

Obwohl ich inzwischen seit drei Jahren in der Akademie lebte, beeindruckte mich ihr Anblick jedes Mal aufs Neue. Das Gebäude gehörte zu den ältesten Bauwerken Prahas und war direkt neben der Vltava im romanischen Stil errichtet worden. Mit ihren Türmen aus massivem Stein und den zahlreichen kleinen Fenstern erinnerte die Akademie mehr an eine Festung als an eine Schule. Dutzende Rundbogen zierten die Zugänge zu einem großen Innenhof, der für Pausen und Trainingseinheiten genutzt wurde. Im Inneren des Gemäuers befanden sich Klassenzimmer, Sporthallen, Aufenthaltsräume, ein Speisesaal sowie Unterkünfte und Waschräume für Mitglieder der Akademie. Eigentlich gab es keinen Grund, die Akademie je zu verlassen. Hier bekamen wir alles, was wir brauchten. Dennoch verbrachte ich jede freie Minute in der Stadt oder, zu Benedicts Leidwesen, bei meiner Mutter.

Jakub und die anderen Professoren führten uns durch den Innenhof, vorbei an unserem Wohnheim bis zu den Stallungen, in denen die Monster untergebracht waren. Es gab über die Stadt verteilt mehrere dieser Quartiere, aber die meisten Bändiger brachten ihre Kreaturen hierher, wenn sie eine Auszeit von ihnen brauchten.

»Okovy, aufgepasst!«, rief Benedict. »Ich weiß, es war eine lange Nacht, aber ihr habt es bald geschafft. Jakub und Izak werden gleich die Schlüssel an euch verteilen.« Er hielt einen der besagten Schlüssel in die Höhe. »Er öffnet euch alle Türen in der Akademie sowie die Türen zu den Ställen. Geht verantwortungsvoll damit um. Solltet ihr ihn je verlieren, teilt es mir oder einem eurer Professoren umgehend mit. Kein ›Ich werde ihn schon wiederfinden‹ oder ›Der taucht schon wieder auf‹. In den falschen Händen können diese Schlüssel tödlich sein. Verstanden?«

Einvernehmliches Murmeln erklang aus unseren Reihen.

»Gut«, sagte Benedict, der Anflug eines Lächelns auf seinen Lippen. »Dann entlasse ich an dieser Stelle alle Bändiger, die uns auf unserer Mission in die Wälder begleitet haben. Ihr habt ganze Arbeit geleistet und ihr könnt stolz auf euch sein. Heute wurde kein rotes Blut vergossen.«

»Und morgen wird kein rotes Blut vergossen«, erwiderten die älteren Bändiger und verstreuten sich in alle Richtungen. Schließlich waren nur noch unsere Professoren übrig, die sich daranmachten, uns die Schlüssel zu überreichen. Danach wurden wir nach Art unserer Monster in Gruppen aufgeteilt, ehe wir in die Stallungen geführt wurden, und ich blieb mit Ambrož alleine.

»Schon witzig, dass wir beide Schattenläufer bekommen haben«, sagte dieser, gegen die Steinmauer gelehnt. Seine Schattenkatze rollte sich zu seinen Füßen zusammen. »Der Klassenbeste und die Klassenschlechteste. Klingt irgendwie nach Schicksal.«

Ich zog eine Augenbraue nach oben. »Schicksal wofür?«

»Uns.« Ambrož ließ den Blick aus seinen dunklen Augen über meinen Körper gleiten. »Ein Blazek und eine Novák. Zwei Bändiger. Zwei Schattenläufer. Zwei mächtige Familien.«

Woher kam das denn bitte? War Ambrož im Wald ein Ast auf den Kopf gefallen? »Ich tue jetzt so, als hättest du nichts gesagt, und schiebe diesen Moment geistiger Verwirrung auf Müdigkeit.«

»Warum?« Er zuckte mit den Schultern. »Es stimmt doch.«

Ich schnaubte und schielte zu meinem Schattenwolf. Er schlich ein paar Schritte entfernt um eine Lampe herum, deren Licht sanfte Schatten auf den Boden zeichnete. »Du spinnst.«

»Wir hätten beide etwas davon.«

»Ach ja? Was denn?«, fragte ich amüsiert. Auf diese Antwort war ich gespannt.

Ambrož schenkte mir ein verführerisches Lächeln, das normalerweise für die anderen Bändigerinnen reserviert war. »Denk doch nur drüber nach. Die Ländereien meines Vaters gepaart mit dem Einfluss deiner Familie über die Bändiger. Wir würden diese Stadt regieren. Du könntest alles bekommen, was du schon immer gewollt hast. Niemand würde es je wieder wagen, dich auf deine Verfehlungen in der Akademie anzusprechen. Du wärst auch nicht länger die Tochter einer ehebrecherischen Lesbe, die noch dazu die Wilde Jagd unterstützt, sondern die mächtigste Frau der Stadt, an meiner Seite.«

Es kostete mich all meine Kraft, nicht laut loszulachen. War das sein Ernst? Vor nicht einmal zwölf Stunden hatte er einen meiner besten Freunde beleidigt, Jakubs Leistungen angezweifelt und mich als Betrügerin beschimpft – was zwar stimmte, aber das tat nichts zur Sache. »Ich wäre lieber die armseligste Frau der Stadt als *deine* Frau.«

Das Lächeln wich aus Ambrožs Gesicht. »Hat das etwas mit Alexandr zu tun?«

»Was?« Allmählich beschlich mich das Gefühl, verarscht zu werden. Jeder, der Augen im Kopf hatte, konnte sehen, dass Alexandr und ich nur Freunde waren und es niemals mehr sein würde. Alexandr interessierte sich nicht auf diese Weise für mich – oder sonst jemanden.

»Ach, komm schon. Wir wissen doch alle, dass da was zwischen dir und dem Bastard läuft.«

»Okay, du hast recht«, sagte ich trocken, weil ich diese Unterhaltung leid war.

Ambrož zog die Brauen hoch. »Womit?«

»Na, mit Alexandr und mir. Es ist noch frisch, aber ...« Ich seufzte erneut, dieses Mal verträumter, und biss mir dabei auf die Unterlippe, als würde allein der Gedanke an Alexandr mich auf Touren bringen. »Er weiß wirklich mit seinem Körper umzugehen. Aber wem sag ich das? Du hast im Waffentraining oft genug gegen ihn verloren.«

Bevor Ambrož etwas erwidern konnte, wurden wir von Jakub unterbrochen. »Ihr beiden streitet doch nicht schon wieder, oder?«

»Nein.« Ich machte eine vage Handbewegung. »Ich habe nur von Alexandr und mir erzählt.«

Jakubs Augen weiteten sich. »Von Alexandr und dir?«

»Es ist noch ganz frisch«, säuselte ich. »Ich erzähle dir später davon.«

Im Stall ging es chaotisch zu. Zwanzig Monster wollten untergebracht werden und die Details ihrer Versorgung wurden noch einmal für alle erläutert. »Im Schuppen findet ihr alles, was ihr zum Saubermachen benötigt. Eimer, Besen, Schaufeln, Lappen ...«, erklärte Jakub und deutete auf die Kammern, die in jeder Ecke der Unterkunft standen. »Alles, was ihr für eure Schattenweber braucht.«

»Schatten*läufer.*«

Jakub sah mich irritiert an. Offensichtlich war die Nacht für ihn etwas zu lang gewesen. Er wirkte verwirrt und völlig neben der Spur. »Was?«

»Du hast Schattenweber gesagt«, erklärte ich.

»Natürlich.« Er schüttelte den Kopf. »Schattenläufer. Entschuldigung. Ich bin müde.«

»Wie wir alle.« Ich wollte ihn mit einem Lächeln aufmuntern, aber er drehte mir schon wieder den Rücken zu und fuhr mit seiner Professorenstimme fort: »Direkt neben dem Schuppen findet ihr Wasseranschlüsse und Schläuche. Die Zeit zur Pflege zwischen den Unterrichtsstunden reicht nicht aus, um die Käfige sauber zu halten. Ich würde euch empfehlen die Freistunden zu nutzen, um ordentlich zu reinigen, sonst fängt es sehr schnell an zu stinken.«

»Wieso müssen wir die Käfige selber putzen?«, fragte Ambrož.

»Weil das die Regel ist.«

»Du musst es nicht machen.«

»Ich bin auch nicht mehr in der Ausbildung«, erwiderte Jakub leicht gereizt.

»Ich würde auch jemanden dafür bezahlen.«

»Nein.«

»Aber –«

»Nein«, unterbrach Jakub Ambrož. »Glaubst du, mir hat es damals Spaß gemacht, Scheiße vom Boden zu kratzen? Sicherlich nicht, aber es gehört dazu und ist gut für die Bindung zwischen dir und deinem Monster. Also reiß dich zusammen. Sobald du deinen Abschluss hast, kannst du diese Aufgabe den Reinigungskräften überlassen. Sieh es als Motivation.«

Ambrož gab ein missmutiges Brummen von sich und ich hatte

keinen Zweifel daran, dass er trotz allem versuchen würde, irgendwelche armen Schweine dazu zu überreden, die Drecksarbeit für ihn zu übernehmen.

Jakub führte uns weiter durch die Stallung und langweilte uns noch einmal mit den Fakten über die Versorgung der Monster, die wir uns im Unterricht schon mehrfach hatten anhören dürfen. Schließlich blieben wir mit unseren Schattenläufern neben drei Kisten stehen, deren sechs Seiten aus massivem Stahl bestanden. Sie maßen etwa einen Meter fünfzig auf einen Meter fünfzig und waren ungefähr genauso hoch. »Hier wären wir«, sagte Jakub und deutete vielsagend auf die Särge – anders konnte man sie nicht bezeichnen.

»Das sind die Käfige?«, hakte ich nach.

»Ja.«

»Aber …« Ich sah mich im Stall um. Das Gewusel hatte inzwischen ein wenig nachgelassen und einige der Monster standen bereits in den Gehegen, die ich schon eher als Käfige bezeichnet hätte, mit ihren bis zur Decke reichenden, schweren Gittern. In den Stallungen der Dunkelweber lag Geäst, für die Blutgänger standen Bänke bereit, damit sie nicht nur auf dem Boden sitzen mussten, und die Käfige der Knochenträger waren beinahe doppelt so groß wie die der anderen. »Warum müssen unsere Schattenläufer in diese Kisten?«

»Weil es die einzige Möglichkeit ist«, antwortete Jakub leichthin. »Wenn du schläfst, kann es schon einmal passieren, dass der Přestat unterbrochen wird, und was dann? Die Gitter halten die anderen Monster davon ab auszubrechen, aber keine Kreatur, die durch Schatten gleiten kann. Dein Schattenwolf wäre schneller im Freien, als einer von uns Alarm schlagen kann. In der Dunkelheit kann er nichts sehen und daher auch nicht fliehen.«

Das ergab Sinn. »Aber wieso sind die Käfige so klein?«

Jakub rümpfte die Nase. »Ja, sie sind wirklich etwas klein. Die Dinger sind schon ziemlich alt und wir haben so selten Schattenläufer hier, dass es sich bisher nicht gelohnt hat, sie zu ersetzen.«

Skeptisch betrachtete ich die Kisten, deren Anblick bereits ausreichte, um mein Herz vor Nervosität schneller schlagen zu lassen. Ambrož schien diese Vorbehalte nicht zu haben. Er starrte seine Schattenkatze an. Vermutlich, um sie in die Kiste zu befehligen. Sie gehorchte nicht sofort und rieb sich einige Male an dem Stahl, ehe sie schließlich doch hineinlief. Im Inneren des Käfigs war sie fast nicht zu sehen, da ihr Fell das Licht, das von außen hineinschien, verschluckte. Mit erhobenem Kopf saß sie dort, kaum in der Lage, sich um die eigene Achse zu drehen.

»Bekommen sie darin überhaupt genügend Luft?«, fragte ich.

»Ja, unten in der Ecke sind Schläuche angebracht, die Luft zuführen«, erklärte Jakub.

Alles in mir sträubte sich dagegen, meinen Schattenwolf in einen solchen *Käfig* zu stecken. Ich hatte keine Ahnung, woher dieses plötzliche Mitgefühl kam und ob es daran lag, dass wir miteinander verbunden waren, oder daran, dass ich wusste, wie verzweifelt man sich in vollkommener Dunkelheit fühlte. Aber mir blieb keine andere Wahl. Entweder der Sarg oder … nichts. Es gab keine Alternative, wenn ich die Einwohner Prahas nicht gefährden wollte.

Ich richtete meine Konzentration auf den Schattenwolf. Wie schon zuvor im Wald reagierte er nicht auf meinen Gedanken. »Geh in den Käfig«, sagte ich. Meine Stimme klang träge, nicht wie ein Befehl, sondern viel mehr wie eine Bitte. Dennoch hörte der Schattenwolf und ging in die Kiste, in der er sich beinahe den Kopf anstieß. Mir wurde übel. Ich brachte es kaum über mich hinzusehen, als Jakub die Stahltüren schloss und mit einem Hängeschloss versah. Anschließend reichte er Ambrož und mir die Schlüssel.

»Habt ihr noch Fragen?«, erkundigte sich Jakub. Wir beide schüttelten den Kopf. »Gut, dann ruht euch jetzt aus. Heute Abend um siebzehn Uhr ist die erste Fütterung eurer Monster. Tereza und ich werden euch dabei unter die Arme greifen, ab morgen müsst ihr euch selbst darum kümmern.«

Ambrož blieb mit Jakub noch im Stall. Ich hatte keine Lust mehr, mir das Theater mit anzusehen. Ich verabschiedete mich von Alexandr und machte mich auf den Weg in mein Zimmer. Die Unterkünfte der Bändiger waren nicht weit von den Stallungen entfernt, vermutlich, damit wir in einem Notfall schnell Zugriff auf unsere Monster hatten. Ich lief durch den Vorhof zwischen einem der Rundbogen hindurch bis in die Akademie.

Der süße Duft von Frühstück lag in der Luft und obwohl mein Magen knurrte, ignorierte ich das Verlangen nach Essen und stieg die steinernen Treppen bis in den zweiten Stock hinauf. Ein breiter Flur zweigte links und rechts vom Treppenhaus ab. Ich schlug den Gang nach rechts ein, wühlte in meiner Hosentasche, in der sich inzwischen drei Schlüssel befanden. Ich sperrte die Tür auf und kaum war ich in meinem Zimmer, streifte ich mir die Livrej vom Körper, schlüpfte in etwas Bequemeres und ließ mich in mein Bett fallen.

Die Decke bis zur Nase gezogen ließ ich meinen Blick durch das minimalistisch eingerichtete Zimmer gleiten, das genauso gut einem Fremden hätte gehören können. Das Gemütlichste hier war das Bett mit der Matratze, die schon einige Bändiger vor mir durchgelegen hatten. An die gegenüberliegende Wandseite war ein Kleiderschrank geschoben und unter dem Fenster stand ein leerer Schreibtisch, da das neue Semester offiziell erst morgen begann.

Eine ganze Weile lag ich wach im Bett, obwohl die Erschöpfung schwer an meinen Lidern zog. Doch jedes Mal, wenn ich die Augen schloss, wurde ich erneut von der Dunkelheit verschluckt.

Dann schreckte ich auf und hörte das Blut in meinen Ohren rauschen. Mit tiefen Atemzügen versuchte ich mich zu beruhigen und kaum war mir das gelungen, begann das Spiel wieder von vorne.

7. Kapitel

Ein Klopfen an meiner Tür riss mich unsanft aus dem Schlaf. Ich setzte mich auf. Mein Zimmer war von der Sonne noch hell erleuchtet – auf keinen Fall war es schon siebzehn Uhr. Ich schlug die Decke zurück und kletterte aus dem Bett. In meinem Kopf pochte es und für den Bruchteil einer Sekunde war ich von diesem Gefühl irritiert, bis ich mich daran erinnerte, dass es von dem Schattenwolf stammte, dessen Dunkelheit nun in meinen Gedanken hauste.

Ich öffnete die Tür und war nicht sonderlich überrascht Marek dort stehen zu sehen. Eigentlich war Nicht-Bändigern der Zutritt zur Akademie untersagt, aber Marek war noch nie ein Freund von Regeln und Verboten gewesen.

»Ahoj, Kayla«, grüßte er mich und lief, ohne auf eine Einladung zu warten, an mir vorbei in mein Zimmer. Er ignorierte den Stuhl, der neben meinem Schreibtisch stand, und warf sich auf mein Bett. Die Arme hinter dem Kopf verschränkt beobachtete er mich. »Und? Welches Monster hast du abgegriffen? Einen Knochenträger?« Er schmunzelte amüsiert, denn er wusste genau, wie sehr ich Knochenträger mit ihren offen liegenden Mägen verabscheute.

Ich schloss die Tür. »Nein.«

»Ein Dunkelweber?«

»Nein.«

»Blutgänger?«

Nun war ich diejenige, die schmunzelte. »Nein.«

Mareks Augen wurden größer und ich beneidete ihn um das helle Braun seiner Iris. »Willst du mir damit sagen, du hast dem alten Herrn den Stinkefinger gezeigt und dich nicht an ein Monster binden lassen?«

Mein Lächeln fiel in sich zusammen. »Nein, ich …« Eigentlich hätte ich mit der Frage rechnen müssen, nachdem ich Marek die letzten Monate immer wieder erzählt hatte, dass ich keine Bändigerin werden wollte. Und obwohl er mich stets bestärkt und in all meinen Entscheidungen unterstützt hatte, wusste ich, dass er insgeheim immer gehofft hatte, ich würde Benedict und Jakub den Rücken kehren. Denn Marek war kein Freund der Bändiger, weshalb ich ihn nun wohl enttäuschen würde. »Nein. Ich habe einen Schattenläufer.«

Ruckartig fuhr er in die Höhe. »Ist das dein Ernst?«

Ich nickte und setzte mich neben ihn auf das Bett.

Sprachlos starrte er mich einige Sekunden an, ehe er sich zurückfallen ließ, den Blick an die Decke gerichtet. »Heftig.« Er schielte zu mir. »Wie lange ist es her, seit sich das letzte Mal ein Schattenläufer an einen Bändiger gebunden hat?«

»Ich bin mir nicht sicher«, sagte ich und legte mich neben ihn auf die Matratze, wo unsere Schultern einander berührten. »Drei Jahre? Alenka Dudeková, oder?«

»Stimmt. Ich sehe Alenka manchmal bei mir in der Straße.«

Ich drehte mich auf die Seite, zu Marek. »Willst du noch etwas Verrücktes hören?«

Er zog die rechte Augenbraue nach oben. »Wenn du mir jetzt sagst, dass Alexandr ein Irrlicht hat, dreh ich durch.«

Ich schmunzelte und griff nach einem von Mareks Ohrringen, der sich verdreht hatte, und schob ihn zurück in die richtige Position. »Nein, einen Knochenträger. Aber du kennst doch Ambrož, oder?«

»Wer kennt ihn nicht? Schließlich ist er ein *Blazek*«, sagte Marek mit näselnder Stimme, die wohl arrogant wirken sollte.

»Er hat auch einen Schattenläufer bekommen.«

Marek schnaubte abfällig. »Der Kerl hat nicht mal einen Hovno-Haufen verdient. Ich wette, er stolziert gerade durch die Stadt und erzählt jedem von seinem tollen Fang.«

»Solang er mit dem tollen Fang nur seinen Schattenläufer meint und nicht mich, ist alles gut.«

»Wie meinst du das?«

Ich erzählte Marek, dass sich Ambrož mit mir hat zusammentun wollen, um gemeinsam mit unseren Schattenläufern Praha zu regieren. »Ich hätte beinahe gekotzt.«

»Verständlich. Er ist so ein Schleimbeutel.«

»Und das Schlimme ist, ich werde in den nächsten Monaten und Jahren viel Zeit mit ihm verbringen. Wetten, Jakub und die anderen Professoren lassen mich ständig mit ihm zusammenarbeiten, damit wir unsere Erfahrungen über unsere Schattenläufer austauschen können?« Ich verdrehte die Augen. »Ich hoffe, er macht seinen Abschluss in zwölf Monaten.«

»Das schafft er niemals.«

»Er will es versuchen.«

»Angeber.«

Ich lachte. »Das sagt genau der Richtige.«

»Hey!« Marek sah mich mit gefurchter Stirn an. »Was soll das heißen?«

»Das weißt du ganz genau.«

»Nein, weiß ich nicht«, sagte er herausfordernd. »Erklär es mir.«

Ich rollte mich wieder auf den Rücken, die Hände auf den Bauch gelegt. »Du willst also abstreiten, dass du in der vergangenen Woche mit einem Mädchen von der Wilden Jagd in die

Waffenschmiede gegangen bist, um ihr dein ›verdammt langes Schwert‹ zu zeigen?«

»Ups.« Marek hatte zumindest den Anstand, rot zu werden. »Das hast du mitbekommen?«

Ich lehnte mich zurück. »Jap.«

»Scheiße.«

»Du bist also genauso ein Angeber wie Ambrož. Einfach die Waffenschmiede deiner Pflegemutter ausnutzen.« Ich schüttelte mit gespielter Betroffenheit den Kopf. »Wirklich armselig, vor allem wenn man bedenkt, dass wir überhaupt keine Langschwerter führen.«

»Also ich schon.« Ein anzügliches Grinsen trat auf Mareks Lippen und sein Blick zuckte von mir seinen Körper herab, wo er seine Hüfte bewegte.

»Du bist widerlich.«

»Und du bist selbst schuld, wenn du mir solche Steilvorlagen lieferst.«

»Halt die Klappe.« Ich verpasste ihm einen Schubs. Er rollte gegen die Wand und lachte laut, während mir die Ohren glühten, und ich versuchte, nicht an irgendwelche Schwerter zu denken.

»Kayla, es ist Zeit, aufzustehen!« Alexandrs Stimme hallte laut durch das dicke Holz der Tür, gegen die er auch hämmerte. Versuchte er die ganze Akademie zu wecken?

»Willst du nicht aufmachen?«, fragte Marek mit verschlafener Stimme.

»Nein.« Ich rollte mich im Bett herum und kuschelte mich an Marek. Es war nicht das erste Mal, dass wir gemeinsam eingeschlafen waren. In den ersten Wochen, nachdem Marek bei Frída und meiner Mutter eingezogen war, haben wir überhaupt nicht miteinander geredet. Damals steckten wir beide in diesem komischen

Alter zwischen Kindheit und Jugend. Marek war ein paar Monate älter, ich eingeschüchtert und ein wenig verliebt.

Schweigend waren wir umeinander herumgeschlichen, bis zu dem Tag, an dem Miloš gestorben war. Bis zu diesem Zeitpunkt war der Tod für mich ein Mythos gewesen. Die Leute erzählten, dass es ihn gab, aber es war noch nie jemand gestorben, der mir nahestand, und ich war unfähig gewesen, mit meiner Trauer umzugehen. Alle hatten geweint, selbst Jakub und Benedict – nur ich nicht. Aus Angst, die anderen würden mich für herzlos halten, hatte ich mich in meinem Kleiderschrank versteckt. Stundenlang hatte ich dort alleine ausgeharrt, bis Marek mich fand. Er hatte sich neben mich gesetzt und angefangen zu reden; über alles und nichts. Er hatte geredet und geredet und geredet, und ich hatte ihm zugehört, bis ich eingeschlafen war.

Am nächsten Morgen hatten Frída und meine Mutter uns zusammen schlafend im Schrank vorgefunden. Seit diesem Tag waren Marek und ich unzertrennlich. Wir waren nicht einfach nur Stiefgeschwister, sondern vor allem Freunde. Wir erzählten einander alles, manchmal bis tief in die Nacht hinein, bis uns die Augen zufielen.

»Kayla!« Alexandr klopfte erneut heftig gegen die Tür.

»Nein.« Ich zog mir die Decke bis zur Nasenspitze.

»Jetzt mach schon auf!«

»Ich will schlafen.«

Marek lachte leise und erbarmte sich Alexandrs und meiner. Er kletterte aus dem Bett und öffnete die Tür. »Ahoj, Alexandr. Lange nicht mehr gesehen. Wie ich gehört habe, hat das mit deinem Irrlicht nicht geklappt.«

»Halt die Klappe, Nicht-Bändiger«, stichelte Alexandr und schob sich an Marek vorbei in mein Zimmer. Er hatte seine Livrej ebenfalls abgelegt und trug nun eine dunkle Leinenhose, dazu eine ausgewaschene Bluse, mit Rüschen am Kragen. Ich konnte die anderen Bändiger schon jetzt über seine Kleiderwahl tuscheln hören. »Aufstehen. Wir müssen zur Fütterung.«

Müde blinzelte ich ihn an. »Kannst du das nicht für mich übernehmen? Dann fällt einmal Käfigputzen für dich weg.«

»Ich glaube, du solltest beim ersten Mal besser nicht fehlen.«

Ich stieß ein Brummen aus. Natürlich hatte Alexandr recht. Jakub würde mir die Hölle heißmachen, wenn ich die Einführung verpasste, und außerdem wollte ich meinen Schattenwolf sehen. Ich musste daran denken, wie er alleine und eingepfercht in dieser Kiste saß. Ich konnte ihn dort nicht bis morgen früh ausharren lassen. Das ließ sich mit meinem Gewissen nicht vereinbaren, denn auch wenn er ein Monster war, so war er noch immer eine lebende und atmende Kreatur – und ein Teil von mir.

Alexandr und ich waren die Letzten. Die anderen Bändiger warteten bereits vor den Stallungen und bedachten uns mit genervten Blicken, die Alexandr allesamt mit einem Grinsen abtat. Wie angekündigt waren Jakub und die neue Professorin Tereza da sowie zwei Mitarbeiter der Akademie aus der Küche. Sie hatten Wagen dabei, auf denen Eimer voller Gemüse-, Fleisch- und anderer Essensreste standen. Farbige Stofffetzen hingen an den Henkeln der Eimer und markierten, für welches Monster der Inhalt bestimmt war. Rot war für Blutgänger. Schwarz für Schattenläufer. Weiß für Knochenträger und Grau für Dunkelweber.

»Geht nur in den Stall, wenn ihr konzentriert seid und die Kontrolle über eure Monster habt«, erklärte Tereza. Sie war eine hochgewachsene Frau, mit einem langen Hals und kurz geschnittenen, graubraunen Haaren, deren Farbe an das Gefieder ihres Dunkelwebers erinnerte. »Sie reagieren empfindlich auf den Geruch von Blut. Er macht sie wild.«

Instinktiv fühlte ich nach der Verbindung zu dem Schattenwolf und spürte sie als dunklen Fleck im hintersten Teil meines Verstandes lauern. Die anderen Bändiger schienen dasselbe zu tun. Es wurde auf einmal ganz ruhig in der Runde und nur Jakub redete noch. Er erzählte uns, wie genau die Fütterung bei den einzelnen Monstern ablaufen würde. Es erschien mir alles ein wenig übertrieben und ich konnte mir nicht vorstellen, dass er so viele Gedanken an die Fütterung seines Knochenträgers verschwendete. Allerdings hatte er bereits über sechzehn Jahre Erfahrung mit dieser Kreatur.

Schließlich wurden die Eimer an uns verteilt und das Tor zum Stall geöffnet. Im Vergleich zu heute Morgen lag bereits ein strenger Geruch in der Luft, die warm und schwer stillzustehen schien. Ich hustete und lief in den hintersten Teil des Quartiers, dort wo die Kisten standen. Ambrož war schon da und lehnte lässig gegen die Kiste, als hätte er auf mich gewartet.

Er lächelte mich an. »Ahoj, Kayla.«

»Ambrož.« Demonstrativ wandte ich ihm den Rücken zu und zu meiner Überraschung schien er den Hinweis zu verstehen. Er versuchte mich nicht in eine Unterhaltung zu verwickeln, die vermutlich nur zu weiteren lächerlichen Angeboten seinerseits geführt hätte.

Ich stellte den Eimer mit dem rohen Fleisch vor den Käfig meines Schattenläufers ab und überprüfte ein letztes Mal die Verbindung zu der Kreatur, bevor ich die Tür aufschloss und einen Schritt zurückwich. Das Chaos um mich herum rückte komplett in den Hintergrund. Meine ganze Konzentration lag nun auf dem Schattenwolf, der aus der Dunkelheit trat.

Er war größer als in meiner Erinnerung, auch wenn diese erst ein paar Stunden alt war. Seine scharfen Krallen blitzten im Licht der Lampen auf und seine Augen glänzten vor lauter Gier, als er den Eimer voller rotem Fleisch entdeckte. Ich erwartete, dass er sich daraufstürzte und ein Blutbad anrichtete, aber er blieb einfach stehen, sein Körper wie ein schwarzes Loch inmitten der Scheinwerfer.

Er hob den Kopf. Unsere Blicke begegneten sich und ein tiefes Knurren drang aus seiner Kehle. Es vibrierte in meiner Brust und mein Herz begann schneller zu schlagen, kurz bevor sich ein stechender Schmerz in meinen Schädel bohrte. Ich biss die Zähne zusammen, gerade noch rechtzeitig, um einen Schrei zu unterdrücken. Es fühlte sich an, als würden die Würmer, die ihr Unwesen im Magen eines Knochenträgers treiben, mein Gehirn durchwühlen, um Platz für die Dunkelheit zu schaffen. Sie zerrte an meinem Verstand und dunkle Flecken begannen vor meinen Augen zu tanzen.

Nein, das durfte nicht passieren! Ich wollte nicht die Bändigerin sein, die bereits am ersten Tag die Kontrolle über ihr Monster verlor. Die wilde Natur des Schattenläufers rebellierte gegen meinen Přestat, und ich hatte keine Ahnung, wie ich die Kontrolle über ihn zurückgewinnen sollte. Der Schmerz machte es mir unmöglich, mich zu konzentrieren, geschweige denn klar zu denken. Panik stieg in mir auf und schnürte mir die Kehle zu, bis ich glaubte, keine Luft mehr zu bekommen. Wenn ich nicht schnell handelte, würde sich der Schattenwolf schon bald meiner Führung entzogen haben. Die schwarzen Punkte vor meinem Sichtfeld verdichteten sich und mir wurde so schwindelig wie während der ersten Momente in der Dunkelheit.

Ich hatte es schon mal geschafft, ihr zu entkommen. Was hatte ich getan? In meinem vor Schmerz vernebelten Verstand dauerte es einige Sekunden, bis ich die Antwort erkannte: Ich hatte mich nicht einschüchtern lassen, sondern war auf der Suche nach Licht durch die Finsternis gegangen. Das musste ich wieder tun. Ich musste das Licht in der Dunkelheit finden, und das konnte ich nur, wenn ich erneut ein Teil von ihr wurde.

Ich schloss die Augen und hieß die Schwärze, die mich zu verschlucken drohte, willkommen. Der eiserne Geschmack von Blut legte sich auf meine Zunge, und meine Hände begannen unkontrolliert zu zittern.

Ich stürzte in die Dunkelheit.

8. Kapitel

Eine Berührung an meiner Schulter holte mich zurück, raus aus dem gleißenden Licht, in das ich eine Sekunde zuvor gefallen war. Ich blinzelte und sah geradewegs in Jakubs Gesicht. Eine Falte zog sich über seine Stirn. »Kayla, ist alles in Ordnung?«

»Ja«, krächzte ich.

Nein.

»Es geht schon«, versicherte ich Jakub und versuchte an ihm vorbei zu meinem Schattenläufer zu sehen. Das Monster hatte den Blick von mir abgewandt und lief zu dem Eimer mit dem Fleisch. Ich hatte keine Ahnung, wie lange ich dieses Mal in der Dunkelheit gewesen war, aber es schien nicht so viel Zeit vergangen zu sein wie beim letzten Mal. Ambrožs Schattenkatze fraß noch und um mich herum waren auch die anderen Bändiger nach wie vor damit beschäftigt, ihre Monster zu füttern.

»Willst du dich hinsetzen?«, fragte Jakub.

Ich schüttelte den Kopf – gute Idee, aber ich wollte keine Schwäche zeigen, obwohl es in meinem Schädel heftig pochte.

Plötzlich schob sich ein Glas Wasser vor meine Nase. Es kam von Alexandr, der mich ebenfalls besorgt musterte. »Was ist passiert?«

»Wir hatten eine Auseinandersetzung«, antwortete ich und nahm das Glas entgegen.

»Wir?«

»Er und ich.« Ich deutete auf meinen Schattenwolf, der einen großen Fleischbrocken aus dem Eimer gezogen hatte und diesen nun auf dem Boden versuchte zu zerkleinern. Dabei zogen sich Blutschlieren über den grauen Stein. Fantastisch. Eine Sache mehr, die ich wegputzen musste.

»Wie wars?«, fragte Alexandr, nicht länger beunruhigt, sondern neugierig. Mir wurde bewusst, dass wir von einigen Bändigern beobachtet wurden, darunter auch Ambrož, der mich mit einem selbstgefälligen Lächeln bedachte.

Ich ignorierte ihn. »Schmerzhaft.«

»Das kann am Anfang passieren«, erklärte Jakub. »Auf der Krankenstation können sie dir etwas gegen die Kopfschmerzen geben. Vermutlich halten die noch eine Weile an.«

»Das ist nicht nötig.« Ich trank das Glas in einem Zug leer und bemühte mich für Jakub um ein Lächeln. Seine Sorge um mich war lieb, aber je länger er hier stand, umso mehr Aufmerksamkeit wurde mir zuteil. Er verstand meinen Hinweis und schlüpfte wieder in die Rolle des Professors. Für alle Umstehenden gut hörbar lobte er mich dafür, die Kontrolle über mein Monster so schnell wiedererlangt zu haben. Dann wandte er sich ab, um bei den anderen nach dem Rechten zu sehen.

Alexandr blieb bei mir. Sein Knochenträger war bereits versorgt, da an dessen Käfig ein Futtertrog befestigt war, in den er nur den Inhalt des Eimers schütten musste. »Und du bist dir sicher, dass es dir gut geht? Du siehst etwas blass aus.«

»Ich sehe immer blass aus«, erwiderte ich und beobachtete den Schattenwolf dabei, wie er sich ein weiteres Stück Fleisch aus dem Eimer nahm. Vermutlich sollte ich ihn dafür bestrafen, dass er versucht hatte gegen mich zu rebellieren. Benedict hätte das getan. Doch wirklich übel nehmen konnte ich es dem Monster nicht, nachdem ich es in diesen Sarg gesperrt hatte. Vermutlich hätte ich an seiner Stelle genauso gehandelt.

»Wenn das so ist, hast du vielleicht Lust, später mit ins Noční zu kommen?«

Erstaunt sah ich Alexandr an. »Du gehst doch sonst nie ins Noční.«

»Schon, aber …«, verlegen neigte er den Kopf, »die anderen wollen ihren ersten Tag als Bändiger feiern und wenn wir nicht mitkommen, sind wir wieder die Außenseiter.«

»Und das ist schlimm, weil …?«

»Weil wir den Rest unseres Lebens mit den anderen zusammenarbeiten müssen«, erklärte Alexandr und sah mich hoffnungsvoll mit großen Augen an. »Komm schon. Bitte. Ich will nicht alleine gehen.«

Ich seufzte. Im Gegensatz zu mir hatte Alexandr immer zu den Bändigern gehören wollen, war aber zum Außenseiter geworden, da seine Familie nicht den richtigen Nachnamen besaß.

»Okay, aber gib mir noch eine Minute.«

»Ja!« Alexandr grinste mich breit an und schlug vor, dass wir uns draußen trafen. Er schien zu spüren, dass ich noch einen Moment alleine mit meinem Schattenwolf brauchte. Ich seufzte und wandte mich dem Monster zu. Es hatte fertig gefressen und ich griff nach der Schale mit dem Wasser, um sie aufzufüllen. Der Schattenwolf beobachtete mich dabei mit wachsamen Augen.

»Bist du zufrieden mit dir? Du hast mich vor allen blamiert«, fragte ich leise, damit die anderen nicht mitbekamen, dass ich mit meiner Kreatur sprach.

Der Schattenwolf bewegte den Kopf und in meinem verwirrten Zustand dachte ich kurz, er hätte genickt.

Das Noční lag gegenüber der Akademie und war die einzige Bar Prahas, die nach Sonnenuntergang noch geöffnet hatte. Da es nur Bändigern erlaubt war, sich nach Einbruch der Dunkelheit im Freien aufzuhalten, gab es keinen Bedarf an weiteren Kneipen. Auch das Noční hatte nur eine überschaubare Kundschaft, da die meisten Bändiger nachts arbeiten mussten oder sich für ihre Schicht in den frühen Morgenstunden ausruhten.

Heute war die Schenke bis auf den letzten Platz gefüllt. Selbst die wackeligen Hocker an der Bar waren besetzt. Nicht alle Bändiger waren aus meinem Jahrgang, einige ältere waren gekommen, weil sie wussten, dass der Besuch im Noční für die Anfänger an diesem Abend eine Tradition war. Alexandr und ich hatten einen der letzten Tische ergattert. Die Lampe über unseren Köpfen war allerdings kaputt, weshalb wir im Halbschatten saßen wie zwei Verbrecher, die darauf warteten zuzuschlagen.

»Ist doch ganz nett hier«, sagte Alexandr und ließ seinen Blick durch den Raum mit der tiefen Decke gleiten. Das Noční war aus demselben grauen Stein erbaut wie die Akademie, nur waren die Fenster größer und das Dachgewölbe wurde inzwischen von Holzbalken gestützt. Hinter der Bar hing ein trüber Spiegel und davor standen alle möglichen Spirituosen, die der Besitzer im Keller selbst gebraut hatte.

»Ja, ganz nett«, echote ich und trank einen Schluck von meinem warmen, überteuerten Bier. Das war ein weiteres Merkmal des Noční: viel zu hohe Preise. Schließlich war der Laden ohne Konkurrenz und wir Bändiger hatten das Geld, denn wenn man der Akademie und der Stadt Praha eines lassen musste, dann, dass sie uns gut bezahlten. Ich hatte bereits im ersten Jahr meiner Ausbildung mehr verdient als Frída mit ihrem Krám in derselben Zeit, und das, obwohl mir die Akademie alles finanzierte: meine Unterkunft, das Essen im Speisesaal, Materialien für den Unterricht und was noch alles so anfiel, das nicht alleine meinem Vergnügen diente.

»Haben deine Eltern denn etwas zu dir gesagt?«, fragte ich Alexandr, bemüht den pochenden Schmerz hinter meinen Schläfen zu ignorieren.

»Nein, dann müssten sie ja zur Kenntnis nehmen, dass ich ein Bändiger bin«, sagte Alexandr und nippte an seinem Krug. »Du weißt, Konfrontationen mögen die Wágners nicht.«

»Und du kannst sie noch immer nicht davon überzeugen, dich in die Akademie ziehen zu lassen?«

Er lehnte sich in seinem Stuhl zurück und schüttelte den Kopf. Eine Haarsträhne löste sich aus seinem Zopf und umspielte seine Wange und seine heruntergezogenen Mundwinkel.

Ich schenkte ihm ein aufmunterndes Lächeln, obwohl ich nicht mehr viel Hoffnung für seine Familie sah. Ich war mir sicher, dass Alexandrs Eltern ihn liebten, aber sein Ziehvater hatte seiner Mutter ihren Seitensprung nie verziehen. Manchmal fragte ich mich, wieso die beiden noch zusammen waren, bis ich mich daran erinnerte, dass Scheidungen in der unteren Bevölkerungsschicht noch immer verpönt waren.

»Nur noch fünf Monate. Das schaffst du«, redete ich Alexandr gut zu, obwohl ich dieses Argument schon häufiger vorgebracht hatte. »Und wenn es so weit ist, leg ich bei Benedict ein gutes Wort ein, damit du das beste Zimmer bekommst.«

Verlegen senkte Alexandr den Blick.

»Was?«, hakte ich nach.

Er räusperte sich und schob fahrig die lose Haarsträhne zurück. »Um ehrlich zu sein, bin ich mir nicht mehr sicher, ob die Akademie so eine gute Idee ist.«

Ich runzelte die Stirn. »Wie meinst du das?«

Eine Schwermut umschattete Alexandrs Gesichtszüge. Ich bereute es, das Thema überhaupt angesprochen zu haben. »Ich weiß, ich lag dir ständig damit in den Ohren, aber meine Eltern schweigen sich jetzt schon seit Tagen nur noch an und mit mir reden sie auch kaum mehr. Wie soll das erst werden, wenn ich ausziehe? Vor allem, um in die Akademie zu gehen.«

»Aber was ist die Alternative? Nicht auszuziehen?«

Er zuckte mit den Schultern. »Keine Ahnung.«

»Das geht nicht.« Mein Herz brach für Alexandr und ich schüttelte heftig den Kopf. Wenn es sein musste, würde ich seine Eltern persönlich an einen Tisch setzen und zu einer Aussprache zwingen. »Du hast immer davon geträumt, in der Akademie zu leben, und jetzt willst du deinen Traum aufgeben, nur weil deine Eltern nicht damit umzugehen wissen? Wie stellst du dir das vor? Du kannst nicht für immer als Puffer bei ihnen bleiben, nur weil deine Mutter ein schlechtes Gewissen hat und dein Vater nicht mit ihr redet. Das ist nicht in Ordnung.«

»Natürlich ist es das nicht, aber was soll ich machen? Sie sind meine Eltern.«

»Richtig. Sie sollten sich um dich sorgen, nicht umgekehrt.« Ich beugte mich nach vorne und griff nach Alexandrs Hand. Er zuckte nicht zurück, als sich meine kalten Finger um seine schlossen. »Du hast nichts falsch gemacht. Deine Mutter und dieser Fremde sind ganz alleine für das Schlamassel verantwortlich. Das weiß jeder.«

Alexandr ächzte frustriert. »Wieso behandeln sie mich dann alle so, als wäre es meine Schuld?«

»Weil sie keine Ahnung haben«, antwortete ich mit einem Lächeln.

»Ihr zwei gebt wirklich ein hübsches Paar ab«, hörte ich plötzlich Ambrožs höhnische Stimme sagen. Es war nicht schwer, ihn zwischen den anderen Bändigern ausfindig zu machen, denn er kam geradewegs auf unseren Tisch zu. Obwohl er zeitgleich mit uns im Noční angekommen war, torkelte er bereits – vermutlich hatte er sich nicht nur ans Bier gehalten.

»Verzieh dich, Ambrož«, sagte ich und ließ Alexandr los.

»Wieso?« Er blieb direkt vor unserem Tisch stehen und schaute sich nach einem freien Stuhl um, bis ihm auffiel, dass keiner übrig war. »Ich will doch nur an eurem Glück teilhaben.«

Alexandr zog die Augenbrauen in die Höhe und sah mich fragend an. Ich schüttelte den Kopf und bedachte ihn mit einem Blick, der hoffentlich deutlich ›Erklär ich später‹ vermittelte. »Und wir wären gerne etwas alleine.«

Ambrož ignorierte meine Worte. Was auch sonst? Außerhalb des Unterrichts nahm ein Blazek keine Befehle entgegen, schließlich drehte sich die Welt um ihn. »Also«, sagte Ambrož und verschränkte die Arme vor der Brust. Sein Gesicht war im Halbschatten unserer kaputten Lampe. »Wie ist das passiert?«

»Was interessiert es dich?«, fragte ich und wünschte, ich hätte ihm diese Lüge nie aufgetischt.

»Ich will es einfach wissen.«

»Aber es geht dich nichts an.«

Ambrož schien tatsächlich kurz nachzudenken, bevor er mit den Schultern zuckte. »Irgendwie schon, wenn du mich wegen dieses Bastards zurückweist.«

»Nenn mich nicht so«, sagte Alexandr. Die Verletzlichkeit, die während unseres Gesprächs zum Vorschein gekommen war, war aus seinen Zügen gewichen. Zurück blieb nur tiefste Verachtung.

Ambrožs rechter Mundwinkel hob sich angriffslustig. »Wie? Bastard?«

»Ja«, knurrte Alexandr durch zusammengebissene Zähne.

»Aber du bist ein Bastard, *Bastard.*« Ambrož lachte.

Alexandr schob seinen Stuhl zurück und stand auf. »Eigenartig, dass du das immer wieder so betonen musst. Dir scheint es ziemlich wichtig zu sein, jeden wissen zu lassen, dass ich meinen leiblichen Vater nicht kenne. So langsam frag ich mich, ob da vielleicht mehr dahintersteckt.«

Ambrožs Miene verfinsterte sich. »Wie meinst du das?«

»Vielleicht sollte ich *deinem* Vater mal einen Besuch abstatten, *Bruder.*«

Ambrožs Hände ballten sich zu Fäusten und selbst im Schatten konnte ich erkennen, wie sein Gesicht rot anlief. Hinter ihm wurde die Tür zum Noční ein weiteres Mal aufgestoßen und kalte Nachtluft wehte herein. »Nimm das zurück. Wir sind keine Brüder.«

Alexandr schmunzelte. »Wie kannst du dir da so sicher sein?« Seine Worte klangen auf einmal viel zu laut, was daran lag, dass alle Gespräche um uns herum verstummt waren. Nur noch das Knarzen der unbequemen Holzstühle war zu hören.

Ich sah mich um und entdeckte ein vertrautes Gesicht am Eingang, was mich nicht verwundert hätte, wäre es nicht ausgerechnet das von Marek gewesen. Und er war nicht alleine. Drei weitere Nicht-Bändiger standen bei ihm, darunter auch Ondrej Konečný – der Anführer der Wilden Jagd. Alle Blicke waren auf ihn gerichtet, und er erwiderte sie mit einem höhnischen Grinsen.

»Ahoj, *Okovy*«, grüßte er. Die traditionelle Bezeichnung der Bändiger klang wie ein Schimpfwort auf seinen Lippen.

Niemand antwortete Ondrej und ich fragte mich, ob sie alle nur schockiert davon waren, Mitglieder der Wilden Jagd hier anzutreffen, oder ob es an seinem Aussehen lag, das sie genauso sprachlos machte wie mich. Ich hatte ihn schon etliche Male in der Waffenschmiede meiner Mutter getroffen, allerdings würde ich mich nie an seinen Anblick gewöhnen. Ondrej war Anfang vierzig und musste früher einmal ein gut aussehender Mann gewesen sein, zumindest ließen das der volle Schwung seiner Lippen und das markante Kinn erahnen. Doch heute war von seiner Schönheit genauso wenig übrig wie von seinem Gesicht. Ein Schattenläufer hatte sich vor dreizehn Jahren auf ihn gestürzt und seine Nase, ein

Auge, Teile seiner rechten Wange und Kopfhaut mit sich gerissen. Es war ein Wunder, dass Ondrej überlebt hatte, und die wulstigen Narben, die ihn seitdem entstellten, erinnerten uns stets daran, wozu die Monster in der Lage waren.

»Vier Bier für mich und meine Freunde«, rief Ondrej dem Mann hinter der Bar zu. Er trat nach vorne und sah sich suchend nach einem Tisch um.

Einer der älteren Bändiger löste sich aus der schweigenden Masse. »Ihr dürft nicht hier sein.«

In Ondrejs verformtem Gesicht regte sich etwas. »Sagt wer?«

»Das Gesetz«, sagte der Bändiger. Ich kannte seinen Namen nicht. Auch wenn wir Bändiger weniger als ein Prozent der Bevölkerung Prahas ausmachten, so hatte die Akademie dennoch über tausend Mitglieder. Es war unmöglich, jedes einzelne davon persönlich zu kennen, es sei denn, man hieß Benedict Novák. »Es ist schon dunkel. Ihr dürftet überhaupt nicht mehr auf der Straße sein.«

Ondrej neigte den Kopf. »Wir sind nicht auf der Straße.«

»Ja schon«, stammelte der Bändiger, irritiert von Ondrejs Konter. »Aber eben wart ihr es noch.« Er deutete auf die Tür des Noční.

»Und was verlangst du jetzt von uns? Wir dürfen weder hier noch draußen sein. Sollen wir uns in Luft auflösen?«

»Das wäre wohl das Beste«, rief ein anderer Bändiger aus der Gruppe und erst als Ondrej in unsere Richtung sah, begriff ich, dass Ambrož gesprochen hatte. Doch nicht einmal der finstere Blick aus Ondrejs verbleibendem Auge reichte aus, um ihn zum Schweigen zu bringen. »Keiner will euch und keiner braucht euch. Überlasst die Monster lieber den Leuten, die wissen, was zu tun ist, und die sich ihr Gesicht nicht so entstellen lassen, dass man vom Anblick am liebsten kotzen möchte.«

Ondrej näherte sich unserem Tisch in gefährlich langsamen

Schritten. Jede Spur seines spöttischen Lächelns war verschwunden. »Du hast keine Ahnung, wovon du redest.«

»Und du weißt nicht, wo dein Platz ist«, erwiderte Ambrož, der nun vollkommen nüchtern wirkte. Offenbar hatte die Wilde Jagd auf ihn dieselbe Wirkung wie ein Eimer Eiswasser. Aber das ging den meisten Bändigern so, denn seit einiger Zeit wurden unsere beiden Gruppen immer wieder miteinander verglichen. Doch anders als wir Bändiger nutzte die Wilde Jagd ihre Waffen nicht nur, um die Stadt bei Angriffen der Monster zu verteidigen, sondern sie gingen aktiv gegen die Bedrohung vor. Ihre Anhänger warteten nicht, bis die Monster an die Stadtmauern kamen, sondern sie wagten sich in die Wälder.

»Wie viele Monster hast du schon getötet?«, erkundigte sich Ondrej, der nun direkt vor Ambrož stand. Die beiden waren gleich groß. Doch während Ondrej rau und vom Leben gezeichnet war, wirkte Ambrož wie ein neu geschmiedeter Dolch – schön anzusehen, aber ohne Erfahrung. »Zwanzig? Zehn? Fünf? Zwei? Eines?« Er stockte. »Oder noch gar keines?«

Von der Seite konnte ich sehen, wie Ambrož den Kiefer anspannte und seine Schultern steif wurden, als er seine Fäuste fester ballte.

»Du verkörperst alles, was mit dieser Stadt falsch läuft«, fuhr Ondrej fort und seine Stimme triefte vor Verachtung. »Du lässt dich von der Akademie und unseren Steuergeldern aushalten, ohne etwas geleistet zu haben. Lehnst dich zurück und beschwichtigst dein Gewissen mit der alten Lüge, dass nur Bändiger die Monster bezwingen können. Dabei verschließt du deine Augen vor der Wahrheit. Nämlich, dass die Kreaturen dort draußen im Wald nicht länger die einzigen Monster sind, die uns quälen.«

Im Noční wurde es noch stiller, falls das überhaupt möglich war, und die vom Geruch des Bieres geschwängerte Luft wurde noch schwerer. Ich sah an Ondrej vorbei zu Marek, der gemeinsam mit den beiden anderen Mitgliedern der Wilden Jagd an der Tür stehen geblieben war. Unsere Blicke begegneten sich und meine eigene Unruhe spiegelte sich in seinen Augen wider.

»Was für eine nette Ansprache. Hast du die vor dem Spiegel geprobt?«, spottete Ambrož und einige der Bändiger um uns herum stimmten mit einem Lachen ein.

Ondrej schüttelte enttäuscht den Kopf. »Dass dir auf all das nichts Besseres einfällt, als dich über mein Aussehen lustig zu machen, zeigt nur, wie armselig du bist.«

»Ich soll armselig sein?« Ambrož schnaubte und trat einen Schritt nach vorne, bis er Brust an Brust mit Ondrej stand. Forsch ließ er seinen Blick über dessen Gesicht gleiten. »Du bist doch derjenige, der versucht jemand zu sein, der er nicht ist. Du tust so, als wärst du ein Anführer und hättest Macht. Dabei kannst du einfach nicht akzeptieren, dass du kein Bändiger bist, sondern nur eine entstellte Kreatur mit einem Kinderspielzeug.« Bei seinen letzten Worten schlug Ambrož gegen die Bambitka, die an Ondrejs Gürtel befestigt war, eine Erfindung aus der Schmiede meiner Mutter. Die Schusspatronen des Revolvers bestanden aus einem neuartigen Material und beinhalteten Säure, die dazu geschaffen war, die Knochen eines Knochenträgers zu verätzen. »Ich an deiner Stelle hätte mich schon längst umgebracht. Ehrlich, was erwartest du eigentlich noch vom Leben mit diesem Gesicht?«

»Ambrož! Es reicht«, fauchte ich. Er wirbelte herum und schien geradezu überrascht mich zu sehen, als hätte er mich bereits vergessen. »Wir alle wissen, dass du ein Arschloch bist. Kein Grund, uns mit der Scheiße, die deinen Mund verlässt, daran zu erinnern.«

»Wow.« Er lachte ohne Humor, alle Blicke im Noční waren nun auf uns gerichtet. »Dass sich der Bastard auf die Seite der Wilden

Jagd schlägt, wundert mich nicht, aber du? Hast du ein Faible für alte Männer mit Narben?«

Ich verdrehte die Augen. »Ja, so siehts aus. Extrapunkte für dich.«

»Machst du dich über mich lustig?«

»Nicht mehr als sonst.«

»Weißt du, was, Kayla? Fick dich. Oder besser, sollen das Narbengesicht und der Bastard das doch für dich übernehmen. Vielleicht bist du eine bessere Hure als eine Bändigerin.«

Bevor ich etwas erwidern konnte, sprang Alexandr über den Tisch auf Ambrož. Unser Bier kippte um und die Krüge zerschellten auf dem Boden. Ich stand auf, während Alexandr Ambrož zu Boden rang. Die anderen Bändiger waren zurückgewichen, nur Ondrej versuchte die beiden auseinanderzubringen. »Hört auf«, befahl er, aber keiner von ihnen beachtete ihn. Er zerrte an Alexandrs Hemd und versuchte ihn von Ambrož runterzuziehen, aber der Stoff entglitt seinen Fingern und er stolperte rückwärts in eine Gruppe Bändiger. Sie schubsten Ondrej zu Boden. Daraufhin setzten sich auch die anderen Mitglieder der Wilden Jagd in Bewegung und plötzlich brach Chaos aus.

Stimmen erhoben sich aus dem Gerangel und weitere Gläser zerbrachen im Kampf. Marek hatte sich auf die Bändiger um Ondrej gestürzt und Ambrožs Freunde versuchten Ambrož zu Hilfe zu kommen, aber die anderen Mitglieder der Wilden Jagd hatten sich ihnen in den Weg gestellt. Alexandr lag mit Ambrož noch immer am Boden. Dessen Lippe war aufgeplatzt und aus einer Wunde an Alexandrs Stirn tropfte Blut. Er blinzelte heftig, dennoch hörte er nicht auf. Er war wie ein Blutgänger, der sich festgesaugt hatte.

Ich machte einen Satz nach vorne und wollte nach Alexandr greifen, als einer der Bändiger mit so viel Schwung in mich hineinstolperte, dass es mich zu Boden riss. Ein ziehender Schmerz durchfuhr meine Schulter und ich fiel geradewegs in die Scherben der zuvor zersprungenen Bierkrüge. Splitter bohrten sich in meine Hände. Mir schossen Tränen in die Augen, aber davon ließ ich mich nicht beirren. Ich blinzelte sie fort und war sofort wieder auf den Beinen, meine Hose vom Bier durchtränkt.

»Alexandr!«, brüllte ich und packte ihn am Arm, mit dem er gerade ausholte, um Ambrož ein Veilchen zu verpassen. »Lass den Scheiß.«

»Hör auf deine Freundin«, sagte Ambrož, seine Zähne vom Blut rosa verfärbt.

Ich ignorierte ihn. »Das ist es nicht wert.«

»Er hat dich als Hure bezeichnet«, knurrte Alexandr.

»Und ich ihn als Arschloch.« Ich zog fester an Alexandrs Arm. Meine Handflächen brannten und hinterließen blutige Abdrücke auf seiner weißen Bluse. Keine Ahnung, ob ich in diesem Moment wirklich stärker war als Alexandr oder ob er nur das Blut zwischen meinen Fingern hervorquellen sah, doch er ließ Ambrož los. An seiner Bluse fehlten zwei weitere Knöpfe. Ich zögerte nicht lange und zerrte ihn in Richtung Ausgang. Ich wollte keine Sekunde länger hierbleiben.

Die anderen Bändiger hatten die Mitglieder der Wilden Jagd inzwischen eingekesselt und drängten sie aus der Schenke. Ich schob Alexandr durch die Masse erhitzter Körper, und gemeinsam mit Marek und den anderen stolperten wir in die kalte Nachtluft hinaus. Hinter uns hörte ich Ambrož eine Drohung rufen, dann fiel die Tür des Noční ins Schloss und all die Worte wurden zu einem unverständlichen Rauschen.

»Was sollte das eben?«, fragte Alexandr, als ich ihn schließlich losließ. Seine Wangen glühten. »Ich war noch nicht fertig mit ihm.«

»Doch, das warst du. Ambrož will nur, dass du Ärger bekommst.«

»Er hat angefangen!«

»Na und?«, keifte ich zurück. »Was, glaubst du, wäre passiert, hätte ich dich dort drin gelassen? Früher oder später wären Benedicts Männer aufgetaucht und was dann? Wen hätten sie für all das verantwortlich gemacht?«

»Die Wilde Jagd.« Alexandr sah zu Ondrej und den anderen, die eine Bestandsaufnahme ihrer Verletzungen machten. Mareks Blick begegnete meinem und ein entschuldigendes Lächeln trat auf seine Lippen. Ich wäre ihm gerne böse für diesen Auftritt, aber es war nicht Ondrejs Schuld, dass die Sache so eskaliert war. Ambrož hätte ihn und uns nicht auf diese Weise provozieren dürfen.

»Vermutlich, aber sie kann er nicht auf dieselbe Art bestrafen wie dich. Und ich habe nichts davon, wenn mein bester Freund an der Akademie vom Unterricht suspendiert wird.«

Bei dem Wort *suspendiert* weiteten sich Alexandrs Augen und seine Wut wich Besorgnis. Sein Atem wurde ruhiger und die Anspannung verließ seine Schultern.

»Willst du noch mit zu mir kommen?«, fragte ich und deutete hinter mich auf die Akademie. Die Nacht war noch jung, aber hier hatten wir nichts mehr zu suchen.

Alexandr schüttelte den Kopf. »Ich sollte besser nach Hause gehen.«

»Verstehe. Wir sehen uns morgen?« Ich wusste nicht, wieso ich es als Frage formulierte, schließlich mussten wir in den Unterricht.

»Natürlich.« Er lächelte mich an und aus einem Bedürfnis heraus umarmte ich ihn zum Abschied, was ich sonst nie tat. Anschließend machte ich mich auf den Weg. Der Kies knirschte unter meinen Stiefeln und die Schnitte in meinen Händen pochten. Ich hatte das Tor zur Akademie gerade erreicht, als ich mich noch einmal nach Alexandr umdrehte, in der Erwartung, ihn am Ende der Straße in einer Gasse verschwinden zu sehen. Aber er stand noch immer bei den Mitgliedern der Wilden Jagd.

9. Kapitel

Ich würde nie wieder ins Noční gehen. Nicht nur, dass meine Hände wegen der zahlreichen kleinen Schnitte heftig unter dem Verband pulsierten. Ich hatte auch noch verschlafen. Nachdem ich Alexandr mit den Mitgliedern der Wilden Jagd alleine gelassen hatte, war ich in die Krankenstation gegangen, um mich verarzten zu lassen. Die Krankenschwester hatte Benedict natürlich informiert, was zu einer Strafpredigt darüber geführt hatte, wie ich es wagen konnte, vor dem ersten Tag des neuen Semesters in eine Kneipe zu gehen. Natürlich wusste er von dieser Tradition und für andere Bändiger war das in Ordnung, aber von einer Novák erwartete er sich mehr.

Es war noch nicht allzu spät gewesen, als ich schließlich endlich alleine in meinem Zimmer war. Doch ich hatte noch stundenlang wach gelegen und über das nachgedacht, was im Noční passiert war. Vor allem Ondrejs Gesicht und seine Worte wollten mir nicht mehr aus dem Kopf gehen. *Und dabei verschließt du deine Augen vor der Wahrheit.* Nämlich, dass *die Kreaturen dort draußen im Wald nicht länger die einzigen Monster sind, die uns quälen.*

Ich war nicht wie Ambrož, in dessen Leben sich alles nur um die Bändiger drehte, dafür hatten meine Mutter, Frída und Marek gesorgt. Ich wusste längst, dass nicht mehr alle Einwohner Prahas so zufrieden mit den Bändigern waren, wie es früher der Fall gewesen war. Das hatten sich die Bändiger selbst zuzuschreiben. Sie hatten sich in den letzten Jahren immer mehr Rechte rausgenommen, da niemand sie ersetzen konnte und die Leute auf sie angewiesen waren. Doch auch mir war nicht klar gewesen, dass es bereits so schlimm um den Ruf der Bändiger stand. Oder hatte Ondrej absichtlich übertrieben, um Ambrož zu provozieren?

Bis weit nach Mitternacht waren meine Gedanken um diese Frage gekreist und als ich einschlief, kehrten bereits die ersten Bändiger von ihrer Nachtschicht zurück. Das morgendliche Läuten der Glocke hatte ich überhört. Vermutlich war es nur dem Zufall zu verdanken, dass ich überhaupt vor Beginn der ersten Stunde wach geworden war.

In zerknitterten Klamotten, die mir wohl eine weitere Strafpredigt von Benedict einbringen würden, sofern er mich so sehen sollte, eilte ich aus der Akademie und über den Hof bis zu den Stallungen. Die Fütterungszeit der Monster war seit einer Stunde vorbei und die anderen Bändiger saßen bereits beim Frühstück, aber ich würde den ersten Tag des Trainings sicherlich nicht mit einem hungrigen Schattenwolf absolvieren.

Zu meiner Erleichterung hatte noch niemand die Wagen mit dem Futter weggeräumt. Der einzige Eimer, der allerdings noch übrig war, hatte einen weißen Stofffetzen und war für einen Knochenträger bestimmt. Offenbar war einer meiner Kommilitonen farbenblind. Aber mir blieb nicht genug Zeit, in der Küche das Richtige zu holen, wenn ich nicht zu spät zur ersten Stunde kommen wollte. Dann musste der Schattenwolf heute eben mit einer Gemüsebeilage im Fleisch leben.

Ich schloss die Tür auf. Die Luft im Stall stand still. Warm und stinkend von den Exkrementen der Monster. Ich schluckte schwer und atmete durch den Mund. Es war eigenartig, alleine hier zu sein, und ich konnte spüren, wie die Blicke der Monster mir folgten, während ich ans andere Ende des Raumes zu den Särgen lief. Ich kontrollierte die Verbindung zu meinem Schattenwolf doppelt und dreifach, ehe ich das Schloss zu seiner Kiste öffnete. Alleine im Stall konnte ich es mir nicht erlauben, die Kontrolle zu verlieren.

Der Schattenwolf lag zusammengerollt am Boden. Seine schwarzen Augen blickten geradezu fragend zu mir auf. »Ich hab dir Futter mitgebracht«, erklärte ich und stellte den Eimer einige Meter vom Käfig entfernt ab. Der Schattenwolf stand auf. Seine Bewegungen waren träge und obwohl ich diesen Zustand der Lethargie schon bei vielen gebändigten Monstern gesehen hatte, war es etwas anderes, zu wissen, dass ich dafür verantwortlich war.

Ich seufzte. Eigentlich blieb mir keine Zeit, den Käfig zu reinigen, aber Schuldgefühle nagten an mir. Und wenn ich mich schon wegen meiner zerknitterten Kleidung würde zurechtweisen lassen müssen, wieso nicht auch von meiner Professorin fürs Zuspätkommen?

Ich holte mir aus der Kammer alles, was ich zum Saubermachen brauchte, und machte mich an die Arbeit. Inzwischen nahm ich den Gestank kaum mehr wahr. Das Pochen in meiner Handfläche wurde schlimmer. Ich ignorierte es, während der Schattenwolf mich über den Rand seines Eimers hinweg beobachtete, als würde es ihm Spaß machen, mich seine Scheiße wegputzen zu sehen. Er kaute dabei an einem Stück Hühnerbrust und ich fragte mich, ob ich ihm einen Namen geben sollte. In der Akademie sagte man uns, wir sollten das nicht tun, denn schließlich waren Monster keine Haustiere. Allerdings war diese Kreatur ein Teil von mir und es kam mir falsch vor, ihn ständig nur als Schattenläufer oder Schattenwolf zu bezeichnen.

»Wie möchtest du heißen?«, fragte ich in die Ruhe des Stalls hinein und zupfte meinen Verband zurecht, der bereits nach diesen wenigen Handgriffen dreck- und blutverschmiert war.

Der Schattenwolf hob seinen Kopf. Blut tropfte von seiner Schnauze und für einen Moment glaubte ich, er hätte mir tatsächlich zugehört, aber das war natürlich Schwachsinn. Er reagierte nur auf die Worte, weil sie von mir kamen und er mich genauso wenig ignorieren konnte wie ich ihn.

Ich stützte mich auf dem Besen ab und der Schattenwolf machte sich wieder über das Fressen her. Er war inzwischen beim Grünzeug angelangt. Misstrauisch beschnüffelte er eine Karotte und stieß ein Knurren aus, zog das Gemüse mit den Zähnen aus dem Eimer und ließ es auf den Boden fallen.

»Entschuldigung, eigentlich war das nicht für dich bestimmt.« Ich hob die Karotte vom Boden auf und warf sie in den Käfig eines Knochenträgers, während ich darüber nachdachte, wie ich ihn nennen sollte. Keiner der Namen, die mir einfielen, erschien mir passend. Kašpar? Nein. Lumír? Nein, so hieß mein Lehrer aus der Grundschule. Honza? Oliver? Pavlík? Nein. Alexej gefiel mir, erinnerte mich allerdings zu sehr an Alexandr.

»Wie wäre es mit Setmění?«, fragte ich in die Richtung des Schattenwolfs. »Dunkelheit passt zu dir. Oder Stín. Der Schatten. Nein?« Ich runzelte die Stirn. Nichts davon klang in meinen Ohren richtig. »Und was ist mit Čerň, wie die Schwärze?«

Der Schattenwolf warf mir als Antwort einen fauligen Kohlrabi vor die Füße, der mit Blut besudelt war. Es spritzte mir auf die Schuhe. Wunderbar. Der Idiot, der die Eimer vertauscht hatte, konnte sich auf was gefasst machen, sollte ich jemals herausfinden, wer er war. Ich warf den Kohlrabi in den Abfall. Als ich mich umdrehte, zog der Schattenwolf eine Aubergine aus dem Eimer. Ich erwartete, dass sie wie der Rest des Gemüses auf dem Boden landen würde, doch stattdessen begann er sie zu fressen. Nicht auf eine zögerliche ›Wenn es sein muss‹-Art. Nein, sie schien ihm wirklich zu schmecken. Ich selbst hatte für diese wässrigen Dinger nicht viel übrig, aber da ich auch kein rohes Fleisch mochte, war unser Geschmack kaum miteinander zu vergleichen.

Plötzlich hatte ich einen Einfall. Es war ein wenig verrückt, aber … »Lilek?« Ich ließ mir die Buchstaben auf der Zunge zergehen. Im Gegensatz zu den anderen Namen hatte ich diesmal ein gutes Gefühl. Zugegeben, ein Monster nach einem Gemüse zu benennen war schon etwas eigenartig. Aber immerhin gehörten Auberginen zu den Nachtschattengewächsen, wie mir Frída beigebracht hatte, und ›Nachtschatten‹ passte wiederum ganz gut zu der durch und durch dunklen Erscheinung eines Schattenläufers, oder?

»Was denkst du?«

Der Schattenwolf hob den Kopf und starrte mich an.

»Lilek?«

Seine Ohren zuckten. Keine Ahnung, ob er wirklich auf den Namen reagierte oder nur auf die Schmeißfliegen, die sich im Stall versammelt hatten, aber ich wertete das als Zeichen.

Ich sperrte Lilek zurück in seinen Käfig und machte mich auf den Weg in den Unterricht. Die erste Stunde war jeden Morgen *Zentralisation*. Die Atem- und Meditationsübungen sollten unseren Geist stärken und uns dabei helfen, die Kontrolle über unsere Monster zu behalten.

Zentralisation fand in einem Raum mit hohem Deckengewölbe statt. Der Boden war mit Teppichen ausgelegt. Leise schloss ich die Tür hinter mir und sah mich nach Alexandr um. Er saß in der vorletzten Reihe und wie erwartet hatte er mir den Platz neben sich frei gehalten. Auf Zehenspitzen schlich ich an meinen Kommilitonen vorbei, die sich alle mit untergeschlagenen Beinen und geschlossenen Augen auf ihre Atmung konzentrierten.

Ich setzte mich und zog die Schuhe aus.

»Wo warst du?«, fragte Alexandr. Er hatte das linke Auge geöffnet und schielte zu mir.

»Verschlafen«, murmelte ich.

»Und ist das getrocknetes Blut an deinem Verband?«

»Fütterung.«

»Ruhe dahinten«, zischte Galina, unsere Professorin. Mit einer Klangschale in der Hand erzeugte sie schwingende Geräusche, die uns dabei helfen sollten, uns zu fokussieren. Eilig nahm ich die Position ein, die man uns schon im ersten Jahr der Akademie beigebracht hatte. Ich atmete tief ein und wieder aus, während ich versuchte jeden Teil meines Körpers zu spüren, von den Zehenspitzen bis zum Haaransatz. Es dauerte nicht lange, bis ich ein Stadium vollkommener Entspannung erreicht hatte. Neben Sport hatte Zentralisation schon immer zu meinen Lieblingsfächern gehört, da sie nichts direkt mit den Monstern zu tun hatten.

Viel zu schnell war die Stunde vorbei und die Stille wurde von den aufgeregten Stimmen meiner Kommilitonen zunichtegemacht, die das erste Kampftraining mit ihrem Monster kaum erwarten konnten. Sie waren fasziniert von der Vorstellung, mit ihren Kreaturen Duelle auszutragen, wenn auch nur zur Übung, um auf richtige Angriffe vorbereitet zu sein.

»Wie geht es deiner Stirn?«, fragte ich Alexandr. Wir waren die Letzten, die den Raum verließen, alle anderen waren bereits vorgestürmt, um ihre Monster aus den Käfigen zu holen.

»Halb so wild.« Er strich das Haar zurück, das er heute ausnahmsweise offen trug, und zeigte mir das Pflaster über seinem rechten Auge. »Deine Hände sehen viel schlimmer aus.«

»Es ist vor allem nervig.« Die leichten Verbände, die mir die Krankenschwester angelegt hatte, störten nicht, dennoch waren sie ungewohnt und ebenso lästig wie das Pulsieren der Wunden.

Wir liefen über den Hof zurück zu den Ställen und allmählich erwachte die Akademie zum Leben. Bändiger liefen kreuz und quer über den Platz. Einige von ihnen wurden von ihren Monstern begleitet, andere waren alleine. Wenn die Bändiger nicht im Einsatz waren, kamen sie oft an die Akademie, um gemeinsam zu trainieren. Es gab keinen Stundenplan wie während der Ausbildung, aber eine Vielzahl von Kursen, die sie besuchen konnten. Die meisten Bändiger nutzten das Angebot, um sich und ihre Monster fit zu halten.

»Hast du nicht gefrühstückt?«, fragte Alexandr.

»Äh, nein«, sagte ich und legte mir eine Hand auf den Magen. Er hatte schon während der Zentralisation immer wieder geknurrt, und auch gerade eben hatte er ein lautes Brummen von sich gegeben. »Wie gesagt, ich hab verschlafen und fand es wichtiger, Lilek zu füttern.«

»Lilek?«

»Mein Schattenwolf.« Ich grinste Alexandr an und machte Platz für einen Blutgänger, der gerade mit seinem Bändiger aus dem Stall kam. Zu meiner Erleichterung war Ambrož mit seiner Schattenkatze ebenfalls bereits gegangen. Nach dem Vorfall gestern hatte ich wirklich keine Lust, ihm gegenüberzutreten, auch wenn sich das vermutlich nicht lange würde vermeiden lassen.

Ich sperrte Lileks Käfig auf und der Schattenwolf kam mir direkt entgegen. »Freust du dich, mich wiederzusehen?«, fragte ich und da ich mir meiner selbst und der Dunkelheit dank der Zentralisation deutlich bewusst war, traute ich mich, seinen Kopf zu tätscheln. Sein Fell war etwas länger als das eines gewöhnlichen Wolfes und fühlte sich nicht borstig, sondern weich unter meinen Fingerspitzen an. Vermutlich, damit es sich leichter in Schatten auflösen konnte. »Bereit für deine erste Trainingsstunde?«

Lilek senkte den Kopf, beschnüffelte den Boden und leckte den Stein an einer Stelle ab, auf die zuvor Blut getropft war.

»Gut, ich auch nicht.« Dabei war es weniger der Gedanke, mit Lilek zu trainieren, der mich störte, als die Vorstellung, mit nur zwei Professoren in einem Raum voller unerfahrener Bändiger zu sein. Anders als in den Stallungen gab es hier keine Gitter, die uns bei einem Kontrollverlust schützten.

Ich seufzte und gemeinsam mit Lilek, Alexandr und seinem Knochenträger lief ich zu einem Nebengebäude der Akademie, das groß genug für das Training mit zwei Dutzend Monstern war. Unsere Kommilitonen standen bereits im hinteren Teil des Raumes versammelt. Ich entdeckte Tereza, deren Dunkelweber mit ein paar anderen auf den Deckenbalken saß, aber Jakub konnte ich nirgendwo ausmachen. Eigentlich sollte er auch hier sein.

»Wo ist mein Bruder?«, fragte ich Tereza, als wir die anderen erreicht hatten.

»Er muss sich gerade noch um etwas kümmern.« Ihre Worte wurden von einem verkniffenen Lächeln begleitet, das mich vermutlich beruhigen sollte, aber genau das Gegenteil bewirkte. Ein mulmiges Gefühl, das nichts mit meinem Hunger zu tun hatte, breitete sich in meinem Magen aus. Es sah Jakub überhaupt nicht ähnlich, zu spät zu kommen, vor allem nicht zur ersten Trainingsstunde. Irgendetwas war vorgefallen.

Tereza klatschte in die Hände, um unsere Aufmerksamkeit zu bekommen. »Ahoj und willkommen zu eurem ersten Kampftraining. Für alle, die es nicht mitbekommen haben: Ich bin die neue Professorin Tereza Leharová und unterstütze Jakub Novák bei eurer Ausbildung. Während ihr in den letzten drei Jahren schon Erfahrung in Fächern wie Zentralisation oder Monsterkunde sammeln konntet, kommt heute etwas vollkommen Neues auf euch zu«, erklärte Tereza. Trotz ihrer sanften Stimme hallte ihre Rede laut durch den leeren Raum wider. »Ich weiß, was ihr denkt. *Kampf*training. Allein dieses Wort weckt Erinnerungen an die Duelle, die manchmal im Innenhof oder während des Turnaj Šelem ausgefochten werden. Aber davon seid ihr noch weit entfernt.«

Meine Kommilitonen gaben ein Raunen von sich. Vermutlich hatten sie sich alle bereits in ihren Köpfen ausgemalt, wie sie ihre Monster im Stil des sportlichen Turniers, das einmal alle drei Jahre ausgetragen wurde, aufeinandertreffen lassen.

Tereza lachte. »Kein Grund, enttäuscht zu sein. Ihr werdet hier dennoch viel lernen und je fleißiger ihr seid, umso schneller erlauben wir euch an den Trainingsduellen teilzunehmen. Um euch dafür zu qualifizieren, müsst ihr hundert Punkte sammeln. Fünfhundert braucht ihr, um euren Abschluss zu machen. Die Punkte werden von euren Professoren vergeben, die Gewichtung liegt dabei vor allem auf eurem Kampf- und Waffentraining. Zweitrangig sind Monsterkunde, Geschichte, Perspektive sowie Strategie und Durchführung. Keine Punkte gibt es auf Sport und Zentralisation.«

»Großartig, keine Punkte auf alles, in dem ich gut bin«, murmelte ich.

»Du bist doch auch im Waffentraining gut.«

Ich machte eine vage Handbewegung. Ich wusste, wie man einen gut ausbalancierten Dolch schmiedete, kannte die Mechanismen hinter einer Bambitka und konnte eine Armbrust innerhalb von wenigen Minuten auseinander- und wieder zusammenbauen. Aber ein sich bewegendes Ziel konnte ich damit nicht wirklich treffen. Doch darauf kam es im Waffentraining an.

»Unsere erste Übung heute besteht darin, dass ihr euren Kreaturen gegenübersteht und sie dazu bringt, euch möglichst lange in die Augen zu schauen«, sagte Tereza und stemmte die Hände in die Hüfte. »Das mag vielleicht banal klingen, aber ihr kennt doch alle das Sprichwort: Die Augen sind das Tor zur Seele. Und es stimmt. Was glaubt ihr, warum ausgerechnet Monster und Bändiger vollkommen schwarze Augen haben? Euren Monstern in die Augen zu schauen, bedeutet, sich mit ihrem Inneren vertraut zu machen.

Je besser ihr sie kennt, umso schneller könnt ihr sie bezwingen. Im Chrám hattet ihr noch alle Zeit der Welt, aber im Alltag bleiben euch nur wenige Sekunden, um die Kontrolle über eure Kreaturen wiederzuerlangen, sollte sie euch einmal entgleiten. Anderenfalls kann das tödlich enden. Auch für das Hýbat ist es wichtig, sich auf die Dunkelheit eures Monsters einlassen zu können.«

Nachdem die Ansprache beendet war, suchten sich alle einen Platz im Raum. Ich blieb mit Alexandr im Hintergrund und tat es den anderen Bändigern gleich. Ich stellte mich Lilek gegenüber, der auf seinen Hinterpfoten saß. Gelangweilt sah er sich im Raum um und betrachtete die anderen Monster, während meine Kommilitonen versuchten Blickkontakt aufzunehmen. Manche Bändiger, wie Ambrož, starrten ihre Kreaturen einfach nur an, um sie mit der Kraft ihrer Gedanken zu überzeugen, andere sprachen die Worte leise mit, um eine Reaktion von ihrem Monster zu bekommen.

»Lilek.« *Sieh mich an.*

Sofort drehte er seinen Kopf zu mir und ich musste ein Lächeln unterdrücken. Das war einfacher, als ich erwartet hatte. Ich atmete tief durch und sah Lilek in die dunklen Augen, die im Licht des Trainingsraumes heller funkelten als je zuvor. Unsere Blicke hatten sich seit dem Moment im Chrám etliche Male getroffen, aber noch nie hatte ich Lilek so direkt angesehen wie jetzt und es löste etwas in mir aus, das ich nicht genauer benennen konnte. Mein Herz zog sich zusammen und … das Gefühl verschwand wieder, denn Lilek hatte seinen Kopf abgewandt. Seine Ohren zuckten, als würde er ein Geräusch wahrnehmen, das ich nicht hören konnte.

»Konzentrier dich.« Ich befahl Lilek erneut mich anzusehen und als er es tat, konnte ich schwören etwas Genervtes in seinem Blick zu erkennen.

Sieh mich an.

Sieh mich an.

Sieh mich an. Ich wiederholte die Worte wie ein Mantra in meinen Gedanken, um seine Aufmerksamkeit auf mich zu lenken. Doch dabei konnte ich mich nicht auf die Dunkelheit in seinen Augen konzentrieren. Das war schwerer als gedacht – oder ich war einfach nur unfähig.

Ich ermahnte mich ein weiteres Mal zur Konzentration, als plötzlich ein schrilles Kreischen durch den Raum hallte. Ich fuhr herum und sah, wie ein Dunkelweber seine hageren Schwingen ausbreitete und sich auf seinen Bändiger stürzte.

10. KAPITEL

Das Kreischen brachte seinen Körper zum Zittern. Ihre Worte verstummten in seinem Kopf und ein unruhiges Gefühl, das nicht sein eigenes war, breitete sich in seinem Körper aus.

Angst.

Sie fürchtete sich.

Er fletschte die Zähne und sah zu dem Dunkelweber. Das Monster hatte sich auf einen der anderen Menschen gestürzt und seine Krallen tief in sein Fleisch geschlagen.

Die Narben, die verborgen unter seinem Fell lagen, begannen zu pochen. Panik ließ seine Muskeln hart werden, während sich der Duft von Blut in der Luft ausbreitete. Er mochte diesen Geruch. Warm und köstlich konnte er es bereits auf seiner Zunge schmecken – und eine unsagbare Gier stieg in ihm auf; und war vielleicht sogar größer als die Angst des Mädchens.

11. KAPITEL

Julek stieß einen spitzen Schrei aus, schriller als der Ruf seines Monsters. Er hatte die Arme in die Höhe gerissen, um sein Gesicht zu schützen, aber es half nichts. Der Schnabel seines Dunkelwebers hatte sich in seinen Unterarm geschlagen. Seine spitzen Zähne durchbohrten nun Juleks Haut bis auf den Knochen. Der Dunkelweber riss seinen Kopf hin und her. Blut spritzte. Und ein stechender Schmerz fuhr mir durch die Schläfe, als Lileks Dunkelheit mit einem Ruck an meinem Verstand zerrte.

Ich kniff die Augen zusammen und versuchte Lilek bei mir zu halten. Wenn ich jetzt auch noch die Kontrolle verlor, würde das in einer Katastrophe enden. Die aufgeregten Rufe meiner Kommilitonen hallten durch den Raum. Ob ihre Monster auf das Blut reagierten wie Lilek? Das nervöse Scharren von Hufen war zu hören und weiteres Kreischen erklang. Ein Windstoß schlug mir die Haare ins Gesicht und nur am Rande bekam ich mit, dass er von Terezas Dunkelweber stammte, der dicht an mir vorbeigeflogen war.

Ich versuchte all die Geräusche um mich herum auszublenden und mich an der Dunkelheit festzuhalten, die mir zu entgleiten drohte.

Lilek, bitte, flehte ich in Gedanken und ballte meine verbundenen Hände zu Fäusten. Ein Schmerz, anders als der in meinem Kopf, durchfuhr meinen Körper. Das Brennen der Schnittwunden hatte etwas Erweckendes, und auf einmal schien es, als könnte sie die Dunkelheit beherrschen. Es war, als würde Regen zu Hagel werden. Er sickerte mir nicht länger durch die Finger, sondern ich konnte ihn packen und festhalten.

Nachdem ich mir sicher war, die Kontrolle über Lilek zu haben, öffnete ich die Augen wieder. Das Erste, was ich sah, waren zwei in Weiß gekleidete Männer aus der Krankenstation, die auf unsere Gruppe zueilten. Mein Blick folgte ihnen zu Julek, der reglos auf dem Boden lag, umgeben von einer Blutlache – aber nicht tot.

Juleks rechter Unterarm war komplett zerfetzt. Ich sah keine Haut mehr, nur noch rotes Fleisch. Mir wurde übel und ich presste die Hand vor den Mund. Es wunderte mich, dass Julek überhaupt noch bei Bewusstsein war. Seine Lippen bewegten sich, er sprach mit Tereza, die über ihm kauerte. Wie vermutet war es ihr Dunkelweber gewesen, der Juleks in die Flucht geschlagen hatte. Gemeinsam mit Ambrožs Schattenkatze kauerten die Kreaturen abseits in einer Ecke.

Die Ärzte aus der Krankenstation machten sich daran, Juleks Wunde zu versorgen. Wir alle beobachteten sie im andächtigen Schweigen. Nicht einmal Ambrož riss seine große Klappe auf und auch Alexandr war ungewöhnlich still. Jede Farbe war aus seinem Gesicht gewichen.

Mein Herz pochte noch immer wie wild und ich versuchte zu begreifen, was hier gerade vorgefallen war. Es kam mir unwirklich vor, wie ein Szenario aus meinen schlimmsten Albträumen. Genau vor einem solchen Moment hatte ich mich immer gefürchtet und ich konnte mich glücklich schätzen, dass es nicht mich getroffen hatte. Ich sah zu meinem Schattenwolf, der wieder gehorsam auf seinen Hinterpfoten saß, als wäre nichts geschehen.

Die Ärzte brachten Julek in die Krankenstation und ein Bändiger aus der Akademie kam, um seinen Dunkelweber zurück in den Stall zu sperren. Kurze Zeit später kam der Hausmeister in den Raum, und wir alle sahen ihm dabei zu, wie er Juleks Blut aufwischte und sich das Wasser in seinem Eimer nach und nach rosa verfärbte.

»Hergehört!«, rief Tereza und klatschte wie zu Beginn der Stunde in die Hände. »Ich weiß, ihr seid jetzt alle aufgeregt und macht euch Sorgen um Julek. Das ist verständlich. Aber ich kann euch versichern, dass es ihm gut geht. Es ist nur eine Fleischwunde und er befindet sich in den Händen der Besten. Ihr wisst gar nicht, wie viele Bändiger die Ärzte und Pfleger in der Krankenstation schon zusammengeflickt haben.«

Ihre Worte sollten uns beruhigen, mir führten sie jedoch nur noch einmal vor Augen, wie gefährlich diese Angelegenheit hier war. Nicht nur hin und wieder wurden Bändiger von Monstern angegriffen – es geschah ständig.

»Vermutlich könnt ihr Julek schon heute Abend besuchen, aber jetzt muss es weitergehen. Wir brauchen das Training, damit die Bindung zwischen euch und eurer Kreatur stark wird und so etwas nicht so schnell wieder passiert. Auf gehts!«

»Ist das ihr Ernst?«, fragte ich Alexandr, aber es brauchte keine Antwort, denn unsere Mitschüler brachten sich und ihre Monster bereits wieder in Position. Das war ein schlechter Scherz, oder? Wir sollten weitermachen wie zuvor? Eigentlich wollte ich Lilek nur noch zurück in seinen Käfig sperren, auf mein Zimmer gehen und mich zu einer Kugel zusammenrollen. Andererseits wollte ich nicht, dass alle über mich redeten, also wandte ich mich wieder meinem Monster zu.

»Lilek.«

Er drehte den Kopf zu mir, aber ich sah nicht seine Dunkelheit, sondern nur seine scharfen Zähne, die unter der Schnauze zu erahnen waren, und die Krallen, die tiefe Wunden in meinen Körper bohren konnten. Ich schluckte und begann die Sekunden zu zählen, die ich Lilek in die Augen sah.

Eins. Zwei. Drei. Vier. Fünf ... ich hielt es nicht länger aus und musste meinen Blick abwenden. Wieso konnte ich nicht wie die anderen sein? Alexandr war anscheinend bereits tief in der Dunkelheit seines Knochenträgers versunken.

Ich ließ die Schultern kreisen, ehe ich einen neuen Versuch startete – mit demselben Ergebnis. Ich konnte mich einfach nicht konzentrieren. Dieses Spiel wiederholte sich immer wieder und ich spürte, wie Lilek ungeduldig wurde.

Mit jedem weiteren gescheiterten Versuch fiel es mir schwerer, seine Aufmerksamkeit abermals auf mich zu lenken. Was nicht nur an ihm lag, sondern vor allem an mir. Ich konnte nicht aufhören an Julek zu denken. Und die Tatsache, dass Jakub noch immer nicht hier war, machte mich zusätzlich nervös. War ihm möglicherweise etwas zugestoßen? Aber wäre das der Fall, hätte man mir das mitgeteilt, oder?

Ich blinzelte und verlor dabei ein weiteres Mal den Blinkkontakt zu Lilek. Ich stieß ein frustriertes Brummen aus, das im stillen Raum viel zu laut zu hören war. Tereza, die sich die ganze Zeit zwischen ihren Schülern bewegt hatte, kam zu mir. »Gibt es ein Problem?«

»Nein, ich bin nur unfähig«, erwiderte ich frustriert.

»Das wird schon noch. Setz dich nicht unter Druck. Wir fangen gerade erst an.«

Ich nickte, da mir dieses Gerede auch keine Hilfe war, und sah wieder zu Lilek. Vielleicht sollte ich mich über die kleinen Erfolge freuen, wie beispielsweise, dass er mir noch nicht das Gesicht von den Knochen genagt hatte. Ich seufzte und wollte gerade einen weiteren Versuch starten, als ich im Augenwinkel eine Bewegung wahrnahm. Die Tür des Trainingsraums schob sich auf und kurz dachte ich, Julek würde zurückkommen, aber es war Jakub. Er trug seine Livrej und wirkte abgehetzt, als wäre er über den Hof gerannt. Möglichst leise, um niemanden zu stören, schlich er durch den Raum auf Tereza zu, die noch immer in meiner Nähe stand.

»Was ist passiert?«, fragte Jakub, seine Stimme zu einem kaum verständlichen Murmeln gesenkt.

Tereza antwortete, aber ich konnte nicht alles verstehen, was sie sagte. Sie deutete jedoch auf den Boden vor sich, der noch immer feucht war.

Jakub erwiderte etwas Unverständliches.

Tereza nickte. »Nur eine Fleischwunde.«

»Schaust du später nach ihm?«

»Natürlich.« Tereza lächelte und ihre nächsten Worte konnte ich wieder nicht ausmachen. Frustriert lehnte ich mich weiter nach vorne.

»Zwei Bändiger schwören ein Irrlicht an der Stadtmauer gesehen zu haben … Chaos … durchsuchen die Wälder … vermutlich Zeitverschwendung«, hörte ich Jakub sagen.

Tereza erwiderte etwas, was Jakub den Kopf schütteln ließ. Er wirkte genervt, als würde ihm die Spekulation über ein Irrlicht überhaupt nicht in den Kram passen.

Tereza verzog missbilligend die Lippen und die beiden redeten noch flüsternd weiter, bis Jakub mit lauterer Stimme fragte: »Kommst du hier alleine klar?« Er sah in die Runde und ich wandte eilig den Kopf wieder in Lileks Richtung.

»Mir bleibt wohl nichts anderes übrig.«

»Danke, du bist die Beste.« Jakub legte Tereza kurz eine Hand auf die Schulter und ging dann wieder zurück zum Ausgang. Ich schaute ihm hinterher und bemerkte, dass ich nicht die Einzige war, die das Gespräch verfolgt hatte. Auch Alexandr sah nicht länger seinen Knochenträger an und unsere Blicke begegneten sich.

»Hat er gerade gesagt, dass *Bändiger* ein Irrlicht gemeldet haben?«, fragte Alexandr fassunglos, als wäre er sich nicht sicher, ob er Jakub richtig verstanden hatte.

Ich nickte. Eigentlich schenkte ich diesen vermeidlichen Irrlicht-Sichtungen keinen Glauben. Meist waren es die Einwohner, die sich einbildeten ein Irrlicht gesehen zu haben, und keine Bändiger. Mitglieder der Akademie würden eine solche Behauptung nicht unbedacht treffen. Sie würden zweifeln, abwarten und hinterfragen, bis sie sich zu hundert Prozent sicher waren. Denn sie hatten einen Ruf zu verlieren und wussten, dass die Akademie bei einem solchen Alarm gezwungen war zu handeln. Aus diesem Grund würde kein Bändiger, den ich kannte, leichtfertig einen solchen Verdacht aussprechen.

12. KAPITEL

Ich konnte mich den Rest des Tages auf nichts konzentrieren. In Geschichte erzählte uns unsere Professorin zwei Stunden lang etwas über den Fall der Stadt Brno, der vorletzten Festung Český, ehe sie von den Monstern überrannt worden war.

Anschließend lernten wir in Strategie und Durchführung etwas darüber, wie Missionen organisiert wurden, bei denen Bändiger Holzfäller für die Rohstoffgewinnung in den Wald begleiteten. Doch all das rauschte an mir vorbei wie das Wasser in einem Wasserfall.

Meine Gedanken kreisten um Julek und die Sache mit dem Irrlicht. Ich wusste nicht, was mich mehr beunruhigte: die Möglichkeit, jederzeit von unserem eigenen Monster angegriffen werden zu können, oder die Tatsache, dass wir womöglich bald die Existenz einer fünften Gattung Monster würden akzeptieren müssen.

Eine unbekannte Rasse bedeutete unvorhersehbare Angriffe, und das machte mir eine Heidenangst. Denn nicht nur ich wäre den Attacken dieser Monster schutzlos ausgeliefert. Auch Jakub, Benedict und die anderen Bändiger stünden ihnen planlos gegenüber. Niemand konnte sagen, über welche Fähigkeiten diese Irrlichter verfügten. Meine Vorstellungskraft führte mich an dunkle Orte, aber ich versuchte mich nicht verrückt zu machen. Womöglich war das alles wieder nur falscher Alarm, wie so oft in der Vergangenheit. Ich hoffte inständig, es handelte sich wieder um Illusionen der Dunkelweber.

Nach Strategie und Durchführung folgten zwei Stunden Waffentraining, an dem ich aufgrund meiner verletzten Hand allerdings nicht teilnehmen konnte. Von der Bank aus beobachtete ich, wie Alexandr und die anderen Dolche gegen Holzplatten schleuderten, fest genug, damit diese stecken blieben. Tatenlos dabei zusehen zu müssen hatte nur zur Folge, dass sich meine Gedanken weiter in einer Abwärtsspirale bewegten.

Der Unterricht war erst vorbei, als die Sonne unterging, und während die anderen in die Waschräume stürmten und sich den Schweiß vom Körper wuschen, machte ich einen Abstecher in die Küche, um eine Aubergine für Lilek zu holen. Eigentlich hatte er sie nach dem heutigen Tag nicht verdient. Aber was im Kampftraining schiefgelaufen war, war nicht alleine seine Schuld. Ich hätte meine Sorgen und Ängste besser unter Kontrolle haben müssen, wie Alexandr und die anderen Bändiger.

Ich war an diesem Abend die Erste, die ihr Monster fütterte, und auch die Erste im Speisesaal. Ich belud meinen Teller und nahm ihn verbotenerweise mit auf mein Zimmer. Ich fühlte mich nicht nach Gesellschaft und vor allem verspürte ich nicht das geringste Bedürfnis, mit den anderen über Julek und das Irrlicht zu diskutieren, meine eigene Paranoia reichte mir bereits. Ich rechnete damit, auch an diesem Abend noch lange wach in meinem Bett zu liegen, doch die Aufregungen und Anstrengungen des Tages forderten ihren Tribut und ich schlief ein, kaum war es Nacht geworden.

Der zweite Schultag war ein Mittwoch, was bedeutete, dass wir den Vormittag freihatten. Nachdem ich Lilek gefüttert und im Speisesaal gefrühstückt hatte, machte ich mich auf den Weg in die Stadt, wo ich heute Morgen in Frídas Krám aushelfen sollte. Als Bändigerin – aber vor allem als Novák – war ich es gewohnt, von den Leuten angestarrt zu werden. Man sollte meinen, die Bändiger würden zu ihrem Alltag gehören, nachdem wir die Stadt seit Hunderten von Jahren gegen die Monster verteidigten. Dennoch begleiteten mich neugierige Blicke, die noch bohrender waren, nun, da ich mich an eine Kreatur gebunden hatte. Vermutlich hatte sich auch schon rumgesprochen, dass Benedicts Tochter einen Schattenläufer gebändigt hatte.

Kurz hatte ich überlegt Lilek mitzunehmen, damit meine Mutter, Frída und Marek ihn kennenlernen konnten. Schließlich würde er von nun an ein wichtiger Teil meines Lebens sein, ob ich wollte oder nicht. Doch ich fühlte mich noch nicht sicher genug, um alleine mit meinem Monster durch die Stadt zu laufen. Würde ich die Kontrolle verlieren, wäre niemand da, um Lilek Einhalt zu gebieten. Das war es mir nicht wert, vor allem mit den Bildern von Julek im Kopf.

Frída saß auf den Treppenstufen vor dem Eingang des Krám. Sie trug ein olivgrünes Kleid und hatte das braune Haar, das in den letzten Jahren zunehmend von grauen Strähnen durchzogen wurde, nach oben gesteckt. Eine Horde Kinder hatte sich vor ihr versammelt und lauschte ihren Worten.

»Angeblich gab es einst eine Welt ohne Monster«, sagte sie, ihre Stimme zu einem verschwörerischen Flüstern gesenkt, und obwohl die Kinder diese Geschichte vermutlich schon etliche Male aus den verschiedensten Mündern gehört hatten, hingen sie an Frídas Lippen. Ihre Augen glänzten vor Neugier. »In dieser Welt gab es Dutzende, Hunderte, Tausende von Städten und keine Mauern. Die Menschen waren frei und es existierten noch keine Bändiger. Bis die Dunkelheit über Evropa hereingebrochen ist. Heute sagen wir *hereingebrochen,* aber in Wirklichkeit hat sich die Finsternis angeschlichen. Sang- und klanglos hat sie sich in unserer Welt eingenistet. Sie hat Bäume befallen und ihre Blätter von den Ästen regnen lassen. Sie hat sich in Flüsse gemischt und ihr Wasser ungenießbar gemacht. Sie ist in den Boden gesickert und hat unsere Ernten verkommen lassen. Faulig sind die Früchte von den Sträuchern gefallen. Der Hunger hat die Tiere des Waldes in den Wahnsinn getrieben und in ihrer Not haben sie Dunkelheit gefressen. Aus einst prächtigen Hirschen wurden Skelette …«

Frída erzählte weiter, aber ich kannte ihre Version der alten Legende bereits auswendig und wollte die Geschichte nicht stören, indem ich mich an ihr vorbei in den Krám drängte. Stattdessen ging ich in die Waffenschmiede nebenan. Das zweiflügelige Tor zur Werkstatt stand weit offen und obwohl es noch früh am Morgen war, staute sich hier schon die Hitze. Die Wände waren mit allerlei Werkzeug und Gussformen verhangen, die sie zum Schmieden von Töpfen, Löffeln und anderer Alltagsgegenstände benötigte. Sie brachten die Butter aufs Brot. Einige größere Waffenschmieden, welche die Akademie belieferten, konnten es sich leisten, ausschließlich Waffen zu produzieren, aber dieses Glück hatte meine Mutter seit der Trennung von Benedict nicht mehr.

Ich lief an der Ladentheke vorbei in den hinteren Teil der Waffenschmiede, der sich zu einem großen Hof hin öffnete. Für gewöhnlich war um diese Zeit das blecherne Geräusch von Metall, das auf Metall schlug, zu hören. Doch heute war es ruhig, mit Ausnahme der gesenkten Stimmen, die unverständliche Worte nuschelten. Als ich um die Ecke bog, entdeckte ich Marek und meine Mutter, die vor einem erloschenen Brennofen standen. Sie war optisch das absolute Gegenteil von Jakub und mir, mit ihren dunkelbraunen, fast schwarzen Haaren und Augen so blau, dass der Himmel sie um die Farbe beneidete.

Sie war mit Marek allerdings nicht alleine. Ich blieb stehen und tauchte in den Schatten einer Säule ab. Vorsichtig spähte ich dahinter hervor.

Eine Frau und zwei Männer waren bei ihnen, den einen erkannte ich sofort. Ondrej hielt eine neue Waffe in den Händen, die dazu geschaffen war, Schattenläufer zu töten. Er liebkoste den schwarzen Stahl der Bambitka wie die Rundungen einer Frau.

Ich wusste, dass die Waffe noch nicht einsatzbereit war, aber es würde nicht mehr lange dauern, nachdem bereits drei Jahre in die Entwicklung gesteckt worden waren. »Genial«, murmelte Ondrej.

Ein stolzes Lächeln trat auf Mareks Lippen. »Wir versuchen gerade das Konzept auf Pfeile zu übertragen. Gegen dieses Schätzchen sieht eine Armbrust zwar armselig aus, aber es ist immer gut, noch eine Alternative zu haben. Man weiß ja nie, was die Situation hergibt.«

Ondrej nickte und gab meiner Mutter die Waffe zurück. »Wie bist du auf die Idee gekommen?«

»Um ehrlich zu sein, war das Mareks Idee«, sagte meine Mutter mit absoluter Überzeugung, da sie die Wahrheit nicht kannte. Niemand außer Marek wusste, dass in Wirklichkeit ich die Pläne für die Schattenläufer-Bambitka entwickelt hatte. Denn sollten die Leute Wind davon bekommen, wäre der Ruf meiner Bändiger-Familie für immer geschädigt und das konnte ich Benedict und Jakub einfach nicht antun.

Überrascht sah Ondrej zu ihm. »Wirklich?«

Marek nickte.

»Wieso hast du nicht früher etwas gesagt?«

»Ich wusste nicht, ob es funktioniert, und wollte euch keine falschen Hoffnungen machen.«

»Ergibt Sinn«, erwiderte die Frau an Ondrejs Seite. Ich hatte sie hier noch nie gesehen, aber das hatte nichts zu bedeuten. Die meiste Zeit versuchte ich den Mitgliedern der Wilden Jagd aus dem Weg zu gehen, und auch Marek hatte ich verboten, mit mir über sie zu sprechen. Nicht weil ich sie verabscheute, wie die meisten anderen Bändiger es taten, sondern weil ich nichts über sie und ihre Missionen wissen wollte, damit ich sie an der Akademie nicht versehentlich verraten konnte.

»Wie lange wird es noch dauern?«, fragte Ondrej.

»Gib uns eine Woche, um alles noch einmal zu überprüfen«, antwortete meine Mutter. »Danach kann ich sie dir für einen Testlauf überlassen. Wenn es funktioniert, dauert es weitere zwei bis drei Monate, bis ich euch voll ausrüsten kann. Länger, wenn wir nachbessern müssen. Aber ich sag dir gleich, dieses Schmuckstück wird nicht billig.«

»Waren deine Waffen jemals billig?« Ondrej streckte die Hand aus und der Mann neben ihm griff in den Hängebeutel, den er über seiner Schulter trug. Er zog ein Säckchen hervor, reichte es Ondrej und der wiederum übergab es meiner Mutter. »Das sollte fürs Erste reichen.«

Meine Mutter spähte in das Säckchen, in dem ohne Zweifel Kronen lagen, und nickte zufrieden, ohne die Münzen zu zählen. »Damit können wir etwas anfangen.«

»Das hör ich gern.« Sie schüttelten einander die Hände, um die Abmachung zu besiegeln, auch wenn das unnötig war – nirgendwo anders würde Ondrej die Waffen bekommen, die meine Mutter für ihn schmiedete, und niemand anderes würde sie ihr abkaufen. »Jetzt fehlt nur noch eine Waffe für die Irrlichter.«

Meine Mutter schnaubte. »Klar. Besorg mir einen Kadaver, den ich untersuchen kann, und ich mach mich an die Arbeit. Ich halte mir schon mal etwas Zeit frei, so in zehn bis zwanzig Jahren.«

»Wer weiß, vielleicht dauert es gar nicht mehr so lange«, sagte Ondrej.

»Du hörst doch nicht auf das Geschwätz, oder?«

»Nein, aber ich vertraue den Hinweisen. Heute Morgen haben wir beobachtet, wie dein Sohn noch einmal mit seinen Bändigern in den Wald gegangen ist«, erklärte Ondrej. Er sprach so leise, dass ich die Worte kaum mehr verstehen konnte. »Die Akademie hat noch nie länger als einen Tag nach einem Irrlicht suchen lassen. Aber heute ist der zweite Tag.«

Trotz der Hitze in der Waffenschmiede lief mir ein kalter Schauder über den Rücken. Ich wünschte, ich hätte mir am Morgen etwas mehr Zeit genommen, um auf das Gerede meiner Mitschüler zu achten, aber ich hatte es nicht erwarten können, die Akademie für ein paar Stunden zu verlassen.

»Du glaubst also, sie haben etwas gefunden?«, fragte meine Mutter skeptisch.

»Es würde die heutige Mission erklären, aber wir werden der Sache noch genauer nachgehen. Meine Leute sind schon dran. Wir müssen nur warten, bis die Bändiger aus den Wäldern sind.«

»Ich bin dabei, wenn du mich brauchst«, sagte Marek und verschränkte die Arme vor der Brust.

»Einen Scheiß wirst du tun«, murmelte ich. Dass Marek die Wilde Jagd gelegentlich in den Wald begleitete, um Monster zu töten, war mir nichts Neues, aber ich wollte keine Details erfahren.

»Seid vorsichtig«, sagte meine Mutter. »*Noch* habt ihr keine Waffe gegen die Irrlichter.«

»Waren wir jemals unvorsichtig?« Ondrej grinste und die wunde Haut in seinem Gesicht, die sich straff über seine Knochen spannte, entlarvten seine Worte als Lüge.

13. KAPITEL

»Wo warst du?«, fragte Alexandr. Kaum hatte ich den Raum für Zentralisation betreten, fing er mich an der Tür ab. Die Stunde hatte noch nicht begonnen und aufgeregte Stimmen hallten von der hohen Decke wider. Immer wieder schlug mir dabei das eine Wort entgegen, das für meine Übelkeit verantwortlich war: Irrlicht.

»Ich war den ganzen Morgen bei Frída im Krám«, erklärte ich und suchte mir einen Platz in der ersten Reihe. Ich hatte das Gefühl, heute etwas mehr Konzentration gebrauchen zu können.

»Dann hast du es noch gar nicht mitbekommen?«

»Was?«, fragte ich unschuldig, da ich ihm nicht erklären wollte, dass ich dank Ondrej bereits eine Vermutung hatte. Das hätte nur zu der Art Fragen geführt, denen ich mich nicht stellen wollte.

»Irrlichter. Es gibt sie! Jakub und die anderen haben gestern Abend im Wald Fußspuren gefunden, die zu keinem bekannten Monster passen. Sie haben den Abdruck ausgehoben und mit zur Untersuchung an die Akademie gebracht. Blut war auch in der Nähe, das analysieren sie gerade«, sagte Alexandr. Seine Stimme drohte sich vor Aufregung zu überschlagen. »Ist das nicht der absolute Wahnsinn? Hunderte von Jahren gab es keine Beweise für die Existenz dieser Kreaturen und jetzt dürfen wir miterleben, wie sie erforscht werden. Das ist unglaublich!«

Alexandrs Freude über diese Entdeckung war so herzlich und ehrlich, dass ich mir wünschte, ich könnte all meine Bedenken vergessen und mich ebenso für das Dasein der Irrlichter begeistern. »Machst du dir denn keine Sorgen darum, dass wir nichts über diese Monster wissen?«

»Na ja, wir sind gerade dabei, etwas über sie in Erfahrung zu bringen. Außerdem, was soll schon passieren?« Er zuckte mit den Schultern. »Wir haben bisher *ein* Irrlicht gesehen und noch nie haben diese Monster versucht die Stadt anzugreifen. Der einzige Unterschied zwischen heute und gestern ist, dass wir sicher von ihrer Existenz wissen. Uns auf sie vorbereiten können, sollte es je zu einem Angriff kommen. Das ist eine gute Sache.«

So gesehen hatte er schon recht. Ich konnte nur das Beste daraus machen und vielleicht sollte ich zumindest versuchen, die Dinge mehr wie Alexandr zu sehen.

Am heutigen Tag fiel es unserer Professorin schwer, Ruhe in die Gruppe zu bringen. Auch nachdem das Summen der Klangschale den Raum erfüllte, waren immer wieder Geräusche zu hören. Deshalb beschloss ich, das anschließende Kampftraining zu schwänzen. Sollte mich Tereza an Benedict oder Jakub verraten, würde ich dafür zwar eine Menge Ärger bekommen, aber ich war nicht in der Verfassung, Lilek zwei Stunden lang in die Augen zu starren, und meine Kommilitonen waren es auch nicht. Ich wollte nicht mit ansehen müssen, wie noch einer von ihnen zerfleischt wurde.

Mit den Worten »Morgen erwarte ich mehr von euch« entließ uns Galina zehn Minuten früher aus dem Unterricht. Ich schlüpfte wieder in meine Schuhe und teilte Alexandr mit, dass ich nicht zum Training gehen würde. Sein Mund öffnete sich und einen kurzen Moment wirkte es, als wollte er mir ausreden zu schwänzen, aber etwas in meinem Blick brachte ihn zum Schweigen. Er nickte und murmelte etwas von »deine Entscheidung«, ehe er mit den anderen zum Stall lief, um seinen Knochenträger zu holen. In der Zwischenzeit schlich ich mich in die Küche, um einen Imbiss für Lilek zu besorgen. Ich wollte ihn auf keinen Fall den ganzen Tag in seinem dunklen Käfig eingesperrt lassen.

Ich drückte mich in der Küche herum, bis ich sicher sein konnte, dass alle meine Mitschüler im Unterricht waren. Erst dann ging ich zu den Stallungen. Ich sperrte die Kiste auf und Lilek sprang sofort aufgeregt aus der Dunkelheit hervor. Vermutlich hatte er mitbekommen, dass die anderen Bändiger ihre Monster bereits abgeholt hatten.

»Wie geht es dir?«, fragte ich Lilek und warf ihm ein Stück Aubergine hin, die ich in der Küche geschnitten und mir in meine Umhängetasche gestopft hatte. Lilek fraß das Stück gierig, blickte auf und sah mich so erwartungsvoll an, dass ich ihm noch eine Scheibe des Gemüses gab.

Ich führte Lilek aus dem Stall, entlang der westlichen Außenmauern der Akademie. Diese Seite war grüner und öffnete sich zum Flussufer der Vltava hin, die sich quer durch Praha zog. Lilek schlich neben mir her und schien nicht besonders viel Freude über seinen Auslauf zu empfinden, aber das, was er wirklich wollte – den Wald –, konnte ich ihm nicht geben.

Mit einem Seufzen warf ich noch ein Stück Aubergine vor ihm auf den Boden, als ich eine Gestalt vor uns bemerkte. Entlang des Wiesengrunds waren einige Bäume gepflanzt und darunter standen Bänke. Auf einer von ihnen saß Julek, der Richtung Vltava starrte.

»Ahoj, Julek«, grüßte ich ihn.

Er hob den Kopf und wirkte überrascht mich zu sehen. Der Blick aus seinen dunklen Augen war stumpf und seine Haut blass. Schweiß glänzte auf seiner Stirn, das braune Haar feucht. »Ahoj, Kayla.«

»Wann wurdest du entlassen?«, fragte ich und setzte mich neben ihm auf die Bank. Lilek legte sich vor mir auf den Rasen und steckte seine Nase in einen Löwenzahn. Er roch an der Blume und schlug mit seiner Pfote danach, wie um damit zu spielen. Doch er war viel zu kräftig und der Löwenzahn knickte unter seiner Pranke ein.

»Heute Mittag.«

»Das ging schnell.«

Julek fuhr mit seiner gesunden Hand vorsichtig über den Verband, der dick um seinen Arm gewickelt war. »Es gibt nichts mehr, was sie für mich tun können. Sie haben die Wunde ausgewaschen, genäht und mir Medikamente gegeben. Ich soll zwei Mal am Tag zum Verbandwechseln kommen und die nächsten Wochen nicht am Training teilnehmen.« Dem sehnsüchtigen Klang seiner Stimme war zu entnehmen, dass vor allem der letzte Punkt ihn schwer traf. »Wieso bist du überhaupt hier? Solltest du nicht im Unterricht sein?«

»Keine Lust«, erwiderte ich, da es besser klang als ›Ich habe Angst‹.

»Verstehe, aber ihr kommt ja schon ganz gut miteinander aus.« Julek beobachtete Lilek dabei, wie er gähnte und seinen Kopf auf die Vorderpfoten legte. Ich musste an Frídas Erzählung denken und dass einst alle Monster Tiere des Waldes gewesen waren. Ohne seine Fähigkeit, sich in Schatten zu verwandeln, ohne seine mächtigen Zähne und ohne die Dunkelheit, die ihn zum Töten verleitete, könnte Lilek tatsächlich ein normaler Wolf sein.

»Ich hätte es schlimmer treffen können«, sagte ich und zog eine weitere Auberginenscheibe aus meiner Tasche. Kurz entschlossen reichte ich sie Julek. Fragend sah er mich an und ich zuckte mit den Schultern. »Er steht drauf.«

Nach einem kurzen Zögern verfütterte Julek das Gemüse an Lilek. »Ich sollte jetzt besser reingehen und mich hinlegen. Diese Tabletten machen echt müde.« Julek stand von der Bank auf und schwankte leicht. Ich sprang auf, bereit ihm unter die Arme zu greifen, aber er bedeutete mir mit einer Handbewegung, dass alles in Ordnung war. »Sehen wir uns beim Abendessen?«

»Auf jeden Fall.« Ich lächelte und gerade, als Julek zurück zur Akademie laufen wollte, ertönte über unseren Köpfen ein schrilles Kreischen. *Grah. Grah. Grah.* Lilek stieß ein Knurren aus und Julek erstarrte neben mir, die Augen vor Angst geweitet. Ich sah gen Himmel und entdeckte drei Dunkelweber, die über die Stadt flogen. Ihre Rufe waren bereits wieder dabei zu verklingen.

»Sie sind weg«, sagte ich und legte Julek beschwichtigend eine Hand auf die Schulter.

Er nickte und es wirkte, als wäre er noch blasser geworden, obwohl ich das nicht für möglich gehalten hätte. Blaue Äderchen schienen unter seiner Haut hervor. »Warum sind die schon wach? Es ist viel zu früh.« Es stimmte. Die Sonne stand noch hoch am Firmament und von allen Monstern waren die Dunkelweber die nachtaktivsten. Tagsüber sah man sie außerhalb der Akademie fast nie.

»Vermutlich hat die Suchaktion nach dem Irrlicht sie aufgescheucht.«

Julek nickte langsam.

»Sollen wir dich zurückbegleiten?«

Für einen Moment schien er mein Angebot in Erwägung zu ziehen, bis er den Kopf schüttelte und meinte, er würde es auch alleine schaffen. Ich wünschte ihm gute Besserung und führte Lilek ans Flussufer. Ich liebte die Vltava, den Geruch des Wassers und die Art, wie sich die Sonne darin spiegelte. Ich ging in die Hocke, um meine Hände ins Wasser zu tauchen, als Lilek an mir vorbei in den Fluss hechtete. Wasser spritzte überallhin und beinahe hätte ich das Gleichgewicht verloren und mich in den Fluss gesetzt.

»Hey!« Ich öffnete die Augen, die ich instinktiv zusammengekniffen hatte, und entdeckte Lilek, wie er hechelnd durchs Wasser watete. Er senkte den Kopf unter die Oberfläche und tauchte mit einem Zweig zwischen den Zähnen wieder auf. Der Ast brach in seinem kräftigen Gebiss und er begab sich erneut auf die Suche.

Ich konnte nicht anders, als bei diesem Anblick zu grinsen, denn das erste Mal, seit ich Lilek gebändigt hatte, sah er zufrieden aus. Benedict hätte mir jetzt befohlen ihn zurückzurufen, um meine Position zu stärken und dem Monster zu zeigen, wer hier die Führung innehatte. Denn jeder Freiraum, der so etwas wie einen eigenen Willen zuließ, förderte die Wildheit. Doch ich brachte es nicht übers Herz, Lilek aus dem Wasser zu holen, denn ich konnte *fühlen*, wie glücklich er in diesem Moment war, nachdem er die letzten Tage fast ausschließlich eingesperrt in absoluter Finsternis verbracht hatte. Es war, als würde das Wasser seine Lebensgeister wecken, und die Dunkelheit, die uns verband, ließ mich dasselbe spüren.

Ich beobachtete Lilek eine Weile dabei, wie er im Wasser *spielte*, anders konnte man das nicht nennen, ehe wir weiter flussaufwärts liefen. Ich am Ufer, er weiterhin in der Vltava. Manchmal blieb Lilek stehen, wenn erneut die Dunkelweber über unseren Köpfen kreisten oder etwas unter der Wasseroberfläche seine Aufmerksamkeit erregte. Aber vor allem schien das dunkle Wasser im Schatten der zahlreichen Brücken ihn zu faszinieren.

Erst nach einer halben Stunde kreuzten andere Leute unseren Weg. Bereits aus der Ferne sah ich drei Kinder, die mit Steinen am Wasser spielten. Das Zeichen für uns, zur Akademie zurückzukehren. Außerdem wollte ich Lilek wieder in seinen Käfig bringen, bevor das Training der anderen vorbei war.

»Lilek.« Ich zog die vorletzte Scheibe Aubergine aus meiner Tasche. Er blieb stehen und sah mich an. »Wir müssen zurück.«

Ich warf das Stück in die Richtung, aus der wir gekommen waren, als ich abermals das Kreischen der Dunkelweber hörte. Ich dachte mir nichts dabei, bis ich plötzlich einen Schatten und eine rasche Bewegung aus dem Augenwinkel sah.

Ich fuhr herum. Die Kinder schrien. Grell bohrten sich ihre Rufe in mein Ohr. Ein Dunkelweber hatte sich vom Himmel gestürzt, seine Krallen in den Rücken eines Jungen geschlagen und ihn zu Boden gedrückt. Die beiden anderen Kinder liefen weinend davon und noch bevor ich einen klaren Gedanken fassen konnte, stürmte ich zu dem blonden Jungen.

»He!«, rief ich so laut, dass das Wort in meinem Hals brannte. Ich rannte auf das Monster zu, um seine Aufmerksamkeit auf mich zu ziehen, doch es half nichts. Der scharfe Schnabel des Dunkelwebers hackte auf den Jungen ein. Erinnerungen an Julek und die Blutlache auf dem Steinboden stiegen in mir auf. Ich rannte schneller, obwohl ich keine Ahnung hatte, was ich tun sollte. Aber ich konnte nicht tatenlos dabei zusehen, wie der Dunkelweber ihm den Rücken aufriss und das Fleisch von den Knochen zog.

Der Junge schrie noch immer und versuchte den Dunkelweber abzuschütteln, aber die Kreatur war zu kräftig für seinen schmächtigen Körper und vermutlich gereizt von der Tatsache, dass die Bändiger ihn unterm Tag aufgescheucht hatten.

Am Ufer entdeckte ich einen morschen Ast, der vom Wasser durchweicht war. Keine Waffe, aber besser als nichts. Ich warf meine Tasche achtlos auf den Boden und hob den Stock im Lauf auf. Lilek folgte mir. Er könnte den Dunkelweber in die Flucht schlagen, nur hatte ich keine Ahnung, wie ich ihm das befehlen sollte. Mir blieb nicht die Zeit, Dutzende von Anweisungen auszuprobieren, in der Hoffnung, dass der Schattenwolf auf eine davon reagieren würde. Besser, er blieb weg, bevor ihn das Blut wild machte.

Ich gab ihm in Gedanken genau diesen Befehl, dann holte ich

mit angehaltenem Atem aus und prügelte mit aller Kraft auf den Dunkelweber ein. Er war so von seinem Opfer eingenommen, dass er mich nicht hatte kommen sehen.

Ich fühlte die Heftigkeit des Schlags in meinem ganzen Körper und mit einem Heulen ließ der Dunkelweber von dem Kind ab. Die Kreatur taumelte benommen zur Seite und schwarzes Blut spritzte auf meine Kleidung. Ich ging in die Knie, um dem Jungen zu helfen. Er war vollkommen still geworden. Scheiße.

Mir blieb keine Zeit, seinen leblosen Körper, der hoffentlich nur ohnmächtig war, in Sicherheit zu bringen. Im nächsten Moment hatte der Dunkelweber sich schon wieder gesammelt und stürzte sich auf mich. Erneut holte ich mit dem Ast aus. Das Monster wich jedoch zurück und der Schwung des Schlags brachte mich aus dem Gleichgewicht. Für den Bruchteil einer Sekunde verlor ich Blickkontakt zu dem Dunkelweber. Er nutzte die Gelegenheit und rammte mich im Flug von der Seite. Ich fiel zu Boden und der Ast glitt mir aus der Hand.

Hektisch versuchte ich wieder auf die Beine zu kommen, aber ich konnte nicht aufstehen. Irgendetwas hielt mich zurück. Ich blickte an mir herab und entdeckte Schlingen, wie Wurzeln, die sich um meine Beine gewickelt hatten und mich an den Boden ketteten. Wo kamen die her? Ich strampelte mit den Füßen, aber nichts regte sich. Der Gestank von Schwefel stieg mir in die Nase und mein Herz schlug so schnell, dass ich glaubte, es würde mir aus der Brust springen.

Ich rechnete damit, von dem Dunkelweber angegriffen zu werden, doch das Monster fiel nicht über mich her. Panisch sah ich mich nach einer Möglichkeit um, mich von den Fesseln zu befreien, und bemerkte dabei, dass der Vogel nicht mich wollte. Mit einem leichten Hinken lief er zu dem Jungen, der regungslos keine zwei Meter von mir entfernt lag. Sein Gesicht war mir zugewandt.

Er konnte nicht älter als neun oder zehn Jahre sein. Blonde Strähnen waren bereits rosa verfärbt von seinem eigenen Blut. Mit einem Krächzen machte sich der Dunkelweber über seine Beute her. Mir drehte sich der Magen um, bis ich Galle auf meiner Zunge schmeckte. Ich glaubte mich übergeben zu müssen, aber ich gab dem Verlangen nicht nach und würgte das Gefühl hinunter. Ich durfte nicht schwach werden, nicht solange noch der Hauch einer Chance bestand, dass der Junge lebend aus dieser Sache herauskam. Alles andere könnte ich mir niemals verzeihen.

Ohne auch nur eine Sekunde länger nachzudenken, robbte ich über den Boden, soweit es meine Fesseln zuließen, und streckte meinen Arm nach dem Monster aus. Ich bekam sein hinkendes Bein zu fassen und zerrte mit aller Kraft daran. Der Dunkelweber kreischte auf und wirbelte zu mir herum. Blitzschnell hackte er mit seinem Schnabel nach meiner Hand und Dutzende feiner Zähne bohrten sich in meine Haut. Ich schrie auf und Tränen schossen mir in die Augen, als ein stechender Schmerz durch meinen Arm direkt in mein Herz fuhr. Er ließ sich mit nichts vergleichen, was ich bis zu diesem Zeitpunkt gespürt hatte. Die Schnittwunden in meinen Händen waren nichts dagegen.

Blut quoll aus meinem Arm in das Maul des Dunkelwebers, während schwarze Flecken vor meinen Augen zu tanzen begannen. Ich musste wieder würgen, bis ein plötzlicher Schwindel mich erfasste. Wenn ich jetzt das Bewusstsein verlor, war alles vorbei. Ich versuchte den Schmerz zu kontrollieren und gegen die Ohnmacht anzukämpfen – es half nichts. Kurz bevor die Dunkelheit mich verschluckte, hörte ich ein Knurren direkt neben meinem Ohr.

14. Kapitel

Er konnte das Blut des Jungen riechen. Ein Teil von ihm lechzte danach. Er fuhr sich mit der Zunge über die Schnauze und stellte sich vor, wie es wäre, die Zähne in das Fleisch zu graben. Doch etwas hielt ihn zurück. Wie angewurzelt sah er dabei zu, wie das Mädchen mit einem Ast auf das Monster einschlug. Vergebens. Die Kreatur griff sie an und die Waffe fiel ihr aus der Hand.

Irgendetwas an dem Anblick beunruhigte ihn und er wollte zu ihr. Die Dunkelheit in ihm verlangte nach ihr, aber er konnte dem Gefühl nicht nachgehen. Nervös sah er dabei zu, wie sich das gefiederte Monster wieder über den Jungen beugte und in die Wunde pickte, die es zuvor gerissen hatte.

Er verspürte Erleichterung, denn das Mädchen war nun sicher. Er wartete darauf, dass sie aufstand und zu ihm zurückkam. Aber sie kam nicht. Sie blieb liegen – und griff nach dem Bein des Dunkelwebers. Das Monster fuhr herum und verbiss sich in ihren Arm.

Ihr Schrei hallte durch die Luft und erschütterte ihn bis in die Knochen. Er konnte ihren Schmerz spüren. Nicht an seinem Körper, aber in seinem Herzen. Er fletschte die Zähne. Seine Krallen schabten über den Stein. Er verstand nicht, woher dieses Verlangen kam, aber er wollte das Monster bestrafen, dafür, dass er ihr wehgetan hatte.

Doch noch immer hielt ihn eine unsichtbare Fessel zurück. Er drängte dagegen. In seinem Kopf spürte er einen ziehenden Schmerz, aber er konnte sich nicht losreißen. Inzwischen bewegte sich das Mädchen nicht mehr. Ihre Augenlider flatterten und kurz bevor sie sich endgültig schlossen, rissen die Ketten, die ihn zurückgehalten hatten. Er stieß ein Knurren aus und stürmte los, bereit, das andere Monster zu töten.

15. KAPITEL

Ein ungewohntes Gefühl an meinem Handgelenk weckte mich. Ich blinzelte und bekam die Augen kaum auf. Meine Lider fühlten sich an wie mit Steinen beschwert und ich fragte mich, wieso meine Matratze so unbequem war, bis die Erinnerung zu mir zurückkam. Mir wurde erneut übel, aber auch jetzt unterdrückte ich das Bedürfnis, mich zu übergeben. Schließlich schlug ich die Augen auf und entdeckte Lilek. Er lag neben mir auf dem Boden und leckte das Blut aus meiner Wunde. *Igitt.*

»Lass das.« Ich schob Lilek von mir. Er gehorchte. Mein Kopf dröhnte. Ich richtete mich auf. Meine Füße waren nicht länger gefesselt. Die Wurzeln waren verschwunden und es gab keinen Hinweis darauf, dass sie jemals existiert hatten. Eine Illusion. Das waren sie gewesen. Der Dunkelweber hatte mich an der Nase herumgeführt und in meiner Panik hatte ich den Bildern in meinem Kopf Glauben geschenkt und mich von ihnen aufhalten lassen.

Ich sah mich nach dem Dunkelweber um und entdeckte seinen leblosen Kadaver am Rande des Ufers. Es bestand kein Zweifel daran, dass das Monster tot war. Seine Kehle war zerfleischt. Tiefe Risse zogen sich über seinen gesamten Körper und schwarzes Blut sickerte über die Steine und in die Ritzen. »Warst du das?«, fragte ich Lilek.

Seine Ohren zuckten.

Natürlich war er das gewesen, aber ich konnte mich nicht daran erinnern, ihm den Befehl zum Angriff gegeben zu haben. Er hätte zurückbleiben sollen. Überhaupt benötigte es für einen solchen Angriff das Hýbat, aber ich wusste weder, wie das funktionierte, noch wäre ich in der Verfassung dazu gewesen. Aber wenn Lilek das alles von sich aus getan hatte, wieso lag er hier bei mir und war nicht über mich oder den Jungen hergefallen?

Der Junge!

Ich sah mich nach ihm um und entdeckte seinen reglosen Körper neben mir liegen. Sein Rücken sah schlimm aus – rot und wund – und von seinem Hemd war nicht mehr viel übrig. Atmete er noch? Ich konnte es nicht erkennen, aber ich brachte es nicht über mich, zu ihm zu gehen. Die Angst, keinen Puls zu fühlen, lähmte mich.

Auf einmal erklangen Rufe und Schreie hinter mir und ehe ich michs versah, war ich von einer Horde Menschen umgeben, die mir den Blick auf den Jungen versperrten. Hände legten sich auf meinen Körper und Stimmen fragten mich, ob alles in Ordnung sei. Ich nickte, benommen vom Schock und von dem Blutverlust. Jemand wickelte einen Fetzten Stoff um die Wunde an meinem Handgelenk und eine Frau half mir auf die Beine. Sie zog meinen gesunden Arm über ihre Schulter und stützte mich. Neben uns hoben mehrere Männer den Jungen auf ein Bettlaken, um ihn zu tragen, nicht, um ihn darin einzuwickeln. Ein Funke Hoffnung drang zu mir durch. Er musste noch am Leben sein, wenn sie so vorsichtig mit seinem Körper umgingen!

»Komm«, lotste mich die Frau. »Du musst ins Krankenhaus.«

Ich hatte überhaupt nicht bemerkt, dass ich stehen geblieben war. »Ich will in die Akademie.«

»Das Krankenhaus ist näher.«

»Ich will in die Akademie«, wiederholte ich mit Nachdruck und spürte eine Berührung an meiner verletzten Hand. Lilek. Er drückte seine Schnauze gegen meine Finger und eine Welle der

Dankbarkeit erfasste mich. Ich wusste nicht, was ich ohne ihn getan hätte.

Die Frau seufzte. »Ihr Bändiger und eure Akademie.«

»Du musst nicht mit. Ich schaff das auch alleine.«

Die Frau verdrehte die Augen, und ohne ein weiteres Wort zu sagen, begleitete sie mich durch die halbe Stadt, bis zu den Mauern der Akademie. Es dauerte nicht lange, bis die ersten Bändiger uns bemerkten und zu uns kamen. »Ich übernehme«, hörte ich einen von ihnen sagen. Es war Izak, unser Professor für Monsterkunde sowie Strategie und Durchführung.

Er legte mir einen Arm um die Taille. Ich protestierte nicht, musste aber immerzu daran denken, wie lächerlich das hier war. Ich hatte nur eine Bisswunde am Handgelenk. Das war nichts im Vergleich zu dem Jungen, selbst Julek hatte es schlimmer getroffen.

»Bringt den Schattenwolf in den Stall«, befahl Izak einem anderen Bändiger.

»Nein!«, rief ich. »Er bleibt bei mir.«

»Monster dürfen nicht auf die Krankenstation.«

»Wenn er nicht mitdarf, geh ich auch nicht.« Vielleicht war es übertrieben, aber Lilek hatte mir das Leben gerettet und womöglich auch das des Jungen. Ich würde ihm meine Dankbarkeit nicht zeigen, indem ich ihn zurück in seine Kiste sperrte. Er hatte etwas Besseres verdient.

Izak seufzte. Keine Ahnung, ob es aus Sorge um meine Gesundheit war oder an der Tatsache lag, dass ich die Tochter des Direktors war, aber Izak erlaubte Lilek uns zu begleiten. Auf der Krankenstation war sofort eine Ärztin an meiner Seite. Die Gesichtszüge entglitten ihr für einen Moment, als sie Lilek entdeckte, aber sie sagte nichts, sondern wies mich lediglich an, mich auf eine der Liegen zu setzen. Sie entfernte den Stofffetzen von meinem

Handgelenk und augenblicklich begannen die lochartigen Wunden wieder zu bluten.

»Dunkelweber?«, fragte die Ärztin.

Ich nickte.

»Ein Unfall im Kampftraining?«

Ich schüttelte den Kopf.

»Wie ist es dann passiert?«

Ich hatte nicht das Gefühl, dass es sie wirklich interessierte. Sie wollte mich nur ablenken und beschäftigt halten, während sie Desinfektionsmittel über meinen Arm kippte und die Bissspuren nähte. Schweigend und mit verschränkten Armen stand Izak neben dem Eingang. Ich vermutete, dass er nicht meinetwegen, sondern wegen Lilek hierblieb. Dieser hatte sich unter die Liege gelegt, weshalb ich nur seinen buschigen Schwanz sehen konnte, der nervös über die hellen Kacheln wischte.

Plötzlich hörte ich hastige Schritte im Flur und einen Moment später platzte Jakub in den Raum. Wie am Tag zuvor wirkte er abgehetzt und seine Livrej saß nicht so akkurat, wie ich es von ihm gewohnt war. Sein blondes Haar war ein wildes Durcheinander und seine Wangen gerötet wie nach einer Stunde Sport. »Kayla!« In wenigen Schritten war er an meiner Seite. Fieberhaft glitt sein Blick dabei über meinen Körper. »Geht es dir gut?«

»Alles bestens. Es ist nur eine kleine Bisswunde«, erwiderte ich und sog scharf die Luft ein, als die Ärztin die Nadel mit dem Faden erneut durch meine Haut trieb. Zudem tat mir mein Kopf weh, aber das lag vermutlich mehr an Lileks Dunkelheit als an dem Dunkelweber.

Jakubs Gesichtszüge entspannten sich. »Wir haben uns Sorgen gemacht.«

Ich zog eine Augenbraue in die Höhe. »Wir?«

»Vater und ich.«

Ich reckte den Hals und spähte über Jakubs Schulter, obwohl ich genau wusste, was ich sehen würde – oder besser, wen ich *nicht* sehen würde. »Und wo ist er?«

»Er ist mit den anderen Bändigern im Wald geblieben.«

Natürlich. Alles andere hätte mich auch gewundert. Immerhin hatte ich nur mein Leben aufs Spiel gesetzt, das gehörte zum Bändiger-Sein dazu. Viel wichtiger war es, den Ruhm und das Ansehen einzuheimsen, das mit dem Fund eines Irrlichtes einherging – als hätte Benedict Novák nicht von beidem schon genug.

»Du hast es geschafft«, verkündete die Ärztin und legte die Nadel zur Seite. »Gleich kommt ein Krankenpfleger, um deinen Arm zu verbinden. Ich würde dich gerne noch für ein paar Stunden zur Beobachtung hierbehalten. Falls etwas sein sollte oder du doch noch eine Blutkonserve brauchst, bist du hier gut aufgehoben.«

Ich nickte. »Wäre es möglich herauszufinden, wie es dem Jungen geht?«

»Natürlich. Ich setze mich mit meinen Kollegen in Kontakt. Gib mir eine Stunde.« Die Ärztin lächelte mich an und verließ gemeinsam mit Izak den Raum.

Jakub zog einen Stuhl an meine Liege heran und setzte sich, den Oberkörper nach vorne gebeugt, die Ellenbogen auf den Knien abgestützt. Er betrachtete mich eingehend. Sorge spiegelte sich noch immer in seinem Gesicht, ebenso wie Erleichterung und ein anderes Gefühl, das mir überhaupt nicht gefiel. Wut? Zorn? Zweifel? »Magst du mir erzählen, wie das passiert ist?«

Eigentlich nicht, aber mir blieb nichts anderes übrig. Als mein Professor war Jakub für mich verantwortlich und würde einen Bericht über den Zwischenfall verfassen müssen. Ich wiederholte die Geschichte und als ich fertig war, konnte ich hören, wie meine Kommilitonen aus dem Unterricht zurückkamen. Ihre aufgeregten Stimmen hallten durch die gesamte Akademie.

»Wieso warst du nicht im Kampftraining?«, fragte Jakub.

Das war alles, was er dazu zu sagen hatte? »Ich hatte keine Lust.« Ich zuckte mit den Schultern und klopfte neben mir auf die Liege. Lilek stand vom Boden auf und legte überraschend seinen Kopf in meinen Schoß. Ich kraulte ihn hinterm Ohr.

»Kayla …«, setzte Jakub an, in seiner Stimme ein mahnender Klang. Entweder wegen des Schwänzens oder meines vertrauten Umgangs mit Lilek.

Doch bevor er weitersprechen konnte, tauchte Alexandr in der Tür des Krankenzimmers auf. Er klopfte gegen den Rahmen, als wäre er sich nicht sicher, ob er eintreten durfte. Ich war allerdings froh ihn zu sehen. Alles, was Jakub zu sagen hatte, konnte warten. »Ahoj.«

»Ahoj«, wiederholte Alexandr geistesabwesend und kam vorsichtig herein. Er musterte mich mit derselben Intensität, mit der Jakub mich bei seiner Ankunft betrachtet hatte. Seine Augen waren kühl. Jede Begeisterung, die er heute Morgen noch wegen des Irrlichts empfunden hatte, war aus seinem Blick verschwunden. »Stimmt es, was sie sagen?«

»Das kommt darauf an«, erwiderte ich. Es überraschte mich nicht, dass er bereits von dem Zwischenfall gehört hatte. Die Bändiger waren ein Verein aus Tratschtanten, vor allem wenn es um Jakub, Benedict und mich ging. »Was sagen sie denn?«

Alexandr näherte sich mir vorsichtig. »Dass du von einem Dunkelweber angegriffen wurdest.«

»Ja, das stimmt.« Ich deutete mit meiner gesunden Hand auf meinen eingebundenen Arm. »Aber das ist halb so wild. Nur eine einfache Bisswunde. Nicht mit Julek zu vergleichen.«

»Oh.« Erleichtert atmete Alexandr aus. »Ich hab mir schon Sorgen gemacht.«

»Es geht mir gut«, versicherte ich und legte meine Hand wieder auf Lileks Kopf. Sein weiches Fell unter meinen Fingerspitzen zu spüren half mir dabei, ruhig zu bleiben. Er hatte den Dunkelweber getötet, ich war am Leben und man hatte den Jungen vorsichtig davongetragen wie einen lebenden Menschen, nicht wie eine Leiche.

»Was ist passiert?«, fragte Alexandr.

Ich seufzte. »Kann ich dir das morgen erzählen?« Ich brachte es nicht über mich, das Ganze noch einmal zu durchleben, nicht bevor die Ärztin durch die Tür dieses Zimmers trat und mir versicherte, dass es dem Jungen gut ging. Ich hoffte es, mit all meinem Sein, aber einige Zweifel blieben.

»Klar.«

»Wie war das Kampftraining?«, erkundigte ich mich. Ich brauchte Ablenkung.

Alexandr erzählte, dass sie zuerst die Übung von gestern wiederholt hatten und er seinem Knochenträger ganze zehn Minuten in die Augen hatte schauen können. Anschließend hatten sie einen leichten Parcours aufgebaut, um die Monster darauf zu trainieren, schnell einfache Befehle anzunehmen. Die erste Runde lief nicht so gut für ihn und seinen Knochenträger, aber am Ende hatte er mit zu den Besten gehört.

»Das ist großartig«, sagte ich und klopfte ihm bestärkend auf den Arm. Ich war wirklich stolz auf ihn. Er war der geborene Bändiger und irgendwann würde er es allen zeigen.

»Kayla?«

Ich blickte auf und entdeckte die Ärztin, deren Namen ich noch immer nicht kannte. Ich wusste, weshalb sie hier war. Umgehend suchte ich nach Hinweisen in ihrem Gesicht. Wirkte sie wie jemand, der dabei war, schlechte Neuigkeiten zu übermitteln? Oder eher gute Nachrichten? »Ja?«

»Ich habe wegen des Jungen nachgefragt.« Ich richtete mich auf und Lileks Kopf rutschte von meinem Schoß. »Leider gibt es noch nicht viel zu berichten, er wird gerade noch operiert.«

»Operiert? Das heißt, er ist am Leben?«

Die Ärztin nickte und ich brach in Tränen aus. All die Anspannung schien auf einmal von mir abzufallen. Ich vergrub das Gesicht in den Händen und schluchzte auf. Augenblicklich schlossen sich Arme um mich und ich ließ mich in die Umarmung fallen. Ich wusste, dass es Alexandr war, denn er roch immer ein wenig nach der Backstube seiner Eltern. Hemmungslos weinte ich an seiner Brust. Er streichelte mir durch das Haar und murmelte Worte, die nur halbwegs Sinn ergaben, mir aber dennoch dabei halfen, mich zu beruhigen. Ich bemühte mich gleichmäßig zu atmen und nachdem ich mich einigermaßen wieder im Griff hatte, löste ich mich mit einem Schniefen von Alexandr. »Danke.«

Er lächelte mich an. »Nichts zu danken.«

Mein Blick glitt zu Jakub. Sein Gesicht war schmerzverzerrt.

»Es wäre jetzt wohl besser, Kayla alleine zu lassen«, sagte die Ärztin. »Sie braucht Ruhe.«

»Wir sehen uns morgen? Dann wieder im Unterricht?«, fragte Alexandr.

»Auf jeden Fall.« Er umarmte mich noch einmal flüchtig und verließ das Krankenzimmer.

Jakub stand von seinem Platz auf und sah ihm hinterher. »Ein netter Junge.«

»Ja, das ist er.« Ich wischte mir die letzten Tränen aus den Augen und sah zu Lilek, der wieder seinen Platz unter der Liege eingenommen hatte. Ob er hierbleiben durfte? Vermutlich, sonst hätte die Ärztin sicherlich etwas gesagt.

»Und ihr beide seid zusammen?«, fragte Jakub.

»Was?«, platzte es aus mir heraus, bis mir wieder einfiel, dass ich Jakub diese Lüge aufgetischt hatte. »Wir sind nicht zusammen.

Ambrož ist mir nur auf die Pelle gerückt und ich habe eine Ausrede gebraucht, wieso ich nicht mit ihm ausgehen kann.«

Jakub zog die Augenbrauen nach oben. »Tatsächlich?«

Ich nickte. »Alexandr und ich sind nur Freunde.«

»Verstehe.« Er schob die Hände in die Hosentaschen seiner Livrej. »Ich habe mich schon gewundert. Er ist überhaupt nicht dein Typ.«

Ich lachte. »Und was ist mein Typ?«

»Keine Ahnung.« Er zuckte beiläufig mit den Schultern – zu beiläufig. »Marek?«

Mein Lachen verklang. Die Frage klang harmlos. Aber sie war es nicht. Nicht bei Jakub und nach allem, was in den letzten Tagen vorgefallen war. Natürlich war Benedict nicht dumm und wusste, dass die Wilde Jagd früher oder später auf den Fund des Irrlichtes reagieren würde. Doch er hatte es bisher noch nie gewagt, meine Nicht-Bändiger-Familie für seine Zwecke auszunutzen. Das ging zu weit. »Sag Benedict, dass ich keine Ahnung hab, was die Wilde Jagd plant.«

Jakub schüttelte den Kopf. »Ich …«

»Lass es«, unterbrach ich ihn. »Wir wissen beide, dass Benedict und du Mareks Namen nur in den Mund nehmt, wenn es um die Wilde Jagd geht. Aber ich weiß nichts. Wenn ihr euch Sorgen um Ondrej und die anderen macht, wäre es wohl besser, ihr würdet direkt mit ihnen reden und nicht versuchen, mich als Mittelsmann auszunutzen.«

»Das wollte ich nicht.« Jakub trat einen Schritt zurück.

»Dann brauchst du auch kein schlechtes Gewissen zu haben.«

»Das habe ich auch nicht.« Jakub fuhr sich mit der Hand durch das Haar. »Ich sollte jetzt besser auch gehen.«

»Ja, das solltest du«, erwiderte ich und schlang die Arme um den Oberkörper.

Jakub wich noch einen weiteren Schritt zurück, dann drehte er sich um und marschierte aus dem Zimmer. Ich blickte ihm hinterher und fragte mich, ob ich überreagiert hatte. Ich war von der ganzen Sache heute ziemlich aufgewühlt, aber wenn ich eines wusste, dann, dass Marek Benedict und Jakub egal war. Sie ignorierten ihn und versuchten die meiste Zeit zu vergessen, dass ihre geliebte Schwester und Tochter mit einem Mitglied der Wilden Jagd befreundet war. Bis es darum ging, Informationen zu beschaffen, dann kam ihnen das gelegen. Und genau aus diesem Grund hatte ich Marek verboten, mit mir über seine Mission zu sprechen. Die Gefahr, dass ich mich verplapperte, war einfach zu groß.

Ich kickte mir die Schuhe von den Füßen, die mit einem Poltern auf dem Boden aufschlugen. Lilek horchte auf, aber reagierte nicht weiter auf das Geräusch. Es wirkte auf mich, als wäre er von dem Angriff ebenfalls erschöpft. Ich legte mich auf die Liege, die alles andere als bequem war, aber immer noch besser als der Steinboden am Ufer. Mit dem Wissen, dass der Junge noch lebte und die Ärzte genug an sein Durchkommen glaubten, um ihn zu operieren, schlief ich ein.

16. KAPITEL

Der Junge war tot. Ich erfuhr es nach dem Abendessen, als ich zur Krankenstation ging, um meinen Verband wechseln zu lassen. Sein Name war Mátyás. Vier Tage lang hatten die Ärzte um sein Leben gekämpft. Vergebens. Seine Verletzungen waren zu gravierend gewesen und schließlich hatte er einen Herzstillstand erlitten.

Ich hatte im ersten Moment damit gerechnet, mitten auf der Krankenstation erneut in Tränen auszubrechen. Aber ich empfand keine Trauer, sondern nur Wut und Zorn, glühend heiß wie der flüssige Stahl in der Waffenschmiede meiner Mutter. Ich hatte alles getan. Alles riskiert. Doch es war nicht genug gewesen. Ich hatte mich so sehr bemüht, um Jakub und Benedict all die Jahre begreiflich zu machen, dass ich eine schlechte Bändigerin war und überhaupt keine sein wollte. Ich hatte nichts mit den Monstern zu tun haben wollen. Aber sie haben nicht auf mich gehört und mir im Chrám auch noch ins Gewissen geredet. Miloš hätte es so gewollt. Es nicht zu versuchen, bedeutete zu verlieren. Nun hatte ich es versucht und trotzdem verloren. Wir Bändiger retten Leben? Von wegen!

Menschen, denen ich das Leben gerettet hatte? Null.

Menschen, die bei meinem Versuch, sie zu retten, gestorben waren? Einer.

Jedes Mal, wenn ich meine Augen schloss, sah ich Mátyás' zerfleischten Rücken vor mir, das Blut in seinen blonden Haaren.

Der Dunkelweber, der ihn nicht als Menschen, sondern als Beute wahrnahm und vielleicht als Bedrohung. Letzteres war einzig die Schuld der Bändiger. Wären sie nicht in den Wald gegangen, um nach dem Irrlicht zu suchen, hätte es die Dunkelweber nicht aufgescheucht und Mátyás wäre vielleicht noch am Leben. Hätte ihre Suche dabei wenigstens etwas ergeben, wäre sein Tod vielleicht nicht umsonst gewesen, aber auch heute, Tage später, wussten wir nicht mehr über die Irrlichter als zuvor. Wir waren uns ihrer Existenz inzwischen einigermaßen sicher, aber das war es nicht wert gewesen. Nicht für mich. Nicht für Mátyás. Nicht für seine Eltern und all die anderen Einwohner Prahas, die den Bändigern vorwarfen, ihre Pflicht vernachlässigt zu haben.

»Und du bist dir auch wirklich sicher, dass du hingehen möchtest?«, fragte meine Mutter mich am nächsten Tag. Die Arme vor der Brust verschränkt stand sie im Türrahmen meines Zimmers in ihrer Wohnung über dem Krám und beobachtete mich skeptisch. Nachdem ich von Mátyás' Tod erfahren hatte, war ich hierhergekommen, weil ich die Gegenwart der anderen Bändiger nicht ertragen habe. Auch den Unterricht hatte ich ausfallen lassen.

»Absolut sicher«, sagte ich und sah sie durch den Spiegel hindurch an, während ich mir die Haare zu einem Knoten band. Es war einer der heißesten Tage seit Langem und obwohl ich bisher nur in meinem Bett gelegen hatte, war meine Haut klebrig.

»Ich habe gleich noch ein Treffen mit Ondrej, aber ich kann es verschieben, wenn …«

»Nein, ich bekomme das schon hin«, unterbrach ich sie und zupfte ein weiteres Mal mein Hemd zurecht. Ich wollte für Mátyás perfekt aussehen, auch wenn er mich nicht sehen würde. Wie es sich für Beerdigungen gehörte, war ich komplett in Rot gekleidet. Die Farbe symbolisierte das Leben, unser Blut und unsere Menschlichkeit. Ich besaß auch eine rote Livrej für solche Anlässe, aber heute fühlte ich mich der Akademie nicht zugehörig genug, um sie zu tragen.

»Okay, wenn du das sagst.« Sie lächelte verkrampft. »Kommst du danach wieder her?«

Ich schüttelte den Kopf. »Ich muss zu Lilek.« Meinetwegen waren bereits seine letzten beiden Fütterungen ausgefallen, aber ich hatte es nicht über mich gebracht, zurück an die Akademie zu gehen. Und allmählich konnte ich seine Unruhe durch die Dunkelheit hindurch spüren. Inzwischen saß er fast vierundzwanzig Stunden in seiner Kiste fest. Länger sollte er das nicht ertragen müssen.

»Verstehe«, murmelte meine Mutter. »Kommst du morgen wieder vorbei?«

Ich nickte und gab ihr zum Abschied einen Kuss auf die Wange. Dann machte ich mich auf den Weg zum Friedhof, der ein ganzes Stück entfernt vom Krám östlich der Akademie lag. Vor vielen Jahrzehnten hatte es in der Stadt mehrere Friedhöfe gegeben. Inzwischen existierte nur noch ein einziger. Da innerhalb der Stadtmauern nur eine begrenzte Fläche zur Verfügung stand und diese für den Nahrungsanbau gebraucht wurde. Aus diesem Grund konnten sich nur noch Reiche und die obere Mittelschicht richtige Bestattungen leisten, denn der Boden für die Toten war teuer.

Mitleidige, wütende, traurige und neugierige Blicke folgten mir über die Straße. Dank meiner roten Kleidung wusste jeder, wohin ich ging. Ich zog den Kopf ein, ignorierte die Leute so gut es ging und lief so schnell es mir möglich war – ohne allzu sehr ins Schwitzen zu geraten, denn ich wollte nicht keuchend und klatschnass bei Mátyás' Beerdigung ankommen.

Schließlich erreichte ich den Friedhof. Ich trat durch das schwere Eisentor in die parkähnliche Anlage, die zu dieser Zeit des Jahres in einem satten Grün erstrahlte. Bienen, Schmetterlinge und andere Insekten schwirrten durch die flirrende Luft und ein aufgeschrecktes Eichhörnchen flitzte über den Gehweg in eine Hecke. Instinktiv trugen mich meine Füße zu dem Mausoleum meiner Familie, das von Efeu umrankt im Schatten eines Baumes stand. Ich legte meine Hand auf den Stein, genau an die Stelle, an der Milošs Name eingeritzt war.

»Wie geht es dir?«, fragte ich wie jedes Mal und stellte mir vor, was er antworten würde. Und wie bei jedem Besuch fiel seine Antwort in meinen Gedanken ein bisschen kürzer aus als zuvor. Denn mit jedem Tag, der verging, verblassten meine Erinnerungen an ihn. In diesem Moment wurde mir erst richtig bewusst, dass sich sein Todestag schon bald zum siebten Mal jähren würde. Sieben Jahre, die ich ihn vermisste. Sieben Jahre, die er verpasst hatte. Sieben Jahre voller ungenutzter Chancen.

Ich holte tief Luft und blinzelte die Tränen weg, die mir in den Augen brannten. Ich versprach Miloš, ihn bald wieder zu besuchen, und sagte, dass ich jetzt gehen musste, weil Mátyás auf mich wartete. Ein paar Minuten irrte ich durch die Anlage, bis ich einen Friedhofswächter antraf, den ich nach dem Weg fragen konnte. Einmal in die richtige Richtung gewiesen sah ich schon von Weitem die Gruppe der Trauernden. Mindestens vier Dutzend in Rot gekleidete Menschen scharten sich um das Grab der Familie.

Ein Loch war in die Erde gehoben und die Leute verabschiedeten sich von Mátyás, dessen Asche in einer Urne lag. Nach und nach richteten sie ihre letzten Worte an ihn, ehe er in den Boden hinabgelassen wurde.

Ich blieb etwas abseits neben einem abgestorbenen Baum stehen, da ich mit meiner Anwesenheit keine Unruhe in die Trauergemeinde bringen wollte, und wartete, bis die anderen Gäste gegangen und nur noch seine Eltern übrig waren. Sie würden noch neun Stunden an seinem Grab ausharren. Eine Stunde für jedes Jahr seines Lebens, so wie es die Tradition verlangte.

Ich trat aus dem Schatten des Baumes und näherte mich den beiden mit langsamen Schritten. Sie saßen auf einfachen Stühlen neben dem frisch aufgeschütteten Erdhaufen in der prallen Sonne. Dabei schienen sie sich nicht an der Hitze zu stören, so als hätte der Tod ihres Sohnes sie jeder Empfindung mit Ausnahme ihrer Trauer beraubt. Der Mann hatte einen Arm um seine Frau gelegt und selbst aus der Distanz konnte ich ihr Weinen und Schluchzen hören.

Es drehte mir den Magen um und ich fragte mich, wieso ich überhaupt hier war. Ein Teil von mir wollte umkehren und sich vom Acker machen, während der andere sich unbedingt bei den beiden entschuldigen wollte. Was sollte schon passieren? Im schlimmsten Fall würden sie mich beschimpfen. Doch keine Vorwürfe, die mir Mátyás' Eltern womöglich an den Kopf warfen, konnten schlimmer sein als jene, die ich mir bereits selbst machte.

Außerdem war es nun zu spät, umzukehren. Mátyás' Mutter hatte den Kopf gehoben und mich entdeckt. Ihre Augen waren von all den Tränen rot geschwollen und das blonde Haar, das Mátyás' so ähnelte, war ein fettiges Vogelnest, als hätte sie es seit dem Dunkelweber-Angriff nicht mehr gewaschen. Zögerlich trat ich auf die beiden zu.

»Kayla.« Mein Name aus dem Mund der Frau war nur ein Flüstern. Es war nicht überraschend, dass sie mich kannte. Wenn sie nicht bereits vor dem Vorfall gewusst hatte, wer ich war, dann spätestens danach, schließlich redete gefühlt die ganze Stadt über mich.

Meine Lippen teilten sich, aber kein Ton drang aus meiner Kehle. Schweigend stand ich mit geöffnetem Mund vor Mátyás' Eltern. Schweißperlen glänzten auf meiner Stirn und meine Kleidung war verschwitzt. Auf einmal kam ich mir wahnsinnig dumm vor. Nichts, was ich sagen oder tun könnte, würde einen Unterschied machen und keine Entschuldigung der Welt würde Mátyás wieder zu ihnen zurückbringen. Ein ›Tut mir leid‹ würde den beiden Menschen vor mir nichts geben.

»Was willst du hier?«, knurrte Mátyás' Vater. Die Trauer war aus seinem Blick verschwunden und ein mir vertrauter Zorn war an ihre Stelle getreten. Er ließ seine Frau los und trat einen Schritt auf mich zu. Wütend blitzten mich die blauen Augen des Mannes an und der Knoten in meinem Magen zog sich fester. »Habt du und deinesgleichen nicht schon genug Schaden angerichtet?«

»Ich …«

Mátyás' Vater schnitt mir das Wort ab. »Spar dir deine Ausreden. Ihr seid alle gleich. Machtgierig und geldgeil. Früher wart ihr Bändiger vielleicht einmal darauf bedacht, diese Stadt und ihre Einwohner zu beschützen, doch heute geht es euch nur noch um euer Ansehen und euer eigenes Vergnügen. Wer interessiert sich schon für einen kleinen Jungen, wenn er mit dem Fund eines Irrlichts Geschichte schreiben kann? Und weshalb die Mauern bewachen, wenn man die Zeit genauso gut nutzen kann, um für das Turnaj Šelem zu trainieren? Denn offenbar ist das Preisgeld, das aus meinen Taschen bezahlt wird, mehr wert als das Leben meines Sohnes.«

Ich schluckte schwer. Ein Kloß in meinem Hals. »Das stimmt nicht.«

»Tatsächlich? Und wo waren die Bändiger, die in unserem Stadtviertel auf Patroille gehen sollten? Wo waren die Männer und Frauen, die jeden Monat fast die Hälfte meines Einkommens kassieren, damit meine Familie und ich sicher leben können? Wo? Sag es mir! Wo waren sie?«

Ich senkte den Blick, denn ich schämte mich dafür, ihm keine Antwort geben zu können. »Ich weiß es nicht.«

»Dachte ich mir. Und dann kommst du daher.« Er deutete mit

einer abfälligen Bewegung auf mich. »Naiv, dumm und ungebildet. Aber großkotzig und arrogant genug, zu glauben, du hättest den Unterricht an der Akademie nicht nötig. Immerhin hast du jetzt einen ach so *großartigen* Schattenwolf. Damit ist deine Pflicht erfüllt, nicht wahr? Für alles andere wird Papa schon sorgen. Scheiß drauf, dass Mátyás deinetwegen hat leiden müssen. Vier Tage lang!«

Ich presste die Lippen aufeinander. Nichts, was ich sagte, würde die Meinung dieses Mannes über mich ändern. Er hatte seinen kleinen Jungen verloren und vermutlich ergab für ihn nichts auf dieser Welt mehr Sinn. Seine Worte waren Worte der Trauer, des Zorns und der Verzweiflung. Und obwohl er mir jetzt Vorwürfe machte, so hoffte ich, er könnte mir irgendwann dankbar dafür sein, dass ich Mátyás zumindest eine Chance gegeben hatte. Dennoch schmerzte jede Silbe aus seinem Mund. Ich wusste, dass er mit vielem recht hatte. Nicht mit allem, aber mit einigem.

Mátyás' Vater war fertig mit mir. Sein Gesicht war rot angelaufen, seine Brust hob und senkte sich schnell und seine Frau hatte wieder begonnen zu weinen. Die Hand vor den Mund gedrückt versuchte sie ihre Schluchzer zurückzuhalten. Ihr Schmerz bohrte sich in mein Herz, und doch war ich froh hergekommen zu sein. Vielleicht hatte es ihnen zumindest ein wenig Erleichterung verschafft, ihren Zorn auf mir abladen zu können, auch wenn ihre Worte schwer auf meinen Schultern lasteten. Aber ich hatte das Gewicht verdient. Benedict und das System hatten versagt, ich jedoch genauso.

Ohne ein weiteres Wort wandte ich mich ab und eilte zwischen den Gräbern hindurch zum Ausgang des Friedhofes.

17. Kapitel

Er war eingeschlossen in der Dunkelheit. In einer Kiste, die ihn jeder Freiheit beraubte. Er wollte hier raus. Doch es gab keinen Ausweg. Egal wie sehr er gegen die Wände drückte, sie gaben nicht nach. Immer wieder schloss sie ihn hier ein und er konnte sich nicht dagegen wehren. Ihre Macht über ihn war zu groß. Er drehte sich im Kreis, um seine eigene Achse. In der Dunkelheit sah alles gleich aus. Nur wenn er die Augen schloss, konnte er für ein paar Stunden entkommen, denn während er schlief, träumte er vom Wald. Von knackenden Zweigen, raschelnden Blättern und Moos unter seinen Pfoten. Wenn er aufwachte, war meist genug Zeit vergangen und sie kam zurück – nur dieses Mal nicht.

Er hörte die anderen außerhalb seiner Kiste. Er konnte Blut riechen. Wo blieb sie nur? Er wollte raus aus dieser Finsternis, und wenn auch nur für ein paar Minuten. Ein Knurren entwand sich seiner Kehle und er scharrte nervös mit seinen Klauen über den metallenen Boden. Das Quietschen ließ ihn erschaudern. Unruhig drehte er sich im Kreis. Die Zähne gefletscht wartete er. Und wartete. Und wartete. Bis die Stimmen verklungen waren. Er stieß ein Heulen aus. Sie würde nicht kommen. Er hasste sie. Und fragte sich, ob er jemals wieder ihr Blut schmecken würde.

Schließlich rollte er sich wieder zusammen und träumte von der Sonne, die Schatten zauberte. Er stellte sich vor, wie es wäre, durch ihn hindurchzugleiten. Er vermisste dieses Gefühl der Schwerelosigkeit und vollkommener Freiheit.

Im Dunkeln verging eine Ewigkeit, bis er erneut Stimmen hörte. Er stand auf und wartete auf sie. Dieses Mal musste *sie kommen. Er hatte ihr das Leben gerettet. Doch die Tür seines Gefängnisses blieb verschlossen.*

18. KAPITEL

Lilek war ebenso wütend auf mich wie der Rest der Welt, und auch die beiden Auberginen, die ich ihm als Friedensangebot für die verpassten Fütterungen mitgebracht hatte, änderten nichts daran. Als ich dieses Mal versuchte ihn hinterm Ohr zu kraulen, schnappte er nach mir und es gelang mir gerade noch rechtzeitig, die Hand wegzuziehen. Ich konnte ihm dieses Verhalten nicht übel nehmen, nachdem ich ihn so lange allein gelassen hatte. Die Luft im Stall war stickiger und wärmer als je zuvor, und obwohl ich nach dem Besuch auf dem Friedhof geduscht und mich umgezogen hatte, klebte die Kleidung schon wieder an meiner Haut. Ich wollte mir gar nicht vorstellen, wie es für Lilek in seiner Kiste war.

Ich hatte gerade seinen Käfig fertig sauber gemacht, als ich meine Kommilitonen hörte. Sie kamen vom Sportunterricht, um ihre Monster zu füttern. Der erste, der den Stall betrat, war Ambrož, ein weites Lächeln auf den Lippen. Für ihn war die Welt in Ordnung.

»Wen haben wir denn da?«, fragte er mit einem schiefen Grinsen und musterte mich von Kopf bis Fuß. Seine Haare waren noch feucht von der Dusche. »Dass du dich hier überhaupt noch blicken lässt. Ich an deiner Stelle würde mich vor deinem Vater verstecken.«

Ich wusste, dass er mich mit diesen Worten nur provozieren wollte und ich eigentlich nicht darauf eingehen sollte, aber ich konnte nicht anders. »Wie meinst du das?«

Seine Mundwinkel zuckten. »Er war heute Morgen nicht sehr erfreut, als er feststellen musste, dass seine Tochter schon wieder das Kampftraining schwänzt.«

»Er war beim Training dabei?« *Bitte sag Nein.*

Ambrož war deutlich anzusehen, dass es ihm großen Spaß machte, mich zu quälen. Er antwortete mir nicht sofort. Gemächlich stellte er erst den Eimer mit dem Futter vor dem Käfig seiner Schattenkatze ab und sperrte das Schloss auf, ehe er sich wieder mir zuwandte. »Ja, war er. Falls du es vergessen hast: Heute werden das erste Mal Punkte vergeben. Er wollte sich einen Überblick über unsere Leistungen verschaffen.«

Ich unterdrückte ein Stöhnen. Die Punkte. Ich hatte sie vollkommen verdrängt. Vermutlich waren Tereza und Jakub in diesem Augenblick dabei, die Tafeln zu beschriften. Das erklärte auch, wieso die anderen so geschäftig durch den Stall hetzten und Alexandr mir noch nicht Hallo gesagt hatte. Er beeilte sich, weil er wissen wollte, wie er abgeschnitten hatte. Ich konnte es ihm nicht verdenken. Wäre ich nur etwas engagierter und würde ich meine Punktzahl nicht bereits kennen, könnte ich es wohl auch kaum erwarten, einen Blick auf die Platzierung zu werfen.

Ich sperrte Lilek zurück in seinen Käfig und ging zu Alexandr, der im Eiltempo das Gehege seines Knochenträgers schrubbte. »Ahoj«, grüßte ich und umfasste die Gitterstäbe.

Alexandrs Blick schweifte mich nur flüchtig. Er lächelte nicht und wirkte durch und durch angespannt, dabei war ich mir sicher, dass er sich wegen der Bewertungen keine Sorgen machen musste. Er war im Training immer fantastisch gewesen – es sei denn, heute war etwas vorgefallen.

»Wo warst du?«, fragte er, bevor ich mich nach dem Unterricht erkundigen konnte.

»Im Krám«, antwortete ich. »Und auf Mátyás' Beerdigung.«

Alexandr hob den Kopf. »Ernsthaft?«

»Ja.«

Er ließ einen Haufen Mist in den Eimer neben sich fallen. »Und wie war es?«

Nervenaufreibend. »Es waren viele Leute dort. Fünfzig, vielleicht mehr«, sagte ich leise, damit die anderen Bändiger uns nicht belauschen konnten. »Und seine Eltern waren nicht gerade erfreut mich zu sehen. Sein Vater ist sogar ziemlich ausgerastet.«

»Wieso? Du hast versucht ihren Sohn zu retten.«

»Er gibt den Bändigern die Schuld an Mátyás' Tod. Ich glaube, mehr Grund, um wütend auf mich zu sein, hat er nicht gebraucht.« Ich zuckte mit den Schultern und wechselte das Thema. »Wie war es heute im Training? Ich habe gehört, Benedict war dabei.«

»Ja«, sagte Alexandr von einem Knurren begleitet.

»So schlimm?«

Er nickte. »Wir haben wieder die Übung gemacht, bei der wir unserem Monster in die Augen schauen mussten. Jedem, der nicht mindestens zehn Minuten geschafft hat, wurden zwei Punkte abgezogen.«

»Wie lange hast du es geschafft?«

Alexandr kehrte einen weiteren Haufen Mist auf. Sein Knochenträger, der nur einen Meter von mir entfernt über seiner Schale mit dem Futter stand, trat von einem Huf auf den anderen. »Acht Minuten und sechsundvierzig Sekunden.«

»Tut mir leid.« Ich rümpfte die Nase, und um Alexandr etwas aufzumuntern, half ich ihm mit dem Käfig seines Knochenträgers. Zu zweit war das Gehege wesentlich schneller sauber und schon wenige Minuten später machten wir uns auf den Weg zu den Punktetafeln, die im Eingang der Akademie neben dem Bild des Chrám angebracht waren. Wir waren nicht die Ersten. Einige ältere Schüler waren bereits dort und auch ein paar aus unserem

Jahrgang, die offenbar entschieden hatten, den Käfig ihrer Monster nicht auszumisten.

Selbstverständlich war Ambrož einer von ihnen. »Dreizehn Punkte!«

Verdammt. Ein Punkt mehr als Jakub nach seiner ersten Woche.

Ambrož trat aus der Gruppe Schüler, die sich um die Tafel scharte, hervor. Ein zufriedenes Grinsen lag auf seinen Lippen, das ihn attraktiv hätte machen können, wäre er nicht so ein Arschloch. »Ahoj, Versager«, grüßte er mich, kurz bevor er zu Alexandr sah. »Ahoj, Bastard-Versager.«

Alexandr wurde blass. Außerhalb der Akademie war er weder feige noch ängstlich – ganz im Gegenteil, wie unser letzter Besuch im Noční bewies, aber wenn es um seinen Bändiger-Status ging, war ein gemeiner Kommentar zur falschen Zeit wie Gift für sein Selbstvertrauen. Was nicht weiter verwunderlich war, wenn man bedachte, dass nur ich ihn bei dieser Sache wirklich unterstützte.

»Halt den Mund«, fauchte ich. Ich griff nach Alexandrs Hand und zog ihn an Ambrož vorbei, damit er mit eigenen Augen sehen konnte, dass er kein Versager war. Er hatte vielleicht keine dreizehn Punkte, aber mit fast neun Minuten musste er sich fürs erste Drittel qualifiziert haben.

Wie nicht anders zu erwarten stand Ambrož Blazek ganz oben auf der Liste. Gefolgt von Krystof, Šimon und Hana, die sich mit jeweils elf Punkten Platz zwei bis vier teilten. Auf der Suche nach dem Namen *Alexandr Wágner* wanderte mein Blick tiefer und tiefer und tiefer … und tiefer. »Das ist unmöglich!«

»Platz siebzehn«, sagte Alexandr.

»Das muss ein Fehler sein.« Alexandr konnte unmöglich nur drei Punkte haben. Schlechter als er waren nur Vilma (zwei Punkte) und ich (null Punkte). Julek belegte den zwanzigsten Platz ohne Wertung, da er wegen seiner Verletzung vom Unterricht entschuldigt gewesen war.

»Ambrož hatte recht: Bastard-Versager«, wiederholte Alexandr.

»Sag so etwas nicht.« Ich verpasste ihm einen Klaps. »Das kann nicht stimmen. Sicherlich gab es einen Zahlendreher oder Tereza konnte Jakubs Handschrift nicht richtig lesen. Er hat eine ziemliche Sauklaue. Ich werde da mal nachfragen.«

»Kayla, das ist nicht ...«

Bevor Alexandr den Satz beenden konnte, war ich schon auf dem Weg zum Aufenthaltsraum unserer Professoren. Ich hämmerte gegen die Tür. Alexandr war mir gefolgt, jedoch einige Schritte entfernt am Ende des Flures stehen geblieben. Galina öffnete mir die Tür. »Ist mein Bruder da?«

Sie seufzte. »Kayla, wenn es um deine Punktzahl ...«

»Ich übernehme«, wurde Galina von Benedict unterbrochen. Großartig. Ich hatte wirklich gehofft mit Jakub reden zu können. Galina nickte gehorsam und ließ mich mit Benedict alleine. Dank des Trainings in der Akademie war er trotz seines Alters noch fit und seine Livrej spannte sich auf einschüchternde Art und Weise über seinem muskulösen Oberkörper. »Gut, dass du hier bist«, sagte Benedict. »Ich wollte gerade nach dir suchen.«

Tatsächlich? »Warum hat Alexandr nur drei Punkte?«, fragte ich.

Einen Moment starrte mich Benedict an, offenbar irritiert von meiner Frage, ehe er den Kopf schüttelte. »Ich darf die Punkte anderer Schüler nicht mit dir besprechen.«

»Aber du darfst mit Alexandr darüber reden, oder?«

Er nickte.

»Gut, dann rede. Er ist hier.« Ich deutete auf die gekrümmte

Gestalt am Ende des Ganges und winkte Alexandr zu mir heran. Zögerlich kam er näher. »Also, wieso hat er nur drei Punkte? Er hat heute über acht Minuten geschafft und war auch sonst immer sehr zuverlässig. Er hat kein einziges Mal die Kontrolle über seinen Knochenträger verloren und auch im Waffentraining war er immer gut dabei.«

»Das stimmt.«

»Aber …«, setzte ich an, bereit Konter zu geben, als ich realisierte, dass das überhaupt nicht nötig war. Nun war ich verwirrt. Mit dieser Antwort hatte ich nicht gerechnet.

Benedict seufzte. »Hör zu, Alexandr, du weißt mit Waffen umzugehen und hast auch dein Monster gut unter Kontrolle. Aber du lässt dich zu leicht provozieren, bist schnell abgelenkt und die andren Bändiger vertrauen dir nicht.«

»Verstehe«, murmelte Alexandr und wandte sich ab, um zu gehen.

»Warte.« Ich packte seinen Unterarm. »Ich verstehe das nämlich nicht. Ihr gebt ihm nur drei Punkte wegen etwas, das die anderen nicht tun?«

Benedict nickte. »Vertrauen ist in einem Kampf und zwischen uns Bändigern essenziell.«

»Also bestraft ihr Alexandr dafür, dass die anderen ihn schikanieren? Und belohnt Ambrož, den größten Idioten, der je auf dem Boden dieser Akademie gewandelt ist, mit dreizehn Punkten, obwohl er derjenige ist, der ihn tagein, tagaus als Bastard beschimpft? Das ist nicht fair.« Ich war mit jedem Wort lauter geworden und ich war sicher, dass man den letzten Satz im gesamten Nordflügel der Akademie hatte hören können. Wer war Benedict, dass er so gleichgültig mit den Gefühlen und dem Leben anderer umgehen konnte? Er hatte nicht einmal den Anstand besessen, Mátyás' Beerdigung zu besuchen und seinen Eltern eine finanzielle Unterstützung anzubieten. Und nun zerstörte er Alexandrs Traum und machte sein Selbstbewusstsein zunichte, weil die anderen ihn für einen Seitensprung seiner Mutter verurteilten?

»Achte auf deinen Tonfall, Kayla«, sagte Benedict mit strenger Stimme.

Ich verschränkte die Arme vor der Brust. »Nein.«

Er zog eine Augenbraue nach oben. »Nein?«

»Nein«, wiederholte ich, dieses Mal lauter.

Eine Ader auf Benedicts Stirn trat dick hervor, wie jedes Mal, wenn er sich aufregte und sein Blutdruck in die Höhe schoss. »Etwas mehr Respekt, wenn ich bitten darf. Ich bin immer noch dein Vater *und* dein Vorgesetzter.«

»Respekt? Tut mir leid, das geht nicht, denn ich habe jeden Respekt vor dir verloren.«

»Kayla.« Mein Name klang wie eine Drohung aus seinem Mund.

Es war mir egal. Noch nie in meinem Leben hatte ich es gewagt, so mit ihm zu reden. Aber auch noch nie in meinem Leben habe ich so viel Verachtung für ihn empfunden wie in diesem Moment. Jahrelang hatte ich seine Entscheidungen akzeptiert, hatte weggesehen und das Problem, das die Bändiger für diese Stadt darstellten, ignoriert. Aber damit war jetzt Schluss. Mátyás' Tod, die Anschuldigungen seiner Eltern und Alexandrs ungerechte Behandlung hatten das Fass zum Überlaufen gebracht. Denn ich war mir sicher, wäre Ambrož an Alexandrs Stelle, hätte er zusätzliche Punkte dafür bekommen, dass er Einzelkämpfer war, nur weil er Blazek mit Nachnamen hieß, sein Vater mehr Ländereien besaß als jeder andere Einwohner dieser Stadt und seine Mutter ein angesehenes Mitglied der Akademie war.

»Du hast all die Macht und Möglichkeiten, einen Unterschied in dieser Stadt zu machen und den Leuten zu helfen, aber stattdessen hilfst du nur dir selbst und jenen, die etwas für dich tun können«, fuhr ich fort. Mein ganzer Körper zitterte vor Aufregung. »Du bist so egoistisch und besessen von Macht. Ich kann verstehen, wieso Mama dich für Frída verlassen hat.«

Die Ader auf Benedicts Stirn begann zu pochen. »Kayla. Noch ein Wort ...«

»Ein Wort und was?«, unterbrach ich ihn. »Willst du mich vom Unterricht suspendieren? Mir Punkte abziehen? Minuspunkte für mich einführen?« Ich zuckte mit den Schultern. »Nur zu. Nichts, was du tust, wird meine Meinung über dich ändern – es sei denn, du beginnst, das Richtige zu tun.«

Geschockt starrte mich Benedict an. Doch ich wartete keine Antwort ab, sondern wandte mich ab, um zu gehen, bis ich bemerkte, dass Alexandr mir nicht folgte. Er stand da wie angewurzelt. Sein Mund geöffnet und die Augen geweitet, schien er nicht glauben zu können, was hier eben passiert war. Ich griff nach seiner Hand und zog ihn mit einem Ruck mit mir.

»Kayla«, rief Benedict mir hinterher. »Kayla! Komm sofort zurück.«

Ich ignorierte ihn.

19. KAPITEL

»Meine Heldin!«, rief Marek, kaum hatte er die Bar betreten. Mit ausgebreiteten Armen kam er auf mich zu und umarmte mich, ungeachtet des Glases, das ich gerade in der Hand hielt. Vodka tropfte auf den Tisch und als Marek mich losließ, kippte ich den Rest der klaren Flüssigkeit hinunter.

Der Stuhl mir gegenüber wurde zurückgezogen. Ondrej setzte sich und das erste Mal, seit ich das Noční betreten hatte, wurde nicht ich angestarrt. Doch keiner der Bändiger wagte es diesmal, die Mitglieder der Wilden Jagd daran zu erinnern, dass sie gegen die Ausgangssperre verstießen.

Mit seinem gesunden Auge betrachtete Ondrej die Gläser, die vor mir auf dem Tisch standen. »Wow, Mädchen, wie lange sitzt du schon hier?«

»Eine Stunde? Zwei?« Ich zuckte mit den Schultern. Es war eine ruhige Nacht im Noční, was mich wunderte. Ich hatte erwartet, dass nach der ersten Punktevergabe in diesem Semester die Leute zum Feiern herkommen würden, aber offenbar hatten sie nichts zu feiern oder sie verbrachten ihren Abend lieber hinter den kühlen Mauern der Akademie als in diesem stickigen Loch. Mir war das nur recht. Mehr Alkohol und Ruhe für mich. Ich griff nach einem Glas selbst gebrautem Irgendwas und nippte daran. Vermutlich war es keine gute Idee, das Zeug so durcheinanderzutrinken, aber ich hatte mich noch nie in meinem Leben wirklich betrunken, also wusste ich auch nicht, was mir schmeckte. Ich hatte beschlossen, diesen Abend dazu zu nutzen, um es herauszufinden. Schlimmer konnte es ohnehin nicht mehr werden und hoffentlich half es mir dabei, zu vergessen.

Ich habe jeden Respekt vor dir verloren.

Was hatte ich mir nur dabei gedacht? Ich trank mein Glas aus und erschauderte bei dem bitteren Geschmack. *Das* wollte ich ganz sicher nicht mehr bestellen. Inzwischen waren alle Gläser geleert. »Ich hole Nachschub. Wollt ihr auch etwas?« Ich sah zu Ondrej, Marek und ihrem Begleiter. Es war derselbe Typ, den ich auch in der Waffenschmiede meiner Mutter gesehen hatte. Die Frau vom letzten Mal war an diesem Abend allerdings nicht dabei. »Ich glaube, wir kennen uns noch nicht.« Ich streckte dem Mann die Hand entgegen. »Ich bin Kayla.«

»Emilek«, erwiderte er und schenkte mir ein unsicheres Lächeln. Er lag im Alter irgendwo zwischen Marek und Ondrej, und Strähnen seines hellbraunen Haares hingen ihm so dicht vor die Augen, dass es mir schwerfiel, die Farbe seiner Iris zu erkennen. Braun? Braun-grün?

»Was willst du trinken, Emilek?«

»Ein Bier.«

»Und ihr?« Ich sah zu Ondrej und Marek.

»Bier«, antworteten die beiden gleichzeitig.

»Langweiler.« Ich stand auf. Alles um mich herum begann sich zu drehen und ich musste mich am Tisch festhalten. War das Noční auf einer Schaukel erbaut worden? Ich schloss die Augen für einen Moment und als ich sie wieder öffnete, hatte das Schwingen der Wände aufgehört. Ich ignorierte Mareks besorgten Blick und ging an die Bar. »Hey.«

Der Mann hinterm Tresen kam zu mir.

»Ich hätte gerne drei Bier und fünf kleine Gläser mit Sachen, die ich bisher noch nicht hatte.«

»Kommt sofort.«

»Und etwas zu essen«, sagte Marek neben mir. Das Klimpern seiner Ohrringe hatte mir bereits verraten, dass er mir gefolgt war. Der Barmann nickte und machte sich an die Arbeit. Die Arme auf den Tresen abgestützt sah Marek zu mir. »Wo hast du Alexandr gelassen?«

»Er wollte nach Hause.« Ich erwähnte nicht, dass wir uns heftig gestritten hatten, nachdem er aus seiner Schockstarre erwacht war. Er hatte Angst, mein Verhalten gegenüber Benedict könnte sich zusätzlich negativ auf seine Bewertungen auswirken. Aber das würde Benedict nicht wagen – oder doch? Der Raum um mich herum begann erneut zu schwanken und ich versuchte mich auf einen der Barhocker zu setzen, aber verfehlte die Fußstütze.

»Pass auf.« Marek griff mir unter den Arm und half mir auf den Hocker. »Ich habe dich noch nie angetrunken erlebt. Nicht einmal an meinem achtzehnten Geburtstag.«

»Na ja, ich habe auch noch nie meinen Vater in der Öffentlichkeit angebrüllt.«

»Ja, das ist wahr.« Marek schüttelte amüsiert den Kopf. »Du musst ziemlich abgegangen sein.«

Ich stieß ein Brummen aus und vergrub das Gesicht in den Händen. Ich wünschte, ich könnte die Zeit zurückdrehen und dieses Gespräch ungeschehen machen. Nicht, weil ich meine Worte bereute. Doch es war ein Fehler gewesen, mich in der Akademie so gehen zu lassen. Benedict würde mir diesen Ausbruch nie verzeihen. Ich hatte ihn in der Öffentlichkeit kritisiert und gedemütigt, das war ein absolutes Tabu für Benedict Novák.

»Vermutlich macht das für dich keinen Unterschied, aber ich finde es gut, dass du dem alten Herrn deine Meinung gesagt hast.« Marek legte mir einen Arm um die Schulter und drückte mir einen Kuss auf die Schläfe. Unsere Bestellung kam und wir trugen sie gemeinsam an den Tisch, an dem ich nun anscheinend mit drei Mitgliedern der Wilden Jagd saß. Das würde noch mehr Gerede geben, aber das war inzwischen auch schon egal.

»Na zdraví!«, rief Ondrej, nachdem wir alle ein Getränk in der Hand hielten. Wir stießen an und ich nahm zögerlich einen Schluck aus meinem Glas. Die Farbe der Flüssigkeit darin erinnerte an Urin. Doch der Alkohol schmeckte erstaunlich gut, nicht scharf und bitter, sondern geschmeidig süß, wie Honig.

Ich nahm mir eine der frittierten Kartoffeln vom Teller, den Marek vor mir abgestellt hatte. Mein leerer Magen gurgelte, denn ich hatte das Abendessen ausfallen lassen. Ich hatte es einfach nicht über mich gebracht, den Speisesaal zu betreten. »Also, was macht die Suche nach dem Irrlicht?« Ich wusste nicht, woher die Frage kam, da ich eigentlich nichts mit der ganzen Sache zu tun haben wollte, aber der Alkohol und die Wut auf Benedict lockerten meine Zunge.

Ondrej schnaubte. »Wir sind keine Bändiger, Kayla, wir *suchen* nicht nach dem Irrlicht. Wir *jagen* es.«

Ich verdrehte die Augen. Einen ähnlichen Satz bekam ich jedes Mal von Marek zu hören, wenn wir doch einmal über die Wilde Jagd sprachen. Manchmal fragte ich mich, ob dieses Vorgehen nicht das bessere war. Hätten Jakub und die anderen Bändiger nicht nur das Irrlicht gesucht, sondern dabei all die Monster getötet, die ihren Weg gekreuzt hatten, wäre Mátyás womöglich noch am Leben. Aber sie begründeten dieses Vorgehen damit, dass jeder von ihnen initiierte Angriff ein unnötiges Risiko darstellte und die Bändiger schwächte. Das könnte zur Folge haben, dass sie bei einer unausweichlichen Attacke vielleicht nicht mehr in der Lage dazu waren, das Hýbat zu erreichen und die Kontrolle über ihr Monster zu behalten.

»Und wie läuft die *Jagd?*«, korrigierte ich mich.

»Gar nicht«, antwortete Emilek und erntete dafür einen finsteren Blick von Ondrej.

»Wir kommen nicht aus der Stadt raus«, erklärte Marek. Er hatte sich zu mir über den Tisch gebeugt, die Stimme gesenkt, damit die anderen Bändiger ihn nicht hören konnten. »Normalerweise ist das kein Problem, aber im Moment wird jeder Meter der Mauer bewacht.«

Ich schob mir noch eine Kartoffel in dem Mund. »Ihr könntet den Gang unter der Akademie nutzen.«

Marek zog die Augenbrauen hoch und starrte mich verständnislos an, als hätte ich in einer anderen Sprache mit ihm gesprochen. »Welchen Gang?«

Eine Stimme in meinem Hinterkopf, die klang wie die von Benedict, warnte mich davor weiterzusprechen. Ich ignorierte sie. »Unter der Akademie verläuft ein Weg aus der Stadt hinaus, der in den Wald führt. Er wurde vor Ewigkeiten für den Notfall entworfen, sollte die Stadt von Monstern überrannt werden.«

»Woher weißt du davon?«, fragte Ondrej. Misstrauen schwang in seinen Worten mit.

Ich lächelte. »Als Tochter des Direktors weiß ich so einige Dinge, die ich nicht wissen sollte.«

»Und wo ist dieser Gang?«

»Ihr erreicht ihn durch die Küche. Dort gibt es eine Treppe, ins Lager hinunter«, erklärte ich und sprach dabei noch leiser als zuvor. Nicht einmal Benedicts Laufburschen wussten von diesem Weg. Nur unsere Professoren, höherrangige Bändiger und vermutlich ein paar Mitglieder des Rathauses waren informiert. »Hinter dem Regal mit den Einmachgläsern ist eine Holztür versteckt. Sie ist in der Regel abgesperrt. Dahinter liegt eine weitere Treppe. Sie geht ziemlich tief hinunter. Am Ende ist ein Eisengitter mit mehreren Schlössern. Ihr müsstet es aufbrechen, um in den Gang zu gelangen. Ich vermute, auf dem Weg nach draußen sind noch mehr dieser Gitter angebracht, um die Monster auszusperren.«

Marek und Emilek betrachteten mich mit einem verwunderten Ausdruck im Gesicht. Ondrejs Miene hingegen war vollkommen nüchtern, als wäre er in Gedanken bereits dabei, einen Plan zu schmieden.

»Warum willst du uns helfen?«, fragte Emilek.

Ich zuckte mit den Schultern und hob ein weiteres Glas an meine Lippen, obwohl ich die Antwort kannte. Ich war unzufrieden mit dem, was die Bändiger leisteten, und wollte etwas ändern. Marek hatte schon häufiger versucht, mich für die Wilde Jagd zu rekrutieren, und jedes Mal hatte ich abgelehnt. Die Vorfälle der letzten Tage hatten diese Entscheidung jedoch ins Wanken gebracht. Ihnen nun von dem Gang zu erzählen, war ein Test. Ein Versuch, herauszufinden, ob mit Ondrej zu gehen der richtige Weg für mich war.

20. KAPITEL

Ich verschlief das Kampftraining am Dienstag und machte mir auch am Nachmittag nicht die Mühe, den Unterricht zu besuchen. Stattdessen besuchte ich Lilek und ging mit ihm ein weiteres Mal am Ufer der Vltava spazieren, das inzwischen von Bändigern überwacht wurde. Obwohl sie wussten, dass ich in der Akademie sein sollte, schickten sie mich nicht zurück. Vermutlich wollten sie sich nicht in die Angelegenheiten zwischen Benedict und mir einmischen. Ich zog meine Schuhe aus und lief neben Lilek im Wasser. Die Hitze war noch unerträglicher als am Tag zuvor. Die Sonne brannte vom Himmel und ich fühlte mich wie ein Stück Fleisch, das über einer Flamme gebraten wurde. Es dauerte nicht lange, bis meine Haut rot wurde, aber Lilek hatte solchen Spaß, dass ich einen Sonnenbrand in Kauf nahm. Vielleicht wollte ich mich auch einfach nur selbst bestrafen.

Wir erreichten die Stelle, an der vergangene Woche Mátyás von dem Dunkelweber angegriffen worden war. Rotes und schwarzes Blut klebte noch immer auf dem Stein. Mein Puls beschleunigte sich und ehe ich michs versah, trat ich aus dem Wasser. Kies bohrte sich in meine nackten Fußsohlen. Ich ignorierte den Schmerz. Neben dem größeren der beiden Blutflecke ging ich in die Knie. Ich berührte den warmen Boden mit meinen Fingerspitzen und versuchte mir vorzustellen, wie Mátyás hatte leiden müssen. In einem Moment hatte er noch mit seinen Freunden gespielt und im nächsten hatte sich ein Monster aus dem Himmel auf ihn gestürzt.

Plötzlich tauchte ein Schatten über mir auf. Ich zuckte zusammen, aber es war nur Lilek, der mir aus dem Wasser gefolgt war. Ich setzte mich auf die heißen Steine. Lilek stupste mich mit seiner Nase an. Ich lächelte und zog etwas zu fressen für ihn aus meinem Beutel. Er wartete nicht, bis ich ihm das Trockenfleisch auf den Boden gelegt hatte, sondern fraß das Stück direkt aus meiner Hand. Seine raue Zunge kitzelte meine Haut, da ich die Verbände heute Morgen abgenommen hatte.

»Weißt du, was? Du bist das einzig Gute, was mir in der letzten Woche passiert ist. Also nicht gut-gut, weil deine Dunkelheit in meinem Kopf immer noch nervt – und hätte ich die Wahl, wäre ich lieber keine Bändigerin. Aber es hätte mich schlimmer treffen können. Für ein Monster bist du ganz in Ordnung«, sagte ich und streichelte Lilek über den Kopf. Es gefiel ihm, was mich immer noch etwas irritierte. Jahrelang waren Monster für mich blutgierige Bestien gewesen. Dass sie so etwas wie Freude, Zufriedenheit und Glück empfinden konnten und es mochten, hinterm Ohr gekrault zu werden, war mir dabei überhaupt nicht in den Sinn gekommen.

Ich fragte mich, ob alle Monster so empfinden konnten oder nur die gebändigten. »Ich hoffe, du findest mich auch erträglich. Aber nachdem du mir das Leben gerettet hast, geh ich davon aus, dass du mich auch nicht so übel findest.« Ich betrachtete die verschorfte Bisswunde an meinem Arm, ehe ich noch ein Stück Dörrfleisch aus meinem Beutel zog und Lilek vor die Nase hielt.

Eine leichte Brise zog auf. Ich schloss die Augen und die blonden Strähnen, die sich aus meinem Zopf gelöst hatten, wehten mir ins Gesicht. Nach zwei Tagen purer Hitze und absoluter Windstille fühlte sich das kalte Kribbeln wunderbar an. Eine Weile saß ich so auf dem Boden, Lileks Kopf in meinem Schoß, bis es ihm schließlich zu warm wurde und er zurück ins Wasser lief. Der

Wind wurde stärker und als ich schließlich die Augen wieder öffnete, war der zuvor blaue Himmel von Wolken durchzogen. Das Knistern eines herannahenden Sommergewitters lag in der Luft.

Ich stand auf und ließ Lilek in Gedanken wissen, dass wir zurück zur Akademie gingen. Es war ohnehin schon spät geworden und bald würde es Abendessen geben. Ich hatte keine Lust, mich den neugierigen Blicken der anderen auszusetzen, aber was hatte ich schon für eine Wahl? Ich konnte nicht für immer einen Bogen um den Speisesaal machen.

Das Unwetter zog schnell auf. Als Lilek und ich die Akademie erreichten, herrschte Stille. Es war wie die Ruhe vor dem Sturm. Die stickige Luft stand vollkommen still, als würde sie drauf warten, vom Platzregen zu Boden gedrückt zu werden. Ich brachte Lilek in die Stallungen, und ohne sich zu wehren, verkroch er sich in seinen Käfig. Ich ließ das Schloss einrasten, wobei ich wie jedes Mal ein mulmiges Gefühl dabei verspürte, ihn in vollkommener Dunkelheit zurückzulassen. Vielleicht konnte ich meine Mutter zumindest darum bitten, ihm eine größere Kiste zu schmieden.

Bändiger und Angestellte der Akademie eilten über den Hof. Ich ignorierte sie und folgte stattdessen den heiteren Stimmen bis zum Speisesaal. Es duftete nach gebratenem Fleisch, Gemüse und etwas Süßem, vermutlich Grießbrei. Kaum hatte ich den Raum betreten, verstummten die Gespräche und wurden kurz darauf tuschelnd weitergeführt. Immer wieder hörte ich meinen Namen. Kayla. Kayla. Kayla. Hatten diese Leute nicht Besseres zu tun? Ich straffte die Schultern, schnappte mir ein Tablett und stellte mich an die Essensausgabe. Dabei konzentrierte ich mich auf den Hinterkopf meines Vordermannes. Vielleicht würden sie aufhören mich anzustarren, wenn ich sie nicht beachtete.

»Kayla?« Überrascht drehte ich mich um und entdeckte Jakub. Er wirkte nicht erfreut mich zu sehen. Mit zusammengezogenen

Augenbrauen und einem harten Zug um die Lippen musterte er mich.

»Was?«

»Komm an unseren Tisch, wenn du hier fertig bist.«

Ohne mir die Möglichkeit zu geben, abzulehnen, drehte sich Jakub um und lief davon. Es war vollkommen klar, wessen Tisch er meinte – seinen und den von Benedict. Schlagartig war mir der Appetit vergangen. Am liebsten hätte ich mein Tablett abgestellt und den Speisesaal verlassen, aber das würde die Gerüchteküche nur weiter anheizen. Außerdem würde Benedict es nicht wagen, mich vor all seinen *Untertanen* zur Rede zu stellen und einen Streit anzuzetteln.

Gedankenlos suchte ich mir etwas zu essen aus und ließ meinen Blick auf der Suche nach Alexandr durch den Speisesaal gleiten, aber ich konnte ihn nirgendwo ausmachen. Mit einem Seufzen lief ich an meinen Kommilitonen vorbei zu den Professoren. Es widerstrebte mir, auf Jakub zu hören, doch es wäre unklug, es sich weiter mit ihm und Benedict zu verscherzen. Schließlich wusste ich noch nicht, wie es für mich weitergehen sollte. Ohne ein Wort zu sagen, zog ich einen Stuhl hervor und setzte mich. Die beiden waren in ein Gespräch vertieft und nahmen mich nur mit flüchtigen Blicken zur Kenntnis.

»Bürgermeister Janáček hat heute den Um- und Ausbau der Arena genehmigt«, sagte Benedict und rührte mit dem Löffel in seiner Kartoffelsuppe.

Jakub brummte zustimmend. »Wurde auch Zeit.«

Ich verdrehte die Augen. Der Umbau der Arena war absolut unnötig und das hatte ich meinem Bruder auch schon einmal gesagt. Alle paar Jahre erfüllte sie ihren Zweck, wobei ich diesen inzwischen mehr und mehr anzweifelte. Als Kind hatte ich das Turnaj Šelem geliebt, denn während der Wettkämpfe verwandelte sich die Stadt in ein einziges Spektakel. Alle waren gut gelaunt, freuten sich auf die Wettkämpfe und feuerten die Bändiger an, jeder hatte seinen Favoriten. Doch was brachten diese Wettkämpfe wirklich? Nichts, außer ein wenig Ablenkung.

»Er muss sich mit dem Rat nur noch wegen der Finanzierung einigen«, unterbrach Benedict meine Gedanken. »Seit letzten Monat sind sie dabei, die Grundschule zu renovieren, und anscheinend wird das Projekt teurer als erwartet. Hinzu kommen die Reparaturen an der südlichen Mauer.«

»Du glaubst nicht, dass es mit dem Umbau bis zum nächsten Turnaj Šelem klappt?«, fragte Jakub skeptisch.

»Doch, das wird es, Janáček hat es mir zugesichert. Er muss nur noch etwas Überzeugungsarbeit bei Polák und Vaněk leisten. Du weißt, wie die beiden sich gegen jede Steuererhöhung sperren.«

Kein Wunder, neben dem Bürgermeister waren sie die einzigen Nicht-Bändiger im Rat und anders als Janáček auch nicht korrupt. Sie ließen sich nicht von Benedict und den anderen reichen Bändigern der Stadt bestechen, sondern standen für die Rechte ihrer Wähler ein, die meist unter den Steuererhöhungen litten. Zwar zahlten wir Bändiger auch Geld an die Stadt, aber das war reine Formsache, denn dieses floss, sowie wir es bezahlten, zurück in die Akademie.

»Ich soll kommenden Freitag ins Rathaus kommen und an der Sitzung dazu teilnehmen«, fuhr Benedict fort. »Keine Ahnung, was sich Janáček davon verspricht, aber …« Er stockte mitten im Satz. Ich sah von meinem Essen auf, in dem ich lustlos mit dem Messer herumgeschnitzt hatte. Zuerst dachte ich, Benedict würde mich ansehen, bis ich bemerkte, dass sein Blick an mir vorbeiglitt. Ich spähte über meine Schulter und entdeckte eine Bändigerin, die in ihrer Livrej gekleidet auf unseren Tisch zueilte.

»Was gibt es?«, fragte Benedict.

Die Bändigerin räusperte sich und beugte sich nach vorne, wie um ihm ein Geheimnis zuzuflüstern. »In der Akademie wurde eingebrochen.«

»Eingebrochen?«, wiederholte Benedict.

Die Bändigerin nickte und sah dabei etwas blass aus, als fürchtete sie, Benedict würde sie für die Sache verantwortlich machen. »Anscheinend wurden die Küchengehilfen beim Einholen der leeren Eimer überfallen. Wir haben sie geknebelt in einem Abstellraum gefunden.«

»Was wurde gestohlen?«, fragte Jakub.

»Wir zählen gerade noch nach, aber offenbar wurde nichts mitgenommen. Nur eine alte Kellertür im Lager der Küche wurde aufgestemmt.« Der verwunderte Tonfall der Bändigerin ließ erahnen, dass sie keine Ahnung hatte, was hinter dieser *Kellertür* lag. Sie lachte nervös. »Vermutlich haben sich ein paar junge Bändiger nur einen Scherz ...«

»Zerstörung von Akademieeigentum ist kein Scherz«, unterbrach Benedict sie. Die Ader an seiner Stirn war bereits wieder deutlich hervorgetreten und seiner Miene war zu entnehmen, dass er nicht an einen Streich oder Zufall glaubte. »Lasst den Campus abriegeln. Niemand verlässt mehr das Gebäude.«

Er schob seinen Stuhl zurück. »Jakub, du kommst mit mir. Und Kayla, sobald du hier fertig bist, gehst du umgehend auf dein Zimmer. Hast du mich verstanden?« Sein Blick begegnete meinem und mein Herz stockte. Für den Bruchteil einer Sekunde glaubte ich in seinen Augen zu sehen, dass er Bescheid wusste. Aber das war lächerlich. Woher sollte er wissen, dass ich Ondrej und den anderen von dem Durchgang erzählt hatte, der eigentlich auch für mich ein Geheimnis sein sollte? »Kayla, hast du verstanden?«, fragte Benedict noch einmal.

Die Härte in seiner Stimme jagte mir einen kalten Schauder

über den Rücken. Er starrte mich noch immer an und ich nickte – ohne es zu meinen, während mir langsam das Ausmaß der Katastrophe bewusst wurde.

Bisher hatte die Wilde Jagd den Bändigern noch keinen Grund gegeben, die Stadtwache auf sie zu hetzen. Die Ausgangssperre zu missachten war ein kleines Vergehen, und es gab kein Verbot für Nicht-Bändiger, Monster zu jagen oder die Stadt zu verlassen, obwohl man ihnen den Weg nach draußen versperrte. Ein Einbruch in die Akademie war jedoch sehr wohl verboten. Sollten sich Ondrej, Marek und die anderen dabei erwischen lassen, hätte Benedict endlich den Grund, sie einzusperren, nachdem er bereits seit Monaten nach einer Möglichkeit suchte, die Wilde Jagd zu zerschlagen. Das durfte ich nicht zulassen. Dafür waren sie zu wichtig für die Stadt – und für mich. Ohne sie würde ich für immer eine Bändigerin bleiben müssen. Nur sie konnten den Einwohnern Prahas beweisen, dass man kein Monster bändigen musste, um ein Monster zu überwältigen.

Ich schnappte mir mein Tablett und stand auf. Während ich noch in Gedanken versunken gewesen war, hatten sich Jakub und Benedict bereits auf den Weg gemacht. Unter den forschen Blicken meiner Mitschüler kippte ich mein Essen in den Müll und eilte aus dem Speisesaal. Da hörte ich den ersten Donner. Das Grollen schien die Wände der Akademie zum Schwingen zu bringen und kurz darauf setzte der Regen ein. Wie Salven aus Gewehren, platzten die Tropfen auf den Boden.

Ich hastete in mein Zimmer und streifte mir meinen roten Mantel über. Er würde mir bei diesem Unwetter nicht viel Schutz bieten, aber es war besser als nichts. Die Kapuze tief in die Stirn gezogen rannte ich zum Innenhof … und blieb stehen. Ich hatte keine Ahnung, was ich tun sollte. Fieberhaft sah ich mich um, auf der Suche nach einer Möglichkeit, der Wilden Jagd zu helfen, als ich plötzlich Lilek spürte. Instinktiv eilte ich zu den Stallungen. Noch hatte ich keine Idee, was ich tun sollte, aber Lilek bei mir zu haben konnte nicht schaden. Schließlich war die Sonne bereits untergegangen und er hatte mich damals vor dem Dunkelweber gerettet.

Blitze zuckten über den Himmel und tauchten die Türme der Akademie in ein geisterhaftes Zwielicht. Mit zitternden Händen öffnete ich das Schloss des Stalls und schlüpfte hinein. Ich war schon von diesen wenigen Metern von Kopf bis Fuß durchnässt. Der Regen trommelte laut aufs Dach. Die Knochenträger scharrten nervös mit den Hufen über Stein und die Dunkelweber kreischten in ihren Gehegen, als versuchten sie den Regen zu übertönen.

Ich sperrte Lileks Käfig auf, doch er kam mir nicht entgegengesprungen wie die letzten Male, sondern kauerte stattdessen auf dem Boden. »Komm.« Ich winkte ihn ungeduldig zu mir. Er rührte sich nicht. Eigenartig. Er verpasste sonst nie eine Chance, seinem Käfig zu entkommen. Verwirrt legte ich den Kopf schräg und da hörte ich es plötzlich: ein Winseln. Zwischen dem Regen und den Rufen der Dunkelweber war es kaum wahrzunehmen, doch wenn ich mich nach vorne beugte, war Lileks Klagen nicht zu überhören. Verängstigt kauerte er in seiner Kiste und ich glaubte zu sehen, wie er zitterte.

Abermals brachte ein Donnerschlag den Himmel zum Beben. Lilek jaulte auf und drängte sich noch tiefer in seiner Kiste zurück. Ich konnte es kaum glauben. Er fürchtete sich vor dem Gewitter. Mitleid mischte sich zu meiner Verwunderung und ich beugte mich tiefer in den Käfig, obwohl uns Jakub und die anderen Bändiger davor gewarnt hatten.

»Lilek, komm her.« Ich versuchte ihn mit einer Handbewegung herauszulocken. Er stieß ein weiteres Winseln aus. Vorsichtig, um ihn nicht zu verschrecken, streckte ich meine Hand aus. Er betrachtete meine Finger skeptisch, dennoch erlaubte er mir, ihn über den Kopf zu streicheln. »Es ist nur ein Gewitter«, sagte ich leise. Meine Worte gingen im Rauschen des Regens beinahe unter. »Etwas Wasser, das vom Himmel fällt. Davor musst du dich nicht fürchten. Ich bin bei dir und pass auf dich auf, aber Marek und die anderen brauchen unsere Hilfe.«

»Warum brauch ich deine Hilfe?«, erklang plötzlich eine Stimme hinter mir.

Ich fuhr in die Höhe und stieß mir dabei den Kopf am Lileks Käfig. Scheiße. Ich ignorierte den Schmerz und sah mich im Stall um. Nur wenige Schritte von mir entfernt entdeckte ich Marek. »Was … was machst du hier?«

Marek schob die Kapuze seines Mantels zurück. »Ich habe dich hier reinkommen sehen und …«

»Nein«, unterbrach ich ihn. »Was machst du *hier*? Ich dachte, ihr wärt längst in den Wäldern.«

»Ach so, ja, Ondrej, Emilek und ein paar andere sind losgezogen.«

»Und du bist nicht mit ihnen gegangen?«, fragte ich. Das sah ihm gar nicht ähnlich. Aus dem Augenwinkel bemerkte ich, wie Lilek vorsichtig seinen Kopf aus dem Käfig schob, wie um nachzusehen, mit wem ich da sprach. Doch ein erneuter Donner ließ ihn sofort wieder zurückweichen.

»Ondrej meinte, er bräuchte jemanden, um die Akademie im Auge zu behalten um zu sehen, wie Bändiger in einem solchen Notfall reagieren.« Marek sah zwischen mir und Lileks Käfig hin und her und zuckte mit den Schultern. »Aber wir wissen beide, dass das nur eine Ausrede war. Seit er glaubt, ich hätte die Waffe gegen die Schattenläufer entwickelt, fasst er mich mit Samthandschuhen an. Und angesichts des Irrlichts und seiner unbekannten

Fähigkeiten ist das Risiko, verletzt zu werden, einfach zu groß für mich. Diesem genialen Kopf darf schließlich nichts zustoßen.« Er sagte all das mit einem Lächeln, aber ich wusste, wie gerne er mit den anderen dort draußen wäre und wie sehr es ihn belastete, meinetwegen darauf verzichten zu müssen.

»Danke, dass du mich deckst.«

Er wackelte mit den Augenbrauen. »Jederzeit und in jeder Stellung.«

Ich schnaubte. Nur Marek konnte mich in einer solchen Situation zum Lachen bringen. »Idiot.«

»Bändigerin.« Er sprach das Wort wie eine Beleidigung aus, aber sein unerschütterliches Lächeln verriet ihn. »Und jetzt sag schon, was machst du hier? Abgesehen davon, dass du auf deinen verängstigten Schattenwolf einredest wie auf ein Baby.«

Ich presste die Lippen zusammen. Nun, da ich hier mit Marek stand, kam mir mein Vorhaben ziemlich lächerlich vor. »Ich wollte euch helfen.«

Marek neigte den Kopf. »Uns helfen?«

»Ja. Ich weiß auch nicht.« Ich ging vor Lileks Käfig in die Hocke und legte ihm meine Hand auf den Bauch, in der Hoffnung, meine Nähe würde ihn beruhigen, denn er hörte nicht auf leise Klagelaute von sich zu geben. Hatten alle Schattenläufer solche Angst vor Gewitter?

»Und was war dein Plan?«, fragte Marek sichtlich amüsiert von meinem Heldentum.

»So weit war ich noch nicht. Aber als ich gehört habe, dass Benedict nach euch sucht, habe ich mir Sorgen gemacht. Ich musste daran denken, dass ich euch von diesem doofen Gang erzählt habe und es irgendwie meine Schuld ist, wenn ihr festgenommen werdet. Ihr seid schließlich nicht in irgendein Gebäude eingebrochen, sondern in die Akademie. Wenn Benedict euch erwischt, werdet ihr nicht mit einem Strafgeld und zwei bis drei Monaten davonkommen. Er wird dafür sorgen, dass jeder von euch zehn bis fünfzehn Jahre sitzt, vielleicht länger. Je nachdem wie viel Schmiergeld er an Janáček zahlt.«

Der spöttische Ausdruck wich aus Mareks Gesicht. »Das wissen wir.«

»Tatsächlich?« Ich war mir da nicht so sicher.

Er nickte. »Unser Name, die Wilde Jagd, mag vielleicht impulsiv klingen, aber wir sind es nicht, Kayla. Wir kennen das Risiko und wägen in jedem Fall genau ab, ob es uns das wert ist. Außerdem haben wir immer einen Plan B, C und D. Wir brauchen deine Hilfe nicht. Es sei denn, du beschließt uns *wirklich* zu helfen.«

Was Marek damit meinte, war: *Es sei denn, du schließt dich der Wilden Jagd an.* Doch während ich diese Möglichkeit gestern vielleicht noch in Erwägung gezogen hatte, konnte ich heute nur noch den Kopf darüber schütteln. Nicht weil ich meine Meinung grundlegend geändert hatte, sondern weil das Risiko zu groß war. »Das geht nicht. Je weniger ich über euch weiß, umso besser. Ich glaube, Benedict ahnt bereits, dass ich euch von dem Gang erzählt habe.«

Marek zog die Stirn kraus. »Woher soll er das wissen?«

Lilek stupste meine Hand mit seiner Nase an. Sie war feucht und er atmete viel zu schnell. »Keine Ahnung, aber er hat mich so merkwürdig angesehen, als er von dem Einbruch erfahren hat. Ich will ihn nicht auf eure Fährte locken.«

Marek nickte, die Lippen zu einem dünnen Strich gepresst. »Irgendwann wird deine Zeit schon noch kommen und dann wirst du als erste Bändigerin Mitglied der Wilden Jagd.«

»Ja, irgendwann. Aber jetzt solltest du besser gehen. Sie wollen die Akademie abriegeln.«

Marek trat einen Schritt zurück. Der Boden war feucht, dort, wo er gestanden hatte. »Kommst du morgen in die Schmiede?«

»Ich versuchs.«

»Okay, dann sehen wir uns da. Bis dann, Kayla.«

»Bis dann.« Ich blickte Marek hinterher. Er schlug die Kapuze seiner Jacke wieder nach oben und nachdem er sich versichert hatte, dass vor dem Stall kein Bändiger auf ihn lauerte, flitzte er hinaus in den Regen.

Ich seufzte und lehnte mich gegen die Tür von Lileks Käfig. Nun, da ich nicht versuchen musste, die Wilde Jagd vor sich selbst zu retten, fiel die Anspannung von mir ab und ich fühlte die Erschöpfung des Tages, der Aufregung und der Hitze. Ein lauter Knall war zu hören. Ich zuckte zusammen. Das Gewitter musste direkt über uns sein. Lilek winselte.

Ich blieb eine ganze Weile neben seinem Käfig hocken, in der Hoffnung, dass das Gewitter nachlassen würde und ich nicht wieder in den Regen rausmusste, aber das Unwetter schien endlos zu dauern. Schließlich war ich es leid, in meiner nassen Hose auf dem harten Stein zu sitzen. Einmal würde ich es noch durch die Kälte schaffen. Ich rappelte mich vom Boden auf und wollte die Tür zu Lileks Kiste schließen, als der Schattenwolf einen flehenden Laut ausstieß, der mehr an einen Welpen erinnerte als an ein Monster, das zu töten wusste. Sein Jammern ließ mich innehalten. Es war nicht zu übersehen, dass Lilek nicht allein sein wollte.

»Du schaffst das«, sagte ich und bemerkte, dass ich dabei wirklich klang, als würde ich mit einem Baby reden. Ich räusperte mich und sprach im normalen Tonfall weiter. »Es ist nur ein Gewitter. Nichts, wovor du Angst haben musst. Okay?«

Ich wartete einen Moment, ehe ich die Tür zuschob und das Schloss verriegelte. Doch in dem Moment, in dem ich mich abwandte, stieß Lilek ein herzzerreißendes Heulen aus. Ich musste daran denken, wie ich vergangene Woche aus der Ohnmacht erwacht war und er wie mein Beschützer neben mir gelegen hatte.

»Verdammt«, fluchte ich und schloss den Käfig wieder auf. Mein schlechtes Gewissen machte es mir unmöglich Lilek zu ignorieren, aber genauso wenig wollte ich die Nacht im Stall verbringen. Ich atmete tief durch und beugte mich nach vorne. »Hör zu, wenn du mutig genug bist, um mit mir zu kommen, und versprichst, dich anständig zu benehmen, darfst du mit auf mein Zimmer.«

Lilek stieß ein leises Jaulen aus.

»Nein, ich werde nicht hierbleiben. Entweder du kommst mit oder du lässt es bleiben.«

Ich konnte nicht sagen, ob es meine Worte waren oder die Dunkelheit, die Lilek und mich verband, aber er verstand, was ich von ihm wollte. Mit eingezogenem Schwanz und angelegten Ohren kroch er zögerlich aus seinem Käfig. Nachdem ich die Kiste abgesperrt hatte, führte ich Lilek mit einer Hand im Nacken zum Ausgang. Der Regen hatte ein wenig nachgelassen. Ich versuchte Lilek durch die Dunkelheit hindurch ein Gefühl der Sicherheit und Ruhe zu vermitteln. Es half nichts. Wie angewurzelt stand er vor der Tür und regte sich nicht.

»Lilek«, drängte ich und trat fordernd einen Schritt nach vorne.

Nichts.

Ich wollte ihn schon zurück zu seinem Käfig bringen, als mir eine Idee kam. Wie damals auf dem Rückweg vom Chrám in die Stadt befahl ich Lilek durch den Schatten zu gleiten. Sein Fell wurde zu Rauch, der dann im Boden versank. Ich konnte spüren, dass er nicht weit weg war, und ließ meinen Blick durch den Regen gleiten. Blitze tanzten über den Himmel. Es dauerte einen Moment, bis ich ihn unter einem der Rundbogen entdeckte und zu ihm eilte. Das Spiel wiederholten wir dreimal, bis wir schließlich das Wohnheim erreichten und die Treppen zu meinem Zimmer nach oben stiegen. Zum Glück kreuzte dabei kein anderer Bändiger unseren Weg, denn Monster waren in diesem Teil der Akademie verboten.

Ich sperrte die Tür hinter uns ab und stieß ein erleichtertes Seufzen aus. Lilek machte sich daran, mein Zimmer zu erkunden und alles zu beschnüffeln, während ich mich eilig auszog, abtrocknete und in meinen Schlafanzug schlüpfte.

Anschließend breitete ich eine Decke für Lilek auf dem Boden zwischen meinem Bett und dem Schrank aus. Er machte es sich sofort darauf bequem. Beinahe hätte ich angefangen zu lachen. Hätte mir vor zwei Wochen jemand erzählt, ich würde ein Monster in meinem Zimmer übernachten lassen, hätte ich ihn für verrückt erklärt. Aber scheinbar war ich die Verrückte. Bevor ich meine Entscheidung anzweifeln konnte, legte ich mich ins Bett.

Ich drehte mich zur Seite, damit ich Lilek sehen konnte. Er hatte sich zu einer Kugel zusammengerollt. Die Schnauze unter die Pfoten geschoben sah er zu mir auf. Ich glaubte, so etwas wie Dankbarkeit in seinem Blick zu erkennen, und seufzte. »Wehe, du lässt mich das bereuen.«

Teil zwei Befreist du aus der Finsternis

21. KAPITEL

Prasselnder Regen weckte mich mitten in der Nacht. Ich konnte mich nicht daran erinnern, wann die Stadt zuletzt ein ähnlich schlimmes Unwetter erlebt hatte. Benommen vom Schlaf wälzte ich mich in meinem Bett, bis eine Erinnerung meinen umnebelten Verstand durchdrang. Lilek! Ich fuhr in die Höhe. Hoffentlich hatte er sich nicht im Schatten davongemacht. Mit pochendem Herzen tastete ich nach dem Lichtschalter neben meinem Bett. Die Lampe erwachte flackernd zum Leben und blendete mich. Blinzelnd blickte ich auf den Boden und … stockte. Ich konnte nicht glauben, was meine Augen sahen.

Träumte ich?

Lilek war nicht auf seiner Decke. Anstelle des Schattenwolfes lag ein junger Mann auf dem Boden. Ein *nackter* Mann. Mit angehaltenem Atem beugte ich mich nach vorne. Das konnte nicht sein. Vielleicht war ein Dunkelweber in der Nähe und ich halluzinierte. Ich kniff die Augen zusammen, doch als ich sie öffnete, war der Kerl noch immer da – und er bewegte sich. Vor Schreck fuhr ich in meinem Bett zurück, bis ich mit dem Rücken gegen die Wand stieß.

Fassungslos betrachtete ich den Mann. Ich war mir sicher, ihn noch nie zuvor in meinem Leben gesehen zu haben. Er hatte ein Gesicht, an das man sich einfach erinnern musste. Seine Nase war schmal, geradezu zierlich, und sollte eigentlich nicht zu dem markanten Kiefer und dem breiten Kinn mit dem Grübchen passen.

Doch bei ihm harmonierte es auf eine Weise, die es einem schwer machte, den Blick abzuwenden. Sein Haar war dunkelbraun, beinahe schwarz und fiel ihm in dicken Strähnen ins Gesicht, bis zu den Augen, die noch immer geschlossen waren.

Das hier musste ein Scherz sein. Anders konnte ich mir das nicht erklären. Ambrož oder einer seiner Anhänger hatte mich mit Lilek auf mein Zimmer kommen sehen und wollte mich hereinlegen.

Netter Versuch.

Ich griff mir mein Kissen und warf es auf den Kerl. Er schreckte auf. Die Augen weit aufgerissen sah er sich im Raum um. Ohne es zu wollen, landete mein Blick auf seiner Mitte und da war wirklich alles zu sehen. »Woah!« Ich hielt mir eine Hand vors Gesicht. »Pass auf, sonst stichst du damit jemandem ein Auge aus!«

Der Typ erwiderte nichts. Ich ließ meinen Arm wieder sinken. Er hatte sich nicht bedeckt, stattdessen sah er sich weiter um. Verwirrung spiegelte sich in seinem Gesicht wider, als wüsste er nach einer langen Nacht im Noční nicht mehr, wo er war. Er gehörte auf jeden Fall nicht zu den Bändigern, denn seine Augen waren dunkelbraun, nicht schwarz.

»Wer bist du?«, fragte ich, bemüht mich auf sein Gesicht zu konzentrieren.

Er musterte mich, ohne ein Wort zu sagen. Meine Haut begann zu kribbeln und die Härchen an meinen Armen stellten sich auf. Irgendetwas stimmte hier nicht, abgesehen von dem Offensichtlichen, nämlich, dass Lilek nicht hier war. Ich konnte seine Dunkelheit allerdings noch immer an meinem Verstand ziehen spüren, was wohl der einzige Grund war, weshalb ich nicht völlig ausraste-te. Ihm ging es gut und er war nicht dabei, irgendwo in der Stadt ein Blutbad anzurichten.

»Wie bist du in mein Zimmer gekommen?«

Der Mann starrte mich nur weiterhin an. Ich kam mir vor wie die Beute eines Monsters, das nur darauf wartete zuzuschlagen, aber so leicht war ich nicht zu überwältigen. Ich ballte meine Hände zu Fäusten und versuchte abzuschätzen, ob ich schnell genug war, um mir den Dolch zu schnappen, den ich in der Schublade meines Nachttisches aufbewahrte.

Ich würde es gleich herausfinden.

Blitzschnell beugte ich mich nach vorne, riss die Schublade auf und griff nach der Waffe. Doch ehe ich den Dolch herausziehen konnte, packte der Typ mein Handgelenk und drückte zu. Ich japste nach Luft, denn die Bissspuren des Dunkelwebers waren noch nicht vollständig verheilt.

»Nein«, fauchte er durch zusammengebissene Zähne. Seine Stimme klang kaum menschlich, sondern vielmehr wir das Knurren eines Tieres. Es jagte mir einen Schauder über den Rücken. Mit seiner freien Hand griff er nach dem Dolch, bevor er mich losließ. Ich rutschte auf meiner Matratze zurück und hatte keine Ahnung, was ich tun sollte. Wenn das hier ein Scherz war, ging er eindeutig zu weit. Doch mein Gefühl sagte mir allmählich, dass Ambrož und die anderen nichts mit alldem hier zu tun hatten.

Ich fuhr mir mit der Zunge über die spröden Lippen und schätzte meine Chancen ab, ihn zu überwältigen. Er war mir körperlich überlegen. Seine Muskeln konnte ich ebenso wenig übersehen wie die Narben, die seinen ganzen Körper überzogen. Manche von ihnen waren kaum sichtbar und als blasse Linien in seine Haut eingesunken. Andere wiederum waren gerötet und traten ähnlich wie bei Ondrej deutlich hervor. Für mich bestand kein Zweifel daran, dass Monster diese Narben zu verantworten hatten, anders konnte ich mir die Menge und ihre Formen nicht erklären. Besonders auffällig war eine kreisrunde Narbe direkt neben seinem Herzen.

»Woher hast du die?«, fragte ich.

Der Mann blickte an sich herab und seine Augen weiteten sich, als würde er die Narbe gerade selbst zum ersten Mal sehen. Er berührte seine Brust und ließ seine Fingerspitzen über die wulstige Erhebung kreisen. »Knochenträger.« Seine Stimme klang heiser und kratzig.

»Das war ein Knochenträger?«

Er nickte.

Das erklärte die runde Form des Mals. Das Monster musste ihn mit seinem Geweih durchbohrt haben. Er konnte von Glück reden, noch am Leben zu sein. Hätte der Knochenträger ihn nur ein wenig weiter unten getroffen, wäre er an der Verletzung gestorben. »Wann ist das passiert?«

Der Mann blickte von der Narbe auf. »Lange.«

»Es ist lange her?«, hakte ich nach.

Er nickte, meinen Dolch noch immer in der Hand, aber es schien nicht so, als wollte er mich damit angreifen. Ich hatte keine Ahnung, wohin all das führen sollte. Was wollte er von mir? Das Ganze ergab überhaupt keinen Sinn. Es schien, als würde ich irgendetwas Wichtiges übersehen.

»Und wie heißt du?«

Konzentriert zog er die Augenbrauen zusammen. In Anbetracht seines Körpers grenzte es an ein Wunder, dass sein Gesicht unversehrt war. »Lilek.«

»Was hast du gesagt?« Ich musste mich verhört haben.

»Lilek.«

»Ja, mein Schattenwolf«, stotterte ich verdutzt. Er konnte nicht meinen, was ich zu denken glaubte. Seine Worte beinhalteten etwas, das absolut unmöglich war. Vielleicht wurde ich verrückt. Womöglich hatte ich mir einen Sonnenstich am Ufer der Vltava geholt. »Wo ist Lilek?«

Er neigte den Kopf und schien meine Frage nicht zu verstehen.

»Wo. Ist. Lilek?« Ich betonte jedes Wort einzeln.

»Hier.«

Okay, ich wurde nicht verrückt. *Er* war verrückt.

»Wo ist mein Schattenwolf?«, fragte ich, dieses Mal eindringlicher. Allmählich verlor ich die Geduld *und* meinen Verstand, denn in meinem Hinterkopf begann ich diesen Typen mit Lilek zu vergleichen. Er betrachtete mich mit demselben störrischen Blick wie der Wolf, damals im ersten Kampftraining. Seine zierliche Nase glich Lileks schmaler Schnauze. Und diese Narben – er konnte sie unmöglich alle zur selben Zeit bekommen haben, das hätte ihn umgebracht. Sie mussten sich über die Jahre angesammelt haben und wo hätte das passieren sollen, wenn nicht im Wald?

»Hier«, antwortete er. »Ich. Lilek.«

Ich lachte auf. Selbst in meinen Ohren klang ich hysterisch. Das konnte nicht sein. Unmöglich. »Beweis es mir«, verlangte ich, das Kinn in die Höhe gereckt, bereit seine Lüge zu entlarven.

Der Mann nickte entschlossen. Nicht im Geringsten eingeschüchtert von meiner Forderung. Das Herz sank mir in die Hose. Was würde ich tun, wenn es stimmte? Nein. Ausgeschlossen. Er konnte unmöglich Lilek sein. Sicherlich befahl er mir gleich die Augen zu schließen und wenn ich sie dann wieder öffnete, hatten Ambrož und die anderen meinen Schattenwolf zurück in mein Zimmer geschmuggelt. Durch den Regen, der gegen mein Fenster prasselte, würde ich ihre Schritte überhaupt nicht hören können.

Doch der Kerl sah mich einfach nur geradewegs an. Ich spürte ein Ziehen in meinem Kopf, kurz bevor der Typ sich in Rauch auflöste. Erschrocken schnappte ich nach Luft. Er sank nicht in den Boden, wie ich es von Lilek gewohnt war, sondern formte sich zu einer unverkennbaren Gestalt. Der Gestalt eines Schattenwolfs.

Ich traute meinen Augen nicht. Vor mir saß Lilek, als wäre er nie weg gewesen. War das Ganze vielleicht doch die Illusion eines Dunkelwebers? Nein, das konnte nicht sein. Dafür waren die Details zu genau und neben dem Schattenwolf lag mein Dolch. Zitternd streckte ich meine Hand aus. Als meine Finger das schwarze Fell berührten, zuckte ich gleich wieder zurück. Das war einfach zu viel. Mein Verstand raste, aber ich konnte keinen klaren Gedanken fassen. Ich blinzelte. Einmal. Zweimal. Dreimal. Dann kniff ich die Augen zusammen und versuchte das Chaos, das in mir tobte, unter Kontrolle zu bringen. Mein Herz pochte und das Blut rauschte mir in den Ohren.

Tausende Fragen schwirrten mir durch den Kopf. War er ein Mensch, der zum Monster wurde? Oder ein Monster, das zum Menschen wurde? Waren alle Monster irgendwie menschlich? Oder nur Lilek? Was hatte ihn zum Schattenläufer werden lassen? Und wodurch war er wieder zurückverwandelt worden? Waren wir auch als Menschen miteinander verbunden? Ja. Eindeutig. Ich hatte ihn gefühlt und auch jetzt konnte ich seine Dunkelheit weiterhin in mir spüren.

Ich schlug die Augen auf und wich erschrocken zurück. Der Schattenwolf war verschwunden und an seiner Stelle saß erneut der nackte Kerl. Er musterte mich erwartungsvoll und schien auf etwas zu warten. Irgendwas. Aber ich war sprachlos. Ich hatte so viel zu sagen und so viel zu fragen, doch es war, als würden all die Worte, die darauf drängten, an die Oberfläche zu kommen, meine Kehle verstopfen, bis ich gar nichts mehr herausbrachte.

»Ich hol dir was zum Anziehen«, quäkte ich mit heiserer Stimme, sprang von meinem Bett auf und eilte aus dem Zimmer, bevor Lilek mir antworten konnte. Im Vorbeigehen schnappte ich mir meinen Schlüsselbund und lief ins Treppenhaus. Ich stieg die Stufen hoch bis ins obere Stockwerk, dort lagen die Wohnungen der Professoren. Sie mussten sich nicht wie ihre Schüler und andere

Bändiger mit kleinen Zimmern arrangieren. Manche von ihnen lebten sogar mit ihren Familien in der Akademie.

Mit meinem Ersatzschlüssel schloss ich die Tür zu Jakubs Wohnung auf. Ich öffnete sie und lauschte in das Innere. Anscheinend war er noch nicht von seiner Suche nach der Wilden Jagd zurück. Unweigerlich fragte ich mich, was passiert wäre, hätte Marek mich nicht davon abgehalten, ihnen zu folgen. Hätte Lilek sich trotzdem in einen Menschen verwandelt? Möglicherweise mitten in einem Kampf? War Lilek das erste Monster, das zum Menschen geworden war, oder hatte es vor ihm schon andere gegeben? Ich hatte noch nie von einem solchen Zwischenfall gehört, aber wenn ich Jakub das nächste Mal sah, würde ich danach fragen.

Ich betrat Jakubs Wohnung, und obwohl er mir die Erlaubnis gegeben hatte hierherzukommen, wann immer ich wollte, fühlte ich mich wie eine Verbrecherin. Auf Zehenspitzen schlich ich zu seinem Schlafzimmer. Ein kurzer Blick bestätigte, dass er noch nicht zu Hause war. Ich schaltete das Licht an und machte mich an seinem Kleiderschrank zu schaffen. Lilek und mein Bruder hatten in etwa dieselbe Statur. Jakub dachte ziemlich praktisch und besaß nicht viel, zumal er die meiste Zeit, ähnlich wie Benedict, seine Livrej trug. Ich schnappte mir ein graues Hemd und eine schwarze Leinenhose, die er hoffentlich nicht vermissen würde. Schuhe konnte ich Lilek leider keine mitbringen, Jakub besaß nur drei Paar und würde das Verschwinden von einem sofort bemerken.

Es dauerte keine Minute, bis ich alles beisammenhatte. Ich machte das Licht aus und verließ die Wohnung wieder. Möglichst leise zog ich die Tür zu, als ich hinter mir ein vernehmliches Räuspern hörte.

Einen Moment lang erstarrte ich in der Bewegung, dann drehte ich mich langsam um. Jakub stand am Treppenabgang und beobachtete mich. Er sah mitgenommen aus. Seine Livrej war durchnässt und vom Schlamm verschmiert, das blonde Haar klebte ihm in feuchten Strähnen an der Stirn. »Was machst du hier?«

»Ich wollte nachsehen, ob ihr schon wieder von eurer Suche zurück seid«, erwiderte ich, bemüht nicht allzu schuldbewusst dreinzublicken.

»Tatsächlich?« Jakub zog eine Augenbraue hoch und kam auf mich zu. Seine nassen Stiefel quietschten. »Und was ist das unter deinem Arm?«

Ich zuckte mit den Schultern. »Nur eines deiner Hemden.«

»Wofür?«, fragte er und sperrte die Tür zu seiner Wohnung auf.

Seine Frage klang nicht misstrauisch. Nach über siebzehn Jahren war er so einiges an merkwürdigem Verhalten von mir gewohnt und woher sollte er auch ahnen, dass ich das Hemd für Lilek brauchte? Ich könnte ihm die Wahrheit sagen und ihn an all meinen wirren Gedanken teilhaben lassen, um mich etwas weniger verrückt zu fühlen. Womöglich könnte er für etwas Klarheit sorgen und mir erzählen, dass es einen solchen Fall schon einmal gegeben hatte. Doch dies erschien mir nicht der richtige Moment für solche Offenbarungen. Es war mitten in der Nacht, Jakub war durchnässt und dunkle Ringe lagen unter seinen Augen. »Einige der Mädchen tragen derzeit Hemden als Kleider«, log ich. »Ich wollte schauen, ob es mir steht.«

»Klar. Wasch es nur, bevor du es zurückbringst.«

»Natürlich.« Ich drückte den Stoffballen an meine Brust und hoffte, dass Jakub zu benommen war, um auch die Hose zu bemerken. Für die fiel mir nun wirklich keine plausible Erklärung ein. »Wie verlief die Suche nach den Einbrechern?«, fragte ich, um vom Thema abzulenken.

»Du meinst, die Suche nach der Wilden Jagd.« Er stieß ein abfälliges Schnauben aus. »Sie haben das Irrlicht gejagt und es sogar gefunden. Sie wollten es mit einer der Waffen unserer Mutter töten, was natürlich nicht geklappt hat. Es wurde wütend, hat sie angegriffen und wir mussten ihnen den Arsch retten.« Bitterkeit schwang in seiner Stimme mit. »Zum Dank sind sie abgehauen und haben uns die Drecksarbeit erledigen lassen.«

»Wurde jemand verletzt?«

Er schüttelte den Kopf. »Nicht lebensgefährlich.«

Ich nickte langsam. »Das ist gut.«

»Ja.« Jakub fuhr sich mit der Hand durch das feuchte Haar. »Ich wünschte nur, wir hätten einen Beweis dafür, dass diese Mistkerle in die Akademie eingebrochen sind. Wir haben sie erst im Wald erwischt und sie hatten kein Werkzeug oder dergleichen dabei, also mussten wir sie gehen lassen. Vermutlich haben sie es irgendwo verscharrt oder in den Fluss geworfen.«

Meine Finger krallten sich in Jakubs Hemd. »Werdet ihr danach suchen?«

»Das entscheidet sich morgen. Aber das Irrlicht hat für mich höhere Priorität.«

Hoffentlich nicht nur für dich, sondern auch für Benedict, dachte ich, aber daran zweifelte ich. Es war das erste Mal seit Jahren, dass er die Möglichkeit bekam, etwas gegen die Wilde Jagd auszurichten, und vermutlich würde er diese Chance nicht einfach verstreichen lassen.

22. Kapitel

Auf der Hut vor den anderen Bändigern, die mit Jakub von der Mission zurückgekommen waren, schlich ich mich durch die Akademie. Ihre Stimmen echoten leise durch das Gebäude. Ich flitzte vom Treppenhaus in den Gang, auf dem mein Zimmer lag – und erstarrte. Meine Tür stand offen. Meine. Tür. Stand. Offen. Ich war mir sicher, sie geschlossen zu haben, und es dauerte einen Moment, bis mir klar wurde, was das bedeutete. Mein Magen verkrampfte sich und mein Herzschlag geriet einmal mehr außer Takt.

Bitte sei noch da.

Lilek war weg.

Hektisch sah ich mich um, in der Hoffnung, ihn irgendwo im Schatten stehen zu sehen. Nichts. Hatte ich ihm nicht gesagt, er solle hierbleiben und auf mich warten? Nein, hatte ich nicht. Ich hatte es zu eilig gehabt, von ihm wegzukommen. Was hatte ich mir nur dabei gedacht? Ich war am Durchdrehen wegen seiner Verwandlung. Wie musste es ihm damit erst gehen? Er war ein verdammter Schattenwolf gewesen und jetzt war er ein Mensch!

Ein nackter Mensch.

Ein nackter Mensch, der durch die Akademie irrte.

Ich musste ihn finden, bevor es jemand anderes tat. Doch wohin könnte er gegangen sein? Die Möglichkeiten erschienen endlos und ich konnte nur hoffen, dass Lilek, der Mensch, ebenso wie Lilek, der Schattenwolf, Angst vor Gewitter hatte. Anderenfalls könnte er die Akademie auch verlassen haben und dann wäre es schier unmöglich, ihn vor Sonnenaufgang wiederzufinden.

Ich holte tief Luft, bemüht nicht in Panik zu verfallen – damit wäre Lilek nicht geholfen. Im Gedanken legte ich mir Suchraster zurecht, so wie Izak es uns in Strategie und Durchführung beigebracht hatte, und machte mich auf den Weg, nicht länger darauf bedacht, leise zu sein. Womöglich hörte Lilek mich und kam freiwillig zu mir zurück.

Nachdem ich das Stockwerk ohne Erfolg durchsucht hatte, nahm ich mir die Aufenthaltsräume im Erdgeschoss vor. Stühle waren verrutscht. Essensreste standen überall herum. Kartenspiele lagen auf den Tischen verteilt, als hätten die Teilnehmer mitten im Spiel beschlossen aufzuhören. Eine Bändigerin lag mit ihren Lernunterlagen schlafend auf einem der Sofas.

»Pssst.« Ich beugte mich über sie.

Sie stieß ein Grummeln aus und blinzelte mich verschlafen an.

»Du hast nicht zufällig mitbekommen, dass hier ein Mann vorbeigekommen ist?«, fragte ich. Mit etwas Glück hatte sie im Halbschlaf etwas bemerkt. Doch sie schüttelte den Kopf und war sofort wieder eingenickt.

Ich seufzte und beschloss als Nächstes in den Waschräumen nachzusehen, womöglich hatte sich Lilek einfach nach einer heißen Dusche gesehnt. Zwei Bändiger, die vom Regen ebenso mitgenommen aussahen wie Jakub, kreuzten meinen Weg. Sie betrachteten mich skeptisch, aber hielten mich nicht auf, während ich von einem Bad zum nächsten eilte. Drei Waschräume waren leer, doch im vierten hörte ich das Rauschen von Wasser. Mit einem Blick über die Schulter versicherte ich mich, dass niemand mir folgte, und schlüpfte hinein. Es brannte nur die Notbeleuchtung und der Geruch von Urin lag in der Luft. Ich rümpfte die Nase und lief an den Toiletten und Waschbecken vorbei, bis zu den Duschen und der Kabine, aus der das Wasserrauschen kam. Der Vorhang war zugezogen. »Lilek?«

Ich bekam keine Antwort.

»Lilek?«

Nichts.

Ich bückte mich, um nachzusehen, wer unter der Dusche stand. Doch die Kabine war leer. Ich zog den Vorhang zurück und stellte das Wasser ab, als ich Fußabdrücke auf den Kacheln glänzen sah. Ich folgte ihnen bis zu einer der Türen. Sämtliche Waschräume der Akademie waren von zwei Seiten begehbar, da sie die Wohntrakte miteinander verbanden. Ich folgte der Spur aus Wassertropfen, bis ich schließlich ahnte, wohin Lilek gegangen war.

Ich lief den Flur entlang zum Speisesaal und zu einer zweiflügligen Tür, die in die Küche führte. Im Inneren war es dunkel, mit Ausnahme einiger weniger Lampen, die jedoch kaum Licht spendeten. Dennoch entdeckte ich Lilek sofort und konnte direkt spüren, wie sich mein Herzschlag beruhigte. Er stand vor einem der Speisewagen und schaufelte sich mit den Fingern Essen in den Mund. Ich ging auf ihn zu und ließ die Tür hinter mir zufallen.

Lilek riss den Kopf in die Höhe und stieß ein Knurren aus, das erneut mehr an ein Monster als an einen Menschen erinnerte. Ich erstarrte und bereute es, den Dolch aus meinem Zimmer nicht mitgebracht zu haben. Doch schon in der nächsten Sekunde wurde Lileks wilder Blick sanfter und seine Augen weiteten sich, als sei er von seiner eigenen Reaktion überrascht. Gleichzeitig sackten seine Schultern nach unten. Ich hatte keine Ahnung, was in ihm vorging, aber es schien beinahe so, als würde Lilek, der Mensch, versuchen die Instinkte des Schattenwolfes niederzuringen.

»Entschuldigung. Ich wollte dich nicht erschrecken«, sagte ich um einen ruhigen Tonfall bemüht und näherte mich ihm in bedachten Schritten. Ich sah, dass er den vom Abend übrig gebliebenen Grießbrei aß. Das Zeug war kalt noch widerlicher als warm. »Du warst plötzlich nicht mehr in meinem Zimmer und ich habe mir Sorgen gemacht.«

Er neigte den Kopf und seine Lippen teilten sich, wie um etwas zu sagen. Erwartungsvoll hielt ich die Luft an, doch dann aß Lilek einfach weiter. Er schob sich den Grieß mit den Fingern in den Mund und würgte ihn einfach herunter. Wenn er so weitermachte, würde ihm davon schlecht werden. Andererseits hatte er von mir in den letzten Tagen hauptsächlich blutiges Fleisch und rohe Auberginen bekommen, ganz zu schweigen von dem Aas, das er vermutlich im Wald gefressen hatte. Sein Magen war Schlimmeres gewohnt.

»Ich hab dir was zum Anziehen mitgebracht.« Ich hob Jakubs Klamotten in die Höhe.

Lilek nickte, machte aber keine Anstalten, die Kleidung entgegenzunehmen.

Ich seufzte und legte Hemd und Hose auf die Anrichte. Schweigend beobachtete ich ihn einige Minuten beim Essen. In gewisser Weise erinnerte er mich an ein Kind, das nicht genug von seiner Lieblingssüßigkeit bekam. Hin und wieder blickte Lilek dabei zu mir auf, wie um sicherzugehen, dass ich noch da war. Doch er schenkte mir nicht wirklich Beachtung. Seine ganze Aufmerksamkeit lag auf dem süßen Brei. Erst nach der achten Schale schien er allmählich genug zu haben. Er aß langsamer und sah mich immer häufiger an. Wie von selbst trafen sich dabei unsere Blicke. Was uns im Kampftraining noch unglaublich schwergefallen war, schien nun völlig natürlich.

Bis mir auf einmal bewusst wurde, dass ich nur meinen Schlafanzug trug. In der Küche war es ziemlich kalt, nachdem das Gewitter die Hitze im wahrsten Sinne des Wortes weggespült hatte, und auf einmal war ich diejenige, die sich entblößt fühlte. Ich verschränkte die Arme vor der Brust. Lileks Blick folgte meiner Bewegung. Ungeniert starrte er auf meinen Oberkörper, dabei verengten sich seine Augen zu Schlitzen und sein Kiefer spannte sich an. Ein Schauder lief mir über den Rücken und ich trat unruhig von einem Fuß auf den anderen. Er würde mich nicht angreifen, oder?

»Dunkelweber.«

»Wo?« Ich wirbelte herum und sah mich hektisch in der Küche um. Mein Blick zuckte an die Decke, zu Boden und in jeden Schatten, aber wir waren allein. Ich drehte mich zu Lilek und mir stockte der Atem, denn er lächelte. Es war kein breites, Zähne zeigendes Lächeln, sondern vielmehr ein Schmunzeln, das allerdings bereits ausreichte, um sein ganzes Gesicht zu verwandeln. Es wirkte weicher und offener – menschlicher. Vor allem mit dem amüsierten Funkeln gepaart, das in seinen Augen lag. Machte er sich über mich lustig? Ich neigte den Kopf. »Was?«

»Hier ist kein Dunkelweber«, sagte Lilek und ich vergaß direkt weiterzuatmen. Es war der erste vollständig gesprochene Satz, den ich von ihm hörte, und das Lächeln klang in seiner Stimme mit. Er deutete auf mein Handgelenk.

»Oh.« Ich betrachtete meine Hand mit den Bissspuren. »Ja, das war ein Dunkelweber. Er hat am Ufer der Vltava einen Jungen angegriffen. Du hast mich gerettet. Erinnerst du dich?«

»Ja.« Er stellte eine halb geleerte Schale zurück auf den Speisewagen. »Wollte dir helfen.«

Ich musste mir auf die Unterlippe beißen, um das Grinsen zurückzuhalten, das sich in mein Gesicht stehlen wollte. Es gelang mir nicht wirklich, denn auf einmal war ich viel zu aufgeregt. Es war keine ängstliche Aufregung wie zuvor, sondern eine erwartungsvolle Aufregung. Der Schock und die Angst über Lileks Verwandlung schienen allmählich von mir abzufallen und Faszination und Neugierde kamen zum Vorschein. »Erinnerst du dich noch an etwas anderes?«

Nachdenklich zog er die Augenbrauen zusammen. »Du findest Lilek ganz in Ordnung.«

»Ja, das stimmt.« Ich lachte, als ich an meinen Monolog am Nachmittag denken musste. Waren seitdem wirklich erst ein paar Stunden vergangen? »Und was ist mit früher?«, fragte ich und trat einen Schritt auf ihn zu. »Hast du Erinnerungen an die Zeit, bevor du ein Schattenwolf warst?« Mein Gefühl sagte mir, dass Lilek nicht als Monster geboren worden war. Er war schon einmal ein Mensch gewesen, wie sonst hätte er unsere Sprache erlernen können? Außerdem waren seine Bewegungen zu gezielt und kontrolliert. Er wusste mit diesem menschlichen Körper umzugehen. Zwar wirkte er noch etwas unbeholfen, aber mit jeder Minute, die verging, schien er sich seiner Menschlichkeit mehr zu besinnen.

Entschlossen presste Lilek seine Lippen zu einem dünnen Strich. Die Anstrengung und der Wunsch, sich zu erinnern, standen ihm deutlich ins Gesicht geschrieben. Sekunden vergingen, in denen keiner etwas sagte, schließlich schüttelte er den Kopf. »Es ist alles verschwommen.«

Er sah enttäuscht aus, ich war es nicht. Ohne es zu bemerken, hatte er noch einmal einen vollständigen Satz gebildet. Und ich hatte zwar viele Fragen, aber ich brauchte nicht alle Antworten heute Nacht. »Das kommt bestimmt wieder«, sagte ich und unterdrückte den Drang, ihn zu berühren, so wie ich es getan hätte, wäre er noch ein Schattenwolf. »Wollen wir zurück auf mein Zimmer gehen? Ich bin ziemlich müde.« Vermutlich würde ich mit ihm im Raum kein Auge zutun, aber ich hatte das Gefühl, Lilek könnte eine Auszeit gebrauchen, außerdem wollte ich nicht, dass man uns hier zusammen in der Küche entdeckte.

Er nickte und trat hinter dem Speisewagen vor.

»Vorsicht!« Ich kniff die Augen zusammen und tastete blind nach Jakubs Kleidung. »Du solltest dir besser etwas anziehen. Sollte uns jemand so zusammen erwischen, haben wir einiges zu erklären.« Mehr als es ohnehin der Fall wäre, würde man mich um diese Uhrzeit mit einem Nicht-Bändiger in der Akademie umherstreifen sehen, vor allem nach der Sache mit der Wilden Jagd.

Ich hörte das Rascheln von Stoff und als ich die Augen wieder öffnete, war Lilek angezogen, nur hatte er das Hemd falsch zugeknöpft. »Darf ich?«, fragte ich und deutet auf die falsch gesetzte Knopfleiste.

Lilek sah an sich herab und dann wieder zu mir. Er antwortete nicht, aber da er mir nicht befahl, die Hände von ihm zu lassen, nahm ich sein Schweigen als Erlaubnis. Ich trat dicht an ihn heran und kam nicht umhin zu bemerken, wie gut er roch. Der Geruch von Schwefel, der ihm als Schattenwolf angehaftet hatte, war verschwunden und nun konnte ich den erdigen Duft des Waldes an ihm wahrnehmen. Es hatte etwas eigenartig Intimes, mit ihm hier in der Dunkelheit zu stehen. Ich konnte seine Wärme spüren und das wiederum entfachte die Hitze in meinen Wangen.

»Wie heißt du?«, fragte Lilek plötzlich mit gesenkter Stimme.

»Oh.« Irgendwie war ich davon ausgegangen, dass er meinen Namen kannte, aber woher auch? Ich hatte mich ihm nie vorgestellt. »Kayla. Kayla Nováková.«

»K-a-y-l-a«, wiederholte er, dabei verließ jeder Buchstabe einzeln seinen Mund, als müsste er sich mit ihnen vertraut machen. »Ein schöner Name. Passt zu dir.«

Meine Mundwinkel zuckten. Käme dieser Satz von einem anderen, würde ich glauben, er versuchte mit mir zu flirten. »Woher willst du das wissen? Du kennst mich überhaupt nicht.«

»Doch, tu ich.« Er hob die Hand und legte seine Fingerspitzen auf meine Schläfe, an die Stelle, an der ich stets ein Ziehen verspürte, wenn seine Dunkelheit versuchte gegen mich zu rebellieren. Doch in diesem Moment spürte ich nichts von seiner monströsen Seite, sondern nur den sanften Druck seiner warmen Fingerspitzen.

Ich räusperte mich und senkte den Kopf, um mich darauf zu konzentrieren, die Knöpfe seines Hemdes richtig zu schließen. »Erinnerst du dich an deinen Namen?«

Seine Hand ließ von mir ab. »Lilek.«

»Nein, ich meine deinen menschlichen Namen. Wie hießest du früher?«

Er runzelte die Stirn. »Ich … ich weiß nicht.«

»Es wird dir schon wieder einfallen.« Ich lächelte ihn aufmunternd an und streifte das Hemd glatt. Jakubs Sachen passten ihm perfekt und er sah gut darin aus. Ich war mir sicher, dass er als Mensch die Blicke ebenso auf sich ziehen würde wie als Schattenwolf, wenn auch aus anderen Gründen.

Ich bedeutete Lilek mir zu folgen und führte ihn aus der Küche. Vermutlich würde es nicht mehr lange dauern, bis die ersten Köche hier auftauchten, um das Frühstück vorzubereiten. Wir erreichten mein Zimmer ohne einen Zwischenfall. Doch kaum hatte ich die Tür verschlossen, stellte sich mir ein ganz anderes Problem: Wo sollte Lilek schlafen? Ich konnte ihn noch nicht gut genug einschätzen, um mit ihm gemeinsam in meinem Bett zu schlafen, aber ihn wie einen Hund auf dem Boden liegen zu lassen, kam mir ebenso falsch vor. »Du kannst das Bett haben«, beschloss ich.

Lilek zögerte.

»Ich bestehe darauf«, sagte ich und bevor er protestieren konnte, schnappte ich mir mein Kissen vom Bett und legte mich damit auf den Boden. Meinetwegen hatte er die letzten Tage in einem Käfig verbracht. Das hier für ihn zu tun, war das Mindeste. Lilek betrachtete mich misstrauisch, dennoch setzte er sich schließlich auf die Matratze.

Ich löschte das Licht und Finsternis hüllte uns ein. Noch immer war das Rauschen des Regens vor dem Fenster zu hören, auch wenn der Sturm deutlich nachgelassen hatte. Ich versuchte es mir bequem zu machen, aber meine Bemühungen waren vergebens. Irgendwann gab ich es auf, für mich war ohnehin nicht mehr an Schlaf zu denken.

23. Kapitel

Ich verbrachte mehr Zeit damit, den Unterricht zu schwänzen, als daran teilzunehmen. Früher oder später würde mir das ziemlichen Ärger einbringen. Trotzdem würde ich mit Lilek nicht am Kampftraining teilnehmen, nun, da ich von seiner Menschlichkeit wusste. Dass er Klamotten und Schuhe brauchte, war für mich daher die perfekte Rechtfertigung, um heute dem Training fernzubleiben und einer Diskussion aus dem Weg zu gehen, denn ich hatte noch keine Ahnung, wie ich das Thema bei Jakub und Benedict ansprechen sollte.

Ich weiß, wir hatten in der letzten Zeit unsere Probleme, aber ich dachte, ich lass euch wissen, dass mein Schattenwolf in Wirklichkeit ein ziemlich heißer Kerl ist. Keine Ahnung, wie das passiert ist, plötzlich lag er nackt in meinem Zimmer. Überraschung!

Sicherlich nicht.

»Kommt dir irgendetwas vertraut vor?«, fragte ich Lilek und verdrängte jeden Gedanken an Jakub und Benedict. Wir hatten uns am Morgen kurz nach Sonnenaufgang aus der Akademie geschlichen und liefen seitdem durch die Stadt. Der Sturm war nicht spurlos an Praha vorbeigezogen. Bäume waren vom Wind entwurzelt worden und hatten Äste und Blätter auf die Straße gefegt. Der Boden war noch immer feucht und der Regen war in die Häuser hineingelaufen. Links und rechts von uns kehrten die Leute das Wasser mit Besen aus den Türen und schimpfen über undichte Stellen in den Dächern und dem Mauerwerk. Einige Hagelkörner hatte es mit einer solchen Wucht vom Himmel geschlagen, dass sie Dachziegel und Fensterscheiben durchbrochen hatten.

»Nicht wirklich«, antwortete Lilek.

»Oder zumindest ansatzweise bekannt?«

Er schüttelte den Kopf.

Ich unterdrückte ein Seufzen. Ich hatte gehofft, die Stadt würde Erinnerungen bei ihm wecken oder zumindest eine Art Déjà-vu heraufbeschwören, aber vielleicht brauchte er einfach noch ein wenig Zeit, um sich an die Veränderung zu gewöhnen. Ich konnte es ihm nicht verdenken. Für mich fühlte es sich noch immer unwirklich an, durch die Straßen zu spazieren, während er neben mir auf zwei Beinen lief. Als ich heute Morgen nach einer unruhigen Nacht aufgewacht war, hatte ich das Ganze zuerst für einen absurden Traum gehalten. Doch dann hatte ich mich umgedreht und Lilek auf meinem Bett sitzen sehen, die Haare vom Schlaf zerzaust und mit Abdrücken seiner Hände auf den Wangen, weil er die ganze Nacht darauf gelegen hatte.

»Ist etwas?«, fragte Lilek und holte mich aus meinen Gedanken.

Ich blinzelte, denn ich hatte überhaupt nicht bemerkt, dass ich ihn angestarrt hatte. »Tut mir leid.« Ich lachte nervös und stieg über eine Pfütze hinweg. »Ich komme nur noch immer nicht damit klar, dass du ein Mensch bist. Ein Teil von mir rechnet damit, dass du dich gleich in Luft auflöst und nur die sehr realistische Vision eines Dunkelwebers bist.«

Lileks Gesichtsausdruck verfinsterte sich. »Bin ich nicht.« In seinem Tonfall schwang eine Bitterkeit mit, die ich nicht deuten konnte und auf die ich auch nichts zu erwidern wusste. Überhaupt fiel es mir schwer, die richtigen Worte in seiner Gegenwart zu finden, obwohl ich für gewöhnlich nicht zu den Menschen gehörte, die auf den Mund gefallen waren. Doch wie sollte ich mit einem Mann umgehen, der vor Kurzem noch mit seinen Reißzähnen nach mir geschnappt hatte und der sich nicht an sein früheres Leben erinnerte? Wer war er? Woher kam er? Wer waren seine Eltern? Würde er sie auf der Straße wiedererkennen? Würden sie ihn erkennen?

All diese Fragen weckten in mir eine ungeahnte Verzweiflung und sofort verspürte ich wieder ein schlechtes Gewissen. Wenn ich mir bereits so unbeholfen vorkam, wie verloren musste sich dann erst Lilek fühlen, in einer vermeintlich unbekannten Stadt, umgeben von Fremden? Ich an seiner Stelle wäre verängstigt und verunsichert, doch statt ihm seine Furcht zu nehmen, führte ich ihm nur seine fehlenden Erinnerungen vor Augen.

Ganz großartig, Kayla.

»Wir sind gerade in der Altstadt von Praha«, begann ich zu erzählen und machte eine umfassende Geste. »Das Viertel liegt im Zentrum der Stadt und westlich von uns verläuft die Vltava. Wir sind dort einige Male spazieren gegangen. Jedenfalls findest du hier alle wichtigen Einrichtungen wie das Rathaus und die Akademie. Irgendein schlauer Mensch hielt es vor langer Zeit für eine gute Idee, all das zentral anzusiedeln. Dadurch sind sie für die Monster schwer zu erreichen und jede Seite der Mauer wird gleichermaßen geschützt. Niemand fühlt sich dadurch benachteiligt.«

Lilek wirkte von meiner Geschichtsstunde unbeeindruckt, aber er sagte mir auch nicht, ich solle die Klappe halten. Also redete ich weiter und erzählte ihm von Janáček, unserem Bürgermeister, seinen Beratern sowie von Benedict, den Aufgaben der Akademie und der Mauer.

Den ganzen Weg über folgten uns immer wieder neugierige Blicke, wie sollte es auch anders sein? Offenbar war das jetzt mein Leben. Überall, wo ich hinging, war ich die Hauptattraktion. Die Tochter des Direktors, Bändigerin eines Schattenwolfs, vermeintliche Geliebte eines gut aussehenden Mannes, der keine Schuhe trug, alles und jeden wütend anfunkelte und sich wie ein Raubtier bewegte, das jeden Moment mit einem Angriff rechnete.

»Du brauchst keine Angst zu haben«, sagte ich und musterte Lilek von der Seite. Im Tageslicht betrachtet war das Braun seiner Augen nicht so dunkel, wie ich bei Nacht in der Akademie angenommen hatte. »Dir wird hier niemand etwas tun.«

»Aber sie starren mich alle an.«

Ich lachte. »Das ist meinetwegen.«

»Wieso?«

»Die Leute interessieren sich einfach für uns Bändiger«, antwortete ich ausweichend, da ich ihn nicht mit Geschichten über Benedict, seine Ansichten und dessen Auswirkungen auf die Stadt vergraulen wollte.

»Oh, okay«, sagte Lilek und die Falten auf seiner Stirn glätteten sich. Doch seine Muskeln blieben angespannt, als wäre er jede Sekunde bereit jemanden anzugreifen. Vermutlich war das ein normales Verhalten für einen Schattenwolf, der es gewohnt war, durch die dunklen Wälder zu streifen, immer auf der Hut vor anderen Monstern und auf der Suche nach Nahrung.

Das erinnerte mich an etwas. »Hast du Hunger?«

Er nickte.

»Dann lass uns zu den Wágners gehen.«

»Den Wágners?«, fragte er misstrauisch.

»Das ist die Bäckerei von Alexandrs Eltern. Sie machen den besten Apfelkuchen der Stadt. Du wirst begeistert sein.« Während wir dorthin liefen, erzählte ich Lilek noch mehr über Praha und seine Geschichte. Ich hatte keine Ahnung, ob er sich irgendetwas von dem merkte, was ich da von mir gab, aber zumindest vertrieben meine Worte die Stille. Schließlich erreichten wir die Bäckerei, wobei die ganze Straße herrlich nach frisch gebackenem Brot und karamellisiertem Zucker roch. Durch das Schaufenster konnte man bereits einen Blick auf die Auslage erhaschen. Mir lief das Wasser im Mund zusammen.

Ich stieß die Tür auf und ein leises Läuten verkündete Lileks und meine Ankunft. Schritte waren aus der Backstube zu hören und Alexandr betrat den Raum. Das Lächeln, das er für seine Kundschaft aufgesetzt hatte, fiel in sich zusammen, als er mich entdeckte. Ich war nicht weniger überrascht. Sollte er nicht im Kampftraining sein? »Was … was machst du hier?«

»Ich arbeite«, erwiderte Alexandr trocken. Er setzte eine unbeteiligte Miene auf und schob die Hände in die Taschen seiner Schürze. Wir hatten uns seit dem Zwischenfall mit Benedict nicht mehr gesehen. Er war anscheinend noch immer wütend darüber, dass ich seine Punkte als Vorwand genommen hatte, Benedict anzuschreien.

»Das sehe ich. Was ich meine, ist: Wieso bist du nicht in der Akademie?«

»Es ist Mittwoch«, sagte Alexandr trocken. »Da haben wir vormittags frei.«

»Oh, stimmt.« Ich lachte nervös. Den freien Vormittag hatte ich ganz vergessen – oder verdrängt, da ich ohnehin nicht geplant hatte den Unterricht zu besuchen. Eigentlich hätte ich im Krám aushelfen müssen, aber Frída kam sicherlich auch ohne mich zurecht. Ich räusperte mich. »Wie geht es dir?«

Er zuckte mit den Schultern.

Manchmal konnte Alexandr wirklich kindisch sein. Ich hatte nur versucht ihm zu helfen und er bestrafte mich mit Gleichgültigkeit? Wenn er wollte, dass ich mich entschuldigte, könnte er lange darauf warten. Ich bereute vielleicht die Art, *wie* ich die Dinge gesagt hatte, aber nicht das *Was*. »Hast du schon gehört, dass die Wilde Jagd letzte Nacht das Irrlicht gefunden hat?«, fragte ich, um das Schweigen zu brechen.

Interesse blitzte in Alexandrs Augen auf. Er versuchte es zu verbergen, aber die Begeisterung, die meine Worte in ihm entfachten, war nicht zu übersehen. »Tatsächlich?«

Ich nickte. »Angeblich sind sie in die Akademie eingebrochen und durch ein unterirdisches Tunnelsystem nach draußen gekommen. Sie haben sogar auf das Irrlicht geschossen.«

Alexandrs Augen weiteten sich. »Das heißt, sie haben es so richtig gesehen?«

»Das ist anzunehmen.«

»War Marek dabei?«

»Keine Ahnung«, log ich. Besser, ich behielt die Details für mich. Sollte sich Benedicts Verdacht erhärten, ich könnte etwas mit der Sache zu tun haben, würde er sicherlich anfangen herumzufragen. Je weniger Alexandr wusste, umso besser für ihn.

»Verdammt, ich bin so neidisch! Haben sie gesagt, wie es aussieht?«

»Ich hab noch nichts gehört.« *Ich war zu sehr damit beschäftigt, meinen menschlichen Schattenwolf aus der Akademie zu schmuggeln.*

»Schade.« Unruhig trat Alexandr von einem Fuß auf den anderen, als müsse er sich zwingen nicht sofort loszustürmen, um in die Akademie zu kommen. Erwartungsvoll zuckte sein Blick dabei zum Ausgang und erst da schien er zu bemerken, dass ich nicht alleine war. Er runzelte die Stirn. »Wer ist das?«

»Das ist L…« Ich biss mir auf die Zunge, gerade noch rechtzeitig. Alexandr war der Einzige, dem ich erzählt hatte, dass ich meinen Schattenwolf auf den Namen Lilek getauft hatte. Vermutlich würde er die Verbindung nicht herstellen, merkwürdig wäre es dennoch. »Das ist …«, setzte ich noch mal an, aber geriet erneut ins Stocken, als mir kein Name einfallen wollte, der nicht absolut lächerlich klang.

»Cestmir«, kam Lilek mir zu Hilfe.

Alexandr schien mein Stottern nicht bemerkt zu haben und falls doch, so ließ er es sich zumindest nicht anmerken. »Ich habe dich hier noch nie gesehen, Cestmir. Woher kennt ihr beide euch?«

»Aus dem Krám«, antwortete ich eilig. »Er ist letzte Woche vorbeigekommen, wir haben geredet und ich habe ihm erzählt, dass es bei euch den besten Apfelkuchen der Stadt gibt. Er meinte, ich soll es ihm beweisen, und hier sind wir nun.« Ich setzte ein hoffentlich überzeugendes Lächeln auf. »Bringst du uns zwei Stücke?«

»Klar. Wir haben ganz frischen, der ist noch warm.«

»Perfekt.«

Ich sah Alexandr hinterher, während er zurück in die Backstube lief. Als er nicht mehr in Sichtweite war, wandte ich mich an Lilek. »Cestmir?«

Er zuckte mit den Schultern. »Ist mir so eingefallen.«

»War das dein Name? Erinnerst du dich?«

»Ich glaube nicht.«

»Verstehe«, murmelte ich und versuchte dabei nicht allzu enttäuscht zu wirken. Ich griff in meine Hosentasche, zog ein paar Kronen hervor und legte sie auf die Theke. Alexandr versicherte mir zwar jedes Mal, ich müsste nicht bezahlen, doch ich wollte es so.

Alexandr kam mit zwei großen Stück Kuchen und seiner Mutter im Schlepptau zurück. Sie war eine geradezu elfenhafte Kreatur, genauso wie ihr Sohn. Klein, aber mit überproportional langen Armen und Beinen. Ihr blondes Haar hatte sie unter einem Kopftuch versteckt, und die Linien, die ihr Gesicht zeichneten, waren so fein, dass jeder, der ihr wahres Alter nicht kannte, sie wohl wesentlich jünger als vierzig geschätzt hätte.

»Ahoj, Kayla«, grüßte sie mich mit einer freundlichen Distanz.

Alexandrs Eltern hatten sich nie für mich erwärmen können, was vor allem daran lag, dass ich eine Bändigerin war.

»Ahoj«, echote ich und nahm die zwei Kuchenteller von Alexandr entgegen, um Zeit zu schinden, da ich nie wirklich wusste, worüber ich mit seiner Mutter reden sollte.

»Wie geht es dir?«, erkundigte sich Ivanka und schob die Hände in die Taschen ihrer Schürze.

»Gut.« Ich lächelte und weil mir nichts anderes einfiel, deutete ich auf Lilek. »Das ist Cestmir. Ich habe ihm von eurem großartigen Apfelkuchen erzählt.«

Ivanka sah auf unsere Teller, dann zu Alexandr. »Wieso hast du ihnen keine Sahne draufgetan?«

»Sie haben nicht danach gefragt.«

Seine Mutter stieß ein zischendes Geräusch aus, nahm mir die Teller wieder ab und drückte sie wortlos Alexandr in die Hand. Er verdrehte die Augen, aber stampfte gehorsam davon, um uns die Sahne zu holen. Ivanka wandte sich wieder mir zu. Ein verkrampftes Lächeln lag auf ihren Lippen, als wüsste auch sie nicht mehr, was sie noch sagen sollte. »Wie geht es deinem Vater?«

Ich zuckte mit den Schultern. »Gut, denke ich.«

Ivanka nickte. »Und Jakub?«

»Auch«, antwortete ich vage. Was sollte ich auch sonst sagen?

»Schön.« Ihre Stimme klang dumpf. Vermutlich war ihr bereits ein Gerücht zur Steuererhöhung zu Ohren gekommen. »Ich habe gehört, er ist mit eurer anderen Professorin zusammen. Tereza?«

»Was?« Von diesem Gerücht hatte ich noch überhaupt nichts mitbekommen. Ich schüttelte heftig den Kopf. »Die beiden sind nur Kollegen und nicht mal besonders gute. Jakub ist im Moment nur mit der Suche nach dem Irrlicht beschäftigt, dass treibt Tereza in den Wahnsinn.«

»Oh«, sagte Ivanka überrascht und in diesem Moment kam

Alexandr zurück. Er schien zu merken, wie unangenehm die Situation war, denn er drückte mir eilig die Teller in die Hand mit dem Hinweis, den Kuchen besser in der Sonne zu genießen. Dankbar lächelte ich ihn an und setzte mich gemeinsam mit Lilek auf die Treppenstufen vor der Bäckerei. Der Kuchen schmeckte so gut wie erwartet, und nachdem Lilek sein Stück in Rekordzeit verschlungen hatte, überließ ich ihm auch noch eine Hälfte von meinem. Anschließend verabschiedeten wir uns von Alexandr und machten uns auf den Weg zum Großen Platz. In den Straßen und Gassen drum herum gab es zahlreiche Geschäfte, in denen man alles kaufen konnte, was das Herz begehrte. Doch bereits aus der Ferne war spürbar, dass etwas nicht stimmte. Für gewöhnlich war der Platz am Vormittag von heiteren Stimmen erfüllt und den Rufen der Händler, die ihre Zelte für den Markt aufgeschlagen hatten. Heute allerdings war es ruhig. Nicht totenstill, aber die Leute schienen nur zu flüstern, als hätten sie Angst davor, gehört zu werden.

Lilek schien meine Verwirrung zu spüren und sowie wir den Platz betraten, kehrte der finstere Ausdruck auf sein Gesicht zurück. Die Wege zwischen den Marktständen waren fast wie leer gefegt, dafür hatte sich ein Menschenauflauf vor den Stufen des Rathauses versammelt. Die freie Fläche, die zum Eingang führte, wurde vom Bürgermeister gerne als Tribüne für Ankündigungen genutzt. Doch heute war es nicht Janáček, der dort oben stand, sondern Ondrej. Neben ihm waren drei Lanzen angebracht, auf die Monster gespießt waren – zwei Blutgänger und ein Dunkelweber, dazu lag der Kopf eines Knochenträgers auf dem Boden. Schwarzes Blut sickerte aus seinem Schädel und färbte den Stein dunkel. Die leblosen Augen des Monsters starr auf das Publikum gerichtet, das sich die Nasen zuhielt, da der Gestank von Schwefel die Luft schwängerte.

»Ich bin Ondrej Konečný, Anführer der Wilden Jagd, und das hier ist mein Geschenk an euch«, rief er in die Menge. Er marschierte vor den Kadavern auf und ab und deutete nacheinander auf die Kreaturen. »Vier Monster, die eure Kinder nicht töten werden. Vier Monster, die unsere Holzfäller nicht mehr angreifen können. Vier Monster, um die ihr euch nicht mehr sorgen müsst. Wir, die Wilde Jagd, haben sie für euch getötet. Die Gabe des Bändigens ist nicht länger erforderlich. Wir alle können Herr über die Monster werden und brauchen die Bändiger nicht länger, die sich in ihrer Akademie verstecken und nur hervorkriechen, wenn es bereits zu spät ist. Hätten sie gehandelt und nicht einfach gewartet, wären Mátyás und viele andere, die den Monstern zum Opfer gefallen sind, noch am Leben.«

Rufe der Zustimmung erklangen aus den Reihen der Zuschauer. Einige Männer und Frauen klatschten in die Hände. Ich entdeckte Marek in ihrer Mitte, der mit einem Beutel durch die Masse lief und Geld einsammelte. Einige schüttelte den Kopf, andere wiederum schienen großzügig zu spenden, denn sie zauberten Marek ein Lächeln ins Gesicht.

»Also wieso sollten wir noch länger vor diesen Männern und Frauen zu Kreuze kriechen und uns wie Bürger zweiter Klasse behandeln lassen, während sie von unseren Steuergeldern in Luxus schwelgen? Wir stehen ihnen in nichts mehr nach. Im Gegenteil. Wir sind besser als sie. Schneller. Effektiver. Entschlossener. Ein neues Zeitalter ist angebrochen. Das Zeitalter der Wilden Jagd!« Ondrej packte das Geweih des Knochenträgers und hob seinen Kopf in die Höhe, als würde er nichts wiegen. Noch mehr Blut tropfte aus dem abgetrennten Schädel.

Die Menschen brachen in Beifall aus und brüllten Worte des Zuspruchs.

»Mir …« Das Wort war Lileks einzige Warnung, bevor er zur

Seite taumelte und sich mitten auf dem Markt nach vorne beugte und an einem der Stände erbrach. Ich rümpfte die Nase und versuchte durch den Mund zu atmen.

»Was soll das?«, brüllte der Besitzer des Standes. Sein Gesicht vor Zorn gerötet, trat er hinter seiner Theke hervor. »Du versaust mir das Geschäft. Mach, dass du hier wegkommst!«

Lilek nahm die Worte überhaupt nicht wahr. Ich warf dem Händler einen vernichtenden Blick zu und das Schwarz meiner Augen ließ ihn verstummen. Beruhigend legte ich eine Hand auf Lileks Rücken. Er würgte noch immer. Sein ganzer Körper zitterte und seine Haut war vollkommen bleich geworden, aber das war nicht das Schlimmste. Nebel stieg aus den Spitzen seiner Haare auf und kündigte seine Verwandlung zurück in einen Schattenwolf an.

Ich fluchte. Das durfte nicht passieren. Nicht hier. Nicht jetzt. Nicht in der Öffentlichkeit und während Dutzende von Augenpaaren auf uns gerichtet waren. Ich ging vor Lilek in die Knie. »Beruhige dich«, murmelte ich und streichelte ihm behutsam über die Schulter. »Du darfst dich jetzt nicht verwandeln, das würde zu Chaos führen.«

Er erbebte unter meinen Fingerspitzen. Sein Blick war glasig und starr geradeaus gerichtet. Er schien mich überhaupt nicht zu registrieren. Ich ließ meine Hand von seiner Schulter in seinen Nacken und in seine Haare gleiten, die sich genauso weich anfühlten wie sein Fell und die dabei waren, sich langsam in Rauch aufzulösen. Es fühlte sich an wie kalter Wasserdampf, der meine Haut umspielte.

»Lilek«, drängte ich. Er reagierte nicht. Mein Herzschlag pochte in der Kehle. Keine Ahnung, was passieren würde, wenn er sich vor den Augen all dieser Menschen verwandelte, aber es konnte nicht gut enden. Sie waren angeheizt von Ondrejs Rede, wütend auf die Bändiger und wild darauf, schwarzes Blut fließen zu sehen. Vermutlich wäre es ihnen egal, dass es sich bei Lilek um ein gebändigtes Monster handelte. Doch ich würde nicht zulassen, dass er als fünftes Ungeheuer dort oben auf der Bühne landete.

Ich zerrte an seinen Haaren, in der Hoffnung, der Schmerz würde ihn hier festhalten, aber genau das Gegenteil war der Fall. Er schien sich noch schneller aufzulösen und ich hörte das aufgeregte Japsen des Händlers, der nur einige Schritte von uns entfernt stand. Nein, das hier konnte einfach nicht passieren. Das *durfte* nicht passieren.

Mir wurde übel, ob es an dem sauren Gestank des Erbrochenen oder meiner Angst um Lilek lag, vermochte ich nicht zu sagen. Doch in diesem Moment, in dem mir nichts anderes mehr übrig blieb, als ihn mir zu greifen und wegzuzerren, übernahmen meine Instinkte. Meine Augen schlossen sich und meine Aufmerksamkeit richtete sich wie von selbst auf die Dunkelheit in meinem Kopf, die noch immer da war, aber wesentlich unbedeutender erschien, nun, da Lilek ein Mensch war. Ich griff nach ihr, zog sie an mich und tauchte in sie ein. Ich spürte Lileks Ekel, seinen Zorn und seine Furcht davor, wie die Monster auf der Bühne zu enden. Nicht einfach nur tot, sondern als Ausstellungsstück, abgeschlachtet und zur Schau gestellt. Er war aufgebracht und verängstigt und wollte sich eigentlich nicht zurückverwandeln, aber das Monster in ihm hatte einen eigenen Willen. Wie ein in die Enge getriebenes Tier wehrte es sich und versuchte Lilek, den Menschen, mit seiner Dunkelheit zu infizieren.

Das konnte ich nicht zulassen. Ich drängte mich in die Dunkelheit und zwang ihr meinen Willen auf, so wie ich es bereits am Tag zuvor getan hatte. Nur befahl ich Lilek dieses Mal nicht, durch die Schatten zu gleiten, sondern verlangte von ihm, kein Schattenwolf zu werden.

Verwandle dich nicht.
Verwandle dich nicht.
Verwandle dich nicht.
Bleib ein Mensch.

Ich legte all meine Entschlossenheit in diesen Befehl und verdrängte das schmerzhafte Ziehen, das in meiner Schläfe einsetzte. Ich fühlte mich wie damals mit zehn Jahren, als ich mit Marek Tauziehen gespielt hatte. Ich zog und zerrte, bis meine Muskeln brannten und mir der Schweiß auf die Stirn trat. Nur waren es diesmal keine Kinder, die mir auf der anderen Seite gegenüberstanden, sondern etwas Dunkles, Bestialisches. Lilek war zwischen uns in das Seil eingebunden, und wenn ich losließ, verlor ich nicht nur ein Spiel, sondern etwas viel Wertvolleres.

Ich stemmte mich mit aller Kraft gegen die Dunkelheit, die von Lilek Besitz ergreifen wollte. Er hatte den Kampf bereits aufgegeben. Überwältigt von dem Monster, das ihn jahrelang in den Klauen gehalten hatte.

Meine Glieder begannen zu zittern und der Gestank des Schwefels brachte mich beinahe um den Verstand. Doch ich konnte nicht aufhören an die Kreaturen auf der Bühne zu denken – aufgeschlitzt und ausgenommen. Ich biss die Zähne zusammen und mit einem letzten kraftvollen Ruck brachte ich die Dunkelheit zum Sturz. Sie fiel gegen mich und wie damals im Chrám hatte ich für einen kurzen Moment das Gefühl, zu fallen, aus der Dunkelheit hinaus und in das Licht hinein.

Ein tonloser Schrei entwand sich meiner Kehle, und als ich hochschreckte und die Augen aufschlug, saß ich mitten auf dem Großen Platz. Die braunen Tücher des Marktstandes wehten im Wind und Lilek saß zusammengesunken vor mir auf dem Boden. Nichts war mehr von dem Rauch zu sehen, der ihn zum Schattenwolf werden ließ.

Ich blickte mich um und mir wurde bewusst, dass nur wenige Momente vergangen sein konnten, seit ich die Augen geschlossen hatte. Ondrej sprach weiter darüber, wie nutzlos wir Bändiger waren. Die Menschen hingen ihm an den Lippen. Nur noch der Standbesitzer beobachtete uns, sein Gesichtsausdruck wütend, verwirrt und verwundert zugleich.

Ich stand auf und griff Lilek unter die Arme. Er ließ sich von mir auf die Beine helfen. Sein Gesicht war noch immer blass. »Wie geht es dir?«, fragte ich.

Er antwortete nicht, sondern schüttelte nur den Kopf. »Können wir gehen?«

»Natürlich.«

»Nicht so schnell«, sagte der Händler und deutete auf das Erbrochene. »Wollt ihr das nicht wegputzen?«

Ich wollte weder einen Streit anzetteln noch eine Sekunde länger hierbleiben, also griff ich in meine Hosentasche, zog den Beutel mit meinen Kronen hervor und warf ihn dem Mann entgegen. Er fing ihn auf. Das Geld klimperte und ein Ausdruck des Entzückens trat auf sein Gesicht, als er den Inhalt erblickte. Es war mehr, als er die ganze Woche verdienen würde. »Reicht das?«

Der Händler nickte heftig, als fürchtete er, ich könnte es mir anders überlegen und meine Kronen zurückverlangen. Als hätte ich nichts Besseres zu tun. Ohne noch etwas zu sagen, zog ich Lilek enger an mich, und völlig selbstverständlich legte er mir einen Arm um die Schulter. Selbst in seinem jetzigen Zustand konnte ich seine Stärke unter meinen Fingerspitzen fühlen und fragte mich, wie es sein konnte, dass ich diejenige war, die das Monster in ihm in die Flucht geschlagen hatte.

24. KAPITEL

Am Abend zog sich der Himmel über Praha zu und es begann erneut zu stürmen. Der Wind drängte sich durch die Ritzen im Mauerwerk und Regentropfen zerschellten auf dem steinernen Boden. Mir konnte das egal sein, denn ich war bereits vor einer halben Stunde zurück in die Akademie geflitzt. Nach dem Zwischenfall am Großen Platz hatte ich Lilek zurück auf mein Zimmer gebracht. Er war total erschlagen von den Bildern, die Ondrej in seinem Kopf heraufbeschworen hatte, und von dem Kampf mit seiner monströsen Seite. Er hatte sich auf meinem Bett zusammengerollt, als wäre er noch immer ein Schattenwolf. Nachdem er eingeschlafen war, hatte ich mich aus meinem Zimmer gestohlen und war in die Stadt gegangen. Eigentlich hatte ich mit ihm gemeinsam Kleidung und Schuhe kaufen wollen, aber nun musste es eben so gehen.

Mit mehreren Hemden, Hosen und zwei Paar Schuhen war ich zurück in die Akademie gekommen. Lilek hatte die Sachen anprobiert und nachdem ich den Eimer voller Fleisch, der vor den Stallungen für meinen Schattenwolf bereitstand, habe verschwinden lassen (niemand sollte mir vorwerfen können, ich würde mein Monster vernachlässigen), war ich nun auf dem Weg zu Jakub, um ihm seine Sachen zurückzubringen. In den Fluren der Akademie war es ruhig und der Duft des Abendessens lag in der Luft, was mich daran erinnerte, dass mein Magen so leer war wie die Gänge, durch die ich lief. Später würde ich für Lilek und mich etwas aus der Küche stibitzen.

Ich fischte den Schlüssel zu Jakubs Wohnung aus meiner Hosentasche. Die Mühe, anzuklopfen, machte ich mir gar nicht erst, denn um diese Uhrzeit saß er mit allen anderen Professoren im Speisesaal. Ich schob gerade die Tür auf, als mich Stimmen innehalten ließen. Ich war so überrascht, dass es einen Moment dauerte, bis ich die Worte verstand.

»Ihr habt schon genug Zeit und Energie in die Suche nach diesem Irrlicht gesteckt. Ihr müsst euch wieder euren eigentlichen Aufgaben und Pflichten widmen«, sagte eine Frau.

»Das Irrlicht zu finden *ist* meine Aufgabe«, erwiderte Jakub.

»Aber es ist auch deine Aufgabe, die Bändiger zu unterrichten.« Nun erkannte ich die Stimme. Es war Tereza und sie klang ziemlich aufgebracht.

»Du hast gesagt, du kommst alleine klar.«

»Ich dachte, für ein oder zwei Tage, keine ganze Woche.«

Jakub zögerte. »Das heißt, du brauchst Hilfe?«

»Ich will, dass du deinen Job erledigst und dieses Irrlicht vergisst«, fauchte Tereza. Ich zog die Tür weiter zu, um nicht bemerkt zu werden. So laut, wie ihre Stimmen klangen, mussten sie direkt an der Ecke stehen. »Ihr sucht seit einer Woche nach diesem Monster und seid noch keinen Schritt weiter. Anscheinend hat es nicht vor, die Stadt anzugreifen. Warum also weiterhin unsere Leute mit sinnlosen Missionen in Gefahr bringen?«

»Wir können das Irrlicht nicht einfach ignorieren«, protestierte Jakub und ich konnte förmlich vor mir sehen, wie er sich mit den Fingern durch das blonde Haar fuhr.

»Aber es ist nicht euer größtes Problem. Hast du mitbekommen, was heute auf dem Großen Platz am Rathaus passiert ist?« Tereza ließ Jakub keine Zeit zu antworten. »Vier Monster. Vier! Die Wilde Jagd provoziert uns immer mehr und die Leute fangen an, auf Ondrej zu hören. Das dürfen wir nicht zulassen.«

»Das wissen wir. Benedict kümmert sich darum.«

Die Unterhaltung stockte für ein paar Sekunden.

»Was meinst du damit?«, fragte Tereza.

Jakub atmete hörbar aus. »Er hat morgen ein Treffen mit dem Bürgermeister. Er will ein Gesetz auf den Weg bringen, das es Nicht-Bändigern verbietet, Monster zu jagen.«

»Glaubst du, er bekommt es durch?«

»Keine Ahnung. Er will es mit der ›Zu ihrer eigenen Sicherheit‹-Nummer probieren. Bei dem Angriff gestern wurden zwei Mitglieder der Wilden Jagd verletzt. Aber Polák und Vaněk werden sich der Sache auf jeden Fall versperren, wenn auch nur, um ein Druckmittel hinsichtlich der Steuererhöhung in der Hand zu haben.«

»Die beiden sollten sich besser darauf konzentrieren, das Schulsystem auszubauen.«

Mein Bruder brummte zustimmend. »Ja, vor allem Vaněk. Wäre er nicht so dominant und laut gegen uns Bändiger, wäre Polák leichter zu überzeugen.«

»Vielleicht sollten wir Vaněk mal einen Besuch abstatten«, sagte Tereza.

Ich runzelte die Stirn. War das eine Drohung?

Jakub lachte. »Lass uns erst einmal abwarten, was das Treffen ergibt, und ich versuche mir meine Zeit zwischen der Irrlicht-Suche und dem Unterricht besser aufzuteilen. Versprochen?«

»Einverstanden«, murmelte Tereza und plötzlich waren Schritte zu hören. Erschrocken wich ich zurück und zog die Tür zu. Doch kaum hatte sie sich mit einem leisen Klicken geschlossen, wurde sie auch schon wieder geöffnet. »Huch.« Überrascht sah Tereza mich an. »Kayla.«

»Ahoj«, grüßte ich und lächelte gezwungen. Mein Herz pochte wie wild.

»Willst du zu Jakub?«

Offensichtlich, wenn ich vor seiner Wohnungstür stehe. »Ja.«

»Was gibts?«, fragte Jakub und trat neben Tereza an die Tür. Es war mir zuvor noch nie aufgefallen, aber die beiden gaben zusammen ein hübsches Paar ab. Nicht nur optisch, sie waren beide auch im selben Alter, beide Bändiger und eindeutig an dem Wohl der Akademie interessiert – vielleicht ein bisschen zu sehr.

»Ich wollte dir deine Sachen zurückbringen.« Ohne abzuwarten, drückte ich Jakub die Klamotten in die Hand, bereit wieder zu verschwinden. Doch so leicht wollte er mich nicht davonkommen lassen.

»Du warst heute wieder nicht im Unterricht.«

Du auch nicht. »Ich weiß.«

Er betrachtete mich misstrauisch. »Wo warst du?«

Ich zuckte mit den Schultern. »In der Stadt.«

»Wo?«, fragte Jakub skeptisch und ich konnte in seinem Gesicht lesen wie in einem aufgeschlagenen Buch. Er wollte wissen, ob ich bei Marek und der Wilden Jagd gewesen war.

»Vormittags bei Alexandr, nachmittags einkaufen.«

»Du hättest beim Training sein müssen.« Seine Worte ließen nicht durchscheinen, ob er mir glaubte oder nicht – ich hoffte Ersteres, aber vermutete Letzteres.

»Ich hatte keine Lust«, antwortete ich leichthin.

Er seufzte. »Dein Verhalten wird noch Konsequenzen haben.«

»Vielleicht, vielleicht auch nicht.«

Jakubs Lippen pressten sich zu einem hellen Strich aufeinander und ich konnte spüren, dass er noch etwas zu sagen hatte, sich aber wegen Tereza zurückhielt. Vermutlich wollte er mich nicht als Professor ermahnen, sondern als Bruder zurechtweisen. Doch auf eine Strafpredigt hatte ich überhaupt keine Lust, außerdem hatte ich Lilek versprochen, gleich wieder zurück zu sein.

»Ich muss jetzt los«, sagte ich eilig, bevor Jakub mir zuvorkam. »Meinen Schattenwolf füttern.« Keine Lüge. »Wir sehen uns.« Bevor er oder Tereza noch etwas erwidern konnten, wandte ich mich ab und eilte davon. Auf dem halben Weg zu meinem Zimmer fiel mir ein, dass ich Jakub nicht nur das Hemd, sondern auch die Hose in die Hand gedrückt hatte; hoffentlich bemerkte er sie nicht.

»Was ist das?« Lilek betrachtete skeptisch das Abendessen, das ich uns aus der Küche mitgebracht hatte. Er saß auf meinem Schreibtisch und hatte bis eben das Treiben vor meinem Fenster beobachtet. Das Hemd, das ich ihm mitgebracht hatte, war ein wenig zu klein, weshalb die oberen Knöpfe offen standen. Er sah von dem Vorfall am Großen Platz noch immer etwas mitgenommen aus, aber er hatte mir versichert, dass es ihm gut ging.

»Tomatensuppe.« Ich hockte mich auf mein Bett. »Die ist gut für deinen Magen.«

Er rümpfte die Nase. »Das glaub ich nicht.«

Herausfordernd erwiderte ich seinen Blick. Es war nicht mehr viel vom Abendessen übrig gewesen, als ich in die Küche gekommen war, und neben der Suppe hatte es nur noch ein paar Stücke kaltes Fleisch und Pudding gegeben. Da ich Lileks angeschlagenem Magen nicht noch mehr Zucker und auch kein zähes Fleisch zumuten wollte, hatte ich mich für die Suppe entschieden.

Lilek stieß ein Brummen aus, trotzdem hob er die Schüssel an den Mund. Zögerlich nahm er einen Schluck – und verzog angewidert die Lippen. Dennoch trank er weiter, sein Hunger anscheinend groß genug, um den Ekel zu ignorieren. Ich nahm meinen Löffel und begann ebenfalls die Suppe zu essen, die meiner Meinung nach ziemlich gut schmeckte. Sie war cremig, mit Sahne verfeinert, und die verwendeten Tomaten waren eindeutig frisch gewesen. Schweigend aßen Lilek und ich ein paar Minuten, wobei er die Suppe nicht so schnell herunterwürgte wie den Kuchen am Nachmittag. Ob es nur am Geschmack lag oder ob er ahnte, dass uns ein schwieriges Gespräch bevorstand, wusste ich nicht. Doch seit ich Jakub vor seiner Tür hatte stehen lassen, konnte ich nicht mehr aufhören an das Kampftraining und meine Zukunft als Bändigerin zu denken, und es würde mich nicht wundern, wenn Lilek diese Anspannung bemerkte.

Schließlich räusperte ich mich und stellte meine leere Schüssel zur Seite. »Vermutlich bist du es schon leid, das von mir zu hören, aber: Erinnerst du dich an etwas? Irgendetwas.«

Lilek schüttelte den Kopf und fuhr mit seinem Zeigefinger über den Rand der Schale, um auch noch den letzten Tropfen Suppe herauszukratzen.

»Ganz sicher?«, hakte ich nach und wünschte, ich könnte nach Lileks Erinnerungen greifen wie nach der Dunkelheit des Schattenwolfes. »Was ist mit Cestmir? Der Name muss doch etwas bedeuten, wenn er dir nach all der Zeit einfach wieder einfällt, oder?«

»Ich weiß es nicht.« Sein Frust war Lilek deutlich anzuhören.

Ich seufzte. »Aber du wurdest auf jeden Fall als Mensch geboren?« Ich hatte nie erwartet, jemals in meinem Leben eine solche Frage stellen zu müssen, und war mir auch sicher, die Antwort bereits zu kennen. Dennoch konnte Gewissheit nicht schaden und was blieb uns schon anderes übrig, als uns langsam an die Wahrheit heranzutasten?

»Ja«, antwortete Lilek, ohne zu zögern.

»Und hast du dich schon öfter zurück in einen Menschen verwandelt?«

»Nein, das hätte ich im Wald nicht überlebt.«

Stimmt, daran hätte ich auch denken können. Ich biss mir auf die Unterlippe. Das alles wollte für mich überhaupt keinen Sinn ergeben. Die Vorstellung, dass ein Mensch zum Monster werden konnte, war schon schrecklich genug. Aber nicht zu wissen, was diese Verwandlung herbeiführte, machte es noch schlimmer. Konnte es jeden treffen? Oder nur bestimmte Personen? War es eine Krankheit? Oder ein Virus, das von Monstern auf den Menschen übertragen wurde? Womöglich war es auch ein angeborener Gendefekt. Oder eine Sache der Vererbung, wie bei uns Bändigern. Alles wäre denkbar, aber zugleich erschien mir nichts davon möglich. Sollte es eine solche Krankheit geben, warum hatte ich dann noch nie von ihr gehört? Vielleicht war sie neu und unerforscht, oder Lilek ein Einzelfall – zumindest in Praha. Er sah alt genug aus, um in Brno geboren worden zu sein, der vorletzten Stadt in Český. Sie war vor über zwanzig Jahren von den Monstern überrannt worden und nur zwei Dutzend Menschen hatten die Flucht nach Praha überlebt. Möglicherweise war die Krankheit dort ausgebrochen und Lilek war der erste Infizierte, der es bis hierher geschafft hatte. Sollte er aus Brno stammen, würde das auch erklären, weshalb ihm nichts an Praha bekannt vorkam.

Von all diesen Überlegungen schwirrte mir der Kopf. Und das war nur der Anfang. Es gab so wenig, was ich über Lilek wusste. War das – was immer er hatte – ansteckend? Sollte ich mir deswegen Sorgen machen? Würde er nun für immer ein Mensch bleiben, der sich hin und her verwandeln konnte? Oder würde der Schattenwolf in ihm irgendwann sterben? Gab es eine Chance auf Heilung? Oder könnte seine monströse Seite irgendwann wieder die Oberhand gewinnen, so wie es beinahe am Großen Platz passiert wäre, und sein menschliches Ich verdrängen?

»Kayla?«

Überrascht blickte ich auf und sah, dass sich Lilek auf meinem Schreibtisch nach vorne gebeugt hatte und mich mit zusammengezogenen Augenbrauen musterte. Und in diesem Moment beschloss ich, dass es keinen Sinn hatte, sich in Fragen zu verzetteln, die wir hier und jetzt ohnehin nicht beantworten konnten. Besser, ich konzentrierte mich auf Dinge, die in meiner Hand lagen. »Ich glaube, wir sollten mit meinem Bruder reden.«

»Worüber?«

»Über dich.«

»Wieso?«, fragte Lilek und klang dabei ehrlich verwirrt.

Ich lachte leise. »Irgendjemandem müssen wir von deiner Verwandlung erzählen.«

Er sah mich irritiert an. »Warum?«

Weil ich keine Ahnung habe, was ich hier eigentlich mache. »Er kann uns helfen. Er kennt sich viel besser aus als ich und weiß alles über die Monster.«

»Ich will es ihm nicht sagen.« Die Entschlossenheit in Lileks Stimme traf mich unvorbereitet. Zweifel und Unsicherheit spiegelten sich in seinen Augen. Er lehnte sich wieder gegen die Wand. »Ich brauche noch mehr Zeit.«

»Das verstehe ich«, erwiderte ich und das tat ich wirklich. Seit seiner Verwandlung war kein Tag vergangen und an seiner Stelle hätte ich auch keine Lust, von mehr fremden Menschen mit Fragen gelöchert zu werden. »Aber ich sollte Jakub wirklich sagen, was los ist. Er hat mich eben schon auf mein Fehlen im Unterricht angesprochen und wenn ich das Kampftraining noch öfter verpasse, weckt das nur Misstrauen.« Dieses würde sich vermutlich nicht gegen Lilek richten, sondern gegen die Wilde Jagd und Marek, doch so oder so konnte ich es mir im Moment nicht leisten, von Benedict im Auge behalten zu werden. Die Probleme würden nur größer werden, sollte er die Sache mit Lilek herausfinden und bemerken, dass ich es vor ihm verheimlicht hatte. »Ich vertraue Jakub«, fuhr ich fort und nestelte dabei am Saum meiner Bettdecke. »Es wird ihm nicht gefallen, ein solches Geheimnis zu bewahren, aber für ein paar Tage wird er seinen Mund halten. Das verspreche ich.«

Lilek stutzte. »Und warum gehst du nicht einfach in den Unterricht?«

»Ich kann dort nicht alleine aufkreuzen. Du müsstest mitkommen«, sagte ich und fügte hinzu: »Als Schattenwolf.«

Fragend neigte Lilek den Kopf. »Und wieso machen wir das nicht einfach?«

Weil du jetzt ein Mensch bist. Weil ich dir keine Befehle geben möchte. Weil ich nicht will, dass du mit den anderen Monstern kämpfst. Weil ich nicht mit ansehen möchte, wie du verletzt wirst und noch mehr Narben bekommst.

Doch ich kam nicht dazu, zu antworten, denn in diesem Moment hämmerte es an der Tür meines Zimmers. Ich zuckte zusammen und Lilek sprang von meinem Schreibtisch auf. Die Muskeln angespannt, stieß er ein Knurren aus. Ich stand von meinem Bett auf und legte ihm beschwichtigend eine Hand auf die Brust. Unter meinen Fingerspitzen und durch den dünnen Stoff des Hemdes hindurch fühlte ich sein Herz schlagen. Hoffentlich stand vor der Tür nicht Jakub, der mich nach meinem plötzlichen Abgang zur Rede stellen wollte. »Wer ist da?«

»Dein schlimmster Albtraum«, antwortete Marek.

Ich schnaubte und verdrehte die Augen. Eigentlich hätte ich damit rechnen müssen, dass er hier auftauchte, nachdem ich nicht wie versprochen in die Waffenschmiede gekommen war. »Einen Moment!«, rief ich zurück und wandte mich an Lilek. »Das ist nur Marek«, erklärte ich mit gesenkter Stimme. »Ein Freund, aber er darf dich hier nicht sehen.« Lileks Anwesenheit auf offener Straße und am helllichten Tag zu erklären war eine Sache, in meinem Zimmer bei Abenddämmerung eine völlig andere. »Versteck dich unter meinem Bett.«

Lilek gehorchte umgehend und zwängte sich unter mein Bett, bevor mir einfiel, dass er sich auch einfach zurück in einen Schattenwolf hätte verwandeln können. Das würde zwar noch immer Fragen aufwerfen, aber keine, die mir peinlich waren.

»Mit wem hast du geredet?«, fragte Marek, nachdem ich die Tür geöffnet hatte, und drängte sich ins Zimmer. Regentropfen hatten sich in den Haarstoppeln auf seinem Kopf verfangen.

»Mit mir selbst.«

Marek ließ seinen Blick durch den Raum gleiten, wie um nachzusehen, ob ich auch wirklich alleine war. »Du bist verrückt.«

Ich zuckte mit den Schultern. »Nein, nur verzweifelt und einsam.«

Er lachte, wurde aber gleich wieder ernst. »Wieso bist du heute nicht in die Schmiede gekommen?«

»Es war alles ziemlich hektisch und hätten Jakub oder Benedict mitbekommen, dass ich euch besuche, dann wären sie nur noch misstrauischer geworden«, erwiderte ich und hätte die Worte am liebsten wieder zurückgenommen. Ich hasste es, Marek anzulügen.

»Das stimmt wohl.« Er ließ sich auf mein Bett fallen. Die Matratze knarzte und ich glaubte ein Ächzen von unten zu hören. *Ups.* »Ondrej hat das Irrlicht angeschossen.«

»Ich habe davon gehört«, sagte ich mit gespieltem Desinteresse. Am liebsten hätte ich alles über die Mission und das Irrlicht erfahren. Doch ich konnte hier nicht stehen und mit Marek in Ruhe reden, während sich Lilek unter meinem Bett versteckte und den Staub der letzten Monate und Jahre inhalierte, der sich darunter gesammelt hatte.

»Allerdings hat die Waffe nach drei Schuss blockiert. Zuzana will, dass ich mir das bis Ende der Woche noch einmal anschaue und den Fehler ausbessere.«

Deswegen war Marek also hier. Es gab ein Problem mit der

Bambitka für die Schattenläufer. Vermutlich war es keines, das er nicht ohne mich würde lösen können, doch wir hatten immer gemeinsam an der Waffe gegen die Schattenläufer gearbeitet. Ich lieferte die Ideen und Vorschläge, er setzte sie um, bewahrte mein Geheimnis und heimste dafür Geld und Lob ein – ich wollte weder das eine noch das andere. Mir war es immer nur darum gegangen, die Wilde Jagd zu unterstützen, in der Hoffnung, dass Praha irgendwann nicht mehr auf die Bändiger angewiesen wäre und ich von meinen Pflichten als eine solche freigesprochen werden könnte.

Doch wenn ich jetzt an die Waffe dachte, verspürte ich keine Hoffnung, im Gegenteil. Mir wurde übel. Nur meinetwegen wären Ondrej und die anderen demnächst in der Lage, Schattenläufer zu töten. Schattenläufer, wie Lilek einer war. Was, wenn es dort draußen noch mehr Menschen in Gestalt eines Monsters gab? Die Wilde Jagd würde sie alle töten, ohne mit der Wimper zu zucken. Für sie spielte es keine Rolle, ob diese Kreaturen die Stadt angriffen oder nur durch die Wälder streiften – sie sollten alle sterben. Möglicherweise waren auch die Monster auf dem Großen Platz heute einst Menschen gewesen. Marek, meine Mutter und auch ich hatten unseren Teil dazu beigetragen, sie zu töten, und sie jeder Chance beraubt, jemals wieder menschlich zu werden. Daran hatte ich bis eben überhaupt nicht gedacht!

Mir wurde schwindelig. Ich taumelte zur Seite und musste mich an meinem Schreibtisch festhalten, um nicht umzukippen. Die Vorstellung, dass ich dabei geholfen hatte, Menschen wie Lilek umzubringen, war wie ein Schlag in den Magen, den man nicht hatte kommen sehen.

»Kayla!« Marek sprang vom Bett auf und war sofort bei mir. »Ist alles in Ordnung?«

Ich würgte den bitteren Geschmack, der mir auf der Zunge lag, hinunter. »Ja, alles bestens. Mir war nur kurz schwindelig.«

»Sicher? Du bist ganz blass.«

Ich nickte. »Ich muss mich nur etwas ausruhen.«

»Okay.« Marek wirkte nicht überzeugt. »Soll ich bei dir bleiben?«

Ich schüttelte den Kopf. »Es ist nur wieder diese Zeit im Monat.« Aufgewachsen zwischen Jungs war es mir immer unangenehm gewesen, über diese Frauensachen zu reden, denn genauso wie die Tatsache, dass ich keine Bändigerin sein wollte, hatten sie mich von meinen Brüdern unterschieden. Doch so ungern ich auch darüber redete, Marek wollte noch weniger davon hören. Und wenn ich ihn mir vom Hals schaffen wollte, war kein Thema besser geeignet als dieses.

»Oh, verstehe.« Marek ließ mich los und trat einen Schritt zurück. »Dann lass ich dich wohl besser in Ruhe. Kommst du morgen in die Schmiede? Oder wollen wir uns im Noční treffen?«

»Ich weiß nicht, ob ich Zeit habe. Ich wollte mal wieder in den Unterricht gehen, um Benedict und Jakub ein bisschen zu besänftigen«, erklärte ich, auch wenn ich mir noch nicht sicher war, ob ich das Lilek wirklich zumuten wollte. »Vielleicht könntest du dich alleine um die Sache kümmern?«

»Natürlich.« Verwunderung klang in seiner Stimme mit, was mich nicht überraschte. Bisher hatte ich ihm immer geholfen, um Reparaturen und Verbesserungen schnell voranzutreiben.

»Danke.« Ich lächelte Marek an und er musterte mich ein letztes Mal von Kopf bis Fuß, ehe er in den Gang hinausschlüpfte und davoneilte. Vielleicht hätte ich ihm sagen sollen, dass er in nächster Zeit nicht mehr hierherkommen sollte. Nicht nur wegen Lilek, sondern auch wegen der Angelegenheit mit der Wilden Jagd, und weil er mit seiner Anwesenheit ohnehin gegen ein Dutzend Regeln verstieß.

Ich seufzte und verriegelte die Tür meines Zimmers. Lilek

kroch unter meinem Bett hervor. Ohne etwas zu sagen, trat er neben mich. Ich konnte die Wärme seines Körpers spüren und ballte meine Hände zu Fäusten. Hätte ich ihn nicht gebändigt und wäre er noch immer dort draußen im Wald, hätte meine Waffe ihn treffen können – dann wäre sein Körper nun kalt, bleich und leblos. Schuldgefühle stiegen in mir auf.

»Was ist passiert?«, fragte Lilek. Ich konnte seinen Blick auf mir spüren.

»Nichts.« Ich schüttelte den Kopf und drehte mich zu ihm um. Sein Hemd war von einem grauen Staubfilm überzogen und auch sein Haar war von dem Dreck nicht verschont geblieben. Sein Anblick hätte mich zum Lächeln gebracht, wäre es nicht die Sorge, die seine Gesichtszüge trübte.

»Und wieso siehst du so traurig aus? Weil es diese Zeit im Monat ist?« Sein fragender Tonfall ließ erahnen, dass er keine Ahnung hatte, was das überhaupt bedeutete.

Nun musste ich doch lachen. »Nein, damit hat das nichts zu tun. Marek hat mich nur an etwas erinnert, aber darüber musst du dir keine Sorgen machen.«

Noch nicht. Früher oder später würde ich Lilek beichten müssen, dass ich eine Waffe entwickelt hatte, um seinesgleichen zu töten, aber nicht heute. Nicht solange ich der einzige Mensch war, den er auf dieser Welt hatte.

25. KAPITEL

»Beeil dich«, sagte ich zu Lilek und zog den Sichtschutz der Duschkabine zu. Es war bereits kurz nach Mitternacht und ruhig in der Akademie, dennoch war Eile geboten. Es konnten ständig Bändiger von ihrer Schicht an der Mauer zurückkommen. Ich wollte niemandem erklären müssen, was ein Nicht-Bändiger nach Sonnenuntergang im Waschraum der Frauen machte – auch wenn die Antwort für die meisten auf der Hand liegen würde.

»Bin schon dabei«, sagte Lilek und drehte das Wasser auf. Ich wusste nicht, was ich erwartet hatte, aber es erstaunte mich noch immer, wie schnell Lilek sich wieder an das Menschsein gewöhnt hatte. Nach einem holprigen Start bewegte er sich inzwischen völlig natürlich und kehrte immer mehr zu menschlichen Gewohnheiten zurück – wie das Essen mit Messer und Gabel.

Was jedoch noch fehlte, waren seine Erinnerungen. Er wusste nur Dinge aus seiner Zeit als Monster. Den gestrigen Abend hatte er damit verbracht, mir sämtliche Narben auf seinem Körper zu zeigen und mir zu erzählen, woher sie stammten. Was immer ihn davon abhielt, sich an sein menschliches Leben zu erinnern, an seinem Gedächtnis lag es bestimmt nicht. Es war allerdings erschreckend mit anzuhören, was er als Monster alles hatte durchstehen müssen. Und ich wollte mir gar nicht ausmalen, wovon er nachts träumte, wenn er die Augen schloss.

»Gehen wir morgen zum Kampftraining?«, fragte Lilek durch das Rauschen des Wassers hindurch.

Ich seufzte und nestelte an den Klamotten, die ich in den Händen hielt. Er hatte mir diese Frage in den letzten Tagen immer wieder gestellt, und jedes Mal hatte ich verneint. Ich hatte keine Ahnung, wieso er immer wieder darauf zurückkam, doch die Vorstellung, ihn wie ein Monster zu behandeln, gefiel mir nicht. Ich würde alles dafür tun, um ihn möglichst lange davor zu bewahren, auch wenn das bedeutete, den Zorn von Jakub und Benedict auf mich zu ziehen.

»Ich denke nicht«, antwortete ich schließlich.

»Wieso nicht?«

»Ich habe keine Lust.« Das war keine Lüge, nur eine sehr vereinfachte Antwort.

»Was ist mit deinem Vater?«

»Vergiss ihn.« Er hatte mir am Freitag eine Strafpredigt über Verantwortung und Pflichtbewusstsein gehalten. Ich hatte dagestanden, genickt und die Minuten über mich ergehen lassen. Anschließend hatte er mir gedroht, mich zum Küchendienst zu verdonnern, sollte ich mich nicht zusammenreißen. Doch die Sache mit Strafen war, dass sie nur dann eine Wirkung hatten, wenn man die Konsequenzen ihrer Nicht-Erfüllung fürchtete. Und was konnte Benedict mir schon antun? Mich aus der Akademie schmeißen? Sicherlich nicht. »Er hat andere Sorgen.«

Und das stimmte. Nur kurze Zeit nach unserem Treffen war das Irrlicht ein weiteres Mal an der Mauer Prahas gesichtet worden. Inzwischen kursierte eine Vielzahl von Gerüchten in der Stadt. Manche sagten, das Irrlicht sei ein dürrer Riese, drei Meter hoch, mit Gliedmaßen so zerbrechlich wie Zweige, in anderen Geschichten wiederum war die Kreatur ein körperloser Geist, der wie ein Glühen durch die Luft schwebte und einen blenden konnten wie die Sonne – vermutlich lag die Wahrheit irgendwo dazwischen.

»Also werden wir ihnen noch nichts sagen?«

»Nein, werden wir nicht«, versicherte ich Lilek. Seit ich vorgeschlagen hatte, Jakub einzuweihen, machte er sich Sorgen, ich könnte sein Geheimnis ausplaudern, aber mittlerweile hatte ich selbst erkannt, dass dafür noch nicht der richtige Zeitpunkt war. Benedict und Jakub waren bis aufs Blut gereizt und ihre Nerven lagen wegen des Irrlichts und der Wilden Jagd bereits blank. Laut Alexandr fuhr mein Bruder jeden Bändiger im Kampftraining an, der seine Anforderungen nicht erfüllte. Vergessen war die liebevolle Seite an ihm, die ihn immer von Benedict unterschieden hatte. Daher konnte ich nicht einschätzen, wie er auf Lileks Verwandlung reagieren würde.

»Bist du bald fertig?«, fragte ich nach einer Weile und trat von einem Fuß auf den anderen. Der heiße Dampf quoll inzwischen unter dem Vorhang hervor und brachte selbst mich zum Schwitzen. Keine Ahnung, wie Lilek diese Hitze aushielt, die ihm eigentlich die Haut von den Knochen schälen sollte.

Zur Antwort drehte Lilek das Wasser ab und streckte mir eine Hand entgegen. Ich reichte ihm das Handtuch zum Abtrocknen, doch statt nach dem Stoff zu greifen, packte er mich am Handgelenk und zerrte mich mit einem kräftigen Ruck zu sich in die Duschkabine. Ich stolperte ungeschickt gegen seine nackte Brust und wollte ihm ein *Was soll das?* entgegenschleudern, als sich seine andere Hand auf meinen Mund presste, wodurch meine Worte zu einem unverständlichen Murmeln an seiner Haut wurden.

»Psst«, zischte Lilek. Er neigte den Kopf und lauschte. In diesem Moment wurde die Tür zum Waschraum geöffnet. Schritte erklangen, nicht von einer, aber von zwei Personen. Keine Ahnung, wie Lilek sie vor mir hatte bemerken können.

»Und du bist dir sicher, dass hier niemand ist?«, fragte eine Frau.

»Klar, die schlafen alle.«

Meine Augen weiteten sich. Das durfte nicht wahr sein! Ambrož. Seine Stimme würde ich überall wiedererkennen und nun wurde mir auch klar, dass es Ruza war, die zuvor gesprochen hatte. Die beiden kamen näher.

»Irgendjemand war hier vor Kurzem noch.«

»Du machst dir zu viele Sorgen«, sagte Ambrož. Das Wasser in einer der Duschkabinen wurde aufgedreht.

Unentschlossen sah ich zu Lilek auf. Er hatte die Zähne zusammengebissen und ich fühlte seine vor Aufregung beschleunigte Atmung an meiner Brust, auch mein eigenes Herz schlug heftig. Ob wir uns aus dem Waschraum davonschleichen konnten, ohne von Ambrož und Ruza bemerkt zu werden?

Ich wollte mir überhaupt nicht vorstellen, was die beiden gerade nur ein paar Meter von uns entfernt trieben. Vielleicht sollte ich etwas sagen, um sie wissen zu lassen, dass ich hier war? Sie brauchten ja nichts von Lilek zu erfahren. Doch dieser presste seine Hand noch immer auf meinen Mund und schien überhaupt nicht zu bemerken, dass er mich noch immer festhielt.

Ich griff nach seinem Arm, um mich von ihm loszumachen, als ein Stöhnen mich in der Bewegung innehalten ließ. O nein. Was Ambrož und Ruza da trieben, wollte ich nun wirklich nicht mitbekommen. Aber wenn ich die beiden nun unterbrach, würde mir Ambrož das niemals verzeihen. Er würde so lange einen Weg suchen, mir die Sache heimzuzahlen, bis er ihn gefunden hatte. Das Letzte, was ich brauchte, war noch eine weitere Zielscheibe auf meinem Rücken.

»Stütz dich an der Wand ab«, befahl Ambrož. Ruza kicherte und Scham überkam mich, während Hitze in meine Wangen schoss.

Ich blickte zu Lilek und stellte überrascht fest, dass er mich beobachtete und überhaupt nicht auf die anderen beiden zu achten schien. Seine Lippen standen leicht offen und seine Pupillen waren geweitet. Wie damals in der ersten Nacht ließ er seinen Blick auf der Suche nach Antworten über mein Gesicht wandern.

Er nahm seine Hand von meinem Mund und ich schluckte schwer, denn auf einmal war meine Kehle staubtrocken. Unbeabsichtigt lenkte die Bewegung Lileks Augenmerk auf meinen Hals und ich konnte förmlich spüren, wie seine Aufmerksamkeit zu der Stelle wanderte, an der mein Puls heftig pochte. Seine Augen verengten sich zu Schlitzen – Angst und Unsicherheit waren aus seinem Blick verschwunden. Mein Magen verknotete sich.

Lilek stieß ein Brummen aus, zu leise, um Ambrož oder Ruza voneinander abzulenken, und trat einen Schritt nach vorne. Ich wich zurück, aber in der Kabine war nicht genug Platz, um auszuweichen. Das Handtuch und die Kleidung, die ich die ganze Zeit in der Hand gehalten hatte, fielen zu Boden, als ich mich zwischen Lilek und der Wand eingeklemmt wiederfand. Das Braun seiner Augen war dunkler geworden und erinnerte an das Schwarz des Schattenwolfes. Es schien allerdings nicht die Lust nach Blut zu sein, die ihn antrieb.

Gierig ließ er seinen Blick von meinem Gesicht über mein Schlüsselbein hinabwandern, bis zu der Stelle, an der sich sein nasser Körper gegen meinen drängte. Meine dünne Bluse war inzwischen durchweicht und ich konnte jeden Zentimeter von Lilek an mir spüren. Erst jetzt wurde ich mir seiner Nacktheit wirklich bewusst. Ich hatte ihn bereits ohne Kleidung gesehen. Das Bild seines muskulösen Körpers mit all den Narben würde ich nie vergessen. Doch etwas aus der Ferne zu sehen, war etwas anderes, als es aus der Nähe zu spüren.

Ich legte eine Hand auf seine Brust. Seine Haut glühte unter meinen Fingerspitzen. Ein Teil von mir wollte ihn an sich ziehen, nur um herauszufinden, wie es sich anfühlte. Aber dies war nicht der richtige Zeitpunkt dafür. Ich versuchte Lilek von mir wegzuschieben. Was immer das Monster in ihm vorhatte, *er* würde es später bereuen.

Er bewegte sich nicht von der Stelle. Stattdessen senkte er den Kopf, bis sein warmer Atem über mein Ohr streifte. Ich erschauderte. Ich wusste, wie ich mit einem Monster umzugehen hatte, das mich als seine nächste Mahlzeit betrachtete, aber das hier ... »Lilek.« Sein Name war kaum ein Flüstern auf meinen Lippen, da ich Ambrož und Ruza nicht auf uns aufmerksam machen wollte. Die beiden wurde nebenan immer lauter und ich hätte lachen können, wäre da nicht die Dunkelheit gewesen, die plötzlich an meinem Verstand zu ziehen begann.

Lilek, du willst das hier nicht, sagte ich in meinen Gedanken. Im selben Moment drückte er seine Lippen in die Kuhle zwischen meinem Hals und meiner Schulter. Er fuhr mir mit der Zunge über die Haut und stieß ein Knurren aus, das mich einmal mehr daran erinnerte, dass es vermutlich der Schattenwolf war, der Lilek handeln ließ.

Ich versuchte mich von ihm loszumachen, ohne Aufsehen zu erregen, Lilek jedoch hatte nicht vor, mich gehen zu lassen. Er packte meine Hüften und seine Finger bohrten sich in mein Fleisch. Ich japste nach Luft und versuchte mich weiterhin auf die Dunkelheit zu konzentrieren. Es war allerdings eine Herausforderung, dies zu tun, während Lileks Lippen über meinen Körper wanderten.

Lilek ... bitte!, drängte ich in Gedanken und konnte durch die gelichteten Schatten hindurch fühlen, wie sich Lilek gegen die Kontrolle des Monsters wehrte und sich bemühte von mir abzulassen, es aber nicht konnte. Wie schon auf dem Großen Platz versuchte die Dunkelheit ihn auf ihre Seite zu ziehen, und die Spitzen seiner Haare begannen sich langsam in Rauch aufzulösen.

»Riechst du auch Schwefel?«, fragte Ruza mit atemloser Stimme.

»Ja«, antwortete Ambrož skeptisch.

Verdammt.

Ich kämpfte mit allem, was ich hatte, gegen Lileks Dunkelheit, bis es in meinen Schläfen zu pochen begann. Das Rauschen meines Blutes mischte sich unter das Strömen des Wassers in meinen Ohren. Wenn Lilek sich nicht bald zusammenriss, würden die beiden uns entdecken! Doch die Schatten ließen nicht von Lilek ab, sie waren entschlossen, ihn zu überwältigen und zu einem Monster werden zu lassen. Seine Finger bohrten sich noch immer in meine Hüfte, wie um sich zu verankern, dabei drückten sich seine Nägel wie Krallen in meine Haut. Ich biss die Zähne zusammen, um nicht aufzuschreien, aber es war nicht nur mein Schmerz, den ich fühlte, sondern vor allem der von Lilek – und der war um ein Vielfaches schlimmer als mein eigener. Denn es war kein körperlicher Schmerz, vielmehr ein emotionaler. Verzweiflung, Unsicherheit und Hass auf sich selbst, weil er dabei war, mir wehzutun, nagten an seiner Seele. Er gab sich die Schuld dafür, dass er nicht stark genug war, gegen die Dunkelheit anzukommen, und diese Zweifel stärkten das Monster in ihm, obwohl er nichts dafür konnte. Was immer mit ihm geschehen war und woher auch immer der Schattenwolf in ihm kam, ich war mir sicher, Lilek hatte dieses Schicksal nicht freiwillig gewählt.

Sein Leid fuhr wie ein Blitz durch mich hindurch und schien jeden Nerv in meinem Körper zu elektrisieren. Mein Herzschlag beschleunigte sich und plötzlich konnte ich nur noch daran denken, Lilek von diesem Schmerz zu befreien. Vergessen waren die Einkerbungen seiner Fingernägel auf meiner Haut, seine Zähne an meinem Hals und all die Ängste, die mich bis zu diesem Moment angetrieben hatten. Ich wollte Lilek zurückholen, ihn von der

Schuld befreien und mit ihm gemeinsam einen Weg finden, dem Schattenwolf ein für alle Mal Einhalt zu gebieten.

Lilek. Sein Name war Befehl und Bitte zugleich, und ich nutzte seinen Schmerz, der meinen ganzen Körper erfüllte, um ihn in Stärke und Entschlossenheit umzuwandeln. Stück für Stück gelang es mir die Dunkelheit zurückzudrängen, wie eine Böe, die Wolken vom Himmel vertrieb. Ein Gefühl der Wärme kroch meinen Körper empor, ähnlich einer aufgehenden Sonne – bis die Finsternis verschwunden und nur noch Lilek da war.

Er sah auf mich herab und mit Erleichterung stellte ich fest, dass seine Iris nicht länger schwarz war, sondern die Farbe von samtigem Honig hatte. Schmerz und Schuld rangen noch immer in seinem Blick. »Es … es tut mir leid. Ich …«

Lilek verstummte, als ich einen Finger an meine Lippen legte und ihm bedeutete still zu sein. Noch hatten Ambrož und Ruza uns nicht bemerkt. Doch genau in diesem Moment wurde der Vorhang unserer Duschkabine zurückgezogen. Instinktiv trat ich vor Lilek, um ihn in seinem verletzlichen Zustand abzuschirmen.

»Was machst du hier?«, fragte Ambrož mit schroffer Stimme. Seine Wangen waren gerötet, allerdings war es Zorn, der sich in seinem Gesicht widerspiegelte, keine Scham – anders als bei Ruza, die hinter ihm stand. Sie hatte ein Handtuch um ihren Körper gewickelt und wirkte, als würde sie am liebsten im Boden versinken.

Ich zuckte mit den Schultern und schlang die Arme um die Brust. »*Wir* wollten gerade duschen. Und ihr?«

Ambrož ignorierte meine Frage und sah von mir zu Lilek. Seine Augen wurden schmaler. »Er gehört nicht hierher.«

»Stimmt. Das ist nämlich der Waschraum für Frauen.« Ich hatte keinen Nerv für Ambrožs Spielchen und würde nicht zulassen, dass er Lileks Anwesenheit nutzte, um mir einen Strick daraus zu drehen. Auch er hatte gegen Regeln verstoßen.

»Du weißt genau, was ich meine. Er ist kein Bändiger.«

»Und du bist keine Frau.« Vielsagend ließ ich meinen Blick über seine nackte Brust wandern, bis zu seinem Schritt, wo ein Handtuch mir die Sicht versperrte. »Oder irre ich mich?«

»Nein«, fauchte Ambrož durch zusammengebissene Zähne.

»Gut, ich wollte nur kurz die Fakten klären.« Ich deutete über meine Schulter auf Lilek. »Er ist kein Bändiger und ein Mann. Du bist ein Bändiger und ein Mann. Ruza ist eine Bändigerin und eine Frau, und ihr steht offensichtlich beide auf Sex in der Akademie, obwohl das verboten ist.«

Ambrožs Kiefer spannte sich an. »Drohst du uns?«

»Nein.« Ich zuckte mit den Schultern. »Natürlich nicht.«

»Lass uns gehen, Ambrož«, quengelte Ruza. Sie zerrte an seinen Oberarm und warf einen flehenden Blick in meine Richtung. »Wir haben nichts gesehen, wenn ihr nichts gesehen habt. Okay?«

Ich nickte. »Einverstanden.«

Ambrož wirkte weniger überzeugt, vermutlich ahnte er, dass er mit der Sache durchkommen würde, sollte er es darauf anlegen. Dennoch ließ er sich von Ruza aus dem Waschraum zerren. Im Vorbeigehen klaubten sie ihre Kleidung vom Boden auf und eine Sekunde später waren sie verschwunden. Ich stieß ein Seufzen aus und die Anspannung wich mir aus den Schultern. Ich war mir sicher, dass Ambrož die Sache nicht so einfach vergessen würde, aber für den Moment hatten wir unsere Ruhe.

Ich wandte mich wieder Lilek zu. »Alles in Ordnung?«

Er schüttelte den Kopf und fuhr sich in einer fahrigen Bewegung durch das feuchte Haar. Seine Hände zitterten. Ich hob das Handtuch vom Boden auf. Es war ein wenig nass von den feuchten Fliesen, dennoch schlang ich meine Arme um Lilek und wickelte ihn darin ein. Anschließend rubbelte ich mit meinen Händen über seine Oberarme, um ihn zu wärmen, obwohl auch ich von der Nässe und dem Kampf mit der Dunkelheit völlig ausgekühlt war.

»Lass uns ins Kampftraining gehen«, sagte Lilek plötzlich. Die Worte waren kaum mehr als ein Flüstern und hätte ich in diesem Moment nicht auf seine Lippen geschaut, hätte ich bestimmt geglaubt, mich verhört zu haben. Es war das erste Mal, dass er diesen Wunsch nicht als Frage formulierte.

»Warum?« Ich begriff nicht, wieso diese Sache so wichtig für ihn war.

Die Verletzlichkeit war aus Lileks Augen gewichen. »Weil ich es brauche.«

Ich neigte den Kopf. »Wie meinst du das?«

»Du hast die Dunkelheit des Monsters gespürt. Es gefällt ihm nicht, die Führung zu verlieren. Es will raus und ich weiß nicht, ob wir es aufhalten können, wenn es das nächste Mal auszubrechen droht.«

»Und deswegen willst du ins Kampftraining?«, fragte ich skeptisch.

Lilek nickte. »Wenn ich mich freiwillig verwandle, lässt der Druck vielleicht nach. So wie es jetzt ist, kann es nicht weitergehen.« Dem konnte ich nur zustimmen. Ich hatte nur keine Ahnung, wie wir etwas an seinem Zustand ändern konnten, und die Vorstellung, dass Lilek sich absichtlich zurück in einen Schattenwolf verwandelte, gefiel mir nicht. Er hatte dies bisher erst einmal getan, damals in der ersten Nacht, um mir etwas zu beweisen. Ich hatte es zugelassen, weil ich es nicht besser gewusst hatte, aber was, wenn er sich kein zweites Mal zurückverwandeln konnte?

»Es muss sein«, drängte Lilek.

Ich seufze. »Einverstanden. Aber warum muss es das Kampftraining sein? Können wir nicht einfach wie bisher an der Vltava spazieren gehen?«

»Nein, das kann ich nicht verantworten. Das Risiko ist zu groß und ich will nicht wie Juleks Dunkelweber sein. Das könnte ich mir niemals verzeihen.«

»So etwas wird uns nicht passieren«, versicherte ich Lilek und fuhr mit meinem Daumen über eine Narbe an seinem Oberarm, die ein Dunkelweber zu verantworten hatte.

»Das weißt du nicht.« Lileks Tonfall klang verbittert und kalt, und egal, wie seine Worte gemeint waren, was ich hörte, war: Ich vertraue *dir* nicht. Bei diesem Gedanken verspürte ich ein unangenehmes Stechen in der Nähe meines Herzens. Noch vor zwei Wochen hätte ich mir nicht zugetraut mit einem Schattenwolf umzugehen. Mit Lileks Verwandlung hatte sich das jedoch geändert, weshalb ich angenommen hatte, dass auch er mir vertrauen würde. Aber offenbar war dem nicht so, und ich versuchte mich deswegen nicht gekränkt zu fühlen. Wir waren uns schließlich erst vor ein paar Tagen begegnet, und nur weil alle anderen für ihn Fremde waren, bedeutete das nicht, dass wir uns kannten. Und so viel ich Lilek über die Stadt und seine Geschichte erzählt hatte, so wenig hatte ich über mich selbst preisgegeben.

»Bitte«, ergänzte Lilek, der mein Schweigen anscheinend als ein Nein deutete. »Ich will nicht warten, bis die Dunkelheit aus mir hervorbricht und mich etwas tun lässt, was ich später bereue.«

Ich konnte seine Sorgen nachvollziehen. Vermutlich besser als er ahnte. Die Angst davor, jemanden zu verletzen und die Kontrolle zu verlieren, hatte mich in den letzten Jahren auf Schritt und Tritt begleitet. Dabei war die Dunkelheit nur ein kleiner Teil von mir, und wenn diese Furcht auch nur einen Hinweis darauf gab, was Lilek gerade durchmachte, wie konnte ich ihm dann seinen Wunsch noch länger verwehren?

26. KAPITEL

Ich bereute es, mich aufs Kampftraining eingelassen zu haben, kaum hatte ich den Raum betreten. Schon lange hatte ich mich nicht mehr so fremd gefühlt wie in diesem Moment. Verachtung, Skepsis und Neugierde spiegelten sich in den Augen meiner Kommilitonen. Ihre Blicke folgten mir wie Schatten, und ich musste mich daran erinnern, dass sie mich wegen des Streits mit Benedict anstarrten und nicht, weil sie etwas von Lileks Verwandlung wussten. Dieser lief in der Gestalt des Schattenwolfs neben mir, und nachdem er die letzten Tage als Mensch verbracht hatte, spürte ich deutlich, wie das Monster in ihm an der Dunkelheit zerrte. Es versuchte sich loszureißen, vermutlich noch immer wütend darüber, dass es von Lileks menschlicher Seele verdrängt worden war.

Ich entdeckte Alexandr abseits der Gruppe bei seinem Knochenträger. Er war der Einzige im Raum, der mich anlächelte. Meine Freude, ihn zu sehen, schwand allerdings mit jedem Schritt, den ich näher kam. Alexandrs rechtes Auge war blutunterlaufen und die Haut darum herum violett und geschwollen. »Was ist passiert?«

»Nichts.«

Herausfordernd starrte ich ihn an. Ein paar Sekunden hielt er meinem Blick stand, ehe er seufzte und die Schultern hängen ließ. »Ich bin am Samstag ins Noční gegangen, um mehr über das Irrlicht zu erfahren. Ambrož und seine Leute waren auch dort. Sie haben getrunken, dumme Sprüche über mich und meine Mutter gerissen und das Eine hat zum Anderen geführt.« Die Verachtung in Alexandrs Augen war nicht zu übersehen. »Was hätte ich tun sollen?«

»Du hast also zuerst zugeschlagen?«

Alexandr nickte.

Nun war ich es, die seufzte. Ich konnte Alexandr verstehen. Ambrož hatte eine Abreibung verdient. Er war ein überheblicher Idiot, der mit allem davonkam und sich einen Dreck für die Gefühle seiner Mitmenschen interessiere. Ich wollte zu Ambrož marschieren und ihm eine verpassen, aber ich hielt mich zurück. Wieso musste er Alexandr immer bis aufs Blut erniedrigen? Doch sich mit ihm in einer Bar zu prügeln, war nicht der richtige Weg, vor allem wenn die Wahrscheinlichkeit groß war, dass Alexandr dafür abgemahnt werden würde. »Vielleicht wäre es besser, wenn du das Noční in nächster Zeit meidest.«

»Und Ambrož gewinnen lassen?« Er schüttelte den Kopf. »Vergiss es.«

»Es geht hier nicht ums Gewinnen oder Verlieren. Es geht darum, dass Jakub oder Benedict nur einen Blick auf dich werfen müssen, um zu sehen, dass du Ärger bedeutest. Und so wie sie jetzt schon mit dir umspringen, braucht es nicht noch einen Grund, dich zu verurteilen.«

Alexandr presste die Lippen aufeinander. Er wusste, dass ich recht hatte, aber eine Diskussion mit mir blieb ihm erspart, denn in diesem Moment wurde die Tür zum Trainingssaal aufgestoßen und Jacub betrat den Raum, begleitet von seinem Knochenträger sowie Benedict und dessen Blutgänger. Ich war überrascht ihn hier zu sehen, bis mir wieder einfiel, dass Montag war und die Punktevergabe am Abend bevorstand. Wieso hatte ich ausgerechnet heute wieder in den Unterricht kommen müssen?

Tereza, die bereits anwesend war, klatschte in die Hände, wie sie es jedes Mal tat, um unsere Aufmerksamkeit zu erlangen. Ihr

Dunkelweber saß auf einem der Balken über ihr. Nachdem sich alle Bändiger um sie, Jakub und Benedict versammelt hatten, ergriff dieser das Wort. »Ein Bändiger lernt niemals aus. Jeden Tag entwickeln wir uns weiter, verstehen unsere Monster ein wenig besser und arrangieren uns mit ihrer Dunkelheit. Diesen Fortschritt wollen wir auch bei euch sehen«, sagte Benedict und obwohl ich hinter einem Knochenträger halb verdeckt stand, fand sein Blick meinen. Ein Ausdruck des Erstaunens huschte über sein Gesicht, als hätte er die Hoffnung schon aufgegeben, mich hier anzutreffen.

»Aus diesem Grund wird heute jeder von euch versuchen, seine Leistung vom vergangenen Montag zu übertreffen. Jeder, der schlechter abschneidet als letzte Woche, bekommt zwei Punkte abgezogen«, fuhr Benedict fort, die Hände in die Taschen seiner Livrej geschoben. Ein empörtes Raunen ging durch die Reihen, wobei es vor allem die höher platzierten Bändiger waren, die sich am meisten aufregten, allen voran Ambrož. »Doch jeder, der seine Zeit verbessern kann, und sei es nur um fünf Sekunden, bekommt von uns zwei zusätzliche Punkte. Wie beim letzten Mal werden wir euch in Paare aufteilen, die jeweils von mir, Jakub oder Tereza beaufsichtigt werden. Gibt es Fragen?«

»Was ist mit mir?«, fragte Julek. Sein Arm war nicht mehr verbunden, Schürfwunden überzogen seine Haut und Dellen waren überall dort zu erkennen, wo sein Dunkelweber mit dem Schnabel auf ihn eingepickt hatte. »Ich habe die letzte Prüfung nicht abgelegt.«

»Für alle, die nicht an der Prüfung teilnehmen konnten, gilt ein Zeitlimit von zehn Minuten. Wer weniger erreicht, bekommt zwei Punkte abgezogen, wer es länger aushält, darf sich über zwei Punkte freuen.« Bei diesen Worten sah mich Benedict abermals erwartungsvoll an. Er wollte miterleben, wie ich die Prüfung bestand, aber vermutlich ahnte er auch, dass es mir nicht möglich sein würde – nicht, nachdem ich die gesamte letzte Woche geschwänzt hatte.

»Ich werde nun die Paare einteilen«, sagte Tereza. Sie trat einen Schritt nach vorne und der Dunkelweber über ihrem Kopf stieß ein Krächzen aus. »Daniel und Kazimír, Šimon und Alexandr, Pavel und Felix …« Es folgte eine lange Liste an Namen und schnell wurde klar, dass sie Bändiger mit denselben Wesen zusammensteckte, weshalb es mich nicht überraschte, als Tereza zum Schluss Ambrož und mich aufrief. »Alle Bändiger mit Dunkelweber kommen zu mir. Knochenträger gehen zu Jakub und Blutgänger und Schattenläufer zu Benedict«, schloss Tereza ab. »In fünf Minuten geht es los.«

»Warum muss ausgerechnet Ambrož auch einen Schattenläufer haben?«, fragte ich.

Alexandr tätschelte mir mitfühlend den Rücken. »Ignorier ihn einfach und zieh dein Ding durch. Es ist ja nicht so, als müsstet ihr zusammenarbeiten. Ihr werdet nur nebeneinanderstehen und wenn du dich einfach auf …« Er stockte und suchte nach dem richtigen Namen, »Lilek konzentrierst, ist die Sache auch schnell wieder vorbei.«

Ich stieß ein Brummen aus und wünschte Alexandr viel Glück bei seiner Prüfung. Ich war mir sicher, dass er seine Leistung von letzter Woche würde verbessern können.

Suchend sah ich mich nach Benedict um. Ambrož stand bereits bei ihm, ein selbstgefälliges Lächeln auf den Lippen. Er wusste genau, dass ich neben ihm wie ein Idiot aussehen würde. Vermutlich würde ich den Schattenwolf nicht einmal dazu bekommen, mich anzuschauen. Nicht nachdem er den ganzen Morgen versuchte sich von mir loszureißen und ich schon leichte Kopfschmerzen von seinem ständigen Ziehen und Zerren an der Dunkelheit hatte.

Doch ich würde mich davor hüten, mir meine Zweifel anmerken zu lassen. Ambrož sollte nicht denken, er hätte schon gewonnen. Erst recht nicht nach unserem Treffen vergangene Nacht im Waschraum. Ich straffte meine Schultern und lief zu Benedict, der meine Anwesenheit nur mit einem knappen Nicken zur Kenntnis nahm – als wäre ich eine weniger große Enttäuschung, wenn er mich nicht wie seine Tochter behandelte.

»Da wir nun vollzählig sind, lasst uns beginnen«, verkündete Benedict. Er bedeutete uns einen Kreis zu bilden, der groß genug war, damit zwei Monster und zwei Bändiger in seiner Mitte Platz fanden. »Wer möchte den Anfang machen?«

Natürlich hob Ambrož, ohne zu zögern oder die Sache mit mir abzusprechen, seine Hand. Aber er war nicht der Einzige, auch Augustýn meldete sich. Zu meiner Überraschung – und auch der aller anderen – zeigte Benedict auf ihn und nicht auf seinen Goldjungen Ambrož. Dieser bedachte mich mit einem finsteren Blick, denn es gehörte nicht viel dazu, um darauf zu kommen, dass mein Vater ihn meinetwegen nicht ausgewählt hatte.

Gemeinsam mit seiner Partnerin Hana und den beiden Monstern trat Augustýn in den Kreis und nahm seinen Platz ein. Benedict, der nun eine Taschenuhr in den Händen hielt, verkündete noch einmal Hanas und Augustýns Leistungen der letzten Woche und wartete bis zur vollen Minute, ehe er den beiden das Signal gab, anzufangen. Es war nicht besonders spannend zu beobachten, wie die beiden ihre Blutgänger bändigten und dazu brachten, sie anzusehen oder sich ihnen zumindest zuwandten, da sie keine Augen besaßen. Wir anderen warteten eigentlich nur darauf, dass wir an der Reihe waren.

»Wer war der Kerl, der gestern mit dir in der Dusche war?«, fragte Ambrož mit gesenkter Stimme direkt neben mir. Er hatte sich von hinten an mich herangeschlichen, und ich wäre wohl aufgeschreckt, hätten mich Lileks zuckende Ohren nicht vorgewarnt.

»Das geht dich nichts an.«

»Geheimniskrämerei steht dir nicht, Kayla.«

Ich rollte mit den Augen. »Und dir steht Grün nicht.« Das stimmte nicht, Ambrož sah fantastisch in Grün aus – und in jeder anderen Farbe, wäre er nur nicht so ein Arschloch.

Ambrožs Kiefer spannte sich an. »Du kannst mich gerne für dumm verkaufen, aber denk nicht, ich wüsste nicht, dass hier irgendwas im Busch ist. Ich bin nicht blind. Wenn du mir das nächste Mal weismachen willst, dass du mit einem Mann duschst, zieh dich vorher aus.« Er rümpfte die Nase, als würde er einen ekligen Geruch wahrnehmen. »Gehört er zu Wilden Jagd?«

Anscheinend hatte ich Ambrožs Beobachtungsgabe unterschätzt, aber solange Lilek und ich uns keine weiteren Ausrutscher erlaubten, würde er niemals von selbst auf die Wahrheit kommen. »Nein.«

»Ich glaub dir nicht.«

Ich zuckte mit den Schultern. »Das ist nicht mein Problem.«

»Ich werde schon noch herausfinden, was es mit euch beiden auf sich hat.«

Ich setzte mein bestes unechtes Lächeln auf. »Viel Erfolg dabei.«

Ambrož starrte mich noch ein paar Sekunden an und schien darauf zu warten, dass ich unter seinen Blicken einknickte, wie er es von den anderen gewohnt war, aber das würde nicht passieren. Selbst wenn ich Lilek nicht versprochen hätte, sein Geheimnis für mich zu bewahren, so wäre Ambrož der Letzte, dem ich davon erzählte.

Augustýn verlor den Blickkontakt zu seinem Blutgänger nach sechs Minuten und neununddreißig Sekunden. Damit schnitt er schlechter ab als in der vergangenen Woche und bekam zwei

Punkte abgezogen. Hana, die ohnehin auf der Tabelle ziemlich weit oben stand, schaffte es, ihre Leistung vom letzten Mal zu überbieten.

Olga und Krystof waren als Nächstes an der Reihe, gefolgt von Vilma und Danica, die jedoch mit einem Knochenträger antrat, da es in unserem Jahrgang eine ungerade Zahl an Blutgängern gab. Zuletzt waren Ambrož und ich dran und es war nicht zu übersehen, wie sehr es ihm missfiel, das Schlusslicht zu bilden. Mir hätte das nicht gleichgültiger sein können und ich war nur froh, dass die Sache bald vorbei sein würde und Lilek und ich unser erstes gemeinsames Kampftraining seit seiner Verwandlung unbeschadet überstanden hätten.

Ich positionierte mich im Kreis und beobachtete, wie Ambrož Hana noch etwas Unverständliches zuflüsterte, bevor er sich neben mich stellte. Vermutlich hatte er noch schnell eine Wette darüber abgeschlossen, wie sehr ich versagen würde. Mein Tipp würde drei Minuten lauten, da ich es noch nie länger geschafft hatte, Lileks Konzentration an mich zu binden.

»Seid ihr bereit?«, erkundigte sich Benedict. Die anderen Bändiger hatte er das nicht gefragt, aber ich unterlag nicht dem Irrglauben, dies hätte irgendetwas mit väterlicher Fürsorge zu tun. Seinem Blick nach zu urteilen hoffte er vielmehr auf eine Unterbrechung, um mein Scheitern nicht miterleben zu müssen. Ich war ihm peinlich.

»So was von bereit«, erwiderte Ambrož mit übertriebenem Enthusiasmus.

»Kayla?«

Ich nickte und richtete meine Aufmerksamkeit auf Lilek. Er hatte sich auf seine Hinterpfoten gesetzt und beobachtete skeptisch Ambrožs Schattenkatze, die noch vor wenigen Sekunden wie ein Stubentiger um seine Beine herumgeschlichen war.

Obwohl ich mir bis zu diesem Moment eingeredet hatte, dass mir die Prüfung und das Training gleichgültig waren, beschleunigte sich nun mein Herzschlag und ein Ziehen breitete sich in meiner Magengrube aus. Offensichtlich war einem Teil von mir diese Aufgabe doch nicht so egal, wie ich mir eingeredet hatte. Ich war mir nur nicht sicher, ob es an der Prüfung selbst lag oder an den anderen Bändigern, die mich so eindringlich musterten und vermutlich nur darauf warteten, mich scheitern zu sehen. Ich wischte mir die feuchten Hände an meiner Hose ab und wartete darauf, dass Benedict das Startsignal gab. Er hob drei Finger in die Luft und begann abzuzählen:

Drei.

Zwei.

Eins.

Sieh mich an, befahl ich Lilek in Gedanken und spürte ein Ziehen in meinem Hinterkopf – ein Protest und der Versuch, sich gegen meinen Befehl zu wehren. Doch zu meinem Erstaunen hielt der Widerstand nur für den Bruchteil einer Sekunde an. Bereits einen Moment später begegnete Lileks Blick meinem und ich starrte geradewegs in das Schwarz seiner Augen. Ich spürte seinen Widerstand und den Wunsch, in den Wald zurückzukehren und frei zu sein. Gleichzeitig erschien mir die Finsternis in seinem Kopf weniger düster als noch vor einer Woche. Denn inmitten der Schatten konnte ich Lilek, den Menschen, erkennen. Er war noch immer da, mit all seinen Narben, seinen Sorgen und Ängsten, und wartete darauf, wieder an die Oberfläche kommen zu können. Ich wollte mir überhaupt nicht vorstellen, wie furchtbar es für ihn sein musste, in der Dunkelheit festzusitzen und wieder im Körper des Schattenwolfes gefangen zu sein, nachdem wir in den letzten Tagen alles darangesetzt hatten, ihn davor zu bewahren. Ich erinnerte mich, wie es im Chrám für mich gewesen war, umgeben von dieser vollkommenen Schwärze. Allein die Vorstellung des Nichts reichte aus, um meinen gesamten Körper mit einer Gänsehaut zu überziehen. Ich hatte mich so verloren und einsam gefühlt, bis Lilek mir einen Weg hinaus gezeigt hatte. Und sollte es ihm nicht gelingen, von selbst zurückzukehren, würde ich eine Möglichkeit finden, ihn aus der Finsternis zu befreien.

Eine Berührung an meinem Arm ließ mich zusammenfahren. Ich presste eine Hand auf meine Brust. Mein Herz pochte vor Schreck wie wild. Ich blickte zu Benedict auf, der nun neben mir stand. Ich hatte überhaupt nicht bemerkt, dass er näher gekommen war. Er betrachtete mich mit gerunzelter Stirn und das erste Mal seit Langem wirkte er dabei weder wütend noch enttäuscht. »Wie hast du das gemacht?«

»Was gemacht?« Ich fühlte mich benommen, wie nach einem viel zu langen Schlaf, und meine Augen brannten. Ich blinzelte mehrmals, ehe ich mich im Raum umsah. Dabei bemerkte ich, dass mich nicht nur die anderen Bändiger beobachteten, die vor mir an der Reihe gewesen waren, sondern auch meine Kommilitonen aus den anderen Gruppen – und Ambrož. Er hatte die Arme vor der Brust verschränkt und ein erzürnter Ausdruck, der um einiges dunkler war als der im Waschraum, lag auf seinem Gesicht.

»Deinen Schattenwolf so lange kontrolliert.«

»Wie lange sitze ich schon hier?«

»Vierzig Minuten und fünf Sekunden«, sagte Benedict. »Ich musste dich unterbrechen, weil das Kampftraining vorbei ist. Das ist Bestleistung.«

Bestleistung. Ich ließ mir das Wort auf der Zunge zergehen und es dauerte ein paar Sekunden, bis die Worte meines Vaters wirklich bei ankamen.

Vierzig Minuten.

Vierzig. Verdammte. Minuten.

Das sollte für einen Bändiger im ersten Semester nicht möglich sein. Ich hatte gehofft, vielleicht drei oder vier Minuten zu überstehen, um nicht schlechter abzuschneiden als bei der ersten Trainingsstunde, aber das hier war so viel mehr. »Ich … ich weiß es nicht.«

»Ich bin jedenfalls beeindruckt.« Benedict nickte anerkennend und der Stolz in dieser Geste war ebenso wenig zu übersehen wie das Misstrauen, das sie begleitete.

»Danke«, murmelte ich leicht verunsichert. Ich schielte zu Lilek und beinahe rechnete ich damit, in menschliche, braune Augen zu sehen, doch es waren die schwarzen Augen eines Monsters, die meinen Blick feindselig erwiderten.

Kaum hatte Benedict den Unterricht für beendet erklärt und uns auf die Punktevergabe am Abend hingewiesen, wurde ich von meinen Kommilitonen umschwärmt, die alle wissen wollten, wie ich ›das angestellt hatte‹, und ich musste jeden einzelnen von ihnen mit meiner Antwort enttäuschen.

»Das war der Wahnsinn!«, rief Alexandr und schlang einen Arm über meine Schulter.

»Danke.« Verlegen senkte ich den Blick. Mit Komplimenten hatte ich noch nie umgehen können, vor allem mit jenen, die ich nicht wirklich verdient hatte. Denn ohne Lilek hätte ich mit Sicherheit nicht so gut abgeschnitten.

»Gib es zu«, stachelte Alexandr. »Du hast heimlich trainiert.«

»Hab ich nicht«, erwiderte ich. Dass ich mit Lilek geübt habe, wäre zwar eine angemessene Ausrede, aber ich wollte mich nicht noch weiter in einem Netz aus Lügen verstricken – und vor allem wollte ich nicht nach Nachhilfeunterricht gefragt werden. Ich zuckte möglichst beiläufig mit den Schultern. »Bestimmt war das nur verspätetes Anfängerglück.«

Alexandr schnaubte. »Dieses Anfängerglück hätte ich auch gerne habt.«

»Wie hast du abgeschnitten?«, fragte ich, um von mir abzulenken.

»Elf Minuten. Siebzehn Sekunden.«

»Wow, das ist großartig!« Ich lachte auf und zog Alexandr in einer Umarmung an mich. »Aber ich habe nichts anderes von dir erwartet. Lass das mit den Schlägereien und konzentrier dich auf das, was wichtig ist, dann wird dein Name bald weit oben auf der Tabelle stehen.«

»Das werden wir noch ... wo gehst du hin?«

Ich hielt inne und erkannte sofort meinen Fehler. Aus Gewohnheit hatte ich den Weg zum Wohntrakt anstatt zu den Ställen eingeschlagen, zu denen ich Schattenwolf-Lilek eigentlich bringen sollte.

Ich schlug mir mit der Hand gegen die Stirn. »Ich war nur kurz verwirrt.«

Alexandr lachte und da mir auf die Schnelle keine plausible Ausrede eingefallen war, um mit Lilek den falschen Weg einzuschlagen, begleitete ich ihn und meine Kommilitonen zu den Ställen. Ich würde Lilek einfach für ein paar Minuten in seine Kiste sperren. Sobald alle anderen dann beim Mittagessen waren, würde ich ihn wieder herausholen.

27. Kapitel

Meine Muskeln krampften und ich hatte das Gefühl, ein Glas vergorenen Apfelwein getrunken zu haben. In meinem Magen rumorte es und ein bitterer Geschmack lag auf meiner Zunge. Entweder hatte ich in der Woche, in der ich nicht mehr am Unterricht und an den Sportstunden teilgenommen hatte, ordentlich an Kondition verloren, oder meine Professorin hatte mich extra hart rangenommen. Keuchend und mit Schweißperlen auf der Stirn wankte ich auf wackeligen Beinen zu den Duschen.

Ich hatte mir zwar vorgenommen Lilek direkt nach dem Sport wieder aus seinem Käfig zu holen, aber in diesem Zustand brauchte ich mich nicht bei den Ställen blicken zu lassen. Eigentlich hatte ich vorgehabt ihn bereits während der Mittagspause aus seiner Kiste herauszuholen, aber meine Glanzleistung im Kampftraining hatte schneller die Runde gemacht, als ich für möglich gehalten hätte. Seitdem war ich ununterbrochen von meinen Kommilitonen belagert worden, die mir für diese Leistung gratulieren wollten. Langsam konnte ich es nicht mehr hören.

So schnell es mit meinen schmerzenden Gliedern möglich war, brachte ich das Duschen hinter mich, in der Hoffnung, die Ställe vor allen anderen zu erreichen. Allerdings hatte ich die Ungeduld meiner Kommilitonen unterschätzt. Einige von ihnen – darunter auch Alexandr – waren bereits vor mir dort und versorgten ihre Monster, um anschließend schnellstmöglich ihren Punktestand zu erfahren. Da ich nicht vorhatte Lilek mit den Fleischabfällen zu füttern, welche die Küche für uns bereitgestellt hatte, zog ich mich möglichst unauffällig wieder zurück und wartete an einem der Rundbogen auf Alexandr. Ein paar Minuten mehr oder weniger spielten nun auch keine Rolle mehr und ich würde mein Glück während des Abendessens einfach noch einmal versuchen.

Alexandr ließ wie erhofft nicht lange auf sich warten und wir machten uns gemeinsam auf den Weg zu den Punktetafeln im Eingangsbereich der Akademie, wo sich schon eine Vielzahl an Bändigern tummelte. »Auf welchem Platz bist du?«, fragte Alexandr.

»Unverändert. Neunzehn.« Obwohl ich die zehn Minuten, die Benedict vorgegeben hatte, um ein Vielfaches überschritten hatte, wurden mir nur zwei Punkte gutgeschrieben – nicht, dass es mich störte. Nur Julek lag mit null Punkten weiterhin hinter mir. »Du?«

»Vierzehn.« Alexandr grinste vom einen Ohr zum anderen. Er hatte nicht nur die zwei Punkte aus der heutigen Prüfung bekommen, sondern schon im Laufe der vergangenen Woche weiter aufgeholt, sodass er jetzt insgesamt auf neun Punkte kam. Unweigerlich fragte ich mich, ob mein Streit mit Benedict irgendetwas damit zu tun hatte.

»Siehst du. Ich hab recht. Heute Platz vierzehn. Nächste Woche Platz elf und von da aus geht es weiter aufwärts, bis du Ambrož überholt hast.« Zu meinem Missfallen führte dieser mit neunzehn Punkten noch immer die Tabelle an.

»Kayla!«

Ich unterdrückte ein Schnauben. Seit heute Morgen wurde mein Name gefühlt im Minutentakt gerufen und ich war es leid, dennoch drehte ich mich um, bereit erneut Lob entgegenzunehmen, das ich nicht haben wollte. Doch statt eines fremden Bändigers, der mir gratulieren wollte, entdeckte ich Benedict. Er winkte mich zu sich heran und weil es zu spät war so zu tun, als hätte ich ihn nicht gehört, ging ich zu ihm.

»Was gibts?«, fragte ich und konnte dabei das Misstrauen nicht ganz aus meiner Stimme halten. Schließlich nahmen die Gespräche mit Benedict in letzter Zeit selten ein gutes Ende.

»Das heute Morgen war wirklich eine erstaunliche Leistung.«

»Danke«, wiederholte ich mich zum gefühlt tausendsten Mal an diesem Tag.

»Isst du mit Jakub und mir zu Abend?« Benedict formulierte die Worte zwar als Frage, sein Tonfall macht jedoch deutlich, dass es keine war. Wenn ich es mir nicht direkt wieder mit ihm verscherzen wollte, wäre es besser, die Einladung anzunehmen. Aber ich musste auch an Lilek denken, der nun bereits seit Stunden in seiner Kiste saß, eingeschlossen in der Dunkelheit. Das war nicht Teil unserer Absprache gewesen.

Erwartungsvoll sah mich Benedict an, eine Augenbraue in die Höhe gezogen. Ich setzte ein falsches Lächeln auf. »Klar, wieso nicht. Ich sag nur noch schnell Alexandr Bescheid.« Benedicts Lippen verrutschten bei der Erwähnung von Alexandrs Namen, aber er sagte nichts, und nachdem ich mich von ihm verabschiedet hatte, begleitete ich Benedict in den Speisesaal. Heute gab es panierten Käse, mein Leibgericht, als ich noch ein Kind gewesen war, und dazu Kulajda, eine cremige Suppe aus Kartoffeln und Pilzen. Zu meinem Erstaunen trug Benedict das Tablett für mich, dass hatte er nicht mehr getan, seit ich kein Kind mehr war.

Jakub saß bereits am Tisch und lächelte mich an. Er stand von seinem Stuhl auf und umarmte mich. Die Geste überraschte mich, da er für gewöhnlich darauf achtete, mich in Anwesenheit der anderen Bändiger nicht zu schwesterlich zu behandeln. »Ich bin wirklich stolz auf dich«, sagte Jakub neben meinem Ohr. »Du stiftest zwar mehr Unruhe, als Vater und ich gutheißen können, aber heute hast du bewiesen, dass du trotz all der Widersprüche eine Novák bist.«

Ich erwiderte nichts. Stattdessen schloss ich für eine Sekunde die Augen und genoss Jacubs Umarmung noch einen Moment, ehe ich mich von ihm löste.

»Ich habe wirklich nicht damit gerechnet, dass du die zehn Minuten schaffst«, sagte Benedict, kaum hatte ich mich hingesetzt. Am liebsten hätte ich laut aufgestöhnt, aber was hatte ich erwartet? Natürlich war er noch nicht mit dem Thema durch. Es war eine der wenigen Leistungen von mir, auf die er stolz sein konnte, und er würde in nächster Zeit sicherlich nicht aufhören darauf herumzureiten – schließlich definierte sich unserer Familie über ihr Können als Bändiger.

Jakub stützte die Ellenbogen auf den Tisch ab. »Du hast wirklich Talent, Kayla.«

Ich zuckte mit den Schultern, den Blick auf meinen Teller gerichtet.

Benedict lachte. Ein Geräusch, das in den letzten Jahren so selten geworden war, dass es mir eine Gänsehaut über den Körper trieb. »Sei nicht so bescheiden.«

»Genau«, pflichtete Jakub bei. »Es hat drei Monate gedauert, bis ich meinen Knochenträger so weit hatte, dass er sich über eine halbe Stunde auf mich konzentrieren konnte. Du hast nur zwei Wochen gebraucht. Das ist erstaunlich.«

»Ich würde mich nicht zu früh freuen.«

»Aber du hast ein Recht darauf«, beharrte Benedict. »Du hast diese vierzig Minuten geschafft, die anderen nicht, und das macht dich zu etwas Besonderem.«

Ich war nichts Besonderes. Zumindest nicht nach Benedicts Definition. Das Einzige, was mich zu etwas Ungewöhnlichem machte und von den anderen unterschied, war die Tatsache, dass ich keine Bändigerin sein wollte. »Ich hatte einfach nur Glück mit Lilek.« Kaum hatte ich seinen Namen ausgesprochen, wurde mir mein Fehler bewusst. Ich biss mir auf die Zunge und richtete eilig den Blick auf meinen Teller. Wie gut standen wohl meine Chancen, dass Benedict mich nicht gehört hatte?

»Wer ist Lilek?«, fragte er mit gerunzelter Stirn.

»Niemand.«

»Kayla«, mahnte Benedict.

Ich kniff die Augen zusammen und durchwühlte meinen Verstand nach einer Lüge, die Sinn ergeben würde, aber fand keine. Unentschlossen sah ich von Benedict zu Jakub, und die Eindringlichkeit ihrer Blicke verriet mir, dass sie das Thema nicht einfach würden fallen lassen. Ich seufzte. »Mein Schattenwolf.«

Benedict schürzte die Lippen. »Du hast deinem Monster einen Namen gegeben?«

Ich nickte und hegte die Hoffnung, dass er mir die Sache aufgrund meiner vermeintlichen Leistung durchgehen lassen würde. Doch sein Gesicht verfinsterte sich und seine Anerkennung für mich erlosch wie die Flamme einer Kerze im Wind.

»Wir geben unseren Monstern keine Namen«, sagte er mit einer Stimme so kühl, dass es mir einen Schauder über den Rücken trieb. »Sie sind Waffen, keine Haustiere.«

Es war merkwürdig. Jeder andere Bändiger wäre an meiner Stelle vermutlich eingeknickt, hätte sich entschuldigt und Benedict recht gegeben, nur um seinem Zorn zu entgehen. Doch ich hatte mich in den letzten Jahren so daran gewöhnt, dass er von mir enttäuscht war, dass dieses Verhalten von ihm ein Gefühl der Sicherheit in mir weckte. Ich war mit seiner Missgunst vertraut und wusste mit ihr besser umzugehen als mit seinem Lob. »Wieso nicht?«

»*Wieso nicht?*«, zischte Benedict. »Monster kämpfen. Monster sterben. Wir benutzen sie, um uns zu schützen, und wir opfern sie, wenn es nötig ist. Wir können es uns nicht erlauben, eine emotionale Bindung zu ihnen aufzubauen, die uns im Ernstfall nur im Weg steht. Und genau das passiert, wenn du ihnen Namen gibst.«

Ich verdrehte die Augen. »Du übertreibst.«

»Und du hast keine Ahnung, wovon du redest«, fauchte Benedict. Wie bereits bei unserem letzten Streit hielt er seine Stimme gesenkt, schließlich sollte niemand etwas davon mitbekommen.

»Was ist mit den vierzig Minuten, die ich heute geschafft habe? Vielleicht lag ...«

»Schwachsinn!«, unterbrach Benedict mich. »Die Monster haben damit nichts zu tun. Wir Bändiger sind es, die sie unter Kontrolle halten, und wenn du glaubst, ein niedlicher Spitzname würde etwas daran ändern, bist du noch dümmer und naiver, als ich angenommen habe.«

Ich biss mir auf die Innenseite meiner Wange, um Lileks Geheimnis nicht einfach in die Welt hinauszubrüllen. Wenn jemand keine Ahnung hatte, dann Benedict. Er tat so, als würde er alles wissen und hätte den absoluten Durchblick, aber er irrte sich. Er wusste nicht, was Lilek widerfahren war und dass er ein Gefangener des Schattenwolfs war. Es brach mir das Herz, mir vorzustellen, dass womöglich auch ein Mensch in seinem Blutgänger steckte, denn ich wusste, wie Benedict mit ihm umging. Peitschenhiebe. Bußegürtel. Stromstöße. In seinen Augen war alles erlaubt, solange er seinem Monster nur zeigen konnte, wer die Kontrolle hatte.

Energisch schob ich meinen Stuhl zurück, der mit einem lauten Rumpeln über den steinernen Boden fuhr.

Benedicts Gesicht war mittlerweile rot angelaufen vor Wut und langsam, aber sicher war auch wieder die pochende Ader auf seiner Stirn zu erkennen. »Setz dich«, knurrte er durch zusammengebissene Zähne.

»Nein, mir ist der Appetit vergangen.« Ich kehrte ihm und Jakub den Rücken zu. Ich würde nicht länger hier sitzen und ihre

Kleingeistigkeit ertragen, während Lilek eingepfercht in der Dunkelheit saß. Was hatte ich mir nur dabei gedacht, dem gemeinsamen Abendessen überhaupt zuzustimmen? Eigentlich hätte ich es besser wissen müssen.

Ich stürmte aus dem Speisesaal. Mein Herz pochte wie wild und mit jedem weiteren Schritt wuchs die Verzweiflung in meiner Brust. Ich hatte das Gefühl, mich wie damals im Nichts im Kreis zu drehen. Kein Weg schien mehr der richtige zu sein. Bevor Lilek sich in einen Menschen verwandelt hat, hatte ich nur das eine Ziel: die Zeit als Bändigern zu überstehen, bis die Wilde Jagd und die Waffen meiner Mutter mir erlaubten keine Bändigerin mehr sein zu müssen. Nun ekelte mich der Gedanke an, dass Ondrej und die anderen besagte Waffen nutzten, um präventiv Monster zu töten. Doch sich dem Willen meines Vaters zu beugen und eine gehorsame Bändigerin zu werden, war auch keine Option. Nicht, solange er von mir verlangte, Lilek wie Nutzvieh zu behandeln. Das würde sich vielleicht ändern, wenn ich ihm die Wahrheit über Lilek erzählte, aber ich hatte ihm versprochen nichts zu sagen. Und ich würde sein Vertrauen nicht verspielen, zumindest nicht, solange mir eine Wahl blieb.

Ich ignorierte die Bändiger, die mir auf den Innenhof hinterherriefen, und lief geradewegs zu den Stallungen. Die Eimer mit dem Futter waren inzwischen fast alle leer, nur Lileks war noch gefüllt. Wie bereits in den letzten Tagen ließ ich den Inhalt verschwinden, bevor ich das Schloss zu Lileks Käfig aufsperrte und die Kiste öffnete.

»Hey, tut mir …« Ein bestialischer Gestank, der mich würgen ließ, schlug mir entgegen und schnitt mir das Wort ab. Tränen schossen mir in die Augen und ich musste mich abwenden, um mich nicht direkt vor Lileks Nase zu erbrechen. Ich begann durch den Mund zu atmen, was die Angelegenheit nur geringfügig erträglicher machte, und musste mich zwingen Lileks Käfig nicht einfach wieder zu schließen, um diesem Geruch nach fauligem Heu, verrottetem Fleisch und anderem Mist zu entkommen.

Lilek machte einen Satz aus seinem Käfig, warf mich dabei beinahe um, und begann sich auf dem Boden zu wälzen. Der graue Stein unter ihm wurde schleimig braun, und ich bemerkte, dass sein gesamter Körper von Dreck überzogen war, als hätte jemand eimerweise Mist aus dem Kompost über ihm geleert.

Das durfte einfach nicht wahr sein! Ich ballte meine Hände. Am liebsten wäre ich losgestürmt, um diesem *Jemand* ordentlich die Meinung zu geigen – mit meinen Fäusten. Ich hatte eine ziemlich genaue Vorstellung davon, wer hinter dieser Sache steckte, denn mir fiel nur ein einziger Bändiger ein, der genug Einfluss besaß, um an den Generalschlüssel für die Käfige heranzukommen. Doch ich konnte Lilek in diesem Zustand nicht alleine lassen. Er rieb sich mit der Vorderpfote über die Nase und begann zu winseln. Rauch stieg von seinem Fell auf, als wollte er durch den Schatten gleiten, um den Dreck zurückzulassen, aber die Verwandlung gelang ihm nicht und der schwarze Dunst verquoll in der Luft.

Das schlechte Gewissen, das ich in den letzten Stunden mit mir rumgetragen hatte, weil ich ihn eingesperrt hatte, verdreifachte sich. Wie lange hatte er diesen Gestank bereits ertragen müssen? Wieso hatte ich vor der Punktevergabe nicht nach ihm gesehen?

Nicht das erste Mal an diesem Tag bereute ich es, am Kampftraining teilgenommen und Ambrož übertrumpft zu haben, auch wenn dieser feige, egoistische Drecksack es verdient hatte, einmal nicht der Beste zu sein. Denn welch ein verkommener Mensch musste man sein, um Exkremente und anderen Müll über einem anderen Lebewesen auszuleeren?

»Komm her.« Ich winkte Lilek zu mir heran und führte ihn zu dem Abflussgitter, das in der Mitte des Stalls verlief. Dann nahm ich mir einen der Schläuche, die eigentlich dafür da waren, die Käfige auszuspülen, und drehte das Wasser auf. Es wurde aus Brunnen gepumpt, die unterhalb der Vltava verliefen, und war eiskalt. Lilek störte sich nicht daran. Vermutlich war er einfach nur froh, endlich von diesem Gestank befreit zu werden. Ich ging neben ihm in die Hocke und versuchte das verklebte Fell mit meinen Fingern durchzukämmen, ohne allzu viele Gedanken daran zu verschwenden, woher der Dreck kam.

»Es tut mir leid, dass ich dich so lange hab warten lassen. Ich wollte dich eigentlich schon viel früher aus deinem Käfig holen, aber der Tag war wirklich verrückt«, erklärte ich. Lilek sah mich mit seinen schwarzen Augen erwartungsvoll an. Vor seiner Verwandlung zu einem Menschen war ich mir sicher gewesen, mir diese Reaktionen und sein Interesse nur einzubilden. Inzwischen wusste ich es besser, denn ebenso wie der Schattenwolf einen Einfluss auf Lilek hatte, musste Lilek auch einen Einfluss auf den Schattenwolf haben; und jener schien stärker zu werden.

Um ihn zu beruhigen, erzählte ich ihm von meinem Tag und davon, wie Benedict beim Essen ausgerastet war. »Er hat mir einen Vortrag darüber gehalten, dass Monster nur zum Kämpfen und Sterben gut sind. Er hat keine Ahnung.«

Meine Finger verweilten regungslos in Lileks Fell und ich beobachtete, wie das vom Dreck braune Wasser im Ausguss verschwand. Würde Benedict anders über die Monster denken, wenn er wüsste, dass möglicherweise Menschen in ihnen steckten? Vielleicht, und das bedeutete, dass es an der Zeit war, der Sache auf den Grund zu gehen und für mehr Klarheit zu sorgen. Denn so wie es jetzt war, konnten wir nicht weitermachen.

Lilek stieß mit seiner Nasenspitze gegen meinen Arm und erstarrte plötzlich. Unter meiner Hand konnte ich fühlen, wie sich seine Muskeln anspannten. Seine Ohren zuckten und mein eigener

Herzschlag beschleunigte sich. Beunruhigt ließ ich meinen Blick von Käfig zu Käfig gleiten. Die anderen Monster wirkten nicht alarmiert und ich entspannte mich schon wieder, als auf einmal das Tor zum Stall aufgeschoben wurde und eine dunkle Gestalt den Raum betrat.

28. KAPITEL

Sein Fell sträubte sich, als er die Anwesenheit des anderen Bändigers spürte. Er reckte die Nase in die Luft. Witterte. Der Geruch des Mannes kam ihm vertraut vor und ein Zittern durchlief seinen Körper.

Erwartungsvoll hatte er auf die Rückkehr des Mädchens gewartet. Sie hatte versprochen, ihn bald abzuholen und aus der Dunkelheit zu befreien.

Sie war nicht gekommen … bis sich die Tür seines Käfigs schließlich doch geöffnet hat – und Gestank plötzlich all seine Sinne lähmte.

Er hatte versucht den Matsch abzuschütteln. Sich zu verwandeln. Erfolglos.

Das Lachen der Männer hallte noch immer in seinen Ohren. Hilflos hatte er ihnen gegenübergestanden.

Aber das war nun vorbei.

Dies war seine Gelegenheit, sich zu rächen.

29. KAPITEL

»Kayla.« Auf Ambrožs Lippen lag ein feines Lächeln, das nichts Gutes erwarten ließ. Er trat einen Schritt nach vorne und zog das Tor hinter sich zu, das sich mit einem Klicken verriegelte. »Was für ein Zufall, dass ich dich hier treffe.«

Zufall am Arsch. »Was willst du, Ambrož?« Meine Stimme klang so dunkel, dass ich sie selbst kaum wiedererkannte. Ich legte den Wasserschlauch auf den Boden und richtete mich auf, um Ambrož auf Augenhöhe begegnen zu können.

Lilek neben mir stieß ein Knurren aus und ich spürte ein Ziehen in meinem Verstand. Der Schattenwolf wollte sich losreißen und sich an Ambrož rächen, für das, was er ihm angetan hatte. Und um ehrlich zu sein, musste ich dem Drang widerstehen, die Dunkelheit nur dieses eine Mal gewinnen zu lassen. Doch so unausstehlich Ambrož auch war, er hatte es nicht verdient, als Monsterfutter zu enden. Außerdem wollte ich mir auch nicht bis zum Rest meines Lebens anhören müssen, dass ich den Blazek-Erben auf dem Gewissen hatte.

»Mit dir reden.«

Ich rümpfte die Nase. »Kein Interesse.«

»Das war keine Bitte.« Ambrož kam auf mich zu. Seine Bewegungen waren langsam. Beherrscht. Nichts von der Wut, die er ausstrahlte, wenn er sich mit Alexandr stritt, spiegelte sich in seiner Haltung wider. Nein, dieses Treffen war kein Zufall. Es war geplant – inszeniert.

»Dann rede«, erwiderte ich und stemmte die Hände in die Hüften. »Ich habe nicht ewig Zeit.«

»Es sieht nicht so aus, als würdest du so bald irgendwo hingehen«, sagte Ambrož mit gerümpfter Nase. Sein Blick glitt von Lilek zu dessen Käfig. Ich hatte mir die Sauerei im Inneren noch nicht angesehen und wünschte mir, ich könnte die Kiste einfach schließen und bräuchte sie nie wieder zu öffnen.

Ohne auf seine Bemerkung einzugehen, starrte ich Ambrož an. Das Gesicht ausdruckslos. Sekunden verstrichen und nur das Schnauben der Knochenträger und das Plätschern des Wassers, das noch immer aus dem Schlauch lief, waren zu hören.

»Also gut.« Ambrož nickte. »Dann lass uns über die Prüfung reden. Wie hast du vierzig Minuten geschafft?«

All die Male zuvor hatte ich bei dieser Frage ein unschuldiges Lächeln aufgesetzt und etwas von Glück gefaselt. Nun zuckte ich leichthin mit den Schultern. »Talent, würde ich vermuten.«

»Talent?« Ambrož stieß ein bitteres Lachen aus und das Fell in Lileks Nacken stellte sich auf. »Ich bitte dich. Jeder hier weiß, dass ich davon mehr in meinem kleinen Finger habe als du in deinem ganzen Körper. Du hast betrogen, so einfach ist das. Nur ist Benedict zu stolz, um dich deswegen zurechtzuweisen. Wäre ich an seiner Stelle, ginge es mir wohl genauso. Immerhin passiert es nicht jeden Tag, dass die größte Enttäuschung seines Lebens etwas Lobenswertes zustande bringt. Also, wie hast du es angestellt?«

»Ich habe nicht geschummelt«, sagte ich, so ruhig ich konnte. Wenn er glaubte, mich durch seine Beleidigungen provozieren zu können, hatte er sich getäuscht. Ich war nicht wie Alexandr und wusste, dass meine Worte sein Ego schlimmer treffen würden als jeder Faustschlag. »Wie es aussieht, bis du einfach ein schlechterer Bändiger als ich.«

Ambrožs Mundwinkel zuckten. »Ich finde, das sollten wir testen.«

»Das werden wir, und du kannst bis nächste Woche sogar noch ein bisschen üben.«

»Ich habe nicht vor, so lange zu warten.« Ambrož lief an mir vorbei zum Käfig seines Monsters und entriegelte die Kiste. Noch bevor er die Tür ganz geöffnet hatte, stieg Nebel aus seinem eigenen Schatten empor und seine Schattenkatze erschien neben ihm. Ihre wendige Gestalt schlich um seine Beine herum und anders als bei Lilek, dessen Fell vom Mist noch ganz braun war, absorbierte ihre Dunkelheit jeden Funken Licht.

»Was soll das werden?«, fragte ich. Wenn Ambrož tatsächlich glaubte, ich würde die Prüfung jetzt und zu seinen Bedingungen wiederholen, hatte er sich getäuscht. »Ich habe keine Zeit für den Scheiß.«

»Mach dir keine Sorgen, der Kampf wird schnell vorbei sein.«

Ich stutzte. »Welcher Kampf?«

Ambrož verschränkte die Arme vor der Brust, wodurch sich seine Muskeln deutlich unter dem Stoff seines Hemdes abzeichneten. »Du und ich. Dein Schattenwolf gegen meine Schattenkatze. Das ist der einzige Weg, um herauszufinden, wer von uns beiden der bessere Bändiger ist.«

»Wir dürfen unsere Monster noch nicht miteinander kämpfen lassen.«

»Jetzt tu nicht so, als würden dich die Regeln interessieren«, sagte Ambrož. Herausfordernd zog er eine Augenbraue in die Höhe. »Oder hast du etwa Angst?«

Ich schüttelte den Kopf. »Nein, aber …«

»Gut«, unterbrach er mich und schloss die Augen. Mir blieb keine Zeit zu begreifen, was hier vor sich ging, denn schon mit meinem nächsten Herzschlag machte seine Schattenkatze einen

Satz nach vorne und stürzte sich fauchend auf Lilek. Sie biss sich in seinem Nacken fest und bohrte ihre Krallen in seinen Körper. Er stieß ein Heulen aus und schnappte mit den Zähnen nach ihr. Doch bevor er sie zu fassen bekam, wurde die Schattenkatze zu Rauch und tauchte hinter ihm wieder auf. Sofort verbiss sie sich in Lileks Flanke. Schwarzes Blut tropfte zu Boden. Er wirbelte herum, aber die Katze war schon wieder mit dem Schatten verschmolzen. Blitzschnell bewegte sie sich auf diese Weise im Sekundentakt von einer Seite auf die andere und trieb Lilek in den Wahnsinn. Rauch begann auch von seinem Fell aufzusteigen und er stieß ein frustriertes Knurren aus, das mich aus meiner Starre erweckte.

Verdammte Scheiße! Was dachte sich Ambrož hierbei nur? Und wann hatte er gelernt das Hýbat zu beherrschen? Ich war mir sicher, dass wir das noch nicht im Unterricht durchgenommen hatten, davon hätte mir Alexandr erzählt. Also war Ambrož sich vollkommen darüber im Klaren, dass dies ein unfairer Kampf war. Denn während er sein Monster führen und ihm mit Logik und Strategie zum Sieg verhelfen konnte, war Lilek auf sich alleine gestellt – zumindest im direkten Duell; aber das bedeutete nicht, dass ich ihm nicht helfen konnte.

Ohne noch einen Moment länger zu zögern, marschierte ich auf Ambrož zu, der absolut regungslos mitten im Stall stand. Nun würde meine Faust doch noch Bekanntschaft mit seinem Gesicht machen dürfen. Ich holte aus, bereit zuzuschlagen, als sich plötzlich ein dunkler Schatten auf mich stürzte und mich mit sich riss. Ich stieß einen Schrei aus und hob schützend die Arme in die Höhe. Hart kam ich auf dem Boden auf und ein brennender Schmerz durchfuhr meinen Körper.

»Runter von mir!« Ich versuchte Ambrožs Schattenkatze abzuwerfen. Sie fauchte und ihr warmer Atem streifte meine Haut.

Er roch nach Schwefel und Metall – schwarzem und rotem Blut; vermutlich von der Fütterung. Dennoch stiegen Bilder des Dunkelwebers in mir auf, der sich in meinen Unterarm verbissen hatte, und ich begann unkontrolliert um mich zu schlagen, aber das Gewicht der Schattenkatze lastete zu schwer auf meiner Brust.

Es pochte in meinen Ohren, dennoch konnte ich Lileks Knurren hören, kurz bevor er sich auf Ambrožs Monster stürzte. Er stieß die übergroße Katze von mir herunter. Ich schnappte nach Luft und sprang auf. Die beiden Monster wälzten sich über den Boden, so schnell und düster, dass sie zu einer alles verschlingenden Dunkelheit zu verschmelzen schienen.

Plötzlich löste sich Ambrožs Schattenkatze erneut in Rauch auf, doch statt zurückzubleiben, tat es ihr Lilek diesmal gleich. Die beiden Kreaturen sprangen von Schatten zu Schatten, um einander zu entkommen und immer wieder hinterrücks anzugreifen. Sie waren so schnell, dass mir schwindelig wurde bei dem Versuch, sie im Auge zu behalten. Um uns herum wurden die anderen Monster in ihren Ställen zunehmend unruhiger. Dunkelweber begannen zu krächzen. Knochenträger stießen inbrünstige Rufe aus und ein paar der Blutgänger rüttelten an den Gittern ihrer Käfige. Es würde nicht mehr lange dauern, bis die anderen Bändiger diesen Lärm bemerkten, und ich wollte nicht wissen, wie Benedict reagieren würde, wenn er erfuhr, dass Ambrož und ich ein Duell ausgetragen hatten. Vor allem würde Ambrož es sicherlich irgendwie schaffen, mir die Schuld in die Schuhe zu schieben.

Ich riss meinen Blick von den beiden Schatten los, die um mich herumfegten wie ein Wirbelsturm, und wandte mich wieder Ambrož zu. Der konnte was erleben! Ich schnappte mir den Wasserschlauch, der neben mir auf dem Boden lag, und richtete den Strahl aus eiskaltem Wasser geradewegs auf ihn. Erschrocken fuhr er zusammen und riss die Augen auf.

Gerade erst aus dem Hýbat erwacht, wusste er nicht, wie ihm geschah, als ich auch noch mit dem Fuß ausholte und ihm einen gezielten Tritt zwischen die Beine verpasste. Ja, dieser Schlag war unter der Gürtellinie, im wahrsten Sinne des Wortes, aber Ambrož hatte es nicht anders verdient. Nicht nur, dass er Lilek angegriffen hatte, er hatte seine Schattenkatze auch auf mich gehetzt. Wir Bändiger sollten zusammenhalten? Einander den Rücken decken und aufeinander aufpassen? Dass ich nicht lache!

Am liebsten hätte ich noch einmal zugeschlagen, aber Ambrož ging bereits zu Boden, die Hände in den Schritt gedrückt. Er atmete schwer, sein Gesicht war rot angelaufen. »Verdammt«, fluchte er durch zusammengebissene Zähne. »Du elendiges Miststück. Das wirst du bereuen.«

»Das werden wir sehen, aber zuerst wirst du dein Monster zurückrufen«, befahl ich. Ich hörte die beiden Monster noch immer im Hintergrund kämpfen. Nur weil Ambrož nicht mehr im Kopf seiner Schattenkatze war, machte das die Kreatur nicht zu einem harmlosen Stubentiger.

Ein Ausdruck des Missfallens trat auf Ambrožs Gesicht. Vermutlich realisierte er, dass er bereits das zweite Mal an diesem Tag gegen mich verlor. Dennoch verstummten die Kampfgeräusche hinter mir. Ich sah mich nach Lilek um. Er stand mit der Schattenkatze am anderen Ende des Stalls und hatte seine Zähne in ihrem Nacken vergraben, wodurch sie sich nicht mehr bewegen konnte. Ich gab ihm im Gedanken den Befehl loszulassen. Er gehorchte. Die Schattenkatze schüttelte sich, versuchte aber nicht erneut anzugreifen.

Ich sah wieder zu Ambrož, der noch immer mit den Schmerzen zwischen seinen Beinen zu kämpfen hatte. Es gab so viele Dinge, die ich ihn fragen wollte – zum Beispiel, warum er überhaupt hier war. Ja, ich hatte bei der heutigen Prüfung besser abgeschnitten als er, aber das änderte nichts daran, dass er über fünfzehn Punkte Vorsprung hatte, die Tabelle anführte und einer der vielversprechendsten Bändiger des Jahrgangs war. Jeder in der Akademie wusste das, nur Ambrož anscheinend nicht.

Ich verspürte allerdings nicht das geringste Bedürfnis, ihn darüber aufzuklären. Stattdessen warf ich ihm einen letzten finsteren Blick zu und wandte mich ab. »Komm«, sagte ich zu Lilek und bedeutete ihm, mir zu folgen. Ich wollte keine Sekunde länger hierbleiben und der Dreck wäre auch morgen noch da. Vielleicht konnte ich meinen Wetteinsatz bei Alexandr einlösen, dann würde er sich darum kümmern.

Lilek war noch immer schmutzig, obwohl ich den schlimmsten Dreck bereits aus seinem Fell gespült hatte. In diesem Zustand konnte er noch nicht zurück in die Akademie und die Duschen waren um diese Zeit besetzt. Mir blieb nichts anderes übrig, als ihn an das Flussufer der Vltava zu führen. Das Wasser war kalt und dunkel wie die Nacht. Doch Lilek zögerte nicht und badete im kühlen Nass. Vermutlich konnten wir es beide kaum erwarten, uns nach diesem langen Tag in unseren Betten zu verkriechen.

Dieses Mal gelang es mir nicht, Lilek unbemerkt in mein Zimmer zu schmuggeln. Der Abend war noch zu jung und meine Kommilitonen huschten auf den Fluren umher, um den Tag mit ihren Freunden oder im Aufenthaltsraum ausklingen zu lassen. Doch nur Bruno, einer von Ambrožs Anhängern, wagte es, mich auf das Verbot von Monstern im Wohnheim anzusprechen. Ich bedachte ihn mit demselben Blick, mit dem ich auch Ambrož am Boden habe liegen lassen, woraufhin Ruza Bruno von mir wegzerrte, wahrscheinlich jedoch mehr aus Angst, ich könnte ihm von unserer Begegnung in der Dusche erzählen.

Endlich in meinem Zimmer angekommen, ließ ich mich mit

einem erleichterten Seufzen gegen die Tür sinken. Lilek blieb vor mir sitzen. Wasser tropfte ihm aus dem Fell, das sich allmählich in Rauch auflöste. Ich beobachtete, wie der dunkle Nebel emporstieg und sich langsam zu der Gestalt eines Mannes verdichtete, bis Lilek in seiner menschlichen Form vor mir stand – nackt, nass und verwundet. Zahlreiche Kratzer und Bissspuren überzogen seinen Körper. Es waren keine todbringenden Verletzungen, dennoch wurde mir ein wenig übel bei dem Anblick des schwarzen Blutes, das aus den Wunden sickerte.

Ich schluckte schwer. »Das muss versorgt werden.«

Lilek blickte an sich herab und runzelte die Stirn. »Das? Das ist überhaupt nichts.«

Überhaupt nichts? Er sah aus wie ein Acker, nachdem man mit dem Pflug über die trockene Erde gefahren war; aufgeraut und aufgerissen.

»Lass mich die Wunden wenigstens desinfizieren.«

»Wenn du dann ruhiger schlafen kannst«, sagte Lilek. »Aber hast du vielleicht erst noch ein Handtuch für mich? Es ist ziemlich kalt.« Er verschränkte die Arme vor der Brust. Der Anblick seiner Verletzungen hatte mich so vereinnahmt, dass ich nicht bemerkt hatte, wie sehr er zitterte.

»Selbstverständlich.« Sofort setzte ich mich in Bewegung und holte ihm ein großes Handtuch aus dem Kleiderschrank. Er trocknete sich ab und hätten mich seine Wunden nicht so beunruhigt, dann wäre der Anblick vielleicht ein Genuss gewesen. Doch so konnte ich mich nur auf seine Verletzungen und seine bedachten Bewegungen konzentrieren. Er versuchte vor mir zu verbergen, dass er litt, aber ich konnte ihm die Schmerzen ansehen. Jedes Mal, wenn er mit dem Handtuch über einen Kratzer oder Biss fuhr und die Wunden daraufhin wieder stärker bluteten, spannte sich sein Kiefer an und er zog die Augenbrauen zusammen. Besonders beunruhigend war eine Bissspur an seiner linken Schulter. Wegen des schwarzen Blutes war es nur schwer zu erkennen, aber es sah ganz danach aus, als hätte Ambrožs Schattenkatze dort ihre Zähne tiefer in das Fleisch geschlagen. Bei einem Bändiger würde eine solche Wunde genäht werden, aber Lilek würde auf keinen Fall freiwillig mit mir in die Krankenstation gehen – also musste ich die Krankenstation zu ihm bringen.

»Ich geh mal das Desinfektionsmittel holen«, sagte ich und huschte aus meinem Zimmer. Eilig lief ich die Treppen nach unten und folgte einem langen Korridor bis ins andere Gebäude und in die Krankenstation. Mehrmals hörte ich jemanden meinen Namen rufen, aber ich achtete nicht weiter darauf. Ich wollte nicht nur so schnell wie möglich wieder bei Lilek sein, sondern hatte auch Angst, Ambrož über den Weg zu laufen, wenn ich zu lange trödelte.

In der Krankenstation musterte mich der verantwortliche Pfleger misstrauisch, als ich ihn nach dem Desinfektionsmittel fragte. Er wollte sofort wissen, wofür ich es brauchte und ob sich jemand verletzt hätte. Ich erzählte ihm die halbe Wahrheit, nämlich dass ein anderes Monster meinen Schattenwolf verwundet hätte. Damit gab er sich zufrieden, und da kein Bändiger zu Schaden gekommen war, bestand er auch nicht darauf, die Versorgung selbst zu übernehmen. Während er mir etwas Desinfektionsmittel aus dem Lager holte, stopfte ich mir noch ein paar Kompressen und ein Näh-Set in die Hosentaschen.

»Setz dich auf meinem Schreibtisch«, wies ich Lilek an, da ich mein Bettlaken nicht mit schwarzem Blut verschmieren wollte. Die dunklen Flecken auf dem Handtuch würden schon genug Fragen aufwerfen. Lilek, der inzwischen trocken war und Unterwäsche trug, hockte sich auf meinen Tisch und beobachtete mich skeptisch dabei, wie ich meine Taschen ausleerte.

»Wozu brauchen wir das?«, fragte er und griff nach dem Näh-Set.

»Für deine Schulter«, erklärte ich und deutete auf die Bissspuren, die bereits wieder bluteten; oder nie damit aufgehört hatten. Mein Blick folgte einem dunklen Rinnsal, das wie nasse Erde seine Brust hinablief, sich um seine Muskeln schlängelte. Ich wischte den Tropfen auf, bevor er sich im Bund seiner Hose verlieren konnte. »Die Wunde muss genäht werden.«

Lilek verrenkte seinen Hals, um sich die Wunde anzusehen. »Du übertreibst.«

»Und du bist kein Schattenwolf mehr. Menschen werden hier verarztet.«

»Wenn ich mich jetzt also in einen Schattenwolf verwandle, lässt du mich dann mit dem Zeug in Ruhe?«, fragte er und ich glaubte so etwas wie Hoffnung in seiner Stimme mitschwingen zu hören.

Ich wurde ernst. »Lilek, wenn du nicht willst, dass ich das mache, können wir es auch lassen.«

»Schon in Ordnung«, sagte er mit einem Lächeln, das irgendwie steif wirkte, aber mir wäre in seinem Zustand auch nicht zum Lachen zumute. »Ich will dich nur aufziehen. Tu, was du nicht lassen kannst.«

»Danke«, erwiderte ich und hoffte, dass ich mehr Zuversicht ausstrahlte, als ich verspürte. Ich hatte noch nie in meinem Leben einen anderen Menschen nähen müssen. An der Akademie bereitete man uns nur auf Notfälle vor, zum Beispiel wie wir vorgehen mussten, wenn einem Bändiger im Wald ein Bein abgetrennt wurde. Kleinigkeiten wie Wundennähen oder Blutabnehmen standen nicht auf dem Lehrplan, dafür gab es die Ärzte und Pfleger auf den Krankenstationen; wir mussten Patienten nur überleben lassen.

»Und du bist sicher, dass du nicht zu einem richtigen Arzt willst?«, fragte ich.

Er schüttelte den Kopf. »Ich vertraue dir. Und es ist ja nicht so, als könntest du es schlimmer machen.«

Sei dir da mal nicht so sicher. Trotz meiner Bedenken trat ich dichter an Lilek heran. Er roch noch immer nach Schwefel, aber auch nach dem Gras, in dem er sich nach seinem Bad in der Vltava gewälzt hatte.

»Das wird jetzt etwas brennen«, erklärte ich, nachdem ich eine Kompresse mit Desinfektionsmittel getränkt hatte. Vorsichtig tupfte ich sämtliche Bisse und Kratzer und die Haut rundherum ab. Da die Wunden von einem anderen Monster stammten, würde die Heilung eine Weile dauern.

Lilek gab dabei keinen Laut von sich und nachdem ich mir sicher war, dass alles steril war, bereitete ich Nadel und Faden vor. Ich nahm einen tiefen Atemzug und blickte noch einmal zu Lilek auf, doch nichts von meiner eigenen Unsicherheit spiegelte sich in seinen braunen Augen wider. Also setzte ich die Nadel an, wie ich es schon Dutzende Male bei den Ärzten auf der Krankenstation beobachtet hatte, und stach sie durch Lileks Haut.

»Gehts?«, fragte ich, nach dem ersten Stich, der weiteres Blut aus der Wunde gedrückt hatte. Zumindest die Kratzer auf seiner Brust und an den Oberschenkeln hatten inzwischen zu bluten aufgehört.

»Ich habe schon Schlimmeres ertragen«, antwortete er, aber dem harten Zug seiner Lippen und den angespannten Muskeln in seiner Schulter konnte ich entnehmen, dass er die Prozedur nicht so locker wegsteckte, wie er vorgab. Doch ich wollte ihn in seiner Männlichkeit nicht kränken, oder was immer er hier zu beweisen versuchte, und konzentrierte mich wieder auf meine Aufgabe. Wobei ich mir Mühe gab, so vorsichtig wie möglich zu sein, da ich aus eigener Erfahrung wusste, wie qualvoll solche Stiche waren. Ich hatte es kürzlich erst selbst zu spüren bekommen.

Nach ein paar Minuten trat ich einen Schritt zurück und bedeutete ihm sich umzudrehen, damit ich mit dem hinteren Teil seiner Schulter weitermachen konnte. Ich desinfizierte die Nadel erneut, ehe ich sie wieder an seine Haut setzte. »Wie geht es dir?«

»Fantastisch«, antwortete Lilek übertrieben fröhlich.

Ich schnaubte. »Und jetzt noch mal ohne Sarkasmus.«

»Ich habe dir doch schon gesagt, dass mich die Schmerzen nicht stören.«

»Ich frage nicht wegen der Schmerzen, sondern wegen der Dinge, die im Stall passiert sind.«

Er neigte den Kopf. »Du redest von dem Dreck, den Ambrož in meinen Käfig gekippt hat?«

Und von dem Kampf. Und der Schattenkatze, die mich angefallen hat und vor der du mich gerettet hast. Habe ich mich dafür überhaupt schon bedankt? »Unter anderem.«

»Wie soll es mir damit schon gehen?« Er zuckte unbedacht mit der Schulter, wobei mir beinahe meine Nadel ausgerutscht wäre. »Schön war es nicht gerade.«

Ich legte meine Hände auf Lileks Oberarme, damit er ruhig sitzen blieb. »Es tut mir leid, dass ich dich nicht früher aus deiner Kiste geholt habe.«

»Hör auf, dich ständig bei mir zu entschuldigen. Du kannst nichts dafür, dass die anderen Bändiger dich nicht in Ruhe lassen wollten und Ambrož ein Arschloch ist. Was mir passiert ist, ist nicht deine Schuld.«

»Wie kann das nicht meine Schuld sein? Ich bin für dich verantwortlich.«

Lilek drehte sich zu mir herum, ungeachtet der Nadel, die ich gerade wieder in seine Haut rammen wollte. Er betrachtete mich eingehend, die Augenbrauen tief zusammengezogen, aber dieses Mal zeichnete sich kein Schmerz in seinen Gesichtszügen ab, sondern nur Entschlossenheit. »Nein, bist du nicht. Ich weiß, du willst mir helfen, und ich kann dir gar nicht sagen, wie dankbar ich dir bin. Ohne dich wäre ich aufgeschmissen. Aber ich bin nicht länger nur ein Monster. Ich habe auch einen freien Willen und treffe meine eigenen Entscheidungen, so wie Ambrož und all die anderen Menschen, die uns heute den Tag versaut haben. Trotzdem bist du die Einzige, die sich entschuldigt.«

»Tut ...« Ich biss mir auf die Unterlippe, bevor ich noch einmal die drei Worte aussprach, die Lilek nicht von mir hören wollte. Doch ich konnte nicht anders. Ich hatte nie ein Monster gewollt aus Angst vor der Verantwortung, aber nun war Lilek hier und war ein Teil von mir. Ich konnte seine Dunkelheit in mir spüren. Sie war immer da, manchmal leise wie das Surren eines Insekts und manchmal laut wie ein Donnerschlag. Auch wenn er in diesem Moment wie ein eigenständiger Mensch erschien, so war er dennoch *mein* Schattenwolf. »Ich werde versuchen mich weniger zu entschuldigen, aber erwarte nicht, dass ich aufhöre mich in deine Angelegenheiten einzumischen. Solange du unter meinem Dach lebst, gelten meine Regeln«, sagte ich mit strenger Stimme, welche die meines Vaters imitieren sollte. »Und in der Nacht bleiben die Hände über der Bettdecke. Verstanden?«

Lileks Gesicht wurde leer, und seine Augen groß. »Das ... das hast du mitbekommen?«

Was?! Unglaublich. Ich wich einen Schritt zurück und starrte ihn fassungslos an. »Das sollte ein Scherz sein. Du hast doch nicht wirklich ...?«

Er verzog die Lippen zu einer Grimasse. »'schuldigung.«

Das durfte nicht wahr sein! »Ernsthaft? Während ich ...« Ich deutete auf die Decken, die am Boden lagen, und Hitze schoss mir in die Wangen bei der Vorstellung, was Lilek nur zwei Meter von mir entfernt getan haben könnte. Entgeistert starrte ich ihn an.

Und er starrte mich an – und plötzlich begann es in seinen Mundwinkeln zu zucken, kurz bevor er in lautes Gelächter ausbrach, das seinen ganzen Körper zum Beben brachte. »Scheiße«, fluchte Lilek und krümmte sich nach vorne, als könnte er die Kratzer und Bisse so davon abhalten, ihn zu quälen. »Das tut weh.«

Unweigerlich musste ich schmunzeln. »Selbst schuld. Hättest du mich nicht an der Nase herumgeführt.«

»Dann hätte ich dein herrlich schockiertes Gesicht nicht gesehen«, erwiderte Lilek nach Luft japsend. Es dauerte einen Moment, bis er sich wieder unter Kontrolle hatte. Zwei seiner Kratzer an den Armen bluteten nun wieder. Ich desinfizierte sie und ermahnte ihn, für die nächsten Minuten ruhig sitzen zu bleiben. Er warf mir ein verschmitztes Grinsen zu, drehte sich aber um, damit ich weiter an seinem Rücken arbeiten konnte. Schweigend vernähte ich den Rest der Wunde, was eine ziemliche Herausforderung war, da immer wieder dunkles Blut aus der Bissspur hervorquoll und es mir schwer machte, etwas zu erkennen.

Nach einer gefühlten Ewigkeit setzte ich den letzten Stich und verkündete stolz: »Fertig.«

Lilek stieß ein erleichtertes Seufzen aus. »Das wurde aber auch Zeit.«

»Hättest du dich nicht ständig bewegt, wäre es schneller gegangen.« Ich trat von meinem Schreibtisch zurück und betrachtete Lileks Schulter. Viel war nicht zu erkennen. Das Blut aus den Wunden war inzwischen auf seiner Haut getrocknet und hatte sie dunkel verfärbt. Es sah so aus, als hätte er sich auf einem Haufen Kohle herumgewälzt. »Warte hier, ich bin gleich wieder da.«

»Glaub mir, ich habe nicht vor, irgendwo hinzugehen.«

Ich lächelte Lilek an, schnappte mir ein kleines Handtuch aus meinem Schrank und ging zum nächsten Waschraum. Um diese Zeit, kurz vorm Schlafengehen, herrschte Hochbetrieb und ich zwängte mich an eines der Waschbecken. Ich tränkte mein Tuch im warmen Wasser und machte mich eilig auf den Rückweg. Lilek saß noch immer auf meinem Schreibtisch, die Beine untergeschlagen, den Blick aus dem Fenster gerichtet, obwohl durch das Licht im Zimmer und die Reflexion im Glas nicht mehr viel zu erkennen war. Meine Aufmerksamkeit allerdings ruhte auf Lileks Rücken, den unzähligen Narben, den Kratzern und dem verschmierten Blut. Wie konnte er nur so ruhig bleiben?

Ich trat hinter ihn, sagte aber kein Wort, da er mich durch das Fenster beobachten konnte. Vorsichtig legte ich ihm den warmen Lappen auf die verletzte Schulter. Er seufzte zufrieden und ich machte mich daran, das Blut von seiner Haut zu tupfen. Ein sichtbarer Schauder durchlief seinen Körper. »Ist dir kalt?«

Lilek schüttelte den Kopf und stieß ein Geräusch aus, das an ein Schnurren erinnerte. Sanft zog ich weitere Kreise über seinen Rücken. Seine Schultern sackten unter der Berührung nach unten und ich machte immer weiter, bis nichts mehr von dem getrockneten Blut übrig war. Nach kurzem Zögern legte ich das Tuch zur Seite und begann behutsam seinen Nacken und die unverletzten Stellen an seinem Rücken zu massieren. Seine Haut fühlte sich weich unter meinen Fingerspitzen an, aber die Muskeln darunter waren hart wie Stein, als hätte er sich in den letzten Jahren kein einziges Mal entspannt. Doch nach allem, was er in den vergangenen Stunden durchlebt hatte, hatte er es verdient, ein wenig verwöhnt zu werden und loszulassen.

In der Spiegelung des Fensters konnte ich erkennen, dass Lilek die Augen geschlossen hatte. Seine Gesichtszüge wirkten vollkommen entspannt. Nicht einmal die Falte, die einen festen Platz zwischen seinen Augenbrauen zu haben schien, war noch da. Während ich mit meinem Daumen seinen Nacken knetete, bemerkte ich weitere Narben an seinem Rücken, die mir zuvor gar nicht aufgefallen waren. Sie verschmolzen beinahe vollkommen mit seiner Haut und waren, anders als viele der anderen Narben, ebenmäßig verheilt. Diese Verletzungen mussten aus einer Zeit stammen, bevor er zum Monster geworden war, und sie waren ärztlich versorgt worden, daran bestand für mich kein Zweifel.

Ich fuhr mit meinem Zeigefinger die Konturen einer Narbe nach, die nicht viel mehr war als ein heller Schatten. Es waren vier exakt parallel laufende Linien, drei oder vier Millimeter lang, und ich fragte mich, wie ein Kind, das Lilek zu der Zeit gewesen sein musste, sich eine solche Verletzung holen konnte. Sie sah unnatürlich aus und konnte unmöglich von einem Sturz oder dergleichen stammen.

»Was tust du da?«, fragte Lilek. Seine Stimme klang schwer.

»Nichts.« Ich nahm meine Hand von der Narbe und setzte ein Lächeln auf, weil ich spüren konnte, dass er mich durch die Fensterreflexion hindurch beobachtete. »Ich wollte nur etwas ausprobieren. Gefällt es dir nicht?«

Lilek neigte den Kopf und lehnte sich in meine Berührung zurück, eine klare Aufforderung, da weiterzumachen, wo ich aufgehört hatte. »Nichts, was du tust, könnte mir je *nicht* gefallen.«

30. KAPITEL

»Die Leute schmieren sich wirklich die Scheiße von Schattenläufern ins Gesicht, weil sie glauben, sie würden dann länger jung aussehen?« Lilek hatte die Augenbrauen nach oben gezogen und sah mich an, als würde er mir kein Wort glauben. An seiner Stelle würde ich das vermutlich auch nicht.

Ich lachte. »Ja, ehrlich. Ich kann es dir gleich zeigen.«

Er rümpfte die Nase und wich einer Gruppe Kinder aus, die auf dem Boden saßen und die Straße mit Kreide bemalten, während sie darauf warteten, dass sie Schule losging. »Warum sollte man sich freiwillig Dreck ins Gesicht schmieren?«

»Keine Ahnung.« Ich zuckte mit den Schultern. »Ich mache das ja nicht.«

Lilek warf mir einen Seitenblick zu. »Solltest du aber vielleicht.«

Mir klappte der Mund auf. »Willst du damit sagen, dass ich alt aussehe?«

»Nein, nicht wirklich alt.« Er beugte sich im Gehen zu mir herunter und musterte mich eingehend. Ich versuchte ihn zu ignorieren und auf die Leute zu achten, die uns eilig entgegenkamen, um pünktlich zur Arbeit zu kommen. »Aber so ein paar Falten hast du ja schon.«

Ich schnaubte. »Du hast viel mehr Falten als ich.«

»Ich hatte auch ein viel härteres Leben.«

»Stimmt, das heißt, du hast eine Hovno-Maske viel nötiger

als ich«, stichelte ich. Ein amüsiertes Funkeln lag in Lileks Augen, während er mich eingehend betrachtete. »Sobald wir im Krám sind, werde ich dir eine anrühren, dann kannst du dich selbst von ihrer Nichtwirkung überzeugen.«

Er machte eine wegwischende Bewegung. »Nicht nötig. Ich hatte erst vorgestern eine Behandlung.«

Ich verzog die Lippen bei der Erinnerung an das, was Ambrož ihm oder genau genommen meinem Schattenwolf angetan hatte. Es hatte mich einiges an Überwindung gekostet, gestern während des Kampftrainings nicht auf Ambrož loszugehen, und vermutlich hätte ich das auch getan, wäre er mir auch nur einen Schritt zu nahe gekommen. Doch er war klug gewesen und auf Abstand geblieben.

Wir erreichten den Krám, die Tür stand weit offen, um den Laden zu lüften, der morgens immer leicht staubig roch. Frída war gerade dabei, die Fäden eines Traumfängers zu entwirren, die sich im Wind verknotet hatten. »Ahoj, Frída«, grüßte ich sie.

»Ahoj, Kayla.« Ein liebevolles Lächeln trat auf ihre Lippen. »Mit dir habe ich heute gar nicht gerechnet.«

»Es ist Mittwoch«, sagte ich leichthin, als hätte ich meine Schicht letzte Woche nicht ausfallen lassen.

»Stimmt. Ich werde mich auch nicht beklagen, denn es gibt jede Menge zu tun. Wegen des Trubels um das Irrlicht sind die Leute ganz versessen auf Talismane und Glücksbringer. Und ich habe hinten noch zwei Blutgänger liegen, die darauf warten, konserviert zu werden. Ich hatte bisher keine Zeit dafür und langsam fangen sie an zu stinken.« Sie wedelte sich mit der Hand vor der Nase herum.

»Meint sie das ernst?«, fragte Lilek hinter mir, die Stimme gesenkt, aber in dem kleinen Laden konnte Frída ihn dennoch hören. Erstaunt zuckte ihr Blick von mir zu Lilek. Anscheinend wurde ihr erst jetzt bewusst, dass er mit mir hier war und wir nicht nur zufällig zur selben Zeit den Laden betreten hatten.

Ein Ausdruck des Entzückens trat auf ihr Gesicht. »Wer ist denn dein Freund?«

»Frída, das ist Cestmir«, erklärte ich und benutzte den falschen Namen, den wir bereits Alexandr genannt hatten. »Cestmir, das ist Frída. Sie ist die Partnerin meiner Mutter und ihr gehört der Krám.«

Frída kam auf uns zu und streckte Lilek die Hand entgegen. Er griff, ohne zu zögern, danach, was kurz nach seiner Verwandlung noch unmöglich gewesen wäre. »Freut mich dich kennenzulernen. Kayla stellt uns nur selten ihre Freunde vor.«

»Ich habe sie mehr oder weniger dazu gezwungen«, sagte Lilek und es stimmte. Eigentlich hatte ich nicht vorgehabt ihn mit in den Krám zu nehmen, aber er hatte darauf bestanden, mich zu begleiten. Zumindest liefen wir auf diese Weise nicht Gefahr, dass er in der Akademie entdeckt wurde.

Frída ließ Lileks Hand nicht wieder los, stattdessen verengten sich ihre Augen zu Schlitzen und sie musterte ihn eingehend. »Kennen wir uns?«

Er schüttelte den Kopf. »Nicht dass ich wüsste.«

»Bist du dir sicher? Warst du schon mal in meinem Laden?«

»Nein, das ist das erste Mal.« Unsicherheit schwang in Lileks Antwort mit und ich fragte mich, ob Frída ihn möglicherweise wirklich schon einmal gesehen hatte. Ich hatte zwar noch immer die Theorie, dass Lilek aus der Stadt Brno stammen könnte, nun beschlichen mich allerdings wieder Zweifel. Was, wenn Frída ihn tatsächlich von früher kannte? Ich wollte nachbohren, aber in dieser Sekunde betraten zwei Frauen den Laden. Eine von ihnen hielt einen Säugling auf dem Arm. Frída begrüßte die drei Neuankömmlinge und fragte, wonach sie suchten.

Ich griff nach Lileks Hand und führte ihn hinter die Theke, damit wir nicht im Weg herumstanden. Die ganze Zeit über löste er seinen Blick kein einziges Mal von Frída. »Kommt sie dir bekannt vor?«

Lilek zögerte einen Moment, bevor er den Kopf schüttelte. »Nein, nicht wirklich.«

»Schade.«

Er stieß ein enttäuschtes Seufzen aus. »Vermutlich verwechselt sie mich mit jemand anderem.«

»Möglich«, erwiderte ich, da ich ihm auch keine falschen Hoffnungen machen wollte.

Die nächsten zwei Stunden blieb uns allerdings keine Zeit, uns über Frídas Äußerung Gedanken zu machen, denn sie hatte nicht übertrieben, als sie gesagt hatte, es wäre viel zu tun. Es herrschte ein ständiger Fluss an neuer Kundschaft und manchmal waren sogar zwei oder drei Interessenten gleichzeitig im Laden. Ich konnte mich nicht daran erinnern, wann das zuletzt der Fall gewesen war. Frída hatte sich in den Keller zurückgezogen, um sich um die Blutgänger zu kümmern, und Lilek hielt die Stellung hinter der Kasse. Anfänglich hatte er ein paar Probleme mit den Münzen und dem Wechselgeld, aber wie auch mit allem anderen fand er schnell in eine Routine zurück. Auch wenn er sich nicht an sein früheres Leben erinnern konnte, so hatte sich sein Unterbewusstsein einiges aus dieser Zeit gemerkt.

Ein paar jüngere Kundinnen versuchten sogar mit Lilek zu flirten, aber entweder war er sich ihrer Annäherungsversuche nicht bewusst oder er ignorierte sie absichtlich. Vielmehr interessierte ihn der Inhalt der Regale und in jeder freien Sekunde, in der ich niemanden beraten musste, stellte er mir Fragen über die Anwendungen der einzelnen Gegenstände. Anfänglich machte ich mir Sorgen, er könnte wegen der Leichenteile ausrasten wie damals auf dem Markt, und seine Frage, woher Frída die monströsen Überreste bekam, beantwortete ich mit Vorsicht. Doch meine Bedenken waren unberechtigt, denn er blieb ruhig, als ich erklärte, dass Frída die Monster von den Bändigern bekam. Meist waren es Blutgänger, Knochenträger oder Dunkelweber, welche die Mauer und somit die Stadt angegriffen hatten und dabei getötet worden waren. Die Akademie brachte Frída ihre Kadaver vorbei, dankbar dafür, sich nicht selbst um ihre Entsorgung kümmern zu müssen.

Erst am späten Vormittag, als die meisten Leute selbst ihrer Arbeit nachgingen, wurde es ruhiger im Laden. Ich stieß ein Seufzen aus und ließ mich auf den Hocker hinter der Theke fallen, nachdem ich die letzten fünf Minuten damit verbracht hatte, einen Mann zu beruhigen, der sich darüber beschwert hatte, dass unsere Schattenläufer-Krallen ausverkauft waren. »Du hättest ihn einen meiner Fingernägel verkaufen können«, bemerkte Lilek und lehnte sich mir gegenüber an die Wand.

Ich lachte. »Das hätte natürlich keine Fragen aufgeworfen.«

»Nein, wie kommst du darauf?« Er zwinkerte mir zu und allmählich war ich mir fast sicher, dass das Kampftraining doch eine gute Idee gewesen war. Zwar gefiel es mir nicht, Lilek herumzukommandieren und mir anhören zu müssen, wie abfällig die anderen Bändiger über ihre Monster redeten. Aber irgendwie wirkte er glücklicher und unbeschwerter, seit er ein Ventil für die Dunkelheit gefunden hatte.

»Kannst du hier kurz alleine die Stellung halten?«

Lilek runzelte die Stirn. »Wieso? Wo willst du hin?«

»Ich wollte kurz mit Frída reden.«

»Weil sie mich erkannt hat?«

»Sie hat dich nicht *erkannt*. Du kommst ihr nur *bekannt* vor«, sagte ich und stand von meinem Hocker auf. Ich wollte Lilek seine Hoffnung nicht nehmen, aber er sollte auch nicht zu viel erwarten.

»Vermutlich hat sie nur jemanden gesehen, der dir ähnlich sieht. Aber deswegen wollte ich nicht zu ihr. Sie kennt ziemlich viele Geschichten und ich dachte mir, ich frag sie, ob sie schon mal was von Menschen gehört hat, die sich in Monster verwandelt haben. Vielleicht kann sie uns einen Hinweis geben.«

Lilek beugte sich nach vorne, die Stimme gesenkt. »Du wirst ihr nicht von mir erzählen, oder?«

»Nein, ich frage sie rein hypothetisch«, versicherte ich ihm.

»Okay, rein hypothetisch«, echote er und die Art, wie er das Wort aussprach, ließ vermuten, dass er keine Ahnung hatte, was das bedeutete. Aber er schien mir zu vertrauen, denn er versuchte nicht mich aufzuhalten, als ich den Vorhang hinter der Ladentheke zurückschob und ihn allein ließ.

Dieses Mal nahm ich nicht wie gewöhnlich die Treppe ins Obergeschoss, die in die Wohnung von Frída und meiner Mutter führte, sondern öffnete eine sich fest verschließende Tür in den Keller. Augenblicklich schlug mir der muffige Gestank von Schwefel entgegen und ich nahm mir eines der Tücher vom Haken, die Frída genau für diese Fälle dort aufbewahrte, und wickelte es mir um Mund und Nase. Ich folgte dem dunklen Gang, vorbei an einer Vorratskammer und einem Lager, bis zu Frídas Arbeitszimmer, das gleich von zwei Türen verschlossen wurde. Die erste war vollkommen gewöhnlich, doch die Tür, die dahinter lag, war aus Metall gegossen und eine Sonderanfertigung meiner Mutter, damit sich der Gestank der Leichen und des Blutes nicht im ganzen Haus ausbreitete.

Der Raum dahinter war hell beleuchtet und sah so aus, als könnte er einem Albtraum entsprungen sein. Sägen, Zangen, Beile und andere gruselig aussehende Instrumente hingen an den Wänden und lagen auf den Tischen. Haken baumelten von der Decke und die Wände waren gesäumt von Regalen, auf denen

Einmachgläser und dergleichen standen. Das Herzstück des Raumes bildeten jedoch drei Tische und auf zwei von ihnen lagen derzeit tote Monster. Der eine Blutgänger war noch mit einem Tuch abgedeckt, dem anderen zog Frída gerade die Stacheln aus der Hand.

»Frída?«, fragte ich verhalten, um sie nicht zu erschrecken.

Sie sah überrascht zu mir auf. »Gibt es Probleme im Laden?«

Ich schüttelte den Kopf. »Nein, alles in Ordnung. Ich wollte mit dir reden.«

»Das klingt ernst.« Sie legte ihre Zange zur Seite und stand von ihrem Hocker auf. Schwarzes Blut verschmierte ihre Schürze. Und auch nach all den Jahren, die ich Frída bereits kannte, irritierte es mich, sie in dieser Umgebung zu sehen. »Was ist los?«

»Es ist nicht Ernstes«, beschwichtigte ich sie. Meine Stimme klang gedämpft hinter dem Stofffetzen, den ich mir umgebunden hatte. »Ich wollte dich nur etwas fragen.«

»Alles, was du willst, meine Liebe.«

»Du kennst doch ziemlich viele Geschichten über die Monster.« Sie nickte und lief zu einem Waschtrog, der in die Wand eingelassen war. »Ich habe mich gefragt, ob es irgendwelche Erzählungen über Menschen gibt, die zu Monstern geworden sind, oder über Monster, die zu Menschen wurden.«

Sie drehte Wasser auf. »Bringt man euch so etwas nicht an der Akademie bei?«

»In der Akademie lehren sie uns Fakten, keine Legenden.«

»Verstehe«, murmelte Frída und wusch sich die Hände. »Mir fällt dazu nur die Erzählung über die Tiere des Waldes ein, welche die verdorbenen Früchte des Bösen gefressen haben. Daraufhin wurden sie zu den Monstern, die wir heute kennen. In einer Variante der Geschichte haben auch Menschen diese Früchte gegessen. Angeblich wurden sie zu Irrlichtern.«

Ich stutzte. »Wieso habe ich davon noch nie gehört?«

Frída trocknete sich die Hände ab und hob beiläufig die Achseln. »Ich erzähl das mit den menschlichen Verwandlungen nur ungern. Sie machen den Kindern Angst und am Ende weigern sie sich ihr Obst zu essen, weil sie fürchten dadurch zu Monstern zu werden. Dann beschweren sich ihre Eltern bei mir.«

»Verstehe«, murmelte ich. »Aber kein Monster hat sich jemals zurück in einen Menschen verwandelt?«

Frída lächelte mich liebevoll an, doch dabei lag etwas Trauriges in ihrem Blick. Sie war wie eine Mutter, die dabei war ihrer Tochter das Herz zu brechen, während sie erzählte, dass es die Prinzen aus den Märchen nicht gab. »Nein. Monster sind Monster. Selbst wenn man den Geschichten glaubt, sie sind jahrhundertealt und alles, was möglicherweise je menschlich an ihnen gewesen war, ist schon vor langer Zeit verloren gegangen und von der Dunkelheit vernichtet worden. Warum fragst du?«

Ich zuckte mit den Schultern. »Nur so. Ich hatte diesen verrückten Traum, in dem sich mein Schattenwolf in einen Mann verwandelt hat und …« Ein Ziehen in meiner Schläfe ließ mich den Satz abbrechen, aber es war so schnell wieder verschwunden, wie es gekommen war. »Es hat mich einfach interessiert.«

Frída neigte den Kopf und zog die Augenbrauen nach oben. »Für mich sieht es nicht so aus, als hättest du es nötig, dir Männer herbeizuträumen.« Sie deutete in Richtung der Treppe und des Ladens, als plötzlich ein lauter Knall zu hören war. »Was war das?«, fragt Frída alarmiert, ein panischer Ausdruck im Gesicht.

»Vielleicht kam es aus der Waffenschmiede«, spekulierte ich, während ich mich bereits in Bewegung setzte. Mein Herz pochte wie wild und meine Gedanken wanderten prompt zu Lilek. Das Ziehen eben in meinem Kopf hätte mich alarmieren müssen. Hoffentlich war ihm nichts passiert!

Ich zog die Metalltür auf, bereit nach oben zu stürmen und mich jeder Gefahr zu stellen, als im selben Moment die zweite, dahinterliegende Tür geöffnet wurde und ich plötzlich Benedict gegenüberstand. Seine schwarzen Augen richteten sich auf mich und seine Gesichtszüge, die einer stählernen Maske glichen, verrutschten für den Bruchteil einer Sekunde. Doch er hatte sich sofort wieder unter Kontrolle; wie immer. »Was willst du hier?« Seine Worte waren eine Anklage.

Dasselbe könnte ich dich fragen. »Ich besuche Frída. Und du?«

Er sah mich an. Blinzelte. Und ohne ein Wort zu sagen, rempelte er mich an und schob sich an mir vorbei in das Zimmer. Ich taumelte rückwärts, konnte mein Gleichgewicht aber halten. Abfällig ließ Benedict seinen Blick durch den Raum gleiten, der an eine Folterkammer erinnerte. Dabei zeigte er sich völlig unberührt von dem Gestank des Schwefels.

»Benedict, ich habe gar nicht mit dir gerechnet«, sagte Frída und trat auf ihn zu. Sie klang freundlicher, als er es verdient hätte. »Was verschafft mir die Ehre?«

Benedict ignorierte ihre Frage und winkte seine Leute heran, die hinter ihm im Gang standen. »Durchsucht alles!« Seine Stimme klang bitter und triefte vor Verachtung, als wäre es für ihn genauso unangenehm, hier zu sein, wie einen Haufen Müll durchsuchen zu müssen. Und noch bevor ich den Befehl, den er eben gegeben hatte, richtig begreifen konnte, stürzte eine Horde Männer und Frauen in den Raum. Manche von ihnen trugen Livrejs wie Benedict, andere die dunkelgrüne Uniform der Stadtwache. Ohne zu zögern, machten sie sich über den Inhalt der Regale her, rissen Schubladen auf, durchwühlten sie und tasteten Boden und Wände ab, als würden sie irgendwo eine doppelte Tür vermuten.

»Lasst das!«, brüllte Frída, als ein Glas mit einer gelbbraunen Flüssigkeit lautstark zerschellte. Splitter rutschten über den Boden und knirschten unter den Stiefeln der Wachleute, die sich einen Dreck für die Sauerei interessierten, die sie da gerade anrichteten.

Ich wollte Benedict zur Rede stellen, als ich Lilek hinter ihm bemerkte – und er war nicht allein. Er wurde von zwei Stadtwachen flankiert und der steifen Haltung ihrer Schultern nach zu urteilen, standen sie nicht nur zufällig bei ihm. Aber selbst wenn das noch kein Hinweis gewesen wäre, dann auf jeden Fall die Panik in seinem Gesicht. Mit weit aufgerissenen Augen starrte er mich an. Ich spürte erneut das Ziehen der Dunkelheit. Der Schattenwolf in ihm wollte ausbrechen, weil er in diesem Zustand die stärkste Version seiner selbst war, doch wenn er sich jetzt verwandelte, wäre jede Hoffnung verloren.

Ich wollte zu Lilek gehen, um ihn in die Arme zu schließen und zu beruhigen, kam allerdings nicht weit. Benedicts Hand schnellte hervor, packte mich am Handgelenk und hielt mich fest. Ich stieß einen überraschten Laut aus und riss den Kopf herum. Wütend funkelte ich ihn an und versuchte mich loszureißen, aber sein Griff war so eisern wie sein Blick. »Lass mich los.«

»Nein.«

»Lass mich los!«, sagte ich noch einmal lauter, aber Benedict reagierte nicht, stattdessen drückten sich seine Finger noch fester in meine Haut. Mir wurde übel. Dieses Verhalten sah ihm nicht ähnlich. Er war vielleicht nicht der liebenswerteste Vater auf der Welt, aber er war noch nie handgreiflich geworden. Ich schluckte schwer und auch wenn es mir schon fast körperliche Schmerzen bereitete, wandte ich mich von Lilek ab und sah mich noch einmal im Raum um. Die anderen Bändiger und Wachen waren noch immer dabei, das Zimmer auf den Kopf zu stellen. Eine der Stadtwachen hielt Frída fest. Ihr Gesichtsausdruck war wild und Strähnen hatten sich aus ihrem geflochtenen Zopf gelöst.

»Was geht hier vor?«, fragte ich, ohne Benedict anzusehen, und verabscheute die Unsicherheit in meiner Stimme. Wo war Jakub? Wusste er hiervon?

»Das weißt du ganz genau«, antwortete Benedict. Die Kälte seiner Worte ließ mich erschaudern.

Ich schüttelte den Kopf und drehte mich wieder zu ihm. »Wovon redest du?«

»Von der Wilden Jagd. Frída und deine Mutter helfen ihnen.«

»Tun sie nicht.« Die Lüge verließ meinem Mund wie von selbst und schmeckte wie Asche auf meiner Zunge.

»Dann brauchst du dir ja keine Sorgen zu machen«, erwiderte Benedict.

Vermutlich konnte ich froh sein, dass er mich nicht ebenfalls beschuldigte der Wilden Jagd zu helfen. Grund genug dafür hätte er, nach ihrem Einbruch in der Akademie, aber das würde kein gutes Licht auf ihn werfen.

Ich holte tief Luft und versuchte ruhig zu bleiben. In Panik zu verfallen würde mir nicht helfen, und Frída und meine Mutter waren sehr vorsichtig, wenn es um die Wilde Jagd ging. Sie mischten sich nicht in Ondrejs Angelegenheiten ein, sondern stellten ihm lediglich die Waffen zur Verfügung und das war nicht verboten – noch nicht.

»Und warum haltet ihr Cestmir fest?«, fragte ich und versuchte nicht zu drängend zu klingen.

Er sah über seine Schulter zu Lilek und inspizierte ihn von oben bis unten wie ein Stück Fleisch. Er hatte die Ärmel seines Hemdes hochgekrempelt, wodurch die Kratzer von Ambrožs Schattenkatze zu sehen waren, auch wenn sie bereits so gut wie verheilt waren. Zum Glück, denn ich wollte mir gar nicht ausmalen, was passieren würde, sollten die Bändiger ausgerechnet jetzt Lileks schwarzes Blut entdecken. »Er ist es, oder?«

Einen Moment lang glaubte ich, er würde mich danach fragen, ob Lilek mein Schattenwolf war, aber das konnte er unmöglich wissen. Ich räusperte mich. »Wer soll er sein?«

»Der Junge, mit dem du in der Akademie geduscht hast.« Benedict wurde gegen Ende des Satzes leiser, als wollte er nicht, dass die anderen Bändiger seine Worte mitbekamen.

Ich musste nicht fragen, wer ihm davon erzählt hatte. Es gab nur zwei Personen, die von der Sache wussten, und Ruza war die Angelegenheit viel zu peinlich gewesen, als dass sie mit Benedict darüber hätte sprechen können. Ich war nicht einmal überrascht. Ein Teil von mir hatte bereits damit gerechnet, dass Ambrož seine Klappe nicht würde halten können. Ich überlege kurz, die Sache einfach abzustreiten, aber was sollte das bringen? Es war die Wahrheit – irgendwie – und Benedict schenkte seinem Goldjungen ohnehin mehr Glauben als mir.

»Es stimmt. Ich war mit Cestmir im Waschraum«, sagte ich. Unter anderen Umständen wäre mir dieses Geständnis peinlich gewesen, der Ernst der Lage hatte mir allerdings jedes Schamgefühl ausgetrieben. »Aber das ist noch kein Grund, ihn so zu behandeln.« Ich zeigte auf die Wachen, die Lilek sichtlich bedrohten, auch ohne ihm eine Waffe an die Brust zu halten.

»Nein, aber die Tatsache, dass er in der Akademie war, sehr wohl.«

»Und was hast du jetzt mit ihm vor?«

»Wonach sieht es denn aus?«, fragte Benedict ruhig. »Ich lasse ihn festnehmen.«

»Was?« Ich hoffte, mich verhört zu haben, Benedicts bittere Miene ließ jedoch keinen Zweifel an seinen Worten. »Das kannst du nicht tun!«

»Ich kann und ich werde. Nicht-Bändigern ist der Aufenthalt in der Akademie verboten.«

»Das ist kein Grund. Marek ist auch ...« Ich sprach den Satz nicht zu Ende. Das Letzte, was die Wilde Jagd, meine Mutter und Frída gebrauchen konnten, war, dass ich Benedicts Aufmerksamkeit auf Marek lenkte. »Bisher ist noch nie jemand dafür verhaftet worden.«

»Stimmt und deshalb wird immer wieder gegen das Verbot verstoßen, genauso wie gegen die Ausgangssperre. Es wird Zeit, dass wir härter durchgreifen und ein Zeichen setzen.«

Mein Magen verkrampfte sich. »Aber Li... Cestmir war nur meinetwegen in der Akademie.«

»Deswegen hat er nicht weniger gegen das Gesetz verstoßen.«

Verzweiflung schnürte mir die Kehle zu. Ich durfte nicht zulassen, dass die Bändiger Lilek mitnahmen. Seine Panik reizte den Schattenwolf in ihm schon jetzt und ich konnte spüren, wie die Dunkelheit an meinem Verstand zerrte. Kaum auszumalen, was passieren würde, wenn man ihn in eine Zelle einsperrte. Ich schluckte den Kloß in meinem Hals herunter und tat etwas, was ich vor Stolz sonst nie tat: Ich bettelte. »Bitte, tu das nicht.« Ich trat dichter an Benedict heran. »Ich werde auch alles tun, was du von mir verlangst. Ich schwänze nie wieder den Unterricht. Versprochen.«

Er stieß ein Schnauben aus und lächelte grimmig. »Spar dir deine Lügen. Ich werde mich nicht von dir bestechen lassen.«

Ich straffte die Schultern. »Wieso nicht? Du hast doch sonst keine Probleme mit Bestechung.«

»Benedict!«, unterbrach uns eine Bändigerin, bevor er mir antworten konnte, und das war vielleicht auch besser so, denn sein Gesichtsausdruck hatte sich bei meiner Unterstellung gefährlich verfinstert. »Wir sind hier fertig.«

»Habt ihr etwas gefunden?«, fragte er, ohne mich aus den Augen zu lassen.

»Nein, vielleicht hatten die anderen in der Waffenschmiede mehr Glück.«

Benedict nickte. »Dann sind wir hier fertig. Den Jungen nehmen wir mit.«

»Nein!« Ich schüttelte heftig den Kopf. »Das werdet ihr nicht tun.«

»Du hast hier nichts zu melden. Freu dich lieber darüber, dass ich dich nicht auch noch mitnehme. Verdient hättest du es«, zischte er und gab den anderen Bändigern den Befehl zum Rückzug. Wie schon Dutzende Male durchgeführt, versammelten sie sich an der Tür und versperrten mir die Sicht auf Lilek. Ich versuchte mich von Benedict loszumachen, aber er hielt mich noch immer mit seinem unnachgiebigen Griff fest. Selbst wenn ich mich würde losreißen können, würden Benedicts Lakaien verhindern, dass ich zu Lilek gelangte. Ich stellte mich auf die Zehenspitzen und reckte meinen Hals, um einen letzten Blick auf ihn zu erhaschen. Durch eine Lücke hindurch entdeckte ich, wie eine der Stadtwachen ihm Handschellen anlegte. Er wehrte sich nicht, was gut war, doch selbst aus der Ferne konnte ich erkennen, wie er vor Aufregung zitterte.

»Cestmir!« Es fühlte sich falsch an diesen Namen zu rufen. Dennoch drehte sich Lilek zu mir um und unsere Blicke begegneten sich. Ich versuchte ihm ohne Worte zu verstehen zu geben, dass er sich keine Sorgen machen musste. Ich hatte keine Ahnung wie, aber ich würde die Sache in Ordnung bringen.

Der Mann, der Lilek die Handschellen angelegt hatte, zerrte ihn davon und mir blieb nichts anderes übrig, als dabei zuzusehen, wie er abgeführt wurde – für ein Verbrechen, das er nur begangen hatte, weil das Leben ihm keine andere Wahl gelassen hatte.

Zorn stieg in mir auf und ich ballte die Hände zu Fäusten. Mit dieser Aktion war Benedict zu weit gegangen. Und dabei ging es mir nicht nur um Lilek, sondern auch um meine Mutter und Frída. Ihr Arbeitszimmer war verwüstet, der Laden und die Waffenschmiede meiner Mutter vermutlich auch, und Benedict interessierte sich einen Scheißdreck für das Chaos, das seine Leute zurückließen. Es würde vermutlich Stunden, vielleicht sogar Tage dauern, das alles aufzuräumen, von dem finanziellen Schaden, der hier entstanden war, ganz abgesehen.

Wie konnte er Mutter und Frída das nur antun? Die Antwort war so einfach, wie erschreckend. Ondrej hatte recht behalten: *Die Kreaturen dort draußen im Wald sind nicht länger die einzigen Monster, die uns quälen.*

»Benedict!«, rief ich meinem Vater hinterher.

Langsam drehte er sich noch einmal zu mir um, die Lippen fest aufeinandergepresst. Mehrere Herzschläge lang starrten wir einander an, warteten darauf, dass der jeweils andere nachgab.

Ich gewann.

»Was, Kayla?«, fragte Benedict hörbar genervt.

»Die Sache hier ist noch nicht vorbei.«

Er zog die Augenbrauen nach oben. »Ist das eine Drohung?«

Ich lächelte, nur um ihn zu verwirren. »Ja.«

Teil drei Mein Herz aus Schatten

31. KAPITEL

Was hatte ich mir nur dabei gedacht, Benedict zu drohen? Ich bereute die Worte nicht an sich, denn ich hatte jedes einzelne davon ernst gemeint. Ich konnte sein Verhalten nicht länger hinnehmen, nicht mit Lilek im Gefängnis und einer zerstörten Lebensgrundlage für Frída und meine Mutter. Doch ich wünschte mir, ich hätte sie nicht laut ausgesprochen. Nun war er gewarnt und wartete bestimmt nur darauf, dass ich etwas unternahm. Allerdings hatte ich noch keine Ahnung, was das sein sollte. Zuerst einmal musste ich Lilek befreien und herausfinden, was Benedict dazu getrieben hatte, sich ausgerechnet an diesem Tag auf die Suche nach der Wilden Jagd zu begeben. Ondrej und die anderen waren ihm bereits seit Jahren ein Dorn im Auge, und ihre Aktionen in den vergangenen Wochen hatten seinen Hass deutlich geschürt, dennoch musste irgendetwas vorgefallen sein, das ihn dazu getrieben hat, die Stadtwache einzuschalten. Und bevor ich nicht wusste, was der Auslöser für sein Verhalten war, wäre es ein Fehler, sich einzumischen.

Mit festen Schritten, die hoffentlich nichts von meiner Wut, dafür aber meine Entschlossenheit widerspiegelten, betrat ich den Campus der Akademie. Es brauchte nur wenige Sekunden, um zu erkennen, dass etwas nicht stimmte. Aufgeregte Stimmen waren zu hören, zahlreiche Bändiger eilten umher und ich fühlte ein elektrisierendes Kribbeln auf der Haut. Ärger lag in der Luft.

Was hatte die Wild Jagd nur angestellt?

Ich war mir nicht sicher, wo ich mit meiner Suche nach Antworten anfangen sollte, aber die Stallungen erschienen mir der richtige Ort dafür. Das Kampftraining, das heute wieder ohne mich stattfinden musste – Benedict sei Dank –, würde bald beginnen und all meine Kommilitonen wären dort, um sich um ihre Monster zu kümmern. Alexandr auch und ich konnte nur hoffen, dass er irgendetwas mitbekommen hatte.

Je näher ich dem Stall kam, desto mehr Bändiger eilten an mir vorbei und umso mehr Leute versammelten sich auf dem Rasen und unter den Rundbogen. Sie tuschelten leise, aber ihre Stimmen schwollen dennoch zu einem lauten Chor an und immer wieder hörte ich die Worte *Wilde Jagd, Ambrož* und *Schattenkatze,* die für mich zuerst keinen Sinn ergeben wollten. Vor allem in Kombination mit den garstigen, missbilligenden Blicken, die mir meine Kommilitonen zuwarfen. Doch dann betrat ich die Stallung und auf einmal wurde mir alles klar. Nur wenige Meter von Lileks Käfig entfernt lag ein Leichentuch auf dem Boden, das von schwarzem Blut getränkt war. Die Form der darunterliegenden Gestalt ließ nur eine Vermutung zu: Es war Ambrožs Schattenkatze.

»Wie kannst du es wagen, hier aufzukreuzen!«, hörte ich plötzlich jemanden brüllen. Ich war zu geschockt vom Anblick des toten Monsters, um die Stimme zuzuordnen, bis plötzlich Ambrož direkt vor mir stand. Ich hatte ihn noch nie so gesehen. Sein dunkelblondes Haar war ein wildes Durcheinander, seine Livrej war schief geknöpft und dunkle Ringe lagen unter seinen rot geschwollenen Augen.

Mein Blick wanderte zwischen ihm und seiner Schattenkatze hin und her. »Was ist passiert?«, fragte ich, obwohl ich mir bereits vorstellen konnte, was sich hier abgespielt hatte.

»Die Wilde Jagd.« Ambrož spuckte die Worte geradezu aus. »Sie haben meinen Schattenläufer getötet.«

»Scheiße«, fluchte ich, weil mir nichts anderes einfiel. Was hätte ich auch sagen können? Ambrožs Schattenkatze war tot. Anscheinend hatte sich die Wilde Jagd dazu entschlossen, die Funktionalität der Schattenläufer-Bambitka auszutesten, ohne sich noch einmal den Gefahren des Waldes auszusetzen.

»Tu nicht so überrascht«, zischte Ambrož und trat so dicht an mich heran, dass ich den Kopf in den Nacken legen musste, um ihm ins Gesicht sehen zu können. »Wir alle wissen, dass du und deine Freunde von der Wilden Jagd dahintersteckt. Konntest es wohl nicht ertragen, dass ich schon das Hýbat beherrsche und du nicht. Doch anstatt dir den Arsch aufzureißen, wie wir alle es tun, wählst du wieder den feigen, schnellen Weg und lässt mein Monster aus dem Weg räumen. Dein Vater wird es schon so drehen, dass niemand etwas von deinem Verrat mitbekommt. So war es schon immer, nicht wahr?«

Ich sah noch einmal zu dem leblosen Monster. Dem Blutfleck und der Form des Leichentuchs nach zu urteilen war die Schattenkatze mit einem Kopfschuss getötet worden. Allein bei der Vorstellung wurde mir übel. Die Wilde Jagd hatte das Schloss des Käfigs mit irgendeinem Werkzeug aufgestemmt. Und wenn Ambrožs Schattenkatze nur ansatzweise so war wie Lilek, hatte sie sich vermutlich darüber gefreut, aus der Dunkelheit befreit zu werden, nur um kurz darauf in eine immerwährende Finsternis einzutauchen. »Ich habe nichts damit zu tun.«

»Lüg nicht. Wir alle wissen, dass du mit Marek befreundet bist.«

»Na und? Das macht mich noch lange nicht zu einem Mitglied der Wilden Jagd.«

»Ach nein?« Ambrož zog die Augenbrauen nach oben. »Also ist es Zufall, dass das ausgerechnet jetzt passiert?«

Ich nickte. »Ja.«

»Dann verrate mir, Kayla: Wo ist dein Schattenwolf?«

Seine Frage erwischte mich eiskalt. Während ich meine Gedanken sammelte, bemerkte ich, wie ruhig es um uns herum geworden war. Sämtliche Gespräche der anderen Bändiger waren verstummt. Ich räusperte mich. »In seinem Käfig.«

»Und schon wieder lügst du«, fauchte Ambrož. Bei all dem Zorn in seiner Stimme wunderte es mich beinahe, dass er noch nicht auf mich losgegangen war. Seine Haltung schrie danach, dass er mir am liebsten eine verpassen würde. »Wir haben nach ihm gesehen, weil wir dachten, die Wilde Jagd könnte ihn auch verletzt haben. Aber er ist nicht da. Ein ziemlich praktischer Zufall, findest du nicht? Wir beide geraten aneinander, kurze Zeit später brechen deine Freunde der Wilden Jagd hier ein und töten nur meine Schattenkatze, dein Schattenwolf ist fort. Von dir in Sicherheit gebracht.«

Sie hatten Lileks Käfig geöffnet? Scheiße. Wie sollte ich seine Abwesenheit erklären? Ich konnte ihm schlecht sagen, dass mein Schattenwolf im Gefängnis saß. Aber mir wollte keine Ausrede einfallen. Nichts erschien mir glaubwürdig oder auch nur im Ansatz logisch; nicht während mich all die anderen Bändiger so abschätzig beobachteten.

Ambrož stieß ein bitteres Schnauben aus. »Wusste ich doch, dass ich recht habe.«

»Nein, so war das nicht«, stammelte ich.

»Beweis es«, verlangte Ambrož.

Die einzige Möglichkeit, ihm begreiflich zu machen, dass ich wirklich kein Interesse an dem Tod seiner Schattenkatze hatte, wäre, ihm von Lilek und seiner Menschlichkeit zu erzählen. Doch das würde ich nicht tun. Ausgeschlossen. Ich schüttelte den Kopf. »Das kann ich nicht.«

»Überraschung«, sagte Ambrož mit einem erzürnten Lächeln,

das geradezu wahnsinnig wirkte. Was hatten sich Marek und Ondrej nur dabei gedacht, die Waffe an Ambrožs Schattenkatze auszutesten? Nicht nur, dass sie eines der wenigen Monster getötet hatten, die auf unserer Seite standen – sie hatten auch den Sohn einer der einflussreichsten Familien der Stadt verärgert. Die Blazeks würden das nicht auf sich sitzen lassen und das erklärte auch Benedicts radikales Vorgehen. Denn wenn die Wilde Jagd Ambrožs Monster töten konnte, dann auch die der anderen Bändiger. Das würde die Akademie zumindest für eine Zeit lang handlungsunfähig machen und den Schutz der Stadt in die Hände der Wilden Jagd legen. Davor hatte Benedict seit jeher am meisten Angst.

»Ich weiß nicht, was du hören willst oder jetzt von mir erwartest«, gestand ich Ambrož, nachdem wir uns einige Sekunden lang wortlos angestarrt hatten. »Wenn du dich damit besser fühlst, entschuldige ich mich gerne für etwas, das ich nicht getan habe. Aber das bringt dir dein Monster auch nicht zurück. Du wirst ein neues bekommen.« Der letzte Satz aus meinem Mund sollte ihm Trost spenden, hörte sich aber furchtbar falsch an, denn es klang wie etwas, das Benedict sagen würde. Und wäre er jetzt hier, würde er Ambrož vermutlich für seine Trauer und seine Verzweiflung zurechtweisen.

»Ich will kein neues Monster.« Er ballte die Hände zu Fäusten. »Ich will Nela.«

»Nela?«

»Ja«, knurrte Ambrož durch zusammengebissene Zähne, leise genug, sodass nur ich es hören konnte. »Lach mich ruhig aus, aber diese Schattenkatze hat mir etwas bedeutet. Vermutlich verstehst du das nicht. Dir ist dein Schattenwolf doch scheißegal.«

»Ist er nicht.«

»Natürlich nicht.« Ambrož verdrehte die Augen, in denen nun eindeutig Tränen schimmerten. »Glaubst du, ich bekomme nicht mit, wie du ihn vernachlässigst? Du bist selten bei den Fütterungen und ich habe schon ewig nicht mehr gesehen, wie du seinen Käfig sauber gemacht hast.«

Verblüfft starrte ich Ambrož an. Niemals wäre ich auf die Idee gekommen, dass er diese Dinge bemerkte. Er schien sich für niemand anderen zu interessieren außer für sich selbst. »Wenn du findest, dass …«

»Sie haben Ondrej!«, brüllte plötzlich jemand hinter mir und auf einmal kam Bewegung in die gaffende Masse. Stimmen erhoben sich und alle eilten zum Ausgang des Stalls. Ambrožs Blick folgte ihnen und der Schmerz in seinem Gesicht wich Wut. Ohne ein weiteres Wort an mich zu richten, begleitete er die anderen. Regungslos sah ich ihm hinterher, als mich jemand aus heiterem Himmel von der Seite packte. Ich zuckte zusammen und einen Moment befürchtete ich, es könnte Benedict sein, der zurückgekommen war, um mich doch festzunehmen. Aber es war Alexandr. Er musterte mich besorgt. »Alles klar bei dir? Wo ist Lilek?«

»In Sicherheit.«

Er zog die Augenbrauen zusammen. »Was bedeutet das?«

»Es bedeutet, was es eben bedeutet«, erwiderte ich bissiger, als Alexandr es verdient hatte, und ich bereute es augenblicklich. Ich stieß ein schweres Seufzen aus und nun, da niemand mehr hier war, der meine Schwäche sehen konnte, trat ich einen Schritt nach vorne und ließ mich gegen Alexandr sinken. Er verstand sofort, was ich von ihm brauchte, und nahm mich in den Arm. »Geht es Lilek wirklich gut?«, fragte er zögerlich.

Ich nickte an seiner Schulter, dankbar dafür, dass er meine glasigen Augen nicht sehen konnte.

»Und dir? Geht es dir gut?«

»War schon mal besser«, murmelte ich, meine Stimme vom Stoff seiner Bluse gedämpft.

Alexandr zögerte. »Du weißt, dass du mit mir reden kannst, oder?«

»Natürlich«, antwortete ich und richtete mich auf. »Du bist einer meiner besten Freunde, und könnte ich, würde ich dir alles erzählen, aber es geht hier nicht nur um mich.«

»Ich bin jedenfalls da, wenn du mich brauchst.«

Ich lächelte Alexandr an. »Womit habe ich nur einen Freund wie dich verdient?«

»Hast du nicht, aber leider bist du die Einzige, die sich mit dem Bastard abgeben will. Und jetzt lass uns nachsehen, was mit Ondrej ist.« Er griff nach meiner Hand und zog mich hinter sich her aus dem Stall. Wir liefen über den Innenhof auf die Straße und folgten dem Weg bis zur Stadtwache, die nur ein paar Häuser weiter lag. Vermutlich hielt Benedict dort auch Lilek gefangen.

Eine Menschentraube hatte sich bereits vor dem Eingang versammelt. Wachen und Bändiger gleichermaßen hinderten die Leute daran, die Treppenstufen zu erklimmen. Dort stand Ondrej. Er hielt sein Kinn entschlossen in die Höhe gereckt. Weder Furcht noch Reue lagen in seinen Augen. Neben ihm waren noch zwei Männer sowie Tereza und Jakub auf der Treppe. Letzterer war Ondrej am nächsten. Jakub mit seinem makellosen Gesicht und Ondrejs wulstige Narben bildeten einen Kontrast wie Tag und Nacht. Licht und Dunkel. Gut und Böse. Nur war ich mir längst nicht mehr sicher, wer welche Rolle spielte.

Jakub und Tereza hatten die Köpfe zusammengesteckt und tuschelten ein paar Sekunden miteinander. Ich konnte nicht hören, was sie sagten, aber Stolz und Genugtuung lag in ihren Blicken, als sie sich schließlich uns zuwandten. »Ondrej Konečný, auch bekannt als der Anführer der Wilden Jagd, wurde vor gut einer Stunde von meiner Kollegin und Bändigerin Tereza Leharová gefasst und wird nun der Stadtwache übergeben und in Gewahrsam genommen«, verkündete Jakub und ich glaubte Neid in seiner Stimme zu hören, als wäre er enttäuscht darüber, Ondrej nicht selbst festgenommen zu haben. »Er wird sich dafür verantworten müssen, sich heute in den frühen Morgenstunden gewaltsam Zugang zur Akademie verschafft und sich am Monster eines unserer Bändiger vergriffen zu haben.«

»Vergriffen?« Ondrej stieß ein bitteres Lachen aus. »Ich habe es umgebracht! Der Schattenläufer ist tot, weil die Wilde Jagd einen Weg gefunden hat, Monster zu töten. Jeder kann diese Waffen benutzen! Wir brauchen die Bändiger nicht mehr. Wir haben die Macht ...« Ondrej kippte nach vorne und ächzte, als eine der Wachen ihm von hinten einen Schlagstock in den Rücken rammte, um ihn zum Schweigen zu bringen. Einige der umstehenden Menschen, vor allem die Nicht-Bändiger unter ihnen, stießen überraschte Laute aus, die Münder geöffnet, die Augen aufgerissen. Und da begriff ich, dass es hier nicht einfach nur darum ging, Ondrej zu verhaften und für seine Tat zu bestrafen – die Leute sollten sehen, dass die Bändiger den furchtlosen Anführer der Wilden Jagd festgenommen hatten und sich nichts gefallen ließen. Es war eine Demonstration von Macht und eine Warnung, sich mit den Bändigern anzulegen. Was die Frage aufwarf, wo Benedict war. Eine solche Vorstellung würde er sich nie freiwillig entgehen lassen und das machte mich nervös. Ich reckte den Hals und stellte mich auf die Zehenspitzen, um besser sehen zu können. Aber von Benedict keine Spur.

Eine der Wachen packte Ondrej an den Schultern und zerrte ihn durch den Eingang der Wachstation. Jakub folgte der Gruppe. Tereza blieb allerdings zurück. Aufgeregtes Gemurmel setzte augenblicklich ein. Vermutlich war es nur eine Frage von Stunden, bis die ganze Stadt wusste, was hier gerade vorgefallen war. »Recht hat der Mann«, sagte eine ältere Frau mit schütterem grauen Haar und von der Sonne fleckig gewordener Haut. »Ich habe gehört, sie wollen die Steuern schon wieder erhöhen.«

»Das habe ich auch mitbekommen«, stimmte ein Mann zu.

»Das wäre eine Frechheit«, schaltete sich eine andere Frau ein, die einen Korb voller Äpfel unter dem Arm trug, vermutlich, um einen der Märkte damit zu beliefern. »Die letzte Erhöhung ist erst ein Jahr her. Was denken die sich dabei? Wir brauchen auch noch Geld zum Leben.«

Ein anderer Mann schüttelte den Kopf. »Das ist bestimmt nur wieder ein Gerücht.«

Nein, ist es nicht, dachte ich, aber ich würde mich nicht in das Gespräch einmischen, denn ich wollte den Leuten nicht auch noch einen Grund geben, sich auf die Seite der Wilden Jagd zu schlagen. Denn auch wenn Ondrej recht hatte, so konnte ich das Töten von Monstern nicht länger unterstützen. Nicht mit Lilek an meiner Seite und der Möglichkeit, dass diese Bestien in Wahrheit Menschen waren.

Alexandr verpasste mir einen sanften Stoß. Er nickte in Richtung des Eingangs der Stadtwache. »Was, glaubst du, wird jetzt mit Ondrej passieren?«

»Keine Ahnung.«

»Ziemlich verrückte Aktion mit Ambrožs Schattenkatze.«

»Verrückt? Du meinst wohl eher dumm.«

Er zuckte mit den Schultern. »Wie man es nimmt. Ich hätte mir vielleicht nicht ausgerechnet das Monster des Blazek-Erben ausgesucht, aber zumindest mussten sie so nicht in den Wald und ihr Leben riskieren. Das Irrlicht ist immer noch da draußen und das letzte Mal ist die Sache ordentlich nach hinten losgegangen.«

»Aber was bringt es ihnen, gebändigte Monster zu töten?«

Alexandr betrachtete mich irritiert. »Das klingt, als würdest du auf Ambrožs Seite stehen.«

»Tu ich nicht«, erwiderte ich, wobei ich selbst nicht mehr genau wusste, was ich eigentlich tat, denn im Moment fühlte sich für mich einfach alles falsch an. Benedict war ein Monster. Mein Bruder sein Lakai. Die Bändiger seine Marionetten. Die Stadt seine Bühne. Und die einzigen Leute, die sich gegen ihn wehrten, hatten möglicherweise einen unschuldigen Menschen mit einer Waffe getötet, die ich entwickelt hatte. Außerdem saß Lilek im Gefängnis und Ambrož war tief in seinem Inneren möglicherweise ein besserer und aufmerksamerer Kerl, als ich zuerst angenommen hatte. Wer hätte das gedacht?

Plötzlich war das Krächzen eines Dunkelwebers zu hören. Alle Gespräche verstummten, während das Monster einen Kreis über unsere Köpfe flog und schließlich einige Meter entfernt neben uns auf dem Treppengeländer landete. Tereza hatte die Hände in die Hüfte gestemmt und ließ ihren Blick durch die Reihen gleiten. »Alle Bändiger, die in meiner Klasse sind: Folgt mir bitte zum Unterricht. Vom Rumstehen und Gaffen werdet ihr nicht besser und eure Punktzahl nicht höher. Und wenn ihr euch heute gut schlagt, erzähle ich euch vielleicht, wie ich Ondrej festgenommen habe. Hopp, hopp!«

Meine Klassenkameraden setzten sich in Bewegung und auch Alexandr wandte sich ab, um mit allen anderen in den Unterricht zu gehen. Als er merkte, dass ich ihm nicht folgte, blieb er noch einmal stehen. »Kommst du nicht mit?«

Ich schüttelte den Kopf. »Ich muss nach Lilek sehen.«

»Wo hast du ihn versteckt?«, fragte er leise.

»Ich habe ihn nicht versteckt. Ich lass ihn nur in meinem Zimmer übernachten«, log ich und war beinahe froh darüber, dass ein paar Bändiger gesehen hatten, wie ich Lilek nach meinem Kampf mit Ambrož in die Akademie geschmuggelt hatte. »Diese Kiste im Stall ist einfach viel zu klein für ihn.«

»Das ist wahr. Sehen wir uns später im Unterricht?«

Ich schüttelte den Kopf. »Morgen wieder.«

»Geht klar. Grüß Marek von mir.« Er zwinkerte mir zu und war weg, bevor ich ihm sagen konnte, dass ich nicht vorhatte, Marek oder irgendein anderes Mitglied der Wilden Jagd zu besuchen. Meine oberste Priorität war jetzt Lilek, dessen Unruhe ich durch die Dunkelheit hindurch noch immer spüren konnte.

Ich schob mich zwischen den Schaulustigen hindurch zum Eingang der Wache und entdeckte Ambrož auf den Treppenstufen sitzend, die Arme auf den Knien abgestützt, das Gesicht in den Händen vergraben. Einen kurzen Moment überlegte ich, mich zu ihm zu setzen, entschied mich aber dagegen, da ich keinen Streit provozieren wollte. Doch Ambrož hob den Kopf, als ich an ihm vorbeilief.

»Was hast du vor?« Seine Frage klang argwöhnisch.

»Ich besuche Cestmir. Benedict hat ihn festgenommen, nachdem du herumerzählt hast, dass er mit mir im Waschraum war. Vielen Dank dafür.« Ich glaubte so etwas wie Bedauern auf Ambrožs Gesicht zu erkennen, aber statt etwas zu sagen, wandte er sich ab. Was hatte ich auch erwartet?

Ich ließ ihn auf der Treppe sitzen und betrat die Stadtwache. Der Mann mit kurz rasierten Haaren, der am Empfang saß, betrachtete mich skeptisch. »Ja?«

»Ich möchte einen der Gefangenen besuchen.«

»Es darf noch niemand zu Ondrej Konečný.«

»Ich will nicht zu Ondrej, sondern zu Cestmir.«

Der Mann zog eine Metallschale unter seinen Tisch hervor, wies mich an, meine Taschen auszuleeren, und zählte Dinge auf, die ich auf keinen Fall tun durfte. Dabei leierte er die Verbotsliste herunter, als wäre es ihm völlig egal, ob ich mich daran hielt oder nicht. Ich legte alles, was ich bei mir hatte, in die Schale und wurde angewiesen einer weißen Markierung auf dem Boden zu folgen, die zu den Gewahrsamszellen führen sollte. Mitten im Gang blieb ich jedoch an einer geöffneten Tür stehen, da ich eine mir vertraute Stimme hörte. »Ihr könnt mich hier nicht lange festhalten«, sagte Ondrej. »Es gibt kein Gesetz, das es uns verbietet Monster zu jagen und zu töten, auch nicht gebändigte.«

»Dieses Gesetz gibt es *noch* nicht«, erwiderte Jakub.

Einige Sekunden herrschte Schweigen. Auf Zehenspitzen trat ich dichter an die Tür heran und drängte mich an die Wand daneben, um nicht aufzufallen. »Was soll das heißen?«, fragte Ondrej.

»Dass wir daran arbeiten«, erklärte Jakub und fügte hinzu: »Der Entwurf dafür ist schon fertig.«

»Ihr Bändiger seid alle verlogene Feiglinge. Ihr habt doch nur Angst, dass man euch nicht mehr braucht und ihr euer Geld auf ehrliche Weise verdienen müsst.«

»Wir tun nur das, wofür wir geboren wurden.«

Ondrej lachte. Es war ein bitteres, kaltes Lachen. »Ihr wurdet dafür geboren, andere auszubeuten und eure Macht auszunutzen?«

»Wir beschützen die Einwohner dieser Stadt mit unserem Leben.«

»Rede dir das nur ein, wenn du dich dadurch besser fühlst.«

»Das werde ich«, antwortete Jakub. »Aber ich an deiner Stelle würde mir weniger Sorgen um meine Gefühle und dafür mehr Gedanken über deine Situation machen, Konečný. Es sieht nicht gut für dich aus.«

Ondrej schnaubte. »Ihr könnt mir nichts anhaben.«

»Das werden wir sehen.« Schritte erklangen und ich setzte mich eilig wieder in Bewegung. Das Letzte, was ich wollte, war, von Jakub dabei erwischt zu werden, wie ich ihn und Ondrej belauschte.

Ich fand den Weg zu den Gewahrsamszellen ohne Probleme. Am Eingang saß eine Wächterin, die mich direkt durchwinkte.

Offenbar hatte sie noch nicht mitbekommen, dass man mir nicht mehr vertrauen konnte. Insgesamt gab es fünf Zellen, aber nur ein Fenster, wodurch es ziemlich dunkel war. Die Wände hier waren kahl, Spinnweben hingen zwischen den Steinen des Gemäuers und die Luft war staubig und trocken.

Lilek saß in der hintersten Zelle auf einer morschen Holzbank. Er hatte den Kopf in den Nacken gelegt und die Augen geschlossen, als würde er versuchen, sich an einen anderen Ort zu träumen. Mein Herz zog sich zusammen, denn es tat weh ihn so zu sehen. Seit ich ihn im Chrám gebändigt hatte, schien er in ständiger Gefangenschaft zu leben. Erst hatte er in diesem furchtbaren Käfig ausharren müssen, nun saß er in dieser Zelle und in der Zeit dazwischen waren es keine Gitter, die ihn gefangen gehalten hatten, aber sein Geheimnis und das Wissen, dass viele Leute ihn nicht würden akzeptieren können. Niemand erlaubte ihm frei und ganz er selbst zu sein. Ich trat dicht an die Zelle heran, obwohl mich die Wache davor gewarnt hatte. »Ahoj.«

Überrascht riss Lilek den Kopf in die Höhe. »Kayla.« Er sprang von der Bank auf und in drei großen Schritten war er bei mir. Seine Hände legten sich um die Gitter und umklammerten sie so fest, dass seine Knöchel hell hervortraten. Dreck klebte an seiner rechten Wange, als hätte man ihn herumgeschubst.

Ich ließ meinen Blick über seinen Körper gleiten. »Geht es dir gut?«

»Alles bestens. Sie haben mich hierhergebracht und meinten, ich soll es mir gemütlich machen.« Er zuckte mit den Achseln und lehnte sich so weit wie nur möglich nach vorne, bis er mit der Stirn an den Gitterstäben lehnte. »Du weißt, ich könnte ausbrechen?« Er hob seine Hand und Rauchwolken stiegen auf.

»Lass das«, zischte ich und griff nach seinen Fingern. Augenblicklich stoppte die Verwandlung und ich konnte nur hoffen, dass niemand den leichten Geruch nach Schwefel bemerkte, der nun in der Luft lag. »Ich hole dich auf legalem Weg hier raus. Wenn du fliehst, wird dir das nur noch mehr Ärger einbringen und Benedict hat im Moment nicht die beste Laune.«

»Was ist passiert?« Lilek spähte zu der Wache am Eingang. »Niemand wollte mir etwas sagen.«

»Die Wilde Jagd hat das Monster eines Bändigers umgebracht.«

Lileks Augen weiteten sich und er schluckte schwer. »Wessen Monster?«

Ich schüttelte nur den Kopf. Ich hatte ohnehin schon zu viel gesagt, vor allem wenn ich daran dachte, wie Lilek in der Stadt auf Ondrej und die vier Kadaver reagiert hatte. »Das ist nicht wichtig.«

»Wessen Monster?«, wiederholte Lilek eindringlicher mit einem Funkeln in den Augen. Vermutlich ahnte er bereits etwas.

Ich holte tief Luft. »Das von Ambrož. Seine Schattenkatze ist tot.«

Lilek wurde ruhig und eine Angst, die ich nicht einmal bei seiner Verhaftung gesehen hatte, trat in seinen Blick. Sein Gesicht wurde kalkweiß. Die Dunkelheit rauschte in meinen Verstand wie das Blattwerk eines Baumes bei Sturm. »Wäre das gestern passiert, wäre ich in meinem Käfig gewesen, und …«

»Du warst aber nicht dort«, unterbrach ich ihn, denn ich durfte weder ihm noch mir erlauben diesen Gedanken zu Ende zu führen. Ich drückte seine Hand. Sie war ganz kalt und feucht, dennoch ließ ich ihn nicht los. »Mach dir keine Sorgen. Solange du ein Mensch bist und ich deine Bändigerin, wird dir nichts passieren.«

»Das weißt du nicht.«

»Ich werde nicht zulassen, dass die Wilde Jagd dir zu nahe kommt. Versprochen.«

»So etwas kannst du nicht versprechen.«

»Doch, das kann ich«, beharrte ich. »Du musst mir nur vertrauen.«

Lilek sah auf unsere verschränkten Hände und bewegte zögerlich seine Finger, bis sein Daumen über meinen Handrücken streichelte. Die Berührung schien zu sanft für diesen Moment und diesen Ort. »Ich vertraue dir, Kayla, aber nicht der Wilden Jagd und vor allem nicht diesem Ondrej. Du hast gesehen, was für ein Massaker er auf dem Marktplatz angerichtet hat. Er ist ein Monster.«

Ich lächelte traurig. »Vermutlich hast du recht. Aber soll ich dir etwas verraten?«

Lilek nickte.

»Ich glaube, wir alle sind Monster, den Albträumen des jeweils anderen entsprungen.«

32. KAPITEL

Ich suchte die ganze Stadt nach Benedict ab. Nachdem ich jeden Winkel der Akademie und des Rathauses durchforstet hatte, war ich auf die Straße gegangen in der Sorge, dass Ondrej ihm womöglich nicht genug war und er noch weiteren Mitgliedern der Wilden Jagd auf den Fersen war. Meine Angst um Marek hatte mich schließlich zurück zur Waffenschmiede meiner Mutter getrieben. Ich wollte mich versichern, dass es ihm gut ging, und ihn womöglich vor Benedict und seiner Vendetta warnen. Was ich allerdings nicht erwartet hatte, war, Benedict selbst in der Waffenschmiede anzutreffen.

Die Verwüstung, welche die Wachen und Bändiger hinterlassen hatten, war noch deutlich zu sehen. Vor dem Laden und der Schmiede standen Körbe mit zerschellten Gläsern, zerrupften Traumfängern und anderen Dingen, die bei der Durchsuchung zu Bruch gegangen waren. Frída fegte gerade ihren Laden. Ich winkte ihr zu und lief in die Waffenschmiede, die ausnahmsweise vor Hitze nicht zu kochen schien, da sämtliche Öfen außer Betrieb waren. Ich wollte gerade nach Marek und meiner Mutter rufen, als mich Benedicts Stimme erstarren ließ. »Ich werde keine Krone für die Reparatur deiner Werkstatt bezahlen!«, brüllte er.

»Doch, das wirst du!«, keifte meine Mutter zurück und ich konnte hören, wie sie durch den Raum stürmte. »Sieh nur, was du angerichtet hast. Alles kaputt! Es wird Tage dauern, das zu reparieren. Tage, in denen ich nichts verdienen werde.«

»Das hast du dir selbst zuzuschreiben. Deinetwegen ist die Schattenkatze von Ambrož Blazek tot. Sein Vater war vorhin schon bei mir und hat mir gedroht. Jetzt darf ich die Sache wieder geradebiegen, indem ich ihm die Stiefel lecke und seinen arroganten Armleuchter von einem Sohn wie einen König behandle. Hast du eine Ahnung, wie erniedrigend das ist?« Benedicts Stimme überschlug sich vor Zorn und ich konnte förmlich sehen, wie die Ader auf seiner Stirn vor Wut zu pochen begann.

»Das ist dein Problem. Nicht meines«, erwiderte meine Mutter atemlos. »Ich habe Ambrožs Monster nicht getötet. Das war Ondrej.«

»Aber er konnte das nur deinetwegen.«

Vorsichtig schlich ich mich auf Zehenspitzen näher an die beiden heran und versteckte mich hinter einer dicken Metallplatte. Zögerlich spähte ich dahinter hervor und mich beschlich das Gefühl eines Déjà-vu. Wie damals, als ich meine Mutter, Ondrej und die anderen Mitglieder der Wilden Jagd belauscht hatte. Nun stand sie allerdings mit Benedict in der Waffenschmiede, umgeben von Chaos. Neben ihnen lag ein umgekippter Amboss auf dem Boden. Was hatten die Wachen damit bezwecken wollen? Hatten sie geglaubt, meine Mutter würde darunter geheime Dokumente verstecken, auf denen Ondrejs Aufenthaltsort angegeben war?

»Ich habe nichts Falsches getan«, beharrte meine Mutter. Sie hatte die Arme vor der Brust verschränkt und funkelte Benedict an.

»Nichts Falsches getan?« Benedict hob etwas in die Höhe und ich erkannte, dass es die Schattenläufer-Bambitka war. Sein Gesicht war knallrot angelaufen und würde er nicht auf zwei Beinen stehen, müsste ich mir wohl Sorgen um seinen Zustand machen. »Du hast gemeinsam mit diesem Unruhestifter Marek diese Waffen entwickelt.«

»Ja, damit sich die Menschen selbst gegen die Monster verteidigen können.«

»Von wegen! Nur die Mitglieder der Wilden Jagd benutzen diese Waffen. Und sie hetzen gegen die Bändiger, als wären wir eine Meute Verbrecher. Die Leute hier fangen an, unsere Loyalität infrage zu stellen. Wir können alles verlieren.«

»Vielleicht habt ihr das verdient.«

Fassungslos starrte Benedict meine Mutter an. Zorn und Verachtung loderten in seinem Blick auf, während er langsam den Kopf schüttelte. »Wie kannst du so etwas sagen, nach allem, was du mir angetan hast?«

Meine Mutter schnaubte. »Was ich *dir* angetan habe?«

»Ja.« Er schritt langsam auf meine Mutter zu. Seine Bewegungen gefährlich langsam. »Ich habe dich von ganzem Herzen geliebt, Zuzana, aber du musstest alles ruinieren und mit diesem Flittchen schlafen.«

Meine Mutter streckte die Hand aus. Ein Zeichen für Benedict, stehen zu bleiben. »Halte Frída aus der Sache raus. Sie hat nichts damit zu tun, dass Ondrej diese Schattenkatze getötet hat.«

»Aber du kannst nicht abstreiten, dass alles den Bach runtergeht, seit diese Schlampe in unser Leben getreten ist. Wäre sie damals nicht in der Akademie aufgetaucht, hättest du mich nicht betrogen. Du hättest dich niemals auf der Seite der Wilden Jagd gestellt und diese Waffen entwickelt, mit denen gerade alles zerstört wird, was ich mir mein Leben lang aufgebaut habe.«

»Hör auf, Frída als Schlampe zu bezeichnen. Sie ist meine Lebensgefährtin.«

Benedicts Kiefer spannte sich an – und wäre es möglich, hätte ich schwören können, dass seine schwarzen Augen in diesem Moment noch dunkler wurden. »Ich nenne diese Hure, wie ich möchte.«

»Benedict!«, mahnte meine Mutter mit drohender Stimme, und da wusste ich, was nun kommen würde, denn diesen Streit hatte ich schon Hunderte Male belauscht – selten absichtlich, sondern meist ungewollt durch die dünnen Wände meines Zimmers. Benedict würde Frída beschimpfen und meine Mutter würde ihn beleidigen, bis sie schließlich anfangen würden ihr Wissen über den jeweils anderen gegeneinander auszuspielen. Dann wurde es richtig hässlich. Ich wollte das nicht mehr hören und konnte nicht zulassen, dass Benedict die Beziehung von Frída und meiner Mutter noch weiter in den Dreck zerrte, vor allem da die Wilde Jagd Ambrožs Monster mit *meiner* Erfindung getötet hatte. Es war an der Zeit, reinen Wein einzuschenken. Ich hatte dieses Geheimnis ohnehin viel zu lange mit mir herumgetragen.

»Ich war es!«, rief ich aus meinem Versteck aus und trat hinter der Metallwand hervor.

Erschrocken wirbelten meine Eltern zu mir herum und starrten mich mit aufgerissenen Augen an, als wäre ich nicht ihre Tochter, sondern der Geist ihres verstorbenen Sohnes. Meine Mutter fand ihre Stimme zuerst wieder. »Kayla, wie lange stehst du da schon?«

»Lange genug, um zu wissen, dass Benedict dir die Schuld für etwas gibt, das Ondrej getan hat.«

»Was meintest du mit: Du warst es?«, fragte Benedict. Er hatte die Augenbrauen zusammengezogen und eine Sorge, die ich nicht zuordnen konnte, schwang in seiner Stimme mit. Doch dann dämmerte es mir: Er dachte, ich hätte Ambrožs Schattenkatze getötet – oder zumindest hielt er es für möglich. Unglaublich, dass er überzeugt war, ich wäre zu so etwas in der Lage.

»Die Waffe zum Töten der Schattenläufer. Ich habe sie entwickelt.«

Stille.

Meine Eltern sagten kein Wort. Benedict starrte mich nur entgeistert an und meine Mutter hatte die Stirn gerunzelt, als wäre sie nicht sicher, ob sie das, was ich soeben gesagt hatte, richtig verstanden hatte. Meine Haut begann unter ihren forschen Blicken zu kribbeln. Hatte ich zu leise gesprochen?

»Ich habe die Waffe erfunden«, wiederholte ich und dieses Mal war es, als würden die Worte, die meinen Mund verließen, eine Last mit sich nehmen, die ich schon viel zu lange mit mir herumtrug. Ich hatte erwartet, mich nach dem Geständnis elend zu fühlen, weil ich wusste, wie viele Bändiger ich damit vor den Kopf stieß. Allerdings war genau das Gegenteil der Fall. Die Wahrheit war erleichternd, nun konnte ich mich den Konsequenzen stellen. Mich interessierte es schon längst nicht mehr, was die anderen Bändiger oder Benedict von mir dachten. Denn ich dachte schon lang nichts mehr Gutes über sie.

»Marek ...«, setzte meine Mutter an.

»Hat für mich gelogen«, unterbrach ich sie und näherte mich ihnen in langsamen Schritten. »Die Waffe war meine Idee, aber ich wollte Jakub, Benedict und die anderen Bändiger nicht vor den Kopf stoßen, also habe ich Marek darum gebeten, die Waffe als seine Erfindung auszugeben.«

»Ich kann das nicht glauben.« Benedict drehte mir den Rücken zu, als könnte er meinen Anblick nicht ertragen. Er lief einige Meter in Richtung eines Brennofens. Seine Schultern waren angespannt und es wirkte, als wollte er auf etwas oder besser gesagt jemanden – mich – einschlagen. Doch stattdessen holte er mit dem Fuß aus und kickte gegen einen Eimer. Das Metall kam mit einem lauten Schlag auf dem Boden auf und Asche verteilte sich über den Boden.

»He!«, rief meine Mutter. »Lass das!«

Benedict wirbelte herum und betrachtete uns mit einem wilden Ausdruck. »Ich werde es nicht sein lassen.«

Meine Mutter trat einen Schritt nach vorne. »Dann muss ich dich jetzt bitten zu gehen.«

»Ich gehen nirgendwohin«, sagte Benedict, die Hände zu Fäusten geballt. »Nicht ohne Antworten.« Er sah von meiner Mutter zu mir. Unsere Blicke begegneten sich. Ich hob mein Kinn und betrachtete ihn mit so viel Entschlossenheit, wie mir nur möglich war. Ich würde nicht einknicken. Nicht vor ihm. Nicht nachdem er Lilek festgenommen und meiner Mutter wegen Frída all diese Dinge an den Kopf geworfen hatte.

»Warum hast du diese Waffe entwickelt?«, fragte Benedict. Sein schroffer Tonfall verriet mir bereits, dass er keine Antwort als akzeptabel oder auch nur im Ansatz nachvollziehbar wahrnehmen würde.

»Weil ich nie eine Bändigerin werden wollte«, erklärte ich. »Aber du hast mich dazu gezwungen und mir das Gefühl gegeben, keine andere Wahl zu haben. Ich dachte, dass, wenn wirklich jeder unsere Stadt verteidigen kann, ich keine Bändigerin werden und keine Verbindung zu einem Monster aufbauen muss.«

»Wieso hast du nie etwas gesagt?«

Ich schnaubte. »Ich habe es dir gesagt, aber du wolltest nicht zuhören. Dann dachte ich, ich lasse meine Taten sprechen. Nur du wolltest die Hinweise nicht verstehen. Glaubst du, ich habe in der Akademie versehentlich so schlecht abgeschnitten? Ich *wollte* durchfallen. Und du hast auch gesehen, wie ich am Tag der Entscheidung im Chrám gezögert habe, aber du hast kein Wort gesagt.«

»Ich dachte, du wärst nur nervös.«

Nervös? Nun war ich diejenige, die Benedict fassungslos anstarrte. Wie konnte er hier vor mir stehen und eine solche Lüge erzählen? Das konnte unmöglich sein Ernst sein. Er konnte nicht glauben, ich wäre einfach nur nervös gewesen. Auf keinen Fall. Jakub hatte meine Angst erkannt und auf mich eingeredet, er hatte das mit angehört und dennoch hatte er nur tatenlos danebengestanden und es geschehen lassen. Wut stieg in mir auf und am liebsten hätte ich mir den zweiten Eimer voller Asche geschnappt, um ihn über Benedicts Kopf auszuleeren. Doch ein Ziehen in meinen Schläfen erinnerte mich daran, dass ich wegen Lilek hier war, und ich würde seine Freiheit nicht wegen eines kindlichen Impulses riskieren. »Das alles spielt jetzt sowieso keine Rolle mehr. Ich habe Lilek und daran wird sich nichts mehr ändern.«

Benedict verdrehte die Augen, sichtlich genervt, vor allem von Lileks Namen.

»Und warum hast du mir nichts gesagt?«, fragte meine Mutter. Sie wirkte enttäuscht.

»Ich wollte nicht, dass du für mich lügen musst.«

»Aber wenn Marek lügt, ist das in Ordnung?«

Ich zuckte mit den Schultern. »Der macht das doch ständig.«

Tadelnd zog sie die Augenbrauen nach oben. »Ständig? Wie oft belügt ihr mich?«

Bevor ich meiner Mutter versichern konnte, dass all die anderen Dinge nur Notlügen waren, Kleinigkeiten, die man seinen Eltern eben erzählte, kam mir Benedict dazwischen. »Wer weiß alles von der Sache?«

»Niemand, nur wir und Marek.«

»Gut, dabei wird es bleiben. Du wirst niemandem ein Sterbenswort davon sagen. Hast du mich verstanden?«, fragte Benedict. Eine Angst, die ich nicht erwartet hätte, schwang in seiner Stimme mit und ich musste daran denken, was ich zu Lilek gesagt hatte. *Ich glaube, wir alle sind Monster, den Albträumen des jeweils anderen entsprungen.* Mir war nicht klar gewesen, wie viel Wahrheit in diesem Satz steckte. Doch wir alle hatten Angst voreinander. Die Menschen fürchteten sich vor den Monstern. Die Einwohner der Stadt fürchteten sich vor der Macht der Bändiger. Lilek fürchtete sich vor Ondrej. Ondrej fürchtete sich vor dem Rat mit seinen Gesetzen. Die Bändiger fürchteten sich vor dem Einfluss der Wilden Jagd. Und Benedict fürchtete sich vor mir. Nur ein Wort, mit dem ich mich zur Wilden Jagd bekannte, und der Ruf der Familie Novák wäre für immer zerstört.

»Verstanden. Unter einer Bedingung.«

»Was?«, knurrte Benedict.

»Du sorgst dafür, dass Cestmir aus dem Gefängnis freikommt«, erklärte ich und fühlte, wie die Dunkelheit in meinem Verstand größer wurde. Ich kämpfte dagegen an. Was trieben die in der Stadtwache nur mit Lilek? »Noch heute.« In meinem Kopf begann es zu hämmern. »Und er bekommt uneingeschränkten Zugang zur Akademie. Er darf kommen und gehen, wann immer er will.«

Benedict biss die Zähne fest aufeinander. Er hasste es, nachzugeben und sich ausgerechnet von mir bestechen zu lassen. Zumal er noch Stunden zuvor behauptet hatte, er würde das nicht tun. »Gut. Ich lasse deinen Freund frei. Dafür erfährt niemand außerhalb dieses Raumes, dass du die Waffe gegen die Schattenläufer entwickelt hast. Einverstanden?«

»Einverstanden«, antwortete meine Mutter.

»Kayla?«

Ich bekam nicht die Gelegenheit, ihm zu antworten. Dunkelheit explodierte in meinem Kopf. Wie eine Welle raste sie durch meinen Verstand und trieb einen Schmerz vor sich her, wie ich ihn noch nie zuvor in meinem Leben verspürt hatte. Er fuhr mir durch jede Ader, jeden Nerv, über die Haut bis tief in die Knochen. Ein Schrei steckte in meiner Kehle fest, aber mir fehlte die Luft, um ihn auszustoßen. Fühlte es sich so an bei lebendigen Leib verbrannt zu werden? Mir wurde schwarz vor Augen und ein plötzlicher Schwindel drohte mich in die Knie zu zwingen.

»Kayla!« Meine Mutter griff mir unter die Arme. »Kayla.«

Ich blinzelte heftig und versuchte einen klaren Gedanken zu fassen, aber der Schmerz in meinem Kopf hatte mich noch voll im Griff. Meine Schläfen pochten und meine Stirn fühlte sich so an, als hätte ich sie immer und immer wieder gegen die Metalltür gerammt, hinter der ich mich versteckt hatte.

»Was ist los mit ihr?«, fragte Benedict und stützte mich nun ebenfalls.

»Ich weiß nicht«, antwortete meine Mutter hysterisch. Ihre Stimme klang zu schrill in meinen Ohren.

»Kayla, rede mit uns.« Meine Mutter fuhr mir mit der Hand über die Wange. Ihre Finger fühlten sich ungewöhnlich heiß an, aber womöglich war es auch nur meine Haut, die eiskalt war. Ich zitterte unkontrolliert und Tränen rollten mir über die Wangen.

Ich konzentrierte mich darauf, den Schmerz wegzuatmen, der meinen Verstand trübte und mich irgendetwas vergessen ließ, an das ich mich eigentlich erinnern sollte. Was entging mir? Ich schloss meine Augen, flackernde Schatten tanzten vor meinen geschlossenen Lidern.

Schatten.

Schatten.

Schatten.

Er war hier. Ganz in der Nähe. Mein Herz verkrampfte sich und mein Innerstes zog sich zusammen. Und mit einem Mal wurde mir klar, was hier vorging. Ich schlug die Augen auf und obwohl ich nun wieder sehen konnte, nahm ich doch nichts um mich herum wahr. Und als ich in die besorgten Gesichter meiner Eltern schaute und den Mund öffnete, kam nur ein einziges Wort über meine Lippen: »Lilek.«

33. Kapitel

Plötzlich durchschnitt ein zweiter Schrei, der nicht meiner war, die Luft. Ich fuhr vor Schreck zusammen und für einen Moment hörte mein Herz auf zu schlagen. Meine Eltern waren neben mir erstarrt. Benedicts Gesicht, das noch vor wenigen Sekunden von Zorn gerötet war, wurde blass.

Er wusste, was ein solcher Schrei zu bedeuten hatte, und der Bändiger in ihm reagierte sofort. Mit einem letzten besorgten Blick in meine Richtung eilte er davon und den Rufen hinterher, die nicht von Lilek stammten – aber von Frída. Meine Mutter, die noch immer einen Arm um mich gelegt hatte, starrte mich an. Panik lag in ihren Augen.

»Geh«, befahl ich. Meine Stimme kaum mehr als ein Flüstern.

Das ließ sie sich kein zweites Mal sagen und stürmte los. Ich taumelte zur Seite und musste mich mit zitternden Händen an einem Tisch abstützen, obwohl ich meinen Eltern hinterherrennen wollte. Doch ich fühlte mich wie betrunken, von der Dunkelheit, die Lilek – und somit auch mich – erfasst hatte.

Was war passiert? In einem Moment war alles normal gewesen und im nächsten hatte der Schattenwolf die Kontrolle mit einem so heftigen Ruck an sich gerissen, dass ich nicht einmal die Chance hatte, dagegenzuhalten.

Ich schloss noch einmal die Augen und atmete mehrmals tief ein und wieder aus, dabei stieg mir der vertraute Geruch von Schwefel in die Nase. Lilek war hier gewesen … doch er war schon wieder weg. Ich konnte fühlen, wie sich die Dunkelheit aus meinem Kopf zurückzog, während Lilek langsam, aber sicher die Kontrolle über seinen menschlichen Körper wiedererlangte. Nur ein Echo seiner Verzweiflung blieb in mir zurück und legte sich wie ein Kettenhemd schwer auf meine Schultern.

Ich widerstand dem Drang, mich davon runterziehen zu lassen und der Erschöpfung nachzugeben, die ich auf einmal verspürte. Stattdessen setzte ich einen Fuß vor den anderen. Ich wollte nach Frída sehen, auch wenn ich Angst davor hatte, was mich erwarten würde. Ihr Schrei klang mir noch immer in den Ohren und beschwor Bilder von Mátyás hervor, während sich der Dunkelweber auf ihn gestürzt hatte.

Noch nie in meinem Leben hatte ich mir mehr gewünscht mich zu täuschen. Womöglich war ihr doch nur eine schwere Kiste auf den Fuß gefallen, aber mein Instinkt sagte mir, dass dem nicht so war. Sie war angegriffen worden. Von einem Monster.

Von *meinem* Monster.

Lilek war hier gewesen. Ich hatte die Anwesenheit seiner Dunkelheit deutlich gespürt. Was hatte er hier gemacht? Ich hatte ihm doch gesagt, er solle im Gefängnis bleiben, bis ich mich um die Sache gekümmert habe. Wieso hatte er nicht auf mich gehört? Und warum hatte er Frída angegriffen?

Der Kloß in meinem Hals wurde um ein Vielfaches größer. Beinahe wünschte ich mir, die Explosion der Dunkelheit hätte mich in eine Ohnmacht getrieben, um noch etwas Zeit zu gewinnen, ehe ich mich der Wahrheit und ihren Konsequenzen stellen musste.

Tränen, die nichts mit dem pochenden Schmerz in meinem Kopf zu tun hatten, traten mir in die Augen und ich stolperte weiter vorwärts. Immer den aufgebrachten Stimmen nach, die nun außerhalb der Waffenschmiede erklangen. Dutzende von Menschen hatten sich bereits vor dem Eingang versammelt und versperrten mir den Weg zum Krám. Ich drängte mich zwischen ihnen hindurch. Der Gestank von Schwefel war hier um einiges intensiver und dieses Mal wurde mir wirklich übel davon. Ich presste die Lippen aufeinander und sah mich nach Lilek um, obwohl ich spüren konnte, dass er nicht mehr hier war.

Ich schleppte mich die Treppen zum Eingang des Krám nach oben und blieb wie versteinert stehen. Frída lag auf dem Boden, umgeben von einer Lache aus Blut, das zwischen den Rillen im Steinboden floss. Es tropfte aus einer Bisswunde an ihrem rechten Oberschenkel und rann aus den Kratzern, die sich tief von ihrer Schulter ihren Arm hinabzogen. Ihr Atem ging flach und ihre Haut war aschfahl. Meine Mutter kniete über Frída. Mit blutigen Fingern drückte sie die Blutung ab, mit der anderen Hand streichelte sie Frída immer wieder übers Haar. Dabei redete sie unaufhörlich auf sie ein. »Ich liebe dich. Gleich kommt Hilfe. Du musst nur noch ein paar Minuten durchhalten. Alles halb so schlimm.«

»Alles halb so schlimm«, echote Frída mit schwacher Stimme und einem Lächeln auf den Lippen, das vollkommen unangemessen schien in einer Situation wie dieser.

Ich war wie gelähmt und versuchte zu begreifen, was hier vor sich ging. In einem Moment hatte ich noch meine Eltern bei ihrem Streit belauscht, und im nächsten lag Frída auf dem Boden, attackiert von meinem Schattenwolf, der eigentlich im Gefängnis sitzen sollte. Ich begriff es einfach nicht. Lilek hatte in den letzten Tagen und Wochen immer wieder mit seiner Dunkelheit zu kämpfen gehabt, aber ich hatte wirklich gedacht, er hätte sie unter Kontrolle. Warum ausgerechnet heute? Und warum Frída? In dieser Stadt gab es Zehntausende von Menschen. Er hätte jeden einzelnen davon angreifen können, aber es hatte Frída getroffen.

Das Zittern meiner Hände wurde noch heftiger. Am liebsten

wäre ich losgestürmt, um Lilek zur Rede zu stellen und um herauszufinden, wieso er mir das angetan hat. Doch Frída war in diesem Moment wichtiger als eine Antwort. Außerdem war die Stadt zumindest im Augenblick vor meinem Schattenwolf sicher. Keine Ahnung, was in Lilek gefahren ist, aber er war wieder ein Mensch – und auf der Flucht.

»Kayla!« Benedicts Stimme riss mich aus meinen Gedanken. Er kniete neben Frída und versuchte die Blutung ihres Beins zu stoppen. Entschlossenheit brannte in seinem Blick und in dieser Sekunde war er nicht das Monster, für das ich ihn zuletzt gehalten hatte. Er hasste Frída vielleicht und beschimpfte sie, dennoch würde er alles in seiner Macht Stehende tun, um ihr Leben zu retten.

Ohne zu zögern, ging ich zu ihm. »Was kann ich tun?«

»Halt das hier fest, ich hole das Verbandszeug aus der Waffenschmiede.« Ich nickte und ging neben ihm in die Knie. Benedict zog seine Hände vorsichtig von der Wunde, sodass ich meine darauflegen konnte. Warmes Blut lief mir über die Finger, die immer noch heftig zitterten.

»Ich werde das Monster finden, das dir das angetan hat, und es eigenhändig erledigen«, sagte meine Mutter. Ich versteifte mich und eine Gänsehaut überzog meinen Körper bei der Vorstellung, sie könnte mit einer Waffe auf Lilek losgehen. Er hatte einiges zu erklären, aber ihn umbringen? Das war keine Option. Ich hatte das Monster in ihm unterschätzt und mich von seinem warmen Lächeln blenden lassen. Aber tief im Inneren war Lilek ein guter Mensch. Er kann das hier nicht gewollt haben. Ausgeschlossen.

»Tu das nicht«, sagte Frída auf einmal und schüttelte den Kopf. Diese Bewegung schien ihr alles abzuverlangen.

Meine Mutter verzog die Lippen und ich war mir sicher, noch nie in meinem Leben einen Menschen gesehen zu haben, der gleichzeitig so traurig und so hasserfüllt aussah. »Wieso nicht?«

»Zu gefährlich«, erklärte Frída mit rasselndem Atem.

Meine Mutter wirkte nicht überzeugt. »Was war es, das dich angegriffen hat?«

Frída sah zu mir und ihr Blick fing meinen auf, bevor ich wegsehen konnte. Ihre braunen Augen waren glasig und Angst spiegelte sich in ihnen wider, auch wenn sie versuchte stark zu sein – für sich selbst, aber vor allem für uns. Am liebsten hätte ich auf etwas eingeschlagen. Frída hatte das hier nicht verdient. Und auch wenn Lilek ihr das angetan hatte, so war es zugleich meine Schuld. Das konnte ich nicht abstreiten. Lilek war mein Schattenwolf und ich seine Bändigerin. Es lag an mir, die Dunkelheit in ihm in Schach zu halten, und ich hatte versagt. Egal, wie man es drehte und wendete. Mit angehaltenem Atem hielt ich Frídas Blick stand und wartete darauf, dass sie die Bombe platzen ließ. Meine Mutter würde mich dann wohl für immer als Enttäuschung ansehen und mich womöglich sogar hassen. Verdient hätte ich es.

»Dunkelweber. Es war ein … Dunkelweber«, sagte Frída plötzlich.

Misstrauisch zog ich die Augenbrauen zusammen. Ein Dunkelweber? Hatte Frída da gerade gelogen? Für Lilek? Fassungslos sah ich sie an und glaubte ein Lächeln in ihren Mundwinkeln zucken zu sehen. Dann nickte sie mir zu. Es war eine knappe, kaum sichtbare Geste, aber ihre Bedeutung war klar: *Du kannst auf mich zählen. Ich verrate es niemandem.*

Ich hatte keine Ahnung, wieso Frída für Lilek log. Sie hatte keinen Grund dafür. Seine Dunkelheit könnte sie möglicherweise das Leben kosten und doch war ich ihr in diesem Moment unendlich dankbar. Ich erwiderte ihr Lächeln und hoffte, sie konnte darin all die Dankbarkeit und Liebe sehen, die ich für sie empfand. Frída war vielleicht nicht meine biologische Mutter, aber das machte sie nicht weniger wichtig oder wertvoll für mich. Ich würde alles in meiner Macht Stehende tun, um die Chance, die sie mir und Lilek eben geschenkt hatte, nicht zu verspielen.

»Die Leute da draußen sind schlimmer als Dunkelweber!«, fauchte Benedict, als er den Krám betrat. Er hatte Verbandsmaterial dabei und einen Hocker. Wir hoben Frídas Bein darauf, um den Blutfluss zu regulieren, und Benedict legte einen Druckverband an.

Die nächsten Minuten zogen sich wie Stunden, bis endlich zwei Ärzte und mehrere Helfer aus der nächstgelegenen Krankenstation kamen. Wir halfen ihnen dabei, Frída vorsichtig auf eine Trage zu legen. Sie hatte inzwischen das Bewusstsein verloren, was mir wirklich Sorgen bereitete, aber zugleich war ich dankbar für die Ohnmacht, die sie keine Schmerzen mehr spüren ließ.

»Kommst du?«, fragte meine Mutter und fuhr sich mit der Hand über die Stirn, ungeachtet des Blutes, das ihr an den Fingern klebte. Sie war sichtlich mitgenommen. Von all den Tränen waren ihre Augen ganz geschwollen. Sorgenfalten überzogen ihr Gesicht und die Verzweiflung in ihrem Blick ließ es so wirken, als hätte sie in ihrem Leben schon zu viel Furchtbares gesehen.

Ich schüttelte den Kopf, auch wenn es mir das Herz brach. Ich wollte Frída und meiner Mutter beistehen, denn keine von beiden sollte alleine sein. Doch im Moment konnte ich nichts für Frída tun. Ihr Leben lag nun in den Händen der Ärzte und nachdem sie bereits für mich gelogen hatte, musste ich einfach herausfinden, was passiert war, und sicherstellen, dass niemand sonst von Lilek verletzt wurde. Sie sollte es nicht bereuen müssen, ihn gedeckt zu haben. »Ich komme später nach.«

»Bist du dir sicher?«, fragte meine Mutter enttäuscht.

Ich nickte. »Ich muss mich noch um etwas kümmern.«

»Okay.« Sie lächelte mich traurig an und eilte den Ärzten und Helfern hinterher.

Benedict blieb zurück. Die blutigen Hände zu Fäusten geballt, starrte er meiner Mutter und Frída hinterher, bis der gaffende Pulk ihm die Sicht versperrte. Dann sah er zu mir, die Augenbrauen zusammengezogen. »Du wirst jetzt hoffentlich nichts Dummes tun, oder?«

Aus Gewohnheit lag mir eine schnippische Bemerkung auf der Zunge, aber ich schluckte sie hinunter. Benedict hatte sich, ohne mit der Wimper zu zucken, um Frída gekümmert, und egal wie ich seinen Entscheidungen und Überzeugungen gegenüberstand, das rechnete ich ihm hoch an. »Zum Beispiel diesem Dunkelweber nachzujagen?«

Er nickte.

»Nein.« *Es war nämlich ein Schattenwolf.*

»Gut. Ich will dich nicht auch noch im Krankenhaus besuchen müssen.«

»So weit wird es nicht kommen.« Zumindest hoffte ich, dass, was immer Lilek dazu gebracht hatte, Frída anzugreifen, ihn nicht auch dazu antrieb, auf mich loszugehen. Im Gegensatz zu Frída hätte ich es jedoch sogar verdient. Ich hatte den Schattenwolf seiner Freiheit beraubt. Frída hingegen war eine Unschuldige und der netteste Mensch, den ich kannte. Ihr hätte das nicht passieren dürfen.

Ich bat Benedict den Krám zu verlassen, damit ich ihn abschließen konnte. Das Letzte, was Frída nach ihrer Entlassung aus dem Krankenhaus gebrauchen konnte, war es, ihren Laden ausgeraubt vorzufinden. Noch immer lungerten einige Schaulustige davor herum. Sie gafften mich an, musterten die Blutflecken auf meinen Knien.

Ich ignorierte die Leute und machte mich auf den Weg in die Akademie. Es gab nicht viele Orte in dieser Stadt, die Lilek kannte und wo er sich verstecken konnte. Und auch wenn die Akademie der denkbar schlechteste Platz für ein Monster war, das eben einen Menschen angegriffen hatte, so war sie doch seine einzige Zufluchtsstätte, nachdem er auch noch aus dem Gefängnis ausgebrochen war.

Auf dem Campus war die Anspannung wegen Ambrožs getöteter Schattenkatze noch immer deutlich zu spüren, auch wenn nicht mehr viele von uns unterwegs waren. Die meisten befanden sich wahrscheinlich auf ihren Zimmern oder waren dabei, ihre Posten für die Nachtschicht zu beziehen. Doch die wenigen Bändiger, die noch draußen waren, liefen schnell und bestimmt über den Innenhof. Gespräche wurden nur leise geführt und misstrauische Blicke folgten einem auf Schritt und Tritt. Ich tat mein Bestes, sie nicht zu beachten und mir meine Angst um Frída und meine Sorge um Lilek nicht anmerken zu lassen.

Eilig, aber nicht zu hastig, um die anderen nicht zu beunruhigen, suchte ich jeden Winkel der Akademie nach Lilek ab. Zuerst sah ich in meinem Zimmer nach, anschließend in sämtlichen Waschräumen, dem Speisesaal und der Küche, aber Lilek war nirgendwo aufzufinden.

Ich versuchte sogar durch die Dunkelheit an ihn heranzukommen. *Lilek, wo bist du? Komm in die Akademie. Wir treffen uns auf meinem Zimmer. Lass uns reden. Jetzt komm schon. Ich warte auf dich.*

Er reagierte allerdings nicht auf meine Befehle und mit jeder Minute, die verging, wuchs meine Verzweiflung. Unruhig tigerte ich in meinem Zimmer auf und ab und wartete in falscher Hoffnung darauf, dass Lilek hier doch noch auftauchte.

»Wo bist du nur?« Ich ging in meinem Kopf all die Orte durch, die ich Lilek je gezeigt hatte und zu denen er eine Verbindung haben könnte. Doch nichts davon erschien mir passend. Wieso sollte er sich in der Backstube von Alexandrs Eltern oder dergleichen verstecken? Unruhig fuhr ich mir mit der Hand durchs Haar und blieb mit den Fingern an einem Knoten hängen.

»Verdammt«, fluchte ich, lief zu meinem Schreibtisch und schnappte mir die Bürste, die darauf rumlag. Ich griff sie so fest, als wollte ich sie erwürgen. Grob kämmte ich den Knoten aus und ignorierte den ziehenden Schmerz auf meiner Kopfhaut.

Vielleicht sollte ich Lilek einfach vergessen und zu Frída gehen. Er wollte nicht mit mir reden, so viel war offensichtlich. Ich stieß ein frustriertes Knurren aus und warf meine Bürste mit zu viel Schwung zurück auf den Schreibtisch. Dabei schlitterte sie über die Oberfläche, bis zur Fensterbank und gegen die Scheibe.

Ich ließ meinen Blick aus dem Fenster gleiten. Die Sonne ging bereits unter und färbte den Himmel in den sattesten Orangetönen. Von hier aus hatte ich eine großartige Sicht über die Stadt und auf die Vltava mit all ihren Brücken. Das Einzige, was dieses traumhafte Bild störte, waren die schäbigen Hütten, in denen der Dreck der Monster gesammelt wurde, bis er einmal die Woche weggebracht wurde und …

»Der Stall!« Innerhalb einer Sekunde war ich aus meinem Zimmer gestürmt, polterte die Treppen hinunter und rannte über den Innenhof. Der Stall. Meine letzte Hoffnung. Wieso war ich nicht früher darauf gekommen? Ja, es war kein schöner Ort und Lilek verband mehr als nur eine unangenehme Erinnerung damit, aber es gab kaum einen Platz in Praha, an dem er mehr Zeit verbracht hatte und der ihm vertrauter war.

Der Stall war abgeriegelt und die Monster darin eingesperrt. Ich öffnete das Vorhängeschloss. Das Erste, was mir auffiel, war, dass sich niemand die Mühe gemacht hatte, den schwarzen Blutfleck vom Boden zu schrubben, den Ambrožs Schattenkatze hinterlassen hatte. Das Zweite, was ich bemerkte, waren die nackten Füße, die aus Lileks offen stehendem Käfig herausragten. Ich stieß ein erleichtertes Seufzen aus und schloss das Tor hinter mir. Mit bedachten Schritten näherte ich mich Lilek, damit er mich kommen hörte.

Ich räusperte mich. »Wie bist du hier reingekommen?«

»Schatten«, antwortete er. Seine Stimme klang eigenartig stumpf; geradezu leblos.

Mein Herz schlug schneller. Irgendetwas stimmte nicht. Ganz und gar nicht. Zögerlich, damit ich ihn nicht verschreckte, näherte ich mich und ging vor dem Käfig in die Knie. »Und … was in aller Welt tust du da?«

Lilek hielt eine spitze Glasscherbe in der Hand und fuhr damit über seinen linken Unterarm. Kreuz und quer verliefen die Schnitte, aus denen schwarzes Blut sickerte, und Lilek war gerade dabei, den Splitter ein weiteres Mal in seine Haut zu drücken. Blitzschnell beugte ich mich nach vorne und riss ihm die Scherbe aus der Hand, ohne darauf zu achten, dass ich mich selbst daran verletzen könnte – was zum Glück nicht passierte.

»Bist du verrückt geworden?«, fuhr ich Lilek an und warf die Scherbe achtlos zur Seite.

Lilek, der beobachtet hatte, wie das Blut aus seinen Wunden lief, hob den Kopf. Sein Gesicht war ausdruckslos und sein Blick leer. Das einzige Indiz dafür, dass er überhaupt etwas fühlte, waren seine rot geschwollenen Augen. Und mein Gefühl sagte mir, dass seine Tränen nichts mit dem Schmerz zu tun hatten, den er beim Aufritzen seiner Arme verspürt hatte.

»Beweg dich nicht«, befahl ich ihm und sprang auf die Beine. Eilig holte ich einen Lappen aus der Abstellkammer und befeuchtete ihn mit Wasser. Sofort war ich wieder bei ihm und krabbelte ebenfalls in den Käfig, bis ich beinahe auf Lileks Schoß saß. Erst da realisierte ich, dass er ganz nass war, oben ohne und die Hose, die er trug, nicht seine eigene war – natürlich nicht. Seine Sachen mussten noch im Gefängnis liegen, als er sich in einen Schatten verwandelt hatte, um den Gitterstäben zu entkommen. Vermutlich hatte er in der Vltava gebadet, um Frídas Blut abzuwaschen, wofür ich ihm dankbar war. Keine Ahnung, wie ich reagiert hätte, würde er mit rot verschmiertem Mund vor mir sitzen.

Lilek leistete keinen Widerstand, als ich nach seiner Hand griff und seinen Arm zu mir zog. Seine Finger waren eiskalt und ich wusch einmal mehr Blut von seiner Haut. Dabei gab ich keinen Laut von mir, da ich beim besten Willen nicht wusste, was ich sagen sollte.

»Es ist schwarz«, sagte Lilek plötzlich. Seine Stimme war kaum mehr als ein Flüstern. Ich sah zu ihm auf, aber er beobachtete weiterhin das Blut, das aus den tieferen Schnitten floss. »Ich blute schwarz. Auch wenn ich in diesem menschlichen Körper stecke. Blute. Ich. Schwarz.« Er kniff die Augen zusammen. »Ich bin ein Monster. Es wäre besser, Ondrej hätte auch mich getötet.«

Ich hielt in der Bewegung inne. »So etwas darfst du nicht sagen.«

»Wieso nicht? Es ist die Wahrheit.« Lilek sah mich an und trotz der Finsternis im Käfig erkannte ich die Entschlossenheit in seinen Augen. »Ich bin ein Monster«, sagte er noch einmal.

Ich schüttelte den Kopf, auch wenn es mir nicht leichtfiel in Anbetracht dessen, was er Frída angetan hatte. Doch seine Schuldgefühle bewiesen, dass er mehr war als die Bestie, welche die Dunkelheit aus ihm machte. »Ich sehe hier kein Monster, sondern nur einen Mann. Aber wieso erzählst du mir nicht erst mal, was passiert ist? So extrem wie in der Schmiede habe ich die Dunkelheit noch nie gespürt.«

Lilek presste die Lippen fest aufeinander und sein Blick wanderte an mir vorbei zum Käfig eines Blutgängers, der gelangweilt in der Ecke saß. Geistesabwesend beobachtete er das Monster einige Sekunden lang und schien dabei seine Gedanken zu sortieren. »Ich wollte nicht ausbrechen«, sagte er schließlich mit ausdrucksloser Stimme, seine Aufmerksamkeit noch immer auf den Blutgänger gerichtet. »Aber nachdem du gegangen bist, haben sie Ondrej in die Zelle neben meiner gesperrt. Er wollte nicht aufhören zu reden und hat immer weiter davon erzählt, wie es ihm gemeinsam mit der Wilden Jagd gelingen würde, alle Monster auszulöschen. Er hat uns vorgeschwärmt, wie gut es sich angefühlt hat, Ambrožs Schattenkatze zu töten – und zu wissen, dass nun ein Monster weniger auf dieser Erde wandelt. Ich habe es nicht länger ausgehalten und musste da raus, bevor …«

»Du die Kontrolle verlierst«, beendete ich den Satz und wischte noch ein letztes Mal über seinen Arm. Das schwarze Blut hatte aufgehört zu fließen.

Lilek nickte. »Ich war aufgebracht und habe nach dir gesucht, damit du mir helfen kannst. Du warst aber nicht in deinem Zimmer, also bin ich zu deiner Mutter und Frída gegangen. Ich dachte, du würdest ihnen beim Aufräumen helfen. Doch dann habe ich dich mit deinen Eltern streiten gehört und …« Er schluckte hart, als würde es ihm schwerfallen, die nächsten Worte auszusprechen.

Allerdings wusste ich längst, was er sagen wollte, und hätte mir am liebsten vor den Kopf geschlagen. »Die Waffe. Du hast mitbekommen, dass ich sie entwickelt habe.«

Lilek nickte erneut.

Ich stieß einen Fluch aus und warf das Tuch zur Seite. Ich hätte es wissen müssen. »Ich habe die Waffe erfunden, bevor ich wusste, dass ihr Menschen seid«, erklärte ich und richtete mich auf, um von Angesicht zu Angesicht mit Lilek zu reden. Er sollte sehen, wie ernst es mir war und wie ehrlich ich jedes Wort meinte. »Ich wollte keine Bändigerin sein und dachte, ich würde meiner Mutter und den Einwohnern etwas Gutes tun, wenn sie sich selbst vor

Schattenläufern verteidigen können und nicht länger auf uns Bändiger angewiesen sind.«

»Ich weiß, dass du mir nicht schaden wolltest«, sagte Lilek und fügte hinzu: »Jetzt zumindest. Aber in diesem Augenblick und mit all den Grausamkeiten im Ohr, die Ondrej von sich gegeben hatte, habe ich nur eine Sache wahrgenommen: nämlich, dass deinetwegen jeder in dieser Stadt die Möglichkeit hat, meinesgleichen wahllos zu jagen und zu töten. Und bevor ich wusste, was mit mir geschieht, hat sich die Dunkelheit in meinem Kopf ausgebreitet. Danach war alles schwarz, bis ich plötzlich Blut in meinem Mund geschmeckt habe. Da bin ich wieder zu Bewusstsein gekommen. Ich habe Frída verletzt auf dem Boden liegen sehen und mich vor Schreck zurück in einen Menschen verwandelt. Ich wollte nicht abhauen, aber ich habe es auch nicht ertragen, dort zu bleiben, also bin ich weggerannt.«

»Schon … schon in Ordnung.«

Lilek schüttelte den Kopf. »Nein, ist es nicht.«

»Okay, es war nicht in Ordnung«, erwiderte ich. »Aber hätte ich dir das mit der Waffe nicht verheimlicht, hättest du vermutlich nicht so extrem auf die Neuigkeit reagiert.«

»Und wieso hast du es mir nicht früher gesagt?«

»Ich wollte nicht, dass du schlecht über mich denkst oder Angst vor mir hast. Ich habe an dieser Waffe gearbeitet, bevor wir uns kannten. Bevor ich wusste, wie großartig du bist und dass die Monster dort draußen im Wald mehr sind als nur blutrünstige Ungeheuer. Könnte ich die Zeit umkehren, würde ich es nicht noch einmal tun«, erklärte ich und mir kam ein Gedanke. »Vielleicht können wir meine Mutter dazu überreden, sie nicht weiter zu bauen, wenn wir ihr von dir erzählen.«

»Nein!«

Verunsichert sah ich Lilek an. »Nein, ich soll ihr nicht von dir erzählen? Oder nein, sie soll nicht aufhören diese Waffen anzufertigen?«

»Letzteres. Wenn die Sache mit Frída eines deutlich gezeigt hat, dann, dass die Menschen in dieser Stadt eine Möglichkeit brauchen, sich vor den Monstern zu schützen. Ihr Bändiger könnt nicht immer für sie da sein. Ich wünschte nur, die Wilde Jagd würde nicht aus Spaß töten.«

Ich bezweifelte, dass es für Ondrej und die anderen wirklich ein *Spaß* war, Monster zu töten und bei jeder einzelnen Mission ihr Leben zu riskieren, aber ich wusste, was Lilek damit sagen wollte. »Aber du wirst die Wilde Jagd nicht davon abhalten können, die Waffen meiner Mutter zu benutzen. Es sei denn, wir sagen ihnen die Wahrheit.«

»Dann sollten wir das vielleicht tun.«

Ich stutzte. »Ist das dein Ernst?«

»Ja. So wie bisher geht es nicht weiter.«

Das konnte ich nicht abstreiten und trotzdem war ich überrascht. Ich war immer davon ausgegangen, dass wir es den Bändigern zuerst erzählen würden. Doch es war Lileks Geheimnis und seine Entscheidung. »Und du bist dir wirklich sicher, dass du das willst?«

»Nicht wirklich. Aber die Art, wie Ondrej darüber geredet hat, all diese Monster einfach so zu töten ...« Er schüttelte den Kopf. »Es war widerlich. Das kann ich unter keinen Umständen zulassen. Nicht solange die Möglichkeit besteht, dass auch nur ein paar von ihnen so sind wie ich.«

Ich nickte, da mir schon ähnliche Gedanken durch den Kopf gegangen waren. »Einverstanden. Aber lass uns zuerst mit Marek sprechen, bevor wir uns an Ondrej wagen.«

34. Kapitel

Habe ich mich eigentlich schon für meinen Angriff auf Frída entschuldigt?«, fragte Lilek, der gerade dabei war, sein Hemd zuzuknöpfen. Ich war in mein Zimmer geschlichen und hatte ihm neue Klamotten geholt, da es zu auffällig gewesen wäre, ihn halb nackt über den Campus laufen zu lassen. Und in einen Schatten wollte er sich nicht wieder verwandeln, aus Angst, noch einmal von der Dunkelheit übermannt zu werden.

Ich lehnte gegen seinen Käfig und schüttelte den Kopf. »Nein, hast du nicht.«

Lilek ließ seine Hände sinken und sah mich an. Etwas von dem Schmerz, der während unserer Unterhaltung über die Wilde Jagd verklungen war, kehrte in seinen Blick zurück. »Es tut mir leid, was geschehen ist. Ich wollte Frída nicht wehtun. Das musst du mir glauben.«

»Das weiß ich«, erwiderte ich. Ein Teil von mir begriff, dass ich ihn eigentlich dafür hassen sollte, aber ich brachte es einfach nicht über mich, wütend auf ihn zu sein. Denn egal welche Vorwürfe ich ihm machte, er selbst machte sich längst viel schlimmere.

»Wie … wie geht es ihr überhaupt?«, fragte er stockend.

Ich hob die Schultern. »Keine Ahnung. Sie haben sie auf die Krankenstation gebracht, aber mehr weiß ich noch nicht. Vermutlich sollten wir uns ohnehin besser auf den Weg zu ihr machen. Ich habe meiner Mutter versprochen, dass ich nachkomme.«

»Du willst zur Krankenstation?«

Ich nickte und stieß mich von der Kiste ab.

»Und ich soll mitkommen?«

»Ja.«

»Aber ...«

»Kein Aber«, unterbrach ich ihn. »Ich kann verstehen, wieso du Frída nicht sehen willst, aber du bist es mir schuldig. Außerdem werde ich dich nach dieser Sache auf keinen Fall alleine lassen.« Ich deutete auf seinen Arm.

Lilek starrte auf die Wunden und zog die Ärmel seines Hemdes nach vorne, bis die Schnitte nicht mehr zu sehen waren. Über den meisten hatte sich bereits Schorf gebildet. »Das wird nicht noch einmal passieren.«

Ich schüttelte den Kopf. »Du kommst mit.«

»Aber Frída ...«

»Denk gar nicht daran, Frída als Ausrede zu benutzen, nicht zu gehen«, fiel ich ihm noch einmal ins Wort und schloss den Käfig, damit niemand bemerkte, dass mein Schattenwolf nicht darin saß. »Außerdem hat sie dir verziehen. Es gibt also keinen Grund, ihr aus dem Weg zu gehen.«

Lilek zog eine Augenbraue nach oben. »Wie meinst du das?«

»Meine Mutter hat sie gefragt, welches Monster sie angegriffen hat, und sie behauptete, es wäre ein Dunkelweber gewesen – obwohl sie weiß, dass du es warst.«

Ungläubig starrte mich Lilek mit gerunzelter Stirn an. »Warum hat sie das getan?«

Ich lächelte. »So ist Frída eben. Sie glaubt an das Gute im Menschen.«

»Ich bin kein Mensch.«

»Lilek«, sagte ich mit scharfer Stimme, denn ich hatte nicht die Kraft, diese Unterhaltung noch einmal zu führen. Nicht jetzt. Ich wollte einfach nur noch zu Frída und hören, dass es ihr gut ging.

»Scheiße«, fluchte Lilek und plötzlich stand er direkt vor mir. Irritiert sah ich zu ihm auf und erst da wurde mir bewusst, dass mein Blick von Tränen verschleiert war. Ich begann heftig zu blinzeln, aber es kamen immer weitere Tränen nach, bis sie nicht mehr aufzuhalten waren und mir stumm über die Wangen liefen. Lilek hob seine Hand, hielt aber in der Bewegung inne, als wäre er sich nicht sicher, ob ich von ihm angefasst werden wollte.

»Ich …« Meine Kehle war auf einmal wie zugeschnürt und ich bekam den Rest des Satzes einfach nicht heraus.

»Sssch.« Lilek wischte mir eine Träne vom Kinn, dann nahm er mich in den Arm. Meine Hände krallten sich wie von selbst in seinem Hemd fest und ich versuchte vergeblich meine Schluchzer an seiner Schulter zu ersticken. »Alles wird wieder gut«, murmelte Lilek mit sanfter Stimme neben meinem Ohr und rieb mir in kreisenden Bewegungen über den Rücken. »Ich bin wirklich ein Idiot. Hier bin ich und rede die ganze Zeit nur von mir und was für ein Monster ich bin und frage dich nicht einmal, wie es dir geht.«

Ich erwiderte nichts. Es war offensichtlich, wie es mir ging. Ich hatte mich so bemüht für meine Mutter stark zu sein, Frída zu helfen und Lilek zu finden, dass mir keine Zeit geblieben war, das Geschehene auch nur ansatzweise zu verarbeiten.

Frída war von einem Monster angegriffen worden und lag auf der Krankenstation. Ich erinnerte mich noch genau an den Tag, an dem ich Frída das erste Mal getroffen hatte. Es war ein Freitag gewesen, ich bin nach der Schule nach Hause gekommen und da hatte sie einfach in unserem Wohnzimmer gesessen, meine Mutter neben ihr. Sie hatten sich an den Händen gehalten, über etwas völlig Alltägliches geredet und sich dabei über das ganze Gesicht angelächelt. Ich hatte meine Mutter schon ewig nicht mehr so glücklich gesehen und das war der Moment gewesen, in dem auch ich Frída in mein Herz geschlossen hatte.

Ich begann noch heftiger zu weinen und Lilek zog mich tiefer in seine Umarmung. Er roch frisch und klar wie der Fluss, in dem er gebadet hatte, und seine Nähe war mir ebenso vertraut wie dieser Duft, der schon, seit ich mich erinnern konnte, ein Teil meines Lebens war. Immer weiter flüsterte Lilek mir beruhigende Worte und Entschuldigungen ins Ohr. Schließlich ließ ich sein Hemd los und schlang ebenfalls meine Arme um ihn, sodass wir einander umklammerten, bis nur noch schwer zu sagen war, wer wen festhielt.

Ich konnte nicht mit Gewissheit sagen, wie lange wir so da standen, aber schließlich versiegten meine Tränen, und die Sehnsucht, Frída zu sehen, wurde größer als der Schmerz in meiner Brust. Also machten wir uns auf den Weg zur Krankenstation. Lilek begleitete mich ohne Widerworte. Schweigend liefen wir nebeneinanderher und hielten einander an den Händen. Inzwischen war es Nacht geworden und auf den Straßen waren nur noch vereinzelt Bändiger unterwegs. Zwei von ihnen sprachen mich darauf an, dass Lilek gegen die Ausgangssperre verstieß, aber mein verheultes Gesicht war ihnen Abschreckung genug, um nicht darauf zu bestehen, Lilek festzunehmen. Vermutlich hatten sie längst gehört, was mit Frída geschehen war.

Die Krankenstation, auf die man sie gebracht hatte, lag mitten in einem Wohnviertel in einem unscheinbar aussehenden Gebäude aus Sandstein. Gesenkte Stimmen waren aus dem Inneren zu hören und es roch stark nach Desinfektions- und Putzmittel. Der Boden war noch feucht und ich stellte mir vor, wie jemand Frídas Blut weggewischt hatte, nachdem man sie hier entlanggetragen hatte.

Am Ende des Flurs befand sich ein Warteraum, in dem nur eine Person saß: Benedict. Er hatte die Ellenbogen auf die Oberschenkel abgestützt und ließ den Kopf hängen. Nun sah er jedoch zu uns auf und sofort trat ein grimmiger Ausdruck auf sein Gesicht.

Er sprang auf und zog seine Livrej glatt, dennoch waren deutliche Knitter im Stoff zu sehen. »Was macht er hier?«, fragte er schroff und deutete auf Lilek.

Wir blieben stehen. »Er …«

»Sollte im Gefängnis sitzen.«

Natürlich. Das Gefängnis. Für einen Moment hatte ich gedacht, seine Bemerkung galt dem Angriff auf Frída und nicht Lileks Inhaftierung. Dieser versuchte seine Hand aus meiner zu ziehen; ich ließ ihn allerdings nicht los und sah Benedict dabei unnachgiebig in die Augen. »Du hast mir versprochen, ihn freizulassen!«

»Aber ich habe ihn nicht freigelassen. Er ist ausgebrochen.«

»Na und? Scheiß drauf, warum Cestmir frei ist, unsere Abmachung hat sich nicht verändert. Und solltest du es wagen, ihn wieder in die Zelle zu sperren, werde ich nicht zögern und allen davon erzählen, dass ich die Schattenläufer-Waffe entwickelt habe. Und wenn ich schon dabei bin, sollte ich vielleicht auch gestehen, dass ich der Wilden Jagd vom Geheimgang in der Küche erzählt habe.«

Benedict verzog die Lippen zu einem verkrampften Lächeln. Es saß so steif auf seinem Gesicht, dass es schmerzhaft aussah. Ich verspürte kein Mitleid mit ihm und wollte gerade fragen, wo meine Mutter war, als ich eilige Schritte aus einem der Gänge hörte, die vom Warteraum abzweigten.

Eine Sekunde später betrat Marek das Zimmer. Ich hatte das Gefühl, ihn eine Ewigkeit nicht mehr gesehen zu haben. Seine gründlich abrasierten Haare hatte er rauswachsen lassen und neben den zahlreichen Ringen in seinen Ohren trug er inzwischen auch einen in seiner Nase. Schatten lagen unter seinen Augen, die einen glasigen Glanz hatten, wie ich ihn an Marek noch nie gesehen habe. »Hab ich doch richtig gehört«, sagte er. Ein schwaches Lächeln schlich sich auf seine Lippen, verschwand aber sofort wieder, als er Benedict entdeckte. »Was machst du noch hier?«

»Ich will wissen, wie es Frída geht.«

Marek verdrehte die Augen. »Natürlich.«

»Was willst du damit sagen?« Benedict starrte Marek mit derselben Verachtung an, die er seit Jahren für ihn empfand. Ihm hat es nie gepasst, dass meine Mutter einen Jungen in unsere Familie aufgenommen hatte, der nicht sein Sohn war. Und als sich Marek später auch noch zur Wilden Jagd bekannt hatte, war es endgültig mit seinen Sympathien vorbei gewesen.

»Dass du kein Recht dazu hast, so zu tun, als würdest du dich für Frída interessieren«, erklärte Marek und trat einen Schritt nach vorne. »Sie wäre überhaupt nicht hier, würdest du deinen Job anständig erledigen, anstatt deine Zeit damit zu verschwenden, irgendwelche lächerlichen Gesetze ins Rollen zu bringen.«

Benedict schüttelte den Kopf. »Du hast keine Ahnung, wovon du redest, Junge.«

»Du willst also abstreiten, dass ihr nächsten Monat die Steuern erhöhen werdet?« Marek zog herausfordernd eine Augenbraue in die Höhe. »Und natürlich habt ihr auch nicht vor, uns Nicht-Bändigern die Jagd auf Monster zu verbieten, weil ihr es nicht ertragen könnt, wenn jemand anderes euren Job besser erledigt.«

»Du solltest jetzt lieber deinen Mund halten«, sagte Benedict bestimmend.

»Wieso?« Marek neigte den Kopf. Sein Tonfall war herablassend und voller Spott. »Ich sage nur die Wahrheit. Ihr Bändiger konntet meine Eltern nicht retten, und ihr konntet Frída auch nicht vor diesem Dunkelweber beschützen. Stattdessen verkriecht ihr euch wie Feiglinge in eurer Akademie, reibt euch eure fetten Bäuche und redet euch ein, ihr wärt etwas Besonderes. Aber das seid ihr nicht mehr, denn die Wilde Jagd wird euch schon bald ablösen.«

Mir gefiel die Richtung nicht, die diese Unterhaltung nahm. Ich trat einen Schritt nach vorne, aber die beiden Männer ignorierten mich und funkelten einander wütend an. Wie konnten zwei Gruppen, die eigentlich dasselbe wollten – Menschen vor Monstern beschützen –, nur so viel Feindseligkeit füreinander empfinden?

Benedict schnaubte überheblich und verschränkte die Arme vor der Brust. »Wenn die Wilde Jagd so wunderbar ist, wieso haben sie den Angriff auf Frída nicht verhindert? Wieso haben sie den Dunkelweber nicht mit ihren Waffen getötet? Warum haben sie zugelassen, dass sie verletzt wird, und warum haben sie diesem Jungen, Mátyás, nicht das Leben gerettet? Wenn die Bändiger an alldem schuld sind, ist es die Wilde Jagd auch. Und wenn die Wilde Jagd schuld ist, dann bist du es auch, Marek. Dann hast du Frída auf dem Gewissen, genauso, wie du auch deine Eltern auf dem Gewissen hast.«

Benedict hatte Mareks Faust im Gesicht, bevor er den Satz beenden konnte. Sein Kopf wurde von der Wucht herumgerissen und er taumelte ein paar Schritte zurück. Erschrocken hielt ich die Luft an und Lilek wurde vollkommen still neben mir. Für einen Moment schien alles stillzustehen, bis Benedict sich wieder aufrichtete. »Du hast mich geschlagen«, sagte er verbittert und betastete seine Lippe, dort, wo Mareks Haken ihn getroffen hatte. Blut klebte an seinen Fingern. »Dafür lasse ich dich verhaften.«

»Klar, was auch sonst?« Marek schüttelte seine Hand aus, die Knöchel vom Schlag rot geschwollen. »In diesen Tagen scheint das deine Lösung für alles zu sein, alter Mann. Alles, was du nicht kontrollieren kannst, wird eingesperrt, weggeredet und mit Gesetzen zum Schweigen gebracht. Dabei lässt du andere diese Drecksarbeit erledigen, nur um dir selbst die Hände nicht schmutzig machen zu müssen.«

»Sei froh, dass ich nicht selbst Hand anlege. Sonst wärst du derjenige, der alt aussieht.«

Marek schnaubte. »Leere Worte. Wie immer bei euch Bändigern. Blablabla.«

Benedicts Gesicht verfinsterte sich und er holte zum Schlag aus. Marek duckte sich gerade rechtzeitig zur Seite, um dem auszuweichen. Die Hände zu Fäusten erhoben boxte er Benedict mit voller Wucht in die Nieren. Dieser begann zu husten und stolperte zur Seite. Marek holte noch einmal aus, bereit seinen nächsten Hieb zu setzen, da machte ich einen Satz nach vorne, um ihn aufzuhalten, bevor er sich in einer Situation wiederfand, die er bereuen würde – beispielsweise im Gefängnis neben Ondrej.

»Marek!«, mahnte ich und warf mich zwischen die beiden. Er hielt in der Bewegung inne, doch im selben Moment traf mich etwas an der Schulter. Ich japste nach Luft und taumelte gegen Marek, der mich umgehend auffing.

Benedict fluchte laut.

»Ist alles in Ordnung?«, fragte Marek.

Ich nickte benommen und richtete mich bereits wieder auf. Der Schlag hatte mich nicht allzu hart, aber einfach unerwartet getroffen. Vermutlich würde nicht einmal ein blauer Fleck zurückbleiben.

Hinter mir bewegte sich etwas. »Kayla ... Das wollte ich nicht.«

»Du solltest jetzt besser gehen«, unterbrach Lilek Benedict. Ich spähte über meine Schulter und sah, dass er sich zwischen mich und meinen Vater gestellt hatte. Die Schultern angespannt, bereit Benedict mit Gewalt zurückzuweisen, sollte es nötig sein.

»Was ist hier los?«, fragte plötzlich die strenge Stimme einer Frau. Für einen Moment dachte ich, es wäre meine Mutter, doch als ich mich umdrehte, entdeckte ich eine Krankenschwester. Ihr empörter Blick glitt von mir zu Marek, Lilek und schließlich zu Benedict.

»Er hat angefangen«, log Marek wie ein Kleinkind und deutete auf Benedict. Niemand korrigierte ihn.

Der Kiefer der Krankenschwester spannte sich an und sie verschränkte die Arme vor der Brust. Wären es Marek oder Lilek gewesen, die Ärger gemacht hätten, hätte sie vermutlich direkt die Stadtwache gerufen. Aber bei dem Direktor der Akademie zögerte sie sichtlich. Schließlich seufzte sie schwer und ließ die Arme wieder sinken. »Mir ist egal, wer angefangen hat. Dies ist eine Krankenstation. Hier liegen verwundete Menschen, die ihre Ruhe brauchen, und wer Ärger macht, sollte besser gehen.« Vielsagend sah die Krankenschwester Benedict an, eine stumme Aufforderung.

Er trat einen Schritt zurück. Die Scham stand ihm ins Gesicht geschrieben. Er sah zu mir auf und unsere Blicke begegneten sich. »Es tut mir leid, Kayla.«

Ich weiß, dachte ich, erwiderte jedoch nichts und wir alle beobachteten Benedict dabei, wie er die Krankenstation verließ. Er hatte es nicht anders verdient. Nicht, weil er mich versehentlich geschlagen hatte, sondern wegen all der Dinge, die er meiner Mutter an den Kopf geworfen hatte. Ja, er hatte dabei geholfen Frídas Leben zu retten, anstatt sie tatenlos auf dem Boden verbluten zu lassen, aber das machte die Fehler, die er über die Jahre begangen hatte, nicht ungeschehen. Wir würden ihm mitteilen, wie es Frída ging, dafür musste er nicht hier sein.

»Geht es dir gut?« Lilek trat neben mich. Er legte mir eine Hand auf den Rücken und sah besorgt zu mir herunter. Ich nickte und er rieb mir behutsam über die Schulter, dort, wo Benedict mich getroffen hatte.

»Kennen wir uns?«, fragte Marek, eine Augenbraue nach oben gezogen.

»Cestmir«, stellte sich Lilek vor und reichte ihm die Hand.

»Marek.« Er erwiderte die Geste, wirkte aber skeptisch und ich vermutete, dass auch er schon die Geschichte von mir und dem Mann in der Dusche gehört hatte und nun eins und eins zusammenzählte.

Die Krankenschwester, die uns unterbrochen hatte, räusperte sich und wir drehten uns zu ihr um. »Kayla? Marek? Wenn ihr mir bitte folgen würdet. Eure Mutter hat mich gebeten euch zu hohlen. Cestmir, du kannst hier warten. Derzeit dürfen nur Familienangehörige zu Frída.«

»Ist mit ihr alles in Ordnung?«, fragte Marek alarmiert.

Die Krankenschwester zögerte. Mir sank das Herz in die Hose. »Sie ist am Leben und wacht gerade auf, alles andere wird euch die zuständige Ärztin erklären.«

Die Frau drehte sich um und Marek folgte ihr, ohne zu zögern. Ich blieb zurück und sah verunsichert zu Lilek auf. Er nickte mir zu. »Geh. Ich warte hier.«

Es gefiel mir nicht ihn alleine zu lassen, aber ich musste Frída sehen. Ich ging hinter Marek und der Krankenschwester her, bis zu einer verschlossenen Tür, vor der meine Mutter und Evička auf uns warteten. Evička war die Ärztin gewesen, die vor ein paar Jahren eine Brandverletzung an der Hand meiner Mutter nach einem Unfall in der Waffenschmiede behandelt hatte. Sie war ein paar Jahre älter und ihre Haut war von einem sonnigen Braun, das so wirkte, als wäre das ganze Jahr über Sommer.

Die Augen meiner Mutter glänzten noch immer feucht. Ich umarmte sie und legte ihr einen Arm um die Taille. Die Ärztin versicherte uns, dass es Frída im Moment den Umständen entsprechend gut ging. Anschließend beschrieb sie uns im Detail ihre Verletzungen und deren Behandlung. Die Schnitte an ihrem Oberarm waren nichts im Vergleich zu der Bisswunde an ihrem Oberschenkel. Gewebe war zerfetzt und eine Arterie durchtrennt worden. Die Ärzte hatten ihr Bestmögliches gegeben und alles vernäht, aber erst die Zeit würde zeigen, ob die Wunden wie gewünscht verheilen würden. Das Risiko einer Infektion war hoch und im schlimmsten Fall könnte es passieren, dass sie Frída das Bein würden abnehmen müssen.

»Können wir zur ihr?«, fragte Marek mit kratziger Stimme. Meine Mutter hielt eine Hand vor ihren Mund gepresst, um ihre Schluchzer zu unterdrücken. Auch meine Kehle fühlte sich zu eng an, als dass Worte hindurchgepasst hätten.

Evička nickte. »Aber nur kurz. Sie ist noch benommen vom Eingriff und wir geben ihr etwas gegen die Schmerzen. Was sie jetzt braucht, ist vor allem viel Ruhe und Schlaf, um wieder gesund zu werden.« Sie öffnete die Tür und ich wäre am liebsten wieder aus dem Raum gestolpert. Frída lag wie ein Geist in einem der vier Betten – klein, blass und gebrechlich, am Rande des Dahinschwindens. Der einzige Fleck Farbe war das Rot einer Bluttransfusion, die zu ihrem Arm verlief. Ihre Atmung ging unregelmäßig und die Augen waren geschlossen. Ihre Lider öffneten sich jedoch flatternd, als sie uns kommen hörte.

Meine Mutter war als Erstes bei ihr, drückte ihr einen Kuss auf die Stirn und dankte ihr dafür, durchgehalten zu haben, da sie sich ein Leben ohne sie nicht vorstellen konnte. Ihre Worte zauberten Frída den Schatten eines Lächelns auf die Lippen und dieser Anblick war wunderschön und herzzerreißend zugleich. Marek war als Nächstes an der Reihe. Er umarmte Frída vorsichtig und flüsterte ihr etwas ins Ohr, das ich nicht verstehen konnte. Sie schüttelte allerdings den Kopf, was Marek nicht zu gefallen schien, aber er wagte es nicht, ihr zu widersprechen. Worüber ich froh war, denn andernfalls hätte ich ihn wohl persönlich an den Ohrringen aus diesem Krankenzimmer hinauszerren müssen.

»Ahoj«, grüßte ich Frída und trat neben sie an das Bett. Sie sah zu mir auf und blinzelte angestrengt. Zitternd ergriff ich ihre

Hand und beugte mich zu ihr, um ihr einen Kuss auf die Wange zu geben. Ihre Haut fühlte sich feucht und kühl an, und ein Teil von mir bereute es, mit ins Zimmer gekommen zu sein. Wenn Frída nun starb, wäre das hier meine letzte Erinnerung an sie, und aus irgendeinem Grund wäre das schlimmer als das Bild von ihr, wie sie blutend auf dem Boden ihres Krám gelegen hatte.

»Hast …« Frídas Stimme war schwach und ich musste mich weit nach vorne beugen, um ihre Worte überhaupt zu verstehen. »Hast du ihn gefunden?«

Ich schluckte schwer. »Ja, habe ich. Es tut mir leid …«

»Psst«, unterbrach Frída mich. Ihr Blick wanderte langsam zu meiner Mutter und Marek, die am Fußende des Bettes standen. »Wir reden später.«

Ich nickte heftig. »Das werden wir.«

Es war Frída deutlich anzusehen, wie viel Kraft sie bereits diese wenigen Minuten gekostet hatten. Ich trat einen Schritt zurück, um meine Mutter noch einmal nach vorne zu lassen. Sie strich Frída durch das verschwitzte Haar und lächelte sie an, als wäre jede Sekunde ein Geschenk.

Plötzlich klopfte es an der Tür. Evička schlüpfte nach draußen und sprach mit der Person, die uns gestört hatte, ehe sie gemeinsam mit Jakub zurück ins Zimmer kam. Wie Benedict trug er seine Livrej und seiner schweren Atmung nach war er zur Krankenstation gerannt. An seinen Stiefeln klebte Erde – offenbar war er kurz zuvor noch im Wald gewesen. »Ich bin so schnell gekommen, wie ich konnte.«

»Wo warst du?«, fragte ich und trat einen Schritt zur Seite, um Platz für ihn zu machen.

»An der Mauer.« Er öffnete den obersten Knopf seiner Uniform und fuhr sich mit der Hand durch das zerzauste Haar. »Es wurde wieder eines der Irrlichter gesichtet.«

Ich runzelte die Stirn. »*Eines* der Irrlichter?«

»Ja. Wir glauben, es sind zwei.«

»Seit wann?«

»Keine Gespräche über Monster«, unterbrach unsere Mutter uns mit strenger Stimme, bevor Jakub antworten konnte. »Wir sind hier, um für Frída da zu sein, und ich will nichts mehr über diese Ungeheuer hören. Ihr könnt später wieder darüber reden.«

Ich presste die Lippen aufeinander und auch Jakub sagte nichts mehr. Er trat an Frída heran und griff nach ihrer Hand. Für ihn war sie nie die Ziehmutter gewesen, die sie für mich war. Aber er hatte sie immer gemocht und respektiert. »Ich hoffe, es geht dir bald wieder gut«, erklärte er und auch seine Stimme klang ein wenig bedrückt. »Und mach dir keine Sorgen um den Krám. Ich werde mich darum kümmern, dass dein Laden aufgeräumt wird.«

»Danke«, erwiderte Frída, die Augen geschlossen.

Schweigend blieben wir an ihrem Bett stehen, bis Evička uns mitteilte, dass es Zeit wurde, zu gehen. Marek, Jakub und ich verabschiedeten uns von Frída, wobei ich mir nicht sicher war, ob sie uns noch länger hören konnte. Wir verließen das Zimmer, um unserer Mutter und ihr noch ein paar Minuten Zweisamkeit zu gönnen.

Lilek saß im Warteraum zusammengesunken auf einem der Stühle. Sein Gesicht war vollkommen leer und sein Blick abwesend in die Ferne gerichtet, als würde er nur auf schlechte Neuigkeiten warten. Er war allerdings nicht mehr allein. Alexandr saß neben ihm und redete auf ihn ein, hielt jedoch inne, als er uns kommen hörte. Sofort war er auf den Beinen. Er kam auf uns zugerannt und nahm mich in einer stürmischen Umarmung gefangen. »Ich habe gehört, was passiert ist«, sagte Alexandr und tätschelte mir den Rücken. »Es tut mir so leid. Frída hat so etwas nicht verdient.«

»Nein, hat sie nicht«, stimmte ich zu und sah über Alexandrs

Schulter vorbei zu Lilek, der ebenfalls aufgestanden war und nun langsam auf uns zukam, als wäre er sich nicht sicher, ob ich noch länger etwas mit ihm zu tun haben wollte.

Alexandr ließ mich los, umarmte auch Marek flüchtig und zögerte anschließend keine Sekunde, auch meinen Bruder in die Arme zu schließen. Er drückte Jakub fest an sich, der unter der Berührung sichtbar erstarrte. Er erwiderte die Geste nicht und schließlich ließ Alexandr von ihm ab.

»Wie geht es Frída?«, fragte Lilek mit hörbarer Zurückhaltung.

»Nicht gut. Sie sieht aus, als könnte sie jede Sekunde ihren letzten Atemzug tun«, sagte Jakub, bevor ich antworten konnte, und trat einen Schritt von Alexandr zurück. »Die Operation hat sie zwar überstanden, aber die Ärzte sind sich noch nicht sicher, ob sie ihr Bein behalten wird. Das wird sich erst in den nächsten Stunden zeigen. Möglicherweise muss es abgenommen werden.«

»Scheiße«, fluchte Alexandr.

»Das kannst du laut sagen«, pflichtete Marek ihm bei. »Ich werde das Monster finden, das Frída das angetan hat. Und dann hänge ich es an seinen Hinterpfoten auf, um sämtliche Waffen an ihm auszuprobieren, damit es einen langsamen und schmerzhaften Tod sterben kann – so wie es ihn verdient hat.«

Alexandr nickte. »Ich bin dabei.«

»Ich auch«, sagte Jakub zu meiner Überraschung, denn ich hatte damit gerechnet, dass er Marek dafür zurechtweisen und an das kommende Gesetz erinnern würde. Aber offenbar war sein Wunsch nach Rache in diesem Moment größer als sein Bändiger-Stolz.

Ich räusperte mich. »Jungs, findet ihr nicht, dass ihr übertreibt?«

Die drei starrten mich an, als hätte ich den Verstand verloren. Ein boshaftes Grinsen trat auf Mareks Gesicht und weckte in mir

Erinnerungen an die Jungen aus meiner Kindheit, die sich im Pausenhof einen Spaß draus gemacht hatten, Spinnen einzufangen, um ihnen die Beine auszureißen. »Wieso? Das Monster hat Frída wehgetan, also werden wir ihm wehtun. Ganz einfach.«

»Ganz einfach«, echote ich, dabei drehte sich mir der Magen um und mein Blick zuckte zu Lilek, der wie erstarrt hinter Alexandr stand. Sein Kiefer war so angespannt, dass es wirkte, als könnten seine Knochen jede Sekunde brechen. Seine Lippen waren so fest aufeinandergepresst, dass ich nicht einschätzen konnte, ob er sich verkneifen wollte etwas Falsches zu sagen oder versuchte sich nicht zu übergeben. Der blassgrünen Farbe seiner Haut nach zu urteilen war Letzteres der Fall, was ich ihm nicht verdenken konnte. Schließlich standen hier drei Männer vor ihm, die völlig ungeniert darüber redeten, ihn einzufangen, zu foltern und umzubringen – auch wenn sie nicht wussten, dass er es war, der Frída angegriffen hatte.

Ich zwang mich zu einem Lächeln, das Lilek hoffentlich beruhigte, und streckte meine Hand nach ihm aus. Regungslos starrte er auf meine Finger, ohne danach zu greifen. Ein Ausdruck des Ekels huschte über sein Gesicht und bevor ich wusste, wie ich damit umgehen sollte, drehte er mir den Rücken zu und stürmte aus dem Wartezimmer.

Ein Hauch von Schwefel lag in der Luft.

35. KAPITEL

»Was ist denn in den gefahren?«, fragte Marek. Es war keine Sorge, die in seiner Stimme mitschwang, sondern Spott.

Ich antwortete nicht, sondern stürmte Lilek hinterher. Draußen sah ich mich panisch in alle Richtungen um. Ich konnte Lilek nirgendwo entdecken, aber zumindest der Schwefelgestank war nicht stärker geworden, was bedeutete, dass er zu Fuß unterwegs war und nicht im Schatten. Hätte er sich in Rauch verwandelt, könnte er überall sein, aber so hatte ich zumindest noch eine Chance, ihn zu finden.

Ich reckte die Nase in die Höhe und versuchte auszumachen, woher der Schwefelgeruch kam.

Keine Ahnung, ob er wirklich noch da war oder ob ich mir das nur einbildete, weil ich es mir wünschte. Dennoch zögerte ich nicht und eilte nach rechts, die Straße entlang, die von der Akademie wegführte. In der Stille der Nacht erschienen mir meine Schritte unnatürlich laut. Das einzige Geräusch, das ich noch deutlicher vernahm, war der Ruf eines Knochenträgers irgendwo in der Ferne. Doch schon bald wurde es von dem Rauschen des Blutes in meinen Ohren abgelöst und von der Panik meines schneller schlagenden Herzens, während ich verzweifelt nach Lilek Ausschau hielt.

Ich entdeckte ihn drei Querstraßen weiter. Die Hände in die Hosentasche geschoben lief er entschlossen in die Nacht hinein. Er musste mich kommen hören, trotzdem drehte er sich nicht zu mir um.

»Lilek!«, rief ich ihm hinterher.

Seine Schritte wurden nicht langsamer, aber er versuchte auch nicht vor mir zu fliehen. Ich rannte ihm nach, bis ich ihn schließlich einholte, und packte seinen Unterarm. Widerwillig blieb er stehen, aber er sah mich nicht an. »Wohin gehst du?«, fragte ich keuchend. Es war nicht die Anstrengung, die mir den Atem raubte, sondern die Aufregung.

»Weg.«

Ich runzelte die Stirn. »Wohin weg?«

Er antwortete mir nicht und ich grub meine Finger fester in seinen Unterarm. Er zuckte zusammen. Zu spät bemerkte ich, dass es der Arm war, den er mit der Glasscherbe bearbeitet hatte. Trotzdem ließ ich ihn nicht los. »Wohin willst du?«, fragte ich noch einmal eindringlicher.

Lilek schluckte schwer. »In den Wald.«

»Was?«

»Dort gehöre ich hin.«

Ich schüttelte heftig den Kopf. »Du kannst nicht einfach gehen.«

»Und ob ich das kann.«

Die Entschlossenheit in seiner Stimme ließ mich erschaudern. »Wie stellst du dir das vor? Wie soll ich den anderen dein Verschwinden erklären?«

»Sag die Wahrheit. Lüg sie an. Mir egal.« Lilek zuckte mit den Schultern. Er riss sich von mir los und marschierte in Richtung der Mauer davon. Doch ich wusste, dass es noch Hoffnung gab, denn wäre er von seinem Vorhaben so überzeugt, wie er mich glauben machen wollte, könnte er durch den Schatten gleiten und wäre innerhalb von Sekunden aus der Stadt. Ich musste nur einen Weg finden, ihn vom Bleiben zu überzeugen.

»Lilek! Bleib stehen!«, befahl ich. »Wenn du jetzt verschwindest, werde ich dich zurückholen. Du weißt, ich kann das.« In seiner menschlichen Gestalt war sein Wille zu stark, aber sobald er wieder ein Schattenwolf war, könnte ich ihn zu mir rufen. Ich war seine Bändigerin, wir waren verbunden, und daran würde sich erst mit dem Tod etwas ändern.

Lilek blieb stehen und drehte sich langsam zu mir um. Wut und Verzweiflung rangen in seinen Gesichtszügen miteinander, aber selbst das konnte ihm nichts von seiner Schönheit rauben. »Warum?«, bellte er in die Nacht hinein. »Wieso solltest du mich aufhalten? Ich bringe dir nichts als Ärger. Meinetwegen stellst du dich gegen deine Familie und Marek. Ich habe Frída beinahe getötet und womöglich verliert sie ein Bein. Du hast Jakub und die anderen gehört.«

Er war mit jedem Wort lauter geworden und sein Körper zitterte vor Aufregung. Aus dem Augenwinkel konnte ich sehen, wie in den Häusern um uns herum Lichter angingen. Fensterläden wurden über unseren Köpfen geöffnet. Ich machte einen Schritt auf Lilek zu, packte erneut seinen Arm und zerrte ihn hinter mir her in eine Gasse. Sie war schmal, kaum einen halben Meter breit, und Lilek und ich mussten eng beisammenstehen, um überhaupt beide hineinzupassen.

Lilek fühlte sich warm an in der kühlen Nachtluft. Seine Brust hob und senkte sich vor Aufregung viel zu schnell und mit jedem Atemzug drängte er sich für den Bruchteil einer Sekunde näher an mich heran. Ich sah zu ihm auf. Die eine Hälfte seines Gesichts war im Schatten verborgen, nur die andere Seite wurde vom Licht der Straßenlaternen beschienen. Er beobachtete mich und in seinen braunen Augen konnte ich den Kampf sehen, den er in sich ausfocht. Er wollte gehen, um im Wald zu verschwinden, wegen allem, was passiert war, aber er wollte auch bleiben – bei mir.

»Mir ist egal, was Jakub, Marek und die anderen sagen. Sie

kennen dich nicht«, erklärte ich und legte ihm eine Hand auf die Brust. Durch den dünnen Stoff seines Hemdes hindurch konnte ich sein Herz unter meinen Fingerspitzen schlagen spüren.

Er sah an sich herab, zu der Stelle, an der ich ihn berührte. Er schluckte schwer und nach einem letzten, kurzen Zögern legte er seine Hand auf meine und umschloss meine Finger. Ich wollte schon erleichtert aufatmen, als sein Griff plötzlich fester wurde und er meine Hand von seiner Brust zog. Er schüttelte den Kopf. »Deine Freunde kennen mich vielleicht nicht, aber das macht mich nicht weniger zu einem Monster.« In diesem Moment schwang in seiner Stimme so viel Leid und Verzweiflung mit, dass ich es bereute, mich im Stall nur um die Kratzer auf seinem Arm gesorgt zu haben. Er hatte Wunden, die viel tiefer reichten, ich war nur zu blind gewesen, sie durch all das Blut hindurch zu sehen.

»Du bist kein Monster«, sagte ich und konnte nur hoffen, dass er mir diesmal glaubte. Ich entzog ihm meine Hand und umfasste sein Gesicht. Mit sanfter Gewalt zwang ich ihn dazu, mich anzusehen, und nun, da ich ihn so vor mir stehen sah – trauernd, hoffnungslos und gebrochen –, schämte ich mich dafür, je an ihm gezweifelt zu haben. »Du bist Lilek.«

Er stieß ein tiefes Seufzen aus, als würde ihm dieses Gespräch jegliche Kraft rauben, und schüttelte den Kopf. »Monster oder Lilek. Monster oder Mann. Das macht keinen Unterschied. Wir teilen uns einen Körper.«

»Natürlich macht das einen Unterschied«, beharrte ich. »Denn kein Monster würde so fühlen wie du in diesem Moment. Die Dunkelheit hat dir keine Wahl gelassen. Sie ist verdorben. Du nicht.«

Schweigend starrte er mich an und obwohl wir im Schatten standen, konnte ich im schwachen Schein der Lampen erkennen, wie sein Blick über mein Gesicht wanderte, als würde er hinter meinen Worten trotz allem eine Lüge vermuten. Ich hielt seinem Blick stand und betrachtete ihn mit einer Intensität, wie ich es seit der Nacht unserer ersten Begegnung nicht mehr getan hatte. Mir war es schon damals schwergefallen, meinen Blick von ihm abzuwenden, doch heute schien es mir gar unmöglich, denn er war für mich kein Fremder mehr. Kein Monster. Er war Lilek.

Ohne darüber nachzudenken, beugte ich mich nach vorne und legte meine Lippen auf seine. Ich hatte nicht geplant ihn zu küssen, aber in diesem Moment konnte ich nicht anders. Wenn meine Worte nicht ausreichten, um ihm begreiflich zu machen, wie menschlich er war, dann vielleicht meine Taten.

Kurz erstarrte Lilek unter meiner Berührung, aber schon mit dem nächsten Herzschlag kehrte das Leben in ihn zurück. Seine Lippen bewegten sich unbeholfen, geradezu zurückhaltend an meinen, als fürchtete er sich davor, mir wehzutun. Ich schob meine Hände in seinen Nacken, um ihn bei mir zu halten. Eine klare Aufforderung, die er allerdings nicht sofort zu begreifen schien, und da dämmerte es mir, dass dies sein erster Kuss sein musste. Ein warmes Gefühl breitete sich in meiner Brust aus. Er war so selbstbewusst und stark, wenn es um bestimmte Dinge ging, und gleichzeitig so zurückhaltend und unwissend bei anderen.

Langsam ließ ich meine Zunge über seine Unterlippe gleiten. Er stieß ein Stöhnen aus, das mir einen wohligen Schauder über den Rücken trieb. Im selben Moment packte er meine Taille und zog mich an sich heran, bis sich meine Brust gegen seinen Körper drängte. Und als sich unsere Zungen berührten, war ich diejenige, die seufzte. Ich wusste nicht, was ich erwartet hatte, ganz sicher jedoch nicht, dass sein Geschmack so einnehmend sein würde. Ich krallte mich an seinen Schultern fest und er stieß ein Knurren aus, in dem mein Name mitschwang.

Ich erzitterte und Lileks Hände wanderten meinen Körper

entlang. Tiefer, bis zu meiner Hüfte. Mehrere Herzschläge lang verweilten seine Finger dort, ehe sie sich aufwärtsschoben, meinen Rücken empor. Eine Gänsehaut kroch meine Arme nach oben, woraufhin unser Kuss noch stürmischer und drängender wurde. Fordernd biss Lilek mich mit seinen Zähnen in die Unterlippe und für eine Sekunde fühlte ich mich an das Monster erinnert, das in ihm lauerte. Doch ich konnte spüren, dass dieser Kuss ganz alleine von ihm kam und nicht von der Dunkelheit, die in ihm lauerte. Das hier war ganz allein Lilek.

Ich drängte ihn gegen die Wand und fuhr mit meinen Händen seine Schultern entlang bis zum obersten Knopf seines Hemdes. Fahrig, ohne unseren Kuss zu unterbrechen, begann ich ihn zu öffnen. Dann den nächsten. Und den nächsten. Und den nächsten. Bis ich ungehinderten Zugang zu seiner Brust hatte. Ohne Zurückhaltung ließ ich meine Finger seinen Körper erforschen und ertastete die Narben auf seiner Haut.

»Kayla«, murmelte Lilek an meinen Lippen. Seine Hände lagen inzwischen so weit oben auf meinen Rücken, dass er die Ansätze meiner Brüste berühren konnte.

»Mhhh?« Ich drückte meine Lippen auf sein Kinn.

»Da kommen Bändiger auf uns zu.«

Widerwillig ließ ich von ihm ab und plötzlich hörte ich es auch: Schritte und Stimmen. Sie kamen näher. Doch es war zu spät, um davonzulaufen. Wir konnten uns nur ruhig verhalten und hoffen, dass sie uns nicht bemerkten. Lilek zog seine Hand unter meiner Bluse hervor, nahm sie aber nicht von mir. Wie zwei Statuen verweilten wir in dieser Position, bis schließlich vier Gestalten an uns vorbeizogen; zwei Bändiger, ein Knochenträger und ein Blutgänger.

»Hast du das mit der Krám-Besitzerin schon mitbekommen?«, hörte ich die Bändigerin fragen.

»Du meinst die Freundin von Benedicts Exfrau? Frída?«, fragte der andere und ich konnte ihre Silhouetten sehen.

»Ja. Sie wurde heute von einem Monster angegriffen«, antwortete die Bändigerin und ich konnte spüren, wie sich Lilek neben mir anspannte. Doch ich würde nicht zulassen, dass er sich wegen des Geredes irgendwelcher Leute wieder schlecht fühlte.

In diesem Moment war es mir egal, ob die beiden uns entdeckten. Wir machten hier nichts Verbotenes, also zögerte ich nicht und tat das, was ich bereits vorher tun wollte, und begann Küsse auf seiner Brust und den Narben zu verteilen, die er vielleicht als Monster bekommen hatte, aber auch Teil des Mannes waren, zu dem er geworden war.

Lilek sog scharf die Luft ein, als mein Mund die empfindliche Haut über seinem Herzen streifte. Seine Hände krallten sich in den Stoff meiner Bluse und ich küsste seine Spur zu seinem Schlüsselbein, über seine Schulter, seinen Hals hinauf bis zu seinem Mund. Dabei ließ ich keinen Makel aus, der seinen Körper zeichnete, und als sich unsere Lippen schließlich wieder fanden, war es, als würde es nur uns beide geben. Es war kein stürmischer, leidenschaftlicher Kuss, sondern ein langsamer, zärtlicher, der mir das Gefühl gab, wir hätten all die Zeit der Welt und könnten dieser, mit all ihren Problemen und Tücken, noch eine Weile länger entkommen.

»Und wie sieht es aus?«, fragte ich Lilek schließlich schwer atmend. Ich hätte ihn ewig küssen können, aber allmählich ging mir die Luft aus. »Willst du immer noch in den Wald abhauen?«

Er schüttelte den Kopf, den Blick auf meine Lippen geheftet. »Auf keinen Fall. Außerdem wäre das Zeitverschwendung, wenn du ohnehin planst mich zurückzuholen.«

»Allerdings.« Ich vergrub mein Gesicht an seinem Hals und verteilte sanfte Küsse direkt unter seinem Ohr, noch nicht bereit, mich von ihm zu lösen.

Lilek erschauderte unter mir und schlang seine Arme um mich. Er drückte mich so fest an sich, als hätte er nie wieder vor mich loszulassen. »Danke«, murmelte er.

»Wofür?«

»Dass du mich als Mann siehst und nicht als Monster.« Er küsste meine Stirn und ich lächelte, denn seine Worte lösten ein angenehmes, warmes Gefühl in meinem Magen aus, wie eine Tasse Tee nach einem langen Wintertag. Ich schmiegte mich an seine Brust mit dem Versprechen, diesen Moment nur eine Sekunde länger zu genießen, ehe wir uns gemeinsam wieder der Realität stellen würden.

36. KAPITEL

Die nächsten Tage vergingen alles andere als ruhig, aber auch Chaos brachte eine gewisse Routine mit sich. Lilek und ich nahmen das Kampftraining an der Akademie wieder auf, um dem Schattenwolf in ihm ein Ventil zu geben und mir einen sicheren Raum zu bieten, in dem ich mit meinen Bändiger-Fähigkeiten experimentieren konnte. Die meiste Zeit über leitete Tereza den Unterricht alleine. Sie hielt es für einen Fehler, dass Jakub die Suche nach dem Irrlicht dem Unterricht vorzog, und machte daraus kein Geheimnis. Ihrer Meinung nach sollte die Ausbildung neuer Bändiger an oberster Stelle stehen.

Nach dem Training gingen Lilek und ich am Nachmittag gemeinsam in den Krám, um Jakub, Marek und meiner Mutter beim Aufräumen zu helfen. Die Stadtwache hatte wirklich ordentlich Schaden angerichtet und Lilek hatte es sich zur Aufgabe gemacht, Frídas Blut vom Boden zu schrubben, bis nichts mehr davon zu sehen war.

Die Stimmung beim gemeinsamen Aufräumen war angespannt. Wir redeten kaum miteinander und jedes Wort schien von einer Verbitterung begleitet zu sein, welche die Laune nur noch weiter runterzog. Ich konnte nicht sagen, ob es an den Dingen lag, die passiert waren, oder an denen, die noch passieren würden. Jeder in Praha konnte es spüren. Es war, als säßen wir auf einem Vulkan. Die Lava kochte und brodelte, Dampf war bereits dabei aufzusteigen und wir warteten nur noch auf den Ausbruch, der sich nicht würde vermeiden lassen. Denn die Stimmung in der Stadt war trotz der sinkenden Temperaturen so erhitzt wie noch nie zuvor.

Die Wilde Jagd protestierte laut und kämpfte für Ondrejs Freilassung, während Benedict und viele andere Bändiger es nicht erwarten konnten, das Gesetz zu erlassen, welches ihnen für immer verbieten würde Monster zu jagen. Ratsmitglied Vaněk sperrte sich dem noch, aber es war nur eine Frage der Zeit, bis er unter dem Druck der Bändiger einknicken würde. Dasselbe war auch bei der Steuererhöhung passiert, die zum Leidwesen der Bürger offiziell auf den Weg gebracht worden war und der Wilden Jagd jede Menge Zuspruch und neue Anhänger brachte.

Das alles wirkte sich auch auf die Atmosphäre in der Waffenschmiede und dem Krám aus. Jakub und Marek warfen sich ununterbrochen böse Blicke zu oder taten so, als würde der jeweils andere nicht existieren. Der einzige Grund, warum die beiden vermutlich überhaupt noch auftauchten, war unsere Mutter, die schwer unter dem Angriff auf Frída litt. Allerdings lenkte Jakubs und Mareks Rivalität, auch wenn sie im Stillen ausgefochten wurde, die beiden von ihrer eigentlichen Aufgabe ab und so blieb die meiste Arbeit an Lilek und mir hängen. Jedes Mal, wenn ich mich im Laden und in der Schmiede umsah, war ich aufs Neue davon fasziniert, wie viel Verwüstung die Stadtwache in nur wenigen Minuten hatte anrichten können, wohingegen wir Stunde um Stunde investieren mussten, um alles wieder auf Vordermann zu bringen. Vor allem das Entsorgen der verwesenden Blutgänger im Keller war eine Qual gewesen, denn ihr Gestank hatte sich vervielfacht und kein Mundschutz der Welt konnte mehr den fauligen Gestank nach Ei und Verwesung abhalten, der die Luft schwängerte.

Ich freute mich jeden Abend darauf, in die Akademie zurückzukehren, zu duschen und gemeinsam mit Lilek ins Bett zu fallen. Seit unserem Kuss in der Gasse war nichts mehr zwischen uns passiert. Die Tage raubten uns all die Kraft und mit Frída, den Bändigern, der Wilden Jagd und der Dunkelheit, die in Lilek lauerte, hatten wir größere Sorgen als unseren Beziehungsstatus. Dennoch genoss ich es, in den Nächten nicht alleine sein zu müssen. Ja, ich hatte nie ein Monster gewollt und zu Beginn hatte ich an Lilek und auch an mir selbst gezweifelt. Aber das Leben in Praha war in den letzten Wochen ein anderes geworden und nun war ich froh, Lilek an meiner Seite zu haben.

Ich schlug die Augen auf und sah mich in meinem Zimmer um. Es war dunkel und nur der Mond ließ mich ein paar Schatten erkennen. Lilek schlief neben mir. Er hatte einen Arm über meinen Bauch geschoben und hielt seine Stirn an meine Schulter gedrückt. Sein warmer Atem streifte meine Haut. Während diese Nähe in den anderen Nächten allerdings ein angenehmes Kribbeln ausgelöst hatte, verspürte ich heute nur eine Eiseskälte, die allerdings nichts mit Lilek, aber alles mit dem heutigen Tag zu tun hatte. Denn es war kein Albtraum gewesen, der mich geweckt hatte, sondern eine Erinnerung, die ich am liebsten vergessen würde. Doch jedes Jahr erinnerte mich mein Körper pünktlich wie ein Uhrwerk an den schlimmsten Tag meines Lebens.

Milošs Todestag.

Ich musste nicht in den Kalender schauen, um zu wissen, dass er sich heute zum siebten Mal jährte, auch wenn mein Herz diese Zahl kaum begreifen konnte. Ich vermisste Miloš und an manchen Tagen wirkte der Schmerz über seinen Verlust so frisch, wie als wäre er erst gestern gestorben. Dennoch fiel es mir zunehmend schwerer, mich an ihn zu erinnern. In gewisser Weiser war sein Tod mit dem unerträglichen Zustand im Nichts zu vergleichen. Die Zeit ohne ihn schien unendlich schnell zu vergehen und gleichzeitig furchtbar langsam dahinzukriechen.

Ich drehte meinen Kopf zu Lilek und beobachtete ihn einen

Moment. Sein Mund stand leicht offen. Seine Augen mit den langen Wimpern waren geschlossen und seine Gesichtszüge völlig entspannt, sodass er jünger wirkte. Er sah so friedlich aus, wie jemand, der keine Sorgen hatte. Ich wünschte, es wäre wahr. Und ich wünschte mir auch, ich könnte hier einfach liegen bleiben, mich an ihn schmiegen und wieder einschlafen, aber das ging nicht. Ich war hellwach und Miloš rief nach mir.

Vorsichtig schob ich Lileks Arm beiseite, um ihn nicht aufzuwecken. Es klappte nicht. Er stieß ein Brummen aus und zog mich zu sich heran wie ein Kuscheltier, ohne das er nicht schlafen konnte. »Wo willst du hin?«, fragte er mit verschlafener Stimme.

»In den Waschraum«, log ich.

Er zog die Augenbrauen zusammen, ließ mich jedoch los. »Beeil dich.«

»Das werde ich.« Ich beugte mich zu Lilek und drückte ihm einen Kuss auf die Stirn, ehe ich aus dem Bett stieg. Auf Zehenspitzen schlich ich zu meinem Kleiderschrank und schnappte mir eilig eine Hose, meinen Mantel und ein Paar Stiefel. Möglichst leise schloss ich die Tür des Zimmers hinter mir. Es waren noch ein paar Stunden bis Sonnenaufgang und ich würde hoffentlich wieder zurück sein, bevor Lilek erneut aufwachte.

Mitten auf dem Flur im Gang der Akademie zog ich mich an und machte mich schließlich auf den Weg. Auf dem Campus war es noch vollkommen ruhig. Nur ein Bändiger, der mit seinem Blutgänger auf dem Gelände patrouillierte, lief mir über den Weg. Er grüßte mich mit einem Nicken, aber das war auch schon alles. Unter einem sternenklaren Himmel folgte ich den Straßen durch die Stadt bis zum Friedhof. Das Tor zur Anlage war abgeschlossen, davon ließ ich mich allerdings nicht aufhalten. Ich kletterte auf die metallene Pforte und sprang auf der anderen Seite zu Boden. Der Kies knirschte unter meinen Stiefeln, doch es war niemand hier, der mich hätte hören können. Ich ließ meinen Blick zwischen den Bäumen hindurchgleiten, den Weg entlang bis zu den ersten Grabsteinen. Dieser Ort hatte immer etwas Schauriges an sich. Dabei waren es nicht die zerfallenen Steine, die vertrockneten Blumen auf den Gräbern oder die gierigen Insekten, die den Boden durchwühlten, welche mir eine Gänsehaut erzeugten, sondern die Tatsache, dass einem die eigene Sterblichkeit bewusst wurde. Und jedes Mal fragte ich mich, wie lange es dauern würde, bis ich hier liegen würde – neben Miloš.

Ich holte tief Luft und setzte meinen Weg fort. Trotz der Dunkelheit fand ich problemlos zum Mausoleum meiner Familie. Es war zu groß, um übersehen zu werden, und wirkte im Mondschein wie das Haus aus einem Märchen. Auch wenn dieses Märchen kein glückliches Ende genommen hatte. Ich hockte mich auf den kühlen Boden vor der Grabstätte, da ich auf einmal keine Kraft mehr in den Beinen hatte, und legte meine Hand auf Milošs Namen, der an unterster Stelle in den Stein graviert war.

»Na, wie geht es dir?«, fragte ich wie jedes Mal und machte eine kurze Pause, als könnte Miloš mir tatsächlich antworten. »Mir geht es … keine Ahnung, wie es mir geht. Hier laufen gerade so viele Dinge falsch und ich habe keinen Plan, was ich tun kann, um alles wieder geradezubiegen. Frída liegt im Krankenhaus und sie werden ihr womöglich ihr Bein abnehmen müssen«, sagte ich mit gesenkter Stimme, da es sich falsch anfühlte laut zu sprechen. Ich erzählte Miloš, dass es Lilek gewesen war, der Frída angegriffen hatte. Ich berichtete ihm auch von Ondrej, Ambrožs Schattenkatze und davon, dass ich die Waffe entwickelt hatte, mit welcher sie getötet worden war. »Benedict ist deswegen vollkommen ausgerastet, er hat Mutter angeschrien und … es war furchtbar. Ich bin dazwischengegangen und hab alles gebeichtet. Aber ich glaube nicht mehr, dass die beiden irgendwann wieder Freunde werden können.

Du hättest das vielleicht hinbekommen; ich nicht. Benedict hasst mich und Jakub … wir stehen uns nicht mehr so nahe wie früher.«

Unsere Eltern hatten sich bereits vor Milošs Tod getrennt, aber vielleicht würden sie heute noch miteinander reden, wäre Miloš hier, um zwischen ihnen zu vermitteln. Er war schon damals das Bindeglied zwischen unserer Mutter und mir und Benedict und Jakub gewesen. Denn er war nie so ein herausragender Bändiger gewesen wie Benedict und hatte begriffen, weshalb es unserer Mutter wichtig war, Waffen gegen die Monster zu schmieden. Für Benedict jedoch waren ihre Erfindungen ein Angriff auf die Bändiger anstatt die Chance für Nicht-Bändiger, sich selbst zu verteidigen.

»Manchmal frage ich mich, wie wir es überhaupt sieben Jahre ohne dich ausgehalten haben«, fuhr ich fort und wischte mir mit dem Handrücken über die Wangen. Tränen liefen mir unkontrolliert über das Gesicht und ließen meine Stimme stumpf wirken. »Und ich weiß, es ist lächerlich, aber ab und zu stelle ich mir vor, wie es wäre, wenn du einfach zurückkommen würdest. In meinem Kopf tust du dann so, als wäre das nur ein langer, makabrer Streich gewesen, und alles ist wieder wie vorher.« Ich schluckte schwer. »Aber du wirst nicht zurückkommen, habe ich recht?«

Miloš antwortete mir nicht. Natürlich nicht. Doch plötzlich hörte ich Schritte hinter mir. Ich erschrak nicht, denn ich erkannte diese Gangart. Lilek.

»Ich dachte, du willst den Waschraum in der Akademie benutzen, nicht den auf dem Friedhof.«

Ich schniefte und musste unweigerlich schmunzeln. »Da habe ich mich wohl unklar ausgedrückt.«

Lilek setzte sich neben mich auf den Boden, so dicht, dass sich unsere Schultern berührten. Er zog die Beine an den Oberkörper und schlang die Arme um die Knie. Er trug nur ein dünnes Hemd, da ich noch nicht dazu gekommen war, ihm einen Mantel zu kaufen. Zum Glück schien er sich nicht an der Kälte zu stören. Ein paar Sekunden saßen wir schweigend nebeneinander und Lilek betrachtete die Namenstafel, die am Mausoleum angebracht war.

Ich deutete auf Milošs Namen. »Mein Bruder.« Direkt über ihm standen die Namen meiner Großeltern und meiner Tante väterlicherseits. Sie waren alle Bändiger gewesen, aber ich hatte sie nie kennengelernt. Nicht wirklich. Benedicts ältere Schwester hatte ich noch getroffen, aber ich war zu jung gewesen, um mich an sie zu erinnern.

Lilek neigte den Kopf. »Ich wusste nicht, dass du noch einen Bruder hast. Wann ist er …«

»Vor sieben Jahren«, antwortete ich, bevor er das Wort *gestorben* aussprechen konnte.

»War er auch ein Bändiger?«

Ich nickte.

Lilek spannte sich neben mir an. »War es ein Monster?«

»Sozusagen.«

Lilek zögerte. »Wie meinst du das?«

Ich hatte noch nie jemandem von Milošs Tod erzählen müssen. Jeder in Praha wusste, was damals passiert war. Und keiner hatte es je gewagt, Fragen zu stellen oder offen mit uns darüber zu sprechen. Alle haben sie nur hinter vorgehaltener Hand getuschelt, schließlich gehörte es sich nicht, schlecht über einen Toten zu reden und ihn öffentlich als gestört, wehleidig oder schwach zu beschimpfen.

»Miloš war ein großartiger Bändiger. Nicht so gut wie Jakub, aber besser als die meisten. Besser als ich«, erklärte ich und begann die Konturen seines eingeritzten Namens mit dem Zeigefinger nachzufahren. »Wir haben keine Ahnung, wie es dazu gekommen ist, aber während eines Angriffs hat er die Kontrolle über sein

Monster verloren. Er hat versucht es wieder einzufangen, aber er war zu langsam und sein Dunkelweber hat eine schwangere Frau getötet.« Ich musste mich räuspern, denn die Erinnerungen auszusprechen, ließ den Kloß in meinem Hals wachsen. Damals, in den ersten Tagen, hatte ich dieser Frau die Schuld an Milošs Tod gegeben. Sie hatte gegen die Ausgangssperre verstoßen und wäre sie während des Angriffs nicht auf der Straße gewesen, hätte sein Dunkelweber sie nicht getötet und mein Bruder wäre vermutlich noch am Leben. »Wir alle haben Miloš gesagt, dass er nichts dafür konnte und solche Dinge nun einmal passieren. Aber er konnte nicht auf uns hören. Er hat alle Schuld auf sich genommen und ist daran zerbrochen.«

Ich ließ meine Hand sinken und drehte den Kopf zu Lilek. Er beobachtete mich, die Augenbrauen zusammengezogen, sein Blick vor Trauer um einen Mann getrübt, den er nicht einmal gekannt hatte. »Miloš hat sich erhängt.«

Lileks Lippen teilten sich, doch es kam kein Wort hervor. Ungläubig schüttelte er den Kopf, dabei sah er von mir zu Milošs Grab und wieder zurück zu mir. »Das ... das tut mir so leid.«

Ich lächelte traurig und dieses Mal hielt ich die Tränen nicht auf, die sich einen Weg über mein Gesicht bahnten. Lilek legte einen Arm um mich und zog mich näher an sich heran. Ich kuschelte mich in seine Wärme und legte den Kopf auf seine Schulter.

Eine ganze Weile saßen wir so schweigend nebeneinander und hingen unseren eigenen Gedanken nach. Ich konnte an Lileks angespannter Haltung spüren, dass er Vergleiche zwischen mir und Miloš, Frída und der schwangeren Frau und sich und diesem Dunkelweber zog. Doch so ähnlich die Situationen zuerst auch schienen, sie waren vollkommen unterschiedlich und ich würde es nie wieder so weit kommen lassen.

»Lass uns gehen«, sagte ich schließlich, nachdem meine Tränen versiegt waren und ich mich in Gedanken von Miloš verabschiedet hatte mit dem Versprechen, bald wieder zu kommen.

Lilek nahm seinen Arm von meiner Schulter und war als Erstes wieder auf den Beinen. Er reichte mir die Hand und zog mich auf die Füße. Er ließ mich allerdings nicht sofort wieder los, sondern hielt meine Finger fest. Seine Haut war ausgekühlt von der kalten Nachtluft, dennoch löste seine Berührung Hitze in mir aus. »Danke, dass du mir von Miloš erzählt hast.«

»Danke, dass du mir zugehört hast.«

Lilek lächelte mich an. »Jederzeit. Du kannst immer mit mir reden. Über alles.«

»Das weiß ich.« Ich stellte mich auf die Zehenspitzen und drückte ihm einen flüchtigen Kuss auf den Mund – fasziniert davon, wie schnell ich mich daran gewöhnt hatte, ihn nicht nur in meinem Leben zu haben, sondern ihm auch zu vertrauen, obwohl ich nicht einmal wusste, wer er wirklich war.

»Lass uns wieder in die Akademie gehen«, sagte Lilek, nachdem sich meine Lippen von seinen gelöst hatten. Er ließ meine Hand nicht los und führte mich vom Mausoleum weg in Richtung Ausgang. In der Ferne hörte ich nun die aufgeregten Stimmen von Männern und Frauen, die irgendwelche Befehle riefen. Vermutlich hatte sich wieder eine Gruppe Blutgänger vor den Mauern der Stadt versammelt.

Ich konnte das geschlossene Tor des Friedhofes bereits sehen, als mir ein Gedanke kam. »Hey, können wir noch einen Abstecher zu Mátyás machen? Ich will ihm nur kurz Hallo sagen.«

»Natürlich«, erwiderte Lilek umgehend, ohne sich über meinen Wunsch, mit Toten zu reden, lustig zu machen. Marek hielt meine Gespräche mit Miloš für verschwendete Zeit, was vermutlich auch einer der Gründe war, weshalb er seine Eltern nie besuchte.

Ich führte Lilek auf die westliche Seite des Friedhofes. Die

Gräber in diesem Teil waren weniger prunkvoll und standen dichter beisammen, da sich die Familien den Platz nicht leisten konnten. Wir schlängelten uns langsam durch die Grabsteine hindurch, um nicht über Blumen und Kerzen zu stolpern, die den Steinen zu Füßen lagen.

»Dahinten muss es sein.« Ich erkannte den Baum, hinter dem ich mich versteckt hatte, und beschleunigte meine Schritte, da ich zurück in der Akademie sein wollte, bevor die Sonne aufging.

Plötzlich fuhr ein scharfer Ruck durch meinen Arm bis in meine Schulter. Ich fluchte und taumelte zurück. Lilek war abrupt stehen geblieben und hatte meine Hand nicht losgelassen. Er umklammerte sie fest, mit einem zunehmenden Druck auf meine Finger, der mich für einen Moment von der wachsenden Dunkelheit in meinem Verstand ablenkte. Doch als ich sie bemerkte, fing ich sie sofort wieder ein und drängte sie mit meinen Gedanken zurück.

Irritiert blickte ich zu Lilek auf. Er war wie angewurzelt zwischen zwei Grabsteinen stehen geblieben und sah aus, als hätte er einen Geist gesehen.

»Was ist los?«, fragte ich zögerlich und trat dichter an ihn heran.

Er antwortete nicht, war wie gelähmt. Mein Blick folgte seinem zu dem Grabstein, von dem er seine Augen nicht losmachen konnte. Was hatte das zu bedeuten? »Lilek.«

Er reagierte nicht.

»Lilek.« Ich zog an meiner Hand, die von seinem festen Griff inzwischen schmerzte.

Nichts.

Mein Magen zog sich zusammen und ich sah noch einmal zu dem Grabstein, der ihn in diese Schockstarre versetzt hatte. Im blassen Licht des Mondes konnte ich die Inschrift nur schwer ausmachen, dennoch erkannte ich die Gravur und einen Namen: Viktor Vaněk.

37. Kapitel

Lilek ließ meine Hand los und sank vor dem Grabstein auf die Knie. Ein Strauß vertrockneter Blumen lag davor, der wirkte, als könnte er jede Sekunde zu Staub zerfallen. »Ich … das kann nicht sein. Mein …« Lileks Stimme brach ab. Er streckte die Finger aus und fuhr langsam die eingravierte Inschrift des Steines nach:

In Gedenken an Viktor Vaněk
Sohn von Dajana und Cestmir Vaněk
Ruhe in Frieden. Ruhe im Licht.
09. Juli 1883 bis 1894

Ich ging neben ihm in die Hocke und legte ihm meine Hand auf den Rücken. Sie zitterte, während mein Verstand zu begreifen versuchte, was ich vor mir sah.

Der Geburtstag.

Das Todesjahr.

Der Name des Vaters.

Es passte alles zusammen.

Lilek war Viktor Vaněk, der verschollene Junge und Neffe von Ratsmitglied Vaněk. Anders konnte es nicht sein. Ich erinnerte mich nicht an die Geschehnisse von früher, aber ich kannte die Geschichte, die man sich auch heute noch erzählte. Štefan Vaněk hatte damals seine Kandidatur für den Rat bekannt gegeben, als der Sohn seines Zwillingsbruders, Viktor, mitten am Tag spurlos verschwunden war. Er schien wie vom Erdboden verschluckt. Die ganze Stadt hatte nach ihm gesucht oder den Spuren eines Angriffes durch die Monster. Doch es hatte keinerlei Hinweise auf Viktors Verbleib gegeben, also hatte man ihn für tot erklärt.

»Sag ihn«, forderte mich Lilek plötzlich auf und riss mich damit aus meinen Gedanken.

Ich blinzelte irritiert. Und sah vom Grabstein zu ihm. Was sollte ich sagen?

»Ich muss ihn hören.«

Seinen Namen. Er wollte seinen Namen hören. Natürlich. Ich räusperte mich, denn auf einmal hatte ich wieder einen Kloß im Hals, und ich wollte mich nicht verhaspeln. »Viktor.«

Lilek sah mich nicht an. »Noch mal.«

»Viktor«, wiederholte ich lauter. Meine Stimme zitterte. »Viktor Vaněk.«

Er schloss die Augen und schluckte schwer. Zu gerne hätte ich gewusst, was in diesem Moment in ihm vorging, aber ich drängte ihn nicht dazu, mit mir zu sprechen. Ich konnte mir nicht vorstellen, wie es für ihn sein musste, auf diese Weise zu erfahren, wer er war.

»Kannst du ihn noch einmal sagen?«, fragte er geradezu beschämt.

»Sooft du willst, Viktor.«

Ich spürte, wie er unter meinen Fingerspitzen erschauderte. Ich umarmte ihn, um zu zeigen, dass ich für ihn da war, auch wenn mich ein merkwürdiges Gefühl der Trauer überfiel. »Kannst du dich an irgendetwas erinnern?«

Er schüttelte den Kopf. »Nicht wirklich. Ich höre sie allerdings meinen Namen sagen.«

Ich vermutete, dass er mit *sie* seine Eltern meinte. »Viktor Vaněk.«

Er rümpfte die Nase. »Klingt komisch.«

»Findest du?«

»Irgendwie schon. Ich bin es gewohnt, Lilek zu sein.«

»Ich mag Viktor.« Ich lächelte ihn an und drückte meine Lippen gegen den Stoff seines Hemdes. Er legte einen Arm um mich und zog mich dichter an sich heran. Doch es würde sicherlich noch eine Weile dauern, bis ich mich an seinen neuen-alten Namen gewöhnen würde.

»Weißt du, was damals mit mir passiert ist?«, fragte Viktor, und das erste Mal, seit wir stehen geblieben waren, wandte er den Blick von seinem Grabstein ab und sah mich an. In seinem Gesicht spiegelten sich dabei so viele Emotionen, dass es unmöglich war sie alle zu deuten.

Ich schüttelte den Kopf. »Ich war damals gerade mal ein Jahr alt und weiß nur, was die anderen sich erzählen. Was nicht wirklich viel ist. Du bist verschwunden und einfach nie wiederaufgetaucht.«

Viktor nickte und wurde ruhig. Zaghaft berührte er den Namen seiner Mutter. »Kennst du sie?«

»Nur vom Hörensagen. Dein Onkel ist Štefan Vaněk. Er sitzt im Stadtrat und treibt Benedict und die Bändiger in den Wahnsinn, weil er sich gegen jedes Gesetz ausspricht, das sie ...« Ich wurde vom Kreischen eines Dunkelwebers unterbrochen und riss den Kopf in die Höhe. Als Schatten im Nachthimmel kreiste er über unseren Köpfen, vermutlich auf der Suche nach leichter Beute. »Das sie erlassen wollen«, fuhr ich fort und wandte mich wieder Viktor zu, der ebenfalls den Dunkelweber ins Auge gefasst hatte. »Dein Vater, Cestmir, ist Štefans Zwillingsbruder. Ich glaube, er arbeitet für Ambrožs Vater auf den Feldern. Und deine Mutter, keine Ahnung. Könnte sein, dass sie Kindergärtnerin ist. Ich bin mir nicht sicher.«

Viktor zögerte, als müsste er diese Informationen auf sich wirken lassen. »Glaubst du …« Er schluckte. »Glaubst du, sie wollen mich sehen?«

Ich zog die Stirn in Falten. »Natürlich wollen sie das.«

»Aber es ist so lange her.«

»Das macht dich nicht weniger zu ihrem Sohn«, beharrte ich. Ich wollte Viktor zu nichts zwingen. Er musste diese Entscheidung treffen und ich konnte sein Zögern verstehen. In den letzten Jahren hatte sich mit Sicherheit einiges verändert, aber Dajana und Cestmir waren noch immer seine Eltern. Seine Familie. Und würde Miloš wiederauferstehen, würde ich ihn sehen wollen, egal wie viel Zeit seit seinem Tod vergangen war.

»Und was ist, wenn sie nichts mit mir zu tun haben wollen?«

»Dann sind sie Idioten und haben dich nicht verdient.«

»Aber ich bin ein …«

»Nein«, unterbrach ich ihn und auch der Dunkelweber, der über uns schwebte, stieß ein Kreischen aus, als wollte er Viktor widersprechen. »Wir fangen nicht wieder damit an. Du bist kein Monster. Du bist du. Die Dunkelheit ist nur ein kleiner Teil von dir.«

Viktor presste nachdenklich die Lippen aufeinander, seine Augen voller Hoffnung und Unsicherheit. »Du denkst also wirklich, ich sollte zu ihnen gehen?«

»Auf jeden Fall. Aber du musst das nicht sofort entscheiden. Lass dir Zeit.«

»Vielleicht wenn ich mich an mehr erinnere.«

»Vielleicht.« Ich schenkte Viktor ein bestärkendes Lächeln. Er erwiderte es schwach und sah von mir wieder zu seinem Grabstein. Wortlos starrte er auf die Gravur und wurde dabei vollkommen still, als wären seine Gedanken so einnehmend, dass sie ihn selbst das Atmen vergessen ließen. In diesem Moment bemerkte ich, dass inzwischen zwei Dunkelweber über unseren Köpfen kreisten. Und auch die Rufe der Bändiger, die ich vorhin gehört hatte, waren lauter geworden. Eigenartig. Ohne die Dunkelweber aus den Augen zu lassen, zupfte ich an Viktors Hemd. »Wir sollten besser zurück in die Akademie.«

Er folgte meinem Blick und nickte. Wir erhoben uns langsam, um die Dunkelweber nicht zu reizen. Vermutlich hatten sie uns ohnehin schon entdeckt. Mit ruhigen Schritten liefen wir zum Ausgang des Friedhofes, immer darauf bedacht, im Schatten der Bäume zu gehen.

»Du zuerst«, forderte Viktor mich auf, als wir das Tor erreichten. Ich kletterte über die Pfosten und sprang auf die andere Seite, wobei der Aufprall vom Kreischen weiterer Dunkelweber übertönt wurde. Ein Schauder lief mir über den Rücken. Woher kamen all die Monster? Es war nicht ungewöhnlich für sie bei Nacht über die Stadt zu fliegen, aber meistens wurden sie von den Dunkelwebern der Bändiger sofort vertrieben oder verschwanden wieder, wenn sie bemerkten, dass hier nichts zu holen war. Ich legte den Kopf in den Nacken und entdeckte die Monster, die nun als Schwarm über die Dächer zogen.

Viktor kam neben mir auf der Straße auf. Er hatte die Augenbrauen zusammengezogen und blickte besorgt in den Himmel, die Lippen zu einer harten Linie gepresst. »Komm.« Er griff nach meiner Hand und gemeinsam liefen wir in Richtung der Akademie, den Rufen der Bändiger entgegen. Ich bemerkte, dass in unzähligen Häusern bereits das Licht angegangen war. Vorhänge waren zurückgezogen und Silhouetten standen an den Fenstern, um zu beobachten, was hier vor sich ging. Irgendwo in unserer Nähe begann ein Baby zu weinen.

»Was geht hier vor?«, fragte ich, meine Stimme gesenkt.

Viktor schüttelte den Kopf. »Ich habe keine Ahnung. Vielleicht haben die Bändiger ein Nest aufgescheucht. Wir sollten schnell von der Straße runter.«

Wir beschleunigten unsere Schritte. Mit einem Dunkelweber wurde Viktor problemlos fertig, das hatte er bereits bewiesen, aber ich wollte nicht wissen, wie der Kampf ausging, wenn uns ein ganzer Schwarm dieser Kreaturen angriff. Er könnte sich leicht im Schatten verdünnisieren, ich hingegen …

»Pass auf!«, brüllte Viktor wie aufs Stichwort und riss mich zu Boden. Mein Kopf schlug hart auf den Stein auf und Kiesel bohrten sich wie kleine Scherben in meine Haut.

Viktor presste die Hand auf meinen Mund. »Pssst«, zischte er und im nächsten Moment flog ein Schwarm Dunkelweber so dicht über uns hinweg, dass ich den Windstoß ihrer Flügelschläge in meinem Gesicht spüren konnte. Ihre Rufe waren so nah an meinem Ohr, dass ich mich augenblicklich an das Ufer der Vltava zurückversetzt fühlte, an dem es mir nicht gelungen war, Mátyás zu retten. Mein Puls schoss in die Höhe und ich konnte spüren, wie sich meine Sinne durch Adrenalin schärften, während sich die Dunkelheit in meinem Verstand ausbreitete. Der markante Geruch von Schwefel stieg mir in die Nase.

Plötzlich hörte ich das Donnern von Hufen und eilige Stiefelschritte. Die Worte der Bändiger wurden klarer und ich erkannte Jakubs Stimme, die bellend Befehle rief. »Treibt sie in den Osten und lasst sie nicht zurück ins Zentrum fliegen. Und wo zum Henker ist Tereza? Hat einer ihren Dunkelweber gesehen? Wir brauchen Verstärkung in der Luft!«

Männer und Frauen antworteten ihm in einem wilden Durcheinander. Ich hatte keine Ahnung, wie er überhaupt etwas von dem verstehen konnte, aber vielleicht lag das auch an dem Pochen in meinem Ohr. Die Bändiger unter der Führung von Jakub rannten an uns vorbei, den Dunkelwebern nach, die Viktor und mich beinahe umgerissen hätten. Nur Jakub wurde langsamer und blieb stehen.

»Ist bei euch alles in Ordnung?«, fragte er. Sein Atem kam stoßweise.

»Ich glaube schon«, antwortete Viktor und stieg von mir herunter. »Kayla?«

»Alles bestens.« Ich rappelte mich auf und wischte mir den Dreck von den Händen, wobei ich versuchte nicht auf Jakubs Knochenträger zu achten, der seinen Kopf neigte und jede meiner Bewegungen verfolgte.

»Was habt ihr hier zu suchen?« Jakubs Blick, der von Erleichterung zu Verärgerung wechselte, glitt von mir zu Viktor. Plötzlich erstarrte er und seine Augen weiteten sich. Ich begriff zuerst nicht, was los war, und drehte mich um, in der Erwartung, einen Dunkelweber zu sehen, als auch mein Blick an Viktor hängen blieb. An seinem linken Unterarm hatte sich ein Fleck aus schwarzem Blut gebildet, er musste von einer Glasscherbe auf dem Boden stammen.

Einen Herzschlag lang war ich wie erstarrt, dann trat ich eilig vor Viktor, um ihn vor Jakubs Blicken abzuschirmen, aber dafür war es längst zu spät. Mein Bruder hatte den Schnitt und das dunkle Blut gesehen. Nicht, dass ich den Geruch nach Schwefel hätte verbergen können. Händeringend versuchte ich mir eine Ausrede zu überlegen. Doch mein Kopf war wie leer gefegt. »Jakub, er ...«

»Nicht«, schnitt er mir das Wort ab. Sein Gesichtsausdruck war nicht zu deuten. »Ihr kommt jetzt mit mir.«

»Wir ...«

»Kein Wort mehr«, fuhr mir Jakub erneut über den Mund. Er sah nicht mich an, sondern Viktor. »Kommt.« Seine Stimme klang unterkühlt. »Oder muss ich euch zwingen?«

»Ja«, antwortete ich.

»Nein«, erwiderte Viktor.

Ich wirbelte zu ihm herum. »Spinnst du?«

»Kayla«, sagte Jakub mit strenger Stimme und trat zwischen Viktor und mich. »Ich habe gesagt, du sollst ruhig sein.« Sein zorniger Blick zuckte nach links und rechts und ich bemerkte die Gestalten, die an den Fenstern standen und uns beobachteten. »Das hier ist nicht der richtige Ort, um zu reden.« Er streifte sich die Jacke seiner Livrej von den Schultern und warf sie Viktor zu, der sie geschickt auffing. »Zieh das über. Wir wollen nicht, dass noch jemand deinen Arm sieht.«

Viktor gehorchte und unter Jakubs wachsamen Augen schenkte er mir ein Lächeln, das mich vermutlich beruhigen sollte, aber genau die gegenteilige Wirkung hatte. Doch ich konnte nichts mehr sagen oder tun, um die Situation zu ändern, also schwieg ich, griff Viktors Hand und wir folgten meinem Bruder in Richtung der Akademie.

38. KAPITEL

Jakub ließ Viktor keine Sekunde aus den Augen, als befürchtete er, er könnte sich jeden Moment in ein Monster verwandeln und uns angreifen. Er sollte sich allerdings weniger Sorgen um Viktor machen als um mich. Denn ich war diejenige von uns beiden, die kurz davor war durchzudrehen. Wir standen seit gut einer halben Stunde in Benedicts Arbeitszimmer, einem der ältesten Räume der Akademie, und schwiegen einander an. Früher hatte ich diesen Raum faszinierend gefunden mit seinen massiven Holzregalen und den alten Schriftstücken, auf denen der Lehrplan der Bändiger basierte. Heute wollte ich nur noch von hier weg.

»Wie lange wollen wir noch auf ihn warten?«, fragte ich genervt und stützte mich gegen den Schreibtisch, der aus demselben schweren Holz geschliffen war wie die Regale. Jakub hatte nach Benedict rufen lassen, aber bei dem Durcheinander in der Stadt war schwer zu sagen, wie lange es dauern würde, bis ihn die Nachricht erreichte.

»Solange es nötig ist«, erwiderte er trocken. Seit er uns auf der Straße gefunden und das schwarze Blut an Viktors Ärmel gesehen hatte, war er distanziert und blieb auf Abstand. Ich hatte damit gerechnet, dass er uns augenblicklich zur Rede stellen würde, und in gewisser Weise wäre mir das lieber gewesen. Dieses Schweigen und die Geheimniskrämerei gefielen mir nicht; ich konnte sie nicht einschätzen. »Du hast mir noch immer nicht verraten, was ihr beide mitten in der Nacht auf offener Straße getrieben habt.«

Ich straffte die Schultern. »Wir haben gar nichts getrieben. Wir haben Miloš besucht.«

Jakubs Gesichtszüge entglitten ihm.

Ich schnaubte. »Das glaub ich nicht. Du hast ihn vergessen?«

»Ich habe ihn nicht vergessen. Ich habe nur noch keine Zeit gefunden, an ihn zu denken, während ich mich um die Dunkelweber gekümmert habe.«

»Was ist da los?«, fragte Viktor. Er stand am Fenster und beobachtete das Treiben im Innenhof. Die Akademie, die ruhig gewesen war, als ich mich aus meinem Zimmer geschlichen hatte, gehörte der Vergangenheit an. Unzählige Bändiger schwirrten über den Campus, koordinierten sich und holten ihre Monster, um Stellung in den Straßen zu beziehen.

»Keine Ahnung.« Jakub stieß sich von der Wand ab. Er hatte die letzten dreißig Minuten wie ein Wachhund vor der Tür gestanden, wie um sicherzustellen, dass wir nicht abhauten. Nun lief er ebenfalls zu dem Fenster. Mehrere Schwärme Dunkelweber waren offensichtlich gerade dabei, die Stadt für sich einzunehmen. »Ich habe noch nie so viele auf einmal gesehen«, gestand Jakub. »Sie waren plötzlich einfach überall und sie verschwinden auch nicht mehr, das sieht ihnen nicht ähnlich. Wüsste ich es nicht besser, würde ich sagen, sie werden von einem Bändiger kontrolliert.«

»Oder ihr habt eure Suche nach den Irrlichtern einfach zu weit getrieben«, sagte ich. Auch wenn ich das genaue Ausmaß der Mission nicht kannte, hatte ich mitbekommen, wie viel Zeit er in den letzten Tagen in den Wäldern verbracht hatte – genug, um die Monster aufzuscheuchen.

Jakub warf mir einen finsteren Blick zu. »Wir haben nur das getan, was von uns erwartet wird. Im Moment sind alle von der Wilden Jagd abgelenkt, aber warte, bis das Irrlicht einen Menschen umbringt. Egal ob heute, morgen, in drei Monaten oder einem Jahr. Die Leute werden zurückschauen und den Bändigern die Schuld geben, weil wir *nicht genug getan haben.*«

»Sie werden euch auch dafür verurteilen.« Ich deutete aus dem Fenster.

»Uns«, korrigierte mich Jakub. »Sie werden *uns* verurteilen, Kayla. Du bist noch immer eine Bändigerin, auch wenn du das in letzter Zeit gerne mal zu vergessen scheinst. Aber auch das wird nur passieren, wenn wir zulassen, dass jemand zu Schaden kommt. Und gerade geben unsere Leute alles, um das zu verhindern.«

Ich wollte Jakub fragen, was *er* tat, um das zu verhindern, schließlich stand er bereits seit einer Weile unbeteiligt mit uns in diesem Zimmer herum. Doch in diesen Moment schwang die Tür zu Benedicts Arbeitszimmer auf und der Mann der Stunde trat ein. »Jakub, du bist hier. Sehr gut. Ich treffe mich gleich mit Bürgermeister …« Benedict verstummte, als er bemerkte, dass sein Sohn nicht alleine war. Genervt sah er von Jakub zu mir und schließlich zu Viktor. Sein Gesicht verdunkelte sich und er verzog die Lippen, als er erkannte, dass Viktor einen Teil von Jakubs Livrej trug; diese Ehre sollte nur Bändigern zuteilwerden. »Was ist hier los?«

»Das wirst du gleich sehen.« Erwartungsvoll richtete sich Jakubs Blick auf Viktor.

Unruhig trat dieser von einem Fuß auf den anderen. Zögerte, während die Dunkelheit in unseren Köpfen aufbrauste. Der Schattenwolf schien es für keine gute Idee zu halten, Viktors Identität zwei Bändigern zu verraten. Und ich wünschte, ich könnte irgendetwas tun, um das zu verhindern. Doch dafür war es zu spät. Wir waren hier und Benedict und Jakub würden uns nicht einfach wieder gehen lassen.

Mit bedachten Bewegungen zog Viktor die Jacke aus und entblößte den schwarzen Blutfleck auf seinem Hemd und den Riss im Stoff, der deutlich die Schnittwunde darunter zeigte. Im Raum wurde es vollkommen still, bis ich mir sicher war, dass jeder das Pochen meines Herzens hören konnte.

Sekunden verstrichen, in denen Jakub und Benedict Viktor anstarrten. Ich beobachtete sie und dabei rauschten Dutzende von Gedanken und Szenarien durch meinen Kopf, wie mein Vater reagieren würde. Ich konnte vor meinem inneren Auge förmlich sehen, wie er den Befehl bellte, Viktor erneut verhaften zu lassen, oder, schlimmer noch, seine Hinrichtung anordnete, weil er eine nicht einschätzbare Bedrohung war – die Wildheit eines Monsters gepaart mit dem Verstand eines Menschen.

Nichts dergleichen geschah.

»Du bist Kaylas Schattenwolf«, stellte Benedict mit undurchdringlicher Miene fest.

Viktor nickte, woraufhin Benedict und Jakub einen flüchtigen Blick miteinander wechselten.

Was ging hier vor? »Wieso seid ihr nicht überrascht?«, fragte ich. Ich hatte das Gefühl, gerade irgendetwas elementar Wichtiges zu verpassen.

Benedict neigte den Kopf. »Wir wussten es bereits.«

»Was?!« Hatte er das eben wirklich gesagt oder war ich zu hart auf dem Boden aufgeschlagen, als Viktor mich vor dem Dunkelweber beschützt hatte? »Ihr … ihr wusstet es?«

»Nicht, dass dein Freund aus der Dusche dein Schattenwolf ist. Aber dass sich Menschen hinter den Monstern verbergen, ist uns bekannt«, antwortete Jakub und betrachtete Viktor nun mit offener Neugierde. »Wir wussten allerdings nicht, dass die Verwandlung rückgängig gemacht werden kann. Das ist neu.«

Benedict gab ein zustimmendes Brummen von sich.

»Wann? Wie? Was?« Mir wurde wieder schwindelig. Ich taumelte vom Schreibtisch zu einem der Sessel und ließ mich darauffallen. Ich war vollkommen verwirrt. Sie hatten es gewusst? Die ganze Zeit, in der ich versucht hatte, dieses Geheimnis für mich zu bewahren, und deswegen beinahe wahnsinnig geworden wäre, hatten sie es gewusst? Verdammt noch mal gewusst? Wieso hatten sie mir nichts gesagt? Wieso hatte niemand etwas zu mir gesagt? Und auch wenn ich bereits geahnt hatte, dass nicht nur Lilek von dieser Verwandlung betroffen war, erschütterte mich die Wahrheit. »Wer weiß davon?«

Über meinen Kopf hinweg wechselten Jakub und Benedict einen Blick miteinander. Wortlos schienen sie zu der Übereinkunft zu kommen, dass sie mir vertrauen konnten. *Was hatte ich doch für ein Glück.*

Jakub kam um den Schreibtisch herumgelaufen und lehnte sich mir gegenüber an die Tischplatte. »Es gibt nur eine Handvoll Leute, die dieses Geheimnis kennen. Der Bürgermeister, zwei seiner Berater und der Delegat, der Holzfäller. Dieses Wissen ist streng vertraulich und es ist wichtig, dass du niemandem davon erzählst.« Er sah zu Viktor. »Dass *ihr* niemandem davon erzählt.«

Ich massierte mir die Nasenwurzel mit Daumen und Zeigefinger. Mir schwirrte der Kopf. Und auch wenn ich die Worte klar und deutlich hörte, fiel es mir schwer sie zu begreifen. Ich versuchte mich daran zu erinnern, ob Jakub oder Benedict je irgendetwas haben durchscheinen lassen – nichts. Ich verstand es einfach nicht. »Wie konntet ihr das all die Jahre geheim halten?«

»Das ist nicht unser Verdienst. Diese Erkenntnis existiert schon seit Jahrhunderten im Kreis der Bändiger. Die Gründer dieser Akademie haben alles darangesetzt, um es geheim zu halten.«

Ich zog die Augenbrauen zusammen. »Warum?«

»Weil dieses Wissen niemandem hilft«, sagte nun Benedict. Er nahm den Platz hinter seinem Schreibtisch ein und verschränkte die Arme vor sich auf der Holzplatte. »Vielleicht waren diese Geschöpfe«, er deutete aus dem Fenster in Richtung Wald, »irgendwann einmal Menschen, aber sie sind es nicht länger. Sie sind Ungeheuer. Wild. Blutrünstig. Herzlos. Und wir können es uns nicht leisten, dass die Menschen mit ihnen sympathisieren, weil sie in falscher Hoffnung einen geliebten Verwandten hinter einem Knochenträger, Blutgänger, Dunkelweber oder eben Schattenläufer vermuten.«

»Willst du deswegen nicht, dass wir unseren Monstern zu nahe kommen?«

»Nein, ich will nicht, dass ihr euren Monstern zu nahe kommt, weil sie eben genau das sind: Monster. Sie haben ihre Menschlichkeit verloren.« Sein Blick zuckte zu Viktor, der die Livrej mittlerweile wieder angezogen und die Arme vor der Brust verschränkt hatte. »Zumindest dachten wir das bisher. Uns war nicht bewusst, dass die Verwandlung rückgängig gemacht werden kann.« Das erste Mal seit Beginn dieser surrealen Unterhaltung glaubte ich Verwunderung in seinem Gesichtsausdruck zu lesen.

»Wisst ihr, was mich verwandelt hat?«, fragte Viktor.

Benedicts Verwunderung wich Verwirrung. »Du weißt es nicht?«

Viktor schüttelte den Kopf.

»Tja, wir auch nicht«, sagte Benedict. Er klang enttäuscht. »Wir versuchen das seit Jahren herauszufinden, sind aber noch auf keine Lösung gestoßen. Alles, was wir wissen, ist, dass hin und wieder Leute im Wald verschwinden und nicht mehr zurückkehren. Das passiert nicht so oft, wie man denken sollte. Ein- oder zweimal im Monat, meistens sind es Holzfäller.«

»Wir vermuten, dass die Monster außerhalb der Mauer aus ganz Evropa kommen«, ergänzte Jakub, den Blick auf das Fenster gerichtet, auf einen Schwarm Dunkelweber, der nun gezielt zwischen den Türmen der Akademie umherkreiste. »Sie ziehen durch die Länder auf der Suche nach Nahrung, weil es dort draußen nicht mehr viel gibt, und verharren vor der Stadt, weil sie hier noch Leben spüren.«

Ich nickte langsam, ließ mich tiefer in meinen Sessel gleiten und versuchte das Gesagte zu verarbeiten, ohne allzu enttäuscht zu sein von der Tatsache, dass es keine Antworten gab. »Und ihr habt wirklich keine Ahnung, was die Verwandlungen herbeiführt?«, fragte ich niedergeschlagen. Wenn sie in all den Jahren nicht herausgefunden hatten, was Viktor zu einem Schattenwolf gemacht hatte, wie sollten sie uns dabei helfen können, die Dunkelheit aus seinem Kopf zu vertreiben?

»Nein, leider nicht«, antwortete Jakub.

Benedict lehnte sich in seinem Stuhl zurück. »Was ist mit euch? Wisst ihr etwas darüber?«

»Leider nicht«, erwiderte Viktor.

»Er kann sich an nichts erinnern«, ergänzte ich. »Wir haben eben erst herausgefunden, wer er war, bevor er zum Schattenwolf geworden ist. Viktor Vaněk.«

Jakub zog die Augenbrauen zusammen. »Štefan Vaněks verschollener Neffe?«

Ich nickte.

Ungläubig musterte Benedict Viktor von Kopf bis Fuß, als versuchte er Ähnlichkeiten zwischen Štefan und ihm zu finden. Wenn ich nun darüber nachdachte, wunderte es mich ein wenig, dass Frída die einzige Person war, die Viktor offenbar wieder erkannt hatte.

»Ich erinnere mich an dich«, sagte Jakub. »Du bist mit Miloš in dieselbe Klasse gegangen, ehe er an die Akademie gewechselt hat.«

Plötzlich wurden wir von einem Klopfen an der Tür unterbrochen. Benedict verdrehte genervt die Augen und schien einen Moment darüber nachzudenken, einfach nicht zu antworten, aber das Hämmern war zu eindringlich, um ignoriert zu werden. »Herein!«

Die Tür wurde aufgerissen. Der Bändiger, der den Raum betrat, war völlig außer Atem. Seine Wangen waren gerötet, seine Haare verschwitzt und Panik stand ihm ins Gesicht geschrieben.

»Was ist los?«, fragte Benedict, nicht länger genervt, sondern hörbar alarmiert.

»Ondrej Konečný«, presste der Bändiger zwischen zwei Atemzügen hervor. »Er ist tot.«

39. KAPITEL

Ich starrte auf die Maserung des Holzes von Mareks Wohnungstür. Unentschlossen hob ich die Hand, um anzuklopfen, hielt dann aber inne und ließ den Arm wieder sinken. Ich hatte keine Ahnung, wie ich Marek beibringen sollte, dass Ondrej tot war, und hasste es, dass diese Aufgabe an mir hängen geblieben war. Aber es half alles nichts. Er musste es erfahren, und besser, er erfuhr es von mir, als von einem Fremden – oder schlimmer, durch das Gerede auf der Straße. Die Lippen fest aufeinandergepresst ballte ich meine Hand zur Faust und hämmerte gegen das Holz. Es dauerte eine geschlagene Minute, bis ich hörte, wie sich Marek durch den Raum bewegte. Kein Wunder, die Sonne war noch nicht aufgegangen. Vermutlich hatte ich ihn geweckt.

Die Tür wurde geöffnet. Marek sah noch ganz zerknittert aus und auf der rechten Wange hatte sein Kissen einen Abdruck hinterlassen. Er rieb sich über die Augen und blinzelte mich müde an. »Was willst du hier, Kayla? Hast du eine Ahnung, wie spät es ist?«

»Ja«, antwortete ich stumpf. In der Zeit, die Marek gebraucht hatte, um mir zu öffnen, hatte ich meine Gefühle weit von mir geschoben. Ich war für Marek hier und musste für ihn stark sein. Für Wut, Entrüstung und Trauer war später Zeit, wenn ich wieder zurück in der Akademie war und mit Viktor auf meinem Zimmer. Ich hatte ihn darum gebeten, dort auf mich zu warten, da ich Marek lieber unter vier Augen sprechen wollte.

Marek entging mein kühler Tonfall nicht. Er zog die Brauen

zusammen und die Müdigkeit in seinen Augen wich einem besorgten Ausdruck. »Ist alles in Ordnung?« Er sah an mir vorbei und sein schlaffer Körper spannte sich an. »Ist etwas mit Frída?«

Ich schüttelte den Kopf. Sie war zum Glück auf dem Weg der Besserung und würde vermutlich auch ihr Bein behalten können. Das machte sie Sache jedoch nicht leichter und ich wappnete mich für Mareks Reaktion, obwohl ich diese ebenso wenig einschätzen konnte wie seine Beziehung zu Ondrej. Die Dynamik der beiden war mir schon immer ein Rätsel gewesen, aber mein selbst auferlegtes Verbot, mit Marek über die Wilde Jagd zu reden, hatte mich stets davon abgehalten, ihn danach zu fragen.

»Geht es um die Dunkelweber? Die Mistviecher haben mich die halbe Nacht mit ihrem Gekreische wach gehalten.« Sein Blick zuckte gen Himmel, dessen Farbe gerade von Schwarzblau zu Saphir wechselte. Doch er würde dort keines der Monster sehen. Sie waren abgezogen, kurz nachdem wir von Ondrejs Tod erfahren hatten. Ich stutzte kurz und fragte mich für den Bruchteil einer Sekunde ob es da einen Zusammenhang geben konnte, aber das war unmöglich.

»Nein. Die Dunkelweber haben damit nichts zu tun.« Ich schluckte schwer. »Es ist wegen Ondrej.«

»Oh. Okay.« Marek verschränkte die Arme vor der Brust, sichtlich bemüht ruhig zu wirken, aber sein nervös wandernder Blick verriet ihn. »Was ist mit ihm?«

»Er ist tot.«

Marek wurde vollkommen ruhig. Die Augen weit aufgerissen starrte er mich an. Ohne zu atmen. Ohne zu blinzeln, als hätten meine Worte etwas in ihm kaputt gemacht. Er regte sich nicht. Ich hatte keine Ahnung, was ich tun sollte.

Zögerlich trat ich einen Schritt nach vorne und legte ihm eine Hand auf den Arm. »Marek …«

»Nein!« Er wich vor mir zurück. »Das … das kann nicht sein.«

Ich erwiderte seinen Blick schweigend.

»Nein«, wiederholte Marek und taumelt zurück in seine Wohnung, als seine Beine für einen Moment unter ihm nachgaben. Ein Zittern durchfuhr seinen Körper und Tränen glänzten in seinen Augen, ohne überzulaufen. Er schüttelte heftig den Kopf. »Nein. Nein! Du lügst. Nein.«

»Es tut mir leid«, sagte ich. Meine Stimme gedrückt von dem Kloß in meinem Hals, der sich beim Anblick von Mareks Tränen bildete. Ich betrat die Wohnung. Die Dielen knirschten unter meinen Füßen, und die Tür quietschte, als ich sie schloss. Ich ging auf Marek zu, schloss ihn in die Arme und drückte ihn fest an mich; erstaunt, wie sich sein Körper gleichzeitig hart und weich anfühlte. Jeder Muskel in ihm schien angespannt zu sein und dennoch wirkte es, als könnte er jede Sekunde zusammenbrechen.

Ich sah mich in dem kleinen Raum mit den dunklen Wänden nach einem Stuhl um. Doch Marek brach nicht zusammen, sondern riss sich in einer ruppigen Bewegung von mir los, als hätte meine Haut plötzlich Feuer gefangen. Seine Augen glasig und rot geschwollen, sein Blick wild und entschlossen. »Wie?«, fragte durch zusammengebissene Zähne. »Wie ist er gestorben?«

»Er … Er wurde …« Ich stockte und fuhr mir mit der Zunge über meine plötzlich trockenen Lippen. »Er wurde vermutlich in seiner Zelle ermordet.« Die genauen Umstände, die zu seinem Tod geführt haben, waren auch mir noch nicht bekannt. Ich hatte nur mitbekommen, was Benedict berichtet worden war, nämlich dass Ondrej tot in seiner Zelle gelegen hatte. Gewalteinfluss, hatte Jakub gefragt, woraufhin der Bändiger genickt hatte. Das war alles.

»Wie ist das möglich?« Marek bebte, dabei löste sich eine einzelne Träne aus seinem Augenwinkel. Er wischte sie weg und fuhr sich mit der Hand über den Kopf und zog an den kurzen Spitzen seiner herausgewachsenen Haare, als bräuchte er den Schmerz, um sich nicht vollkommen in seinem Zorn und seiner Trauer zu verlieren. »Wo waren die Wachen? Wieso hat niemand auf ihn aufgepasst?«

»Ich weiß es nicht.« Verlegen senkte ich den Kopf. »Sie ermitteln noch.«

»Ermitteln«, echote Marek im Flüsterton und begann im Zimmer auf und ab zu gehen.

»Ja«, sagte ich.

»Sie ermitteln. Sie ermitteln. Sie … *ermitteln?*«, bellte Marek so laut, dass mich der Klang zusammenzucken ließ, und schlug im selben Moment eine Tasse mit voller Wucht von der Anrichte. Mit einem Knall zersplitterte sie an der Wand. Unzählige Scherben ergossen sich über den Boden und schlitterten in alle Ecken des Raumes. »*Sie* werden gar nichts tun. Das Ganze war ein abgekartetes Spiel. Ondrej war euch Bändigern doch schon immer ein Dorn im Auge, weil er der Einzige war, der sich getraut hat, seine Meinung zu sagen und sich gegen euch zu wehren.«

Ich bemühte mich Mareks Unterstellung nicht allzu nahe an mich heranzulassen. Er trauerte und war verletzt. »Du weißt nicht, wer dahintersteckt. Lass uns mit solchen Anschuldigungen warten …«

»Warten worauf?« Wutentbrannt kam er auf mich zugestürmt, ungeachtet der Scherben und seiner nackten Füße. Er zuckte nicht einmal zusammen, als wäre der einzige Schmerz, den er noch spüren konnte, der in seinem Herzen. »Darauf, dass ihr noch mehr Gesetze erlasst, die uns in die Schranken weisen? Dass wir für euer Leben noch mehr Steuern bezahlen müssen? Dass die Monster, die ihr einfach davonkommen lasst, die Mauer überwinden und die Menschen töten, die wir lieben? Worauf soll ich warten, Kayla? Worauf?«

Ich öffnete meinen Mund, nur hatte ich keine Ahnung, was ich sagen sollte. Jedes Wort von Marek war wie ein Messerstich in meiner Brust. Ich starrte ihn an, wollte ihn umarmen. Doch ich wusste, dass er es nicht zulassen würde. In diesem Moment gehörte ich zu *ihnen* und theoretisch stimmte das, auch wenn ich nichts, wirklich gar nichts von dem, was Benedict in letzter Zeit tat, gutheißen konnte. Und obwohl alles in mir danach rief, Mareks giftige Behauptungen abzustreiten, fragte sich ein Teil von mir, ob er nicht vielleicht recht hatte. Wer sonst, wenn nicht die Bändiger, sollte noch ein Interesse daran haben, Ondrej tot zu sehen?

Marek seufzte schwer und mit bebenden Fingern fuhr er sich über die nassen Wangen. »Du …« Er schluckte hart. »Du solltest jetzt besser gehen. Ich brauche etwas Zeit für mich.«

Ich nickte langsam. In diesem Augenblick konnte ich nichts tun, um Marek zu helfen. Ich sah mich im Raum um, entdeckte, wonach ich suchte, und lief zu Mareks Bett. Ich schnappte mir seine Schuhe und stellte sie kommentarlos vor seinen blutigen Füßen ab, ehe ich mich wieder aufrichtete und einen Schritt zurücktrat. Marek beobachtete mich. Einige Sekunden hielt ich seinem Blick stand und hoffte, ihm auf diese Weise zu verstehen zu geben, wie leid mir das alles tat. Ich hatte keine Ahnung, ob er begriff, was ich ihm durch meine Augen zu sagen versuchte, oder ob er nur die Bändigerin in mir sah. Doch schließlich wandte ich mich ab und ließ Marek alleine.

Ein Meer aus rot gekleideten Menschen stand am Ufer der Vltava im Licht der untergehenden Sonne. Ondrejs Bestattung so kurz vor Beginn der Ausgangssperre abzuhalten war ein klarer Protest. Hinter den Leuten ragte die Mauer empor und auf ihr stand ein Bändiger, der gemeinsam mit seinem Blutgänger den Durchlass des Flusses bewachte. Ich hörte die gesenkten Stimmen der Trauergäste und ihr Schluchzen. Sie alle waren gekommen, um Abschied von Ondrej zu nehmen, dessen Leichnam eingewickelt in einem alkoholgetränkten Tuch auf einem Brett lag und bald zu Wasser gelassen werden würde. Das Feuer, mit dem man ihn in Brand stecken würde, loderte bereits auf einem Podest und tanzte im Wind. Viktor und ich zählten offenbar zu den Letzten, die eintrafen.

Ich griff nach seiner Hand und drückte sie fest. »Und du bist dir sicher, dass du nicht lieber in der Akademie auf mich warten möchtest?«, fragte ich und ließ meinen Blick durch die Menge schweifen. Ich kannte nur wenige der Leute, war mir aber sicher, dass die meisten von ihnen zur Wilden Jagd gehörten. Nicht unbedingt der beste Ort für einen Schattenwolf.

»Sicher«, bestätigte Viktor. »Wenn du hier sein willst, möchte ich für dich da sein.«

Ich lächelte und nickte dankbar, auch wenn ich nicht wirklich hier sein wollte. Ich war hier, um Marek zu unterstützen und weil Abwesenheit ein nur allzu deutliches Zeichen gegen die Wilde Jagd und für die Bändiger gesetzt hätte.

Es dauerte nicht lange, bis ich erkannt wurde. Immer wieder fielen dabei die Worte »Benedicts Tochter« und »Bändigerin« wie ein Schimpfwort, aber ich ließ es nicht zu, mich deswegen schlecht zu fühlen. Ondrej und ich hatten einander zwar nicht gut gekannt, aber wir hatten auch nie ein Problem miteinander gehabt.

»Hey, Kayla. Cestmir«, zischte jemand von der Seite. Ich sah mich um, und entdeckte Alexandr im Schatten eines Baumes stehen. Auch er hatte auf seine Livrej verzichtet. Stattdessen trug er eine weite rote Hose und einen dunkelroten Mantel, der trotz seiner silbernen Knöpfe von einem schwarzen Gürtel zusammengehalten wurde.

»Was machst du hier?«, fragte ich überrascht, nachdem ich ihn flüchtig umarmt hatte.

»Ich weiß auch nicht. Meine Eltern meinten, es wäre eine dumme Idee, hierherzukommen, aber zu Hause zu bleiben hätte sich falsch angefühlt. Ondrej war immer sehr nett zu mir.«

Ich zog eine Augenbraue nach oben. »Immer?«

Er zuckte mit den Schultern. »Wir haben uns hin und wieder im Noční getroffen und geredet. Mit ihm konnte ich offen über Ambrož und die anderen Bändiger sprechen, ohne dafür verurteilt zu werden oder wie bei meinen Eltern eine Krise auszulösen.«

»Das wusste ich nicht.«

»Woher auch? Du warst in letzter Zeit sehr abwesend.« Sein Blick zuckte vielsagend zu Viktor.

»Ich weiß.« Ich seufzte und verspürte augenblicklich ein schlechtes Gewissen. Seit wir die Akademie besuchten, waren Alexandr und ich ein Team. Wir beide gegen den Rest der Bändiger – aber ich war so von Viktor und seiner Verwandlung eingenommen gewesen, dass er sich der Wilden Jagd hatte zuwenden müssen, um seinen Frust über die Bändiger loszuwerden. »Es tut mir leid, aber es gab einen Grund für meine Abwesenheit. Einen sehr guten. Vielleicht können wir nach der Beisetzung reden?« Ich richtete die Frage an Alexandr, sah jedoch zu Viktor, in meinem Blick die stumme Bitte, ihm die Wahrheit sagen zu dürfen.

Viktor nickte.

»Gerne«, sagte Alexandr im selben Augenblick. »Wollen wir uns im Noční treffen?«

»Ein ruhigerer Ort wäre mir lieber. Was hältst du davon, wenn wir später bei dir vorbeikommen?«

»Klar.« Er lächelte. In diesem Moment hätte Alexandr vor lauter Neugierde bestimmt auch zugestimmt sich am Krater eines brodelnden Vulkans zu treffen.

Auf einmal wurde es ruhig unter den Trauergästen und auch wir verstummten. Ich ließ meinen Blick über die Köpfe der Anwesenden schweifen und entdeckte Marek, der am Ufer neben Ondrejs Leichnam auf zwei Kisten stand, damit alle ihn sehen konnten. Seine Kleidung war dunkelrot wie geronnenes Blut. Sein Gesicht war leer, sein Blick hart und schonungslos, ein Ausdruck, der durch seine frisch abrasierten Haare noch verstärkt wurde. Nichts von der Trauer oder der Verzweiflung, die ich bei meinem Besuch gesehen hatte, war noch übrig.

»Danke für euer Kommen. Ich muss euch nicht sagen, weswegen ihr hier seid. Ihr alle wisst es. Ondrej Konečný ist tot. Ermordet für sein Lebenswerk«, setzte Marek an. Seine Stimme rollte wie ein dunkles Donnern über unsere Köpfe hinweg. »Ondrej hatte kein leichtes Leben. Er ist in ärmlichen Verhältnissen geboren und ohne Vater groß geworden, weshalb er früh erwachsen werden musste. Nach seinem Abschluss wurde er Holzfäller. Zehn Jahre lang hat er sein Leben im Wald an der Seite der Bändiger riskiert, um uns Rohstoffe für unsere Häuser und Feuerholz zu bringen. Bis seine Gruppe eines Tages von einem Rudel Schattenläufer angegriffen worden ist. Zwei seiner besten Freunde sind dabei ums Leben gekommen. Und Ondrej? Er wurde zum Sterben zurückgelassen. Ein Schattenläufer hatte sich auf ihn gestürzt, sein Gesicht zerfleischt. Anstatt ihn zu retten und in die Sicherheit der Mauer zu bringen, haben die Bändiger ihn allerdings liegen lassen. In ihren Augen war er Abfall. Wertlos. Bereits tot.«

Marek legte eine kurze Pause ein, ehe er fortfuhr: »Doch Ondrej hat überlebt. Schwer verletzt hat er sich unter Qualen zurück in die Stadt geschleppt, hat Dutzende von Operationen über sich ergehen lassen müssen und sein Gesicht dennoch verloren. Keiner der Bändiger, die ihn an diesem Tag im Wald zurückgelassen haben, hat ihn je besucht oder sich entschuldigt. Und die Akademie hat diese Tatsache nicht einfach akzeptiert, sondern die Bändiger auch noch in Schutz genommen. Es war egal, dass diese Männer und Frauen ihre Pflicht vernachlässigt und sich feige davongestohlen haben, anstatt für einen jener unschuldigen Menschen da zu sein, die sie eigentlich beschützen sollten.«

Marek stockte noch einmal und schüttelte fassungslos den Kopf. »Nach Monaten voller Schmerzen, isoliert, einsam und ohne Zuspruch oder Zugeständnisse der Bändiger hat Ondrej eine Entscheidung getroffen: Er wollte nicht länger hilflos sein. Er wollte sein Schicksal selbst bestimmen und nicht mehr von den Bändigern abhängig sein, also hat er die Wilde Jagd gegründet.« Milde Jubelrufe erklangen. »Im Laufe der Jahre ist die Wilde Jagd stetig gewachsen. Besonders in den letzten Monaten und dank der Hilfe von Zuzana Nováková. Zuzana kann heute leider nicht hier sein, weil sie für ihre Partnerin Frída da sein muss, die ebenfalls von einem Monster angegriffen worden ist – auch dieses haben die Bändiger nicht aufhalten können.«

Dem Jubel folgten nun Buhrufe und Mitleidsbekundungen aus den Reihen der Zuhörer, und ich konnte spüren, wie Viktor neben mir unruhig von einem Fuß auf den anderen trat. Blind tastete ich mit meiner Hand nach seiner und umschloss seine Finger, die ganz feucht waren.

»Ondrej hat hier etwas Großartiges aufgebaut. Eine Bewegung von Menschen, die keine Hilfe brauchen, weil sie sich selbst retten können. Sich und all jene, die den Bändigern egal sind, weil sie nicht wichtig genug, nicht angesehen genug und nicht reich genug sind. Die Wilde Jagd jedoch kämpft und beschützt jeden vor den Monstern, unabhängig von seinem Alter, seinem Geschlecht, seinen Überzeugungen und seinem Geld. Das hat Ondrej immer gewollt – und das war sein Todesurteil.«

Marek deutete auf Ondrejs Leichnam und die Bahre, die im

Wasser der Vltava im Strom auf und ab wiegte. »Die Bändiger haben ihn für die Tötung eines Monsters festgenommen und hingerichtet. Sie nennen es *Mord mit unbekanntem Täter,* aber wir kennen die Wahrheit. Sie haben Ondrej damals nicht zugehört. Und heute haben ihnen seine Worte nicht mehr gefallen, also haben sie ihn zum Schweigen gebracht.« Marek verstummte und wandte seinen Blick in den Himmel. Die Lippen fest aufeinandergepresst schien er einen Moment zu brauchen, um sich erneut zu sammeln. Schließlich räusperte er sich und wandte sich wieder den Trauergästen zu. »Aber uns, die Ondrej vereint hat und die wir hier alle stehen, können sie nicht zum Schweigen bringen. Wir werden laut sein, sodass sie uns zuhören müssen. Wir werden Ondrej nicht vergessen. Sein Tod wird nicht umsonst gewesen sein. Und seine Ermordung wird nicht unbestraft bleiben. Diejenigen, die ihm das angetan haben, werden schon bald für ihre Taten büßen.«

Zuspruch erklang und ich konnte es den Leuten nicht verdenken. Ich hatte mir die letzten zwei Tage den Kopf darüber zerbrochen, wer Ondrej umgebracht haben könnte. Und auch wenn ich es nicht wahrhaben wollte: alle Hinweise führten zur Akademie und zu den Bändigern. Ich hatte versucht mit Benedict darüber zu reden, doch er hatte mich immer mit dem Argument abgewimmelt, dass er keine Informationen über laufende Ermittlungen weitergeben dürfte. Anschließend hatte ich mein Glück bei Jakub versuchen wollen, aber dieser hatte sich bereits wieder fanatisch auf die Suche nach den Irrlichtern gestürzt. Er vermutete, die Dunkelweber hatten sie aufgescheucht. Dass seine Suchaktionen genauso gut der Grund dafür sein könnten, wollte er überhaupt nicht in Betracht ziehen.

Nachdem die Trauergäste wieder verstummt waren, trat Marek an die Fackel heran. Er nahm das Feuer und ging zu Ondrej. Eine Frau und ein Mann, die ich nicht kannte, lösten die Leichenbahre vom Ufer und kurz bevor der Strom sie wegtrug, warf Marek die Fackel auf den leblosen Körper, der augenblicklich Feuer fing. Die Schleuse in der Mauer war bereits von dem Bändiger, der sie bewachte, aufgekurbelt worden, und so trug das Wasser Ondrej als Licht in den Wald hinaus.

Andächtig sahen wir ihm alle hinterher, bis der Fluss ihn davongetragen hatte. Die Dunkelheit der Nacht war inzwischen deutlich vorangeschritten, aber die Leute hatten offensichtlich kein Interesse daran, sich an die Ausgangssperre zu halten. In Paaren und Gruppen fanden sie zusammen und sprachen über Ondrej, die Wilde Jagd, die Bändiger und Mareks Rede. Dieser ging durch die Reihen, schüttelte Hände, klopfte Schultern und verteilte Umarmungen.

Alexandr, Viktor und ich blieben weiterhin etwas abseits des Geschehens stehen, aber schließlich kam Marek auch zu uns. In bedachten Schritten näherte er sich mir. »Du bist hier«, sagte er, die Worte an mich gewandt.

Ich nickte. »Natürlich. Ich lass dich ein einem solchen Tag doch nicht alleine.«

Er lächelte traurig. Erst jetzt aus der Nähe erkannte ich, wie erschöpft er aussah, mit blasser Haut, spröden Lippen und glasigen Augen, die wirkten, als hätte er seit meinem Besuch nicht mehr geschlafen. »Ich freu mich jedenfalls, dass du da bist. Ich war mir nicht sicher, ob du kommen würdest. Aber ich habe es gehofft.«

Nach allem, was er vorhin über die Bändiger gesagt hatte, war ich erleichtert das zu hören.

Marek senkte verlegen den Blick. »Es tut mir leid. Ich hätte dich nicht so anfahren dürfen. Ich weiß, du hast nichts mit der ganzen Sache zu tun. Vergeben?«

»Und vergessen«, erwiderte ich mit einem Lächeln. Marek schloss die Lücke zwischen uns und nahm mich in einer Umarmung gefangen, die meinen ganzen Körper an seinen presste. Ich schlang meine Arme ebenfalls um ihn, als ich plötzlich spürte, wie sich seine Hand in die Tasche meines Mantels schob. Ich erstarrte und wollte mich zurückziehen, doch er hielt mich mit unnachgiebigem Griff fest.

»Lies es später. Nicht hier«, flüsterte er mir ins Ohr. Sein Atem trieb mir einen Schauder über den Rücken. Kaum hatte er die Worte ausgesprochen, ließ er mich los.

Er nickte Viktor zu, bedankte sich ebenfalls für sein Kommen und wechselte anschließend ein paar Worte mit Alexandr. Ich griff in meine Manteltasche und ertastete ein Stück Papier. Es juckte mir in den Fingern, den Zettel hervorzuholen und zu lesen. Aber es musste einen guten Grund dafür geben, weshalb Marek wollte, dass ich mich später damit befasste.

»Ganz schön viele Leute hier«, hörte ich Alexandr sagen. Dem konnte ich nur zustimmen. Es mussten sich mindestens zweihundert Menschen am Ufer versammelt haben.

Marek nickte. »Ondrej hat bei vielen einen bleibenden Eindruck hinterlassen. Aber damit hätte ich auch nicht gerechnet. Die Dinge in dieser Stadt ändern sich und wie es scheint, haben wir seit Neustem auch einen Sympathisanten im Stadtrat.«

Er deutete auf eine Gruppe, die in der Nähe von uns stand. Mein Blick folgte der Bewegung und für einen Moment wusste ich nicht, nach wem ich Ausschau halten sollte, bis ich ihn entdeckte: Štefan Vaněk. Ich hatte ihn zu den verschiedensten Anlässen bereits persönlich getroffen, dennoch war es so, als würde ich ihn das erste Mal in meinem Leben sehen. Denn in diesem Augenblick nahm ich ihn nicht als Ratsmitglied Vaněk wahr, sondern als Viktors Onkel. Die Ähnlichkeit zwischen ihnen war überwältigend, wenn man die Verbindung erst einmal hergestellt hatte. Die beiden hatten das gleiche dunkelbraune Haar, ihre Nasen waren schmal und ihre Kiefer beschrieben einen ähnlich markanten Bogen, auch wenn Vaněk das Grübchen auf seinem Kinn fehlte.

Vaněk, der gerade in ein Gespräch mit zwei Frauen vertieft war, schien zu spüren, dass er beobachtet wurde, denn er hob den Kopf und sah zu uns. Zielgenau traf sein Blick auf meinen. Er grüßte mich mit einem Nicken und ein Lächeln zog an seinen Mundwinkeln, bevor es schlagartig verblasste. Seine Miene wurde ausdruckslos und seine Augen weiteten sich. Fassungslos starrte er in unsere Richtung, als stünde ein Irrlicht direkt hinter uns. Und vermutlich fühlte sich die Entdeckung, die er eben gemacht hatte, für ihn genauso unwirklich an wie eine Sichtung des sagenumwobenen Monsters. Ich hatte keine Zweifel: Vaněk hatte Viktor bemerkt – und erkannt.

Obwohl dieses Wiedersehen nichts mit mir zu tun hatte, flatterten mir die Nerven. Ich konnte mir kaum vorstellen, wie es für Viktor sein musste, seinen Onkel nach all dieser Zeit wiederzusehen. Vaněk trat einen Schritt nach vorne und Viktor packte mich an meinem Oberarm. »Kayla.«

Ich drehte mich zu ihm um.

Jede Farbe war aus seinem Gesicht gewichen. »Lass uns gehen.«

Ich stutzte. »Bist du dir sicher? Willst du ihn nicht …«

»Ich will hier weg«, drängte Viktor. Seine Finger bohrten sich durch den dicken Stoff meines Mantels, als er versuchte mich mit sich zu ziehen. Ich hatte keine Ahnung, was hier vor sich ging, die Panik in seiner Stimme und das Drängen in seinen Bewegungen ließen mich allerdings umgehend reagieren und ich folgte ihm. Unter den irritierten Blicken von Marek und Alexandr schleifte er mich vom Ufer und von seinem Onkel weg.

»Viktor!«, hörte ich Vaněk hinter uns rufen. Doch er blieb nicht stehen, stattdessen wurden seine Schritte noch schneller, bis er beinahe rannte. Wir liefen unter einer der zahlreichen Brücken hindurch und schlugen anschließend den Weg in die Stadt zurück zur Akademie ein. Viktors Atem kam stoßweise und obwohl er kein Wort sagte, konnte ich nicht nur die Unruhe spüren, die von ihm ausging, sondern auch die Angst, die den Schattenwolf in ihm nährte, ähnlich einem blutigen Stück Fleisch. Seine Dunkelheit breitete sich in unseren Köpfen aus, wie Rauch, der von einem Windstoß in alle Richtungen zerschlagen wurde. Ein ziehender Schmerz spannte sich zwischen meinen Schläfen. Ich biss die Zähne zusammen und besann mich darauf, das Monster zurückzudrängen, so gut mir das im Gehen möglich war.

»Viktor.«

Ich wollte stehen bleiben.

Er lief unbeirrt weiter.

»Viktor«, wiederholte ich drängender.

Er bog in eine schmale Gasse; eine Abkürzung zur Akademie.

Verzweiflung stieg in mir auf. »Bleib stehen!«

Er schien mich zu hören, denn er wurde tatsächlich langsamer. Seine Hand löste sich von meinem Oberarm und ich fühlte ein Pochen und Pulsieren dort, wo mein Blut nun wieder ungehindert fließen konnte. Viktor lief noch einige Schritte weiter, bis er schließlich zum Stehen kam wie ein Kreisel, der den Schwung verlor. Er kippte vorwärts. Seine Knie trafen auf den Stein auf und sein Kopf senkte sich. Sorge stieg in mir auf und binnen einer Sekunde hockte ich vor ihm auf dem Boden.

Zaghaft berührte ich seine Schulter. »Was ist los?«

Er antwortete nicht. Der einzige Laut, der von ihm kam, war seine keuchende Atmung, während er wie apathisch auf die Ritzen zwischen den Steinen starrte und dabei doch nichts zu sehen schien.

Ich beugte mich nach vorne. »Viktor …«

»Ich erinnere mich«, unterbrach er mich und hob den Kopf, Tränen schimmerten in seinen Augen.

»Woran?«

Seine Stimme war kaum mehr als ein Flüstern. »An alles.«

40. KAPITEL

Ich schloss die Tür hinter mir und verriegelte sie, als könnte Štefan Vaněk jeden Moment in mein Zimmer gestürmt kommen. Dabei war ich mir sicher, dass wir ihn bereits am Ufer der Vltava abgehängt hatten. Was ich allerdings noch immer nicht wusste, war, was genau Viktor dazu veranlasst hatte, so panisch vor seinem Onkel zu fliehen. Er hatte auf der Straße nicht reden wollen und ich hatte das respektiert und den ganzen Weg zurück zur Akademie keine Fragen gestellt, auch wenn mich meine Neugierde fast umbrachte.

Mit einem Seufzen drehte ich mich nun zu Viktor um. Er saß auf meinem Bett, die Ellenbogen auf die Knie gestützt und die Hände in den Haaren vergraben. Ich setzte mich neben ihn auf die Matratze, legte ihm eine Hand auf den Oberschenkel und beugte mich nach vorne, bis ich ihm ganz nahe war. »Ahoj«, flüsterte ich. »Wie geht es dir?«

Er schnaubte. »Scheiße.«

Okay, das war eindeutig. »Willst du reden?«

»Nicht wirklich«, erwiderte Viktor. Die Worte klangen gepresst, wie als würde er Tränen zurückhalten. War er von dem Ansturm seiner Erinnerungen einfach nur überwältigt oder machte ihn das, was er in ihnen sah, so fertig? Ich wollte es wissen, denn nur so konnte ich ihm helfen.

»Bist du dir sicher?«

»Ja.«

So viel dazu. Ein Gefühl der Hilflosigkeit stieg in mir auf und legte sich schwer auf meine Brust. Was sollte ich tun? »Hast du Hunger?«

Er schüttelte den Kopf.

»Durst?«

»Nein.«

»Willst du dich hinlegen?«, fragte ich in einem letzten verzweifelten Versuch, weil mir nichts anderes mehr einfallen wollte. Es war zwar noch früh am Abend, aber zumindest war es bereits dunkel.

Viktor zögerte, dann nickte er und Erleichterung erfasste mich. Wenigstens eine Sache, die ich für ihn tun konnte. Er bückte sich in einer schwerfälligen Bewegung, um sich die Schuhe auszuziehen, anschließend entledigte er sich seiner Hose und des Hemds, bis er nur noch in Unterwäsche vor mir stand. Ich war es bereits gewohnt, seinen nackten, vernarbten Körper zu sehen. Doch in diesem Moment lag in seiner Blöße eine Verletzlichkeit, die mich schmerzte.

Ich streifte mir meinen Mantel ab und mit dem Rücken zu Viktor zog ich mich ebenfalls aus. Als ich mich wieder umdrehte, lag er bereits auf dem Bett, das Gesicht zur Wand gerichtet. Ich legte mich neben ihn und rutschte dicht an ihn heran, bis meine Brust seinen Rücken berührte. Er verkrampfte sich, entspannte sich aber sogleich wieder, als ich meine Arme um ihn schlang. Sanft küsste ich sein Schulterblatt und schmiegte mich an ihn. Sein vertrauter Geruch umfing mich und ich schloss die Augen, auch wenn ich wusste, dass ich keinen Schlaf finden würde – und er vermutlich auch nicht.

Schweigend lagen wir in der Dunkelheit nebeneinander, das einzige Geräusch im Raum war Viktors unregelmäßiger Atem und die Laute, die er hin und wieder von sich gab, jedes Mal, wenn ihn eine neue Erinnerung zu überfallen schien. Ich drückte mein Gesicht an seinen Rücken. Er erschauderte, als mein Atem seine Haut streifte, und legte seine Hand auf meine. Seine Finger waren klamm und hielten die meinen in einer geradezu verzweifelten Geste fest.

»Ich wollte mich im Wald verstecken«, hörte ich Viktor auf einmal sagen, wobei er die Worte so leise aussprach, dass ich mir für einen Moment nicht sicher war, ob er mit mir oder sich selbst redete.

»Wovor verstecken?«, fragte ich zögerlich.

»Meinem Vater.«

Ich spannte mich an. »Warum?«

»Er … er ist … er ist kein guter Mensch.« Der Satz kam Viktor nur stockend über die Lippen und anschließend wurde er erneut still. Er ließ mich los und tastete mit seiner Hand über seine Schulter, bis hinauf in den Nacken. In der Dunkelheit konnte ich sie nicht sehen, aber ich erinnerte mich an die blassen Narben, die ich dort gesehen hatte und die nicht zu den anderen passen wollten.

»Er hat mich und meine Mutter geschlagen«, fuhr Viktor fort und drehte sich dabei in meinen Armen um, sodass wir einander von Angesicht zu Angesicht waren, unsere Lippen nur wenige Millimeter voneinander entfernt. »Und manchmal … manchmal hat er uns verbrannt. Das erste Mal ist es passiert, als ich acht war. Er ist von der Arbeit heimgekommen und hat sich betrunken. Das ganze Haus hat nach Alkohol gestunken. Er wollte etwas zu essen. Meine Mutter hat es ihm gebracht, da hat er sie gepackt und auf seinen Schoß gezerrt. Sie sollte ihn küssen, aber sie wollte nicht und hat sich gewehrt. Er ist wütend geworden, hat sie festgehalten und das Messer neben seinem Teller über die Flamme einer Kerze gehalten. Ich wollte zu ihr und ihr helfen, aber ich war wie erstarrt.

Dann hat er die Klinge gegen ihren Oberarm gedrückt. Sie hat geschrien. So laut.«

»Viktor …« Mir fehlten die Worte. Ich hob meine Hand und streichelte über seine Wange. Er schloss die Augen und schmiegte sich in meine Berührung.

»Tagelang habe ich ihre Stimme in meinem Kopf gehört, die ihn angefleht hat, sie loszulassen. Und von da an wurde es immer schlimmer. Jedes Mal, wenn wir etwas taten, das ihm nicht gepasst hat, hat er uns angeschrien, geschlagen oder in die Kammer neben der Küche gesperrt. Ich habe ganze Nächte in dieser Dunkelheit verbracht, aber ich war froh darum, denn zumindest war ich dort sicher vor ihm.«

Viktor rang um Fassung und auf einmal wünschte ich mir, wir wären Štefan Vaněk niemals begegnet, der ein Abbild seines gewalttätigen Zwillingsbruders war. Sein Anblick muss die Mauer, die Viktor vor seinen Erinnerungen geschützt hat, eingerissen haben, und nun waren diese Grausamkeiten zurück in seinem Kopf.

»Mein Vater hat nichts von dem, was sich in unserem Haus abspielte, nach draußen dringen lassen«, sagte Viktor. Seine Stimme klang stumpf und ich umarmte ihn fester in der Hoffnung, ich könnte den Schmerz einfach aus ihm herausdrücken. »Kurz nach meinem elften Geburtstag wurde er von Emánek Blazek befördert und bekam dafür eine Flasche hochwertigen Rum geschenkt. Er hat sie ganz stolz im Wohnzimmer auf den Kaminsims gestellt und wochenlang nicht angerührt. Eines Tages, als es draußen in Strömen geregnet hat, bin ich zum Spielen ins Haus gegangen. Mir war langweilig. Ich hatte nur wenig Freunde und meine Mutter war noch auf der Arbeit. Ich habe meinen Ball vorsichtig durch den Raum gekickt, aber in einem Moment der Unachtsamkeit habe ich meine Kraft unterschätzt.«

»Und die Flasche ist kaputtgegangen«, schlussfolgerte ich. Sorgenfalten furchten Viktors Stirn und ich ließ meine Hand, die noch immer seine Wange liebkoste, nach oben wandern, um sie glatt zu streichen.

»Ich habe Panik bekommen, weil ich wusste, wie wichtig meinem Vater diese Flasche war, und weil er schon wegen wesentlich unbedeutenderer Dinge ausgerastet war. Einmal habe ich versehentlich vergessen meine Schuhe an der Haustür auszuziehen und etwas Dreck in die Wohnung getragen. Er hat mich dafür in die Küche geschleift und meinen Kopf immer und immer wieder in das Spülwasser meiner Mutter gedrückt, bis ich keine Luft mehr bekommen habe. Ich wollte mir gar nicht vorstellen, was er mir antun würde, wenn er erfuhr, dass ich seinen wertvollen Rum kaputt gemacht habe, also bin ich davongerannt. Ich wusste nicht, wo ich mich vor ihm verstecken sollte, bis ich eine Gruppe Holzfäller gesehen habe, die gerade die Stadt verließ. Ich habe nicht lange nachgedacht und bin ihnen gefolgt. In diesem Augenblick erschienen mir die Monster außerhalb der Mauer weniger gefährlich als das Ungeheuer, das zu Hause auf mich wartete, und schließlich wurden sie von Bändigern beschützt. Unbemerkt bin ich ihnen nachgelaufen und habe mich hinter einer Baumwurzel verkrochen, während sie ihre Arbeit erledigt haben. Niemand hat mich bemerkt.«

Ich versuchte mir vorzustellen, wie der elfjährige Viktor verängstigt im dunklen Wald hinter einer Wurzel kauerte. Umgeben von fremden Männern und Frauen, die ihn nicht beachteten, und Monstern, die in der Finsternis lauerten und ihm dennoch weniger Sorgen bereiteten als sein Vater. Auf einmal verspürte ich den heftigen Drang, aufzustehen, Cestmir Vaněk aufzusuchen und ihn mit meiner Faust bekannt zu machen. Zumindest würde sich dann all der Sport und das Waffentraining an der Akademie endlich mal auszahlen.

Aber das tat ich nicht, stattdessen drückte ich Viktor einen Kuss auf den Mund. Es war ein sanfter, zarter Ich-bin-bei-dir-Kuss, der ihm die Kraft geben sollte, weiterzusprechen. Langsam löste ich mich wieder von ihm und er stieß ein protestierendes Seufzen aus, ließ mich aber gehen. »Was ist dann passiert?«

Viktor wurde ernst. »Die Holzfäller wollten gerade aufbrechen und zurück in die Stadt gehen, als sie von einem Rudel Schattenläufer angegriffen wurden.«

Irgendetwas an seinen Worten erregte meine Aufmerksamkeit. *Einem Rudel Schattenläufer.* Marek hatte diese Formulierung in seiner Rede ebenfalls verwendet … war das möglich?

»Die Bändiger haben alles versucht, um die Schattenläufer abzuwimmeln, aber sie waren zu wendig, zu geschickt, zu koordiniert. Ich wusste nicht, wie mir geschah. Ich war wie erstarrt. Ohne einen Laut von mir zu geben, habe ich beobachtet, wie die Monster zwei Holzfäller getötet und andere verletzt haben, als mich plötzlich eine Berührung an meiner Schulter aus der Starre gerissen hat. Ich habe mich umgedreht und da stand er vor mir …« Viktor verstummte, sein warmer Atem streifte meine Lippen.

»Wer stand da? Dein Vater?«

»Nein.« Er lachte bitter. »*Er.* Ich habe so jemanden wie ihn noch nie zuvor in meinem Leben gesehen. Er hatte die Gestalt eines Menschen, war aber so dunkel und farblos wie die Schattenläufer, die hinter mir knurrten und fauchten und die Holzfäller und Bändiger zerfleischten. Nur seine Augen … seine Augen waren vollkommen weiß. Ohne Iris. Ohne Pupillen sah er mich an und sprach zu mir. Er fragte mich, ob ich stark sein wollte. Mutig. Unverwundbar. Ich nickte und er hat mir diesen Wunsch erfüllt. Seine Hand, die noch immer auf meiner Schulter lag, bohrte sich fester in meine Haut und auf einmal wurde es still um mich herum. Ich hörte nichts mehr. Sah nichts mehr. Nur noch seine Augen. Sie begannen zu leuchten. Blendeten mich. Ich kniff die Lider zusammen. Und dann war da nur noch Dunkelheit – und ich ein Schattenwolf.«

Unwillkürlich hatte ich den Atem angehalten. »Wer … wer war *er?*«

Viktor hob den Kopf und im fahlen Licht der Stadt, das durch mein Fenster schien, konnte ich erkennen, wie er seinen Blick über mein Gesicht gleiten ließ. »Die Frage ist nicht, wer er war. Sondern *was* er war.«

»Und was war er?«

»Ein Irrlicht.«

Meine Augen weiteten sich. »Willst du damit sagen …«

»Dass die Irrlichter die Monster erschaffen?«, unterbrach Viktor mich. »Ja.«

Sprachlos starrte ich ihn an und dieses Mal war ich diejenige von uns beiden, die erschauderte. Die Irrlichter. Das ergab Sinn. Ich hatte bisher nie darüber nachgedacht, aber es war eine logische Schlussfolgerung. Niemand kannte die Kraft dieser Monster. Sie hielten sich stets im Hintergrund. Griffen unsere Stadt nicht an und waren seltener als all die anderen Ungeheuer – viel seltener. Wie die Königinnen eines Bienenstocks hatten sie nur eine Aufgabe: weitere Monster zu erschaffen. Den Rest erledigten Knochenträger, Blutgänger, Dunkelweber und Schattenläufer für sie.

»Wir müssen es den anderen erzählen«, sagte ich und schlug eifrig die Decke zurück. Ich war schon halb aus dem Bett, als Viktor meinen Unterarm packte und mich festhielt.

»Nicht jetzt«, sagte er und mit sanfter Gewalt zog er mich nicht nur zurück auf die Matratze, sondern zu sich, bis ich mit einer Körperhälfte auf ihm lag, mein Knie zwischen seinen Beinen. »Das hat Zeit bis morgen. Heute will ich mit niemandem mehr reden, außer mit dir.«

»Aber …«

»Kein Aber«, sagte er, beugte sich nach vorne und presste seinen Mund auf meinen. Ich hatte nicht damit gerechnet und einige Sekunden war ich wie benommen, unfähig den Kuss zu erwidern. Doch Viktor wich nicht vor mir zurück, sondern drückte seine Lippen noch fester auf meine und in diesem Moment konnte ich seine Verzweiflung und den Wunsch, all seine Erinnerungen zu vergessen, förmlich schmecken. Und dem konnte ich mich nicht entziehen. Er brauchte mich, nach allem, was er mir erzählt hatte – und die Irrlichter wären morgen auch noch da.

Ich lehnte mich in Viktors Kuss. Er stieß ein leises Brummen aus und schlang seine Arme um mich. Ich genoss das Gefühl, ihn unter mir zu haben und seinen Körper so dicht an meinem zu spüren. Fordernd fuhr Viktor mir mit seiner Zunge über meine Unterlippe und mein Mund teilte sich. Ich legte meine Hände auf seine Brust und streichelte mit meinen Fingern die Unebenheiten auf seiner Haut. Mein Herzschlag beschleunigte sich und unter meinen Fingerspitzen konnte ich fühlen, wie ein Beben ihn durchlief.

Unser Kuss würde stürmischer, bis die Verzweiflung, die ihn anfangs begleitet hatte, einer anderen, wärmeren Empfindung gewichen war. Viktors Hände, die auf meinem Rücken lagen, begaben sich auf Erkundungstour und schoben sich schließlich unter den Stoff meines Nachthemdes. Ich erschauderte und unser Kuss verlor für einen Augenblick seinen Rhythmus, doch wir fanden ihn sogleich wieder – wir waren miteinander verbunden, und das nicht länger nur durch die Dunkelheit in unseren Köpfen.

Wir waren nicht die Bändigerin und ihr Schattenwolf.

Wir waren Kayla und Viktor – er und ich, ich und er.

Gemeinsam.

Zusammen.

Im Einklang.

Wir küssten uns, bis wir atemlos waren. Viktor zog sich von mir zurück und ich gab einen quengelnden Laut von mir, der allerdings zu einem Seufzen wurde, als sich seine Lippen wieder auf meine Haut legten. Dieses Mal allerdings nicht auf meinen Mund, sondern auf meinen Hals. Von wo aus er begann eine Spur meinen Körper hinab zu küssen. Hingebungsvoll liebkoste er meine empfindliche Haut und ließ mich erzittern, bis ich mir auf die Innenseite meiner Wange beißen musste, um nicht laut aufzustöhnen.

»Viktor.« Ich seufzte seinen Namen und vergrub meine Hände in seinen Haaren. Inzwischen konnte ich in unserer Mitte deutlich spüren, wie sehr er mich wollte, und eine sengende Hitze brannte sich durch meine Nerven und konzentrierte sich auf das Pulsieren zwischen meinen Oberschenkeln. Viktor entging mein Verlangen nicht. Er tastete nach dem Saum meines Nachthemdes. Ich konnte es kaum erwarten, ihn Haut an Haut zu spüren. Ungeduldig hob ich meine Arme. Er lachte leise und zog mir das Hemd über den Kopf. Die kalte Luft im Raum trieb mir eine Gänsehaut über den Körper, die im starken Kontrast zur Hitze stand, die in meinem Inneren tobte. Ich beugte mich nach vorne, um Viktor ein weiteres Mal zu küssen, als plötzlich ein ohrenbetäubend lauter Knall erklang.

Die Wände bebten.

Die Erde wurde erschüttert.

Und Schreie waren zu hören.

41. KAPITEL

»Was war das?«, fragte Viktor, die Augen weit aufgerissen.

»Ich weiß nicht. Es klang wie eine Explosion.« Ich sprang aus dem Bett, eilte zum Fenster und presste mein Gesicht gegen die Scheibe, um etwas erkennen zu können. Von meinem Zimmer aus konnte ich nicht den gesamten Campus überblicken, aber ich sah Rauch, der über den Dächern der Akademie davongetragen wurde, und etliche Gestalten, die aufgeschreckt über den Hof rannten. Ihre panischen Stimmen waren so laut, dass selbst ich einige der Befehle durch das Glas noch verstehen konnte. Weiter hinten an den Stallungen flackerte ein Feuer, dessen orange-rote Zungen in den Himmel leckten.

»Was …«, setzte Viktor an, der neben mich getreten war, doch seine Worte wurden von einer weiteren Explosion unterbrochen. Der Boden unter meinen Füßen vibrierte. Ein Stift, der auf meinem Schreibtisch gelegen hatte, rollte von der Tischplatte.

»Die Akademie wird angegriffen«, stellte ich fest. *Und nicht von Monstern.* Ich wandte mich vom Fenster ab, sammelte mein Nachthemd vom Boden auf und streifte es mir über. Dann öffnete ich die Tür und trat auf den Flur hinaus, um herauszufinden, was hier vor sich ging – eine Vermutung hatte ich bereits. *Diejenigen, die ihm das angetan haben, werden schon bald für ihre Taten büßen.*

Im Gang standen einige meiner Kommilitoninnen mit fragenden Gesichtern und weit aufgerissenen Augen. Sie alle waren wie erstarrt und lauschten auf die donnernden Schritte und die Schreie der anderen Bändiger, die durch die Akademie hallten.

»Was geht hier vor?«, fragte Linda mit dünner Stimme. Sie stand in der Tür ihres Zimmers, die Arme vor der Brust verschränkt. Auch sie trug bereits ihr Nachthemd.

»Keine Ahnung«, antwortete Jolana.

»Sollen wir hier bleiben oder lieber runtergehen?«

»Unten sind die Explosionen«, erwiderte ein anderes Mädchen skeptisch.

»Hergehört!«, bellte plötzlich eine laute Stimme und alle Köpfe wandten sich in Richtung Treppenhaus. Dort stand einer der älteren Bändiger in seine Livrej gekleidet, den Arm hoch erhoben. »Die Akademie steht unter Beschuss. Zieht euch eure Schuhe an und dann folgt mir. Ich bringe euch in Sicherheit. Euch wird nichts passieren. Bitte, bewahrt Ruhe.«

Panisch und mit schrillen Stimmen stürmten die anderen zurück in ihre Zimmer. Wäre die Situation nicht so ernst, hätte ich lachen können. Diese Leute verbrachten ihre Tage mit Monstern, die ihrem Leben jede Sekunde ein Ende bereiten könnten, und trainierten darauf hin, deren Angriffe abzuwehren. Dennoch fürchteten sie sich vor den Explosionen.

Ich ging ebenfalls zurück in mein Zimmer. »Wir sollen die Akademie verlassen«, sagte ich zu Viktor, der bereits dabei war, sich anzuziehen. Ich tat es ihm nicht sofort gleich, sondern hob zuerst meinen Mantel vom Boden auf und kramte nach dem Zettel, den Marek mir zugesteckt hatte. Wegen der Sache mit Štefan Vaněk hatte ich ihn bis eben vollkommen vergessen. Ich faltete das zerknitterte Papier auf:

Es tut mir leid, dass ich Dich so angefahren habe. Was mit Ondrej passiert ist, ist nicht Deine Schuld. Aber die der Bändiger. Geh später nicht zurück in die Akademie.

»Scheiße«, fluchte ich und zerknüllte den Zettel in meiner Faust.

Viktor sah zu mir auf, die Lust, die ich noch vor wenigen Minuten in seinem Gesicht gelesen hatte, war vollkommen verflogen und durch Sorge ersetzt worden. »Was ist los?«

»Marek. Er greift die Akademie an.« Was dachte er sich nur dabei? Ich wusste es nicht, aber ich würde es herausfinden. In Windeseile schlüpfte ich in meine Hose, zog mir ein anständiges Hemd an und schnürte mir die Stiefel. Anschließend ging ich zu meinem Nachttisch und holte den Dolch hervor, den ich dort aufbewahrte, und steckte ihn in meinen Stiefel – schließlich hatte ich keine Ahnung, was dort draußen auf uns wartete.

Viktor und ich traten auf den Gang hinaus. Der Bändiger, der uns aus der Akademie führen sollte, wartete am Treppenabsatz auf uns. Ein Dutzend Bändigerinnen hatten sich bereits um ihn versammelt. Vor Furcht und Aufregung zitternd standen sie dort, mucksmäuschenstill, wie eine Horde Schafe, die sich im Angesicht des Wolfes zusammenpferchte. Doch ihre Angst wurde von Erstaunen durchbrochen, als sie Viktor hinter mir entdeckten. Lippen formten stumme Laute der Überraschung, aber niemand sagte etwas.

»Mir nach«, befahl der Bändiger, als wir vollzählig waren. Die Mädchen folgten ihm aufgeregt die Treppe nach unten. Ich hielt Viktor mit einer Handbewegung zurück, sodass wir das Schlusslicht der Gruppe bildeten. Ich hatte nicht vor die Akademie zu verlassen und Marek seinen eigenen, dummen Entscheidungen auszuliefern. Der Schaden war bereits angerichtet, aber es musste nicht bis zum Äußersten kommen. Ich musste zumindest versuchen ihn aufzuhalten, bevor er etwas unverzeihlich Dummes tat, das ihn nicht nur ins Gefängnis, sondern an den Galgen bringen würde.

Der Blutgänger des Bändigers wartete unten am Treppenaufgang auf uns. Er hatte den Kopf geneigt und mit seinen Ohren, die nur Löcher in seinem Schädel waren, lauschte er auf die Geräusche. Diese überschnitten sich allerdings so, dass zumindest ich nur noch Lärm ausmachen konnte: Stimmen. Schritte. Schreie. Schüsse. Ich zuckte zusammen und mein Puls schoss in die Höhe. Was ging hier vor?

Der Bändiger, der unsere Gruppe anführte, bedeutete uns ihm in den Keller des Wohnheims zu folgen, dort gab es einen Notausgang, der einige Hundert Meter entfernt zum Ufer der Vltava führte. Ich griff nach Viktors Hand und ging langsamer. Er verstand sofort. Wir fielen hinter der Gruppe zurück, die gar nicht schnell genug von hier wegkommen konnte. Der Blutgänger, der uns mit trägen Schritten gefolgt war, starrte Viktor und mich fragend an, reagierte aber nicht weiter und wankte ebenfalls die Treppe hinunter, seinem Bändiger hinterher.

»Was hast du jetzt vor?«, fragte Viktor, als wir alleine waren. Instinktiv drängte er mich gegen die Hausmauer und schirmte mich mit seinem Körper vor dem Gefecht ab, das außerhalb tobte.

»Ich werde Marek finden und ihn von diesem Irrsinn abhalten.« Ich verstand seinen Frust und seinen Wunsch, diejenigen, die an Ondrejs Ermordung schuld waren, zur Verantwortung zu ziehen. Aber dies war nicht der richtige Weg. Gerechtigkeit sah anders aus. Und wenn wir eines von den Monstern gelernt hatten, dann, dass Hass, Blut und Gewalt nur zu noch mehr Hass, Blut und Gewalt führten. Niemand konnte als Sieger aus diesem Kampf hervorgehen.

»Und hast du eine Ahnung, wo er sein könnte?«

Ich lächelte bitter. »Ich ahne es nicht nur. Ich weiß es.« Ich hatte Marek über die Jahre genug über die Akademie erzählt, dass er sich zusammenreimen konnte, wie er den Bändigern den größten

Schaden zufügen konnte. In diesem Moment bereute ich es, derart viel Wissen mit ihm geteilt zu haben, aber ich wäre nie auf die Idee gekommen, dass er meine Ausführungen für einen solchen Schwachsinn nutzte. Ondrej hätte die Akademie niemals angegriffen. Nicht so. Er wäre geschickter vorgegangen.

»Wir müssen in Benedicts Arbeitszimmer«, erklärte ich Viktor. »Dort werden alle wichtigen Unterlagen über die Bändiger und die Akademie aufbewahrt. Wenn die Wilde Jagd die in die Finger bekommt, kennen sie alle Schlupflöcher, alle Abmachungen und alle Geheimnisse.«

Viktors Kiefer spannte sich an. »Alle?«

Was er damit wirklich fragen wollte, war: Wird die Wilde Jagd auf diesem Weg auch herausfinden, dass die Monster in Wahrheit Menschen sind? »Vermutlich«, antwortete ich. Ich hatte keinen Schimmer, was Marek und die anderen mit dieser Information anfangen würden, aber ich wollte es lieber nicht herausfinden. Ich hielt es zwar für falsch, etwas so Wichtiges der Allgemeinheit zu verschweigen, aber es nach all den Jahren unbesonnen in die Welt hinauszuschreien wäre vermutlich ein Fehler.

»Dann sollten wir ihn besser aufhalten, bevor es zu spät ist.«

Ich nickte, bückte mich und zog den Dolch aus meinem Stiefel. »Für den Notfall«, erklärte ich auf Viktors fragenden Blick hin. Ich wollte niemandem wehtun müssen, aber sollte es nötig sein, würde ich mich verteidigen. Meine Finger klammerten sich um den Griff der Waffe und ich trat hinter Viktor hervor, aus dem Wohnheim hinaus und in das Chaos hinein.

Der Gestank von Rauch und Schwefel lag in der Luft und vermischte sich zu einem Geruch, der in der Nase brannte, in den Augen tränte und ein Gefühl von Gefahr auf der Haut hinterließ. Der Innenhof der Akademie glich einem Schlachtfeld, wie ich es mir in meinen schlimmsten Träumen nicht hätte vorstellen können.

Wohin ich auch sah, standen sich Bändiger in ihren Livrejs und Mitglieder der Wilden Jagd gegenüber und kämpften miteinander. Sie gingen teils mit Waffen, teils mit bloßen Händen aufeinander los und zwischen ihnen konnte ich auch immer wieder Monster erkennen. Mir wurde übel. Waren wir wirklich schon so weit gesunken, dass wir andere Menschen mit den Monstern bekämpften, vor denen wir sie schützen sollten?

Inmitten des Gerangels entdeckte ich einen Bändiger, der vollkommen regungslos dastand, im Hýbat gefangen. Vor ihm stand sein Blutgänger. Er hatte ein Mitglied der Wilden Jagd an der Kehle gepackt und seinen Stachel in dessen Brust getrieben, dort, wo eigentlich sein Herz schlagen sollte. Leblos hing der Mann in seinen Klauen, zu seinen Füßen lag eine Bambitka, die ihm aus seinen schlaffen Händen gefallen war.

»Kayla.« Viktor packte mich am Handgelenk und zog mich weiter, da mich der Anblick des Schlachtfelds hatte erstarren lassen. Ich lief weiter, obwohl ich mir nichts sehnlicher wünschte, als zu diesem Bändiger zu rennen und ihm meinen Dolch in die Schulter zu rammen. Nicht um ihn zu töten. Aber um ihn zu verletzen und aus dem Hýbat zu reißen. Er hatte einen Menschen von seinem Blutgänger umbringen lassen, dabei hatte er im Chrám geschworen sie mit seinem Leben und dem seines Monsters zu beschützen!

Blind vor Zorn und mit rasendem Puls folgte ich Viktor. Wir hielten uns am Rand des Geschehens auf und eilten durch die Rundbogen hindurch, die einmal um den Hof herumführten. Dabei kreuzten immer wieder Jäger unseren Weg, die in die Gebäude hineinstürmten, um sie für sich zu beschlagnahmen, und Bändiger, die hinterhereilten, um das zu verhindern. Schrille Rufe und qualvolle Schreie erklangen. Der Gestank nach Rauch und Schwefel wurde immer intensiver. Um uns herum gingen Männer und Frauen zu Boden, tränkten die Erde mit ihrem Blut.

Heute wird kein rotes Blut vergossen. Und morgen wird kein rotes Blut vergossen. Von wegen.

»He!« Plötzlich stellte sich uns ein Mann in den Weg und wir erstarrten. Ich hatte ihn nicht kommen sehen. Es dauerte einen Moment, bis ich realisierte, dass es Emilek war, der Jäger, mit dem ich einen Abend im Noční verbracht hatte – mit dem Unterschied, dass seine Haare damals gebändigt gewesen waren und kein Blut aus einer Schramme über seinem Auge getropft war. »Du solltest besser von hier verschwinden, Kayla.«

»Und du solltest uns besser aus dem Weg gehen.«

Emilek schüttelte den Kopf. »Das kann ich nicht.«

Ich unterdrückte ein Seufzen. Ich wollte ihm nicht wehtun. Wollte nicht kämpfen. Dafür war ich nicht in der Akademie geblieben. »Dann lässt du mir keine andere Wahl.« Ich richtete meinen Dolch auf ihn. Eine letzte stumme Drohung, die ihn hoffentlich dazu bewog, zur Seite zu gehen.

Doch Emilek ließ sich nicht einschüchtern. Er trat einen Schritt nach vorne, griff hinter seinen Rücken und zog ein Würgeholz hervor. Zwei Holzstöcke, die durch eine Eisenkette miteinander verbunden waren. Geschickt schwang er das eine Ende durch die Luft, während er das andere festhielt. »Bist du dir sicher, dass du nicht gehen willst?«

Ich nickte und trat einen Schritt auf Emilek zu. Viktor versuchte mich zurückzuhalten, aber ich entwand mich seinem Griff und gab ihm mit einem Nicken zu verstehen, dass ich alles unter Kontrolle hatte. Zumindest hoffte ich das, aber was hatte ich für eine andere Wahl? Ich würde sicherlich nicht meinen Schattenwolf auf Emilek loslassen. Ich wollte ihn aus dem Weg haben, nicht umbringen.

Den Blick auf sein Würgeholz gerichtet, versuchte ich ein Muster in seinen Bewegungen zu erkennen und den richtigen Moment abzupassen. Er kam ein paar Sekunden später. Ich machte einen Satz nach vorne, duckte mich im selben Augenblick unter einem der Hölzer hindurch und rammte Emilek meinen Ellenbogen in den Magen. Er ächzte und taumelte zurück. Ich holte mit meinem Fuß aus, um ihm die Beine wegzuziehen, aber er fing sich wieder, bevor ich ihn zum Sturz bringen konnte.

Sofort nahm er den rotierenden Schwung seines Wurfholzes wieder auf und kam damit auf mich zu. Ich hasste diese Dinger abgrundtief. Sie waren schnell und wendig, aber das war ich zum Glück auch. Allerdings bereute ich es, in den vergangenen Tagen so oft das Waffentraining geschwänzt zu haben. Gerade in diesem Moment würde mir etwas Übung ganz gelegen kommen, aber zum Glück reichten drei Wochen Abwesenheit nicht aus, um mich Jahre des Trainings vergessen zu lassen.

Geschickt wich ich Emileks nächstem Schlag aus und versuchte dabei selbst noch einen Treffer zu landen. Doch er hatte meine Taktik durchschaut und geschickt wie ein Tänzer wich er mir jedes Mal aus, wenn ich versuchte unter seinen Hölzern hinwegzutauchen, um zu ihm zu gelangen. Ich könnte diesen Kampf aussitzen und Emilek ausweichen, bis ihm die Puste ausging. Ewig konnte er dieses Tempo nicht aufrechterhalten, aber dafür fehlte uns die Zeit.

Ich riss meinen Arm in die Höhe, um einen weiteren Schlag seiner Hölzer mit der Klinge meines Dolches zu blockieren, was mir gelang. Doch der Aufschlag war so heftig, dass ich ihn in meinen Knochen, meinen Arm hinauf vibrieren fühlen konnte. Mein Erstaunen darüber war mir offenbar anzusehen, denn Emileks Grinsen wurde breiter und er ging einmal mehr in die Offensive. Mit mehr Geschick und Koordination, als ich es jemals zustande bringen würde, ließ er das Würgeholz um seinen Körper wirbeln und baute sich damit einen Schutzschild auf, den ich niemals würde überwinden können.

Und da wusste ich, ich musste ihn erst einen Treffer landen lassen, um meine Chance zu bekommen, wenn ich diesem Kampf ein schnelles Ende bereiten wollte. Schwer atmend blieb ich stehen und beobachtete noch einmal die Bewegungsabfolge der Hölzer. Dabei rauschte mir das Blut so laut in den Ohren, dass ich die Rufe der anderen Menschen und Monster um mich herum kaum mehr wahrnahm. Ich machte einen Satz nach vorne, drehte dabei meinen Körper nach rechts und fing den Schlag der Würgehölzer mit meiner Seite ab.

Ein brennender Schmerz explodierte auf meinem linken Schulterblatt, aber ich ließ mich davon nicht beirren. Ich warf mich mit voller Wucht gegen Emilek, riss ihn mit mir zu Boden. Er schrie überrascht auf, aber ich hatte das geplant. Ich holte mit meinem Dolch aus und rammte ihn mit voller Wucht in seinen Oberarm. Seine Rufe wurden lauter. Er krümmte sich unter mir und wollte die Waffe aus seinem Körper ziehen, aber das übernahm ich für ihn. Ich ließ den Dolch aus seinem Fleisch gleiten und Blut ergoss sich über meine Finger.

»Du Miststück«, fluchte Emilek und versuchte das Loch in seinem Arm zuzudrücken. Seine Würgehölzer hatte er längst fallen lassen. Ich griff sie mir und rappelte mich auf, dabei stieß ich ein scharfes Zischen aus. Die Stelle, an der mich eines der Hölzer getroffen hatte, pochte und pulsierte, während alles Blut in meinem Körper dorthin zu fließen schien.

Sofort war Viktor an meiner Seite und griff mir unter die Arme. »Kayla! Geht es dir gut?«

Ich nickte. »Alles bestens.« Am liebsten hätte ich mein Hemd angehoben, um nachzusehen, wie schlimm es mich getroffen hatte und wie groß der Bluterguss werden würde. Aber ich wollte Viktor nicht beunruhigen, also biss ich die Zähne zusammen und bedeutete ihm mir zu folgen.

»Ich wusste gar nicht, dass du so etwas kannst.«

»Tja.« Ich setzte ein verkrampftes Lächeln auf. »Die Bändiger-Ausbildung besteht eben nicht nur darin, Monster zu dressieren.« Ich lief um Emileks zusammengekauerten Körper herum und warf seine Wurfhölzer auf den Rasen, da ich nichts mit dieser Waffe anzufangen wusste. So schnell es mir mit meiner Verletzung möglich war, eilten wir den Gang unter den Rundbogen entlang, bis zu dem Turm, in dem Benedicts Arbeitszimmer lag. Er war von Mitgliedern der Wilden Jagd umstellt, was meine Vermutung bestätigte. Bändiger versuchten die Blockade zu durchbrechen, aber die Wilde Jagd führte Schwerter und brennende Fackeln mit sich, und jedes Mal, wenn ihnen ein Bändiger zu nahe kam, schlugen sie zu.

»Hier kommen wir nicht weiter.«

»Sieht ganz so aus.« Ein nachdenklicher Ausdruck trat auf Viktors Gesicht.

Ich runzelte die Stirn. »Was?«

»Warte hier. Und nimm meine Klamotten mit.« Er trat hinter mich, den Rücken zur Wand, und sah sich ein letztes Mal in alle Richtungen um, kurz bevor mir der beißende Gestank von Schwefel in die Nase stieg und Viktor zu Rauch und Nebel wurde. Einen Augenblick später verschmolz er mit den Schatten zu unseren Füßen und war verschwunden. Ich griff mir eilig den Wäschehaufen.

»Habt ihr das gesehen?«, hörte ich jemanden brüllen, im selben Moment, als ich Viktor auch schon meinen Namen rufen hörte. Ich drehte mich um und entdeckte seine Hand, die er vom Dach der Rundbogen herunterstreckte. Ohne zu zögern, griff ich danach. Seine Finger schlossen sich fest um meine. Ich stieß mich vom Boden ab, wobei sich der Schmerz in meiner Schulter verdoppelte.

Ächzend zog mich Viktor zu sich aufs Dach. Ich kletterte über den Vorsprung und richtete mich auf, dunkle Flecken auf den Knien von dem Schmutz der Jahrzehnte, der sich hier oben angesammelt hatte.

»Jemand hat dich gesehen.« Ich schaute nach unten zu der Frau, die uns mit weit aufgerissenen Augen anstarrte. Von dem Kampf um sie herum schien sie überhaupt nichts mehr wahrzunehmen.

»Egal«, sagte Viktor und streifte sich eilig seine Unterwäsche über. »Vermutlich wird ihr sowieso niemand glauben. Bei der Aufregung und diesem Getümmel können einem die eigenen Augen schon mal einen Streich spielen.«

Dessen war ich mir nicht so sicher, aber es blieb keine Zeit, uns darüber Sorgen zu machen. Wir kletterten das steil ansteigende Dach weiter nach oben, wobei uns kleine Türme und Risse in den Ziegeln auf dem rutschigen Untergrund Halt boten. Allerdings kam ich nicht annähernd so schnell voran, wie ich es mir gewünscht hätte. Immer wieder hielt mich der Schmerz in meiner linken Schulter auf, wobei ich mich wohl glücklich schätzen konnte, dass der Knochen nicht gebrochen war.

Oben am Dach angekommen richtete ich mich auf und hielt einen Moment inne, um zu Atem zu kommen. Von hier aus konnte man über die ganze Akademie blicken – und das komplette Ausmaß der Katastrophe erkennen. Mehrere Feuer loderten auf dem Gelände und Rauchsäulen wirbelten in den dunklen Nachthimmel. Eine Mauer am Wohnheim war nach einer Explosion eingestürzt und unzählige Körper lagen, standen und kämpften im Innenhof. Ihr Ächzen und Stöhnen klang aus dieser Höhe weit entfernt. Doch aus dieser Perspektive erkannte ich ein Muster in den Angriffen, das mir zuvor nicht aufgefallen war. Die meisten Bändiger schienen gen Westen, in Richtung der Vltava vordringen zu wollen, und die Wilde Jagd versuchte sie davon abzuhalten. Ich konnte nicht sehen warum, denn die anderen Dächer versperrten mir die Sicht auf diesen Teil der Anlage.

Ich reckte den Hals, auch wenn es wehtat. »Was ist dahinten los?«

»Keine Ahnung«, erwiderte Viktor und sah an sich herab. »Ich glaube, das Anziehen hätte ich mir sparen können.« Ehe ich ihn aufhalten konnte, löste er sich ein weiteres Mal in Rauch auf und ich konnte beobachten, wie er auf dem andern Dach wiederauftauchte. Er sah sich auf dieser Seite um und wenige Sekunden später stand er wieder neben mir.

»Und?«, fragte ich, zu ungeduldig, um ihn für seine Leichtsinnigkeit zurechtzuweisen.

Er schluckte schwer. »Sie töten sie.«

»Wer töten wen?«

»Die Wilde Jagd. Sie töten eure Monster.«

»Das kann nicht sein.« Niemals würde Marek so etwas Nachlässiges tun und damit die Stadt ihrer Verteidigung berauben, oder? *Oder?*

Viktor nickte und kräuselte die Lippen. Der Ekel stand ihm ins Gesicht geschrieben. »Sie sind in die Ställe eingebrochen. Hörst du die Schüsse?« Wie auf Befehl erklang ein Knall. Wesentlich leiser als die Detonation einer Bombe hatte ich dieses Geräusch schon beinahe ausgeblendet. Doch nun hörte ich es klar und deutlich. Und mit ihm erwachten Bilder vor meinem inneren Auge, die ich überhaupt nicht sehen wollte. Dunkelweber, Blutgänger und Knochenträger, wie sie leblos auf dem Boden lagen. Nur blieb es in meiner Vorstellung nicht bei den Monstern. Sie wurden zu Männern und Frauen, Kindern und Jugendlichen, zu Söhnen und Töchtern und Vätern und Müttern, die wir vielleicht hätten zurückholen können. Meine Augen brannten und das lag nicht nur an dem Rauch, der in der Luft lag.

»Geh«, befahl ich Viktor, weil ich den Wunsch zu helfen in seinem Blick lesen konnte.

Er sah mich an. »Bist du dir sicher?«

»Ja, ich komme allein mit Marek zurecht. Sie brauchen dich.«

»Danke.« Er beugte sich nach vorn und küsste mich. Anstatt sich allerdings ein weiteres Mal in Rauch aufzulösen, nahm er seine Kleidung, zog sie an und eilte zu Fuß davon. Ich sah ihm hinterher, bis er auf der anderen Seite des Daches verschwunden war. Mein Herz verkrampfte sich und mein Magen gab ein nervöses Gluckern von sich. Es gefiel mir nicht Viktor alleine loszuschicken und nicht zu wissen, was er tat und ob es ihm gut ging. Aber ich verstand, dass er den Monstern helfen musste. Er war einer von ihnen. Er musste sie beschützen, so wie ich Marek vor sich selbst und die Bändiger vor seinem blinden Wunsch nach Rache schützen musste.

Ohne weiteren Verzug setzte ich mich wieder in Bewegung und balancierte das Dach entlang bis zum Turm. Ich schlug eines der Fenster mit dem Heft meines Dolches ein. Das Glas in den Türmen war zum Glück alt und dünn und splitterte sofort unter meinem Hieb. Vorsichtig, um mich nicht an den Scherben zu schneiden, kletterte ich ins Innere. Sofort hörte ich die Geräusche, die von weiter oben aus Benedicts Arbeitszimmer drangen. Ich zögerte nicht und stürmte die Treppe nach oben, bereit Marek die Leviten zu lesen. Doch mir blieben die Worte im Hals stecken, als ich oben ankam und Benedict bewusstlos auf dem Boden liegen sah, mit einer Platzwunde am Kopf.

»Papa!« Ich rannte zu ihm und sank neben ihm auf die Knie. Sofort tastete ich nach seinem Puls, aber meine Finger zitterten so stark, dass ich überhaupt nichts fühlen konnte, außer dem stärker werdende Ziehen der Dunkelheit in meinen Schläfen, während Viktor versuchte die Wilde Jagd aufzuhalten.

»Er lebt.«

Ich riss den Kopf herum. Marek. Er stand neben einem der

Regale, komplett in Schwarz gekleidet und mit einer Bambitka, die an seinem Gürtel befestigt war. In der Hand hielt er ein Buch mit abgegriffenem Ledereinband. Er klappte es zu und stopfte es in einen großen Leinensack, der über seiner Schulter hing. Dabei starrte er mich mit finsterem Blick an, als wäre ich diejenige von uns beiden, die eine Rebellion anzettelte.

»Was machst du hier?« Mareks Tonfall klang bitter, dennoch hätte ich schwören können, auch einen Hauch von Sorge darin mitschwingen zu hören.

Ich richtete mich auf. »Das Gleiche könnte ich dich fragen. Bist du verrückt geworden?«

Jeder Anflug von Sorge verschwand aus Mareks Gesichtszügen. »Ich tue nur das, was nötig ist.«

»Was nötig ist?«, äffte ich ihn nach. »Du hast keine Ahnung, was du hier gerade anrichtest.«

Er zog eine Augenbraue in die Höhe. »Und du hast Ahnung?«

»Ja.«

Marek schnaubte und schüttelte den Kopf, auf eine abfällige, herablassende Art und Weise, als wäre ich ein Kind, das noch nicht begriffen hat, wie die Welt funktionierte. »Du glaubst zu wissen, was hier vor sich geht, aber das kannst du überhaupt nicht. Ich liebe dich, Kayla, aber du bist eine Bändigerin. Und nicht nur irgendeine. Du bist Benedicts Tochter. Die Privilegierteste der Privilegierten. Du siehst es vielleicht nicht, aber in dieser Stadt passieren Dinge …«

»Stopp«, rief ich. »Ich bin nicht blind. Ich weiß genau, was in dieser Stadt abgeht. Ich sehe, wie sehr die Leute mit der Steuererhöhung zu kämpfen haben. Ich höre, wie unzufrieden sie mit den Bändigern sind. Ich bin es auch. Mir gefällt es nicht, wie sie euch behandeln. Euch ausnutzen und euch das Gefühl geben, nichts wert zu sein. Denn ich weiß, wie viel ihr wert seid. Du, Frída und meine Mutter, ihr bedeutet mir alles und es bricht mir das Herz, mit ansehen zu müssen, wie sehr du unter Ondrejs Tod leidest. Er hätte nicht sterben dürfen und ich werde dir dabei helfen seinem Mörder die gerechte Strafe zukommen zu lassen, aber das hier«, ich machte eine umfassende Geste, mit der ich nicht nur den Raum, sondern die ganze Akademie meinte, »ist nicht der richtige Weg. Dort draußen sterben Leute, die nichts mit seinem Tod zu tun haben. Das hätte Ondrej nicht gewollt.«

Marek biss die Zähne zusammen und umklammerte den Beutel, den er in der Hand hielt, so fest, dass seine Knöchel hell hervortraten. »Du kanntest ihn doch gar nicht. Nicht so wie ich ihn kannte.« Am Ende des Satzes brach Mareks Stimme und etwas von der Verletzlichkeit, die ich in seiner Wohnung und auch auf Ondrejs Beerdigung gesehen hatte, drang durch die Mauer, die er aus Wut, Trauer und Verzweiflung errichtet hatte.

Ich trat einen Schritt auf ihn zu, als plötzlich das Kreischen eines Dunkelwebers zu hören war. Instinktiv sah ich zum Fenster im Arbeitszimmer und sah eine Bewegung aus dem Augenwinkel. Ich riss den Kopf herum und bemerkte, wie eines der Monster durch das Treppenhaus geflogen kam. Es musste durch das Fenster hereingekommen sein, das ich eingeschlagen hatte. Mit einem Krächzen landete es vor Benedicts reglosem Körper und ich umklammerte den Dolch – den ich noch immer in der Hand hielt –, bereit mich auf den Dunkelweber zu stürzen und die Waffe in seinen Körper zu rammen, sollte er versuchen meinem Vater dasselbe anzutun wie Mátyás. Doch der Dunkelweber bohrte seinen Schnabel nicht in Benedicts Körper, sondern hob den Kopf. Mit zielstrebigem Blick und klugen Augen sah das Monster erst mich und dann Marek an.

»Was …« Er verstummte, als der Dunkelweber sich plötzlich in Rauch auflöste. Der Geruch von Schwefel legte sich in die Luft. Ich war überrascht, aber nicht schockiert, da ich genau wusste, was als Nächstes passieren würde. Angespannt beobachtete ich, wie der Rauch sich zu einer Gestalt verdichtete. Schlank und hochgewachsen, mit einem langen Hals und kurz geschnittenen Haaren in derselben graubraunen Farbe wie das Gefieder des Dunkelwebers.

Marek wich einen Schritt zurück.

»Überrascht mich zu sehen?«, fragte Tereza.

42. KAPITEL

Mein Inneres begann vor Aufregung zu vibrieren, während ich zu begreifen versuchte, was hier vor sich ging. Meine Professorin war ein Monster. Wie konnte das sein? Sie war eine Bändigerin. Sie hatte schwarze Augen und ich hatte selbst gesehen, wie sie über ihren Dunkelweber befehligt hatte. War das möglich? Konnte man Monster und Bändiger zugleich sein? Wussten Benedict und Jakub davon? Es wäre möglich. Immerhin hatten sie auch andere Sachen vor mir und dem Rest der Akademie verschwiegen. Doch viel wichtiger war, was Tereza hier wollte. Mein Gefühl sagte mir, dass sie nicht da war, um mir mit Marek zu helfen. Nicht mit diesem Lächeln.

»Anscheinend hat es euch die Sprache verschlagen.«

»Was willst du hier?«, fragte ich. Meine Stimme klang fester als erwartet.

»Was ich will?« Tereza stemmte die Hände in die Hüfte, eine Geste, die ich bei ihr im Unterricht Dutzende Male gesehen hatte. »Ich bin hier, um mich bei Marek zu bedanken.« Sie sah zu ihm und nickte. »Ich dachte, es würde noch Wochen, vielleicht Monate dauern, alle Mitglieder der Wilden Jagd aufzuspüren. Doch hier sind sie. Alle auf einem Haufen. Auf einem Silbertablett serviert. Ich war mir zuerst nicht sicher, ob es wirklich eine gute Idee war, Ondrej als Erstes auszulöschen, aber offensichtlich habe ich die richtige Entscheidung getroffen. Danke, Marek.«

Mareks Muskeln spannten sich an und während wohl jeder

vernünftige Mensch noch weiter vor Tereza zurückgewichen wäre, trat er einen Schritt nach vorne, die Hände zu Fäusten geballt. »Du hast Ondrej umgebracht?«

»Höchstpersönlich«, erwiderte Tereza. Stolz schwang in ihrer Stimme mit und ich musste daran denken, dass auch sie diejenige gewesen war, die ihn festgenommen hatte. Am Tag seiner Verhaftung hatte ich mir nichts dabei gedacht, aber nun fragte ich mich, ob womöglich mehr dahintersteckte.

»Hat mein Vater dir das befohlen?«

»Benedict?« Tereza sah auf seinen reglosen Körper, der zu ihren Füßen lag. Er blutete noch immer aus der Platzwunde auf seiner Stirn und färbte damit den grauen Stein braun. »Der hat keine Ahnung.«

»Wieso hast du es dann getan?« Marek hob langsam die Hand und legte sie auf den Griff seiner Bambitka, die Bewegung nur allzu offensichtlich. Glaubte er ernsthaft Tereza einfach erschießen zu können?

»Wieso?« Tereza zog die Augenbrauen nach oben. »Weil die Wilde Jagd eine Bedrohung ist. Ihr kommt mit euren neumodischen Waffen daher, marschiert in die Wälder und tötet willkürlich, wie es euch gefällt. Das konnte ich nicht länger zulassen.«

Demonstrativ zog Marek seine Waffe aus dem Gürtel. »Wir tun das nur, weil ihr Bändiger euch selbst verraten habt und nicht länger die Aufgabe erfüllt, zu der ihr bestimmt seid.«

»Wir Bändiger?« Tereza schüttelte den Kopf »Ich bin keine Bändigerin.«

»Stimmt«, knurrte Marek und funkelte sie wütend an. »Du bist ein Monster.«

Sie lachte auf. »Oh, ich bin so viel mehr.«

Meine Kehle wurde trocken und das ungute Gefühl, das ich verspürt hatte, als sich Viktors und mein Weg getrennt hatten, kehrte zurück. Nun um ein Vielfaches schlimmer. Die Härchen in meinem Nacken stellten sich auf und ich wünschte mir mehr als nur einen einfachen Dolch bei mir zu tragen. Vielleicht hätte ich das Würgeholz doch nicht so schnell aufgeben sollen. »Was soll das heißen?«

Tereza neigte den Kopf und ließ den Blick aus ihren schwarzen Augen abschätzend über meinen Körper wandern. Kälte kroch an mir empor und ließ mich erschaudern. Wieso war mir zuvor nie aufgefallen, wie kühl und berechnend Tereza war? »Du weißt es nicht? Ich hätte schwören können, dein Freund Viktor hätte dir bereits alles über uns verraten.«

»Was verraten?«, fragte ich und war nicht einmal mehr überrascht davon, dass sie von Viktor wusste. Vermutlich hatte ihr Benedict oder Jakub von ihm erzählt. Sie hatten Tereza vertraut. Nicht nur als Bändigerin, sondern auch als Professorin hatten sie das Leben meiner Kommilitonen jeden Tag in ihre Hände gelegt. Ich wollte gar nicht daran denken, was alles hätte passieren können.

»Die Irrlichter. Er hat dir von uns erzählt.«

»Das … das kann nicht sein.« Wie betäubt starrte ich Tereza an, als ich endlich begriff, was sie mir zu sagen versuchte. Sie … sie war ein Irrlicht. Wie war das möglich? Und wie um alles in der Welt hatte uns allen das die ganze Zeit entgehen können? Und vor allem Jakub. Er hatte tagein, tagaus versucht Tereza zu finden. Kein Wunder, dass sie immer versucht hatte ihn von der Suche nach den Irrlichtern abzubringen. Sie hatte Angst davor gehabt, aufzufliegen.

»Was kann nicht sein?«, fragte Marek, bevor Tereza mir antworten konnte, und sah zwischen dem Irrlicht und mir hin und her. In seinem Gesicht mischten sich Zorn und Verwirrung. »Und wer ist dieser Viktor?«

»Cestmir«, antwortete ich gedankenverloren, zu benommen von dem Wissen, dass ein Irrlicht vor mir stand, um seine Identität noch länger zu schützen.

»Und ihr Schattenwolf«, säuselte Tereza.

Marek riss den Kopf zu ihr herum. »Was?«

Ich warf ihm einen warnenden Blick zu. »Ich erkläre es dir später.«

»Falls es für euch überhaupt noch ein Später gibt«, ergänzte Tereza mit einem finsteren Lächeln, das aussah, als hätte man es aus der Dunkelheit selbst geschnitzt und ihr ins Gesicht gesetzt. Ich war noch dabei, ihre Worte zu verarbeiten, als ich es hörte: ein Kreischen. Nein, nicht nur ein Kreischen. Ein Chor, der immer lauter wurde. Ich sah aus dem Fenster. Die Spiegelung aus dem Inneren des Raumes machte es nicht leicht, etwas zu erkennen, dennoch entdeckte ich den Schwarm Dunkelweber sofort, der geradewegs auf die Akademie zuflog wie eine schwarze Wolke. Größer als all die anderen Schwärme, die ich bis zu diesem Tag gesehen hatte. Wie eine Schar aus Insekten kamen sie näher und näher und näher …

Doch hier sind sie. Alle auf einem Haufen. Auf einem Silbertablett serviert.

Panik stieg in mir auf und meine Hände begannen zu zittern. Ich war wie erstarrt und konnte meinen Blick nicht von der Armee aus Dunkelwebern abwenden, die nur ein Ziel hatten: die Wilde Jagd zu töten. Allerdings bezweifelte ich auch, dass sie vor den Bändigern haltmachen würden. Ich beobachtete noch immer, wie die Monster näher kamen, als ich ein Flackern in der Reflexion des Fensters sah.

Ich drehte mich zu Tereza um und mir stockte der Atem. Ihre Augen waren nun vollkommen weiß. Ohne Iris. Ohne Pupillen, wie Viktor es beschrieben hatte. Doch das war nicht alles, was sich an Tereza verändert hatte. Ihr nackter Körper glühte wie ein Stück Kohle, das langsam in der Hitze eines Kamins zerfiel. Nur wurde das Irrlicht nicht zu Rauch und Asche, sondern zu etwas ganz anderem. Unter der glühenden Oberfläche kam neue, graue Haut zum Vorschein und ließ Tereza erscheinen wie eine lebendig gewordene Statue. Sie lächelte, und als sie dieses Mal ihren Mund verzog, entblößte sie eine Reihe spitzer Zähne, wie die, die sich im Schnabel eines Dunkelwebers versteckten.

Plötzlich hörte ich einen Knall und ließ vor Schreck meinen Dolch fallen. Ein Ruck lief durch den Körper des Irrlichts. Es taumelte zwei Schritte zurück und der Geruch des Schwefels im Raum wurde intensiver und erzeugte einen fauligen Geschmack auf meiner Zunge. Schwarzes Blut tropfte aus der Wunde, die nun auf der Brust des Irrlichts klaffte. Das Monster drückte seine Hand darauf, die Augen weit aufgerissen.

Rauch stieg aus dem Lauf der Bambitka auf, die Marek auf das Irrlicht gerichtet hatte. Mir stockte der Atem. In vollkommener Stille beobachteten wir, wie das Blut langsam aus seiner Brust sickerte. Fassungslosigkeit spiegelte sich in den Augen der Kreatur wider und ihr Körper begann zu beben. Sie gab einen Laut von sich, der wie ein Schluchzen klang.

Die Gedanken rasten durch meinen Kopf, während ich dem Irrlicht beim Sterben zusah und ich noch zu begreifen versuchte, was in den letzten Minuten und Stunden passiert war. Die Irrlichter erschufen die Monster und sie fühlten sich von der Wilden Jagd und den Waffen bedroht, die meine Mutter erschaffen hatte, weil mit ihnen jeder Mensch Monster töten konnte. Das hatte die Irrlichter – oder zumindest eines von ihnen, Tereza – nach all den Jahrzehnten, nein, Jahrhunderten aus ihrem Versteck gelockt. Rückblickend musste ich mich nun fragen, ob der Angriff auf Mátyás durch die Dunkelweber eine Warnung gewesen war.

Kurz darauf war ein Irrlicht von Ondrej angeschossen worden, in derselben Nacht, in der Viktor zum Menschen wurde. Anschließend habe ich Tereza dabei belauscht, wie sie Jakub eindringlich versuchte davon zu überzeugen, die Suche nach dem Irrlicht einzustellen und sich stattdessen auf die Wilde Jagd zu konzentrieren. Später war sie es gewesen, die Ondrej gefangen genommen hatte, und in der Nacht seiner Ermordung hatten Schwärme von Dunkelwebern die Stadt unsicher gemacht – ein Ablenkungsmanöver. Und nun sollte auch der Rest der Wilden Jagd sterben …

Ich wandte mich dem Fenster und der Horde Dunkelweber zu, die auf die Stadt zusteuerte, als ein hysterisches Lachen mich innehalten ließ. Ich blickte auf und stellte mit Entsetzen fest, dass das Irrlicht dabei war, sich wieder aufzurichten, während sich die Wunde an seiner Brust zuzog und das schwarze Blut zurück in seinen Körper floss. Das Monster ließ seinen Kopf kreisen, bis sein Blick auf Marek haften blieb. Plötzlich bewegte es sich blitzschnell durch den Raum, wie Viktor, wenn er durch den Schatten glitt, packte Marek an der Kehle und drückte ihn mit einer solchen Wucht gegen das Regal an der Wand, dass Bücher und Schriftrollen von den Brettern fielen.

»Das hättest du nicht tun dürfen«, knurrte das Irrlicht mit einer unmenschlichen Stimme, krächzend und knirschend, wie die morschen Wurzeln eines Baumes. Es sah zu der Bambitka, die Marek hat fallen lassen. »Hast du wirklich geglaubt, mich damit töten zu können?«

»Ich musste es zumindest versuchen«, sagte er entschlossen. Die Worte klangen gepresst und atemlos, da das Irrlicht noch immer seine Kehle abdrückte, doch keine Angst spiegelte sich in seinem Blick wider. Unnachgiebig starrte er das Monster an. Die Mundwinkel des Irrlichts zuckten. Es hob seinen Fuß, holte aus und trat mit voller Wucht auf die Bambitka. Der Boden erbebte und das Metall, aus dem die Waffe geschmiedet war, zersplitterte wie Glas. Ich japste nach Luft und Mareks Augen weiteten sich. Das Lächeln des Irrlichts hingegen wurde breiter und seine Hand begann sich fester um Mareks Hals zu schließen. Er begann zu röcheln und griff nach dem Arm, der ihn festhielt. Verzweifelt suchte er ihn von sich wegzuziehen, aber das Irrlicht hatte ihn fest in seiner Gewalt.

»Lass ihn los!«, brüllte ich, bückte mich und hob meinen Dolch auf. Es war eine lächerliche Waffe, aber ich wusste nicht, was ich sonst tun sollte. Ich konnte nicht zulassen, dass das Irrlicht Mareks Knochen brach wie den Stahl, aus dem die Bambitka geschmiedet war. Ohne nachzudenken, stürzte ich mich auf das Irrlicht. Ich hatte keinen Plan. Keine Taktik. Keine Chance zu gewinnen. Aber ich konnte nicht tatenlos dabei zusehen, wie Marek starb, zumal ich mit Sicherheit die Nächste wäre und nach mir würden noch Dutzende, vielleicht Hunderte von anderen folgen, sobald die Dunkelweber die Akademie erreicht hatten. Es war inzwischen nur noch eine Frage von Sekunden.

Ich warf mich von hinten gegen das Irrlicht. Stieß meinen Dolch in seine Brust und packte seinen Hals mit meinen Armen. Mit meinem ganzen Gewicht klammerte ich mich an die Kreatur. Sie stieß ein frustriertes Knurren aus, ließ Marek los und wirbelte herum, um mich zu packen. Doch sie bekam mich nicht zu fassen. Wild begann sie mit ihren Armen zu rudern und den Kopf hin und her zu werfen, während ich ihr immer weiter die Luft abdrückte. Vergessen war der Schmerz in meiner linken Schulter und das Pulsieren des Blutergusses. Alles, was zählte, war, das Irrlicht zu überwältigen.

Es drehte sich immer weiter, wankte durch den Raum und versuchte mich abzuwerfen, den Dolch noch immer in der Brust, als es plötzlich über Benedicts reglosen Körper stolperte. Gemeinsam stürzten wir zu Boden. Ich stieß einen Schrei aus und traf mit voller Wucht auf dem harten Stein auf. Ein pochender Schmerz setzte in meiner Stirn ein und ich konnte fühlen, wie mir warmes Blut über das Gesicht floss. Metallsplitter der Bambitka drückten sich in meine Haut.

»Kayla!«, rief Marek. Er war am Bücherregal zusammengesackt, nachdem das Irrlicht ihn losgelassen hatte. Nun konnte ich ihn allerdings nicht mehr sehen. Dunkle Schatten tanzten vor meinen Augen. Ich presste meine Lider zusammen. Das Blut in meinen Ohren rauschte und ich war kaum in der Lage, mich zu bewegen.

Ich versuchte mich aufzurichten, als plötzlich das Irrlicht über mir auftauchte. Terezas einst schönes Gesicht war nun vollkommen zu einer grausamen Fratze geworden, mit blassen Augen, spitzen Zähnen und einer Hakennase, welche die Ähnlichkeit zu den Dunkelwebern nur allzu deutlich machte. »Eigentlich wollte ich dich töten«, sagte das Irrlicht und hielt mir meinen eigenen Dolch vor die Nase. Schwarzes Blut tropfte von der Klinge. »Aber ich glaube, ich werde viel mehr Spaß dabei haben, wenn ich dabei zusehe, wie du erst Marek und deinen Vater und später Jakub, Viktor, Frída und deine Mutter umbringst und dich von ihrem Fleisch ernährst. Klingt gut, oder?«

Bevor ich etwas erwidern konnte, hob das Irrlicht seine Hand – mit Klauen statt Fingernägeln, wie dazu geschaffen, tiefe Wunden zu reißen – und drückte sie auf meine Brust. Mein Puls schoss in die Höhe. Ich kniff die Augen zusammen, und rechnete schon mit einem unerträglichen Schmerz. Doch der kam nicht. Stattdessen war da nur ein Kribbeln, das meinen ganzen Körper in Besitz nahm, und ein Rauschen, das sich wie das Pfeifen des Windes in meine Ohren legte. Helles Licht flackerte vor meinen Augenlidern auf, so grell, dass es mich blendete. Ich versuchte zurückzuweichen, aber das Irrlicht hielt mich gefangen. Bis plötzlich das Licht verglomm, wie ein Funke, der in den Nachthimmel tanzte.

Alles um mich herum wurde schwarz.

Und ich wurde zur Dunkelheit …

43. KAPITEL

Sie schlug die Augen auf und sah sich im Raum um. Dabei fühlte sie sich benommen, wie nach einem zu langen Schlaf. Alles war grau. Die Decke. Der Boden. Die Wände. Ihre Schöpferin, die sie mit einem Lächeln beobachtete. Ein älterer Mann lag bewusstlos auf der Erde und ein jüngerer kauerte neben einem der Regale. Die Augen weit aufgerissen starrte er sie an, als hätte er so etwas wie sie noch nie gesehen.

Eine Bewegung aus dem Augenwinkel lenkte ihre Aufmerksamkeit von dem Mann ab und sie entdeckte eine vierte Person, welche stürmisch die Treppe nach oben gerannt kam. Der Neuankömmling – ebenfalls ein Mann – blickte sich hektisch im Raum um. Er kam ihr bekannt vor und sie konnte spüren, wie das Herz, das unter ihrer gefiederten Brust pochte, schneller zu schlagen begann.

»Wo ist Kayla?« Die Stimme des Mannes klang panisch.

Sie stieß ein Krächzen aus und alle Augenpaare im Raum richteten sich auf sie. Sie hob ihre Flügel. Schlug damit. Der Windstoß, den sie damit erzeugte, wirbelte die Blätter auf, die überall am Boden verteilt waren. Gleichzeitig wurden die Rufe außerhalb des Zimmers verzweifelter, während das Krächzen ihrer Artgenossen lauter wurde. Sie drehte den Kopf und sah durch das Fenster, wie sich die anderen Dunkelweber vom Himmel aus in die Tiefe stürzten.

Schreie erklangen und augenblicklich stieg ihr der Geruch von frischem Blut in die Nase. Die Dunkelheit, die wie ein Schatten über ihrem Verstand lag, begann zu vibrieren und zu ihr zu sprechen. Ein

Flüstern, das sie dazu anhielt, sich zu ihren Artgenossen zu gesellen und ebenfalls für Chaos und Verwüstung zu sorgen, um anschließend mit dem bittersüßen Geschmack des Blutes belohnt zu werden. Doch sie sollte nicht zu den anderen Dunkelwebern, sie sollte bei ihrer Schöpferin bleiben. Sie verlangte es.

»Du kommst genau zum richtigen Zeitpunkt, Viktor«, sagte das Irrlicht.

Viktor. *Der Name kam ihr bekannt vor.*

Erneut schlug sie aufgeregt mit den Flügeln. Sie wollte das nicht tun, aber jemand anderes, der ebenfalls in ihrem Kopf saß. Versteckt in der Dunkelheit konnte sie eine andere Seele spüren, die nicht zu ihr gehörte, doch auch nicht zu ihrer Schöpferin.

»Kayla«, das Irrlicht deutete auf sie, »kämpft nun an meiner Seite.«

Ja, Kayla. Kayla war die Seele, die in der Dunkelheit lauerte und versuchte sich in ihren Verstand zu drängen und die Kontrolle zu übernehmen. Aber sie würde das nicht zulassen.

»Nein.« Der Mann – Viktor *– schüttelte heftig den Kopf und starrte sie fassungslos an.*

Und unter seinem Blick regte sich etwas in ihr und es war nicht das Verlangen nach Blut, obwohl das auch stärker wurde, je länger die anderen Dunkelweber vor dem Fenster tobten. Unruhig scharrte sie mit ihren Krallen über den steinernen Boden. Dabei verspürte sie in ihrem Hinterkopf ein bestimmendes Ziehen. Es fühlte sich so an, als würde jemand an ihrem Gefieder zerren, nur innerlich.

Das Irrlicht lachte. Es klang wie ein Gackern. »Gleich, meine Liebe.«

»Verwandle sie zurück!«, forderte Viktor und trat auf das Irrlicht zu. Sein Körper bebte vor Aufregung, und Rauch stieg von seinen Haaren auf. Der Geruch von Schwefel, der bereits im Raum lag, wurde stärker. Er war auch ein Monster. War das möglich? Sie hatte jeman-

den wie ihn noch nie gesehen und die Dunkelheit in ihr begann sich zu wälzen und zu drehen, als würde seine Anwesenheit sie unruhig machen. »Kayla hat dir nichts getan. Sie steht auf unserer Seite.«

»Unsere Seite? Die gibt es nicht. Du willst wieder ein Mensch werden, ich will euch alle in Monster verwandeln«, sagte das Irrlicht und schritt langsam durch den Raum. »Aber selbst wenn ich wollte. Ich kann Kayla nicht zurückverwandeln. Einmal ein Monster. Immer ein Monster. Das müsstest du eigentlich wissen, Viktor. Du spürst sie doch noch immer, oder? Die Dunkelheit. Tief. Schwarz. Verdorben nagt sie an deiner Seele. Ruft nach dir.« Das Irrlicht säuselte die Worte, als gäbe es nichts Schöneres als die Finsternis.

Viktors Gesichtszüge verhärteten sich und er ballte die Hände zu Fäusten. Dabei konnte sie die Verzweiflung spüren, die von ihm ausging. Sie machte sie nervös und sie stieß ein Krächzen aus, das laut von den Wänden des Turmzimmers widerhallte.

Das Irrlicht sah sie an. Ein geradezu liebevoller Ausdruck in den Augen. »Okay, genug der Worte. Es ist an der Zeit, der Sache hier ein Ende zu setzen. Und ich finde, wir sollten mit den Mitgliedern der Wilden Jagd anfangen.« Sie deutete auf den Mann, der bereits auf dem Boden lag. Ein dunkler Schatten zeichnete sich auf seinem Hals ab, als hätte man ihn gewürgt – sie hatte das verhindern wollen.

Nein!

Sie hörte das Wort nicht mit ihren Ohren, sondern es hallte durch ihren Kopf und durch die Dunkelheit, die ihren Verstand vernebelte, aber die Stimme war leise und klein und leicht zu ignorieren. Sie sprang auf ihren Klauen nach vorne und machte einen Satz auf den jungen Mann zu. Die Muskeln in seinen Armen spannten sich an und er drückte sich mit dem Rücken gegen die Wand. Seine Hände streckte er vor sich aus, als könnte seine weiche, menschliche Haut ihn vor ihr schützen. Das würde ein Fest werden.

»Kayla, bitte nicht. Ich bins, Marek«, flehte er. Tränen glänzten

in seinen Augen, lösten sich und rannen ihm die Wangen hinab. Sie waren ihr egal. »Wir kennen uns …« Seine Worte verklangen in einem Schrei, als sie mit ihrem Schnabel sein Bein erwischte und die Haut durchstieß. Der herrliche Geschmack von Blut legte sich auf ihre Zunge und der Schmerz, der von ihm ausging, erfüllte den Raum mit reiner Energie, die alles in ihr zum Schwingen brachte. Plötzlich fuhr ein reißender Schmerz durch ihren Verstand. Sie krächzte und zuckte zurück. Das Blut in ihrem Maul schmeckte auf einmal bitter.

»Was soll das?«, fauchte das Irrlicht. »Töte ihn!«

Natürlich sollte sie ihn töten. Er war ein Mensch und hatte es nicht anders verdient. Weshalb sonst sollte jede Faser ihres Körpers, von ihren Krallen bis in die Spitzen ihres Gefieders, nach seinem Blut lechzen? Sie brauchte es.

Nein, brauchte sie nicht! Er war ihr Freund – ebenso wie Viktor. Und manche Monster wurden von den Menschen sogar gefüttert. Das Mädchen hatte es selbst getan. Sie musste nicht um das Blut kämpfen. Sie konnte es bekommen, ohne zu töten und zu verletzen.

Kayla!, *rief eine Stimme so schneidend scharf in ihrem Kopf, dass ihr nichts anderes übrig blieb, als auf sie zu hören. Woher kam sie? Sie stammte nicht von dem Mädchen, sondern von Viktor. Er atmete hektisch und starrte sie an, ein Ausdruck des Ekels lag auf seinem Gesicht, als Blut von ihrem Schnabel tropfte. Sie wollte nicht so von ihm angesehen werden. Warum nicht?*

»Töte Marek«, befahl das Irrlicht und deutete erneut auf den Mann. Panik stand in seinen Augen geschrieben, während Blut, Schweiß und Tränen sein Gesicht verschmierten.

Kayla, ich weiß, dass du mich hören kannst. Du bist vielleicht gerade im Körper dieses Monsters und in der Dunkelheit gefangen und glaubst keine andere Wahl zu haben. Aber du irrst dich. Ich kenne dieses Gefühl und du kannst ihm widerstehen. Ich glaub an dich.

Das Irrlicht trat auf mich zu. »Was soll das werden? Ich habe gesagt, du sollst ihn töten!«

Der Befehl war eindeutig. Sie stieß ein Kreischen aus. Und es schien, als würden die Dunkelweber außerhalb des Zimmers ihr antworten. Ihre Rufe wurden lauter. Feuerten sie an und verdrängten jeden Funken Zweifel, welche die anderen Stimmen in ihrem Kopf hinterlassen hatten.

Sie trat auf Marek zu. Ihre Krallen wetzten über den steinernen Boden und sie fragte sich, welchen Teil seines Körpers sie zuerst schmecken wollte. Das Herz. Eindeutig das Herz. Warm und lebendig würde es am besten schmecken.

Nein! *Ihr Magen verkrampfte sich und wurde schwer, als hätte sie Steine gefressen. Übelkeit stieg in ihr auf, und das Verlangen, das Herz des Mannes zu verschlingen, verschwand. An seine Stelle trat der Wunsch, davonzufliegen und sich zu verstecken, weit weg von allem.*

Erinnerst du dich an das, was du zu mir gesagt hast? Du bist kein Monster. Du bist du. Dasselbe gilt für dich. Du bist kein Monster. Du bist Kayla. Für gewöhnlich bist du es, die meine Dunkelheit in Schach hält. Aber wenn du mich lässt, kann ich dir helfen.

Sie wollte seine Hilfe.

Nein, sie brauchte keine Hilfe.

Aber das Mädchen wollte sich helfen lassen.

Es wollte der Dunkelheit entkommen.

Sie wollte in der Dunkelheit bleiben.

Ein geradezu unerträglicher Schmerz begann in ihrem Kopf zu pochen. Sie krächzte erneut und hatte das Gefühl, innerlich zu zerreißen. Die Dunkelheit in ihr brauste auf. Rebellierte. Das Irrlicht. Das Mädchen. Der Mann. Es war zu viel. Sie musste sich entscheiden.

Zu viele Stimmen.

Zu viel Dunkelheit.

Zu viel Ungewissheit.

Kayla, du musst Marek nicht wehtun, *hörte sie Viktor und spürte, wie sich die Dunkelheit in ihrem Verstand lichtete, bis sie einen Schatten sehen konnte. Er wurde größer und schließlich konnte sie ein Licht sehen – und ein Mädchen erkennen.*

Du willst Marek nicht wehtun.

Nein, das wollte sie wirklich nicht.

Aber sie wollte dem Irrlicht wehtun.

Es hatte Mátyás auf dem Gewissen.

Ondrej getötet.

Sie verwandelt.

Die Akademie angegriffen!

Wer wusste, wie viele Bändiger und Jäger dabei gestorben waren und wie viele Dunkelweber, die wie sie waren. Unschuldige, gefangen in der Dunkelheit, von dem Irrlicht dazu angetrieben. Ohne Chance, sich zu wehren, da sie niemanden wie Viktor hatten, mit dem sie eine Verbindung teilten.

»Jetzt mach schon!«, forderte das Irrlicht. Gierig fuhr es sich mit der Zunge über die spitzen Zähne, als würde es die Sache bald selbst übernehmen, wenn sie noch länger zögerte. Dabei versuchte es das Licht in ihrem Kopf wieder auszusperren, aber der Teil in ihr, der Kayla war, ließ das nicht zu.

Sie wollte nicht töten.

Sie wollte nicht töten.

Sie wollte nicht töten.

Sie wollte das Irrlicht töten – und machte einen Sprung nach vorne, um sich auf die Kreatur zu stürzen. Diese riss die Arme in die Höhe bei dem Versuch, sich vor dem Angriff zu schützen. Dennoch vergrub sie ihre Klauen in den schmalen Gliedern, bis ihre Krallen auf Knochen stießen. Schwarzes Blut trat unter der grauen Haut hervor und quoll aus der Wunde.

»Aufhören!«, brüllte ihre Schöpferin und versuchte sie von sich runter zu reißen. »Aufhören!«

Sie hörte nicht auf.

Das Irrlicht wollte sie erneut mit seiner Dunkelheit für sich einnehmen, um sie zu dem Monster werden zu lassen, dessen Körper sie bereits besaß. Aber Kayla und Viktor ließen das nicht zu. Sie hielten das Licht inmitten des finsteren Nichts offen, wie Wolken, die sich nicht vor den Mond schoben.

Schmerz durchfuhr ihren Rücken und sie kreischte auf, als das Irrlicht sie mit ihren Klauen packte und versuchte sie an ihrem Gefieder von sich runter zu ziehen. Doch sie ließ nicht locker, während die Wurzeln ihrer Federn aus ihrer Haut gerissen wurden. Stattdessen bohrte sie ihre Krallen tiefer in das Fleisch des Irrlichts und hackte mit ihrem Schnabel nach ihm.

Dunkelweber kreischten auf.

Mit dem Rücken zum Fenster konnte sie jene nicht sehen, aber hören und spüren. Sie flatterten direkt vor dem Glas, bereit, ihrer Schöpferin zu helfen.

Das durfte nicht passieren.

Sie ließ von dem Irrlicht ab. Es hatte seinen Mund zu einem Schrei geöffnet, der ihm allerdings in der Kehle stecken blieb – und in dieser besagten Kehle vergrub sie ihren Schnabel und biss sich mit ihren spitzen Zähnen fest. Der ätzende Geschmack von schwarzem Blut legte sich auf ihre Zunge.

Das Irrlicht schlug wild um sich.

Glas splitterte.

Marek schrie.

Viktor fluchte.

Die Bewegungen des Irrlichts wurden langsamer.

Und langsamer.

Und langsamer.

Es stieß in letztes kehliges Gurgeln aus – dann erschlaffte sein Körper.

Und erneut wurde alles um sie herum schwarz.

44. KAPITEL

»Kayla.« Jemand rüttelte an meiner Schulter. »Kayla, wach auf!«

Ich stieß ein Brummen aus. Mir schwirrte der Kopf und hinter meinen Schläfen verspürte ich ein Pochen, so als hätte ich es im Noční mal wieder übertrieben. Ich hob die Hand und rieb mir über die Schläfe, ehe ich vorsichtig blinzelnd die Augen öffnete. Viktor lehnte direkt über mir. Besorgt blickte er auf mich herab. Ruß und Asche verschmierten sein Gesicht und ich erinnerte mich daran, wie ich ihn losgeschickt hatte, um die Wilde Jagd davon abzuhalten, die Monster der Bändiger zu töten.

»Wie …« Ich musste husten. Erst jetzt bemerkte ich den Geschmack von faulem Ei in meinem Mund, der mich an den Geruch von Schwefel erinnerte. Was ging hier vor? Ich sah an mir herab. »Wieso … wieso bin ich nackt?« *Und voll von schwarzem Blut?*

»Du erinnerst dich nicht?«, fragte er und zog im selben Atemzug meine Kleidung hervor. Dieses Szenario kam mir bekannt vor. Ich hatte es mit Viktor schon des Öfteren durchlebt. Die Verwandlung. Ich … ich bin zu einem Dunkelweber geworden und habe versucht Marek zu töten. Marek! Panisch sah ich mich im Raum um und entdeckte ihn gegen die Wand lehnend. Er hatte sich das Hemd ausgezogen und war dabei sich das Bein zu verbinden, das ich mit meinem Schnabel aufgehackt hatte.

»Marek, es tut mir so leid. Ich …«

»Schon in Ordnung«, erwiderte er, ohne von seiner Wunde aufzublicken. »Es war nicht deine Schuld.«

Nein, war es nicht. Es war die Schuld der Dunkelheit und nichts anderes durfte ich glauben. Denn das wäre verlogen, nachdem ich Viktor immer und immer wieder versichert hatte, dass er nichts für die Dinge konnte, die er als Schattenwolf getan hatte. Doch während ich seine Dunkelheit noch immer in mir spürte, war die Finsternis, die mich dazu getrieben hatte, Marek zu verletzen, verschwunden. Es schien, als wäre sie mit dem Irrlicht gestorben. Das Irrlicht, das ich umgebracht hatte.

Ich betrachtete dessen leblosen Körper, musste den Blick aber sofort wieder abwenden, anderenfalls hätte ich mich wohl übergeben. Die Brust des Irrlichts war bis auf die Organe zerfleischt und sein Kopf wurde nur noch von seinem Rückgrat auf dem Hals gehalten. War das wirklich ich gewesen?

Ein Stöhnen riss mich aus meinen Gedanken. Zuerst dachte ich, es käme von Marek, aber es stammte von einer Frau, die ich zuvor überhaupt nicht bemerkt hatte. Sie lag vor dem Fenster, in einem Meer aus Scherben, und war ebenfalls nackt. Ächzend richtete sie sich auf allen vieren auf. Sie war etwa Ende dreißig oder Anfang vierzig, mit schwarzen Haaren, und ähnlich wie bei Viktor war ihr Körper von unzähligen Narben entstellt. Eine von ihnen zog sich geradewegs über ihr Gesicht, und das gesprungene Glas hatte ihr weitere Schnitte zugefügt. Die Wunden bluteten rot.

Ihr Gesicht war blass und ihre grünen Augen sahen sich panisch in dem Arbeitszimmer um, bis ihr Blick auf Viktor und mir landete. Erschrocken wich sie ein Stück zurück, die Scherben knirschten unter ihren Knien, und Misstrauen durchzog ihr Gesicht. Sie erinnerte mich an Viktor in der Nacht seiner Verwandlung. »Wie heißt du?«, fragte ich, bemüht meiner Stimme einen ruhigen Klang zu geben.

Die Frau antwortete nicht sofort. Sie runzelte die Stirn und studierte mich eingehend, wie um abzuschätzen, ob von mir eine

Gefahr ausging. Sie schien zu dem Entschluss zu kommen, dass dem nicht so war. »Ich … ich weiß nicht.« Sie schüttelte den Kopf. »Ich erinnere mich nicht.«

»Mach dir keine Sorgen, das ist normal. Ich habe das auch schon durchstehen müssen«, sagte Viktor. Er drückte mir meine Klamotten in die Hand und zog sich sein eigenes Hemd aus, um es der Frau zu reichen. Sie nahm es mit zitternden Fingern entgegen und für einen Moment zögerte sie, als wäre sie sich nicht sicher, was sie damit tun sollte, bis sie mich beim Anziehen beobachtete.

»Wer seid ihr?«, fragte sie mit dünner Stimme und erst jetzt fiel mir auf, wie ruhig es geworden war. Das Kampfgebrüll war verstummt.

»Ich bin Kayla, das sind Viktor und Marek. Der Mann dort auf den Boden ist mein Vater, Benedict.« Er war noch immer bewusstlos, aber das war vermutlich besser so. Die Situation war schon verworren genug, ohne dass er Marek Vorwürfe machte, dafür war später noch Zeit. Nun mussten wir erst einmal wieder Herr der Lage werden und das würde eine ziemliche Herausforderung werden, nach all den Kämpfen und vor allem nach der Verwandlung der Dunkelweber. Die Akademie würde einiges zu erklären haben und ich war froh nicht in der Haut der verantwortlichen Bändiger zu stecken.

»Bringst du Marek und Benedict auf die Krankenstation?«, fragte ich Viktor. Irgendwo mussten wir anfangen und die beiden schienen die ärztliche Versorgung am nötigsten zu haben.

Viktor zögerte nicht und auch Marek gab keine Widerworte; es musste ihm wirklich schlecht gehen. Ich sah den beiden hinterher, bis sie hinter der Biegung der Wendeltreppe verschwunden waren, dann robbte ich zu Benedict. Meine Hände zitterten noch immer vor Aufregung, dennoch konnte ich dieses Mal seinen Puls ertasten. Schwach, aber gleichmäßig pochte er unter meinen Fingerspitzen. Ich seufzte erleichtert und hoffte inständig, dass es Jakub ebenfalls gut ging. Er konnte sich wirklich glücklich schätzen, dass Tereza ihn mit seiner fanatischen Suche nach dem Irrlicht nicht einfach aus den Weg geräumt hatte wie Ondrej.

»Danke.«

Ich blickte auf und sah zu der Frau. Sie war aus dem Scherbenhaufen herausgekrochen und lehnte nun zusammengekauert gegen die Wand. Die Knie an den Körper gezogen, die Arme um sich selbst geschlungen. »Gern geschehen«, sagte ich, weil es zu kompliziert gewesen wäre ihr zu erklären, dass auch Viktor einen Teil zu ihrer Befreiung beigetragen hatte, indem er mich gebändigt hatte. Ohne ihn hätte ich der Dunkelheit nicht trotzen können.

Ich wartete darauf, dass die Frau noch mehr erwiderte, aber sie schwieg, was allerdings nur zu verständlich war. Noch konnte niemand sagen, wie lange sie mit der Dunkelheit in ihrem Kopf hatte leben müssen. Nun war sie verschwunden und sie kein Monster mehr, da konnte es eine Weile dauern, bis sie wieder zu ihrem alten, menschlichen Selbst zurückfand.

Ich blieb einen Moment neben Benedict sitzen, ehe ich mich aufrappelte. Ich schwankte leicht, mein Körper spürbar verwirrt von der Verwandlung, und wankte in Richtung des Fensters. Vorsichtig trat ich an das Loch in der Mauer und ließ meinen Blick über die Akademie gleiten. Das Bild, das sich mir bot, hätte mich beinahe wieder in die Knie gezwungen.

Zerstörung, Tod und Verwüstung, wohin ich nur sah. Noch immer brannten kleinere und größere Feuer rund um die Akademie, Fenster waren eingeschlagen und Mauern eingestürzt. Am schlimmsten war es für mich jedoch, die Menschen zu sehen, die leblos, verletzt und verängstigt im Innenhof standen. Benommen taumelten sie über den Rasen und versuchten zu begreifen, was soeben passiert war.

Eine gute Sache konnte ich allerdings trotzdem erkennen: Anstatt sich zu bekämpfen, halfen die Leute nun einander. Hände wurden gereicht, Verletzte wurden getragen, Schutt wurde zur Seite geräumt und Kleidung wurde jenen Menschen gegeben, die nach ihrer Verwandlung nackt waren – und das alles taten Bändiger und Mitglieder der Wilden Jagd Hand in Hand.

45. KAPITEL

»Danke, Ambrož«, sagte ich und richtete mich in meinem Krankenbett auf, wobei ich meinen Schock, ihn hier zu sehen, noch immer nicht ganz überwunden hatte. Ich lag auf einer der Krankenstationen. Eigentlich sollte ich überhaupt nicht hier sein, sondern den anderen dabei helfen, das Chaos der vergangenen Nacht zu beseitigen, aber Viktor hatte darauf bestanden, dass ich mich untersuchen ließ und mich ausruhte. Also lag ich hier, wartete auf einen Arzt und ließ mir Auberginen-Apfel-Suppe von Ambrož Blazek servieren. Alexandr würde ausrasten, wenn er das erfuhr.

»Gern geschehen«, grummelte Ambrož, der wenig glücklich mit seiner Aufgabe schien. Er hatte seine Livrej abgelegt und trug stattdessen eine dunkle Hose und ein helles Hemd, das schon ein paar rote Flecken abbekommen hatte. Gemeinsam mit all meinen anderen Kommilitonen, die unverletzt aus der Akademie evakuiert worden waren, war er von Jakub und den anderen Professoren dazu verdonnert worden, in den Krankenstationen rund um das Gelände auszuhelfen.

Ich griff nach dem Löffel und begann zu essen. Erst nach ein paar Sekunden fiel mir auf, dass Ambrož noch immer neben meinem Bett stand und mich beobachtete, obwohl auf seinem Wagen noch weitere Tabletts standen, die darauf warteten, verteilt zu werden. Ich hob eine Augenbraue. »Ist was?«

»Stimmt es?«

»Stimmt was?«

»Dass du dich in einen Dunkelweber verwandelt hast.«

»Ach so, das. Ja.«

Ambrožs Augen weiteten sich. »Und wie war es?«

»Ich habe beinahe meinen besten Freund getötet, was glaubst du denn, wie es war?« Meine Worte klangen bissiger als beabsichtigt, aber ich konnte mir nicht anders helfen. Noch wusste ich nicht, was mit Marek war, und ich hatte Angst um ihn.

»Du weißt, dass die Frage nicht so gemeint war.«

Ich seufzte und legte meinen Löffel zur Seite. Der Appetit war mir vergangen. »Ja, ich weiß. Ich möchte jetzt nur nicht darüber reden. Vielleicht später.« Und mit später meinte ich niemals. Inzwischen waren ein paar Stunden seit meiner Rückverwandlung vergangen, meine Benommenheit hatte sich gelegt und mehr und mehr kehrten Erinnerungen an die Dunkelheit zurück, auch wenn ich wünschte, dass es nicht so wäre. Es würde wohl noch eine ganze Weile dauern, bis ich in der Lage dazu wäre, dieses kalte, dunkle Etwas zu vergessen, das meine Seele für ein paar Minuten verschluckt hatte.

»Na gut.« Ambrož fuhr sich verlegen durchs Haar. »Dann lass ich dich jetzt mal in Ruhe.«

Ich versuchte zu lächeln, da ich seine Neugierde durchaus verstehen konnte. »Danke.«

Er nickte mir zu und ich wartete, bis er aus dem Raum gegangen war. Dann stellte ich das Tablett zur Seite und ließ mich wieder tiefer in meine Kissen sinken. Eine Weile lag ich einfach nur herum, starrte an die rissige Decke, hing meinen Gedanken nach und belauschte die Gespräche vor meinem Krankenzimmer, in der Hoffnung, etwas über die Lage an der Akademie zu erfahren. Aber die Unterhaltungsfetzen blieben vage und vermutlich war es ohnehin noch zu früh für konkrete Informationen.

»Ich habe Neuigkeiten über Benedict und Marek.«

Ich drehte den Kopf und entdeckte Viktor. Sofort rutschte ich ein Stück zur Seite, damit er sich zu mir aufs Bett setzen konnte. Er kam der Einladung sofort nach und legte sich neben mich. Im klinisch sterilen Zimmer nahm ich den Duft nach Erde und Rauch, der ihm anhaftete, gleich viel intensiver wahr.

»Und?«, fragte ich.

»Benedict geht es gut. Er ist bei Bewusstsein und hat wohl nur eine leichte Gehirnerschütterung, allerdings mussten die Ärzte ihm etwas zur Beruhigung geben. Er ist völlig ausgerastet, als ihm jemand erzählt hat, was passiert ist, und wollte sofort mit dem neuen Anführer der Wilden Jagd sprechen.«

Das überraschte mich nicht. »Und Marek?«

»Alles bestens. Sie haben sein Bein genäht, die Wunde ist nicht so übel, wie sie aussieht. Er wird sich ein paar Tage lang schonen müssen und wohl eine Krücke brauchen, aber in einigen Wochen sollte er wieder ganz der Alte sein. Vorausgesetzt er hört auf den Rat der Ärzte. Du kannst ihn später besuchen.« Viktor deutete auf das Tablett mit dem Teller. »Isst du das noch?«

Ich schüttelte den Kopf und er machte sich augenblicklich über die kalte Suppe her. Ich beobachtete ihn dabei und versuchte vor Erleichterung darüber, dass es Marek, Benedict und auch Jakub gut ging, nicht in Tränen auszubrechen. Denn ich war mir der Tatsache bewusst, dass viele Bändiger und Mitglieder der Wilden Jagd nicht so glimpflich davongekommen waren. Viele Leben waren verloren gegangen und sobald Chaos und Zerstörung beseitigt waren, würde eine Zeit der Trauer einsetzen.

»Worüber denkst du nach?«, fragte mich Viktor und rührte in der Suppe.

»Gar nichts.«

»Lügnerin.«

Ich verzog die Lippen. »Erwischt. Ich habe mich nur gefragt, ob ich mich schon bei dir bedankt habe.«

Er runzelte die Stirn. »Wofür?«

»Dafür, dass du mir dabei geholfen hast, Marek nicht zu töten.«

»Hab ich das?«

Ich nickte. »Absolut. Ohne dich hätte ich der Dunkelheit nicht widerstehen können.«

»Der Satz hätte auch von mir stammen können.«

»Aber heute sage ich ihn.« Ich beugte mich nach vorne und küsste ihn. »Danke, dass du mich aus den Schatten befreit hast.«

»Gern geschehen«, murmelte er an meinem Mund.

Ich zog mich zurück, da ich ihn nicht weiter vom Essen abhalten wollte. Er musste ausgehungert sein, nachdem er seit Stunden im Krankenhaus und in der Akademie aushalf. »Woher wusstest du, dass ich dich in Benedicts Arbeitszimmer brauche?«, erkundigte ich mich, da mir die Frage schon eine ganze Weile unter den Nägeln brannte. Wie das Irrlicht angemerkt hatte, war er wirklich zum perfekten Zeitpunkt aufgetaucht. »Du wolltest dich doch um die Monster kümmern.«

»Ich wusste es nicht«, gestand Viktor und setzte dabei einen schuldbewussten Blick auf, als hätte er irgendetwas falsch gemacht. »Aber ich habe gespürt, dass etwas mit dir nicht stimmt. Die Schatten in meinem Kopf haben sich merkwürdig verhalten, vermutlich, weil sie auf deine Dunkelheit reagiert haben. Ich hatte keine Ahnung, was da vor sich geht, aber mir war sofort klar, dass ich nach dir sehen muss. Also bin ich losgerannt, um dich zu suchen. Es hat ein bisschen länger gedauert, als mir lieb gewesen wäre, doch die Dunkelheit in mir hat sich so komisch angefühlt, dass ich mich nicht getraut habe, mich zu verwandeln. Ich war ohnehin schon so aufgebracht und wollte mich auf keinen Fall in der Finsternis verlieren.«

»Ich denke, das war eine kluge Entscheidung.«

Viktor grinste. »Finde ich auch.«

Jemand klopfte an meine Tür, obwohl diese offen stand. »Störe ich?«, fragte Jakub.

»Überhaupt nicht«, erwiderte ich. Obwohl ich mir direkt nach dem Angriff habe versichern lassen, dass er wohlauf war, tat es gut, seine Unversehrtheit endlich mit eigenen Augen zu sehen. Er hatte bisher keine Zeit gehabt, mich zu besuchen, da er als stellvertretender Direktor der Akademie alle Hände voll zu tun hatte, um wieder Ordnung in das Durcheinander zu bringen. »Warst du schon bei Benedict?«

Jakub nickte und ließ sich auf den Stuhl fallen, der neben meinem Bett stand. Dabei öffnete er den obersten Knopf seiner Livrej. »Er schläft gerade. Vermutlich besser so, anderenfalls würde er mir einen Vortrag darüber halten, was ich in dieser Situation alles besser machen könnte.«

»Ich finde, du schlägst dich gut«, murmelte Viktor um einen Löffel Suppe herum.

»Danke.«

»Und was geht da draußen so vor sich?«, fragte ich und richtete mich wieder in meinem Bett auf.

Jakub rieb sich über die Wange. »Keine Ahnung, ich habe gehofft, ihr könntet mir das sagen. Die Leute reden viel und erzählen sich jede Menge wirres Zeug über Menschen, die Dunkelweber waren und vom Himmel gefallen sind, aber was genau passiert ist, weiß niemand. Außer euch.«

Ich schluckte schwer und auch wenn ich nicht an das Irrlicht denken wollte, das vermutlich noch immer zerfleischt im Turmzimmer lag, begann ich Jakub alles zu berichten, von dem Moment an, in dem Štefan Vaněk auf Ondrejs Beerdigung aufgetaucht war, bis zum Zeitpunkt meiner Rückverwandlung. Viktor erzählte Jakub auch von seiner eigenen Verwandlung und von der Nacht, in der er das erste Mal wieder zum Menschen geworden war.

»Du bist allerdings noch immer ein Schattenläufer?«, hakte Jakub nach. Seine Augen waren während unserer Erzählung immer größer geworden und der Schock stand ihm in sein blasses Gesicht geschrieben.

Viktor nickte bedauernd. »Das Irrlicht, das mich verwandelt hat, ist noch am Leben. Aber in der Nacht, in der ich wieder zum Menschen wurde, hat Ondrej es mit der Bambitka verwundet, und dabei muss ein Teil der Dunkelheit von mir abgefallen sein.«

»Verstehe«, murmelte Jakub. »Und Ambrožs Schattenkatze? War sie auch ein Mensch?«

»Nicht dass ich wüsste«, antwortete ich, obwohl ich mir nicht hundertprozentig sicher sein konnte. Aber hätte in Ambrožs Monster ein Mensch gesteckt, hätte er es mir wohl spätestens vorhin gesagt. »Keine Ahnung, wieso nur Viktor in dieser Nacht betroffen war.«

Er räusperte sich. »Ich hätte dazu eine Theorie.«

Ich zog eine Augenbraue nach oben. »Ach ja?«

»Ja, und ich denke, es liegt an dir.« Er lächelte mich an. »Oder besser gesagt daran, dass du mich gebändigt hast. Die anderen Schattenläufer, die von meinem Irrlicht erschaffen worden sind, haben niemanden. Sie sind auf sich alleine gestellt und Ambrož ist zwar ein guter Bändiger, aber nicht gerade ein herzlicher Mensch. Aber du hast mir geholfen, der Dunkelheit zu widerstehen.«

Ich konnte nicht anders, als sein Lächeln zu erwidern. »Das hast du schön gesagt.«

Er erwiderte mein Grinsen und ich war mir sicher, wäre Jakub nicht mit uns im Raum, hätte er mich auch geküsst, aber so widmete er sich wieder unserem Gespräch. »Außerdem besteht auch die Möglichkeit, dass Ambrožs Schattenkatze und ich nicht von ein und demselben Irrlicht abstammen.«

»Ergibt Sinn.« Jakub nickte langsam. Dabei konnte ich erahnen, was in ihm vorging, denn ich war mir sicher, bereits dieselben Gedanken gedacht zu haben. Dieses neue Wissen um die Irrlichter und die Monster veränderte alles, denn es bedeutete, dass wir der Dunkelheit für immer ein Ende bereiten konnten, wenn wir nur die Irrlichter aufspürten und umbrachten.

Doch auch wenn die Irrlichter offenbar einfach zu töten waren, da ihre Stärke nicht im Kampf lag, so war ihre Fähigkeit, Monster zu erschaffen und über sie befehligen zu können, erschreckend – vor allem gepaart mit ihrem Verstand und ihrer Gabe, so unbemerkt eine menschliche Gestalt anzunehmen. Womöglich befanden sich noch weitere Irrlichter innerhalb der Stadtmauern, aber noch waren die Wunden der letzten Nacht zu frisch, um einen solchen Gedanken laut auszusprechen.

»Wisst ihr schon, wie viele unserer Monster getötet worden sind?«, fragte ich stattdessen.

Jakub seufzte. »Nicht genau. Vermutlich fünfzig bis sechzig. Dazu kommen die Dunkelweber …«

»Jakub!«, hörte ich plötzlich eine panische Frauenstimme rufen. »Jakub!«

Mein Bruder erstarrte.

»Jakub!«

»Ist das …« Meine Frage beantwortete sich von selbst, als plötzlich Ivanka, Alexandrs Mutter, in den Raum gestürzt kam. Ihre Haare waren zu einem unordentlichen Knoten gebunden, aus dem sich die meisten Strähnen bereits gelöst hatten, und ihr Gesicht war tränenüberströmt. Sofort schrillten alle Alarmglocken in meinem Kopf.

»Jakub!« Ivanka packte seinen Unterarm und versuchte ihn von seinem Stuhl zu zerren, was ihr bei ihrer zierlichen Figur und seiner Masse natürlich nicht gelang. Doch ich konnte sehen, wie sich ihre Fingernägel fest in sein Fleisch bohrten. »Du musst sofort mitkommen.«

»Wohin? Was ist los?«, fragte Jakub. Er klang verunsichert.

»Alexandr«, schluchzte Ivanka.

Ich sprang praktisch aus meinem Bett. »Was ist mit Alexandr?«

»Er ist verletzt.«

Jakubs Augen wurden größer. »Was?«

»Wie?«, platzte es aus mir heraus und mein Herz begann zu rasen.

»Ein Dunkelweber hat ihn angegriffen.«

Scheiße. Er musste in die Akademie gekommen sein, um mich zu suchen, nachdem ich ihm auf Ondrejs Beerdigung Antworten versprochen hatte. Wie hatte ich das nur vergessen können? »Wie geht es ihm?«

»Nicht gut, er braucht Blut.« Verzweifelt sah Ivanka zu Jakub. Sie schluckte schwer und immer mehr Tränen rannen über ihr schmales Gesicht. »Er braucht Blut. Sie haben keines mehr.«

Jakubs Blick zuckte zu mir und wieder zurück zu Ivanka, die ihn mit ihren rot unterlaufenen Augen anstarrte. Er zögerte kurz, dann nickte er und erhob sich aus seinem Stuhl. Ich konnte sehen, wie seine Hände zitterten.

Nervös wippte ich mit dem Bein auf und ab und kaute an meinen Fingernägeln, während ich auf Neuigkeiten wartete. Ich saß vor dem geschlossenen Bereich der Krankenstation für die Schwerverletzten, denn nichts hatte mich mehr in meinem Bett halten können, nachdem Ivanka uns von dem Angriff erzählt hatte. Gemeinsam mit Jakub war sie vor einer Viertelstunde hinter der Tür verschwunden, die ich nun anstarrte. Und jedes Mal, wenn ich lauter werdende Schritte dahinter hörte, verstärkte sich meine Übelkeit. Denn ich fürchtete mich davor, ein Arzt könnte dahinter hervortreten und mir sagen, dass Alexandr es nicht geschafft hatte.

Ich konnte noch immer nicht glauben, dass er an die Akademie gekommen und von einem Dunkelweber angegriffen worden war. Und das war nun wirklich meine Schuld. Ich hatte ihn versetzt. Aber woher hätte ich wissen sollen, dass so etwas passiert?

Ich zuckte zusammen, als Viktor nach meiner Hand griff, deren Daumennagel ich gerade abkaute, und sie mit seinen Fingern umschloss. Sie waren warm und rau von den Aufräumarbeiten an der Akademie. »Mach dir keine Sorgen«, sagte er im Flüsterton, so ruhig, dass seine Worte beinahe im Tumult der Krankenstation untergingen. »Alles wird wieder gut.«

Ich schüttelte den Kopf. »Das weißt du nicht.«

»Nein, aber einer von uns beiden muss daran glauben.«

Tränen traten mir in die Augen und ich kniff sie zusammen. Ich wünschte mir, ich würde zumindest wissen, was Alexandr fehlte. Abgesehen davon, dass er verletzt war und dringend eine Bluttransfusion brauchte, hatte Ivanka nichts gesagt, bevor sie Jakub mit sich geschleift hatte.

Ich lehnte meinen Kopf gegen die Wand und versuchte nicht länger vom Schlimmsten auszugehen, mit mäßigem Erfolg. Immer wieder überkamen mich Trauer und Zweifel und ich flehte innerlich, dass Alexandr seine Verletzungen überstehen würde. Alles andere wäre unerträglich.

Schweigend saßen Viktor und ich eine gefühlte Ewigkeit auf der Bank vor der verschlossenen Tür. Ärzte und Pfleger, Verletzte und deren Familienmitglieder zogen an uns vorbei. Während ich in meinem Zimmer noch versucht hatte ihre Gespräche zu belauschen, waren ihre Stimmen nun zu einem monotonen Summen geworden. Ich verstand kein Wort mehr, aber mich interessierte auch nicht länger, was sie zu sagen hatten. Es gab nur eine Sache, die ich jetzt noch wissen wollte.

Erschöpft von der letzten Nacht war ich trotz meiner Sorge um Alexandr dabei einzudösen, als plötzlich die Tür zum geschlossenen Bereich aufgestoßen wurde. Ich schreckte auf und sprang so schnell auf die Füße, dass ich für einen Moment das Gleichgewicht verlor. Viktor griff nach meiner Hüfte, um mich zu stützen. »Wiegehtesihm?«, fragte ich Jakub so panisch, dass die Worte ineinander übergingen.

»Er … ihm …« Jakubs Stimme brach. Seine Schultern sackten nach vorne. Er stieß ein Schluchzen aus und presste sich die Hand vor die Augen, als wäre es ihm peinlich, wenn andere Leute seine Tränen sahen. Mein Herz hörte auf zu schlagen und ich geriet erneut ins Wanken. Nein. Nein! Das konnte nicht sein. Er durfte nicht … das musste ein Fehler sein. Jakub täuschte sich. Meine Knie begannen zu zittern und meine Beine drohten unter mir nachzugeben.

Tränen verschleierten meinen Blick und ein Fiepen legte sich in meine Ohren, dennoch konnte ich hören, wie Jakub nach Luft schnappte und um Fassung rang. Langsam nahm er die Hand von seinem Gesicht. Seine Augen waren rot geschwollen. Er atmete möglichst ruhig wieder aus, wobei ich förmlich sehen konnte, wie sein Körper zitterte.

»Ihm …«, setzte er erneut an. »Ihm geht es gut.«

Ich knickte ein und wäre wohl hingefallen, hätte Viktor mir nicht unter die Arme gegriffen. »Was?« Ich verstand nicht. War er jetzt tot oder ging es ihm gut? Was war hier los?

»Er wird wieder gesund«, sagte Jakub mit bebenden Lippen. »Er hat einiges abbekommen, aber die Ärzte konnten alle Blutungen stoppen und ihn wieder zusammenflicken. Er schläft gerade.« Die Trauer und Verzweiflung in Jakubs Stimme trieben mich dazu, ihn in die Arme zu schließen. Ich hatte das alles nicht kommen sehen. Jakub erwiderte meine Umarmung und drückte mich fest an sich. Eine ganze Weile standen wir so da und gaben einander Halt.

Schließlich wurden wir von einer vorbeifahrenden Trage auseinandergedrängt. Ich wischte mir mit dem Ärmel über die Wangen. Meine Wimpern schwer von all den Tränen, sah ich Jakub an, der in den letzten zwei Stunden um gefühlt zehn Jahre gealtert war. »Darf ich zu ihm?«

Er schüttelte den Kopf. »Er ist noch zu schwach und muss sich ausruhen.«

»Verstehe.« Ich schniefte und versuchte mir meine Enttäuschung nicht anmerken zu lassen.

»Wir können hier warten, wenn du willst.«

Ich nickte und mit Jakub zu meiner Linken und Viktor zu meiner Rechten setzte ich mich wieder auf die Bank und das Warten begann von vorne, aber dieses Mal war es wesentlich erträglicher. Denn es ging nicht mehr darum, *ob* ich Alexandr noch mal sehen würde, sondern *wann*, und wenn es nötig war, würde ich die ganze Nacht vor dieser Tür ausharren.

Tatsächlich wurde es ziemlich spät. So spät, dass ich in der Zwischenzeit auch Benedict und Marek besuchte, der mir noch einmal versicherte, dass er mir die Sache mit seinem Bein nicht übel nahm.

»Ich besorg uns mal was zu essen«, sagte Viktor. Er ließ meine Hand los, die er die meiste Zeit über festgehalten hatte, und machte sich auf den Weg, ohne eine Reaktion von Jakub und mir abzuwarten. Vermutlich ahnte er bereits, dass wir keinen Appetit hatten, aber wir konnten nicht in den Hungerstreik treten, bis wir Alexandr sehen durften.

»Er ist ein netter Junge«, sagte Jakub, als er Viktor hinterhersah und stutzte. »Ein netter Mann. Aber ein bisschen zu alt für dich, findest du nicht?«

Ich zog die Augenbrauen nach oben. »Ernsthaft?«

»Ich meine ja nur.«

»Viktors Alter spielt keine Rolle.«

»Wenn du das sagst.« Jakub zuckte mit den Schultern und beugte sich nach vorne, die Unterarme auf den Knien abgestützt.

Mein Blick fiel auf einen blauen Fleck in seiner Armbeuge, mit einem roten Punkt in der Mitte. Dort hatte man ihm das Blut für Alexandr abgenommen. Ich presste die Lippen aufeinander und versuchte die Worte zurückzuhalten, die mir die Kehle emporkrochen, aber ich konnte nicht so tun, als würde ich nicht wissen, was ich wusste. »Du hast Blutgruppe Null.«

Jakub hob den Kopf und sah mich durchdringend an. »Kayla ...«

»Nur Nuller können Nullern spenden«, fuhr ich fort.

Ein stummes Flehen trat in Jakubs Blick.

Er wollte nicht, dass ich weitersprach, aber ich musste meine Gedanken loswerden – brauchte Gewissheit. »Und Ivanka wusste, dass deine Blutgruppe zu der von Alexandr passen würde.«

»Ich weiß nicht, was du jetzt von mir hören willst.«

»Die Wahrheit.« Ein Kloß hatte sich in meinem Hals gebildet. »Du bist sein Vater. Nicht wahr?«

Jakub schluckte schwer, als hätte er erneut mit Tränen zu kämpfen. Einige Sekunden schwieg er, dann krächzte er ein einziges Wort: »Ja.«

Ich stieß ein Geräusch aus, das irgendwo zwischen einen Japsen, einem Wimmern und einem Lachen lag. Ich konnte es nicht glauben, nach all den Jahren, welche die Bändiger-Gemeinschaft damit verbracht hatte zu rätseln, wer der Vater des Bastards ist ... »Seit wann weißt du es?«

»Schon immer.«

»Warum …«

»Ivanka wollte nicht, dass ich es irgendjemandem erzähle«, unterbrach mich Jakub. Er redete leise, damit niemand uns belauschen konnte. »Ich war damals noch kaum ein Mann und sie bereits eine verheiratete Frau. Sie war unglücklich und ich frustriert. Wie sind ins Reden gekommen und … da ist es passiert. Es war nur ein einziges Mal. Ein Ausrutscher. Ivanka wusste auch nicht, dass das Kind von mir ist, bis Alexandr mit schwarzen Augen zur Welt kam. Sie wollte es niemandem sagen, da der Skandal bereits groß genug war, ohne der Welt gestehen zu müssen, dass sie Sex mit einem Minderjährigen hatte. Mir war das nur recht. Ich war nicht bereit Vater zu sein und außerdem auf dem besten Weg, ein erfolgreicher Bändiger zu werden.«

»Unglaublich«, murmelte ich und verkniff mir die Fragen, um mehr über Jakubs und Ivankas Beziehung herauszufinden. Sie schienen mir eine seltsame Kombination zu sein, aber das waren Viktor und ich irgendwie auch. »Ich bin also Alexandrs Tante?«

»Ja … ja, das bist du.«

»Deswegen hast du dich am Anfang des Semesters so eigenartig verhalten, als ich Ambrož erzählt habe, ich wäre mit Alexandr zusammen. Du dachtest … igitt.« Ich erschauderte und war wirklich froh, niemals auf diese Weise an Alexandr gedacht zu haben. Das wäre jetzt ziemlich merkwürdig.

Entschuldigend verzog Jakub die Lippen. »Ja.«

»Du hättest es mir sagen müssen.«

»Und dir auflasten, dass du dieses Geheimnis bewahrst?«

»Warum muss es ein Geheimnis sein?«, fragte ich. »Ich verstehe, wieso ihr damals niemandem was gesagt habt, aber das Ganze ist siebzehn Jahre her. Du bist nicht mehr der Junge von damals und ein guter Mann. Bereit ein Vater zu sein.«

Jakub lächelte matt. »Vielleicht bin ich bereit *ein* Vater zu sein, aber nicht Alexandrs Vater. Er hat bereits einen. Ich bin nur … ich. Und nur, weil ich damals zehn Minuten mit Ivanka verbracht habe, gibt mir das noch nicht das Recht, mich in diese Familie reinzudrängen.«

Ich nickte, denn ich konnte nachvollziehen, was er damit meinte. Familie war mehr als Blut, Marek und Frída waren der beste Beweis dafür. Und auch wenn Alexandr und seine Eltern nicht das beste Verhältnis miteinander hatten, so kümmerten sie sich liebevoll um ihn und gaben ihm alles, was er brauchte. »Ihr werdet es ihm also nicht sagen?«

»Nein, nur wenn es sich nicht vermeiden lässt.«

»Ich weiß nicht, ob ich das vor ihm verheimlichen kann«, gestand ich. Viktors Geheimnis zu bewahren war eine Sache gewesen. Damit hatte ich niemandem geschadet. Alexandr hingegen litt unter seinem Ruf, ein Bastard zu sein. Die anderen Bändiger wären viel toleranter und netter zu ihm, wenn sie wüssten, dass er das Blut der Nováks in sich trug.

»Versuch es«, bat mich Jakub.

»Ich …« Ich kam nicht dazu zu antworten, denn in diesem Moment kam Viktor zurück. Er balancierte zwei Becher in der einen Hand und einen Teller mit Broten in der anderen. Stockte jedoch in der Bewegung, als er mich sah. Vermutlich war mir der Schock über das, was ich eben herausgefunden hatte, anzusehen.

Sein Gesicht wurde leer. »Was ist passiert?«

»Nichts.« *Ich habe nur erfahren, dass ich Alexandrs Tante bin.*

Viktor zog eine Braue nach oben. Er glaubte mir nicht. Dennoch setzte er sich, ohne ein weiteres Wort zu sagen, neben mich. Er reichte Jakub einen Becher und ein Stück Brot. Mir hielt er den Teller ebenfalls vor die Nase, aber ich schüttelte den Kopf.

Die Sorge wich nicht aus seinen Augen, aber er drängte mich

nicht zu essen. Vermutlich schob er meine Appetitlosigkeit auf meine eigenen Verletzungen und meine Sorge um Alexandr. Er trank einen Schluck aus dem anderen Becher, ehe er ihn mitsamt dem Teller zur Seite stellte. Dabei ließ er mich keinen Moment aus den Augen. Sein Blick brannte auf meiner Haut und er musterte mich mit einer Intensität, dass ich befürchtete, er könnte die Wahrheit über Alexandr durch die Dunkelheit hindurch spüren.

»Es wird alles wieder gut«, versicherte er mir mit gesenkter Stimme und legte einen Arm um mich. Seine Finger streiften meine Schulter und ich schmiegte mich in seine Berührung – und mehr brauchte es nicht. Allein seine Anwesenheit reichte aus, um mein Herz leichter schlagen zu lassen. Ich war ihm so unendlich dankbar dafür, dass er einfach für mich da war und mich nicht zum Reden zwang. Meine Gedanken kreisten noch immer um Jakub, Ivanka und Alexandr, aber auch meinen Vater, Tereza und die anderen Irrlichter konnte ich nicht vergessen. Wie viele von ihnen gab es wohl dort draußen? Was war ihr Ziel? Und würden sie auf Terezas Tod reagieren?

Noch hatte ich keine Antworten auf diese Fragen, aber ich würde sie finden. Nicht alleine, aber gemeinsam mit Viktor, meinen Freunden, meiner Familie und all den anderen Bändigern, die nun wussten, was in unserer Welt wirklich vor sich ging.

EPILOG

ZWEI WOCHEN SPÄTER

Ich ließ meinen Blick durch die leeren Regale des Krám gleiten und ein bittersüßes Gefühl überfiel mich. Es waren nur noch ein paar Gläser mit schwarzem Blut, vier Hovno-Dosen und drei Blutgänger-Krallen übrig, die ich hoffentlich heute noch verkaufen würde. Anderenfalls würden sie wohl im Müll landen, denn dies war der letzte Tag, an dem der Laden von Frída geöffnet haben würde. Nachdem sie erfahren hatte, dass sich hinter all den Monstern in Wahrheit Menschen verbargen, hatte sie sich dazu entschieden, das Geschäft mit ihren Überresten einzustellen, was durchaus verständlich war.

Und auch die Kundschaft war in diesen letzten Tagen sehr wankelmütig gewesen, denn während die eine Hälfte der Stadt alle monströsen Utensilien aus ihren Häusern verbannt hatte, war der Sammelwahn bei der anderen Hälfte nur noch größer geworden – angetrieben von der Angst, möglicherweise selbst zu einem Ungeheuer zu werden. Es waren auch diese Leute gewesen, die den Großteil des Ladens binnen weniger Tage leer gekauft hatten. Frída hatte ihn sofort schließen wollen, aber meine Mutter hatte sie davon überzeugen können, zumindest die Sachen, die ohnehin schon da waren, zu verkaufen. Was aus finanzieller Sicht für die beiden eine gute Entscheidung war, da meine Mutter vorerst auch keine weiteren Waffen an die Wilde Jagd würde verkaufen können.

Was aus Ondrejs Erbe werden würde, war noch unklar. Die Gruppe war nach dem Angriff auf die Akademie deutlich geschwächt und Marek wäre noch für mindestens eine weitere Woche ans Bett gefesselt. Nachdem Emilek von einem Dunkelweber getötet worden war, gab es auch niemand anderen mehr, der die Aufgabe eines Anführers hätte übernehmen können. Darüber hinaus blieb die Frage offen, ob die verbleibenden Mitglieder überhaupt noch dazu bereit wären, Monster zu töten, denn auch hier gingen die Meinungen in der Bevölkerung auseinander. Viele von ihnen teilten Benedicts Meinung, nämlich, dass Monster noch immer Monster seien und getötet werden mussten, vor allem wenn sie eine Gefahr darstellten. Doch ein nicht unerheblicher Teil der Einwohner sprach sich auch gegen die Tötungen aus und war stattdessen für *friedlichere Alternativen,* wie auch immer diese aussehen sollten.

Nur in einer Sache waren sich fast alle einig, nämlich, dass die Irrlichter gefunden und getötet werden mussten. Nicht nur, um die noch lebenden Menschen vor einer Verwandlung zu schützen, sondern auch, um der Dunkelheit und dem Zeitalter der Monster ein Ende zu setzen. Eine Vorstellung, die allerdings vielen Bändigern große Angst machte, denn was würde dann aus ihnen werden?

Ich hingegen freute mich auf den Tag, an dem die Stadt nicht mehr auf Viktors Schutz angewiesen sein würde. Denn jeden Abend, wenn er die Akademie verließ, um an der Mauer zu patrouillieren, fürchtete ich um sein Leben, auch wenn ich in seine Fähigkeiten und seinem inneren Schattenwolf vertraute. Mir aus der Dunkelheit zu helfen hatte ihn gestärkt und ihm ein besseres Gefühl für die Schatten in seinem eigenen Kopf gegeben. Er hatte sie und sich selbst nun besser unter Kontrolle und war kaum mehr auf meine Hilfe angewiesen, auch wenn ich für immer mit ihm verbunden sein würde, bis zu dem Tag, an dem einer von uns starb oder das Irrlicht, das ihn verwandelt hatte – was immer zuerst eintraf.

Das zarte Klimpern des Windspiels riss mich aus meinen trübsinnigen Gedanken und ließ mich aufblicken. Als hätte meine Schwermütigkeit ihn angelockt, kam Viktor durch die Eingangstür gelaufen. Mein Herz machte einen Satz und ich musste unweigerlich lächeln. Er hatte sich bereits für seine Schicht an der Mauer umgezogen und trug seine Livrej. Jakubs Entscheidung, Viktor diese Uniform zu geben, hatte zu einem Streit mit Benedict geführt. Jakub hatte schließlich gewonnen mit dem Argument, dass Viktor in gewisser Hinsicht sein eigener Bändiger war und somit die Livrej auch verdient hatte.

Unter Zugzwang hatte Benedict schließlich zugestimmt, denn es fehlte ihm an Bändigern. Einige waren in der Nacht des Angriffs gestorben, viele waren verletzt worden und noch mehr von ihnen hatten ihr Monster verloren oder ihre Dunkelweber hatten sich nach dem Tod des Irrlichtes zurückverwandelt, was sie vorübergehend handlungsunfähig machte. Vereinzelt gab es noch Bändiger mit Dunkelwebern, aber die meisten von ihnen schienen tatsächlich von Tereza erschaffen worden zu sein.

»Ahoj«, grüßte ich ihn. Zur Antwort zuckte ein schwaches Lächeln in seinen Mundwinkeln. Obwohl er kein Wort sagte, konnte ich spüren, dass etwas nicht stimmte. »Was ist los?«

Viktor kam um die Theke herumgelaufen. Er blickte auf mich herab und ein unruhiges Kribbeln breitete sich in meiner Brust aus. Seine Zurückhaltung machte mich nervös. »Ich habe heute meine Mutter gesehen.«

Meine Augen weiteten sich. »Was?«

»Ja, sie hat mich heute in der Akademie gesucht.«

Wir beide hatten gewusst, dass sich Viktor früher oder später seiner Vergangenheit und seiner Familie würde stellen müssen, aber in den letzten vierzehn Tagen hatten wir alles darangesetzt Štefan Vaněk aus dem Weg zu gehen und Viktors wahre Identität geheim zu halten. Anscheinend ohne Erfolg. »Was wollte sie?«

Ein dunkler Schatten legte sich über sein Gesicht. »Mit mir reden.«

»Worüber?«

»Mein Verschwinden. Meine Verwandlung. Meinen Vater ...« Sein Kiefer spannte sich an. »Alles eben.«

Ich griff nach Viktors Hand und wie von selbst verflochten sich unsere Finger miteinander. Seine Handflächen waren klamm, dennoch ließ ich ihn nicht los, sondern hielt ihn nur noch fester. »Was hast du ihr gesagt?«

»Dass ich jetzt keine Zeit für sie habe.« Er presste die Lippen aufeinander und so etwas wie Scham blitzte in seinen Augen auf. »Mich aber später in der Woche mit ihr treffen würde, um zu reden. Solange sie meinem Vater nichts davon erzählt.«

Ich nickte. Unsicher, was ich von der ganzen Sache halten sollte. »Und was hat sie gesagt?«

»Dass sie sich schon vor zwei Jahren von ihm getrennt hat.«

»Das ist gut, oder?«, fragte ich vorsichtig.

»Ja, mehr als gut. Eine bessere Antwort hätte sie mir nicht geben können.«

Ich stutzte. »Aber?«

»Kein Aber. Es ist nur ...« Er schüttelte den Kopf und ich drückte seine Hand. Es gab keinen Grund, seine Gedanken vor mir zu verbergen. Ich würde nicht über ihn urteilen und das sollte er eigentlich wissen. »Sie hat mich nur überrascht und ich war noch nicht bereit sie zu sehen. Vermutlich brauch ich noch etwas Zeit.«

»Verständlich. Ihr habt euch lange nicht gesehen.«

»Deshalb wollte ich dich fragen, ob du mich vielleicht zu dem Treffen mit ihr begleiten würdest.«

»Vielleicht? Ich komme mit, ob du willst oder nicht.«

Meine Worte brachten Viktors Mundwinkel zum Zucken und

der Schatten, der sich über sein Gesicht gelegt hatte, lichtete sich. »Dann ist es ja gut, dass ich dich sowieso immer bei mir haben will.«

Ich zog eine Augenbraue nach oben. »Immer?«

»Immer«, bestätigte er, ohne zu zögern, und beugte sich nach vorne, um mich zu küssen. Ich konnte in seinem Kuss nicht nur seine Dankbarkeit spüren, sondern auch seine Gefühle für mich, sein Licht und seinen Schatten. Und auch wenn die Dunkelheit, die uns miteinander verband, niemals vergehen würde, so würde ich es niemals bereuen, mich an jenem Tag im Chrám dafür entschieden zu haben, eine Bändigerin zu werden.

DANKSAGUNG

Herz aus Schatten war von Anfang an ein Gemeinschaftsprojekt. Das erste Mal habe ich auf der Leipziger Buchmesse im März 2016 konkret an der Idee gefeilt. Damals saß ich zusammen mit meinen Mädels aus der Chaos-WG – Bianca, Rebecca, Nadine, Carolin, Vanessa und Yvonne –, einem Glas Hugo und Chips im Flur unseres Apartments. Zusammen haben wir alle möglichen Szenarien für den Roman durchgespielt, für gut befunden oder wieder verworfen. Heute ist das Buch ein völlig anderes, dennoch danke ich euch für eure Hilfe und eure Geduld!

Bedanken möchte ich mich auch bei meinem Agenten Markus Michalek, der *Herz aus Schatten* an den Carlsen Verlag gebracht hat. Und bei Julia Reuter und Rebecca Wiltsch, die Vertrauen in das Projekt gesetzt haben, als noch kein Wort davon geschrieben war.

Ebenfalls bedanken möchte ich mich bei meiner zauberhaften Testleserin Verena, die *Herz aus Schatten* vom ersten Kapitel an begleitet und mir dabei geholfen hat, die Geschichte um Kayla und Lilek zu der zu machen, die ihr heute lesen könnt.

Ein Doppel-Dank gilt an dieser Stelle Bianca Iosivoni. Sie hat *Herz aus Schatten* nicht nur vor zwei Jahren in Leipzig ertragen, sondern hat mir in Schottland auch zwei Monate lang durch den Schreibprozess geholfen.

Und zuletzt möchte ich euch danken, dafür, dass ihr euch die Zeit genommen habt, dieses Buch zu lesen, und Kayla und Lilek durch die Dunkelheit begleitet habt. Passt auf euch auf und zögert nicht euch Hilfe zu holen, wenn es euch schlecht geht!

www.telefonseelsorge.de